문학의
새로움은
어디서
오는가

문학의
새로움은
어디서
오는가

한
기
욱 평론집

창비

1

이십대의 나를 기억하는 이들 중 지금의 내 모습에 놀라거나 의외라고 느끼는 경우가 적지 않다. 처음부터 문학평론을 '업'으로 여기고 출발한 경우와 달리 약간의 우여곡절이 있었기 때문이다. 한때 실존주의와 모더니즘 문학에 탐닉했으나 1980년대에는 문학과 변혁운동을 함께 끌어안으려 했고, 1990년대에는 전공인 미국문학 연구에 매달리다가 2000년대 이후로 한국문학에 주력하게 된 것이다.

문학적 관심분야와 활동방식이 이렇게 달라진 데는 일신상의 변화뿐 아니라 역사적 사건이 중요한 계기가 되었다. 가령 1980년 광주항쟁 이후 모더니즘 문학에 대한 애틋한 마음은 사라졌고 서구문학에 비판적인 시선이 싹텄다. 1987년 무렵에는 당시의 숱한 문학도들이 그랬듯이 문학과 변혁운동이 뒤범벅된 삶을 살았다. 문학 쎄미나와 맑스 스터디를 함께 하고 반미자주화·반독재민주화의 '가투'에 나가거나 노동자가 되려고 위장취업을 하던 시절이었다. 하지만 87년 6월항쟁과 7,8월 노동자대

투쟁에 참여한 젊은이들은 민주화 이후에 대한 통찰이 충분치 않았으며, 1989~91년 동구권 및 소련의 붕괴 앞에서 방향을 상실하는 듯했다. 나 역시 예외는 아니었으되, 이렇게 급변하는 역사의 행로 속에서도 문학에 대한 한가닥 신심은 놓지 않았던 것 같고 『창작과비평』의 평문들을 길잡이 삼아 전공인 미국문학을 본격적으로 공부하면서 그 믿음을 키워나갈 수 있었다. 1990년대 중반 젊은 영문학자 중심의 학술단체인 영미문학연구회의 창립에 참여하여 『안과밖』 편집위원으로 활동한 일은 소중한 경험으로 남아 있다.

1998년 계간 『창비』의 편집진에 합류할 당시만 해도 그 이후 미국문학 논문보다 한국문학 평론을 더 많이 쓸 줄은 몰랐다. 삶이 내 의지와 계획대로 풀리는 것만이 아님을 절감하는데, 문학의 길을 따라가다 어느덧 그렇게 되어버린 것이다. 어쨌든 창비 편집진의 요청과 격려로 한국문학 비평이라는 새로운 모험에 나선 것인데, 나 자신이 신이 나지 않았으면 그런 시도를 십년이 넘도록 이어가지는 못했을 것이다. 짐작건대, 미국문학 걸작을 읽으면서 경이로운 언어와 사유의 바다로 상상의 모험을 떠나는 것도 좋았지만 '지금 여기' 살아 움직이는 현장에서 동시대 문학인들과 비평적 대화를 나누는 경험이 특별한 보람을 안겨준 것 같다.

2

한국문학 비평을 하면서 보람을 느꼈지만 그 결과물인 평문들이 얼마나 읽을 만한가는 별개의 문제이고, 뚜렷하게 내세울 주제가 없는 글들이라면 한 권의 단행본으로 묶어낸들 무슨 소용이랴 싶었다. 이런 이유로 주위의 권유에도 불구하고 평론서 출간을 한해 두해 미루고 있었는데, 다행히 근년에 '문학의 새로움'과 관련된 글을 몇편 연달아 쓰면서 용기를 내게 되었다. 한국문학 비평을 시작한 지 십년 만이었다.

'문학의 새로움은 어디서 오는가'라는 물음을 표제로 삼은 것은 그것이 '문학의 새로움'을 다루는 첫번째 평문의 제목이면서 그전 글들까지 하나로 꿰는 문제의식을 표현하고 있다고 보았기 때문이다. 그런데 표제 평론을 포함하여 이 책에 수록된 글들이 그 물음에 딱 부러진 답을 제시하는 것은 아니다. 오히려 '문학의 새로움'으로 회자되지만 진정한 새로움에 미달하는 사례를 거론하며, 특히 문학의 새로움을 탈근대주의(포스트모더니즘)와 동일시하는 최근 비평 경향의 문제점을 비판한다. 하지만 이 글들의 목적은 문학의 새로움이 아닌 것들을 까발리는 데 있지 않다. 어디까지나 문학의 새로움을 탐구하는 것이 목적인데, 그 일을 제대로 해내기 위해서는 진정 새로운 것과 새로움을 참칭하는 것을 분별하는 비평작업이 불가결한 것이다.

한국문학 평론으로는 첫 글인 「대중문화 속의 소설과 영화」(2001)를 쓸 때부터 딱히 그 물음을 염두에 둔 것은 아니되 그런 문제의식이 없지는 않았다. 김영하와 하성란의 소설을 홍상수의 영화와 함께 다루면서 그들의 활발한 형식 및 언어실험으로 어떤 새로움이 획득되는가를 무엇보다 주목했기 때문이다. 그런데 이런 비평작업을 당시 통용된 도식적인 진영 개념에 기대지 않고 작품의 실제에서 출발하고 싶었다. 가령 그들이 민족문학 진영인가 아닌가, 혹은 리얼리즘 작가인가 아닌가를 따지기보다 그들의 작품이 어떤 예술적 작업을 시도하고 그 작업에서 어떤 성과를 거두고 있는가를 주목하고자 했다. 그들을 포함하여 이 책에서 중요하게 다룬 작가들—공선옥, 신경숙, 김연수, 배수아, 전성태, 정도상, 박민규, 황정은, 김사과 등—이 형식적으로 어떤 계열에 속하는가보다 그들의 문학에서 무엇이 진정으로 새로운가를 묻고자 한 것이다.

그렇다고 모든 입장을 버리고 중립을 취했다는 뜻은 아니다. 작가들을 대할 때 무엇보다 그들이 들려주는 '이야기의 편'이 되어, 그 이야기가 얼마나 진실하고 새로운지 경청하고자 했다. 그것이 흔히 사실주의와 혼용되기도 하는 리얼리즘과는 다른 차원의 '리얼리즘'적 비평 태도라고 믿는다. 그런데 소설서사의 진실성과 새로움을 가늠하기 위해서는 서사의 내적 짜임새와 리듬뿐 아니라 그 서사를 낳은 시대의 성격을 살필 필요가 있다. 몇몇 평문들에서 주목할 만한 작품들과 아울러 시대론을 모색한 것도 그 때문이다.

시대론은 특정한 시대의 핵심적인 성격을 사회과학적으로 분석할 때뿐 아니라, 한 개인의 삶의 진실을 비평적으로 판단할 때도 필요하다. 우리 시대의 성격을 논하면서 87년체제론에 공감을 표하고 97년체제론을 비판한 것은 전자가 우리 시대 사람들의 삶의 진실을 좀더 온전하게 담아내는 논리라고 생각하기 때문이다. 87년체제론은 1987년 이후 민주주의와 신자유주의 시장경제, 시민적 덕성과 속물주의 사이를 오간 우리 당대인들의 이중적인 삶의 흐름을 균형있게 포착하는 동시에 더 나은 체제로 진화할 수밖에 없는 내적 논리를 지니고 있다. 그런데 「한국문학의 새로운 현실 읽기」에서 우리 시대를 '6·15시대'로 파악한 것은 한반도 차원의 시대론으로서는 타당하지만, 그런 시대론을 근거로 '6·15시대의 문학'이라는 발상을 전개한 것은 무리였다(이에 대한 자기비판은 「문학의 새로움은 어디서 오는가」의 3절 '문학과 시대적 과제' 참조). 하지만 그 발상의 근본 취지마저 버릴 것은 아니며, 오히려 시대론과 문학론의 차이와 상호관계를 면밀하게 고려하는 가운데 좀더 유연하고 설득력있는 방식으로 살려나갈 필요가 있겠다.

제1부에는 시대론과 문학 쟁점을 다루고 그 맥락에서 작품을 논하는 평문들을 묶었다. 2000년대 문학의 주요 쟁점들——2000년대 문학론, 근대문학 종언론, 리얼리즘론, 문학과 정치 논의, 장편소설(불가능)론 등——에 대한 비평적 논의 혹은 논쟁이 담긴 글들이다. 논의의 흐름을 고려하여 발표순으로 배열하되, '6·15시대 문학론'이 피력된 글은 맨 뒤로 돌렸

다. 제2부의 글들은 주로 작가론이나 작품론인데, 대체로 발표시기의 역순으로 배열했다. 십년 전에 발표한 첫번째 글도 낡았다고 생각하지 않으나 아무래도 최근 작품에 대한 최근 평문을 독자에게 먼저 보이고 싶기 때문이다. 제3부의 글들은 세계문학과 관련된 것으로 미국문학 연구와 한국문학 비평을 연결하는 중간지대의 성격을 띤다. 세계문학의 '쌍방향성'에 초점을 맞추어 아메리카대륙의 문학들을 개관하면서, 특히 라틴아메리카의 '마술적 리얼리즘' 소설과 카리브 연안 출신 라틴계 미국인들의 소수자문학을 눈여겨보았다.

십년에 걸쳐 발표한 글들인 만큼 고쳐쓰고 싶은 대목이 없을 리 없다. 그러나 손을 대자면 한정이 없는데다가 논쟁의 기록인 면도 있어 대부분의 경우 기술적인 착오를 바로잡고 자구를 수정하는 정도에서 그쳤다. 다만 「우리 시대의 사랑·성·환경 이야기」와 「지구화시대의 세계문학」은 발표 당시의 글이 방대해서 꽤 감량했고 「요산문학의 종요로운 유산」은 반대로 너무 단출해서 다소나마 보완했다.

3

그동안 '문학의 위기'니 '문학의 종언'이니 하는 소리를 수도 없이 들었다. 최근에는 젊은 평론가들로부터 이런 '위기'나 '종언' 앞에서 우리 시대 문학은 문학의 무력함과 불가능성을 철저하게 인식하는 지점에서 다시 시작해야 한다는 '자성'의 소리도 자주 듣는다. 일리가 있긴 하지만 이런 소리에 장단을 맞추고 싶지는 않다. 우선, 다시 시작해야 할 것과 계승해야 할 것을 분별하지 않고서는 한국문학의 위기를 극복하고 그 창조적 활력을 갱신할 수 있을 것 같지 않기 때문이다. 게다가 개인적으로는 내 뜻대로만 문학을 한 것이 아니라 문학 뜻대로 내 삶이 굴러온 것도 같으니 그런 소리에 깊이 공감하지 못하는 것이다.

비평을 하면서 절감한 것은 문학의 무력함이 아니라 나의 재주와 능력이 한참 모자란다는 사실이었다. 그럼에도 포기하지 않고 한편 한편 써서 마침내 평론서를 내기까지 많은 이들의 은혜를 입었다. 무엇보다 먼저, 전공분야의 경계를 넘어 중요한 글을 함께 읽고 토론하며 서로의 글을 논평해주는 창비 편집진 선후배와 동료들의 모습이 떠오른다. 문학비평의 주된 임무는 동시대의 문학 가운데 무엇이 어떤 면에서 새롭고 더 나은 작품인가를 섬세하게 가려내고 엄정하게 평하는 일이다. 그런 비평작업이 참으로 중요한 까닭은 그것이 어떤 삶과 사회가 더 나은지를 분별하고 어떻게 새로운 세상을 만들어나갈 수 있는지를 사유하는 행위와 직결되어 있기 때문이다. 나는 문학비평과 사회변혁의 길이 둘이 아니라는 것을 계간 『창비』를 보면서 배웠고 지난 십년 동안은 『창비』를 만드는 데 동참하면서 체감하고 있다. 창비는 내게 문학비평을 시대적 과제와 사회변혁과 관련해서 연마하게 하는 큰 배움터 같은 곳이다.

이 시대를 함께 살아가면서 좋은 작품을 쓰고자 분투하는 작가들과 주목할 만한 작품을 놓고 비평적 대화를 나누거나 논쟁을 벌인 평론가들에게도 감사드린다. 비평이 문학작품에 대한 논의를 통해 삶과 세상에 대한 물음을 묻고 나름의 도를 구하는 하나의 수행이기도 하다면 그들은 이런 수행길의 동반자이다. 이 길에서 만난 세교연구소의 젊은 비평가들에게도 감사한다. 그들과의 활기찬 토론과 대화, 서로의 글에 대한 애정어린 비판은 문학비평이 원래 즐거운 일임을 실감케 한다.

어린 나를 문학의 세계로 인도한 누님들, 외국문학 동아리 활동을 함께한 학부 친구들, 대학원 시절 미문학연구회와 그후 영미문학연구회를 함께 꾸린 동학들, 『안과밖』과 (폐간된) 『자유언론』의 편집 동료들에게도 감사의 뜻을 전한다. 분주한 동료가 토론을 청할 때마다 기꺼이 응해준 인제대학교 영문과의 동료 교수들에게도 감사드린다. 항상 든든한 힘이

되어준 창비의 편집 실무진, 특히 책으로 묶일 글들을 손질해준 이상술씨의 도움이 요긴했음을 밝혀둔다. 이렇게 여러 분들의 은덕을 두루 입었지만, 대학원 시절부터 지금에 이르기까지 문학의 공부길을 일러주신 백낙청 선생님의 은혜는 형언할 길이 없다. 더불어 내 글과 삶의 교정자인 아내에게도 고마움을 표하고 싶다.

2011년 10월
한기욱 삼가 씀

차례

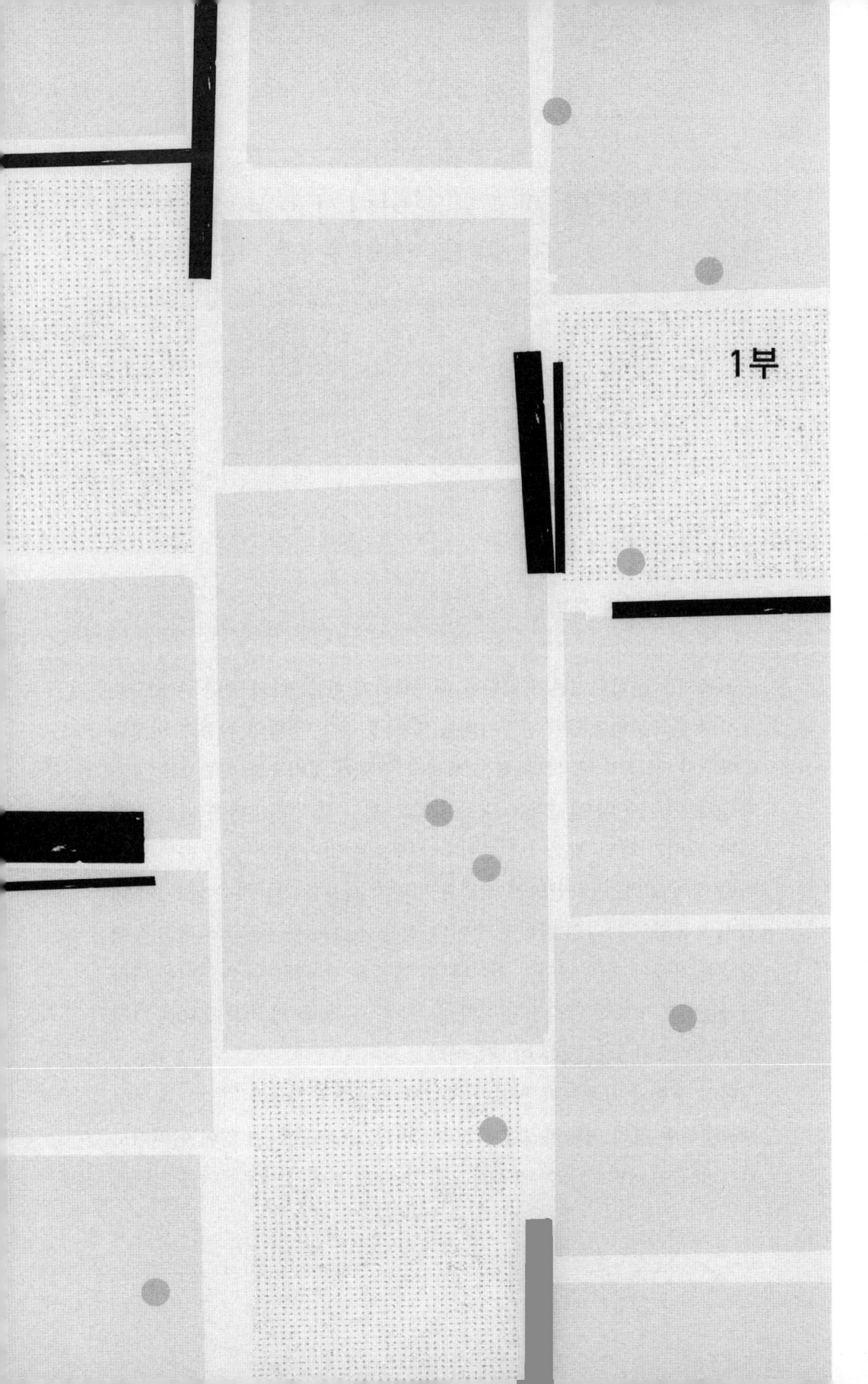

1부

문학의 새로움은 어디서 오는가
2000년대 소설과 비평의 향방

1. '새로움'에 강박된 비평

거듭되는 문학위기론과 평단을 떠들썩하게 한 '문학의 종언'론에도 불구하고 한국문학은 춘추전국시대를 맞은 듯 온갖 경향의 작품과 비평을 쏟아낸다. 작금의 한국문학에는 새것과 옛것이 엇비슷한 비중으로 공존하는데, 이 가운데 새것다운 새것이 있고 겉만 새것이지 속은 낡은 것이 있다. 그런가 하면 옛것처럼 보이지만 새로운 것이 있고 겉도 속도 낡아버린 것이 있다. 천차만별인 작품과 비평의 실제를 가늠하는 데는 이 네 가지 분류법도 하나의 방편일 뿐이다. 분명한 것은 한국문학의 활력 속에 상당한 거품이 끼어 있다는 것이다. 이 거품을 제거하느냐 마느냐에 따라 한국문학의 향방이 달라질 것이다. '새로움'과 '낡음'의 기준에 대해 다시 생각할 필요가 있는 것은 이 때문이다.

여러 경향의 작품들이 저마다 자신이 진정한 문학임을 자임하고 나설 때일수록 비평의 역할이 중요해진다. '비평가'(critic)라는 영어 어원에도 담겨 있듯이 어떤 작품이 가치가 있는가, 어떤 점에서 새로운가를 가려내는 비평작업이 '결정적으로 중요한'(critical) 것이다. 그것은 이 작업에 문학다운 문학이 무엇인가라는 물음뿐 아니라 삶다운 삶이 무엇인가라는 물음도 걸려 있기 때문이다. 비평가는 '준비된 독자'로서 이런 비평작업의 포문을 여는 사람인데, 그 선도적인 역할에 힘입어 작가를 포함한 수많은 독자들 사이에 대화와 토론의 공간이 마련될 때 문학은 소위 '문학인'들의 좁은 마당에서 벗어나 동시대 사람들의 소중한 공유자산이 된다.

그런데 우리의 상당수 비평가들은 마치 '신상'(품)을 소개하는 홈쇼핑 쇼호스트처럼 작품의 진면목이 아닌 이런저런 서사적 특색에 의거하여 2000년대의 젊은 문학에 '새롭다'는 형용사를 남발한다. 어느 시대이건 새로 등장하는 문학에 새로움을 과도하게 부여하는 경향이 있지만, 오늘날 상당수 비평가들이 최신 소설에서 발견하는 '새로움'은 강박증적이고 '코드화'되어 있다는 것이 문제이다. 신예 평론가 강유정(姜由禎)은 이를 날카롭게 지적한다.

어떤 점에서 동시대의 문학 혹은 새로운 문학의 내용을 구성하고 있는 작가들은 '새로움'에 대한 예증이자 주석으로 차용되는 바가 없지 않다. 새로운 작품들이 나타났기에 의미 규정이 이루어진다기보다 새로움을 선언하기 위해 낯선 작품들이 수배되고 있는 형편이라는 뜻이다. 새로움에 강박된 최근의 독법에 각각의 구체적 실재에 대한 반성적 인식이 결여되어 있는 까닭도 이 때문이다. 선언의 도그마는 반성이나 회의를 허용하지 않는다. '새로움'에 대한 담론적 조감도만 있을 뿐 작품의 실체가 주석처럼 왜소화되는 까닭도 이 때문이다.[1]

2000년대 문학의 새로움을 논한 (필자를 포함한) 평자들의 행태를 되돌

---

1 강유정 「Welcome to Nowhere-land─한유주, 김유진의 새로운 소설」, 『오이디푸스의 숲』, 문학과지성사 2007, 35면.

아보게 만드는 대목이다. 이것이 2000년대 소설에 '무중력 공간의 글쓰기'라는 이름을 붙인 이광호(李光鎬)나 '무력한 자아'를 특징으로 내세우는 김영찬(金永贊) 등 '새로움' 선언을 선도한 비평가들에 대한 비판이라면 과도한 면이 있지만,[2] 그들 이후에 가속화된 새로움 강박증은 이런 비판을 받을 만하다. 최근 평단의 잘못된 관행을 이처럼 야무지게 비판하는 강유정은 한유주(韓裕周)와 김유진을 다루는 자신의 글이 "새로움이라는 미개척지에 대한 또다른 점유라기보다 점유된 영역의 타당성에 대한 반성적 고찰"(36면)에 가깝다고 주장한다. 하지만 두 작가의 작품을 분석한 후에 "그들이 시도하는 소설의 혁신이나 언어의 갱신이 불가능한 모험일수도 있다"(51면)고 살짝 꼬집는 것만으로 '새로움에 강박된 최근의 독법'에 어떤 교정효과를 줄 수 있을지 의문이다.

사실 강유정은 '새로움'을 남발하면 안된다는 자각에도 불구하고 새로움을 맹렬히 찾는 모습을 보여주기도 한다. 가령 "최근의 소설들은 마치 공모라도 한 듯이 소설의 원리에서 '근대성'을 지우고 있다. 중요한 것은 그 지움이 바로 소설이라는 근대적 축조물을 내파하는 방식"이라고 지적하며, "최근 소설 속에 의도적인 눈감기의 행위가 자주 출몰하는 맥락"에 주목한다.(20면) 이어서 강유정은 이기호, 박형서, 한유주, 편혜영을 근대

---

2 필자는 이광호의 발상이 2000년대 작가들의 소설을 "실제 이상으로 탈현실적이고 탈역사적인 맥락에서 읽기 쉽다"고 비판하고, 김영찬의 주장에 대해서는 "부분의 성향을 전체의 성격으로 확대"할 우려가 있다고 지적한 바 있다. 특히 그들이 '새로움'의 발상의 예로 거론한 작가들 가운데 경우에 맞지 않는 작가(김애란, 김중혁, 박민규)도 끼어 있다는 것이 불만이었다. 작품의 가치평가와 별개의 차원에서 이뤄지는 일종의 '코드화'에 대한 불만도 있었다. 졸고 「한국문학의 새로운 현실 읽기」, 『창작과비평』 2006년 여름호 214~15면; 본서 106~108면 참조. 이에 대해 이광호는 "'설정된 글쓰기 주체의 무중력'을 '비평가의 무중력' '독해방식으로서의 무중력'으로 왜곡하는 논법"이라고 반박하고 있으나 필자의 비판은 '글쓰기 주체의 무중력'을 설정하는 데 따른 문제점을 지적한 것이다. 이광호의 반박에 대해서는 「'2000년대 문학 논쟁'을 넘어서」, 『문학과사회』 2007년 봄호 249면; 『익명의 사랑』, 문학과지성사 2009 참조.

소설의 원리를 내파하는 저자로 호명하며 '눈먼 오이디푸스의 새로운 소설'이라는 이름으로 김중혁(金重赫)과 김애란(金愛欄)의 작품세계를 자세히 분석한다. 이로써 '근대성'을 지워버린 '새로운 소설'의 작가 명단이 제시되는데, 아이러니하게도 이쯤 되면 강유정 자신이야말로 '새로움에 강박된 최근 독법'의 모범사례를 보여주는 격이다.

그런데 낯설고 새로운 소설의 '수배' 경쟁에 중견 평론가 손정수(孫禎秀)까지 끼어든 것은 사태가 심상치 않음을 일러준다. 손정수는 "새로움에 모든 것을 거는 비평가들의 도박에는 응당 그에 합당한 판돈이 있는 법"[3]이라고 하면서 그 '도박'에 과감하게 뛰어든다. 말하자면 나름대로 최근 소설의 문법에서 발견되는 새로운 작가(박민규, 김중혁, 한유주, 김태용, 황정은 등)의 명단을 작성하는 것이다. 그런데 작품의 가치평가와 무관한 이런 강박증적인 새로움 추구의 이면에는 '허구적'인 낡음이 도사리고 있기 마련이다. 강유정의 경우 그것은 한마디로 '시각 중심의 근대성'이다. 그렇다면 손정수에게 그 기준은 무엇일까. 손정수가 최근 소설의 동향에 대해 "어느 시점 이후 소설은 작가의 삶이나 기억, 사회적 현실 등으로부터 발원하지 않고 앞서 존재했던 텍스트들을 재전유하는 방식으로 재생산되고 있는 듯하다. 그것은 투명한 현실의 재현이 아니라 상징적 상상이거나 혹은 상상적 상징일 것"(같은 곳)이라고 말할 때 그가 염두에 둔 기준이 드러난다. 그에게 '낡음'의 뚜렷한 징표는 '투명한 현실의 재현'인 것이다.

그런데 손정수의 이 진술은 이중으로 사태를 왜곡한다. 우선 "작가의 삶이나 기억, 사회적 현실 등으로부터 발원"하는 소설들이 다수 씌어지고 있는 엄연한 현실을 삭제한다. 이런 소설들은 아마 '리얼리즘' 소설을 지칭하는 듯하다. 둘째, 이런 (리얼리즘) 소설의 특징이 '투명한 현실의 재

---

3 손정수 「변형되고 생성되는 최근 한국소설의 문법들」, 『자음과모음』 2008년 가을호 226면.

현'인 것처럼 호도한다. '투명한' 현실의 재현이란 가능하지 않다는 것은 리얼리즘의 오랜 전통 속에서 단련된 우리 작가와 비평가의 상식이거니와, 리얼리즘 작가들이 '재현주의'적 발상의 한계를 돌파하는 예술적 분투의 과정을 소설화한 사례도 여럿이다.[4] 이론 쪽에서도 리얼리즘의 핵심은 '현실의 재현'이 아니라 작품 전체가 '시적 경지'에 이르렀는가 여부라는 것을 강조하지 않았던가.[5]

2. '근대문학의 종언과 그 이후의 문학'이라는 프레임

손정수가 한국소설의 '새로움'과 '낡음'의 분기점을 '투명한 현실의 재현'에서 찾는다는 것은 우리 비평의 일부가 좌표를 잃고 표류하고 있음을 일러준다. 그런데 그 연유를 추적하다보면 카라따니 코오진(柄谷行人)의 '근대문학 종언'론의 수용 문제와 맥이 닿는다. 알다시피 카라따니는 한국문학의 급격한 영향력 쇠퇴에서 '근대문학의 종언'을 실감하고 '근대문학 이후의 문학'은 오락에 불과하므로 문학과 결별한다고 선언한다. '종언'론을 둘러싼 논쟁에서 "카라따니의 『근대문학의 종언』은 지금 이 시대, 우리에게 문학은, 비평은 무엇인가를 근본적으로 되묻고 있다"[6]는 권성우(權晟右)의 지적은 경청할 만하다.

---

4 가령 전성태의 「퇴역 레슬러」(2000)와 「존재의 숲」(2003)은 재현주의와 반영론의 한계를 묘파하는 작품들이다. 이에 대해서는 졸고 「한국문학의 새로운 현실 읽기」 참조.
5 백낙청 「시와 리얼리즘에 관한 단상」(1991), 『통일시대 한국문학의 보람』, 창비 2006, 428면 참조. 백낙청은 여러 군데서 리얼리즘 예술의 핵심은 사실주의적 재현이 아님을 분명히했는데, 자세한 논의로는 백낙청 「로렌스와 재현 및 (가상)현실 문제」, 『안과밖』 1996년 하반기호 참조.
6 권성우 「추억과 집착— '근대문학의 종언'과 그 논의에 대하여」, 『안과밖』 2007년 상반기호 146면; 『낭만적 망명』, 소명출판 2008.

하지만 권성우 자신이 그 물음을 '근본적으로' 되묻고 있다는 생각은 들지 않는다. 카라따니의 '종언'론에 기대어 한국문단을 향해 반성과 성찰을 촉구할 뿐 그의 주장(특히 '한국문학 종언'론)의 허실을 꼼꼼히 검토하지 않기 때문이다. 가령 우리 문학과 일본문학의 차이에 대해 "김원일, 조정래, 황석영, 방현석, 김남일, 정지아, 정도상, 안재성, 공선옥, 전성태 등이 각자 자신의 방식대로 분투하고 있는 문학세계에 해당하는 이 시대 일본 작가를 떠올리기가 쉽지 않다는 점"(137면)을 일껏 거론해놓고, 한일 양국의 문화적·문학적 차이가 점차 희미해지고 있다는 이유로 이들 작가에게 큰 기대를 걸지 않는다. 황석영(黃晳暎)에서 안재성(安載成)까지 예술적 성향과 수준의 차이가 현격한 작가들을 뒤죽박죽 도열하는 방식도 문제다. 이들이 모두 사실주의적 서사를 사용한다는 것에 주목할 뿐, 누가 그런 서사로써 우리 시대에 '결정적으로 중요한' 예술을 만들어내느냐의 문제는 불문에 부치기 때문이다. 이런 범주화 역시 일종의 '코드화'이다. 권성우가 박민규(朴玟奎) 소설의 빼어남을 이해하지 못하고 그에 대한 백낙청(白樂晴)의 높은 평가를 무슨 다른 저의가 있는 것처럼 의심하는 것[7]도 이런 '코드화'된 문학관에 사로잡혀 있는 탓이 아닐까 싶다.

황종연(黃鐘淵)의 반응은 좀더 자세히 살펴볼 필요가 있다. 논의의 편의상 카라따니의 '종언'론을 1) '근대문학' 개념 2) '근대문학의 종언과 그 이후의 문학'이라는 구도 3) '근대문학 이후의 문학'은 오락에 불과하다는 주장, 세 항목으로 나눠 살펴보자. 황종연의 반응이 불만족스러운 것은 카라따니에게는 '근대문학'이 문학다운 문학인데 황종연에게는 그게 무엇인지 명확하지 않다는 것이다. 황종연은 "근대문학은 끝났다는 카라따니의 주장이 타당하고 유용한 가설"[8]이라고 인정하지만 카라따니와 달리

---

7 권성우 「박민규, 혹은 비평의 운명·1」, 『오늘의 문예비평』 2008년 여름호 참조.
8 황종연 「문학의 묵시록 이후—가라타니 고진의 「근대문학의 종언」을 읽고」, 『현대문학』 2006년 8월호 196면.

'근대문학'을 문학다운 문학으로 생각하는 것 같지 않다. 황종연이 "근대문학의 종언 이후 문학은 하찮다는 그[카라따니]의 주장은 (…) 개인적·국지적 경험의 무리한 일반화가 아닌가"(197면) 하고 의심하면서 '근대문학 이후의 문학'이 오락 이상의 가치를 지닐 수 있음을 비치는 것도 이 때문이다. 간추려보면 황종연은 1)은 받아들이되 '근대문학'이 그렇게 이상적인 문학인지 의심하며, 3)은 거부하고 2)는 그대로 받아들인다.

그런데 2)에서 골치 아픈 것은 한국에서 '근대문학'과 '근대문학 이후의 문학'(탈근대문학)의 분기점을 어디에 설정하느냐의 문제이다. 이 문제는 카라따니의 '근대문학' 개념 자체와 그것을 한국에 적용하는 것이 타당한가를 충분히 검토하기 전에는 해결될 수 없다. 황종연은 서구문학사의 맥락에서 이런 검토작업을 시도하고 있으나, 그것이 서구 여러 나라에 두루 타당한지 의문이거니와 무엇보다 '분단체제극복'으로서의 통일을 비롯한 근대적응··근대극복의 이중과제를 안고 있는 우리의 상황에는 명백히 맞지 않는다. 우리 문학을 '근대적' 문학과 '탈근대적' 문학이라는 두 경향으로 나눌 수 있다면, 그 양자는 카라따니가 설정한 것과는 성격이 다르거니와 그렇게 단절적일 수도 없다. 많은 뛰어난 작품들이 양자의 경계에 놓이거나 양자의 속성을 동시에 지니기 때문이다. 이런 사정을 돌아보지 않고 카라따니의 2)의 단절적인 구도를 덥석 접수하면서 그 분기점을 자의적으로 정하는 것이 오늘날 우리 비평을 '낡음/새로움'(근대문학/탈근대문학)이라는 도식의 포로가 되게 만든 데 한몫하고 있다.

물론 이런 도식에 빠져 있지 않은 비평가들도 있다. 가령 김중혁과 김애란의 소설에서 탈근대문학 특유의 미덕을 억지로 찾으려는 강유정의 시도에 대해 신형철(申亨澈)은 "김애란과 김중혁의 소설이 우리에게 인상적인 것은 오히려 그 소설들이 잘 쓰인 근대소설이어서가 아닌가?"[9]라고

---

9 신형철 「우리가 '소설의 윤리'를 말할 때 너무 많이 한 말과 거의 안한 말」, 『너머』 2008년 여름호 278면; 『몰락의 에티카』, 문학동네 2008.

날카롭게 반문한다. 그의 다음 발언은 오늘날 새로움에 강박된 비평의 메커니즘을 정확하게 짚는다.

> 우리는 이것이 가라타니의 논법이 갖고 있는 유혹이라고 생각한다. '근대문학의 종언과 그 이후의 문학'이라는 프레임 속으로 일단 들어가면 우리는 근대문학과 탈근대문학은 다르다는 것을 전제하고 탈근대문학만의 미덕을 혼신의 힘을 다해 찾아야만 한다. 그러나 그보다 훨씬 더 쉬운 일은 탈근대문학에도 여전히 근대문학의 미덕이 존재한다고 말하는 일이 아닌가. 김중혁과 김애란의 소설에서 좋은 근대소설의 미덕들을 찾는 일이 더 쉽지 않은가. 그러고 보면 가라타니의 프레임 안에서 벌어지는 싸움은 애초에 질 수밖에 없는 싸움일지도 모른다. (…) '근대문학'이 '문학'의 세계에서 자신의 지분을 회수하고 철수할 때 우리는 '문학' 본래의 지분까지 '근대문학'이 가져가도록 내버려둘 필요가 없다.(279면)

그렇다. '근대문학의 종언과 그 이후의 문학'이라는 카라따니의 프레임 안에서 벌어지는 어떤 문학적 투쟁도 필패이다. 이 프레임은 최원식(崔元植)이 지적하듯 한국의 민족문학운동 또는 민중문학운동의 해체를 촉진하는 '신판 프로문학 해소론'일뿐더러(한겨레 2007.10.26) 신형철이 간파하듯 "'문학' 본래의 지분까지" 앗아가는 구조적 함정을 갖고 있다. 그러나 이 필패의 함정에서 버둥거리다 문득 문학이 무엇인지, "'문학' 본래의 지분"이 무엇인지 깨닫게 된다면, 그것이야말로 카라따니가 자기도 모르게 한국문학에 짓는 최대의 공덕이라 할 만하다.

3. 문학과 시대적 과제

2000년대 문학의 성격을 우리 시대의 중대한 변화와 관련지어 이해하려는 시도로서 필자는 '6·15시대의 문학'이라는 발상을 제시한 바 있다.[10] 이에 대해 창비 안팎에서 열띤 비판이 쏟아졌는데, 그에 감사하고 대체로 수긍한다.[11] 각각의 비판에 일일이 답하기보다 자기비판을 겸해 필자 나름으로 입장을 가다듬고자 한다. 필자가 '6·15시대의 문학'이라는 발상을 제시한 동기는 이광호의 '무중력 공간의 글쓰기'라는 세대론적인 발상과 2000년대 문학에 결정적인 영향을 미친 사건으로 IMF 외환위기를 꼽는 김영찬의 입장에 대한 반론의 일환이었다. 우리 시대 문학을 시대적 현실과의 관계 속에서 새겨 읽되, 최근 한국사회의 변화를 한반도 남녘의 사건 중심으로만 파악하기보다 한반도 전체의 획기적인 사건을 주목해서 살펴보자는 취지였다.

이런 취지 혹은 문제의식 자체는 지금도 유효하다고 본다. 문제는 시대론과 문학론의 차이, 중요한 개념이나 사건의 적용단위의 차이를 세심하게 고려하지 않은 채 '6·15시대 문학론'을 개진한 데 있었다. 가령 IMF사태와 6·15선언을 비교하면서 "양자 모두 충격적인 사건인데, 한반도 남녘 사람의 일상생활에 직격탄을 날린 쪽은 전자이지만 한반도 주민 전체의 장래에 더 결정적인 사건은 후자"(졸고 209면; 본서 105면)라는 필자의 판단은 지금도 옳다고 생각하지만 "IMF 금융위기는 주로 남한사회가 해당단위가 되는 거고, 6·15시대라는 건 한반도 전체가 일차적 단위"(백낙청·이명

---

10 졸고 「한국문학의 새로운 현실 읽기」 참조.
11 김영희·김영찬·박형준·이장욱 좌담 「우리 문학의 현장에서 진로를 묻다」, 『창작과 비평』 2006년 겨울호 197~200면; 진정석 「사회적 상상력과 상상력의 사회학」, 같은 책 209~12면; 유희석 「통일시대를 위하여」 같은 책 227면; 백낙청·이명원 인터뷰 「'변혁적 중도주의' 제창한 문학평론가 백낙청」, 『백낙청 회화록』 5권, 창비 2007, 547~49면; 이광호 「'2000년대 문학 논쟁'을 넘어서」 254~60면 참조.

원 인터뷰 중 백낙청의 발언, 548면)라는 것, 즉 두 사건의 적용단위가 다르다는 것을 충분히 감안하지 못한 것은 사실이다. 달리 말하면 우리 문학 논의의 주된 범위가 한국문학, 즉 '남한'문학이라는 점을 철저히 인식하지 못한 것이다.

이런 불철저한 인식 때문에 6·15시대가 한국문학과 맺는 관계도 훨씬 더 우회적이고 그 성과가 장기적으로 나올 수밖에 없다는 사정을 깊이 고려하지 못했고, 그런 탓에 무리가 생긴 면도 있다. 특히 '경계 넘기'의 활용법이 도마에 올랐는데, 가령 "2000년대 문학에 나타난 '경계 넘기'의 기원을 설명하는 방식은 좀더 복합적일 필요가 있다. 한편, 경계의 외연이 지나치게 넓은 것도 문제"(진정석 211면)라는 지적[12]이나 "세계화라는 변수를 언급하고 지나갈 뿐, 6·15와 관련짓지는 않지요. 양자의 관련성과 길항을 다 짚어내야 하지 않을까"라는 김영희(金英姬)의 논평(김영희·김영찬·박형준·이장욱 좌담 199면)은 그 허점을 정확히 짚은 것이다.

이런 개념상의 잘못을 바로잡으면 '6·15시대 문학론'은 좀더 정교해지겠지만 그 입지는 축소될 듯하다. 6·15시대는 남북간의 국가연합이 성립될 때까지의 이행기이다. 이 한시적인 시기 동안 남북간의 인적·경제적 교류는 늘어나더라도 상당히 제한될 수밖에 없다. 이 시기 특유의 경험이 뛰어난 문학작품으로 결실을 보기까지는 시간이 걸릴 것이며 상당수 걸작은 남북연합 시대에 가서야 나올 공산이 크다. '6·15시대 문학'이란 것이 이렇게 협소하다면 그 범주가 따로 필요한지 생각해볼 일이다.

'6·15시대 문학'의 개념적 효용성은 일차로 '6·15시대' 특유의 '경계

---

12 이광호도 비슷한 비판을 하고 있는데, 다만 그 일부는 '6·15시대'의 성격에 대한 오해에서 비롯된 것이다. 가령 "통일한국의 이데올로기는 민족적 동일성의 관념에 기초한 단일한 민족국가의 성립을 목표로 한다는 맥락에서, 민족이라는 선명한 경계선의 이념이 작동하고 있다"(이광호, 앞의 글 258면)고 성토하는 대목이 그렇다. 통일지상주의와 분단체제극복으로서의 통일 간의 중요한 차이를 구분하지 않는 진술이다.

넘기' 경험과 그 경험과 결부된 사유와 상상력의 전환을 담아내는 데 있다. 가령 탈북 경험을 다룬 소설은 '통일시대 문학'보다는 '6·15시대 문학'에 어울린다. 또한 국가연합을 이루기 위해 민족이나 국가와 같은 범주들을 강화하거나 해체하는 것이 아니라 유연하게 상대화하는 것이 6·15시대의 역사적 요구라면, '6·15시대 문학'은 민족주의(국가주의)와 탈민족주의(탈국가주의) 양극단을 중도의 입장에서 비판할 수 있는 소중한 준거점이 되리라고 본다.

6·15시대가 예상외로 험난해질 때 '6·15시대 문학'이 어떤 특별한 소용이 있을까도 생각해봐야 한다. 이명박정부의 대북정책이 계속 외교적 무능과 이데올로기적 반발로 점철된다면 그의 재임 동안 남북의 국가연합이 실현되기는 힘들 듯하다. 게다가 미국의 금융위기로 말미암은 한국의 경제위기가 남북관계에 대한 변변찮은 관심마저 흩뜨리는 면이 있다. 한국 자본주의 체제와 자본주의 세계체제 사이의 함수관계에 사로잡혀 그 사이에서 작동하는 분단체제의 메커니즘을 망각하기 쉬운 것이다.

이 시대에 문학은 무엇인가라는 물음이 다시 절실하게 떠오른다. 하지만 필자는 이 물음에 답할 준비가 되어 있지 않다. 다만 황석영의 『개밥바라기별』(문학동네 2008)에 등장하는 공사판 노동자 '대위'의 말에서 삶다운 삶, 문학다운 문학이란 이런 것이 아닐까 하는 암시 같은 것을 받는다. 대위는 "살아 있음이란, 그 자체로 생생한 기쁨"이라며 일인칭 화자 '준'에게 이렇게 말한다.

사람은 씨팔…… 누구든지 오늘을 사는 거야.
거기 씨팔은 왜 붙여요?
내가 물으면 그는 한바탕 웃으며 말했다.
신나니까…… 그냥 말하면 맨숭맨숭하잖아.
고해 같은 세상살이도 오롯이 자기의 것이며 남에게 줄 수 없다는 것

이다.(257면)

이때 '오늘을 산다는 것'은 그저 현재를 산다는 뜻이 아니다. 충만한 순간을 산다는 것이고 그 순간 살아 있음을 실감한다는 뜻일 것이다. 따라서 '오늘'은 시간 개념만이 아니라 어떤 존재의 살아 있음을 온몸으로 느끼는 '삶의 경지'를 뜻한다. 달리 말하면 삶다운 삶이 실현되는 것인데, 이게 무슨 고상하고 세련된 삶을 뜻하는 게 아니다. 오히려 '고해 같은 세상살이' 속에서도 '살아 있음' 자체가 '생생한 기쁨'임을 깨닫는 사심없음의 경지랄까. 문학이란 이런 삶다운 삶이 실현되는 '시적'인 순간의 설렘과 떨림을, 고해 같은 세상살이의 희로애락을, '오늘'이라는 삶의 현장을 생생하게 드러내는 예술이 아닐까. 이때 '씨팔'은 그런 '시적' 경지에 따르기 마련인 고양된 감흥을 표현하면서 그것을 이상화하지 않고 다시 속세의 삶으로 되돌리는 '산문적' 태도이다. 요컨대 문학은 어떤 역할이나 도구이기 이전에 삶의 진실이 드러나는 예술형태인데, 문학이라는 예술의 남다른 비범함은 그런 진실이 드러남과 동시에 시대적 과제나 임무 같은 실천적인 지평이 더욱 명료해진다는 것이다.

4. 국경을 넘는 몇가지 방식

'국경을 넘는 일'을 다루는 소설은 2000년대 초반부터 등장했지만 최근에는 '탈북'이 하나의 모티프나 중요한 소재로 활용되고 있다. 가령 강영숙(姜英淑)의 『리나』(랜덤하우스 2006)는 탈북소녀 리나의 거듭되는 국경 넘기를 통한 탈주의 여정을 추적하고, 황석영의 『바리데기』(창비 2007)는 탈북이라는 수난의 경험을 세계화시대의 난민 문제와 결합한다. 정도상(鄭道相)의 연작소설 『찔레꽃』(창비 2008) 역시 세계화로 인한 난민과 이주노동의 문제를 후경으로 깔되, 탈북과 유랑이라는 분단체제 해체기의 특수한 경험에 초점을 맞춘다. 따라서 『찔레꽃』은 앞의 두 작품과의 연관성과 더불어 탈북자 자신이 구술하거나 집필한 탈북자문학과도 친연성을 지니고 있다.[13]

그런데 외국이론으로 무장한 요즘 비평은 탈북이나 '국경 횡단'의 서사를 다룰 때 남북한이 분단국이라는 사실을 무시하며, 따라서 분단체제적인(6·15시대적인) 관점에 도통 관심이 없다. 가령 정은경(鄭恩鏡)은 『찔레꽃』의 해설 「키치에 맞서는 비정성시(非情城市)」에서 시종일관 아감벤(G. Agamben)의 『호모 사케르』(Homo Sacer) 논의를 적용하는데, 독자들의 이해를 돕기 위해 붙인 '해설'이 오히려 소설 자체보다 더 어려운 듯하다. 아감벤의 이론이 이 소설의 문맥에 적절한지도 의문이다. 아감벤은 근대의 주권권력이 '시민'의 이름으로 '법에 의한 법 자체의 중단'이랄 수 있는 '예외상태'—가령 난민/수용소—를 만들어내는데, 이 '예외상태'가 도리어 규칙이 되어 '시민'과 '난민'의 구분이 애매해지는 상황을 문제삼는다. 『찔레꽃』에도 이런 측면이 분명히 존재한다. 하지만 이 소설에서의 탈북과 유랑의 경험은 남북한이 분단된 탓에 벌어지는 비극의 측면이 강하다.

소설의 해석이나 비평에 외국이론을 활용하지 말자는 뜻은 아니다. 가령 아감벤의 이론은 최인석(崔仁碩)의 「스페인 난민수용소」(『현대문학』 2008년 5월호)에는 딱 들어맞는 듯하다. 백지은(白志恩)은 이 소설이 아감벤의

---

13 이 장르의 대표적인 작품으로 수기소설 『펑꼬』(금문서관 1995)와 『국경을 세 번 건넌 여자 최진이』(북하우스 2005) 그리고 시집 『내 딸을 백원에 팝니다』(조갑제닷컴 2008)를 들 수 있다. 특성상 탈북 후의 유랑보다는 북한에서의 생활, 특히 90년대 '고난의 행군' 시절의 궁핍한 삶을 증언하는데, '꽃제비'라 불리는 북한판 소매치기의 파란의 삶을 다루는 『펑꼬』는 보수반공 이데올로기로부터 가장 거리를 두고 있거니와 소설적 재미와 미덕도 풍부하다.

주권권력에 관한 "인식을 체현한 하나의 사례처럼 읽힐 수도 있을 만큼"[14] 아감벤의 중요한 논지와 아귀가 맞는다고 반기는 듯하다. 그런데 오히려 바로 그 점이 찝찝한 것 아닌가? 어떤 소설이 이론에 맞아떨어져서 좋은 작품인지 아니면 그렇기 때문에 오히려 문제가 있는 작품인지는 따로 따져야 한다. '우리는 모두 난민'이라는 '아감벤'적인 메씨지를 남기는 「스페인 난민수용소」는 국가와 인종과 민족의 경계를 모두 넘어서는 급진성을 담고 있다. 그런데 이런 급진성은 이 소설에서 '국경을 넘는 일'(영천에 온갖 나라의 난민수용소가 생겨나고 마침내는 영천시 자체가 '영천 난민수용소'가 되는 일)이 아무 문제 없이 뚝딱 이뤄지는 관념적인 방식과 동전의 양면이다.

국경을 넘는 여러 방식 가운데 가장 쉬운 것은 「스페인 난민수용소」처럼 관념으로(머리로) 넘는 것이다. 그다음 쉬운 방식은 물리적 국경을 몸으로 넘되 마음속의 경계는 그대로 두는 것이다. 『리나』는 전자에, 『찔레꽃』은 후자에 가깝지만 양자가 모두 상투적인 방식에서 탈피하려고 분투한다는 점에서 주목할 만하다. 『리나』는 사변적이되 몸의 감각을 총동원한 사유의 모험을 통해 정신/몸, 남성/여성, 국민/난민, 자본/노동, 정주/탈주의 경계를 돌파하여 나아간다. 주인공 리나는 자본의 재영토화를 거부하고 끊임없이 국경을 넘어 탈주하는 '노마드적 인물'이라 할 만하다.

이 소설에서 가장 주목할 만한 것은 근대 가족의 최종 진화형태인 일부일처제 핵가족과 판이한 새로운 형태의 가족이다. 이 가족은 리나와 이국의 늙은 가수 할머니, 리나의 동료이자 연인인 이국청년 '삐', 함께 탈북한 동료이자 동성애 연인인 봉제공장 언니, 봉제공장 언니와 아랍계 남자 사이에 태어난 농아로 구성되어 있다. 혈연과 국적과 인종과 성별·성

---

14 백지은 「지금 만나러 갑니다─최근 한국소설과 '낯선 삶의 출현'」, 『세계의문학』 2008년 가을호 279면.

애를 넘어서는 이 "대안가족은 매우 급진적"[15]이며 "지극히 윤리적인 가족"[16]이기도 하다. 이런 탈근대적 대안가족의 '급진성'과 '윤리성'이 순전한 관념의 소산은 아니지만 그것의 형상화에 현실의 요소가 얼마나 작동하는지, 그리고 작가의 탈근대적 '소망충족' 욕구가 얼마나 투영되어 있는지 헤아리는 것이 중요하다. 탈근대서사 모티프의 보고(寶庫)와도 같은 이 소설이 때론 지루하게 느껴지는 까닭은 선형 서사를 거부하는 예술적 의도 때문만은 아니고, 사유와 현실 사이의 긴장감이 풀어진 탓도 있다.

『리나』에 비해『쩰레꽃』은 서사방식과 경계 넘기 양면에서 '급진적'인 것은 차치하고 '진보적'인 느낌도 주지 못한다. "있는 그대로의 현실을 재현하려고 많은 밤을 속절없이 끙끙거리며 보냈지만 수없이 한계에 부딪히기도 했다"(「작가의 말」 243면)는 발언에서 보건대, 주된 서사방식은 순진한 사실주의라고 생각하기 쉽다. 그렇지만 이 소설을 모사론적 재현주의에 갇혀 있는 것으로 여긴다면 그건 오산이다. 사실주의 필치의 소재주의에 기운 듯한 대목도 더러 있지만 온몸을 긴장케 하는 명편도 있다. 가령「얼룩말」이 그렇다.

「얼룩말」에는 두 가지 관점이 동시에 작동한다. 하나는 어른의 관점으로, 여러 성향의 탈북자들과 선교사 간의 대거리에 초점을 맞추면서 '기획입국' 프로그램이 지닌 기만적 성격을 여실히 드러낸다. 또 하나의 관점은 엄마와 헤어진(사실은 사별한) 후에 '동물의 왕국'에 푹 빠져 사는 어린아이 영수의 시선이다. 작가는 여리고 순진한 아이의 관점을 과감하게 차용함으로써 몽골 국경을 건너는 여정을 마라 강을 건너 쎄렝게티 초원으로 나아가는 얼룩말의 생사의 여정과 겹쳐놓는다. 이 두 관점이 동시

15 박성창 「문학·국경·세계화―황석영과 강영숙의 소설을 중심으로」,『세계의문학』 2008년 봄호 343면;『글로벌 시대의 한국 문학』, 민음사 2009.
16 김형중 「성(性)을 사유하는 윤리적 방식―최근 한국문학에 나타난 성·사랑·가족에 대한 단상들」,『창작과비평』 2006년 여름호 259면;『단 한 권의 책』, 문학과지성사 2008.

에 가동되면서 자아내는 복합선율의 효과는 놀라운 것이다. 탈북여성 '충심'의 여정을 시시콜콜 따라갈 때 더러 느껴지던 지루함이나 구질구질함 같은 것이 일거에 날아가면서 곧장 탈북난민의 비극의 한가운데로 들어온 듯하다. 「풍풍우우」의 서두에서 미친 '미향'이 자연만물과 대화하는 인상적인 장면도 이 소설이 재현주의에 갇혀 있지 않음을 보여주는 또다른 사례이다.

정도상이 주로 사실주의 서사방식으로 이런 새로운 면모를 보일 수 있었던 데는 탈북자의 비극을 온전히 표현하고자 하는 순정한 마음이 큰 몫을 한 듯하다. '충심'의 형상화에도 작가의 이런 애틋한 연민이 스며 있다. 가령 탈북과 유랑으로 상처입은 정체성을 온전하게 지키려고 분투하는 충심에게 작가는 따뜻한 공감을 보낸다. 그런데 이것이 예술적으로 반드시 좋은 효과만 있는 것 같지는 않다. 리나가 마음속 여러 경계들을 연거푸 돌파하여 매춘과 마약밀매와 살인까지 저지르고도 죄의식을 느끼지 않는 아나키스트의 면모를 보여주는 데 반해, 충심은 선양에서 안마사 생활을 할 때 손님이 '장군님'을 조롱한다고 팩 토라질 정도로 여전히 순진하다. 뿐만 아니라 가족애와 사랑, 성별/성애에 대한 태도 등에서 가부장적인 모형으로부터 벗어나 있지 않아 충분히 근대적이지도 않은 듯하다.

충심의 형상화 문제를 공정하게 평하려면 탈북사태가 북한이라는 근대 주권권력의 폭력적 지배 때문만이 아니라 남북이 원만한 근대적 국가를 성취하지 못한 데서 일어나는 비극이기도 하다는 점을 기억할 필요가 있다. 북의 사회는 여성에게 남성과 똑같은 노동의 의무를 지우면서도 강력한 가부장제를 활용하는데, 이는 분단체제로 인한 기형화와 관련이 있다. 『찔레꽃』도 북의 가부장제적인 모습을 슬쩍 비추곤 있지만, 작가가 문제의 심각성을 예리하게 인식하는 것 같지는 않다.[17] 가령 험난한 유랑생활

---

17 『평꼬』나 『국경을 세 번 건넌 여자 최진이』에서는 가부장제의 모습이 상당히 부각되어 있다.

에서도 정절을 지켜온 충심은 남한에 와서 북에 남은 어머니와 이모에게 목돈을 부쳐주기 위해 몸을 파는 선택을 한다. 충심의 효심은 가상하지만 이런 결단은 자기 삶을 책임지는 주체적인 행동이 못되는데, 작가는 비판보다 연민의 눈으로 지켜보고 있다. 충심이 좀더 당당한 여성주체로 성장했으면 하는 아쉬움이 남지만, 『찔레꽃』은 현재 한반도에서 가장 고통스러운 소수자랄 수 있는 탈북여성의 삶을 충실히 그려내기 위해 분투했다는 점에서 높이 사고 싶다.[18]

5. 낯선 언어의 세계

2000년대에 등단한 젊은 여성소설가들 가운데 김사과와 황정은(黃貞殷)은 이전에 보지 못한, 그렇기에 낯설고 새로운 서사를 보여준다. 촛불항쟁에 앞장선 여고생들, 젊은 여성들의 진지하고도 재기발랄한 언행이 조금은 낯설듯이 이들의 언어와 세계는 낯설어 보인다. 적어도 외형적으론 그렇다. 필자는 전래의 소설형식을 깨는 듯한 이런 낯선 서사에 대해 '새롭다'고 환호하기보다 그 낯섦이나 새로움이 어디서 오는지 짚어보려 한다. 낯설기로 치면 한유주의 소설도 빠지지 않는다. 하지만 앞의 두 작가의 소설은 낯설지만 상당한 재미가 있는데, 한유주의 소설은 완독하는 것 자체가 쉽지 않다. 최근작 「재의 수요일」(『세계의문학』 2008년 여름호; 『얼음의 책』, 문학과지성사 2009)이나 『달로』(문학과지성사 2006)에 수록된 소설들을 통해 이 작가가 현대문명에 근본적으로 비판적인, 지극히 '윤리적'인 작가라는 것, 타자의 타자성을 완벽하게 존중하려는 작가라는 것을 확인할 수 있다. 하지만 그의 '윤리적'인 태도와 '새로운 소설 쓰기' 시도가 소설

---

18 충심의 형상화 문제에 대한 좀더 상세한 논의는 본서 152~53면 참조.

서사의 부자연스러운 변형을 초래할 뿐 아직은 예술적인 성과로 이어지지 않는다는 생각이다.

김사과의 데뷔작 「영이」(『02』, 창비 2010)는 새롭다거나 낯설다기보다 괴상망측하다는 느낌으로 다가온다. 전래의 소설형식이나 가족 윤리를 난도질하며 발광하듯 울부짖는 언어는 심기를 불편하게 한다. 이 점에서 김사과의 데뷔작은 김민정(金珉廷)의 잔혹시와 상통한다. 이 소설의 주된 특징으로, 우선 자아의 자기동일성을 명백히 거부하는 것이 눈에 띈다. 영이가 하나가 아니라 영이를 바라보는 친구의 수만큼 많으며 '영이의 영이'(나중에 '순이')도 독립적인 인물로 등장한다. 또 하나 두드러지는 것은, 음주와 폭행을 일삼는 아빠를 엄마가 삽으로 개 패듯이 패고 나아가 '개새끼' 같은 아빠가 정말로 개가 되는("개새끼가 정말로 개가 됐네!", 32면) 장면을 그려놓을 만큼 아버지 혐오증이 극에 달한 상태라는 것, 그리고 엄마에 대한 감정도 비슷해서 가족이 푸근한 공동체가 아니라 서로를 증오하는 지옥 같은 곳이라는 것이다.

내용만 따져보면 두 특징 모두 그리 새롭다고 할 수 없다. 근대적인 자아 개념, 자기동일적 주체가 하나의 신화라는 것은 소설의 효시로 꼽히기도 하는 『돈 끼호떼』의 주된 테마였거니와, 프로이트 정신분석학에 오면 인간 내면이 여러 갈래로 분열되어 있음은 상식이자 과학이 된다. 분열된 자아를 분신처럼 별개의 존재로 독립시켜놓는 것도 아주 새로운 것은 아닌데, 다만 「영이」에서는 이런 수법이 도전적이고 극단적인 방식으로 구사된다. 아버지가 죽거나 없어지기를 바라는 부친 살해/부재 욕망이나 가부장제 가족에 대한 저항도 문학의 해묵은 주제이고, 90년대 이래 우리 여성작가들의 작품에 줄곧 나타난 것이다. 김사과만의 새로운 특징이 있다면 그것은 내용이나 형식보다는 혼신의 힘으로 부르짖는 그 강렬한 어조에 있다. 가령 이런 대목이 그렇다.

아빠가 술을 마시면 엄마는 욕을 하고 아빠는 엄마를 때리고 둘은 싸운다. 한 문장으로 쓰면 될 것을 나는 왜 이렇게 많은 문장을 쓰고 있나. 왜냐하면 백 문장에는 백 문장의 진실이 있고 한 문장에는 한 문장의 진실이 있기 때문이다. 당신의 고통과 나의 고통이 다른 것처럼, 열 시간의 고통과 십분의 고통이 다른 것처럼, 백 문장의 진실과 한 문장의 진실은 다르다. 이것은 아주 고통스러운 광경이기 때문에, 한 문장─삼초의 고통이 아니라 천 문장─삼천초의 고통을 안겨줘야 한다. 그래야만 당신도 느낄 수가 있기 때문이다. 나는 읽는 당신을 원하지 않는다. 느끼는 당신을 원한다.(24~25면, 강조는 인용자)

이 대목은 무슨 문학적 수사가 아니다. 작가인 '나'가 독자인 '당신'한테 대놓고 하는 말이다. 김사과는 문장의 힘('파워'가 아닌 '포스')을 믿는데, 자신이 느끼는 고통의 크기를 온전하게 전달하기 위해 문장의 양을, 즉 절규의 크기를 그만큼 증폭시키겠다는 것이다. 이런 '유물론적' 발상은 1980년대 노동문학이나 민중문학 이후 자취를 감췄는데, 2000년대의 신예작가가 어떻게 이런 발상을 갖게 된 것일까. 기존의 점잖은 문학언어와 양식화된 방식으로써는 작금의 삶의 현장에서 벌어지는 "아주 고통스러운 광경"을 실감나게 말할 수 없다는 인식에서 비롯된 것이리라. 김사과의 장편 『미나』(창비 2008)는 그 '고통스러운 광경'이 벌어지는 현장이 어디인지 명백히 보여준다.

『미나』는 허술한 점이 많다. 가령 주요인물인 수정, 미나, 민호 간의 관계가 원만하게 형상화된 것 같지 않다. 수정과 미나가 한 존재의 두 분신이라 해도 혹은 각각 독립된 개체라고 해도 만족스럽지 않은 것이다. 또한 대화체의 생동감에 비해 서술체 문장은 희곡 지문처럼 기술적이라서 소설적 자원을 충분히 활용하지 못한다. 하지만 이런 결함에도 불구하고 『미나』는 살벌한 입시경쟁에 내몰린 여고생들의 메마르고 뒤틀린 삶에 내장된 광기어린 폭력성을 강렬하게 보여준다.

김사과 소설에 새로움이 있다면 그것은 이 절규의 '포스'(force)에 있다. 이 절규 속에는 문학이 우리 시대에 가장 억압받는 집단(「영이」와 『미나』에서는 학생들)의 형언하기 힘든 고통을 제대로 표현하지 않고 있다는 거센 항의가 담겨 있다. 그는 하드고어를 불사하는 '열렬한' 소설가이다. 다만 『미나』의 어떤 대목은 너무 장황해서 작가의 '포스'가 작품의 '포스'로 전달되는 것 같지 않다.

그에 반해 첫 소설집 『일곱시 삼십이분 코끼리열차』(문학동네 2008)를 출간한 황정은은 웬만한 일에는 시큰둥하고 심드렁하고 항시 '서늘한' 소설가이다. 또한 대단한 스타일리스트이며 언어를 다루는 단수가 높다. 이를테면 황정은은 김사과처럼 아빠를 개 패듯이 패거나 피 칠갑한 아빠의 모습을 보여주지 않는다. 그냥 모자로 바꿔놓고 가끔 지나가면서 무심결에 발로 차거나 남들이 보기 전에 가방 속에 구겨넣을 뿐이다.

멀쩡한 아버지가 모자로 변한다는 설정을 어떻게 받아들일 수 있을까. 이런 식의 터무니없는 발상은 전래의 소설형식을 위반함으로써 튀어보려는 수법일까? 그런데 황정은의 「모자」의 경우 그럴듯해 보이는 것은 '모자'로 변하는 충격적인——그러나 작중에서는 모두들 대수롭지 않게 취급하는——사건을 제외한 나머지 이야기가 아주 '쿨'하게 진행되기 때문이다. 가령 여러 가족의 목격담을 통하여 변신 자체보다 변신의 경위라든지 변신에 대한 반응이 부각되면서, 가족 중에서 과중한 부담을 짊어졌으되 무기력한(고부갈등을 끝장내려고 기세 좋게 이불장을 업고 나가다가 대문에서 모자로 변하는 것처럼) 아버지의 모습이 차츰 윤곽을 드러내기 때문이다. 아버지가 할아버지한테 매를 맞은 일, 고부갈등에서 난처한 입장, 실직 시절에 맏이한테 무시당한 일, 아내의 투병생활 때 둘째자식의 뺨을 때린 일이 '변신'을 전후한 이야기를 통해 드러난다.

이렇게 보면 「모자」는 한국의 가족사에서 아버지가 무력하고 거추장스러운 존재로 되어가는 것을 증언하는 한편 그 아버지를 측은히 여겨 돌봐주는 무심한 듯 애틋한 자식들의 태도를 담고 있다. 이는 90년대 여성소설 이후 빈번히 등장한 아버지 살해/부재 욕망의 최종판으로서, 김사과의 하드고어 버전이나 김애란의 (아버지를 원망하기보다 '반짝이는 야광바지'를 입혀 달리게 하는) 재기발랄 버전보다 더 나아간 것이다. 그리고 '모자'라는 것이 환상이냐 상징이냐 알레고리냐 심지어 '외계인'이냐의 논란이 있는데, 그 무엇이든 '모자'와 '아버지'의 상통하는 심상을 '시적'으로 활용한 것이 아닐까 싶다. 모자의 이미지가 무기력하고 거추장스러운, 그러나 잘 챙겨야 하는 아버지상에 합치되는 만큼 "아버지의 삶에 대한 객관적 상관물"[19] 노릇을 하기 때문이다.

황정은은 시인처럼 언어의 경제성, 운율과 주술적 효과, 활자의 배치와 모양새에 빼어난 감각을 지녔다. 황정은 소설의 새로움이 있다면 아직은 주로 여기에 머물러 있다. 달리 말하면 그의 소설들이 얼마간 '시적 효과'를 지녔음에 주목할 필요가 있다는 것이다. 그런데 부분적으로 '시적 효과'를 거두는 것과 소설 전체가 '시적 경지'에 이른 것은 차원이 다른 이야기이다.

황정은 소설 가운데 후자에 육박하는 작품은 산문적인 요소와 시적인 요소, 냉철한 현실인식과 주술적인 언어구사가 매끄럽게 결합된 「무지개풀」이다. P와 K는 풀을 가지고 싶다는 멋진('환상적인') 생각을 실현하기 위해 마트에서 파는 4만 5천원짜리 별 모양의 무지개풀을 사서 좁은 아파트 공간의 거실에 설치한다. '풂풂풂풂' 하면서 열심히 바람을 불어넣고 물을 채워 잠시 몸을 담그기도 하지만 거실 전체를 차지하는 풀 때문에 일상적인 불편함이 이만저만이 아니다. 그들은 결국 '환상적'인 계획을 중단하고 환불을 결심하며, 대신 P는 재미있는 TV 코미디 프로를 본다.

---

19 정영훈 「그녀의 골방을 들여다보다」, 『세계의문학』 2008년 여름호 274면.

환상이 소거된 '헐벗은' 현실을 견디지 못해 싸이즈가 맞는 환상, 즉 코미디 프로로 시선을 돌리는 것이다. 이 작품은 초자연적인 설정 없이 자연스럽되 그로테스크해지는 일상적 삶의 이야기를 통하여 환상의 용법과 사용능력을 묻고 있다. 그 물음의 결과는 통념을 '깨는' 이야기이다. 환상역시 현실과 마찬가지로 마음대로 사용할 수 없다는 것, 어쩌면 환상은현실의 일부라는 것 등의 암시가 풍부하게 내장되어 있다.

6. 살아 있는 말들의 향연

앞서 논의에서 최근 소설의 성과가 만만찮음을 확인한 바 있지만, 빼어난 소설들을 다 언급하지는 못했다. 원로의 작품을 제하고도, 적어도 배수아의『홀』(2006), 박민규의『핑퐁』(2006), 윤영수의『소설 쓰는 밤』(2006), 이혜경의『틈새』(2006), 공선옥의『명랑한 밤길』(2007), 김애란의『침이 고인다』(2007), 김연수의『네가 누구든 얼마나 외롭든』(2007), 김중혁의『악기들의 도서관』(2008), 신경숙의『엄마를 부탁해』(2008) 등을 고려하지 않고한국소설이 최근에 거둔 성취를 정당하게 평하기 힘들다고 본다. 이 가운데 공선옥(孔善玉)의 소설만 간단히 살펴보기로 한다.

흔히 '리얼리즘'으로 불리는 서사방식을 공선옥만큼 뚝심있게 밀고 나간 작가는 찾기 힘들다. 시대가 그런 양식을 낡았다고 돌아보지 않을 때,공선옥은 그것을 버리거나 다른 양식들과 결합시키지 않고 오히려 '리얼리즘'의 더 깊은 안쪽으로 걸어들어간 듯하다. 공선옥의 소설에도 슬럼프나 위기가 없었던 것은 아니다. 가령 연작소설『유랑가족』(실천문학사 2005)은 IMF 외환위기로 초토화되어 죽음과 한으로 가득한 절망의 대지를 보여준다. 다섯 편의 연작을 이어주는 프리랜서 다큐멘터리 기자 '한'이 방방곡곡을 누비며 듣는 이야기는 대략 이렇다. IMF 외환위기를 당해 비닐

하우스 재배를 망친 농사꾼, 그 농사꾼과 아이들을 팽개치고 가출하여 외간남자의 아이를 임신한 아내, 그 아내를 찾으러 아이들을 방치하고 서울에 올라온 남편. 남편이 감옥 간 사이 다른 남자의 애를 낳은 아내, 감옥을 나와 그 아내를 노상 패는 남편, 그런 아버지가 무서워 집을 나간 딸, 그 딸 때문에 도망치지도 못하다가 물에 빠져 죽는 엄마.

'한'이 듣는 슬픔은 끝이 없고 아주 오래된 것이어서 이제 신선한 이야기가 되지도 않는다. '한'이 ─ 그리고 작가 공선옥이 ─ 봉착한 문제는 바로 이것이다. 이 땅의 힘없고 가난한 사람들을 취재해서 그 아픈 삶의 진실을 전해주고 싶은데, 자신을 고용한 사보의 편집팀장은 그게 '어둡고 부정적'이고 '상투적'이라고 말한다.

> 그런 얘기라면 너무 뻔하지 않은가요? 엄마가 집 나가고 아이들은 불쌍하고…… 너무 상투적이에요. 상투적인 그런 얘기 새삼스레 할 필요 있나요? 그런 건 피디수첩에서도 안 다뤄요.(54면)

팀장이 가난한 삶을 '상투적'이라고 보는 것은 중산층의 편견이 개입된 탓일 수 있다. 가령 가난을 실제로 살지 않으면 가난이 삶에 새겨넣는 각양각색의 고통의 문양과 결을 구분할 수 없다. 외국인을 외국인으로만 보면 각각의 얼굴을 분간하기 힘들듯이 말이다. 중산층에게 가난의 얼굴이 다 똑같이 '어둡고 부정적'이며 '상투적'으로 보일 수 있는 한 가지 이유이다. 그러나 또 하나의 가능성이 있다. 작가가 가난의 깊은 슬픔에 사로잡혀 그 각양각색의 문양과 결을 세심하게 보여주지 않을 때이다. 또한 가난한 삶이라고 해서 슬픔과 고통만 있는 것은 아닌데, 슬픔에 마음이 상하여 예술적 분투를 멈출 때 가난의 상투성에서 벗어나기가 힘든 것이다.

'한'의 딜레마를 보여주는 『유랑가족』 전체가 이런 상투성에 빠져 있다는 말은 아니다. 부모에다 할머니까지 잃어 의탁할 데를 찾아 헤매는 초등학생 영주의 사연을 그린 「남쪽 바다, 푸른 나라」는 생생한 자연묘사와 아울러 대견해질 수밖에 없는 아이의 처지를 돋을새김하듯 새겨놓아 잊혀지지 않는다. 그렇지만 이 소설집의 전반적인 분위기는 짙은 슬픔의 정조에서 벗어나지 못하고 때로는 그로 인한 상심 속에서 허우적거리는 양상을 보이기도 한다. 당시 공선옥은 희망을 잃고 자신의 예술적 자원을 제대로 구사하지 못한 듯하다.

『명랑한 밤길』(창비 2007)에 오면 분위기가 완전히 바뀐다. 우선 소설의 관심 대상이 파산한 농민, 이주노동자, 공사판 노동자 등 전통적인 '민중'('노동자−농민') 계층뿐 아니라 미혼모, 뇌성마비 장애인, 유방암 수술 후 우울증에 걸린 여성 등 사회적 약자 혹은 소수자에게까지 넓혀진다. 접근 방식도 다양해지고 슬픔뿐 아니라 기쁨과 즐거움, 유희와 조롱, 아이러니 등 다양한 감정이 펼쳐진다. 또 하나 주목할 것은 살아 있는 말들인데, 그 지역, 계층, 성(性), 세대에서 실제로 쓰이는 말들이 소설의 곳곳에 보석처럼 흩뿌려져 생기를 불어넣는다.

가령 「영희는 언제 우는가」에서 여러 인물의 말들이 교차하면서 빚어내는 화음 효과에, 산문의 언어와 운문의 언어가 어우러져 음악성을 획득하는 현상에 주목할 필요가 있다. 소설의 일인칭 화자와 영희는 한때 전자공장 여공으로 자매처럼 지내는 사이이다. 서울 사는 화자는 노름꾼 남편과 매일같이 살벌한 싸움을 하면서 아이들을 키우는데 영희의 남편상(喪)에 참석하러 광주로 내려간다. 버스간에서 동석한 남자는 나중에 보니 영희의 남편 '창석'과 친구 사이이고 화자와 한때 서로 호감을 나눈 적이 있다.

이야기는 크게 화자의 이야기와 영희의 이야기로 되어 있다. 영희가 남편상을 당하고도 울지 않는 것이 영희 이야기의 긴장을 팽팽하게 죄는 요소이다. 화자 '나'가 보기에도 영희의 굼뜬 행동거지와 무덤덤한 반응이 답답하다. 영희의 시고모한테 이런 태도는 도무지 이해가 안된다. "아이고를 안혀, 아조 안해부러. 그것이 뭣이간디, 창색이 가는 길에 축수허는 것이여. 저승길이 쉴헌 길이 아녀. 그런디 그 속이 뭔 속인가 그것을 갖다가 안해부러."(54면) 노파의 구성진 전라도 사투리는 소설에서 선명한 곡조를 이루는데, 그 반대편에는 그 못지않게 또렷한 영희의 어린 딸 소담이의 똑 부러지는 소리가 있다. 소담은 "울아빠 돌아가셨어도 우린 살아야 하니까, 개밥도 퍼주고 들에 나가 하우스도 살펴야 해요. 오늘 우느라고 아무것도 못했거든요"(44면)라고 한다.

이런 대견한 딸에 비해 상여가 나가고 문상객이 다 가도록 울지 않는 영희가 너무한다는 느낌이 드는 순간 영희는 소복을 힘차게 벗어버리고 화끈하게 울어젖힌다. 시고모가 한마디 하지 않을 수 없다. "해앵, 인자서 우는가비. 그려, 울어라, 울어. 하먼, 밥 묵고 살라먼 울어야제. 울어야 밥맛 나고 밥 묵어야 심이 나제. 별것이나 있간디. 암것도 없어. 태나서 우는 놈이 사는 벱이여. 울어야 산목심이여. 그저 내 울음이 내 목심줄이여. 뜨건 눈물 퐁퐁 쏟아가매, 팥죽 같은 땀 펄펄 흘려가매."(56면)

이 울음 잔치에 화자도 합류한다. 화자는 버스간에서 만난 남자와의 실낱같은 인연이 이어지길 간절히 기대했지만 그가 자기를 알아보지 못하고 떠나가는 것에 기가 막혀 울되, 우는 "이유가 있는 것 같기도 하고 없는 것 같기도 하다. 그래서 맘껏 울어젖혀지지가 않는다."(55면) 그러다가 영희의 화끈한 울음과 시고모의 추임새에 자극받아 드디어 "쪼그리고 우는 울음 말고 온몸 버둥대는 울음"을, "세상천지 집어삼키고도 남을 울음"을 울기 시작한다.(56면)

'온몸 버둥대는 울음' '세상천지 집어삼키고도 남을 울음'을 우는 것은 '오늘을 사는' 한 방식이다. 소중한 사람을 여의고 살아 있는 것 자체가 하나의 생생한 슬픔이지만 여기서 작가는 물론 영희와 화자, 어린 소담이까지 '슬퍼하되 마음을 상하지 않는다[哀而不傷].' 공선옥은 『유랑가족』에서보다 한결 여유롭게 다양한 인물에 걸맞은 빼어난 언어를 구사하여 살아 있는 말의 향연을 독자에게 선사한다. 공선옥은 이 작품에서 어둡고 삿된 생각 하나 없이 온몸으로 슬픔을 받아들일 수 있게 된 것이다. 그 순간 이 소설은 가난의 상투성에서 훌쩍 벗어나 모든 인물과 말이 살아나면서 어떤 관념의 틈입도 용납하지 않는 삶의 생생함으로, '온몸 버둥대는 울음'으로 문득 '시적 경지'를 성취한다.

앞서 검토했듯이 작금의 한국문학은 창의적 기운을 갖고 있되 중대한 기로에 서 있다. 이럴 때 비평의 역할이 더없이 중요해지는데, 초심으로 돌아가 문학이란 무엇인가를 다시 묻는 것이 중요하다. 문학에서 무엇이 새것다운 새것인지를 가리는 문제는 결국 '오늘을 사는' 행위와, 마음을 비우고 새로운 시대의 도래에 귀기울이는 태도와 관련이 있다. 외국의 (문학)이론이나 철학이 우리 시대를 해명하고 새로운 시대를 예측하는 데 도움이 될 수는 있으되, 어디까지나 하나의 방편일 뿐이다. 작품의 문양과 결을 세심하게 읽되 역사적 현실에 열려 있는 비평은 정교한 이론의 적용에서 끝나는 것이 아니라 비평가가 맨몸으로 작품과 시대적 현실을 대면하는 과정이 요구되며, 이럴 때 이론 자체를 재검토할 필요가 생기기도 한다. 하여 문학의 새로움은 창조적인 작품에서 발원하되 비평의 분투를 거쳐 우리에게 온다.

—『창작과비평』 2008년 겨울호

문학의 새로움과 리얼리즘 문제

손정수의 반론에 답하며

글머리에

작년(2008년) 겨울호『창작과비평』의 특집 '문학이란 무엇인가'는 촛불의 빛과 위력에 의해 촉발되었다고 해도 과언이 아니다. 필자의 글「문학의 새로움은 어디서 오는가」의 시발 역시 촛불이었다. '문학이란 무엇인가'라는 물음을 묻는 한 방편으로 '문학의 새로움'을 화두처럼 붙든 것은 촛불집회의 유연하고 독특한 방식에서 이전의 시위들과는 전혀 다른 새로운 면모가 느껴졌기 때문이다. 그 새로움으로 인해 사람들의 생각과 느낌이 달라지고, 어쩌면 세상 자체가 달라진 듯했다. 아니, 사람들의 생각과 느낌, 세상 자체가 달라져 있다가 새로움으로 피어난 것인지도 모른다. 그렇게 도래하는 새로움에 어울릴 법한 문학의 새로움이 있다면 그것은 어디서 오는 것일까? 이런 물음을 품기 시작한 것이다.

그러나 '문학의 새로움'에 대한 필자의 탐구는 겨우 몇걸음을 내디딘 정도였다. 새로움에 대한 발본적인 물음은 계속 쌓여가는 새것 더미 속에서 '새것다운 새것'과 '사이비 새것'——이를테면 포장이나 무늬만 새것인 것—을 분별하는, 품이 많이 드는 비평작업과 분리될 수 없다. 말하자면 이중적인 과제인 것이다. 지난 글에서는 '새로움에 강박된 최근 독법'의 몇몇 사례를 살펴보고 그 밑바탕에 깔린 편의적이고 허구적인 전제들을 지적하는 일에 치중했지만, 그 근본 취지는 어디까지나 이러한 과제의 수행에서 구체적인 비평작업이 필수적임을 강조하려는 데 있었다.

그후 필자가 비판한 비평가들 중의 하나인 손정수(孫禎秀)의 거센 반론이 지난호 『창작과비평』(2009년 봄호)에 실렸다. 특집 글 가운데 백낙청(白樂晴)과 필자의 글을 겨냥한 것이었는데, 그의 반론에 일일이 재반론을 펴자면 끝이 없을 듯하다. 주로 필자에 관한 부분에 한정하여 답한다. 이를 계기로 문학의 새로움에 관한 논의가 조금이라도 진전되었으면 한다.

새것 강박에서 벗어나야 할 이유

필자가 '새로움에 강박된 독법'의 문제점을 제기한 데 대해 손정수는 새로움에 강박된 독법과 그렇지 않은 독법의 구분이 창비가 만들어낸 '허구적인 이분법의 구도' 가운데 하나라고 주장하며 이렇게 말한다.

넓게 보자면 새것에 대한 강박은 몇몇 비평가들에게만 한정된 것이라고 보기 어렵다. 오히려 우리 사회가 생존해온 삶의 형식 자체가 그러한 편향에서 자유롭지 못하다고 봐야 한다. 새삼스러운 이야기는 아니지만, 그 점에서는 창비 역시 예외가 아니다. 어느 시점 이후 창비라는 출판자본의 운영방식이 그렇고, 백낙청의 배수아나 박민규 소설에 대한 편향 역시 넓게 보면 그런 강박과 무관하지 않은 것으로 보인다. 그럼에도 새로움에 대한 강박에 걸린 비평가들과 그렇지 않은 비평가들을 대립시키는 구도는 스스로를 현실로부터 소거한 후에야 가능한

허구적인 것이다.[1]

손정수는 여기서 '새로움에 강박된 독법'이 널리 퍼지게 된 것을 '우리 사회가 생존해온 삶의 형식 자체'의 탓으로 돌린다. 그런 형식 자체가 지닌 '새것에 대한 강박'에서 오늘날의 비평가들은 자유롭지 못하다는 것이다. 분명히 일리가 있는 말이다. 그런데 비평이 '새것에 대한 강박'에서 벗어나 온전한 삶의 관점에서 새것다운 새것을 가려낼 수 없는 것일까?

물론 쉬운 작업은 아니다. 그러나 어렵다고 포기할 수 있는 사안이 결코 아님은 이런 질문을 해보면 분명해진다. 가령 오늘날의 비평이 자본주의적 삶의 형식에 내장된 '새것에 대한 강박'에서 벗어나려는 노력을 포기할 때 자본주의 상품미학을 거스를 수 있을까? 그런 노력을 포기할 때 문학이 (랑씨에르적 의미에서) 정치적이 될 수 있을까? 요컨대, "우리 사회가 생존해온 삶의 형식 자체가 그러한 편향에서 자유롭지 못하"기 때문에 그런 편향으로부터 벗어나려는 비평적 노력이 그만큼 더 절실해진다. 그러니 손정수는 배수아(裵琇亞)나 박민규(朴玟奎) 소설에 대한 백낙청의 비평이 "넓게 보면 그런 강박과 무관하지 않은 것으로 보인다"고 어림으로 말할 게 아니라 그것이 '새것에 대한 강박'에 휘둘린 '편향'인지 그런 강박에서 벗어난 독법인지 비평적으로 따질 일이다. 그럴 때 정말 문제가 되는 것은 '새것에 대한 강박'을 불편해하기는커녕 되레 정당화하려는 손정수 자신의 태도가 아닐까.

여기서 강유정(姜由禎)의 반론에 대해서도 잠시 눈을 돌릴 필요가 있는데, 그의 경우는 손정수와 또 다르다. 애초에 '새로움에 강박된 최근 독법'의 폐단을 날카롭게 비판한 것은 그였다. 그런 그가 자신에게도 그런 강박이 있음을 지적당하자 논법을 바꾼다. 그는 필자가 '새로움에 강박된

---

1 손정수「진정 물어야 했던 것」,『창작과비평』2009년 봄호 328~29면. 앞으로 이 글의 인용은 본문에 면수만 밝힘.

독법'을 비판하는 까닭이 "사실상 2000년대에 등장한 새로운 세대가 소설의 패러다임을 교체해나가는 것에 대한 불만"[2]에서 비롯된 것으로 넘겨짚는다. 필자는 2000년대에 새로운 세대의 작가들이 대거 등장함으로써 우리 문학의 작가층이 두터워지고 문학 지형이 크게 바뀌고 있는 현실을 긍정적으로 받아들인다. 하지만 이 새로운 세대가 **일방적으로** "소설의 패러다임을 교체해나가는 것"은 아니라고 본다.

시 장르도 크게 다르지 않다고 판단하지만, 소설의 경우 2000년 이전에 등단한 작가들과 이후에 등단한 작가들이 저마다 자기 문학의 새로움을 보여주기 위해 분투함으로써 한국문학이 만만찮은 활력을 보이고 여러 세대와 성향을 가로질러 새로운 소설형식들이 실험되고 창안되고 연마되고 있다. 이 활력 가운데 서로 다른 세대와 성향의 작가들 간의 예술적 교호작용이 적지 않은 비중을 차지한다는 것이 필자의 판단이다. 이런 상황에서 새로움과 낡음의 기준을 세대론적 경향으로 갈음하거나 '근대문학의 종언과 그 이후의 문학'이라는 프레임에 따라 정하는 것은 편리하기는 하되 생산적인 방식은 아니다. 새로움과 낡음의 분기점으로 제시된 손정수의 '투명한 현실의 재현'이나 강유정의 '시각 중심의 근대성'의 기준에 반대하는 것도 이 때문이다.

박민규 소설 평가 문제

손정수의 비판이 종종 억측이나 무리한 주장으로 나아가는 데는 창비

---

2 강유정 「돌아온 탕아, 수상한 귀환」, 『세계의문학』 2009년 봄호 313면. 해당 대목을 전부 인용하면 이렇다. "한기욱은 문학적 본질에 대한 질문이 사실상 2000년대에 등장한 새로운 세대가 소설의 패러다임을 교체해나가는 것에 대한 불만이며 회귀의 감옥이라는 사실을 뚜렷이 보여준다. 새롭게 등장한 낯선 문학적 시도를 호명하고자 하는 젊은 비평가들의 시도를 강박증적인 것으로 규정하는 까닭도 여기에 있다."

의 문학관이나 창비 내부의 메커니즘에 대한 완강한 선입관이 큰 몫을 하는 듯하다. 손정수를 포함한 몇몇 비평가들에게 창비의 실상에 부합하지 않는 이미지가 끈질기게 남아 있는 것은 그들의 구도에서 볼 때 창비의 실상이 이미지보다 훨씬 불편하기 때문이 아닐까 하는 생각도 든다.

가령 박민규 소설에 대한 평가 문제에서 그러하다. 박민규의 『카스테라』(문학동네 2005)는 창비 편집진 사이에서 상당한 호평을 받았거니와 2005년 신동엽창작상을 수상하기도 했다. 게다가 『카스테라』를 읽으면서 '한국문학의 보람'을 느꼈다는 백낙청의 발언은 문단에서 큰 주목을 받았다.[3] 그런데 창비 바깥에서는 백낙청의 박민규에 대한 높은 평가를 의외로 받아들이거나 심지어 창비가 시류에 영합하려는 것이 아니냐고 의심하는 시각이 존재한다. 손정수와 권성우(權晟右)는 판이한 문학적 성향을 갖고 있지만 이 점에서는 통하는 바가 있다. 백낙청이나 창비의 평자들이 박민규 소설을 평가하는 것이 두 비평가의 구도나 그들이 생각하는 창비의 이미지와 어긋나는 것인데, 창비가 박민규의 장점도 못 알아보는 투박한 비평을 전개하는 것을 오히려 편하게 느낄 사람들이 적지 않은 것 같다.

권성우의 인문학적 열정과 열린 자세는 높이 사줄 만하지만 그의 비평은 종종 사회학적 판단에 휘둘린다는 생각이 든다. 사실 카라따니 코오진(柄谷行人)의 근대문학 종언론이나 백낙청의 박민규 비평을 검토하는 그의 글들[4]이 답답하게 느껴지는 것은 바로 이 때문이다. 가령 '요즘 한국에

---

3 물론 이 발언도 '한국문학의 보람'을 신예작가들을 읽을 때도 느낄 수 있었다면서 박민규의 단편집을 그중 한 예로 든 것이지 한마디로 박민규가 한국문학의 보람이라고 주장한 것은 아니었다(백낙청·황종연 대담 「무엇이 한국문학의 보람인가」, 『창작과비평』 2006년 봄호 314~17면; 『백낙청 회화록』 5권, 창비 2007 참조).

4 권성우 「추억과 집착—'근대문학의 종언'과 그 논의에 대하여」, 『안과밖』 2007년 상반기호; 『낭만적 망명』, 소명출판 2008 및 「박민규, 혹은 비평의 운명·1」, 『오늘의 문예비평』 2008년 여름호 참조.

는 능력있는 젊은 작가들이 늘어나서 문학의 새로운 전성기가 찾아왔다'
는 김정환(金正煥)의 발언에 대해 "2000년대 이후 많은 문인과 비평가 들
이 젊은 작가들의 문학세계에 대한 냉혹하다고 표현할 수 있을 정도의 비
판들을 전개했다는 점을 감안하건대, 나는 김정환에게 문학적 '능력'과
'문학의 새로운 전성기'의 기준이 과연 무엇인가 묻고 싶다"[5]고 반문하는
대목이 그렇다. 김정환의 그런 견해가 마음에 걸리면 2000년대의 젊은 작
가들의 가능성을 재검토하면서 능력있는 작가들이 없는지 살펴볼 법하
다. 그런데 왜 다른 비판적인 논자들의 전거를 '감안'하면서까지 그 많은
젊은 작가들의 각기 다를 수밖에 없는 능력을 도매금으로 한데 묶어서 불
신해야 하는지 의아한 것이다. 김원일, 조정래, 황석영, 방현석, 김남일, 정
지아, 정도상, 안재성, 공선옥, 전성태 등의 사실주의 계열의 소설가들에
대해서도 호의적이라는 점만이 다를 뿐 한 묶음으로 파악하려 하기는 마
찬가지이다. 필자가 지난 글에서 "황석영에서 안재성까지 예술적 성향과
수준의 차이가 현격한 작가들을 뒤죽박죽 도열하는 방식도 문제다. 이들
이 모두 사실주의적 서사를 사용한다는 것에 주목할 뿐, 누가 그런 서사
로써 우리 시대에 '결정적으로 중요한' 예술을 만들어내느냐의 문제는 불
문에 부치기 때문이다. 이런 범주화 역시 일종의 '코드화'이다. 권성우가
박민규 소설의 빼어남을 이해하지 못하고 그에 대한 백낙청의 높은 평가
를 무슨 다른 저의가 있는 것처럼 의심하는 것도 이런 '코드화'된 문학관
에 사로잡혀 있는 탓이 아닐까 싶다"[6]고 비판한 것은 이런 맥락에서이다.

손정수는 앞의 인용문 가운데 마지막 문장만 떼어내어 인용한 후에 "한
기욱의 글은 백낙청의 주관적 성향이 농후한 판단이 창비 내부에서 마치
객관적이고 반성될 수 없는 것처럼 공고화되는 메커니즘을 잘 보여준다.

---

5 「추억과 집착」 138면.
6 졸고 「문학의 새로움은 어디에서 오는가: 2000년대 소설과 비평의 향방」, 『창작과비평』
  2008년 겨울호 46면; 본서 21면. 앞으로 이 글의 인용은 본문에 면수만 밝힘.

앞의 인용에서 한기욱이 권성우를 비판하는 근거는 '박민규 소설의 빼어 남'을 권성우가 이해하지 못하고 있다는 데 있다. 문제는 여기에서 '박민 규 소설의 빼어남'이 논증할 필요조차 없는 절대적인 진리처럼 제시되고 있다는 점이다. 박민규 소설의 빼어남을 이해하지 못하면, 박민규 소설에 대한 백낙청의 평가를 의심하면 그는 '코드화'된 문학관에 사로잡혀 있는 것이 된다"(320~21면)고 몰아붙인다. 왜 이런 무리한 오독이 일어나는 것 일까? 필자의 문장을 제대로 읽었다면 세대별·성향별 분류보다 개별 작 품에 대한 비평적 판단과 세밀한 질적 차이의 분별이 중요함을 강조하는 것임을 알 수 있을 것이다. 필자의 발언은 손정수의 그것과는 정반대 방 향에서 서술되어 있고, 그 취지도 정반대이다. 즉 권성우의 글을 읽은 후, 그가 '코드화'된 문학관에 사로잡혀 있는 탓에 '박민규 소설의 빼어남'을 이해하지 못하고 백낙청의 평가를 의심하는 것 같다는 필자 나름의 판단 을 표명한 것이지 손정수가 주장하듯 그 역은 아닌 것이다.

'투명한 현실의 재현'에 담긴 메씨지

필자에 대한 손정수의 반론은 '투명한 현실의 재현'과 리얼리즘 문제를 놓고 한층 격해진다. 창비에 대한 선입관에 더해 필자가 백낙청의 "권위 에 대해 충분히 비판적, 주체적이지 못"(324면)하다는 그 나름의 판단이 가 세한 듯하다. 그는 자기 판단의 확신감에 사로잡힌 나머지 자신이 넘겨짚 기를 하고 있는 것은 아닌지 돌아볼 생각도 그럴 여유도 없는 듯하다.

문제의 발단은 그가 최근 소설의 동향에 대해 "어느 시점 이후 소설은 작가의 삶이나 기억, 사회적 현실 등으로부터 발원하지 않고 앞서 존재했 던 텍스트들을 재전유하는 방식으로 재생산되고 있는 듯하다. 그것은 투 명한 현실의 재현이 아니라 상징적 상상이거나 혹은 상상적 상징일 것이다"[7]라고 기술한 데서부터 시작한다. 이에 필자는 지난 글에서 '투명한 현실의 재현'이라는 개념이 허구적인 낡음의 징표로 설정되어 있음을 지적하고 그를 추궁했다.(44~45면: 본서 19~20면 참조) 그 용어가 한국 리얼리즘 문학의 실상과 한국 리얼리즘론의 진화과정에 대한 무시 혹은 무관심을 드러낸다고 보았던 것이다. 손정수는 자신이 "그 글에서 리얼리즘이라는 단어를 단 한번도 사용하지 않았다"(329면)고 발뺌하지만, "작가의 삶이나 기억, 사회적 현실 등으로부터 발원하"는 소설을 뭐라고 부르건 그런 소설에 '투명한 현실의 재현'이라는 딱지를 붙인 사실은 달라지지 않는다.

'상징적 상상이거나 상상적 상징'이라는 개념은 "앞서 존재했던 텍스트들을 재전유하는 방식"과 연결되어 라깡과 데리다 같은 서구 현대 이론의 세례를 듬뿍 받고 있다. (물론 그게 꼭 바람직한 것인지는 별개의 문제이다.) 이에 반해 '투명한 현실의 재현'의 경우, 사실주의를 즉각 연상시키는 '현실의 재현'이란 개념과 주체가 객관적 현실을 환하게 투시할 수 있다는 순진한 믿음(환상)을 내포한 '투명한 현실'이라는 발상이 결합되어 있는 셈이다. 일부러 어떤 효과를 노리고 한 말이라고 단정할 일은 아니지만, 그의 발언은 전체적인 맥락에서 '사실주의는 순진한 믿음(환상)을 지닌 것, 그래서 퇴물이 된 것'이라는 메씨지를 담고 있다. 실제로는 '불투명한 현실'을 붙들고 씨름하거나 재현주의의 한계를 돌파하려고 분투하는 많은 리얼리즘 작가들의 작업을 왜곡하며 부당하게 폄하하고 있는 것이다.

필자가 "'투명한' 현실의 재현이란 가능하지 않다는 것은 리얼리즘의 오랜 전통 속에서 단련된 우리 작가와 비평가의 상식이거니와, 리얼리즘 작가들이 '재현주의'적 발상의 한계를 돌파하는 예술적 분투의 과정을 소설화한 사례도 여럿이다. 이론 쪽에서도 리얼리즘의 핵심은 '현실의 재

---

7 손정수 「변형되고 생성되는 최근 한국소설의 문법들」, 『자음과모음』 2008년 가을호 226면.

현'이 아니라 작품 전체가 '시적 경지'에 이르렀는가 여부라는 것을 강조하지 않았던가"(44~45면; 본서 20면)라고 반문한 것은 이런 맥락에서이다. 이에 대해 손정수는 이 인용문의 끝에 달린 각주에 백낙청의 글만이 참조문헌으로 제시되어 있음을 근거로 "결국 그가 말하는 '이론 쪽'이란 표현은 백낙청의 글을 직접적으로 지칭하고 있는 셈이다. 리얼리즘에 대한 어떤 이론보다도 더 근본적인 이론이 백낙청의 글 속에 있다는 믿음이 그의 무의식에까지 잠복해 있는 모양이다"(322면)라고 응수한다.

'이론 쪽'이라고 해놓고 백낙청의 글만 제시한 것은 여러 리얼리즘 이론 중에 그의 이론이 필자의 논지를 가장 잘 뒷받침해주기 때문이다. 물론 손정수처럼 백낙청의 리얼리즘론을 대수롭지 않게 여기는 논자에게는 필자의 '이론 쪽'이라는 표현이나 각주 다는 방식이 거슬릴 수 있겠다. 또한 백낙청의 리얼리즘론에 대한 사전지식이 없는 독자를 배려하지 않는 듯한 어법이 문제될 수도 있다. 하지만 백낙청이 한국 리얼리즘론의 중요한 이론가인 것은 주지의 사실이고 필자는 그의 입장에 공감하기 때문에 그의 이론을 끌어들인 것인데, 자신이 그의 리얼리즘론을 대단하지 않게 본다고 해서 남의 '무의식'까지 들먹일 정도로 흥분할 일은 아니다.

백낙청의 리얼리즘론과 '시의 경지'

이왕 말이 나왔으니 백낙청이 개진하는 리얼리즘론의 특성을 간략하게나마 짚어볼 필요가 있다. 우선 백낙청은 '리얼리즘'을 '객관적 현실의 사실적 재현'이라는 뜻의 '사실주의'와 다른 의미로 사용한다는 것은 염두에 둬야 한다. 영어로는 둘 다 'realism'이지만 전자는 후자에 비해 현실인식에서 심화된 단계이고 예술적으로도 높은 경지이다. 이런 구분은 영미권의 주류 학계에서는 생소한 편이지만, 맑스주의 문예이론에서는 핵심적인 사안이다. 가령 자연주의적 모사론에 기초한 사실주의에 비해 엥겔스의 저 유명한 발언에서처럼 리얼리즘이란 세부의 진실성 외에도 전형적 환경에서의 전형적 인물들을 진실하게 재현하는 것이다. 이때의 '전형성'은 '현실을 있는 그대로 재현'해서는 달성될 수 없는 것이기 때문에 전형성을 중시하는 리얼리즘은 소박한 사실주의와 현격한 차이가 있게 마련이다.

그후 맑스주의 리얼리즘론은 전형성 외에도 총체성과 당파성, 변증법적 인식 등의 중요한 개념이 내부로 통합되면서 발전되었고 여기에 루카치(G. Lukács) 같은 이론가들이 뚜렷한 발자취를 남겼음은 널리 알려진 사실이다. 그런데 맑스주의 문예이론이 공식화되는 경향(백낙청의 어법을 빌리면 문학에 대한 물음보다 정답이 앞서는 경향)이 두드러지면서 그 폐해 역시 적지 않았다. 80년대 중후반부터 90년대 초반에 이르기까지 맑스주의 문예이론이 큰 영향을 미친 한국의 평단에서도 이런 리얼리즘 개념들의 '경직화' 경향이 두드러지게 나타났음은 당시의 평문들을 읽어보면 실감할 수 있다.

이런 경직화 경향의 시대에 백낙청이 '시의 경지'를 리얼리즘의 핵심 문제로 거론하기 시작한 것은 의미심장하다. 이는 그의 리얼리즘론의 본질적인 변화라기보다 그간 잠재해 있던 요소들이 시대적 요청에 의해 또렷이 드러난 '진화'에 가깝지만, 어쨌거나 파격적인 행보로 여겨질 만하다. 가령 장편소설에 대해 "평균성과 다른 전형성이란 것도 어디까지나 작품의 유기적 일부로서만 주어지며 그 성패는 바로 작품이 '시의 경지'에 다다르는 데 성공했느냐는 문제 자체와 떼어놓을 수 없는 것이다"라는 발언은 맑스주의 리얼리즘론의 금과옥조로 여겨지던 '전형성' 개념을 '시의 경지'에 연동되는 상대적인 요소로 본다는 뜻에서 파격이다.[8] 그런

---

8 백낙청의 발언은 「시와 리얼리즘에 관한 단상」(1991), 『통일시대 한국문학의 보람』, 창비 2006, 428면. 이하 「시와 리얼리즘」으로 표기함.

데 여기서 '시의 경지'라는 표현을 어떻게 이해하느냐에 따라 파격의 정도가 상당히 달라진다. 가령 손정수의 이해방식을 살펴보자.

그 글에서 백낙청이 말하는 '시'란 바로 『논어』에 나오는 '시삼백 일언이폐지 사무사'(詩三百 一言以蔽之 思無邪)에서의 그 '시'이고 따라서 '시의 경지'는 '사무사'의 객관정신이 투철하게 관철된 경지를 이르는 것이다. '좁은 의미에서의 시'의 경우 전형성과 현실반영 같은 장편소설의 기준을 직접 적용하기 어렵다는 것이 그 글에서의 백낙청의 주장인데, 그는 소설과 시의 장르적 차이를 관통하는 리얼리즘의 본질을 추구하면서 '지공무사(至公無私)'나 '사무사' 같은 동양적 개념을 끌어들였고 그것을 통해 좁은 장르적 테두리에 집착하는 관념을 극복하고자 했던 것이다. 그가 그 글에서 '좁은 의미로서의 시'를 따로 구분해 두고 굳이 작은따옴표를 써서 '시' 혹은 '시의 경지'라고 쓴 이유도 그 때문이다. 문제는 이처럼 비유적으로 제시된 '시'라는 개념의 유효성이 그것이 발언된 맥락을 떠나면 온전하게 유지되기 어렵다는 점에 있다.(322면)

백낙청이 말하는 '시의 경지'가 손정수가 풀이하듯 "'사무사'의 객관정신이 투철하게 관철된 경지"를 가리키는 것은 맞다. 가령 백낙청이 "거듭 말하지만 나는 전형성, 현실반영 같은 특정 기준들의 충족 여부보다 '지공무사' 또는 '사무사'로서의 당파성의 구현 여부가 한층 본질적인 문제라고 믿고 있다"(「시와 리얼리즘」 429면)라고 말할 때 앞서 거론한 '시의 경지' 자리에 "'지공무사' 혹은 '사무사'로서의 당파성"이 대신 들어 있다. '시의 경지'='사무사'='당파성'으로 이해할 때에는 백낙청이 '전형성'이나 '현실반영'보다 '(객관성과 일치하는) 당파성'의 구현을 리얼리즘의 핵심으로 꼽았다는 의미가 성립된다. 얼핏 생각하면 리얼리즘의 중요한 개념

52

들 가운데 우선순위가 재조정되는 의미의 파격은 있을지언정 기존 이론과 뚜렷이 달라진 것으로 보이지 않는다. 그러나 이때의 '당파성'이 레닌의 '당파성'에 대한 일정한 비판을 내포한 것이고, '당파성'과 동일시되는 '객관성'이란 것도 자연과학의 '객관성'과 다르다는 점을 음미하면, 이 등식에 담긴 발상은 경직된 리얼리즘론의 그것과 판다르다.[9]

그런데 손정수가 이해하듯 '시의 경지'에서의 '시'가 "비유적으로 제시된 '시'" 혹은 "일종의 수사적 표현으로서의 '시'"(323면)일까? 그렇지 않다고 본다. 오히려 '시의 경지'에서의 '시'가 바로 본디의 '시'이고 '좁은 의미의 시'는 그 본디의 '시'가 자주 출몰하는, 가령 서정시 같은 특정한 형식의 운문작품으로 봐야 한다. 그렇다고 본디의 '시'라는 것이 플라톤의 '이데아'처럼 원형이 미리 존재하고 '좁은 의미의 시'는 그것을 실현한 작품이라는 뜻은 아니다. 오히려 좋은 시 한 편을 쓰는 순간 본디의 '시'가 마법처럼 이룩되는 것이 아닐까 싶다. 그렇다면 '시'가 무엇인지는 미리 정해져 있는 것이 아니다. 우리는 다만 특정한 시 작품이 어떻게 '시의 경지'에 도달하는지 면밀히 검토함으로써 '시'가 무엇인지 그때그때 깨달을 수 있을 뿐이다. 백낙청은 이런 검토가 "실제로 씌어진 시의 언어에 대한 구체적인 검토가 되어야 함은 물론이며, 운문일 경우 당연히 그 운율효과가 '의미'의 일부로서 감안되어야 할 것"(「시와 리얼리즘」 429면)이라고 강조한다. 이어서 일종의 '유물론적' 작업의 검토를 주문한다.

시의 율격과 가락, 심상, 수사법 등 형식상의 세목들에 대한 관심을 이른바 형식주의 비평의 전유물로 생각하는 경향도 없지 않으나 이는 물론 편견이다. 형식주의자들이 형식주의적 편견 때문에 그런 세목에

---

9 '당파성'과 '객관성'에 대한 논의는 백낙청 「민족문학론과 리얼리즘론」 5절 '레닌의 똘스또이론'과 「사회주의현실주의 논의에 부쳐」, 『통일시대 한국문학의 보람』 396~426면 참조.

집착하는 것은 사실이지만, 그러한 세목들의 참뜻을 온전히 밝혀내는 일이야말로 '유물론자'의 몫이다. 적어도, 육신을 가진 인간인 시인이 온몸으로 행한 발언이라야 제대로 된 작품이고 그것은 똑같이 육신으로 살아 있는 인간인 독자의 온몸에 실제로 작용함으로써 완성된다고 믿는 것이 '관념론'과 정반대인 한에서 '유물론적' 작업인 것이다.(같은 글 429~30면)

백낙청이 제시한 '유물론적' 작업은 결국 시 쓰기와 시 읽기를 관념적으로 하지 말고 '온몸'으로 하자는 것이다. 얼핏 지당한 말씀처럼 들린다. 하지만 이 발언의 의미는 당시의 리얼리즘 논자들이 "전형성 개념을 시에까지 적용하려는 무리"(같은 글 428~29면)를 종종 범하는 상황에서 리얼리즘에서 시를 논하는 방식은 "전형성, 현실반영 같은 특정 기준들의 충족 여부보다 '지공무사' 또는 '사무사'로서의 당파성의 구현 여부가 한층 본질적인 문제"가 되어야 한다는 앞서의 지적을 감안할 때 그 의미가 충분히 느껴질 수 있다. 말하자면 '사무사'를 지칭한 '시의 경지'도 관념적으로 이해할 것이 아니라 '유물론적'으로 하자는 것이다.

'유물론적'으로 문학하기

손정수가 이론적인 글이 아니라 '단상'에 불과하다고 일축한 「시와 리얼리즘에 관한 단상」의 이론적 의의를 필자 나름으로 정리하면 이렇다. 우선은 당시의 경직된 리얼리즘에 맞서 시에서 리얼리즘 논의를 실답게 하는 방법을 제시했다는 것이다. 그것은 전형성의 충족보다 '사무사'로서의 당파성의 구현 여부를 한층 본질적으로 취급한다는 점에서는 파격이지만 "전형성 개념을 시에까지 적용하려는 무리"를 피하면서 시를 '유물론적'으로 대하는, 어쩌면 리얼리즘 본래의 취지에 더욱 충실해진 입장이다. 따라서 그가 '시의 경지'를 리얼리즘의 핵심 문제로 제기할 때 '시의 경지'='사무사'='당파성'으로 변환하여 이해하고 마는 것은 그가 기존의 '당파성' 개념을 되풀이하지 않고 '시의 경지'라는 새로운 표현을 제시한 뜻을 정당하게 사주는 방식이 아니다. 손정수처럼 '시의 경지'에서 '시'를 "비유적으로 제시된 '시'"로 보는 것은 결국 원뜻을 곡해하는 관념적인 이해방식의 하나가 아닐까 싶다.

둘째는 '시의 경지'라는 개념을 장편소설을 포함한 소설작품에 관념적이 아닌 '유물론적'인 방식으로 적용할 때의 획기적인 의의이다. 필자에게 그것은 무엇보다 시와 산문의 관계에 대한 물음을 제기한다. 흔히 산문으로 씌어졌다는 이유로 소설의 언어 자체를 세밀하게 살피지 않는 경향이 있다. 그런데 장편소설에 '좁은 의미의 시'를 끌어들일 수 있다는 사실보다 더 주목할 것은 산문도 나름의 리듬을 지니고 있다는 것(물론 무미건조한 리듬도 여기에 포함된다), 그리고 이 리듬은 소설가가 이야기를 '온몸'으로 밀고 나갈 때 그 이야기의 내용 못지않게 이야기의 방식과 호흡을 맞추고 있다는 것이다. 그런데 소설에서 메타포, 알레고리, 시적 이미지 등의 요소를 활용하면서 이야기를 풀어가되 어디까지나 산문으로서의 '리듬'과 호흡을 맞추어 자유자재로 풀어나가는 방식은 '시'의 특징이기도 하다.[10]

유의할 것은 이렇게 형성되는 소설언어의 '리듬'이 다양한 형태로 나타날 수 있다는 점이다. 가령 정홍수(鄭弘樹)가 『엄마를 부탁해』(창비 2008)의

10 이를 고려하면 백낙청이 '시의 경지'를 거론한 얼마 후에 "어디까지나 창조성이 먼저고 실사구시·지공무사가 먼저이며 '재현'은 그에 따라오는──각 분야마다 다른 방식과 비중으로 따라오는──성과"(「로렌스 소설의 전형성 재론: 『연애하는 여인들』에 그려진 현대예술가상을 중심으로」, 『창작과비평』 1992년 여름호 90면)라고 하면서 '재현'마저 상대화하기 시작한 것은 당연하다. '재현' 문제에 대한 그의 본격적인 검토는 「로렌스와 재현 및 (가상)현실 문제」, 『안과밖』 1996년 하반기호 참조.

'해설'에서 "신경숙 소설은 단어와 문장의 축조가 아니라 흐름이다. 사실 감과 핍진성은 일물일어(一物一語)의 숨가쁜 대응에서 오는 것이 아니라 그 흐름에서 온다. 그리고 그 흐름은 머뭇거리고 주저하는 가운데 조금씩 소설적 진실을 이룬다. 우리는 하나의 유동하는 덩어리로, 흐름의 전체에서 그것을 느낄 수밖에 없다"(289~90면)라고 했을 때의 '흐름'도 이런 소설 언어의 리듬이 시의 경지를 형성하는 데 이바지하는 한 방식이 아닐까 싶다.[11] 박민규의 소설언어처럼 메타포나 발상이 자유자재로 변주되고 전복되면서 어느새 서사의 필수적인 요건이 되는 변신술의 리듬, 주노 디아스(Junot Díaz)의 『오스카 와오의 짧고 놀라운 삶』(*The Brief Wondrous Life of Oscar Wao*, 2007)에서처럼 '랩처럼 박동하는' 리듬[12]을 구사할 줄 아는 이기호(李起昊)의 소설언어 등이 있는가 하면, 『늑대』(창비 2009)의 여러 단편들에서 단아한 스텝으로 곱게곱게 나가다가 어느 순간 숨이 막힐 정도로 단호해지는, 전성태(全成太)의 치밀하게 조율된 언어 구사도 서사의 유기적 일부를 이루는 일종의 리듬이요 호흡이 아닐까 싶다. 나타나는 양태는 다르지만 공통적으로 꼽을 수 있는 특징은 산문의 언어지만 밀도가 굉장히 높고 살아 있는 '호흡'에서 나오는 힘을 갖고 있다는 것이다. 문제의 관건은 소설언어의 이런 시적인 운용방식을 산문의 사실성과 소설의 서

---

11 소설의 고전 중에서도 이런 '리듬'을 보여주는 예를 많이 찾을 수 있을 것이다. 이 점에서 네이버의 '지식인의 서재' 코너에서 첼리스트 장한나의 다음 발언이 인상적이다. "최근 한 달간 D. H. Lawrence의 대표 소설들을 읽었습니다. Lawrence를 읽는 내내 그의 냉철함과 칼날같이 날카로운 표현에 거의 계속 쇼크 상태였습니다. (…) Lawrence를 읽으며 가장 먼저 느낀 이 작가의 특징은 언어로 리듬을 만든다는 것입니다. 같은 단어, 동일한 뜻을 가진 단어, 또 같거나 비슷한 문장을 반복하는 Lawrence의 스타일 덕분에 처음으로 언어로도 리듬을 만들고 그 리듬에 따라 읽는 속도가 저절로 변화되는 것을 느꼈습니다. 제가 지금까지 읽어본 작가들 중 이렇게 언어로 확실한 의도적인 템포를 만든 작가는 처음입니다." http://bookshelf.naver.com/intellect/view.nhn?intlct_no=11
12 주노 디아스의 '랩처럼 박동하는' 리듬에 대해서는 졸고 「세계문학의 쌍방향성과 미국 소수자문학의 활력」, 『창작과비평』 2008년 봄호 341~43면; 본서 322~24면 참조.

사성을 약화시키는 방식이 아니라 오히려 그것을 힘있게 만드는 방식으로 통합했느냐 여부에 있고 통합에 성공할 때만이 그 소설이 '시의 경지'에 달했다고 할 수 있을 것이다.

지난 글에서 필자의 소설평 가운데 '시적 요소' '시적 효과' '시적 경지' 등의 용어가 등장하는 것에 대해 손정수는 필자가 백낙청의 논지를 잘못 이해하여 일어난 '에피쏘드'로 파악한다. 그런데 손정수야말로 '사무사' 대신 제시된 '시의 경지'의 참뜻을 이해했다면 필자의 논의를 두고 "최근 소설의 성과를 분석하는 대목에서는 일종의 수사적 표현으로서의 '시'가 백낙청이 애써 구분한 '좁은 의미의 시'로 단순화되어 적용되는 사태가 일어난다"(323면)든지 "시적인 요소가 결합되었다는 사실을 그 평가의 근거로 제시하는 뜬금없는 상황은 이렇게 해서 일어난 것"(324면)이라든지 하면서 비난하는 '에피쏘드'는 일어나지 않았을 것이다. 앞서 지적했듯이 '시의 경지'에서 '시'는 "일종의 수사적 표현으로서의 '시'"가 아닐뿐더러 필자가 거론한 황정은(黃貞殷) 소설의 '시적 요소'가 단순히 '좁은 의미의 시'인 것도 아니다.[13] 창비나 백낙청, 나아가 필자에 대한 어떤 예단 없이 읽는다면, 황정은 소설을 논하면서 '시적 요소'나 '시적 효과'를 논하는 것이 그렇게 '뜬금없는' 일로 여겨질까?

---

13 「모자」에서 아버지가 모자로 변하는 설정이 "그럴듯해 보이는" 이유를 필자 나름으로 추적하면서 "'모자'와 '아버지'의 상통하는 심상을 '시적'으로 활용"하는 방식을 살펴보았다. 왜 모자가 "아버지의 삶에 대한 객관적 상관물" 노릇을 하는지를 "한국의 가족사에서 아버지가 무력하고 거추장스러운 존재로 되어가는" 과정과 "그 아버지를 측은히 여겨 돌봐주는 무심한 듯 애틋한 자식들의 태도"와 연관지어 해석하기도 했다(61면; 본서 35~36면 참조). 필자가 지난 글의 황정은 논의에서 반성하는 것이 있다면, 오히려 황정은 소설의 시적인 특성을 좀더 적극적으로 사주지 못한 점이다. 「모자」도 수작이거니와 「문」 「곡도와 살고 있다」 「오뚝이와 지빠귀」 「야행」 그리고 최근에 발표한 「대니 드비토」 등에서 황정은만의 독특한 '리듬' 혹은 '호흡'이 느껴진다. 그런데 '시의 경지'를 부분적인 성취의 '시적 효과'/'시적 요소'와 작품 전체의 '시적 경지'로 나눠보는 발상 자체가 이런 작품들의 시적 특성을 알아보는 데 일정한 제약이 되지 않았을까 자문해본다.

물론 필자가 거론한 소설을 논하는 데 '시적 효과'와 '시적 경지'란 개념이 얼마나 효과적인가, 그리고 백낙청의 '시의 경지'를 '시적 효과'와 '시적 경지'로 나누어보는 것이 얼마나 타당한가의 문제에 대해 얼마든지 비판적인 입장을 취할 수 있다. 하지만 그럴 때에도 필자가 거론한 황정은과 공선옥(孔善玉)의 작품에 대한 토론으로써 비판하는 방식이 생산적일 것이다. 그런데 두 소설가에 대한 필자의 논의는 본문에서는 비판이라기보다 비난을 위한 자료로 거론될 뿐이다. 필자 나름으로는 제법 공들인 공선옥의 「영희는 언제 우는가」 논의에 대해 딱 한마디 '고평'이라고 평할 뿐(324면), 왜 그것이 부당한 '고평'이라고 생각하는지는 일러주지 않는다. 그리고 강영숙, 김사과, 황정은 논의에 대한 극히 부정적인 소견을 각주에서 간단히 표명할 뿐이다. 중요한 문학적 쟁점을 놓고 상대방의 논의를 한마디로 일축하는 대신 비평적으로 따져묻는 것이 "창비에 소통의 의지는 분명하게 있었지만 그것이 과연 효과적이었는지 점검해볼 필요도 있었다"(331면)라고 충고하는 것보다 논쟁을 포함한 비평적 대화에 도움이 되지 않을까.

사실은 문제의 특집 가운데 백낙청과 필자의 글을 제외한 나머지 세 편의 글에 대한 호의적인 의견을 각주로 처리한 것도 아쉬운 대목이다. 지면 제한으로 그럴 수밖에 없었던 면을 이해는 하지만, 그 글들에 대한 논의는 또 하나의 비평적 논쟁 혹은 대화의 계기가 되기에 손색이 없기 때문이다.

창비의 지난호 특집에 실린 나머지 세 편의 글은 새로운 문학적 패러다임을 위한 방향을 적절하게 암시하고 있는 것 같다. 진은영의 글에서 제시된 자끄 랑씨에르의 감각적 분배의 재편에 대한 사유는 문학의 정치적 기능에 대한 새로운 방향설정에 중요한 참조점을 제공해준다고 생각된다. 김상환의 글은 기존의 관념에서 벗어난 다양한 대상들과 자유롭게 소통하고 대화하면서 창조적인 것을 발견할 가능성을 제시하고 있는 듯하다. 호베르뚜 슈바르스의 글은 주변부가 공유하는 문학적 특징에 착목함으로써 새것에 대한 강박에 경사되지 않으면서 우리 고유의 궤도를 차분하게 찾아나가는 방향으로 우리를 이끌고 있다.(332면, 주 11)

세 편의 글에 대한 손정수의 의견이 필자와 거의 일치한다는 것을 발견하고 왜 백낙청과 필자의 글에 대해서만 처음부터 끝까지 그렇게 반대의 입장을 취하는지 묻고 싶을 정도였다. 가령 슈바르스 글에 대한 논평 중에 "새것에 대한 강박에 경사되지 않으면서 우리 고유의 궤도를 차분하게 찾아나가는 방향"이란 것이 바로 필자도 지향하는 바 아니던가. 김상환과 진은영의 글에 대해서 이런 생각을 가진 비평가라면 필자와도 훨씬 생산적인 대화가 가능했다고 느낀다.

비평도 문학의 필수적인 일부인 만큼 '사무사'로 하는 것이, 즉 어떤 선입관에 매이지 않고 수행하는 것이 무엇보다 중요하다는 생각이 든다. 그런데 나는 '사무사'인데 상대방은 '사무사'가 아니라고 또 하나의 '상'을 세우는 사태에 대처하기 위해서도, '유물론적'으로 비평하는 것이 중요하다. 즉 어떤 관념이나 코드가 아니라 오로지 작품의 언어를 '온몸'으로 실감하는 비평, 다른 비평가에 대한 이미지나 예단이 아니라 그 비평언어에 담긴 생각과 느낌을 온전하게 받아들이는 독법이 중요하다. '사무사'로, '유물론적'으로 하는 비평이라면 논쟁이든 대화든 생산적이지 않을 리 없다.

—『창작과비평』 2009년 여름호

문학의 새로움과 소설의 정치성
황정은·김사과·박민규의 사랑 이야기

요긴한 물음들

이 글은 소설이 어떻게 정치적일 수 있는가를 문학의 새로움과 관련지어 살펴보려는 시도이다. 지난호 『창작과비평』 특집[1]과 그간의 문학과 정치 논의를 참조하되 특히 소설의 정치성 논의의 요긴한 대목에 초점을 맞출 것이다. 이 논의는 "사회참여와 참여시 사이에서의 분열"[2] 때문에 괴로워하는 한 시인이 시가 어떻게 정치적일 수 있을까를 곡진하게 묻는 데서 시작되었다. 이를 두고 "모든 것이 한 시인의 진지한 고뇌로부터 시작"[3]되었다는 평이 나왔지만, 재등장한 시인은 그 '시작'의 연원을 '딴사람'들에게, 촛불항쟁과 용산시위에 참여하면서 비슷한 고민을 하는 동료 문인들,

---

1 『창작과비평』 2010년 여름호 특집 '문학의 정치성을 다시 묻는다'에는 진은영 「한 진지한 시인의 고뇌에 대하여」, 정홍수 「소설의 정치성, 몇가지 풍경들」, 권희철 「당신의 얼굴이 되어라」, 유희석 「세계체제의 (반)주변부와 근대소설」이 실렸다. 앞으로 이 글들의 인용은 본문에 면수만 밝힌다.
2 진은영 「감각적인 것의 분배」, 『창작과비평』 2008년 겨울호 69면.
3 신형철 「가능한 불가능: 최근 '시와 정치' 논의에 부쳐」, 『창작과비평』 2010년 봄호 370면.

나아가 4·19혁명을 전후하여 시와 정치에 관해 고뇌한 김수영(金洙暎) 시인에게 돌렸다.(15~18면 참조) 요컨대, 문학과 정치 논의의 '배후'에는 촛불항쟁과 용산시위가 있었고, 이런 정치집회에 참여하거나 항의성명(가령 '작가선언 69')을 발표하면서 문학에 대한 발본적인 물음을 되묻는 문인들이 있었다. 문학 논의가 모처럼 '문학의 자율성'이라는 경계를 벗어나 시민/문인들의 광장에 나오자 그간 소원한 사이로 여겨졌던 문학과 정치는 서로 만나기를 간절히 바라는 사이임이 분명해진 것이다.[4]

이 논의의 시작에는 이처럼 촛불항쟁의 힘이 작용했을 터이지만 진은영(陳恩英)이 랑씨에르(J. Rancière)의 예술론을 원용하여 우리 시대 문학적 고민의 정곡을 찌른 것이 주효했다. 특히 논의를 촉발하는 도화선이 된 것은 시란 어떻게 미학적인 동시에 정치적일 수 있을까라는 물음이었다. 이 물음에서 '정치'(la politique)와 '치안'(la police)의 구분——통상적인 의미와는 달리, 제도권 정치와 기타의 현실정치는 '치안'이고 기성의 '감각적인 것의 배분'을 바꾸는 일이 '정치'——이 중요한데, 사실 그 못지 않게 중요한 것은 양자의 불가분한 상호관계에 대한 인식인지 모른다. 백낙청(白樂晴)은 랑씨에르의 입론을 호의적으로 평하면서도 "'치안'에 대한 고민이 결여된 '정치'에의 관심이란 무관심과 무책임에 대한 일종의 알리바이로 기능할 우려가 없지 않다"고 지적한다.[5] 특히 "제3세계라든가

---

4 시(문학)와 정치의 만남을 꺼려하거나 불편해하는 평자들도 적지 않지만, 이런 평자들의 부정적 반응조차 논제에 대한 이해를 심화시키는 계기가 되기도 한다. 이런 평자들 각각에 대한 적절한 논평으로는 신형철, 앞의 글 370~77면 참조. 2000년대 문학 논의 흐름에서 보면 시와 정치 논의는 근대문학 종언론에 대한 지연된——촛불항쟁 덕분에 발본적이 된——대응의 측면이 있다.

5 백낙청 「현대시와 근대성, 그리고 대중의 삶」, 『창작과비평』 2009년 겨울호 36~37면; 『문학이 무엇인지 다시 묻는 일』, 창비 2011. 이에 대해 신형철과 진은영은 각각 공감하는 반응을 보인다. 신형철, 앞의 글 377면 및 진은영 「한 진지한 시인의 고뇌에 대하여」 26면 참조. 진은영은 이 글에서 김수영의 문학적 사유가 랑씨에르의 미학적 정치성의 예술론을 '선취'하고 있음을 보여주면서, 그에게 문학적 자율성이란 문학적 타율성과

분단체제의 변혁과정에 놓인 한국의 경우 치안의 영역이 극히 불안정하며 '감각적인 것의 분배'에 직접적인 영향을 미친다"(같은 글 37면)는 것을 덧붙인다. 사실 '정치'와 '치안'은 '변증법적'인 관계인데, '분단체제의 변혁과정에 놓인 한국의 경우'는 세계체제의 중심부와 사정이 판이하다는 것도 주목할 일이다. '정치'와 '치안'에 대한 이런 변증법적이고 주체적인 인식은 소설의 정치성을 논할 때 더욱 유념할 대목이 아닐까 싶다.

소설의 정치성 논의는 리얼리즘 문제와도 직결된다. 지난호『창작과비평』특집에서 정홍수(鄭弘樹)가 "소설의 발생과 전개에 힘들게 기입되고 뿌리내린 리얼리즘의 지향"(33면)에 주목한 것도 이 때문일 것이다. 그런데 소설의 정치성 논의를 실답게 하려면 사실주의와 리얼리즘을 구별하는 것이 관건이다. 정홍수도 "'사실주의'의 협애한 시야"와 "모더니즘과의 대결을 거치며 그것의 극복까지 지향하게 된 보다 창조적인 '리얼리즘 문학'"(32면)을 대비시킨다. 그의 글은 김연수, 권여선, 공선옥 각각의 예술적 특성에 대한 이해와 섬세한 읽기가 돋보이는데, 서두에서 거론한 '리얼리즘의 지향'과 이런 구분법이 충분히 활용되지 않아 아쉬움을 남긴다.

기왕에 '치안'과 '정치'의 구분이 중요하게 거론되었으니 이와 관련지어 '사실주의'와 '리얼리즘'의 차이를 짚어보면 이렇다. 맑스주의 문예론의 전통에서 '현실의 사실적 재현'을 뜻하는 사실주의(자연주의)는 독자적으로는 '치안'의 경계를 넘어서기 힘들다. 사실주의는 단지 '현실'로 주어지는 (랑씨에르의 표현법에 따르면) '보이는 것, 들리는 것, 말할 수 있는 것'을 있는 그대로 재현하고자 하기 때문이다. 반면에 리얼리즘은 환경과 인물의 '전형성'을 중시하기 때문에 '현실'의 핵심이 무엇인지 물을 수밖에 없고 이 과정에서 '치안'의 경계를 넘어 '정치'의 영역에 개입할

떼어놓을 수 없고 '치안'에 대한 고민이 '정치'에 대한 관심 못지않게 치열했음을 강조한다.

가능성이 열린다. '보이는 것, 들리는 것, 말할 수 있는 것', 즉 '감지 가능한 모든 것' 가운데서 어느 부분이 더 중요하고 덜 중요한지를 판단하고 나아가 '보이지 않는 것, 들리지 않는 것, 말할 수 없는 것'에 관심을 보일 수 있겠기 때문이다.[6] 사실주의와 리얼리즘이 이런 뚜렷한 차이에도 불구하고 각별한 관계를 유지하고 있는 까닭도 눈여겨볼 점이다. 그만큼 현실세계에 대한 사실주의의 과학적·실증적 인식이 근대 자본주의 세계체제의 핵심적 진실을 탐구하는 데 요긴하기 때문이다. 그런데 '치안'과 '정치'의 관계와 유사한 이유로 그 요긴함의 정도는 '제3세계라든가 분단체제의 변혁과정에 놓인 한국'의 경우 세계체제의 중심부보다 한결 더 크다.[7]

이쯤 해서 진은영의 고뇌가 시작된 지점으로 되돌아갈 필요가 있다. 거기에는 (자신의 시를 포함하여) 2000년대에 '집단적으로' 출현한 낯선 감각과 새로운 어법의 시들의 불확실한 미래가 있다. 그는 그 불확실성 앞에서 (미학적인 동시에 정치적인) '새로운 정치시'를 쓰기 위한 실험이 어떻게 하면 '미적 언어의 기만'에 빠지지 않고 참다운 성취로 이어질지 진지하게 묻는다. 그와같은 진지한 문제의식과 자세로 2000년대에 출현한 낯선 감각과 새로운 어법의 소설들의 정치성을 물을 필요가 있다. 여기에는 소설의 정치성을 문학의 새로움과 관련하여 묻는 일도 포함된다. 새로운 감각과 어법을 실험하는 소설 가운데서 진정한 새것에 값하는 작

6 백낙청은 맑스주의의 전통과도 다르게 '전형성'이나 '재현'보다 '시의 경지'를 더 핵심적인 것으로 보며 '시'(문학)란 무엇인가라는 물음을 수행하면서 어떤 경계도 두지 않으려 하기 때문에 '치안'과 '정치'의 경계에도 매이지 않을 듯하다. '시의 경지'와 관련된 리얼리즘 논의는 백낙청 「시와 리얼리즘에 관한 단상」(1991), 『통일시대 한국문학의 보람』, 창비 2006 참조. 이 주제에 대해서는 졸고 「문학의 새로움과 리얼리즘 문제」, 『창작과비평』 2009년 여름호 256~59면; 본서 50~54면 참조.

7 이에 대한 좀더 자세한 논의는 백낙청 「문학이 무엇인지 다시 묻는 일」, 『창작과비평』 2008년 겨울호 21면 및 「현대시와 근대성, 그리고 대중의 삶」 33면; 『문학이 무엇인지 다시 묻는 일』 참조.

품을 가려내는 비평작업이 요긴해진다. 문학에서 진정 새로운 것의 싹을 찾는 작업은 도래하는 공동체와 새로운 존재에 대한 물음과 떼놓을 수 없기 때문이다. 또 하나의 물음은 흔히 전통적인 소설로 다뤄지는 작품들 가운데서 그런 새로움의 싹이 구현될 가능성은 없을까 하는 것이다. 그리고 이 새로움의 문제를 소설의 정치성과 더불어 구체적으로 고민하려면 우리가 현재 어떤 시대에 살고 있는가, 그리고 도래할 공동체는 어떠하며 그 공동체의 주체는 어떠한 존재일까를 물을 수밖에 없다.

어떤 시대, 어떤 존재인가

지난호 『창작과비평』 특집에서 권희철(權熙哲)은 우리 시대의 성격을 중요하게 거론하면서 대략 두 가지 물음을 제기한다. 하나는 촛불항쟁과 관련해서 문학이 어떻게 정치적일 수 있는가 하는 것이며, 다른 하나는 현재 한국사회에 팽배한 냉소주의를 어떻게 깨뜨릴 수 있는지에 대한 것이다. 따로 떼어놓고 보면 둘 다 정당한 물음인데, 전자를 염두에 두고 후자를 논하는 순간 묘하게도 뭔가 전도된 느낌을 준다.

문학이 정치와 분열되어 있으며 그 분열상태에서 정치적으로 무력하다는 반성은 오히려 문학 외부에 정치적 활기가 있으리라는 소망을 사실판단인 양 착각하게 만들고 이런 착각은 어떤 의미에서 우리를 안심시키기까지 한다. 문학이 참여하고자 하는 정치적 공간 자체가 소멸하고 있다는 사실을 희미하게 만들어버리기 때문이다. 우리의 요점은, 질식해가는 정치에 문학이 새로운 문제제기의 산소를 주입할 권리가 있으며 그 책임을 떠맡아야 한다는 것이다. 이것이 냉소주의의 시대에 '문학과 정치'를 논할 때 함께 요구되는 것이다.(52면)

"질식해가는 정치에 문학이 새로운 문제제기의 산소를 주입"하겠다고 나서는 것은 일단 비평가로서의 책임의식과 패기가 돋보이는 대목이다. 그런데 현재 그런 문학적 과제 도출의 근거가 되는 시대성에 대한 판단이 맞는지 의문이다. 여러달에 걸쳐 수백만 시민이 자발적으로 참여한 촛불항쟁에도 불구하고 "문학 외부에 정치적 활기가 있으리라는 소망"이 '착각'이라고 단정('사실판단')하는 근거를 되묻고 싶은 것이다. '냉소주의의 시대'라는 말 외에는 어떤 실마리도 찾기 힘들다. 사실 권희철의 '냉소주의 시대' 규정은 황정은(黃貞殷)과 편혜영(片惠英)의 소설들에 대한 그의 작품분석에 적잖은 영향력을 행사한다. 한편 정홍수의 경우는 "신자유주의의 한국 점령을 실질적인 수준에서 완수한 구제금융사태 이후 우리 모두는 경제적 동물의 불안을 경쟁적으로 내면화하지 않으면 안되었다"(34면)고 언급하지만 이런 시대인식이 작품분석에 특별한 영향을 주는 것 같지는 않다. 다만 IMF 외환위기 이후의 신자유주의적 경쟁체제라든지 '경제적 동물의 불안'과 같은 묘사에서 이른바 97년체제론, 그리고 그것의 문화적 판본이라 할 김홍중(金洪中)의 '포스트-진정성 체제'론/'속물주의 시대'론[8]을 강하게 환기시킨다.

우리 시대에 속물주의와 냉소주의가 팽배해 있다는 것은 엄연한 사실이고, 특히 97년 이후에 그런 경향이 더욱 심해지고 노골화된 것도 분명

---

8 김홍중의 '포스트-진정성 체제'론은 97년체제의 사회과학적 인식을 공유하는 한편 이 체제 안에 사는 사람들의 특징적인 태도와 심성의 변화까지 망라하는 풍부한 문화적 서술을 제공하기 때문에 상당한 호소력을 발휘한다. 하지만 이 입장에서는 어떻게 촛불항쟁이 일어났는지가 설명되지 않는다. 이 시대구분론의 골자는 이렇다. "87년 민주화대항쟁에서 정점에 이르렀던 진정성의 에토스는 90년대를 거쳐 1997년의 IMF 체제의 성립 이후에 노골적으로 진행되는 신자유주의적 세계화 속에서 등장하는 새로운 삶의 태도, 즉 한편으로는 동물적(미국적)이면서 다른 한편으로 속물적(일본적)인 에토스에 의해서 결정적으로 붕괴된 듯이 보인다."(『마음의 사회학』, 문학동네 2009, 66면)

해 보인다. 하지만 97년 IMF사태를 계기로 우리 사회의 삶의 성격이 본질적으로 달라졌다는 97년체제론들은 부분과 전체를 혼동하는 우를 범하는 것이 아닐까 싶다. 촛불항쟁이 경이로운 것은 바로 수많은 시민들이 자발적이고 창의적인 시위의 공간을 창출하면서 그들의 일상 깊숙이 스며든 냉소주의나 속물주의를 일거에 걷어냈다는 점이다. 이로써 그런 경향들을 깨끗이 극복했다는 것이 아니다. 냉소주의나 속물주의가 우리 삶과 사회에 지속적으로 강력한 영향을 미치지만, 그것들에 대처하는 '마음의 기제', 즉 민주시민으로서의 의식 역시 만만찮게 함양되어 있다는 뜻이다. 사실 시민들은 촛불항쟁, 노무현 전 대통령 추모시위, 용산시위를 거쳐 현재의 천안함사태와 6·2지방선거의 국면에 이르기까지 이명박정부와 일진일퇴를 거듭해왔는데, 김홍중식의 '마음의 레짐'으로 표현하자면 속물주의(냉소주의)의 일방적인 지배라기보다 속물주의(냉소주의)와 87년 이래 전수되고 몸에 밴 사심없고 활달한 시민의식 간의 팽팽한 공방으로 보인다.[9]

시야를 한반도 전체로 넓혀보면, 분단체제 역사의 한 획을 그은 2000년 남북정상회담과 6·15공동선언 역시 97년체제론이나 속물주의(냉소주의) 시대론으로는 설명할 수 없다. 남북의 당국자들이 주도한 사건이었고 남한에서는 이를 '냉소적'으로 보는 보수세력이 없지 않았지만 대다수 시민들이 남북관계의 이 획기적 진전에 진심어린 성원을 보내며 동참한 것도 사실이다. 이명박정부 출범 이후 여러 분야의 남북간 화해 흐름이 차단되

9 이런 점들을 고려하면 97년체제의 문제의식을 자기의 일부로 통합한──우리 삶의 토대가 87년 민주항쟁에 닿아 있되 97년 금융위기를 겪으면서 신자유주의적 경쟁체제와 시민들 간의 갈등이 본격화된다는──87년체제론이 좀더 설득력이 있어 보인다. 김종엽은 "혹자는 87년체제의 종언을 말한다. 그런 주장의 우파적 판본으로는 선진화론이 있고, 좌파적 판본으로는 신자유주의체제론, 97년체제론, 신평등연합론 등이 있다. 하지만 이런 입장들에 서면 우리가 목도한 촛불항쟁은 매우 설명하기 힘들다"고 지적한다. 김종엽 「촛불항쟁과 87년체제」, 『87년체제론』, 창비 2009, 127면.

고 역주행이 거듭되면서 현재는 위태로운 지경에 이르렀지만 이런 위기 국면을 타개하기 위해서도 우리가 6·15시대를 살고 있다는 인식을 각별히할 필요가 있다.[10]

이렇게 보면 속물주의(냉소주의)에 대한 대안으로서 '윤리적인 삶'을 상정하기보다 속물주의(냉소주의) 경향에 대항하여 사심없이 행동하는 시민의식을 지켜내는 것이 무엇인가를 들여다볼 필요가 있다. 이것은 도래하는 공동체의 싹으로서 새로운 존재를 찾는 일과 다르지 않다. 문학과 정치 논의 과정에서 '새로운 존재'로 제시되거나 암시된 것 가운데 고려할 만한 것은 대략 두 가지 유형 혹은 방식이다. 하나는 진은영이 제시한 '딴사람-되기'의 방식이다. 그 방식은 "삶과 정치가 실험되지 않는 한 문학은 실험될 수 없다"(「감각적인 것의 분배」 84면)는 자신의 결론에 부합되게 삶과 정치와 문학이 동시에 실험을 시작하는 방식이다. "무엇을 시작해야 할까? 딴사람-되기를. 시인의 자리를 지게꾼의 자리와 뒤섞고 문학의 자리와 정치의 자리를 뒤섞음으로써 감각적인 것들의 완강한 경계를 넘어가는 시와 시인이 동시에 '시작'된다."(29면) 이때 "들뢰즈와 가따리가 말했듯이 이러한 '되기'(devenir)는 유비나 모방 혹은 재현의 문제가 아니다. 지게꾼이라는 타자를 만나는 새로운 방식 속에서 시인은 기존의 분배 방식에서 특수한 영역으로 할당된 자신의 존재를 지우고 지게꾼도 시인도 아닌 동시에 지게꾼이며 시인인 새로운 존재가 된다."(28면) 이 '딴사람-되기'는 그러므로 타자와의 합일을 뜻하는 것이 아니라 자기의 낡은 자아를 허물고 자기와 타자의 '사이' 존재가 되는 것을 뜻한다.

---

10 현재의 국면은 87년체제의 후반기(남한의 시간표)와 남북관계의 위기가 고조되는 6·15시대 후반기(한반도 차원의 시간표)가 겹쳐 해체기의 분단체제가 위태로운 국면을 맞이한 듯하다. 이런 위기국면을 헤쳐나가는 돌파구는 좀더 착실하고 포괄적인 민주주의를 성취해내고 시민참여형 남북연합을 건설하는 데서 열릴 것이다. 이에 대한 논의로는 백낙청 「'포용정책 2.0'을 향하여」, 『창작과비평』 2010년 봄호 참조.

새로운 존재의 또 하나의 방식은 권희철이 촛불항쟁 참여자들의 모습을 묘사하는 장면에서 암시된다. 그는 중국 천안문시위자들에 대한 아감벤의 논평을 '패러디'하여 촛불시위자들을 묘사한다. 가령 "촛불로 밝혀진 광화문에서 국가가 맞닥뜨려야 했던 것은 모든 정체성과 귀속조건을 굴절시키는 독특성의 공동체였다. 그것은 하나의 정체성으로 굳어진 집단이나 조직이 아니기 때문에 관리하거나 규율할 수 없고, 바로 그 점에서 국가가 전혀 타협할 준비가 되어 있지 않은 위협이었다. 이 독특성의 공동체, 혹은 소통적 텅 빔의 가능성이야말로 도래하는 정치의 새로운 주인공이다."(53면)[11] 이런 식의 패러디 사용이 적절한지 의문이지만, 여기서 따질 문제는 권희철이 촛불시위자들의 특징적인 면모로 제시한 것이 어떤 새로운 존재를 암시하는가, 그리고 그것이 촛불시위자들의 진면목에 대한 정당한 서술인가 하는 점이다.

인용문의 '독특성의 공동체'는 아감벤이 '도래하는 정치의 새로운 주인공'으로 제시하는 'whatever singularity'[12]에 해당한다. 아감벤에 따르면 'whatever'는 영어로는 '뭐든 상관없다'는 뜻이지만 이 말에 해당하는 라틴어 'quodlibet'는 정반대의 뜻이라는 것이다. 가령 "'quodlibet ens'(whatever entity)는 "무엇이라도 상관없는 존재"라기보다 오히려 "그러하기에 항상 중요한 존재"이다."[13] 그리고 "여기서 문제의 'whatever'는 어떤 공통적인 특성(예컨대 좌파라는 것, 프랑스 사람이라는 것, 무슬림

---

11 G. Agamben, *Means Without End: Notes on Politics*, tr. Vincenzo Binetti and Cesare Casarino, University of Minesota 2000, 89면; 국역본『목적 없는 수단』, 김상운·양창렬 옮김, 난장 2009, 100~101면 참조.

12 이 개념의 적절한 역어를 찾기가 쉽지 않다. 국역본에서는 '임의의 독특성'이라고 옮겼는데, 용어의 뜻을 살리지 못한 것 같다. '있는 그대로의 독자성' 정도로 풀어서 옮기는 것도 한 방법인데, 문맥에 따라선 '독자성'보다 '단독자'가 더 적절한 경우도 있겠다.

13 G. Agamben, *The Coming Community*, tr. Michael Hardt, University of Minesota 2007, 1면. "도래하는 존재는 있는 그대로의 존재이다"(The COMING being is whatever being)로 시작되는 첫째 장 'Whatever' 두루 참조.

이라는 것 같은 개념)에 관해서 무관심하다는 점에서가 아니라 오로지 그
것이 있는 **그대로**라는 점에서 독자성과 관련된다.˝(같은 곳, 강조는 원저자) 이
설명을 고려하면 'whatever'는 여기서 어떤 정체성을 초월해 있다거나 상
관하지 않겠다는 것이 아니라 상관이 있되 그런 구분법에 귀속되지 않고
있는 그대로를 받아들인다는 뜻이므로 불교의 '여여(如如)한'의 뜻에 가
깝다.[14] 아감벤의 이런 여여한 '독자성'(singularity) 개념은 무엇이 '될 잠
재성'(potentiality to be)보다 '되지 않을 잠재성'(potentiality not to be)을
중시하는 그의 잠재성 개념과 맞물려 있다.[15] 아감벤이 '있는 그대로의 독
자성'을 사랑과 관련지어 논하는 대목도 주목을 요한다. 가령 "사랑은 사
랑하는 사람의 이런저런 특성(금발이라는 것, 키가 작다는 것, 다정하다
는 것, 절름발이라는 것)을 결코 향하고 있지 않지만 그렇다고 그런 특성
들을 무시하고 밋밋한 일반성(보편적 사랑)을 선호하는 것은 결코 아니
다. 즉 사랑하는 사람은 있는 그대로의 **그 모든 속성들을 가진** 연인을 원한
다˝(2면, 강조는 원저자)는 것이다.

이렇게 보면 촛불항쟁 참여자들의 행동방식에 '여여한 독자성'이라고
할 만한 면이 없지 않았던 것 같다. 가령 '대한민국은 민주공화국이다'라
고 합창할 때도 그것이 말도 안되는 '치안'의 혼란을 겨냥하고 당국자들
의 논리의 핵심을 친 것이지 '대한민국' 국민이라는 정체성에 집착한 것
은 아니었다. 그렇다고 대한민국 국민이라는 '법적 지위'를 구태여 부정
하고 더 고상한 어떤 존재가 되려고 애쓰지도 않고 그냥 그 국민됨의 자
리를 당당히 누렸는데, 사실 그 점이 대단히 신선하고 사랑스러웠다. 여성

---

14 "whatever는 정확히 특수도 보편도 아니요 개별성도 일반성도 아닌 것을 지칭"(같은
　책의 역자 주 1, 107면)하므로 서구 형이상학의 오랜 이분법들을 넘어서는 데 초점이
　맞춰져 있다.
15 같은 책 35~37면 및 *Potentialities: Collected Essays in Philosophy*, tr. Daniel Heller-
　Roazen, Stanford University Press 1999, 243~71면 참조.

이자 유모차를 끄는 엄마이자 인터넷 동호회 회원이자 대한민국 국민이라는 것을 구태여 부정하기보다 오히려 그 모든 것을 동시에 누림으로써 존재의 어떤 개방성을 보여주었다고나 할까. 하지만 이 개념은 촛불시위자들 사이에서 문득 구현되는 무엇의 일면이라면 모를까, 가장 두드러진 특징으로 제시하기는 힘들다. 여기서 제기되는 물음은 촛불시위자들의 모습이 87년 민주항쟁 때에 비해서 실로 새로운 면모를 보여주었지만 아감벤이 제시한 '있는 그대로의 독자성'에는 아직 미달하는 것인가, 아니면 서구사의 폐허(아우슈비츠) 속에서 태동한 이 개념 자체에 서구중심적 편향이 스며 있는가의 문제다. 사실 이 개념이 현실정치('치안')에서 사용될 때는 우리의 처지와 전혀 다른 뉘앙스를 지닌다는 것도 고려해야 한다.[16]

아감벤과 들뢰즈는 모두 '독자성/단독자'라는 용어를 사용하지만 그 지향성은 서로 반대인 듯하다. '딴사람-되기'를 시도하면서 자기동일성으로부터 탈주하려는 들뢰즈의 단독자와는 대조적으로 아감벤의 단독자는 '딴사람 되지 않기'의 잠재성을 수행하면서 온갖 근대적 정체성에 매이지 않고 '있는 그대로' 있고자 한다. 필자가 도래하는 공동체의 새 존재 방식으로 제시되거나 암시된 두 개념을 주목한 것은 어느 한쪽 입장을 지지하려는 것은 아니며 그럴 만큼 철학적인 조예가 깊지도 않다. 다만 문학의 새로움과 관련지어 소설의 정치성을 논할 때 '정치'와 '치안', 사실

---

16 아감벤은 '스펙터클의 사회'(society of spectacle)를 국가의 최종형태로 보고 그런 사회에서 여여한 단독자들이 대거 출현한다고 주장하면서, "도래하는 정치는 더이상 새롭거나 낡은 사회적 주체들이 국가를 정복하거나 통제하려는 투쟁이 아니라 국가와 비국가(인류)의 투쟁, 즉 있는 그대로의 단독자들과 국가기구 사이의 돌이킬 수 없는 분리가 될 것"(G. Agamben, *Means Without End* 88면; 국역본 99면. 번역은 필자)이라고 예측한다. 최종형태의 국가기구와 여여한 단독자들 간의 분리를 상정하는 것이다. 그런데 분단체제의 변혁과정에 놓인 한국의 경우는 사정이 판다르거니와 촛불항쟁 참여자들의 태도는 국가기구를 해체하라거나 그것과 갈라서겠다기보다 오히려 국가기구의 책무를 제대로 수행하라는 것이었다.

주의와 리얼리즘, 시대구분의 문제와 더불어 이 개념들이 얼마나 요긴할 수 있는가도 함께 검토할 만하다는 생각이다. 그런데 질문과 검토의 방향은 쌍방향이어야 마땅한데, 이들의 새로운 존재 개념을 활용하여 우리의 문학작품을 읽는 동시에 역으로 우리의 문학작품을 통해 이 개념들에 문제점은 없는지를 검토하는 비평작업이 필요하다.

정치적인 사랑 이야기들

황정은의 『百의 그림자』(민음사 2010)는 소설의 정치성 논의에서 우선적으로 거론할 만큼 중요한 텍스트이다. 그러나 이 작품에 대한 권희철의 논의가 초점을 제대로 맞춘 것 같지는 않다. 앞서 지적했듯이 '냉소주의'가 문제라는 시대인식의 탓이 큰데, 용산참사와 철거민 문제를 다룬 황정은의 인상적인 르뽀(「입을 먹는 입」, 『문학동네』 2009년 겨울호)가 그런 인식을 굳혀주는 데 한몫한 것 같다. 가령 권희철은 그 르뽀의 한 대목을 인용한후 진정 무서운 것은 "법과 경찰의 권력보다 냉소주의 자체가 아니겠느냐"(53면)고 작가의 의도를 풀이한다. 그 르뽀의 논지에 관한 한 권희철의 판단이 틀린 것이라고 볼 수는 없다. 하지만 『百의 그림자』는 이런 냉소주의 비판에 초점이 맞춰져 있는 작품이 아니다. 또한 "황정은은 여기서 그림자에 잠식되어 삶을 잃어버리고 마는 것, '입을 먹는 입'에 삼켜지는 것으로부터 우리 자신을 어떻게 구제할 것인가 하는 문제를 다루고 있다"(55면)고 평하는 것은 이 소설에 내장된 정치성을 주제적인 차원으로 좁히는 격이다.

이 소설의 정치성은 무엇보다 은교와 무재의 사랑 이야기, 나아가 그림자가 일어선 경험을 공유하는 여러 등장인물 간의 '윤리적인' 관계에 초점을 맞출 때 비로소 충분히 드러날 수 있다고 본다. 달리 말하면, 무심한 듯 타자를 배려하고 언어 속에 스며든 폭력의 뉘앙스에 민감하게 반응하는, 이 선량하기 그지없는 사람들은 도대체 어떤 존재인가를 묻는 일이 중요하다. 그 가혹한 폭력과 부당한 불행을 겪고도 '원한감정'(resentment)에 매이지 않는 이 존재들이 어디서 출현했는가를 묻는 일이 중요하다. 속물주의와는 판이한 이들의 삶의 방식이 '윤리적'임을 인식하는 것보다 더 중요한 것은 이 '윤리적인 삶'이 하나의 이상주의적 소망 성취에 불과한지 아니면 도래하는 공동체의 실제 싹인지를 묻는 일이다. 김홍중은 "스노비즘이 현실태라면 윤리적 삶은 언제나, 영원히, 가능태로 머문다. 가능태에 비추어 현실태를 비판하는 것은 어리석은 일이다. 비판은 내재적이어야 한다. 윤리적 삶은 하나의 소실점이다. 도달되지 않는다"(83면)라고 주장하지만, 여기 이미 '도달된' 윤리적 삶이 구현되어 있는 것은 아닐까?

이 쉽지 않은 물음에 답하기 위해서는 결국 소설의 언어에, 그 언어로 짜여진 이야기에, 이야기의 방식과 그 방식이 갖는 특유의 호흡과 리듬에 귀기울일 수밖에 없다. 황정은 소설언어의 남다른 점은 군더더기가 없을 뿐더러 메씨지 전달은 정확하게 하되 최소화하고 언어 자체의 미묘한 울림과 뉘앙스에 매우 민감하다는 것이다. 게다가 종종 예기치 않은 방식으로 언어의 변용과 발상의 전환이 이뤄지기 때문에 그의 소설언어는 시의 언어를 닮아 있다. 가령 은교와 무재가 주고받는 대화는 연인들끼리 실제로 사용했을 법한 일상적 언어이면서 어딘지 선문답처럼 느껴질 때가 많다. 가령 이런 대목이 그렇다.

나는 쇄골이 반듯한 사람이 좋습니다.
그렇군요.
좋아합니다.
쇄골을요?

은교 씨를요.

……나는 쇄골이 하나도 반듯하지 않은데요.

반듯하지 않아도 좋으니까 좋은 거지요.

그렇게 되나요.(39면)

서술자 은교의 직장(전자상가)과 연애 이야기, 그림자가 일어선 사람들 각각의 불행한 내력들이 뒤섞이면서 소설서사의 사실성은 꽤 풍성해지지만 그 질감은 종래의 사실주의적 이야기와 사뭇 다르다. 가령 무재가 소년이었을 때 빚을 왕창 진 아버지가 그림자를 따라가다가 죽는 이야기, 유곤의 아버지가 건축현장에서 일하다가 타워크레인의 추에 깔려 죽는 이야기, 유곤의 어머니가 아버지의 죽음에 충격을 받고 그림자에 사로잡히게 되는 이야기, 가족들의 무관심으로 차라리 그림자를 따라가려다가 실패한 여씨 아저씨의 이야기, 아내와 자식들을 미국의 사립학교에 유학시켜 기러기아빠 신세가 된 여씨 아저씨의 친구인 공장장의 이야기도 그렇다. 무엇보다 사람에게서 그림자가 분리되는 초자연적 현상이 마치 시에서의 '객관적 상관물'처럼 작동하면서 경제적이고 함축적인 언어구사가 가능해지기 때문이지 싶다. 황정은의 사실성은 사실주의를 초과하여 소설언어 구조의 깊숙한 곳과 연결되어 있다.

그림자 분리현상은 현실의 삶에 좌절하고 차라리 죽음을 바라는 상태를 나타내는 하나의 비유적 장치이지 무슨 "'비현실적인 환각'을 뜻하는 환상"이 아니다.[17] 사람이 자신의 분리된 그림자를 따라간다든지 분리된

---

17 이 소설에 대한 깊이있는 작품해설에서 신형철은 "그림자가 분리되는 현상은 현실의 폭력 앞에서 주체가 어떤 인내의 한계에 도달할 때 발생하는 일임을 생각한다면, '비현실적인' 환각을 뜻하는 환상이라는 용어로 그 현상을 명명한다는 것 자체가 얼마간 비윤리적이라는 느낌을 준다"(『百의 그림자』 179면)고 지적하는데, '비윤리적'이라는 표현은 과도하지만 전체적으로 타당성이 있다.

그림자가 사람의 등에 올라탄다든지 식탁에 버젓이 앉아 있다든지 하는 설정은 자칫 상투적일 수 있는 불행의 여러 양상에 섬뜩하고 불길한 시적 이미지의 차원을 부여한다. 동시에 소설서사 전체에 삶(빛)과 죽음(어둠)의 리듬을 불어넣을 수 있을뿐더러, 이제 사람들의 삶이 어떠한 상태인지는 긴말 필요 없이 그들과 그림자의 관계를 통해, 그림자의 세분화된 농담과 형상을 통해 섬세하게 표시할 수 있게 된다. 또 하나는 '가마' '차마' '(어)차피' 같은 말의 다중적인 뉘앙스와 주술적 효과라든지 '슬럼'과 같은 말에 스며 있는 은밀한 권력관계를 예리하게 끄집어내는 빼어난 언어적 감수성과 구사력은 언어와 대상의 일치라든지 현실의 자명성에 대한 믿음을 그때그때 깨뜨리는 효과가 있다. 그러나 상당수의 '포스트모던'한 소설가들과 달리 언어와 현실의 자명성을 깨는 것이 문학이 할 일의 전부인 양 자명성의 해체작업에 탐닉하지는 않는데, 이 점이 이 작가의 또 하나의 미덕이다.

황정은이 이런 비범한 소설언어로 들려주는 은교와 무재의 사랑 이야기에 귀를 기울여보자. 둘의 관계, 그것도 가장 내밀한 사랑 이야기에 초점을 맞추는 것은 도래하는 공동체의 시원적인 관계에 어떤 분위기와 리듬이 주조를 이룰지를 가늠하기 위해서이다. 은교와 무재 사이에는 사려 깊은 배려와 따뜻한 애정, 그리고 담담한 듯 섬세한 유희가 기조를 이룰 뿐 폭력을 불러낼 수 있는 어떤 힘과 의지의 작용도 배제된다. 은교와 무재뿐 아니라 '오무사' 할아버지와 여씨 아저씨 같은 입주자들도 타인을 깊이 배려하는 인물들로서, 소위 신자유주의적 경쟁과는 거리가 먼 사람들이다. 소설 속에서 은교의 목소리를 통해 이들의 존재감이 생생히 전달되면서 이런 희유한 사람들을 사라지게 만드는 현실을 돌아보게 한다. 그림자에 잠식될까봐 걱정이지만 가난에 찌들지도 불행에 뒤틀리지도 돈의 위력에 휘둘리지도 않는 사람들, 상대방과 자신의 처지, 그림자에 대한 두려움, 사랑하는 사람과 함께하는 행복을 순정하게 받아들이는 사람들, 국가폭력은 물론 어떤 종류의 폭력이라도 삶과 언어 속에 스미는 것을 싫어하는 사람들, 서로 이름을 부르면 대답하고 노래를 불러주고 이야기를 해주는 연인들――이들은 마치 참혹한 폭력과 부당한 불행을 겪으며 삶의 경지에 도달했고, 지금도 자신의 영혼의 존재를 알리는 그림자의 그늘 아래서 수행하는 사람들 같다. 이들이야말로 아감벤이 '있는 그대로의 단독자'라고 이름 붙인 존재에 가까운 게 아닐까. 그들에게 '딴사람-되기'를 상상해본다면 그것은 이미 과거에 완료했다는 느낌을 준다.

황정은의 이 소설은 언어적 혁신의 면에서도 배수아(裵琇亞)의 『올빼미의 없음』(창비 2010)에 비견될 만한 성취이거니와(졸고 「새처럼 꿈처럼 존재의 숲을 가다」; 본서 제2부 1장 참조), 그 언어를 통해 도래하는 공동체의 새로운 존재의 싹을 보여준다는 점에서 특히 주목할 만하다. 이 작품은 새로운 '감각적인 것의 분배'를 단지 제시하는 것이 아니라 확실히 느끼게 해주며, 그런만큼 '정치적'이라고 부를 법하다. 이런 뚜렷한 성취를 보여준 작품에 한 가지 흠을 잡자면 등장인물이나 그들의 관계가 너무 '윤리적'이라는 것이다. 세상의 모든 사악함과 영악함, 너저분함과 더러움, 인정욕구와 허위의식, 권력과 부에 대한 욕구, 관능성 등이 거의 소거되었거나 아니면 모두 '그림자' 속으로 흡수되어버린 느낌이다. 그리하여 소설의 주요인물들이 상당히 동질성을 띠고 이질적인 것들과의 대화가 거의 이뤄지지 않는다. 이질적 요소들 간의 교호작용이 이뤄지면서 문득 복합적인 현실이 드러나는 소설적 진실의 차원에는 못 미치는 듯하다.

자세히 다루기는 어렵지만 여기서 다른 사랑 이야기도 잠깐 언급할 필요가 있다. 속물들의 세상에서 순수한 예술을 추구하는 남녀가 만나서 전혀 속물적이지 않은 방식으로 살기로 하고 그런 존재방식의 사랑을 끝까지 밀고 나갈 때 어떤 일이 벌어질까? 김사과의 『풀이 눕는다』(문학동네 2009)는 이런 감당하기 힘든 주제를 다룬다. 이 주제는 황정은의 소설 못지않게 윤리적인 충동이 강하다. 속물주의가 팽배한 현실의 기성체제와 단절을 선언하고 그런 비타협적인 태도를 끝까지 밀어붙이기 때문이다. 실패한 소설가인 주인공 '나'는 한 달 동안 무작정 걸어다니다가 한 순수한 화가-남자를 만나 한눈에 사랑에 빠져 동거를 시작하고 일종의 반속물주의 예술가 '꼬뮌'을 형성한다. 그런데 이 고립된 공동체의 일차적인 문제는 이를 구성하는 남녀가 엄밀히 말하면 전혀 다른 종류의 사람이라는 것이다. 가령 서울 한복판의 휘황찬란한 마천루를 보는 두 사람의 감각적 반응은 완전히 다르다.

　　──생각해봐. 도대체 누가 저런 데서 살고 싶다고 생각하지 않을 수가 있어?
　　──그게 무슨 말이야.
　　──저 빌딩들을 봐. 어때 보여?
　　──음.
　　풀은 생각했다.
　　──나라면 저런 주황색 조명은 촌스러워서 안 쓸 것 같은데.
　　──난 말이야. 저렇게 관념적인 물질을 본 적이 없어. 저건 욕망이라는 관념 그 자체야. 갖고 싶다, 갖고 싶은 마음 그것 자체. 그렇잖아? 그게 아님 저게 뭐겠어? 그게 아니면 저 괴상한 물건이 도대체 뭐겠냐고. 날 갖고 싶지? 날 사고 싶지? 이런 데서 살고 싶지? 그렇게 외치고 있잖아. 이건 내 귀에만 들리는 거야? 나는 저게 갖고 싶으니까? 근데 너는 그렇지 않으니까?(145~46면)

서울의 빌딩들을 욕망이라는 관념의 순수한 결정체로 보는 '나'는 얼핏 보면 모든 것이 사유화되고 물신화되는 속물주의 세계를 근본적으로 비판하는 듯하다. 그러나 '나'는 풀과 달리 스스로 그런 속물주의의 일원이기도 한데, 그렇기에 극단적인 방식으로 그것을 부정하고자 한다. '나'는 특이하게도 '사랑'과 '책임'을 양자택일의 관계로 놓고 풀로 하여금 일체의 생업을 중단하게 한다. "우리는 끝내 안정된 삶을 구하지 않았다. 그리고 그게 바로 내가 원한 것이었다. 만약, 우리가 헤어진다면 그건 풀이 취직을 한다는 뜻이었다. 그가 취직을 한다면 그건 우리의 생활을 책임지겠다는 뜻이고, 그건 풀이 더이상 나를 사랑하지 않는다는 뜻이었기 때문이다. 사랑은 책임을 뜻하지 않는다. 그건 가장 살아 있다는 걸 뜻했다."(158면)

'나'와 풀의 이런 무대책의 공동체는 한편으로는 '나'가 부자인 엄마와 동생에게 빌붙어서 경제를 해결하고 다른 한편 풀은 그림을 그리면서 아슬아슬하게 영위된다. 그러나 풀의 그림이 평가를 받고 김권이라는 타자가 둘만의 공동체에 개입하면서 양상이 달라진다. 풀과 김권이 가까워질수록 소외감과 시기심을 느낀 '나'는 알코올중독에 빠져들다가 마침내 풀의 소중한 그림을 파괴하고 만다. 이렇게 반속물주의 예술가들의 공동체 실험은 실패로 끝난다. 어쩌면 이 소설에서 속물주의와 순수함 사이에 중간항을 배제하고 사랑과 책임을 배타적으로 설정할 때부터 이 연인들의 공동체를 유지할 전망은 없었고 오로지 파괴의 길만이 남았는지 모른다. 이 소설은 속물주의 혹은 신자유주의적 자본주의를 맹렬하게 비판하려 하지만 이 막강한 물질과 마음의 체제를 '실제적으로' 극복할 가능성을 어디에서도 제시하기가 어려운 것이다.

연인들의 공동체가 무너지기까지의 필연적인 과정, 상대와 자기를 가리지 않고 파괴하고자 하는 강렬한 '죽음 충동'은 김사과 특유의 무정부주의적 매력과 심리적 호소력을 지니지만 예술적으로 볼 때에는 감당하기 어려운 면이 있다. '나'와 풀이 다시 만날 즈음에 풀은 속물주의 세계에 완전히 항복한 상태인데, 그를 살려두면 앞서의 투쟁과 비판의 의미는 씁쓸한 웃음거리가 되고 그를 죽인다면 두 남녀 간의 사랑에 그렇게 큰 의미를 부여하기 힘들다. 김사과가 말미에서 갑자기 환상적인 수법으로 전환하여 풀의 마지막을 애매모호하게 처리한 것은 이런 딜레마와 관계가 있다. 또한 '나'와 '풀' 각각이 서로의 '있는 그대로의 독자성'을 그냥 받아들이는 '딴사람 되지 않기'와 둘 사이를 좁혀가려는 '딴사람-되기'의 시도도 모두 부족한 것이 그들의 사랑의 공동체를 지속 가능하게 만들지 못한 원인이랄 수 있다.

박민규(朴玟奎)의 『죽은 왕녀를 위한 파반느』(예담 2009)는 '너무 못생긴' 여자를 사랑할 수 있을까, 그리고 그런 여자가 사랑을 할 수 있을까라는 곤혹스러운 물음에서 출발한다. 우리 시대의 모든 가치와 감성이 외모지상주의로 수렴된다는 것, 그로 인해 못생긴 여자는 때로는 괴물보다 더 끔찍하고 때로는 투명인간보다 더 불가시적인 쓸쓸한 존재가 되어버렸다는 것을 상기하면 이 물음이 얼마나 '정치적'인가를 실감할 수 있다. 그런 여자를 사랑하고 그런 여자가 사랑을 하는 것은 괴물로 비쳐진 감각적 형상의 윤곽을 해체하여 본래대로 돌리는 것이다. 가령 상대의 말에 침묵으로 대응하거나 '아니, 아니에요'라는 말밖에 못하던 여자가 마침내 입을 열고 상대의 눈을 똑바로 쳐다보고 장문의 연애편지를 쓰면서 "당신을 사랑합니다"라고 발화하기까지의 지난한 과정이 섬세하게 다뤄진다. 이것은 정확히 랑씨에르적 의미의 '정치적'인 작업이자 아감벤적인 의미의 '있는 그대로의 독자성'을 성취하는 문제다. 그런데 이 사랑 이야기가 현실의 핵심을 건드리지 못하고 낭만적인 판타지가 되면 이 정치적인 작업은 그 순간 수포로 돌아갈 위험이 있다. 외모지상주의 시대에서 소외된 여자를 위로하는 또 하나의 문화상품이 될 수 있기 때문이다.

박민규의 사랑 이야기가 도전하는 것은 남녀간의 사랑에 동반되는 낭만적 분위기를 버리지 않은 채 환상적 통속물이 되지 않도록 하는 아슬아슬한 길이다. 이 소설은 외모지상주의 세계의 거점인 백화점 지하주차장—"거대한 백화점의 맹장(盲腸)"(102면)—을 소설의 '장소'로 설정함으로써, 그리고 백화점 지하주차장의 관리와 안내라는 비정규직 남녀들의 일상을 생생하게 그려냄으로써 그후의 모든 미학적 정치적 작업의 바탕을 깐다. 이런 현실적인 바탕 위에서 잘생긴 청년과 못생긴 여자가 서로를 발견하고 마침내 애절한 사랑을 꽃피우는 과정이 박민규 특유의 변신술의 화법과 곰살맞은 언어로 절묘하게 포착된다. 이 과정에서 우리 사회의 온갖 이데올로기의 그물망이 외모지상주의를 통과하고 있다는 것을 보여줄뿐더러 그 한가운데를 통과해서 두 남녀가 존재론적으로 점점 가까워지면서 말투가 달라지고 발화가 가능해지는 과정이 압권이다. 그렇기에 상대방을 배려하고 공감하는 '딴사람-되기'의 과정과 자신의 콤플렉스/편견을 극복하고 자긍심/겸손함을 회복하는 '딴사람 되지 않기'의 과정이 동시진행형으로 일어나는 과정이 꽤나 설득력이 있다.

하지만 마침내 사랑을 확인하고 외딴 설정 속에서 첫 키스를 나누고 돌아오는 밤에 남자가 교통사고를 당해 2년간 의식불명상태에 빠지고 수년간의 재활치료를 받게 되는데, 이런 전개가 소설의 극적인 재미를 높이기 위한 장치인 것만은 아니라는 생각이다. 이제부터 본격화될 둘의 관계를 유예하는 결과가 되기 때문이다. 사랑이 확인된 후에 연인들의 공동체가 형성되고, 그 사랑이 상대방에 대한 배려이자 책임이기도 하다면 그 공동체를 함께 설계하고 꾸려나가는 일은 사랑을 확인하는 것보다 더 어려울 수 있기 때문이다. 특히 이 소설이 다루는 특별한 사랑에서는 그 어려움이 배가될 것이다. 그런 점을 감안할 때 남자의 교통사고로 인한 두 연인의 결별은 아쉬운 부분으로 남지만, 이 소설의 사랑 이야기는 실로 용감한 예술적 시도이며 거둔 성과도 만만찮다고 본다.

이상 주목할 만한 세 편의 사랑 이야기를 읽으며 소설의 정치성을 짚어보았다. 작품을 논할 때 '치안'과 '정치'의 변증법적인 관계라든지 사실주의와 리얼리즘의 차이와 각별한 관계에 대해 충분한 논의를 하지 못해 아쉬움이 남지만, 흔히 비정치적 영역으로 여기기 쉬운 남녀관계와 사랑 이야기야말로 가장 '정치적'일 수 있다는 점은 어느정도 보여주지 않았을까 싶다. 세 편의 소설에서 '딴사람-되기'와 '딴사람 되지 않기'라는 존재의 두 과정 혹은 방식을 비교적 주의깊게 점검해본 것은 문학의 새로움과 소설의 정치성이 어떻게 관련되는지를 추적하고자 함이었다. 또한 아감벤의 '있는 그대로의 독자성'이 촛불시위자들에게서 그리고 황정은 소설의 등장인물에게서 출현했을 가능성을 헤아려보기도 했는데, 향후 좀더 논의할 문제라고 여겨진다. 황정은의『百의 그림자』가 소설의 '정치성'을 뚜렷하게 보여주는 수작이지만, 김사과와 박민규의 주목할 만한 사랑 이야기와 함께 놓고 비교할 때 세 소설의 '정치적' 성격도 분명해진다. 세 편의 소설을 검토하는 과정에서 들뢰즈의 '딴사람-되기'와 아감벤의 '딴사람 되지 않기'(있는 그대로의 독자성)의 존재방식이 상호 연동되어 있다는 것을 발견하게 된다. 어쩌면 '딴사람-되기'와 '딴사람 되지 않기'는 둘이 아닌 하나의 수행 과정인지도 모른다.

—『창작과비평』 2010년 가을호

한국문학에 열린 미래를
현단계 소설비평의 쟁점과 과제

들어가며

시간표상으로 '2000년대 문학'이 끝난 것은 확실하지만, '2010년대 문학'이라 부름직한 것이 시작되었는지는 미지수다. 2000년대 시는 기존 서정시의 익숙한 어법으로부터의 탈피를 과제로 삼아 예술적 갱신을 활발히 도모했거니와 후반기에는 '문학과 정치' 논의를 주도하면서 창의적인 활력을 얻기도 했다. 소설 역시 시 장르와 비슷한 자기쇄신의 노력은 있었지만 시대현실로부터 거리를 두는 경향이 주도하면서 구체적 삶에서 힘을 얻는 소설 장르 특유의 활력을 유감없이 보여주지는 못했다고 본다. 설령 '2000년대 소설'보다 활달한 새로운 성향의 소설이 지금 생산되고 있다 해도 한국소설의 앞날을 회의하는 거센 목소리들에 묻혀 그 존재감을 드러내지 못하는 듯하다. '2010년대 문학'을 논하기에 앞서 한국소설에 대한 저간의 어두운 전망이 어디서 비롯되는지, 그런 전망이 얼마나 타당한지 살펴볼 필요가 있는 것이다.

한국문학을 어둡게 생각할 이유는 여럿 있을 수 있다. 사실 1990년대 이래 한국문학은 위기가 아닌 적이 드물었다. 이른바 '본격문학'은 텔레비전과 영화, 인터넷과 스마트폰 등의 대중매체 발달로 말미암아 존재기반을 잃을 것이라는 비관론이 득세하기도 했고, 장르문학과 대중소설에 독자를 빼앗겨 결국 소수 마니아의 관심사로 전락할 것이라는 예측이 나돌기도 했다. 전자책(e-book)의 등장으로 종이책 인쇄 기반의 문학은 쇠퇴할 수밖에 없다는 주장도 있었다. 대중문화의 확산과 매체환경의 변화가 큰 영향을 끼치면서 문학의 사회적 위치가 예전보다 불안정하고 그 존재방식이 유동적으로 변한 것은 분명하다. 그러나 문학 외부에서 도래하는 이런 위기들이 한국문학에 결정적인 타격을 입혔다고 보기는 힘들다. 이런 위기들이 대체로 과장되기도 했거니와 한국문학의 대응력도 만만찮았던 것이다.

더 본질적인 위기는 문학 내부로부터 생겨나는 것이었다. 이를테면 문학 특유의 방식으로 우리 시대 삶의 새로운 면모와 핵심적인 문제를 다룰 수 있을까라고 물을 때 맞닥뜨릴 수 있는 위기가 그것이다. '근대문학의 종언'론이 휩쓸고 지나간 이래 적지 않은 비평가들이 이 물음에 대해 암울한 전망을 내놓았다고 여겨진다. 이들은 그런 물음을 자기 과제로 여기던 '근대문학'이란 것 자체가 끝났고 전혀 다른 종류의 문학 ─ '근대문학 이후의 문학' ─ 이 시작되었다고 주장하며, 그런 과제와 떼어놓을 수 없는 장편소설의 장래에 대해서도 회의적이다. 정확히 얼마나 많은 비평가들이 이런 전망을 가지고 있는지 확인할 길이 없으나, 2000년대 소설비평에서 뚜렷한 주장을 펼친 김영찬(金永贊)과 김형중(金亨中)을 포함한 상당수의 비평가들이 이에 해당된다고 판단한다.

근대문학 종언론 이후 한국문학은 자본주의 시장의 상품화 요구에 점점 노골적으로 내몰리는 한편 문학 내적으로도 심각한 변화와 혼란을 겪고 있으니 섣불리 낙관적인 전망을 내놓을 계제가 아님은 분명하다. 그러나 다른 한편으로 이런 불리한 여건 속에서도 다수의 소설가와 시인이 예술적 자기쇄신의 분투를 멈추지 않고 있으며 그 덕분에 한국문학이 만만 찮은 성과와 활력을 보여주고 있는 것 또한 부인할 수 없는 사실이다. 김 영찬과 김형중의 평문을 중심으로 한국소설에 대한 어두운 전망이 지닌 허실을 짚어보려는 이 글의 취지는 그러므로 그들의 비관적인 전망에 낙 관적인 전망으로 대응하겠다는 뜻이라기보다, 불리한 여건 속에서도 한 국문학의 희망의 근거를 발견하려는 비평적인 노력을 포기할 수 없다는 뜻에 가깝다.

단절론적 문학사 인식의 문제

김영찬은 '근대문학의 종언'을 확신하고 자신이 확신한 바를 분명히 해둘 필요가 있다는 듯이 "우리에게 필요한 것은 근대문학을 향한 우울 의 태도를 가슴 한켠에서 버리지 않으면서도 다른 한편으로 그것의 죽음 을 애도하고 죽음 이후 계속되어야 할 새로운 삶의 모습을 모색하는 것"[1] 이라고 역설한다. '근대문학'이란 것이 죽었다면 그의 주장대로 정중하게 애도하는 것이 옳을지 모르되 살아 있다면 산 사람 앞에서 곡을 하는 격 이 아닐까. 어쨌거나 일차적으로 따져볼 것은 '근대문학'이라는 것이 정 말 죽었는지 아니면 살아 있는지를 판별하는 일인 듯하다.

골치 아픈 것은 '근대문학'이 무엇을 지칭하는지는 문학전통에 따라, 그리고 개별 평자에 따라 다르다는 점이다. 김영찬의 준거는 카라따니 코 오진(柄谷行人)의 '근대문학' 개념인데, 종언론을 받아들이는 다른 평자 들과 마찬가지로 그 역시 '근대문학의 종언과 그 이후의 문학'이라는 구 도를 면밀하게 검토하지 않고 한국문학에 거의 그대로 적용한다. 일본 사

---

1 김영찬 「끝에서 바라본 한국근대문학」, 『비평의 우울』, 문예중앙 2011, 33면. 앞으로 이 글의 인용은 본문에 면수만 밝힘.

람과 한국 사람의 근대 경험이 다른 만큼 양자가 이룩한 '근대문학'도 상당히 다를 터인데, 그 차이에 대한 고려는 없다.[2] 김영찬의 논법에 남다른 점이 있다면 '애도'라는 용어의 사용에서 느껴지듯이 '근대문학'의 죽음을 얼른 기정사실화하고 '근대문학'과 '그 이후의 문학'을 단절시키려는 의지가 유난히 강하다는 것이다.

또 하나 눈에 띄는 것은 '근대문학'과 '그 이후의 문학'의 분기점에 대해 다른 평자들보다 훨씬 구체적인 가설을 만들어냈다는 점이다. 가령 그는 '근대문학 종언'의 사회경제적 배경으로 "IMF 외환위기 이후 급속하게 신자유주의적 시장전체주의 체제로 재편된 한국사회의 구조적 변화"(22면)를 지목하는데, 그 이유에 대해 이렇게 말한다.

20세기 내내 근대문학의 활력을 보증해주고 그것의 영향력을 지속할 수 있는 조건을 제공한 것은 역설적이게도 바로 그 불완전한 근대화였다. 따라서 '저개발의 근대'가 종언을 고했을 때, 구체적으로 말하자면 IMF 외환위기 이후 시장전체주의 체제가 대중의식을 포함한 한국사회의 모든 영역을 식민화함으로써 '불완전한 근대화'의 종식을 알렸을 때, 한국사회에서 근대문학의 가능성의 조건은 이미 (문학(인) 자신의 의지와는 상관없이) 사회의 내부에서 소진되어가고 있었다고 보는 것이 옳을 것이다.(31면)

---

2 필자는 카라따니의 '근대문학의 종언과 그 이후의 문학'이라는 프레임의 타당성에 의문을 제기하면서 그것이 "'분단체제극복'으로서의 통일을 비롯한 근대적응·근대극복의 이중과제를 안고 있는 우리의 상황에는 명백히 맞지 않는다. 우리 문학을 '근대적' 문학과 '탈근대적' 문학이라는 두 경향으로 나눌 수 있다면, 그 양자는 카라따니가 설정한 것과는 성격이 다르거니와 그렇게 단절적일 수도 없다. 많은 뛰어난 작품들이 양자의 경계에 놓이거나 양자의 속성을 동시에 지니기 때문이다"라고 논평한 바 있다. 졸고 「문학의 새로움은 어디서 오는가」, 『창작과비평』 2008년 겨울호 47면; 본서 22면.

김영찬은 여기서 한국문학사의 시대구분을 새롭게 정립하려는 일종의 거대담론을 펼치고 있다. 한국 근대화의 시발점에서 지금에 이르는 기간 중 가장 결정적인 분기점이 1997년 IMF 외환위기라고 하는 그의 주장은 이른바 '97년체제론'치고도 특별히 과격한 형태에 해당한다. IMF 외환위기를 전후해서 한국의 사회경제적인 토대와 문학의 가능성의 조건이 본질적으로 바뀐다는 것, 즉 " '종언'으로 이름 지어진 한국문학사의 단절과 문학적 형질 변화"(19면)가 일어난다는 것이다. 이 단절론은 근대문학의 끝을 카라따니가 염두에 둔 '리얼리즘의 종언'이 아니라 "근대에 대한 미적 반응으로서 (광의의) '모더니즘의 종언'(32면)으로 제시하면서, 70,80년대 문학은 물론 90년대 문학까지를 '근대문학'으로 묶고 그것과 '그 이후의 문학' 간의 본질적인 차이를 강조한다.

IMF 외환위기를 분기점으로 삼는 이 단절론은 2000년대 문학을 유일무이한 주인공으로 내세우기에는 안성맞춤일지 몰라도 무리한 단절을 설정함으로써 심각한 문제들을 야기한다. 우선 97년체제론이 그렇듯이 IMF 외환위기 이후의 변화 — 김영찬의 표현으로는 '신자유주의적 시장 전체주의 체제' — 를 전일화·절대화함으로써 빚어지는 무리가 있다. 가령 "IMF 외환위기 이후 시장전체주의 체제가 대중의식을 포함한 한국사회의 모든 영역을 식민화"한 것이 사실이라면 향후에는 뜻깊은 사회운동이나 문학운동이 가능하지 않을 것이다. 연이은 구절에서 김영찬은 "근대문학이 자라나왔던 토대로서 사회 전체를 하나로 묶어내는 소통과 공감의 네트워크는 상실되었다"(31~32면)고 진단하는데, 만약 그렇다면 여러달 동안 수백만 시민이 온·오프라인 네트워크를 통해 소통하면서 자발적으로 참여한 2008년의 촛불시위가 어떻게 가능했는지 알 수 없다. 식민화의 진전을 부인하는 것이 아니라 IMF 외환위기 이후에도 '대중의식을 포함한 한국사회의 모든 영역'이 식민화된 것은 아니라는 것이다. 그리고 더욱 중요한 점은 패배주의 담론이 아닌 이상 식민화에 맞서는 주체들의 행위를 소중하게 여겨야 한다는 것이다.

　IMF 외환위기가 민생에 직격탄을 날렸고 이를 계기로 한국사의 흐름에 중요한 '변화'가 있었던 것은 사실이다. 하지만 중요한 변화로 치자면 87년 민주항쟁 이후의 변화를 더 근본적으로 보는 것이 타당한 시대인식이다. 이런 '87년체제'론의 관점에서는 IMF 외환위기 이후의 시기가 동질적인 것이 아니라, 민주주의와 시장경제 간의 힘의 균형이 그런대로 유지된 김대중·노무현시대와 민주주의가 급속하게 무너지면서 시장만능주의가 판을 치고 법과 상식이 짓밟히고 농락당하는 이명박시대가 다르다는 것을 분별하는 것이 가능해진다. 이명박시대가 '87년체제'의 말기국면에 해당한다는 인식이 있어야 '87년체제'를 극복하는 변혁의 로드맵이 가능해지는 만큼 IMF 이후 시기의 내적 변화에도 주목해야 마땅하다.[3]

　이처럼 김영찬의 단절론은 한국(문학)사의 시대구분을 옳게 설정했는가의 문제도 있지만, 더 심각한 문제는 사회경제적 토대의 변화에 따른 단 하나의 결정적인 '단절'과 그로 말미암은 '구조적 변화'만 강조할 뿐 주체의 행위와 결합되어 생겨나는 역사적 사건들, 그리고 그 사건들이 만들어내는 시민사회의 변화와 리듬은 고려하지 않는다는 점이다. 김영찬 자신이 2000년대 소설의 특징으로 일관되게 강조해온 '탈내면의 상상력'

---

3 97년체제론은 한반도 차원의 중대한 변화를 논할 수 없는 한계를 지닌다는 것도 지적해둬야 한다. 즉 97년의 위기를 극복하는 과정에서 한반도 차원에서 획기적인 6·15시대가 열렸지만, 이명박정부 이후 그 성취들이 하나둘씩 무너지면서 천안함사건 이후 위기국면을 맞이하고 있으며 그것이 87년체제의 말기국면과 맞물려 있다는 사실을 전혀 고려할 수 없다. 여기서 '6·15시대'를 거론한다고 해서 '6·15시대의 문학'을 주장하는 것이 아님을 분명히 밝혀둔다. 필자는 '6·15시대의 문학'이라는 발상을 제시했다가(졸고 「한국문학의 새로운 현실 읽기」, 『창작과비평』 2006년 여름호; 본서 제1부 5장 1절 '새로운 현실과 시기구분의 문제') 자기비판을 통해 입장을 수정했는데(졸고 「문학의 새로움은 어디서 오는가」, 『창작과비평』 2008년 가을호; 본서 제1부 1장 3절 '문학과 시대적 과제'), 그후에도 평자들이 필자를 호명하며 '6·15시대의 문학'을 비판하는 것은 납득하기 힘들다. 김영찬, 앞의 글 17면; 오창은 「분단 디아스포라와 민족문학」, 『실천문학』 2010년 겨울호 77면 참조.

과 '왜소하고 체념적인 주체'란 것도 이런 고착적인 시대인식과 구조주의 문학관의 반영인 면이 있다. 그 결과는 자승자박의 곤경으로 나타난다. 70,80년대 민주화투쟁기의 문학은 물론 87년 민주항쟁 이후의 90년대 문학도 '근대문학'이라는 이름으로 죽음의 선고를 받으며, 신경숙(申京淑)과 공선옥(孔善玉)을 비롯한 중견작가들의 빼어난 근작들도 2000년대의 '살아 있는' 문학의 목록에서 제외해야 하며, 2000년대에 등단한 젊은 작가들의 소설 역시 김영찬 자신이 규정한 특징에 들어맞지 않는 한 비슷한 운명에 처하게 된다. 단절을 고집하면 할수록 우리 시대 한국문학의 가용 자산은 쪼그라들 수밖에 없는 처지인데, 김영찬 비평의 '우울'은 여기서 비롯되는 것인지 모른다.

김영찬의 주장대로 2000년대의 적잖은 소설이 '탈내면의 상상력'과 '체념적인 주체'라는 특징적인 면모를 보여준 것은 사실이다. 그러나 그런 특징을 2000년대 소설문학의 진정한 정체를 검증하는 인식표처럼 사용해서는 곤란하다. 2000년대에 생산된 여러 경향의 소설들 중에 그런 특징을 지니지 않은 작품도 많을뿐더러 오히려 그런 특징이 약하기 때문에 뛰어난 작품일 가능성이 높은 것이다. 게다가 그런 특징은 고정된 실체가 아니며 역사적인 흐름에 따라 변할 수밖에 없다. 이처럼 부분적이고 가변적인 특징에 입각해서 2000년 이후의 소설과 이전의 소설을 확연히 구분하는 '단절'의 경계를 설정하는 것은 본말이 전도된 것이 아닌가.

새로운 문학의 단초를 찾는 일은 이런 '단절'의 경계를 걷어내고 사심 없이 작품을 대하는 데서 출발할 수밖에 없다. '근대문학'이냐 아니냐를 따지는 차원에 매이지 말고 작품 하나하나의 진가를 사주는 일에 초점을 맞추자는 것이다. "박민규 소설을 보고 보통 정통문학의 반대편에 있는 어떤 문학이라고 말들을 하잖아요. 그런데 오히려 뒤집어서 거꾸로 그거야말로 정통에 더 가까운 문학이 아니겠느냐,라는 말을 할 수도 있을 것 같습니다. 한 스타일로 한곳에 머물지 않고 실험을 멈추지 않는 태도나 정신의 측면에서요. 정통은 고여 있는 게 아니거든요"[4]라고 말할 때 김영찬 자신이 이미 그런 비평을 하고 있지 않은가.

장편소설의 미래는 없는가

대다수 비평가들은 장편소설의 활성화 여부가 한국문학의 미래를 조건 짓는 중요한 변수가 될 것이라고 생각한다. 평자에 따라서는 이를 결정적인 변수로 꼽기도 한다. 사실 2007년 여름『창작과비평』의 특집 '한국 장편소설의 미래를 열자'가 상당한 호응을 얻은 것은 장편소설 장르의 '저개발' 상태가 한국문학의 발전을 제약하는 중대 요인이라는 폭넓은 공감이 있었기 때문일 것이다. 이런 논의들을 계기로 단편 위주의 문학 제도와 관행이 많이 개선되고 문학잡지의 장편연재가 늘어났을뿐더러 웹진과 블로그를 포함한 다양한 매체에 연재 기회가 생겨나면서 장편소설의 붐이 일어나기 시작했다. 이제 몇몇 중견작가만이 아니라 상당수의 신예작가도 장편을 연재하는 것이 현실이다.

그러나 이런 외형상의 팽창과 호황이 내실있는 발전으로 귀결되리라는 보장은 없다. 분명한 것이 있다면 '창조적 장편소설의 시대'를 실현하는 것이 어려운 만큼 그것이 성공할 경우에는 한국문학사에 새로운 장이 열리리라는 것이다. 한국 장편소설의 미래에 대한 김영찬과 김형중의 회의적인 전망을 검토하면서 희망의 근거는 과연 없는지 살펴보기로 한다.

먼저 상식적인 사안부터 짚어보자. 최근 몇해 사이에 장편소설은 부쩍 늘어났지만 좋은 작품의 편수는 예나 지금이나 마찬가지라는 지적이 있다. 그러나 냉정하게 사태를 분석하면 이는 의외의 결과는 아니다. 문학

---

4 권여선·박민규 대담 중 김영찬의 발언, 「장인의 정신으로, 모험가의 에너지로」, 『문예중앙』 2011년 봄호 506면.

제도와 환경이 단편 위주에서 장편 위주로 바뀌었다고 해서 소설가들의 장편 쓰는 능력이 불과 몇년 안에 비약적으로 나아질 수는 없기 때문이다. 게다가 장편 쓸 준비가 되어 있지 않은 작가들까지 연재에 껴둘리면서 장편소설의 평균적인 질적 수준은 오히려 낮아졌을지 모른다. 그렇기에 "한국문학이 바라 마지않았던 근사한 장편소설은 여전히 그 행방이 묘연하다"[5]는 김형중의 발언은 외형적인 호황 이면의 여전한 빈곤을 꼬집는 의미가 있다. 하지만 딱히 시의적절한 논평은 아니다. 현재 비평의 과제는 양적 팽창의 허실을 짚으면서 장편소설의 내실있는 발전에 필요한 것이 무엇인지를 숙고하는 일이 아닐까. 그러자면 '한국문학이 바라 마지않았던 근사한 장편소설'이 무엇인지에 대한 논의가 있어야 한다.

이 문제를 논하기 전에 현재의 장편소설 활성화가 문학 내적인 요구에 의한 것이 아니라 출판시장의 요구에 추동되었다는 시각을 먼저 짚어볼 필요가 있다. 가령 김영찬은 "장편소설의 활성화가 바깥에 의해 강제된 인위적인 활성화"라고 단언하며 "지금 한국소설은 장편의 활성화를 대가로 시장전체주의 시스템의 한가운데로 내몰리고 있는 중"이라고 논평한다.[6] 김형중 역시 비슷한 견해를 에둘러 표한다.[7] 그런데 장편소설의 활성화야말로 한국문학의 오랜 숙제였다는 것, 그렇기에 2007년 『창작과비평』 특집에서 다수 작가들이 소설문학을 장편 위주로 재편할 필요성을 피력했다는 것을 감안하면 작금의 장편소설 붐은 한국문학의 '안'(작가와

5 김형중 「장편소설의 적 ─ 최근 장편소설에 관한 단상들」, 『문학과사회』 2011년 봄호 253면. 앞으로 이 글의 인용은 본문에 면수만 밝힘.
6 김영찬 「문학 뒤에 오는 것」, 『비평의 우울』 35면. 앞으로 이 글의 인용은 본문에 면수만 밝힘.
7 김형중은 허윤진의 글에서 특정 대목을 인용한 후에 "장편소설의 르네상스는 사실에 있어서는 출판자본의 요구에 부응했던 것이지 한국문학의 창조적 활성화에 이바지했던 것은 아니라는 것이 허윤진의 진단"(251~52면)이라고 해석하는데, 이 해석에는 자신의 판단도 실린 듯하다. 허윤진 「신뢰와 영원: 한국 장편소설의 가능성」, 『자음과모음』 2010년 겨울호 862면 참조.

비평가와 독자)과 '바깥'(출판시장)의 요구가 맞아떨어진 결과에 가깝다. 따라서 그 결과에 대한 책임은 출판시장에만 있는 것이 아니라 작가와 비평가, 독자에게도 있다고 봐야 한다. 특히 비평가의 책임이 중하다. 장편소설 활성화를 계기로 시장의 영향력이 확대된 만큼 문학의 상품화를 경계하고 그 예술성을 지켜내는 비평의 일이 더없이 중요해지기 때문이다.

장편소설이 근대문학 최고의 장르라는 데는 큰 이견이 없지만, 문제는 이때의 '근대문학' 개념이 평자마다 다를 수 있다는 것이다. 앞서 살펴보았듯이 김영찬의 경우 '근대문학'이란 '불완전한 근대화'를 조건으로 하며 그 토대는 "사회 전체를 하나로 묶어내는 소통과 공감의 네트워크"이다. 그의 단절론은 IMF 외환위기 이후 그런 '근대문학'의 조건과 토대가 무너졌다는 것이며, 그렇기에 그는 "지금의 한국소설은 어떤 의미에서 그런 근대적 노블(novel)에 요구되는 자질 자체를 애당초 그 자신의 유전자로 갖고 있지 않은, 차라리 처음부터 외면하고 거부했던 문학"(38면)이라고 단언한다. 부연하면 장편의 서사를 가능하게 하는 것은 "세계에 대한 주체의 태도로서 대결의 자의식"인데, "2000년대 문학은, 세계와 대결하지 않는 문학"이라는 것이다.(39면) 비슷한 맥락에서 '문학과 정치' 논의와 관련해서도 "바로 지금 한국소설에 정치는 없다"(44면)고 결론짓는다. 문학의 정치성이 논의될 수 있으려면 "주체를 위협하는 외부현실에 대한 강렬한 대타의식"이 필요한데 2000년대 한국소설은 그런 의식을 결하고 있다는 것이다.(45면)[8]

김영찬에 따르면 2000년대 한국소설의 난경(難境)은 그것이 자기 내부에 장편 서사와 정치성에 필수적인 요건들을 철저히 결여한 상태에서 '바깥에 의해' 장편 활성화를 강요받을 때 발생한다. 이런 난경에서 도저히

---

[8] 필자의 생각은 다르다. 지배체제의 이데올로기를 거스르는 새로운 남녀관계에 초점을 맞춰 소설의 정치성을 논한 졸고 「문학의 새로움과 소설의 정치성: 황정은·김사과·박민규의 사랑 이야기」, 『창작과비평』 2010년 가을호; 본서 제1부 3장 참조.

낙관적인 전망이 나올 것 같지 않지만 그는 하나의 가능성을 남겨두고 있다. 그것은 이미 돌이킬 수 없이 장편의 길에 들어선 한국소설이 자기 내부의 '결여'를 배반하고 넘어서는 길이다.

소설이 애초부터 시장바닥의 장르였다는 것은 그것이 시장과 자본의 아들이라는 사실뿐만 아니라 공공적인 소통과 공감의 네트워크 속에서 구르고 충돌하며 저 자신을 실현해왔다는 사실을 가리키는 것이기도 하다. 이 소란스런 장편의 시대가 어쩌면 한국소설이 그 바깥과의 의미있는 교통과 충돌을 통해 저간의 왜소한 '문학성'을 넘어서 문학성의 실천적 재구성으로 나아갈 수 있는 망외의 기회를 열어줄지도 모른다는 기대를 갖게 되는 것도 그래서다. (…) 김연수를 비롯해 우리가 익히 아는 몇몇 작가들은 말할 것도 없지만, 최근 부각되고 있는 신인들의 소설에서도 아직은 거칠고 미숙하나마 포스트-IMF시대 한국소설이 잊어왔던 불화와 대결의 자의식이 조금씩 구조적·의식적 제약을 거슬러 힘겹게 자라나고 있다는 사실 또한 장편의 길 앞에 선 한국소설에 대한 조심스런 낙관을 그래도 놓지 않아야 할 이유다.(49면)

시종일관 단언조의 부정적인 논의에 비해 결론은 의외로 낙관적이다. 하지만 이 결론이 미덥지 않은 것은 앞서 그의 단절론과 2000년대 소설의 '결여'—그리고 그것과 떼놓을 수 없는 '탈내면의 상상력'과 '왜소하고 체념적인 주체'라는 규정—의 근거에 대한 반성이 함께 이루어지지 않기 때문이다. 앞의 글에서는 IMF 외환위기 이후 "근대문학이 자라나왔던 토대로서 사회 전체를 하나로 묶어내는 소통과 공감의 네트워크는 상실되었다"고 했는데, 여기서는 그런 네트워크가 살아서 작동하고 있는 것처럼 진술하고 있다. 혹시 이런 네트워크가 회복되면서 포스트-IMF시대가 끝나고 새로운 시대가 열릴 가능성을 상정하고 있는 것인지 궁금하다. 어쨌든 '조심스런 낙관'은 그가 제시한 논의에서 그 근거를 찾기가 힘든데다 "우리가 익히 아는 몇몇 작가들"이나 "최근 부각되고 있는 신인들"이 누구를 지칭하는지 분명치 않은 터라서 쉽게 공감이 가지 않는다.

장편소설의 미래에 대한 김영찬의 '조심스런 낙관'이 얼마나 설득력있는가는 최근 소설에 대한 그의 논의의 적실성과 직결되어 있다. 이기호(李起昊)와 편혜영(片惠英) 장편을 포함하여 최근의 많은 소설들이 "추상적인 알레고리에 갇혀 있다"(41면)는 평은 너무 단정적인 비판이지만 공감할 수 없는 것은 아니다. 2000년대 젊은 작가들의 단편에서 "설정만 바꿔 계속되는 발상과 문법의 반복"(46면)의 기제를 '자기소비적·자기충족적 자율성'이라고 비판한다든지 한유주(韓裕周)의 소설이 극단적으로 보여주는 최근 소설의 경향에 대해서 "상호텍스트성의 반복적 유희 속에서, 현실과의 긴장과 불화는 하나의 '포즈'나 언어 내부에서 관습적으로 소비되는 발화로써 해소되어버린다"(47면)고 평할 때의 과단성은 섬세하고 날카롭다. 하지만 유감스럽거나 미덥지 못한 점도 적지 않다. 우선, 장편소설의 가능성 여부를 논하는 글에서 최근 장편소설 가운데 비평적 쟁점이 되었던 신경숙의 『엄마를 부탁해』(창비 2008)와 박민규(朴玟奎)의 『죽은 왕녀를 위한 파반느』(예담 2009)에 대한 언급이 없다는 것이 그렇다. 전자는 '근대문학'으로 분류되어 아예 제외한 것인지 모르겠으되 후자는 자신이 2000년대 소설의 대표적인 작가로 꼽는 작가의 신작장편이니만큼 필히 거론해야 할 텍스트가 아닌가?

김영찬은 다른 글에서 박민규의 『핑퐁』(창비 2006)을 다루는데, 중요한 장편소설로 대하기보다는 SF를 활용한 소설의 예로서, 그리고 '무력한 비관의 추상화 전략'을 잘 보여주는 작품으로서 다룰 뿐이다. 그는 뜬금없이 우주를 들먹이는 박민규식 화법을 "지금 이곳의 삶에 대한 무력한 비관의 표현"으로 간주하면서 "『핑퐁』의 저 우주론적 전략에서 암시되는 그러한 무력한 비관은 작품 전체를 지배하고 있는데, 지구를 아예 '언인스톨'한다는 결말의 발상도 그 안에서 어떻게든 해볼 수 있는 가능성을 처음부터 스스로 차단해버리는 극단적인 수동성의 표현이라는 점에서 그 비관에 맞닿아 있는 것"이라고 결론짓는다.[9] 그런데 그가 논거로 인용한 대목[10]과, 나아가 작품 전체에서 '못'과 '모아이'의 '무력한 비관'만을 강조하는 것은 핵심을 놓치는 것이다. 그들이 그런 '무력한 비관'을 계기로 삼아 일종의 선문답식 수련──자기를 한없이 낮추는, 불교의 '하심(下心)'에 해당하는 수행──을 하는 면이 있다는 것이야말로 눈여겨봐야 할 대목이 아닐까. 요컨대, 그가 2000년대 소설의 '체념적인 주체'라는 상에 집착하지 않았다면 전혀 다른 해석을 내놓았을 공산이 크다는 것이다.

장편소설과 장르문학

김형중의 논의는 최근의 장편소설 활성화에 대한 재치있는 보고로 시작되지만 점차 "장편소설은 아직 가능한가?"(256면)라는 물음에 초점을 맞춘다. 그가 찾아내는 답은 하나같이 부정적이다. 그런데 그가 자신의 주장을 뒷받침하기 위해 거론하는 서구 작가와 학자──레이먼드 카버(Raymond Carver), 에리히 아우어바흐(Erich Auerbach), 프랑꼬 모레띠(Franco Moretti), 발터 벤야민(Walter Benjamin) 등──의 견해는 장편소설을 논할 때 참조할 만한 것이지만, 결정적인 전거는 될 수 없다. 가령 '장편소설은 우리가 살고 있는 세계가 의미있다는 전제를 받아들일 때에

---

9 김영찬「한국소설의 장르문학적 상상력」,『비평의 우울』55면.
10 "어쩌라는 걸까?//그런데 요즘, 그런 은하가 또 천억개 정도 모여 있다는 거야. 이 우주에는 말이지. 어때, 아무렇지도 않다… 그런 생각이 들지 않아? 뭐가? 지구 같은 거 말이야… 거기서 어떻게 살든… 아니, 그런 게 정말 있기나 한 걸까? 이 지구나… 말하자면… 우리 같은 거 말이야//정말… 어쩌라는 걸까?"(박민규『핑퐁』, 창비 2006, 169~70면).

만 비로소 존재 이유를 지닐 수 있는 장르'라는 취지의 발언을 한 카버는 20세기 후반 미국 단편소설의 간판급 작가였고, 그의 발언에서 짐작할 수 있듯이 장편을 쓰지 않았다. 그러나 동시대 작가 중에는 카버와 달리 뛰어난 장편을 쓰고 미국문학에 큰 성취를 안겨준 소설가──생존 작가만 꼽아도 토머스 핀천(Thomas Pynchon), 코맥 매카시(Cormac McCarthy), 돈 드릴로(Don DeLillo), 토니 모리슨(Toni Morrison), 조이스 캐럴 오츠(Joyce Carol Oates), 필립 로스(Philip Roth) 등──가 수두룩하다. 그러므로 카버의 문제의 발언은 그 자신이 장편을 쓰지 않은 이유는 될지언정 그의 당대에 장편소설이 불가능하다는 것을 입증하는 근거일 수는 없다.

물론 카버 당대 작가들의 장편들에 대해 김형중은 자신이 생각하는 '진짜' 장편소설에는 해당되지 않는다고 고집할 수는 있다.[11] 사실 그는 모레티의 '브리꼴라주' 논의를 빌려와 모더니즘의 대표적 장편으로 꼽히는 프루스뜨(Marcel Proust)의 『잃어버린 시간을 찾아서』, 제임스 조이스(James Joyce)의 『율리씨즈』와 『젊은 예술가의 초상』을 "유기적이고 자기완결적인 장르라기보다는 일종의 '브리콜라주'"라고 주장한다. 나아가 "세계가 더이상 유기적이고 인과적인 인지의 대상이 되지 못하고, 사회의 총체적 조망은 더이상 불가능할 만큼 모호하고 파편적일 때, 장편소설을 쓰는 일은 불가능하거나, 브리콜라주가 되거나, 아니면 존재하지 않는 가상의 총체성을 세계에 투사하는 가망 없는 작업이 되고 만다"(256면)고 주장한다.

---

11 『문학과사회』 2011년 봄호 특집 '21세기 장편소설의 현주소'에 김형중의 글과 함께 실린 임경규의 「역사의 종언 그리고 지시대상체의 귀환──21세기 미국소설과 파국의 내러티브」는 김형중 글의 논지와 대조적이다. 이 글은 2000년 이후 로스, 드릴로, 매카시 등의 미국 장편소설이 우리 시대의 핵심 쟁점에 대한 소설적 탐구를 멈추지 않고 있음을 보여준다. 필자는 이 글의 전체적인 논지에 동감하지만, 미국문학의 활력의 상당 부분은 소수자문학으로 옮겨갔다고 판단한다. 이와 관련된 논의로는 졸고 「세계문학의 쌍방향성과 미국 소수자문학의 활력」, 『창작과비평』 2008년 봄호; 본서 제3부 1장 참조.

김형중의 이런 주장이 무리하다는 것을 지적하는 일은 그렇게 어렵지 않다. 가령 그가 거론하는 버지니아 울프(Virginia Woolf)나 프루스뜨와 조이스의 소설이 19세기 리얼리즘 소설과 판이한 것이 사실이지만 그렇다고 해서 그들의 장편을 '브리꼴라주'라는 별개의 장르로 취급하여 진정한 장편소설은 아니라고 하는 것은 장편소설 특유의 신축성과 소화력을 무시하는 발상이기 때문이다. 게다가 발자끄와 디킨즈, 똘스또이 같은 서구 19세기 소설가들의 장편소설이 이른바 '19세기 사실주의'라는 통념에 부합하지 않는 면이 많다는 것도 고려해야 한다. 즉 '사실주의'라는 용어가 암시하듯 그들의 소설이 투명하게 주어지는 객관세계를 충실히 재현하는 순진한 방식에 머물러 있었다고 생각하면 오산이다. 그들은 모더니즘 시대에 비해 정도는 덜하겠지만 모호하고 파편적인 양상을 보이기는 마찬가지인 세계와 자아의 진실을 묻는 일에 사실주의를 유용하게 활용하되 그 한계도 이미 의식하고 있었다. 요컨대 흔히 '19세기 사실주의'라는 딱지가 붙는 19세기 장편소설의 최상의 작품들은 이미 근대의 벼랑까지 간, 혹은 그 너머를 본 예술이라는 것이다.[12]

---

12 미국문학 최고 걸작으로 꼽히는 허먼 멜빌(Herman Melville)의 『모비 딕』(*Moby-Dick*, 1851)은 '19세기 사실주의'라는 좁은 범주로는 도저히 불감당이지만 다른 한편 그 빼어난 사실주의를 빼놓고는 정당하게 평가할 수도 없는 작품이다. 이 작품의 세계는 모더니즘 소설 못지않게 모호하고 파편화되어 있지만, 그 예술적 힘은 그런 현실세계의 변화무쌍한 모습을 생생하게 드러내는 한편 근대 세계체제의 어두운 진실과 불가사의한 지점들을 온갖 서사양식을 동원하여 끝까지 추적하는 데서 나온다. 이 소설의 양식에 대한 평자들의 견해는 사실주의에서 포스트모더니즘에 이르기까지 실로 다양하지만 그것이 셰익스피어 문학의 풍부한 유산과 미국적 삶에 대한 날카로운 경험적 감각 및 깊이있는 성찰이 결합된 산물이라는 데는 대체로 동의한다. 우리 시대 미국문학의 걸작으로 꼽히는 매카시의 『피의 자오선』(*Blood Meridian*, 1985)은 멜빌의 『모비 딕』(그리고 셰익스피어 문학)과 미국 모더니즘의 대표작가인 포크너(William Faulkner)의 문학적 유산을 물려받았다는 평가를 받는다. Harold Bloom, ed., *Cormac McCarthy: Bloom's Modern Critical Views*, New Edition, New York: Bloom's Literary Criticism 2009, 1~8면 참조. 요컨대 미국 장편소설의 역사에서는 김형중식의 '단절'을 설정하기 어렵다는 것이다.

김형중이 이런 주장을 하는 것은 모더니즘 시대에 이르러 "주체들이 경험하는 지각방식의 변화나 감수성의 변화"가 있었고 그런 변화와 더불어 "어떤 새로운 글쓰기 양식의 등장, 혹은 어떤 장르의 탄생이나 단절적 진화"라는 의미심장한 사건이 일어났다고 생각하기 때문이다.(258면) 이를 테면 장편소설이 모더니즘 시기에 브리꼴라주로 진화하는 '단절'이 일어난다는 발상인데, 흥미로운 것은 김영찬에게 한국문학사의 단절의 순간이 (광의의) 모더니즘 뒤에 온다면 김형중에게 세계문학사──사실은 '서구문학사'──의 단절의 순간은 (협의의) 모더니즘의 도래와 더불어 온다는 것이다.

김형중식 단절론의 문제를 근본에서 따지자면 서구 근대 문학예술에서 모더니즘과 리얼리즘의 대결구도를 재론할 필요가 있다. 하지만 여기서는 그의 단절론이 한국문학의 지형에 적용될 때 김영찬의 경우와 비슷하게 자승자박의 곤경을 자초한다는 점만 지적하기로 한다. 그의 구도에 따르면, 서구 모더니즘 소설처럼 '사회의 총체적 조망이 불가능할 정도로 모호하고 파편적'인 세계를 보여주는 작품은 장편소설이라기보다 일종의 '브리꼴라주'가 되고 그 반대로 사회의 총체적인 조망이 가능할 정도로 유기적이고 인과적인 경우에는 예술적으로 유효하지 않은 구시대의 낡은──가령 19세기 사실주의 소설 같은──장편소설이 되어버리니, 우리 시대에 장편다운 장편이 생존할 가능성은 매우 희박하다. 그러니 김형중이 최근의 장편 가운데 딱히 주목할 만한 작품으로 꼽는 게 없는 것은 어쩌면 당연한 결과이다.

김형중은 장편소설의 예라기보다 장편 분량이되 '장편답지 않은 장편'의 예로 이장욱(李章旭)의 『칼로의 유쾌한 악마들』(문학수첩 2005)과 윤성희(尹成姬)의 『구경꾼들』(문학동네 2010)을 거론한다. 이장욱의 소설에 대해 사건이 "총 여섯개의 면을 가진 입방체의 형상"으로 구성된 "일종의 입체파 소설"(259면)이라고 평하는 것은 설득력이 있다. 추리소설의 요소를 활용하되 그렇다고 기존의 추리소설 '장르'와는 달리 선형적 이야기 구성과 평면적 세계관을 해체하는 효과가 두드러지기 때문이다. 이상(李箱)의 「건축무한육면각체」에서 비슷한 발상을 발견할 수 있지만 이전 한국소설에서는 보지 못한 새로운 시도라고 할 만한다. 이로써 '입체파 소설'이라는 새로운 '장르'가 발명된 것인지는 좀더 두고 봐야겠지만, 이장욱의 장편에 이어 최근 출간된 최제훈의 『일곱 개의 고양이 눈』(자음과모음 2011)도 '입체파 소설'로 분류됨직하다. 그는 윤성희의 『구경꾼들』에 대해서도 '무한소설' 혹은 '퀼트소설'이라는 새로운 장르의 명칭을 제안하는데, 작품의 서사방식에 어울리는 이름이긴 하다.

이처럼 이장욱과 윤성희의 장편에 대한 김형중의 논평에서 그의 영민한 비평감각을 확인할 수 있지만, 두 작품을 "장편과 단편이 분량의 차이 이외에 다른 유의미한 차이를 보여주지 않"(261면)는 예로 몰아가는 것은 유감이다. 가령 『구경꾼들』 같은 작품들의 두드러진 특징이 "이야기의 무한증식, 이야기의 영원한 브리콜라주가 가능하다는 점"(260면)이라고 해도 그런 '이야기의 무한증식' 원리를 미학적으로 제대로 보여주려면 단편으로는 한계가 있고 장편이라야 하지 않을까. 다른 한편 이 작품들이 '장르화된 장편'이기 때문에 '총체적 장르를 지향하는 장편'——흔히 쓰는 표현으로는 '본격 장편소설'——에서만큼 꼭 장편이라야 할 필연성은 덜하다.[13] 미묘한 문제는 어느 정도까지 '장르화'될 경우 장르문학이라고 할 수 있느냐이다. 두 작가의 장편은 그 경계에 가깝긴 하지만 장르문학 쪽이라고 판단한다. 다만 두 작가의 다양한 단편들은 그들의 장르적 상상력과 관련이 있되 별도로 평가해야 한다는 생각이다. 실제로 토론해볼 만한

---

13 '본격문학 대 장르문학'의 대비보다 '총체적 장르를 지향하는 장편소설과 장르화된 장편소설'의 대비가 한결 생산적이라는 견해에 대해서는 백낙청 「문학이 무엇인지 다시 묻는 일」, 『창작과비평』 2008년 겨울호 33면; 『문학이 무엇인지 다시 묻는 일』, 창비 2011 참조.

문제들이 많은데 김형중이 "단편소설은 무엇이고, 장편소설은 무엇인가? 아니 3D와 스마트폰 시대에 소설은 무엇인가? 원점에서 다시 물어야 할 질문들이다"(261면)라고 결론지을 때는 허탈한 느낌마저 든다.

장·단편의 장르소설의 부상은 2000년대 문학이 거둔 중요한 성과였다. 점차 다양해지는 장르문학의 활기는 장편소설의 상대적인 부진과 대비되는 면이 없진 않다. 또한 앞서 거론된 이장욱과 윤성희 소설처럼 장르문학의 수준작들은 장편소설과 장르소설의 경계에 대한 미학적 질문을 내장하기 마련이다. 하지만 장르문학의 발전이 장편소설의 '결여'나 '불가능'의 댓가로 이뤄지는 것이라 생각해서는 곤란하다. 김영찬이 장르문학을 보는 기본적인 시각이 그러하듯 김형중이 '무한소설' 혹은 '퀼트소설'이라는 새 장르의 초입에 김연수(金衍洙)의 장편 『네가 누구든 얼마나 외롭든』(문학동네 2007)을 포함시킨 것(259면)도 그런 발상의 결과처럼 보인다. 이 소설이 역사적 혹은 시대적 진실에 대한 총체적 조망이 불가능하다는 것을 보여준 점에서 장편소설이라기보다 브리꼴라주로, 그리고 '모호하고 파편적'인 조각난 현실들이 이어져 있기에 '퀼트소설'로 보는 것이다. 이런 분류를 유발한 데는 모호하고 파편화된 세계에 대한 작가의 입장이 내다보이면서 진실 추구의 힘이 떨어지고 예술적 긴장이 이완되는 면도 있기 때문이라고 여겨진다.[14] 그렇지만 파편화된 현실들과 그 복잡한 연관을 탐사하는 가운데서도 역사적 진실의 문제를 **전면**에 내건 작품을 '장르'소설로 분류하는 것은 아무래도 무리라는 생각이다.

---

14 '역사소설' 장르에 좀더 가까운 김연수의 『밤은 노래한다』(문학과지성사 2008)도 비슷한 한계를 안고 있다. 신형철은 장편의 본질을 '윤리학적 상상력'에서 찾고 그에 입각하여 이 소설을 2000년대 최고의 장편 가운데 하나로 다룬 바 있는데, 그의 글 가운데서는 드물게 공감하기 힘든 논의로 보인다. 신형철 「'윤리학적 상상력'으로 쓰고 '서사윤리학'으로 읽기—장편소설의 본질과 역할에 대한 단상」, 『문학동네』 2010년 봄호 참조.

한국소설에 열린 미래를

앞서 검토한 대로 한국소설의 가능성에 대한 김영찬과 김형중의 회의적인 전망은 상당부분 단절론적인 문학사 인식에서 비롯된다. 카라따니의 개념을 빌려서 말하자면 '근대문학'의 끝을 전자는 '(광의의) 모더니즘의 종언'에, 후자는 '리얼리즘의 종언'에 설정하는 차이는 있지만 실제 비평에서는 유사한 입장으로 나타난다. 두 종언 '이후의 문학'은 서구문학 논의에서 각각 '포스트모더니즘'과 '모더니즘'에 해당하지만 양자의 차이는 본질적인 차이라기보다 큰 흐름 속의 주목할 만한 변화에 가깝기 때문에 두 비평가가 공유하는 바가 많다는 것은 이상한 일이 아니다.

문제는 이런 단절론적 인식으로는 2010년대 한국소설의 가능성을 실제 이상으로 회의할 수밖에 없을뿐더러 2000년대 문학의 성취도 균형있게 보기 힘들다는 점이다. 가령 그들은 모두 장편소설 붐 이후에 출간된『엄마를 부탁해』와『죽은 왕녀를 위한 파반느』를 논의 대상에 포함시키지 않는데, 이런 셈법으로는 2000년대 한국소설의 성적표가 실제보다 훨씬 초라할 수밖에 없다. 2010년대 소설의 논의에서 이런 단절론이란 미래의 가능성을 협소하게 만드는 불필요한 규제가 될 가능성이 크다.

하지만 이들의 단절론은 우리 시대에는 장편소설이 불가능하다는 의도된 주장을 입증하지는 못해도 어떻게 하면 단절의 위협을 넘어설 수 있을까에 대한 풍부한 암시를 준다. 김영찬은 '근대문학'(그리고 그것의 전형적 형식으로서의 장편소설)의 사회적 토대를 "사회 전체를 하나로 묶어내는 소통과 공감의 네트워크"로 제시했는데, '사회 전체를 하나로 묶어내는'이라는 모호한 어구를 동원해가며 이것이 상실되면 근대문학도 끝나고 장편소설도 불가능해진다는 식으로 논의하는 것은 지나치지만 어떤 방식으로든 한 사회를 연결해주는 최소한의 '소통과 공감의 네트워크'

없이는 장편다운 장편을 기대하기 힘든 것은 사실이다. 따라서 이 시대의 비평가라면 이런 네트워크를 지키기 위해서도 분투해야 마땅하다.

　김형중의 논의에서 암시를 받는 것은 시대적 진실 추구의 문제와 장편소설 사이의 뗄 수 없는 관계이다. 근대 과학기술이 발달하면서 전문화가 심화됨에 따라 과학적·실증적 인식은 높아지지만 세계가 점점 더 '모호하고 파편적'으로 변해가는 것은 사실이다. 끊임없이 변화하면서 복잡한 양상을 보이는 근대세계의 핵심적 진실을 포착하기 위해서는 구체적인 현실에 대한 날카로운 사실적 인식이 필요하지만 그것만으로는 한계가 있다. 장편소설은 가령 세르반떼스의 『돈 끼호떼』에서 보듯 태동할 때부터 근대세계의 핵심적 진실의 추구를 주된 예술적 동력으로 삼아왔고 19세기의 리얼리즘을 거치면서 사실주의적 인식을 우군으로 삼아 그런 진실의 추구를 계속해왔다. 과학기술은 놀랍도록 발전했지만 전문화와 자본주의 시장체제의 지배력이 한층 강화된 결과 한 사회의 역사든 한 개인의 삶이든 극심하게 파편화된 현대에 이르러서도 근대세계의 핵심적 진실을 포착하려는 장편소설의 노력은 이어져왔다.[15]

　역으로 말하면 그 문제에 대한 열정적인 관심을 놓는 순간 좋은 장편소설 쓰기가 어렵다는 뜻도 된다. 그런데 이 말을 장편소설이 그런 진실 추구를 통해 올바른 답을 찾고 그 답을 통해서 '사회의 총체적 조망' 같은 것을 제시해야 한다는 뜻으로 이해해서는 곤란하다. 오히려 그런 진실 추구의 결과로서 정답을 제시하고 있다는 느낌이 드는 순간 장편소설로서의 매력은 반감되기 마련이다. 백낙청(白樂晴)의 표현을 빌리면, 장편소

---

15 임경규가 '역사의 종언' 담론과 관련된 21세기 미국소설의 반성적 시도를 높이 평가하면서 "처음부터 소설에 부여된 사회적 과제가 '진리의 문제'와 연관되어 있음"(280면)을 지적하는 것도 장편소설의 본질에 대한 지적에 다름아니다. 임경규, 앞의 글 참조.

설이야말로 '정답주의'를 용납하지 않는 최고의 문학형식이다.[16] 온갖 종류의 '정답주의'가 오늘날 장편 쓰기를 힘들게 만들고 그 매력을 앗아가지만 '정답주의'의 최신판이자 완결판은 시대적 진실/진리 같은 것은 없다는 예단이라고 할 수 있다. 왜냐하면 이 정답은 시대현실과 개인의 삶을 관통하는 핵심적인 진실이 무엇인지 아예 묻지도 않게 하기 때문이다.

시대현실의 문제를 언급하면 거대담론을 떠올리기 쉽다. 하지만 여기서 장편소설이 다루는 것은 어디까지나 개인들의 구체적 삶이 먼저라는 점을 강조하고 싶다. 그런데 유일무이한 단독자로서 그 개인의 삶, 그 개인이 타자와 맺는 관계, 주위의 자연이나 사물과 맺는 관계의 진실에 대해 근본적인 물음을 밀고 나가면 그것이 시대현실에 대한 물음에 닿을 수밖에 없다는 것이다. 달리 말하면 출발점은 한 개인의 삶의 진실을 다루는 '작은 이야기'이지만 어느덧 그것은 세계와 시대현실의 '큰 이야기'에 연루될 수밖에 없다. 이 점에서 장편소설은 역사와 잠시 별거할 수는 있어도 아주 이혼할 수는 없는 형식이며, 이 형식에 문학의 역사적·인식론적 기능이 크게 의존한다.

가령 신경숙의 『외딴 방』(문학동네 1995)이 70,80년대 한국사회를 이해하는 데 웬만한 역사·사회과학 서적보다 더 유용할뿐더러 그런 서적들이 제공하지 못하는 그 시대 특유의 면모와 분위기를 생생하게 보여주는 것도 이 때문이다. 화자가 그 시대의 '큰 이야기'를 먼저 염두에 두고 '작은 이야기'를 구성하고 배치하는 식으로 글을 썼다면 이런 장편이 가능했을까? 글쓰기에 대한 성찰과 한 개인의 삶의 진실을 묻는 물음을 원동력으로 삼아 밀고 나간 결과 '작은 이야기들'이 어느새 시대의 핵심적인 진실을 묻는 질문이 되어버리는 것이다. 이런 특징은 비록 『외딴 방』의 경우

---

16 백낙청 리얼리즘론의 특징을 '정답주의'에 대한 경계로 보고 그의 리얼리즘을 구성하는 요목들을 치밀하게 논한 글로는 류준필 「백낙청 리얼리즘론의 현재성과 문제성」, 『창작과비평』 2010년 가을호 참조.

보다 덜하지만『엄마를 부탁해』나『죽은 왕녀를 위한 파반느』[17]에서도 찾아볼 수 있다. 단절론적 입장에 빠지지 않는다면 스타일과 화법의 현격한 차이에도 불구하고 두 장편이 공유하는 바가 적지 않음을 감지할 수 있다. 구체적인 개인들의 진실된 관계를 추구하는 열정이 시대의 성격 자체를 문제삼는 장편소설 특유의 면모를 공유하고 있기에 두 작품 모두 우리 시대의 장편 목록에서 빼놓을 수 없는 것이다. 그외에도 여기서 논하지는 못하나 공선옥 같은 중견작가들과 황정은(黃貞殷)과 김애란(金愛爛) 같은 신예작가들의 장편도 만만찮은 성취라고 생각한다. 여기에다 장르소설의 성공작들과 다수의 빼어난 단편들을 보태면 한국소설의 현재 자산은 한결 넉넉해진다. 2010년대에는 단편과 장편이 적절히 어우러지면서 시대의 리듬과 활력이 배어든 창의적인 소설이 많이 나오기를 기대한다.

—『창작과비평』2011년 여름호

---

17 박민규의 이 작품에 대한 논의로는 백낙청「우리시대 한국문학의 활력과 빈곤」,『창작과비평』2010년 겨울호 35~42면;『문학이 무엇인지 다시 묻는 일』및 졸고「문학의 새로움과 소설의 정치성」, 409~10면; 본서 78~79면 참조. 필자가 반전을 내장한 'Writer's Cut'을 언급하지 않은 것의 문제점에 대한 그의 비판은 정당하다고 여겨지지만 그만큼 높이 평가하느냐에 대해서는 의문이 있다.

한국문학의 새로운 현실 읽기
김연수와 전성태를 중심으로

1. 새로운 현실과 시기구분의 문제

2000년대 한국문학은 우리 시대의 새로운 현실을 어떻게 읽고 있는 것일까? 이 질문에는 무엇이 우리 시대의 새로운 현실인가, 그리고 새로워진 우리 문학이 이 새로운 현실을 어떻게 읽고 있는가라는 이중의 물음이 내포되어 있다. 이 어려운 질문을 던지는 것은 2000년을 전후하여 새로운 경향의 신예작가들이 대거 등장하고 90년대 이전 문학세대 역시 주목할 만한 예술적 자기쇄신을 보여주고 있어 우리 문학의 지형이 크게 바뀌고 있는데, 그것이 우리 시대의 변화하는 현실과 무관하지 않다고 느끼기 때문이다. 우리 문학의 전망에 대해 검토하면서 논의를 시작하고자 한다. 전망의 문제는 새로운 현실과 새로운 문학 양자를 어떻게 보느냐와 관련된 문제이기 때문이다.

2000년대 문학의 지형변동을 전반적으로 평가한다면 우리 문학의 전망을 특별히 어둡게 볼 이유는 없다는 생각이다. 90년대 이후 문학세대만 따지더라도, 우리 문학사에서 지금처럼 작가들의 층이 두텁고 개성적인 스타일의 작품들이 많이 생산된 적이 있었는가 싶기 때문이다. 물론 2000년대 문학의 전망을 마냥 낙관할 일은 아니다. 문학의 환경이 점점 나빠지고 있는 것은 엄연한 사실이고, 특히 자본주의의 상품논리가 극에 달한 것으로 보이는 시대에 2000년대의 자유분방한 문학이 이렇다 할 대안적인 비전을 제시하지 못하는 듯하기 때문이다. 2000년대 초반 김명인(金明仁)이 다소 극단적으로 한국문학을 옥죄는 '이중의 악몽'을 거론한 이유도 그 때문일 것이다. 그는 '밖에서 오는 악몽'이 영화나 인터넷 콘텐츠 같은 "문학 아닌 다른 것들이 이제까지 문학이 차지해왔던 문화적 위의(威儀)를 잠식하고 있는" 상황이라면, 이를 자초하는 '안에서 오는' 악몽은 "파편화, 왜소화, 쇄말화로 요약될 수 있는 문학의 자기위축과 자기모멸"이라고 진단한다.[1] 김명인이 이런 진단을 내놓을 당시에는 2000년대 문학의 지형변동을 충분히 고려할 수 없었을 것이다.

문제는 2002년의 김명인만이 비관적인 것이 아니라는 데 있다. 2000년대의 '젊은' 소설들에 남다른 애정을 갖고 있는 김형중(金亨中)과 김영찬(金永贊) 같은 젊은 비평가들 역시 뜻밖에도 한국문학의 전망을 어둡게 보고 있다. 이들이 어두운 전망을 갖게 된 가장 중요한 요인은 역사나 현실을 보는 눈이 너무 작거나 커서 중간치의 시야가 포착되지 않기 때문이 아닐까 싶다. 가령 이들은 상품논리에 깊이 침윤된 2000년대 한국의 (대중)문화적 현실을 예리하게 포착하는 미세한 눈을 가진 반면, 현실의 여러 층위들을 나누어보지 않고 하나로 뭉뚱그려 '자본주의'(혹은 '후기자본주의')라는 통칭으로 호명한다. 김영찬이 '역사의 간지(奸智)' 대신 "자본의 간지" 혹은 "후기 자본주의의 가혹한 간지"[2]를 거론하면서 자본주의

---

1 김명인 「단자(單子), 상품, 그리고 권력」, 『자명한 것들과의 결별』, 창비 2004, 239~40면. 『월간 건축인 포아』 2002년 6월호에 처음 발표되었음.
2 김영찬 「2000년대 문학, 한국소설의 상상지도」, 『문예중앙』 2006년 봄호 40, 51면; 『비평극장의 유령들』, 창비 2006.

의 막강한 현실적·담론적 힘과 '무력한 개인'을 대비할 때가 그렇다. 그리고 김형중이 "한국 현대소설사 백년을 통틀어 지금처럼 소설이 위기에 처한 시절은 없었다. 왜냐하면 가장 강력한 적수, 자본주의가 바로 그 위기의 원인이기 때문"[3]이라고 경종을 울릴 때도 마찬가지다.

여기서 자본주의라는 보편적 체제만을 문제삼는 것은 관념적일 수 있다. 구체적으로 어떤 자본주의인가가 중요하기 때문이다. 이때의 (후기) 자본주의가 '한국 자본주의'를 지칭하는 것이라면 그것은 한반도의 남쪽에만 해당되는 이야기다. 2000년대에 주목할 만한 작가들이 상상의 지평을 동북아로, 세계로 확대하고 있는 마당에 이런 협소한 시각은 문제가 있지 않을까. 다른 한편 이것이 '자본주의 세계체제'를 지칭하는 것이라면 너무 시야가 넓어서 그것이 한반도나 동북아에서 어떻게 작동하는지가 역시 눈에 들어오지 않는다. 그런데 이런 시야의 사각지대에서 지금 중대한 변화가 일어나고 있는 것이 엄연한 현실이다. 반세기 동안 유지되어오던 분단체제가 허물어지고 있는 것이다. 이것이 우리 문학의 장래에 중대변수가 되지 않을까. 요컨대 우리 시대 문학의 가능성을 균형있게 진단하려면 한국의 분단현대사에 획기적인 2000년 6월 사건의 중차대한 의미를 놓칠 수 없고, 이를 빼놓고 '새로운 현실'을 논하기 힘들다는 것이다.

사실 이 문제는 '2000년대 문학'이라는 용어를 사용할 때 제기되는 물음, 즉 2000년대 문학의 기점에 해당하는 역사상의 계기를 무엇으로 잡을 것인가라는 물음과 직결된다. 1990년대와 2000년대를 가르는 결정적인 사건으로 1997년의 IMF사태와 2000년 6월의 남북정상회담, 6·15공동선언을 꼽을 수 있을 것이다. 양자 모두 충격적인 사건인데, 한반도 남녘 사람의 일상생활에 직격탄을 날린 쪽은 전자이지만 한반도 주민 전체의 장래에 더 결정적인 사건은 후자이고, 그런만큼 후자를 2000년대 문학의 기

---

3 김형중 「기어라, 비평!─2000년대 소설담론에 대한 단상들」, 『문예중앙』 2005년 겨울호 21~22면; 『단 한 권의 책』, 문학과지성사 2008.

점으로 삼는 것이 타당하지 않을까 싶다. 양자가 서로 무관한 별개의 사건이 아니라는 점도 덧붙일 필요가 있다. IMF사태라는 국가적 재정파탄에 직면한 남녘 사람들은 위기극복에 합심하여 상당한 출혈을 감수하면서 어렵게 위기를 넘어섰는데, 이때 발휘된 국민적 저력을 바탕으로 남북관계에 획기적인 6·15선언을 이뤄낸 것이다. 이렇게 심각한 위기를 경이로운 성공으로 전화한 역사적 과정이 2000년대의 현실을 여는 계기가 되었다는 사실은 2000년대 문학을 논하는 자리에서도 염두에 둬야 할 사항이다.

2000년대 한국문학 전반에 '직접적'인 흔적을 많이 남긴 쪽은 물론 IMF사태의 후과랄 수 있다. 가령 IMF 금융위기 이후 신자유주의정책이 시행되면서 한국경제는 자본주의 세계경제에 더 깊숙이 편입되었는데, 그로 말미암은 양극화의 심화·고착화 현상을 2000년대 문학에서 확인하는 것은 어렵지 않다. 가령 갑작스러운 해고사태와 비정규직의 빈번한 등장도 IMF사태의 여파가 반영된 것일 테다. 2000년대 문학에 자주 나타나는 험악한 사회 분위기라든지 등장인물의 가혹한 심리상태 역시 IMF사태가 끼친 영향과 무관하다고 할 수는 없다. 이에 비해 6·15공동선언이 2000년대 문학에 직접적으로 남긴 흔적은 제한적이다. 이 선언의 결과로 남녘 사람들의 방북 기회가 늘어나고 있지만 남북의 경계를 넘는 일은 아직은 일상생활과는 거리가 멀다. 그런만큼 이를 소재로 하는 작품은 그리 많지 않지만, 최근 들어 점차 늘어나는 추세이다.

좀더 중요한 것은 이런 소재주의적 관점을 넘어서 한국문학의 심층에서 일어나는 변화를 6·15의 관점에서 되새겨보는 일이다. 6·15로 시작된 한반도 전체의 역사적 변화는 남녘 사람들의 일상생활상의 실감을 넘어서기 때문에 좀더 심층적인 분석과 고차적인 논의가 필요하다. 여기서는 한두 가지만 짚고자 한다. 일단 남녘 사람들(특히 젊은 세대들)에게는 IMF사태가 6·15선언보다 훨씬 충격적으로 느껴지기 십상이다. 그러나 두 사건으로 말미암은 중장기적인 변화를 비교하면 6·15선언 쪽이 훨씬 심대할 것이다. 다만 당장 표층에서 드러나는 변화는 빙산의 일각이기 때문에 남녘 사람들이 변화의 심대함을 충분히 실감할 수 없을지도 모른다. 하지만 예술가나 작가의 경우는 이런 심대한 변화에 알게 모르게 반응할 공산이 크다.

또 하나 주목할 것은 6·15라는 사건 자체가 지닌 파격성 혹은 전복성이다. 도저히 범할 수 없는 것으로 여겨지던—범하는 즉시 국보법으로 잡혀가던—남북의 경계를 남북의 정상 스스로가 돌파한 이 사건은 기존의 사고방식으로는 상상불허의 파격이자 극적인 전복이다. 최대의 금기가 돌연 최고의 성취로 둔갑하는 사건이었으니 말이다. 6·15가 남녘 사람들의 사유와 상상력을 크게 자극한 것은 분명하고, 어쩌면 우리 내부의 억압적 경계를 되돌아보게 하는 계기가 되지 않았을까. 분단과 경계를 당연시해온 기존의 역사가 일순간 거짓말처럼 변해버리는 이 경험을 겪은 후엔 적어도 상상력으로는 넘지 못할 경계는 없는 것이다.

그런가 하면 민족과 국가의 경계를 넘는 일은 치밀한 사유와 냉정한 현실적 판단을 요한다. 남북의 경계를 제대로 넘으면 평화와 상생이지만 제멋대로 넘으면 아직은 전쟁과 공멸을 부를 수 있기 때문이다. 사실 6·15선언에 담긴 합의문의 골자가 남북의 경계를 지혜롭게 넘는 방법이랄 수 있으니, 통일을 서둘러 하지 말고 지금부터 시작해서 천천히 하자는 것에 다름아니다. 슬그머니 진행되는 통일의 과정에서만이 한국사회 내부의 수많은 억압적 경계들을 돌파하면서 삶의 질을 높이는 민주주의 개혁이 가능하기 때문이다. 한국사회 내부의 억압적 경계를 돌파하면서 개혁을 수행하는 일은 한반도 주민이 통일 후에 얼마나 나은 삶을 누리게 될지를 좌우하는 중대사이며 6·15시대의 핵심과제 가운데 하나인 것이다.

경계에 대한 사유와 상상력의 단련은 한국사회 내부의 온갖 경계를 극복하는 데도 관건이 된다고 본다. 이주노동자가 늘어나면서 생겨나는 인종주의적 경계, 남녀차별을 지속시키고 은폐하는 가부장제, 주류문화와 하위문화를 가르는 문화적 경계를 넘는 일에도 그 나름의 상상력과 사유의 단련이 요구된다. 2000년대 문학에서 이처럼 온갖 경계에 대한 사유와 상상력이 두드러지게 나타난다면, 그 의미를 '6·15시대'라는 역사적 관점에서 새기는 것이 뜻깊고 실속있는 작업이 될 것이다. 이 글 자체는 이런 작업에 대한 하나의 작은 시도일 뿐이다. 2000년대 문학의 일단을, 그것도 몇몇 주목할 만한 소설을 중심으로 검토할 이 글이 그 가능성의 한 자락만이라도 보여준다면 다행이겠다.

2. 문학적 지평의 확대와 2000년대 젊은 소설의 '새로움'

세계화의 조류와도 무관하지 않겠지만, 6·15 경험 이후 우리 문학에서 경계 넘기에 대한 관심이 높아지고 있음은 외형적으로도 확인된다. 우리 작가들이 소설의 공간을 동남아와 유럽 등으로 넓혀감에 따라 그 사유와 상상력의 지평이 여러 국경/경계를 넘어 크게 확장되고, 그럼으로써 한반도 남쪽의 제한된 시야에서 빠른 속도로 벗어나고 있는 것이다. 이 가운데는 방현석의 「존재의 형식」(2002), 이대환의 『붉은 고래』(2004), 공지영의 『별들의 들판』(2004), 전성태의 「국경을 넘는 일」(2004) 「코리언 솔저」(2005) 「강을 건너는 사람들」(2005), 김연수의 『밤은 노래한다』(2005년 『파라21』 연재), 정도상의 「소소, 눈사람이 되다」(2006)처럼 외국에서의 경험을 통해 분단의 상처와 그 경계를 넘는 일의 의미를 의식적으로 되새기는 작품들도 적지 않다.

남북분단이나 국가의 경계를 특별히 의식하고 씌어졌다고는 할 수 없되 6·15시대에 시사하는 바가 큰 소설도 상당수다. 가령 김영하의 『검은 꽃』(2003), 배수아의 『에세이스트의 책상』(2003), 김연수의 『나는 유령작가입니다』(2005)와 김인숙의『그 여자의 자서전』(2005), 그리고 소설 공간의 국적이 불분명하거나 의도적으로 애매하게 처리되는 배수아의『홀』(2006) 이나 강영숙의『리나』(2006) 등의 소설들 역시 국경이나 마음속의 여러 경계를 넘는 일과 관련해서 의미심장한 울림을 갖고 있다.

우리 안의 외국이랄 수 있는 이주노동자 문제를 다룬 소설도 하나둘씩 나오기 시작한다. 이 문제는 국적과 언어가 다른 외국인과 한국인, 혹은 언어는 같아도 국적은 다른 해외교포와 한국인의 결혼과 연관되고, 또 그로 인한 혼혈 2세와 다인종·다민족·다국적 가족의 문제와 겹쳐 있다. 이런 현상은 주로 세계화시대 한국 자본주의 경제의 발전·생존 전략으로 말미암아 초래된 인종적·국민적·민족적 경계의 횡단과 관련이 있다. 이 다층적 경계를 제대로 넘는 일은 장차 통일한국의 국가적·민족적 성격을 결정하는 중요한 요소가 된다는 점에서 6·15시대에 각별한 의미를 띤다. 이주노동자 문제를 반세계화적·생태주의적 관점에서 그려낸 박범신의 『나마스테』(2005), 장애인 문제와 겹쳐놓은 이명랑의『나의 이복형제들』 (2004), 민중적 관점에서 천착하는 김재영의『코끼리』(2005), 그리고 남한 남자와 결혼한 중국 조선족 여인의 비극을 다룬 천운영의『잘 가라, 서커스』(2005) 등은 적어도 소재 면에서 새로운 지평을 연 작품들이다.

물론 앞의 세 부류 가운데 어디에 속하든 소재나 주제 상의 혁신성이 작품의 예술성이나 당대성을 자동으로 보장하지는 못한다. 어디까지나 빼어난 언어와 상상력, 깊이있는 사유가 어우러질 때만이 여러 경계들로 짜여진 우리 시대의 새로운 현실에 적실하게 대응하는 새로운 예술에 값할 것이다. 이 가운데 주목할 만한 작품들은 뒤에 살펴보기로 하고, 여기서는 2000년대 신예작가들의 문학적 특성이나 '새로움'에 눈길을 돌리고자 한다. 이들 작가들의 작품을 일일이 논하기에는 능력이나 지면 사정이 부족하기 때문에 이에 대해 뚜렷한 입장을 밝힌 몇몇 평자들의 견해를 논평하는 방식을 취하고자 한다. 2000년대 문학의 특징을 '무중력 공간의 탄생'에서 찾는 이광호(李光鎬)의 견해를 먼저 살펴보자.

　　2000년대에 와서 공식적인 글쓰기를 시작한 작가들의 경우는, 상대
적으로 정치적 죄의식과 역사적 현실의 중력과는 무관한 자리로부터
글쓰기의 존재를 설정할 수 있게 된 것으로 보인다. 가령 이런 새로운
글쓰기의 자리를 '무중력 공간'이라고 부를 수 있겠는데, 이때 '무중력
공간'은 90년대 문학의 주체들이 문화적으로 투쟁했던 것과 같은 방식
의 '무엇으로부터'의 환멸과 저항의 전선을 설정하지 않는다.[4]

이것이 2000년대에 등단한 상당수 작가들의 내면성향이나 심리상태를
기술한 것이라면 설득력이 있는 이야기다. 그런데 '글쓰기의 존재를 설
정'한다는 이상한 논법에서 감지되듯 이 발언의 요지는 그게 아니다.
'무중력 공간'이란 2000년대 등단 작가들의 심리적 공간에 그치지 않고
'2000년대 문학공간'이라는 (그의 표현에 따르면) '담론적 현실'이라는
것이다. 이렇게 2000년대 작가들의 세대론적 심리경향을 어물쩍 2000년
대 문학의 특성으로 차용하는 방식은 편리하기는 하겠지만 작품 읽기에
서 상당한 선입관으로 작용할 수 있다. 2000년대 문학작품들을 실제 이상
으로 탈현실적이고 탈역사적인 맥락에서 읽기 쉽다는 것이다.
　가령 이광호가 2000년대의 유망작가들로 꼽은 김중혁, 편혜영, 서준환,
한유주, 김애란, 조하형, 천명관 가운데, 우선 김애란(金愛爛)은 그의 발상
에 전혀 들어맞지 않는 작가임을 지적할 필요가 있다. IMF 이후 한국사회
의 가혹한 현실을 김애란만큼 실감나고 깊이있게 그려낸 작가는 흔치 않
다. 새로운 현실의 탐구와 묘사에서 김애란과 비교할 만한 작가는 이광호
의 유망작가 명단에 들어 있지 않은 박민규(朴玟奎) 정도를 거론할 수 있

---

4 이광호 「혼종적 글쓰기 혹은 무중력 공간의 탄생─2000년대 문학의 다른 이름들」, 『문
　학과사회』 2005년 여름호 167~68면; 『이토록 사소한 정치성』, 문학과지성사 2006.

을 것이다. 김애란은 80년대식 리얼리스트와는 달리 발랄한 상상을 보여주지만, 이를 두고 '무중력 공간'을 연상한다면 번지수를 잘못 찾은 것이다. 김애란은 상상이 현실의 구성성분이기도 함을 보여주지만, 그렇다고 상상과 현실의 경계를 자각하지 못하는 것은 아니다. 오히려 그 반대. '역사적 현실의 중력'을 온몸으로 느끼면서도 그 압박에 주눅들지 않는 상상력을 보여주는 것이 김애란 소설의 매력이 아닐까.

김중혁(金重赫)은 이광호의 발상에 좀더 어울리는 작가임이 틀림없다. 김중혁의 소설들이 "미디어의 세계에 대한 문명적 차원의 '쿨하고도 진지한 상상력'"을 보여주고 "환경과 문명 그리고 인간 존재를 둘러싼 만만치 않은 '진지한 주제'들을 무국적인 상상력으로 다루"는 것(169면)도 어느정도 사실이다. 그러나 "이런 소설적인 문제설정은 한국적인 것의 특수성과 거의 무관"(같은 곳)하다는 주장에는 동의하지 않는다. 김중혁의 생태주의적 대안 모색이 성장제일주의로 일관해온 한국사회에 요긴하고, 그 점을 작가가 의식하고 있다고 생각하기 때문이다. 「무용지물 박물관」과 「에스키모, 여기가 끝이야」는 이 시대의 시각 중심·인간(자아) 중심의 문명에서 우리가 상실한 감각이나 착각하고 있는 것들을 유연한 상상력으로 일깨워주는 의미심장한 소설로 읽힌다. 그의 소설의 밑바탕에는 생태주의 문제의식과 아울러 근대/탈근대의 경계에 대한 사유와 상상력이 작동하는데, 흠을 잡자면 이런 탈근대적인 사유와 상상력도 근대 세계체제의 문화적 자장 속으로 얼마든지 포섭될 수 있다는 자각이 미흡하다는 것이다. 그가 무국적/한국적이라는 경계를 너무 쉽게 넘는 것도 이와 무관하지 않다.

김영찬이 찾아낸 새로움은 우선 2000년대 젊은 소설 다수가 "대중문화 코드에 몸 전체를 싣고 있"[5]는 현상이다. 이 현상에 대한 김영찬의 분석과

---

5 김영찬 「소설의 상처, 대중문화라는 증상」, 『파라21』 2004년 봄호 74면; 『비평극장의 유령들』.

비평적 대응은 적절하고, 젊은 작가들의 소설을 비평적으로 읽어내는 그의 예리하고 균형잡힌 독법은 설득력이 있다. 그런데 그가 2000년대 젊은 문학의 가능성으로 '탈내면의 상상력'을 내세우고, 이를 가능케 하는 전제로 '무력한 자아' 혹은 '빈곤하고 왜소한 주체'를 부각할 때에는 고개가 갸우뚱해진다. '탈내면의 상상력'이라는 역설적 가능성이 아무리 소중하다 해도, 강영숙, 윤성희, 김애란, 박민규, 이기호, 손홍규, 편혜영, 김중혁, 박형서, 김유진 등을 줄줄이 거론하며 그들의 주체들을 도매금으로 '무력'하다고 규정하는 것은 납득이 되지 않는다. "2000년대 젊은 문학의 자아는 대체로 처음부터 자기 자신의 현실적·정신적 무력함을 일종의 운명으로 내면화하고 있는 자아"[6]라는 김영찬의 주장은 부분의 성향을 전체의 성격으로 확대하고 절반의 진실을 입증된 사실처럼 제시하고 있다는 생각이다. 2000년대 젊은 문학의 '탈내면의 상상력'이라는 가능성을 취하기 위해 '2000년대 문학의 자아'에 죄다 '무력함' '왜소함' '빈곤함'의 딱지를 붙이는 것 같은 느낌이랄까. 그는 최근의 글에서도 '무력한 주체' 혹은 '무력한 개인'을 수차례 거론하지만 어법상 미묘한 차이가 있다. 가령 김애란의 '편집증적 유머'를 언급하면서 이렇게 말한다.

젊은 작가들의 이 편집증적인 유머가 자아를 짓누르는 위압적 현실의 위력을 거리화하고 분산시켜버리는 무력한 주체의 특징적인 상상전략 중 하나라는 것은 여기서 특별히 환기해둘 필요가 있을 것이다. 그것은 2000년대 젊은 문학의 상상력이 현실의 중력을 나름으로 감당하고 소화하면서 그 속에 자아의 위치를 그리는 문학적 방식 가운데 하나다.[7]

---

6 김영찬「2000년대, 한국문학을 위한 비판적 단상」,『창작과비평』 2005년 가을호 309면;『비평극장의 유령들』.
7 김영찬「2000년대 문학, 한국소설의 상상지도」 50면.

"위압적 현실의 위력"에 이 정도로 맞대응할 수 있는 주체에게 '무력한' 이라는 꼬리표를 굳이 달 필요가 있을까. 김영찬이 '무력한/강력한 주체' 를 어떻게 생각하는지는 "이들에게는 기댈 수 있는 어떤 관념적 거점도, 현실과 부딪치는 모험적 열정도, 자기파괴적 항의도, 냉소할 수 있는 여력 도, 또 이를 떠받칠 수 있는 자아에 대한 강한 신념도 없다"[8]는 대목에서 나타나는데, 이때 '강력한 주체'가 '무력한 주체'보다 반드시 바람직한 것 인지도 의문이다. '관념적 거점'도 '자아에 대한 강한 신념'도 그것이 착 각이라면 버리는 게 낫지 않을까. 김애란과 박민규 소설의 '무력한' 자아 는 관념적 거품이 빠져 있는 자아이며, 자신을 끊임없이 응시하고 자각하 는 자아이기도 하다. 자신과 타자와 세계에 대한 확신을 갖지 못하되 자 기 나름의 기발한 상상력을 발동하여 자기의 안팎을 끊임없이 타진하는 호기심 많은 자아이기도 하다. 물론 이런 자아라고 해서 위압적 현실의 위력이나 편집증을 면할 수 있다는 말은 아니다. 그러나 이 '무력'해 보이 는 자아에게 이런 중요한 이면이 있기에 소위 '탈내면적 상상력'이 가능 하지 않을까. 가령 김애란의 「영원한 화자」의 이런 독백을 새겨보라.

> 나는 내가 어떤 인간인가에 대해 자주 상상한다. 나는 나에게서 당신
> 만큼 멀리 떨어져 있으니 내가 아무리 나라고 해도 나를 상상해야만 하
> 는 사람이다. 나는 내가 상상하는 사람, 그러나 그것이 내 모습인 것이
> 이상하여 자꾸만 당신의 상상을 빌려오는 사람이다.(『달려라, 아비』, 창비
> 2005, 136면)

이런 자아를 '무력한 자아' 혹은 '편집증적인 자아'라고 일면적으로 규정

---

8 김영찬 「2000년대, 한국문학을 위한 비판적 단상」 310면.

할 수 있을까? 소설의 문맥에서 자연스럽게 읽히는 대목이지만, 곰곰이 새겨보면 '나'라는 변화무쌍한 아상(我相)에 대한 인식과, 자아와 타자의 관계/경계에 대한 사유가 범상치 않은 것이다. 이런 자아는 자기수련이 상당한 수준에 이른 자아일 수 있다. 자본주의의 가혹한 현실이나 주변부적인 삶의 횡포에 온갖 수모를 당하면서도 원한에 사로잡히지도 주눅들지도 않을 만큼 나름의 '중심'을 지닌 자아 말이다. 박민규와 김애란의 경우 외에도 무력하거나 편집증적인 듯이 보이지만 사실은 자기성찰의 경지가 높은 자아를 2000년대 젊은 소설에서 종종 접할 수 있다. 김애란과 박민규 등 젊은 소설가들이 '지금, 여기'에서 신자유주의적 자본주의라는 '역사적 현실의 중력'을 온몸으로 겪으면서도 그 체제의 논리에 쉽사리 포섭되지 않는 주체들을 보여주었다는 것이 무엇보다 뜻깊다. 자본주의체제도 하나의 경계라면 경계인데, 이 경계가 당분간 무너지지 않을 때 대응하는 새로운 방식을 보여준다는 점에서, 이 작가들의 성취는 예사롭지 않다고 할 수 있다.

2000년대에 등단한 신예작가들은 남북의 경계나 국경을 넘는 일보다는 주로 우리 사회 내부의 문화적·계층적·세대별 경계에 예민한 반응을 보이는 듯하다. 가령 박민규의 소설이나 황병승의 시는 기성의 주류문화와 비주류 하위문화 사이의 경계에 대한 이들의 대응을 감안하지 않고서는 그 묘미를 충분히 이해하기 힘들거니와 이런 종류의 경계를 넘는 일이 6·15시대에 어떤 의의를 갖는지를 해명하자면 좀더 복잡하고 정교한 논의가 필요할 듯하다. 이런 과제들은 다음 기회로 미루고 이제 90년대 등단 작가들이 어떤 경계 넘기의 글쓰기를 하고 있는지 살펴보기로 한다.

3. 90년대 문학세대의 자기쇄신

2000년대에 90년대 문학세대가 거둔 자기쇄신의 성과를 가늠하기 위해서는 여러 작가들의 작품들을 두루 살펴봐야겠지만 여기서는 전성태와 김연수의 몇몇 단편들을 살펴보는 데 만족해야 할 듯하다. 많은 작가들 가운데 이들을 택한 데는 성향과 스타일이 대조적인 두 작가가 서로 다른 방향에서 국경/경계를 넘으면서 문학과 역사, 인간에 대한 탐구를 수행하고 있다는 것이 흥미롭고, 이들의 작업이 6·15시대의 문학에 각별한 의미가 있다고 보기 때문이다.

전성태(全成太)의 변모는 주목할 만하다. 빼어난 언어구사력과 세밀한 묘사력이 일품이되 향토적 사실주의의 한계를 시원하게 넘어서지 못했던 『매향』(실천문학사 1999)의 전성태가 우리 시대 삶의 여러 경계를 성찰하는 비범한 예술가로 변모한 것이다. 소설집 『국경을 넘는 일』(창비 2005)의 첫번째 소설 「존재의 숲」은 이런 놀라운 변모 이면에서 그가 어떤 예술적 경계를 돌파했는지를 보여주는 동시에 오늘날 사실주의 문학의 한계와 가능성을 예리하게 짚는 뜻깊은 작품이다. "말이 입에 올랐으되 삶을 밟고 있지는 못한 형국"(11면)에 처한 개그맨 화자에게 점쟁이가 들려주는 충고의 핵심은 '캄캄한 삶'을 밟아보라는 것인데, 이는 '진창에 구르며' 밑바닥 삶을 겪는 것과 다르다. 점쟁이는 오히려 그런 경우에 생기는 "자기연민은 공연히 억지가 되기 십상"(13면)임을 경고한다. 오늘날 사실주의 문학의 문제점을 이보다 예리하게 짚기는 힘들 것이다. 그러니까 '캄캄한 삶'이란 소재적인 차원에서 우리 사회의 '어두운 삶'을 뜻하는 것이 아니다. 그것은 어디까지나 '삶'에 근거하되 이제껏 미답인 어떤 영역을 뜻하는 것이다. 이를테면 존재적인 차원에서 낯익은 세계의 경계를 넘어 낯선 세계를 밟아보라는 주문인 것이다.

「존재의 숲」이 뛰어난 것은 이런 예술적 한계를 돌파하는 서사와, 화자가 여꼴댁의 오두막을 찾아가서 겪는 귀신 이야기를 성공적으로 결합했기 때문이다. 앞부분에서 설화적 분위기를 조성하고 교묘한 복선("예전에 여기 든 청년 하나가 귀신에 씌어서 미쳐 나갔다")을 깔아놓았기 때문에 나중에 '양철집 할머니'가 사실은 여꼴댁 귀신임이 판명되는 반전을 겪으면서도 이런 초자연적 경험이 터무니없게 느껴지지 않는다. 그러나 이 작품의 초점은 환상/현실의 경계 넘기에 있다기보다 여꼴댁의 아들 이야기가 내 이야기가 되는 차원(점쟁이의 말에 따르면 "절실하면 남 얘기가 내 얘기가 되는 것")에 놓인다. 화자가 환상/현실의 경계를 넘어 여꼴댁 귀신을 만나는 것은 그 아들의 입장에서 여꼴댁 이야기에 귀를 기울인 결과일 따름이다. 화자는 이야기들이 바로 '존재의 숲'이 되는 이제껏 경험하지 못한 '캄캄한 삶'을 밟아본 것이다.

「퇴역 레슬러」는 한 개인의 과거에 대한 영락없는 기억도 가공될 수 있음을 보여주는 작은 이야기로 출발한다. 황혼기에 접어들어 고향을 찾아간 퇴역 레슬러는 양파 냄새를 맡고는 유년시절의 아름다운 기억을 떠올리는데, 양파 냄새가 그의 어릴적 과거와는 무관함이 판명되는 것이다. 이 일화가 의미심장한 것은 "강렬한 자기암시가 간혹 후각까지 속일 수 있다"(41면)는 사실, 즉 몸의 감각을 통해 기억된 과거도 허구일 수 있다는 데 있다. 몸의 언어/기억을 신비화하는 담론에 대한 일침으로 읽힌다. 두번째 일화는 이런 가공된 기억이 좌우파의 이념적 대립으로 굴절된 한국 현대사와 교차하는 지점에서 일어난다. 퇴역 레슬러는 자신이 '배가 고파서' 고향을 떠났다고 기억하지만 사실은 좌파 '사람들을 넘기고' 도망쳐나왔던 것이다. 기억의 이런 허구성은 자신이 고향 사람들을 죽음으로 몰아넣은 사실조차 왜곡할 수 있다는 데서 충격적이다. 그럼에도 이런 엄청난 왜곡이 그럴 법한 것은 그가 레슬러로 성공하여 국민적 영웅이 되는 인생행로 자체가 70년대의 반공개발독재 이데올로기의 산물인 면이 있기 때문이다. 이 작품은 개인사든 민족사든 (얼마든지 거짓일 수 있는) 기억이나 이데올로기를 통해 재구성되는 측면을 예리하게 포착하면서도 진실의 준거를 포기하지 않는다는 점에서 값지다. 양파 냄새 일화 같은 개인사에 관한 '작은 이야기'를 이념대립과 개발독재로 일그러진 한국역사라는 '큰 이야기'와 접맥하는 솜씨도 일품이다. 기억 혹은 역사의 구성성과 진실의 경계를 어디쯤에 설정하는가는 6·15시대 문학의 중요한 주제랄 수 있는데, 전성태 나름의 방식으로 이 주제를 깔끔하고 수준 높게 다뤘다는 생각이다.

6·15시대 문학의 가장 직접적인 주제가 있다면 그것은 '국경을 넘는 일'일 것이다. 물론 이것도 소재주의를 넘어 존재적 차원에서 다룰 때만이 그 핵심적인 중요성을 입증할 수 있다. 전성태의 「국경을 넘는 일」은 크게 두 단계의 이야기로 짜여 있다. 첫째 이야기는 화자인 '박'이 일본인 여행객 일행과 함께 캄보디아에서 태국으로 가는 국경을 넘다가 다리 난간의 탄흔을 발견하고 "누군가 등뒤에서 총부리를 들이대고 있으리라는 공포"(137면)에 사로잡히고, 이런 상황에서 호루라기 소리를 듣고는 겁에 질려 정신없이 뛰어간 사건이다. 나중에 일본인 일행 중 하나인 나오꼬가 그 이유를 묻자 박은 "우리에게 국경을 넘는 일은 죽음을 의미하지요. 아마 제 무의식 속에 그런 국경에 대한 공포가 잠재돼 있었던 모양이에요"라고 대답하지만 박은 내심 "그게 진실일까 의문"이었고, 나오꼬 앞에서 자신을 "포장하고 싶다는 욕망"도 작용한 발언이었음을 깨닫는다.(141면) 전성태는 분단국에서 흔히 동일시되는 국민적/개인적 정체성 사이의 틈새를 존재의 중요한 공간으로 설정하는 것이다.

사실, 두번째 이야기에서 '박과 나오꼬의 관계'의 진전은 국민적/개인적 정체 사이의 틈새를 얼마나 확보하고 한일간의 국가적·민족적 경계를 얼마나 넘어설 수 있느냐에 달려 있다. 이런 맥락에서 두 남녀가 모두 벚꽃을 좋아하고 '벚나무 때문에 입은 상처'가 있다는 상황 설정은 약간은 작위적이지만, 틈새 확보와 경계 넘기의 작업이 조금은 진전되었다는 신호로 읽힌다. 그러나 둘 사이의 관계를 가로막는 내면의 경계가 무너지지 않았음은 나오꼬와 첫 정사를 치른 후에 박이 자신의 내면에서 감지되는 색다른 '충만감'의 정체를 추궁하면서 드러난다.

육체의 열락과 상관없이 그의 의식 속에서 피어난 충만감은 왠지 불온하나 매혹적인 느낌으로 떠돌았다. 나오꼬. 일본 여자. 기필코 그녀는 그의 생에서는 도저히 상상해보지 못한 낯선 존재였다. 그건 정서적으로도 그러했다. 가장 멀리 있고 가장 까다로운 여자와 그는 사랑을 나눈 것만 같았다. 그는 뭔가를 뛰어넘은 느낌이었다. 외부의 어떤 세계가 아니라 자신의 내부를 뛰어넘은 것 같았다. 하지만 그는 이 불온한 쾌감이 육체의 열락과 동등하게 놓이는 것을 원치 않았다. 그따위의 쾌감이 몸집을 키워 덮친다면 그는 스스로도 견딜 수 없을 만큼 황폐해질 것 같았다. 그러자 마음 한쪽에서 또다른 혐오감이 치밀었다. 뭔가를 뛰어넘었다고 생각했으나 알고 보니 제자리인 자신을 발견하는 기분이었다.(156~57면)

'육체적 열락'과는 상관없는 '충만감'의 정체는 처음에는 가장 '낯선 존재'와의 관계를 성취한 데서 나오는 것으로 느껴진다. 이를테면 존재적 차원에서 '뭔가를 뛰어넘은 느낌'인 것이다. 그러나 '충만감'이 불온한 '쾌감'으로 정체를 드러내면서 박은 자기 내부의 민족적·국가적 경계를 제대로 뛰어넘지 못했음을 자각하게 된다. 요컨대 박은 국적과 상관없이 낯선 존재인 나오꼬와 진정한 관계를 성취하지 못한 것이다. 하지만 '색다른 충만감'의 정체를 똑바로 파악하고 내부의 어떤 경계를 뛰어넘었다는 착각을 떨쳐냈다는 것은 어떤 면에서는 상당한 진전이라고 할 수 있다.

이런 진전에도 불구하고 두번째 정사 후 그들의 관계가 다시 악화되는 것은 박이 경계 넘기를 제대로 수행하지 못한 탓도 있지만 반지로 상징되는 나오꼬의 개인적 차원을 이해하고 존중하지 못한 탓도 있을 것이다. 그런 차원이 쉽게 납득되기 힘든 것은 사실이다. 박의 만류에도 불구하고 나오꼬는 잃어버린 반지를 찾느라고 정신없는데 이런 행동은 박이 국경을 넘다가 정신없이 뛰어간 행동과 대칭을 이루는 듯하다. "그 반지는 내가 내버리려던 거란 말예요. 그렇게 잃어버리면 안되는 반지였어요. 당신이 뭘 알아요?"(165면)라는 나오꼬의 종잡을 수 없는 발언은 일본인 애인과의 관계를 청산하려는 의도로 추측되지만 작품의 의미층을 모호하게 만든다. 그렇기에 박이 떠나가는 나오꼬에게 "너는 그냥 어린 계집아이일 뿐이야"(167면)라고 소리칠 때 그것이 국적과 상관없는 낯선 소녀일 뿐이라는 뜻인지 일본 여자가 자신을 무시한 데 대한 분풀이인지 애매하다. 박이 스스로 자인하듯 '어정쩡한' 상태인 것이다. 반지 사건이 석연치 않은 것은 그것이 한국과 일본의 어정쩡한 관계를 배려한 장치인 측면이 있다고 느껴지기 때문이다. 이런 점에서 이 작품이 '국경을 넘는 일'이라는 중요한 주제를 존재적 차원에서 뚝심있게 밀고 나가는 흔치 않은 성취를 거뒀음에도 아쉬움이 남는다.

　김연수(金衍洙)의 최근 소설들이 6·15시대에 의미심장한 것은 전성태와 정반대의 방향에서 역사, 민족, 국가, 문학(텍스트) 등에 대한 탐구를 밀고 나가기 때문이다. 이를테면 전성태가 사실주의에서 출발하여 세계/역사의 허구적·구성적 측면에 대한 깨달음을 거쳐 진실로 나아가는 쪽이라면 김연수는 포스트모더니즘에서 출발하여 세계/역사에 관한 실증적 자료의 재구성을 거쳐 진실을 향해 나아가는 양상인 것이다. 전성태가 대다수 사실주의자들과 달리 기존의 경계를 넘어 낯선 존재의 영역을 내딛는 용기를 갖고 있다면 김연수는 대다수 포스트모더니스트들과 달리 진실/진리에 가닿으려는 강렬한 욕망을 지니고 있는 것이다. 김연수와 전성태가 때론 아주 가까워지면서 서로를 조명할 수 있는 것은 바로 이 때문이다. 물론 김연수가 「쉽게 끝나지 않을 것 같은, 농담」이나 「이등박문을,

쏘지 못하다」에서처럼 역사나 사랑에서 '우연'의 역할을 강조할수록 두 사람의 거리는 멀어질 것이지만 말이다.

김연수의 최근 소설집 『나는 유령작가입니다』(창비 2005)에서 무엇보다 눈에 띄는 것은 역사에 대한 사변적 이야기와 사랑 이야기가 함께 등장한다는 점과, 종종 텍스트(지도/말/문학)의 진실이 무엇인가의 문제가 이 사이에 끼어든다는 점이다. 개별 작품의 소설적 효과는 이 세 요소가 어떻게 병치·교차·결합되면서 진실 찾기가 이뤄지느냐에 따라 달라진다. 「뿌넝숴(不能說)」에서 역사와 사랑의 진실 찾기는 일종의 모순어법에서 출발한다. 중국 인민지원군으로 지평리전투에 참여한 화자는 "전쟁에는 진실이 있지만, 전쟁 이야기에는 조금의 진실도 없"다거나 "삶은 살아가는 것이지, 이야기하는 게 아니"라는 발언(61면)을 하면서도 "그럼 어디서부터 이야기를 시작해볼까? 비 이야기라면 어떨까?"(57면)라고 이야기를 시작한다. 또한 "운명은 절대로 말로 표현할 수 없어. 말하는 순간, 그 운명은 바뀔 테니까. 뿌넝숴, 뿌넝숴. 하지만 그런 바보 같은 짓을 여기서 한번 해볼까?"(61면)라고도 말한다. 텍스트(지도/말/문학)에 대한 이런 모순과 역설의 발상이 김연수 소설의 근저에 깔려 있음은 여러 작품에서 드러나지만, 그럼에도 발설된 이야기가 얼마나 진실에 근접하는가는 작품마다 다르다.

'전쟁/삶/운명'의 진실은 '말할 수 없다'는 「뿌넝숴」의 화자가 말하려는 것은 진실은 책에 기록된 공식역사에서 찾을 수 없고 오로지 인간이 온몸으로 체험한 것에서만 찾을 수 있다는 것이다. 가령 "뿌넝숴, 뿌넝숴. 역사라는 건 책이나 기념비에 기록되는 게 아니야. 인간의 역사는 인간의 몸에 기록되는 거야. 그것만이 진짜야"(70면)라는 주장이다. 한국전쟁이 남북에서 서로 판이하게 기록되어 있음을 감안하면 지당하신 말씀이다. 하지만 인간의 몸에 기록된 역사는 얼마나 진실을 말해줄 수 있을까? 전쟁에 참여한 화자가 들려주는 「뿌넝숴」라는 전쟁과 사랑의 이야기는 어떤가? 비와 피, 쎅스와 죽음으로 가득한 처절한 사랑/전쟁 이야기는 화자가 온몸으로 겪은 생생한 체험기라는 느낌을 준다. 화자가 겪은 전쟁과 사랑의 처절함과 공식역사의 이데올로기적인 냉랭함이 대비되는 효과가 있다. 다른 한편 너무 처절하고 질퍽해서 주관적 경험론에 치우친 게 아닐까 하는 의심도 든다. 처절함이 곧 진실은 아니며 진실에 더 가깝다는 보장도 없다. 또한 몸에 기록된 역사라 해서 모두 믿을 수 있는 것이 아님은 「퇴역 레슬러」가 이미 보여준 바이다. 물론 처음부터 "전쟁에는 진실이 있지만, 전쟁 이야기에는 조금의 진실도 없"다고 전제했으니 어느정도 면책은 되겠다. 그러나 이 작품에서 흔들리던 공식역사의 경계를 정면으로 돌파한 점은 사줄 만하지만 진실추구를 끝까지 밀어붙여 새로운 경지로 나갔다는 느낌은 없다. 또한 사랑/전쟁 이야기가 엮여 있음은 분명하지만 처절하다는 것 외에는 특별히 서로를 조명해주는 효과도 거의 없다는 점 역시 이와 무관하지 않을 것이다.

이 소설집에서 단연 돋보이는 작품은 「다시 한달을 가서 설산을 넘으면」이다. 무엇보다 텍스트(글쓰기)의 경계, 사랑의 경계, 세상의 경계, 삶의 경계 등 모든 경계를 넘어서 궁극의 진실을 찾으려는 한 인간의 도저한 분투가 기이한 감흥을 자아내기 때문이다. 이를테면 주인공 '그'가 구도자 같기도 하고 '미친놈' 같기도 한 것이다. 어느 쪽이든 간에 모든 '경계 넘기'의 최종판 같은 이 이야기는 무슨 의미를 갖고 있는 걸까. 우선 「존재의 숲」이 보여준 '캄캄한 삶'을 밟아보는 것, 즉 기존의 경계를 넘어 낯선 존재의 영역으로 나아가는 이야기인 측면이 있다. 가령 주인공 '그'가 "아주 기이하고도 독특하고 불가해한 것들을 마주할 용기"(111면)를 갖고 "더이상 나아갈 수 없는 곳에서 조금 더 밀고나가는 일"(112면)을 실행에 옮기는 이야기이다. 「존재의 숲」의 화자가 잠깐 귀신에 쓴 것처럼 이 소설의 주인공 '그' 역시 고소증세로 미쳐버렸을 수 있다. 이런 유사점은 기존의 경계를 넘어 새로운 존재 영역으로 나아가는 데 따르는 광기의 위험을 암시한다.

그런데 이를 감안해도 '그'는 너무 나아갔다. '그'는 '캄캄한 삶'을 밟아보는 데 그치지 않고 "희망 없이 절망을 받아들이는" 감각으로 "반드시 죽음의 지대를 거쳐야만"(141면) 하는 어떤 낯선 영역까지 나아간 것이다. 마치 세상의 마지막 경계까지 가서 몸을 날려버린 듯이. '그'의 이런 행위가 삶과 죽음의 경계마저 돌파한 것인지 아니면 '경계 넘는' 일에 너무 매료되어 쓸데없이 죽음을 자초한 것인지 애매한데, 작품의 매력은 여기에 있는 것이 아닐까. 그렇기에 그의 행위가 득도인지 광기인지에 상관없이 화자인 '나'가 상상하는 '그'의 마지막은 기이하고 애절하고 아스라하다.

이런 극한의 감흥과 애매함의 효과는 성공적인 플롯에 힘입은 바 크다. 즉 두 여자와의 사랑과 여러 (역사적/소설적) 텍스트의 진실을 세상 끝까지 추적하려는 주인공의 분투가 낭가파르바트 등정으로 수렴되는 플롯이 소설의 극적인 효과를 높여준 것이다. 이는 작품에 혼재되어 있는 다양한 포스트모던 기법과 장치 들이 제대로 작동하면서 빛을 발하기 때문이기도 하다. 가령 텍스트의 미스터리는 '그'의 여자친구가 남긴 유서에서부터 그 의미를 해독하지 못해 괴로워하는 '그'가 쓰기 시작하는 소설로, 낭가파르바트 등정을 꿈꾸는 그가 열심히 해독하려는 『왕오천축국전』으로 꼬리에 꼬리를 물며 이동한다. 이 모든 미스터리가 수렴되는 곳은 물론 「다시 한달을 가서 설산을 넘으면」이라는 텍스트이다. 사랑의 미스터리도 여기에 접맥된다. '그'는 여자친구의 마음을 알 수 없고, '그'와 '나'는 서로를 사랑하지만 그 사실을 확인할 수 없다. 사랑의 진실은 지워진 글자가 있는 혜초의 『왕오천축국전』만큼이나 완벽한 이해가 불가능하고 오로지 짐작할 뿐이다.

이런 수법보다 더 주목할 것은 특이한 주인공/화자의 운용이다. 작가는 화자인 '나'와 주인공인 '그'를 헷갈리게 함으로써 퍼즐을 대할 때처럼 독자의 지적 욕구를 자극한다. 가령 독자의 입장에서는 작품 초반에 등장하는 "그가 나는 과연 알고 있을까 하는 생각을 할 즈음, 버스는 숙소에 도착했다"(114면)라는 문장의 뜻을 종잡기 힘든데, 이 괴상한 문장이 나중에 가면 완벽하게 말이 되는 것이다. 화자 '나'가 『왕오천축국전』의 주석본을 쓴 대학교수이고 '그'는 이 책의 애독자임이 확연해질 즈음에 '나'가 '그'에게 진한 키스를 하는 장면이 등장하여 그때까지 '나'를 남자로 가정한 독자를 당황케 한다. 독자는 동성애 사이를 의심하지만 얼마 후에 '나'가 남편과 아이들을 둔 여성임이 확인된다. 그러나 이렇게 지적 흥미를 유발하고 쏠쏠한 의외성의 재미를 주는 것은 부차적인 효과이다.

이런 특이한 주인공/화자 운영의 예술적 효과는 '그'의 이야기가 사실은 화자 '나'가 '그'의 편지와 등반일지 등을 토대로 재구성한 것이라는 점이 확연해지면서 충분히 느낄 수 있다. 즉 '그'의 이야기는 '나'의 관점에서 재해석된 것이므로 더욱 허구적이고 애매한 것이 되는 것이다. 따라서 「다시 한달을 가서 설산을 넘으면」이라는 텍스트의 미스터리는 한층 더 깊어진다. 그러나 그 때문에 이 소설은 텍스트(문학/역사)와 사랑의 진실을 끝까지 추구할 때 당도하게 되는 극한의 지점으로 우리를 데려다주는 듯한 효과를 거둔다. 김연수의 역량이 느껴지는 수작이다.

앞서 2000년대의 신예작가들과 90년대 문학세대의 몇몇 소설을 논평하거나 검토했다. 2000년대 신예작가들의 작품을 두루 다루지 못한 탓에 이것만으로 2000년대 문학을 6·15시대의 관점이나 '경계 넘기'에 주목하여 읽는 것이 적실하다고 주장하는 것은 일정한 한계가 있을 것이다. 그러나 전성태와 김연수의 소설 논의를 통하여 우리 시대 문학에서 새로운 현실을 깊숙이 파고드는 경계 넘기의 글쓰기가 시도되고 있다는 것은 어느 정도 드러났다고 생각한다. 물론 다양한 스타일과 성향의 작가들에게 이런 '경계 넘기'의 글쓰기나 6·15시대의 관점이 얼마나 유효할지는 개개의 '물건'을 갖다놓고 세심하게 따져봐야 할 문제이다. 또한 이 글이 우리 문학의 전망과 가능성을 밝게 볼 수 있는 근거를 확실히 제시했다고 말하기도 어렵다. 하지만 이 글을 쓰는 과정에서 우리 문학의 작가층이 어느 때보다 두터워지고 있고 그들의 시야가 빠른 속도로 넓어지고 있음을 실감할 수 있었다. 우리 시대의 새로운 현실에 실로 다양한 목소리와 기법, 온갖 서사적 상상력으로 반응하는 2000년대 문학은 그 활력과 예술적 풍요로움으로 보건대 위축되거나 왜소화되고 있지 않다는 생각이다. 앞서 2000년대 문학의 '새로움'을 어떤 서사적 유형이나 세대적 심리 및 감수성에서 찾으려는 몇몇 비평가들의 입론을 비판한 것은 그들의 논의 자체가 그런 면을 부각하는 효과도 있다고 판단했기 때문이다. 물론 비평에서 중요한 것은 어떤 효과를 따지는 차원에 있지 않다. 전성태나 김연수의 작품이 그렇듯이 존재적 차원에서 작품을 대하고 사심없이 평가할 일인 것이다. 2000년대 문학 논의가 그런 차원에서 이어져 우리 문학에 큰 보탬이 되기를 기대한다.

—『창작과비평』 2006년 여름호

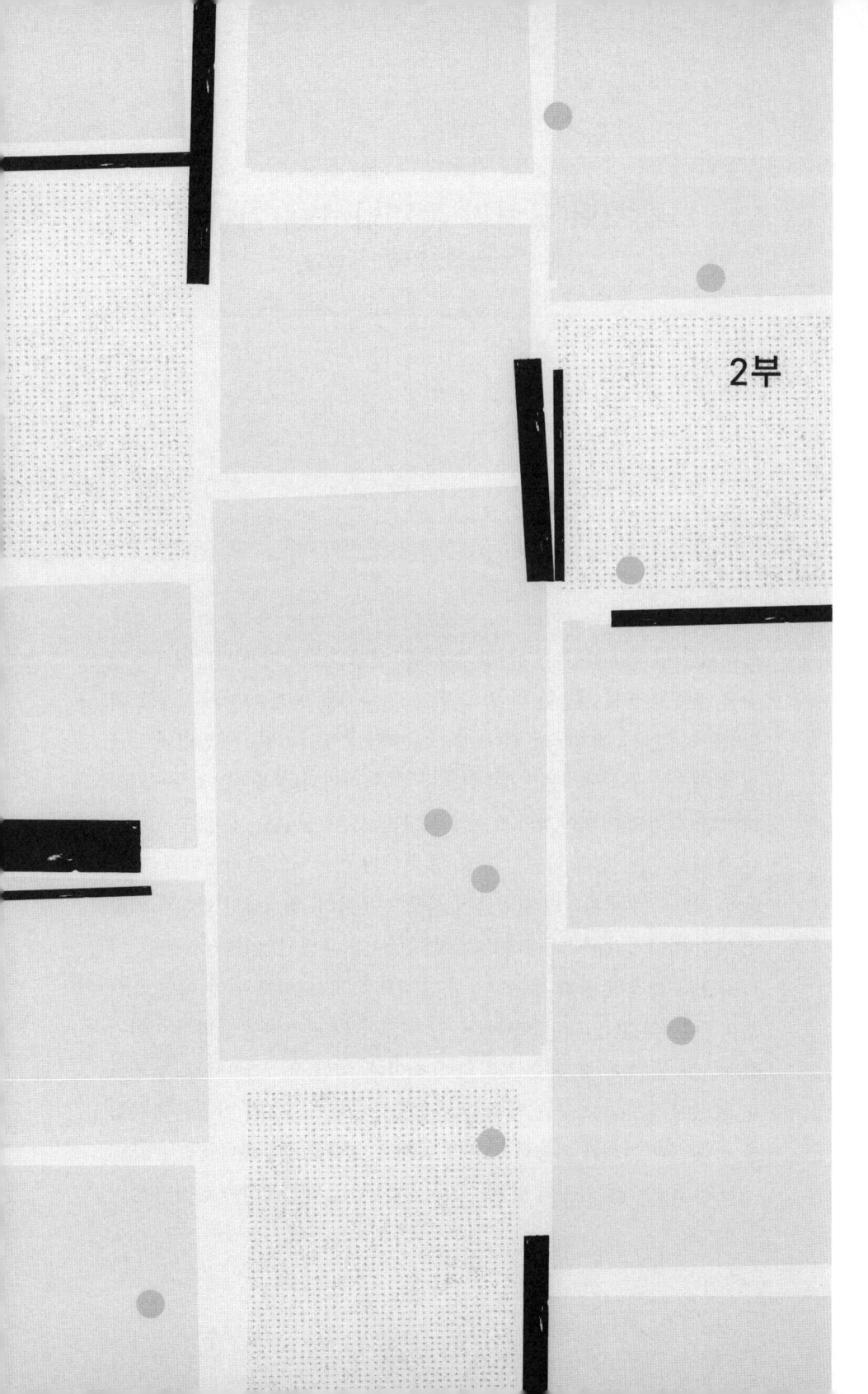

2부

새처럼 꿈처럼 존재의 숲을 가다

배수아 소설집 『올빼미의 없음』

2000년대 이후 배수아(裵琇亞) 소설은 주목할 만한 변화를 보여주었다. 특히 소설형식의 혁신이 그러한데, 가령 "선명한 스토리에 의존해서 진행되는 글을 내게서 가능한 한 멀리 두고 그 사이를 뱀과 화염의 강물로 차단하고자 했다"(「작가의 말」, 『에세이스트의 책상』, 문학동네 2003)는 발언대로 근년의 배수아 소설에서는 스토리보다 '뱀과 화염의 강물'이 더 두드러져 보였다. 그렇지만 이야기의 요소가 사라진 것은 아니다. '선명한' 이야기는 부재하지만 '뱀과 화염의 강물'에 차단된 이야기의 토막들이나 그 강물에 떠다니는 이야기의 편린들이 사뭇 눈부시다. 형식상의 혁신과 더불어 이런 이야기의 파편들을 어떻게 받아들이느냐가 관건이다.

지난해 출간된 장편 『북쪽 거실』(문학과지성사 2009)에 이어 이번 소설집 『올빼미의 없음』(창비 2010)에 묶인 여덟 편의 단편에서 선명한 이야기를 차단하는 것은 꿈 혹은 몽환의 요소이다. 이런 요소가 무시로 들어오는 바람에 작품이 사뭇 난해해지고 암시적이 된다. "오직 이해받지 못함을 통해서만 이해가 가능한 종류의 이해에 도달하고자 한다"(「밤이 염세적이다」 288면)는 작중화자의 발언이 시사하듯, 이들 단편에서 통상적인 방식의 이해를 구하는 것은 허망한 일이 되기 쉽다. 그렇다고 일체의 이해를 포기하라는 뜻은 아니다. 여기서는 기존 방식의 이해가 불가능함을 자각할 때만이 도래하는 새로운 종류의 이해를 거론한 것인데, 그것이 무엇인지는 그의 소설언어를 '겪어보지' 않고서는 알 수 없다.

배수아의 이번 소설들은 '언어는 존재의 집'이라는 말을 새삼 실감하게 한다. 그의 언어적 혁신은 이런저런 발상을 소설에 적용해서 얻은 결과가 아니라 존재적인 차원의 변화를 동반하는 문학적 분투의 결과로 여겨진다. 이번 소설들에는 인간 주체가 언어를 통해 말하는 차원이 아니라 사물과 언어의 새 영역이 열리면서 언어 자체가 말하는 경지가 두드러지는데, 그 때문에 소설의 언어는 더욱 낯설어 보인다. 이 작품들은 말하자면 기존의 언어 지도(地圖)가 도움이 되지 않는 낯선 언어의 숲으로의 초대이다. 그 숲에 들어온 사람은 필시 길을 헤맬 테지만 배수아의 긴 호흡과 낯선 감각의 언어가 빛을 발하는 순간을 조만간 맞이하게 된다.

기억과 환(幻)의 세계

흔히 사람의 심적 세계를 의식과 무의식으로 양분하지만 양자 사이에는 불확실한 접경지대가 있다. 무의식의 통로로 여겨지는 꿈을 비롯하여 백일몽, 환상, 실언, 기억 등이 이 회색의 접경지대에 출몰하는 요소들이다. 초기부터 배수아의 소설에는 이런 접경지대의 요소와 더불어 몽환적인 분위기가 있었지만 그 요소가 부쩍 늘어난 것은 그가 선명한 이야기와 플롯 중심의 소설 유형에서 벗어나면서부터이다. 지난 소설집『홀』(문학동네 2006)에서는 접경지대의 무의식적 요소가 의식적인 요소와 백중세를 이뤘다면 이번 소설집에서는 전자가 후자를 압도할 만큼 비중이 커졌다.

「양의 첫눈」과 「북역」은 둘 다 '기억과 환상'을 중심으로 전개되지만 결정적인 국면에서 서로 대조적이다. 「양의 첫눈」에서 주인공 양은 오래 전의 여자친구 미라에게서 그를 만나고 싶다는 편지를 받고 "승낙도 거절도 아닌 어정쩡한 답장"(11면)을 쓴다. 그러고는 낮에 호숫가에 갔다가 일광욕을 즐기는 수영복 차림의 키 큰 남녀의 몸을 엿보게 된다. 여기까지가 의식의 영역에 속한다면 이런 관음증적인 행위 도중에 소환되는 양의 기억들은 어디에 귀속되는지 불확실하다. 양의 기억은 "뒤엉킨 무의식의 먼지 속에서 곰팡이처럼 조금씩 살아나"(17면)는 듯하기 때문이다. 사실 이 소설의 대부분은 양의 내면 어딘가에서 발원하는 기억의 연쇄이다.

기억의 첫째 고리는 양이 호숫가 남녀를 어느해 겨울 한 생일파티에서 만난 적이 있다고 생각하는 데서 시작된다. 양의 기억은 그들의 수줍어하는 모습과 때마침 내리는 그해의 첫눈, 그리고 베란다 문 사이로 보이는 밤 풍경에 집중된다. 양은 "낮에는 자신의 개성을 드러내지 않으면서 천박한 햇빛 속에서 시치미를 떼고 있다가 밤이 되면 이윽고 아주 다른 존재가 되어 모습을 드러내는 굴뚝과 지붕들의 씰루엣"(16~17면)에 매혹당하여 "심장이 장난감 화살에 의해서 날카롭게 관통되듯이 기분좋게 얼얼하면서 축축해지는 이율배반적인 쾌락"(19면) 속으로 빠져든다. 겨울밤 풍경에 대한 양의 지각과 반응은 미학적인 동시에 성애적인 것이다. 호숫가 남녀를 생일파티 남녀와 동일한 커플로 확신하는 것도 그들 특유의 "배타성과 극도의 수줍음의 육체"(14면) 때문인데, 이런 육체가 첫눈 내리는 지붕과 굴뚝의 이미지와 결합되면서 양에게 심미적인 '엑스터씨'를 안겨준다.

기억의 둘째 고리는 집주인이 빌린 책을 양이 대신 반납하러 갔다가 도서관 견습생인 젊은 에드문트를 알게 된 일이다. 양은 에드문트와 가까워져 그의 생일날 도자기인형을 선물하러 그의 집으로 찾아가지만, 이 인상적인 회상은 여기서 중단되기 때문에 둘 사이가 동성애관계로 발전되었는지는 알 수 없다. 하지만 양이 적어도 에드문트의 수줍어하는 육체와 어린아이 같은 얼굴에서 미적 전율을 느꼈음은 분명하다. 에드문트의 육체적 특성은 앞선 남녀의 배타적이고 수줍은 육체와 연관되는 동시에 양이 언젠가 지하철에서 만난 한 초등학생의 "자의식 제로상태"(24면)의 아름다움을 연상케 한다.

양의 기억을 통해 은밀하게 드러나는 또 하나의 사실은 양이 시적인 슬픔의 상태에 도달하여 눈물을 흘리기를 갈망하는 딜레땅뜨적인 인물이라는 것이다. 아무 데나 메모를 하며 문장을 수집하는 양의 취미도 그런 습성의 하나이지만, 수수께끼 같은 마지막 장면의 의미를 헤아리는 실마리가 된다. 양이 키 큰 남녀의 그림자가 일렁이는 벽에 책의 문장을 옮겨적는 장면, 가령 "나는 슬픔의 굴뚝청소부지요, 나는 울어요, 울어요, 울어요……"(34면)라고 쓰면서 눈 쌓이는 지붕의 굴뚝 곁에서 키 큰 남자의 환영을 보는 장면은 문장 베껴쓰기를 통해 다시 불러낸 기억들로 환의 세계를 짓는 행위로 보인다. 가상적인 슬픔에 도달하기 위해 기억의 변조가 이뤄지는 현장이기도 하다. 양의 내면은 고감도 미감과 성애의 세계이자 가상의 슬픔만이 허용되는 작위와 고립의 세계인 셈이다. 이처럼 양의 감수성이 극도로 미학화된 것과 양이 타인과의 온전한 관계를 회피해온 것이 무관하지 않다. 타인에 대해서 양은 기본적으로 관음증적이니 그 내면풍경은 어찌 보면 "폐허와 같다."(9면) 양은 보토 슈트라우스처럼 줄곧 고립적인 생활을 추구해왔으니, 팔년 만에 만나는 미라야말로 상호관계의 끈을 가졌던 유일한 인간인 듯하다. 여러 고리의 기억의 환을 통과한 양은 미라가 다가올 때에야 "마침내 자신이 눈물을 흘릴 시간이 다가왔음"(35면)을 깨닫는다.

「북역」의 화자 '그'에게도 기억과 백일몽 같은 요소가 의식의 세계를 압도하는 듯하다. 은퇴한 그는 양처럼 문학적 감수성과 미적 감각이 발달된 사람이며 숱한 기억들로 내면의 풍경을 짓는다. 그는 한 여인을 떠나보내려고 북역의 플랫폼에서 함께 기차를 기다리지만, "1970년대 어느 여름 한 도시의 기억"(77면) 속의 한 여인과 이주일 전에 처음 만난 지금의 여인을 혼동하고 있다. 그에게는 전자가 원형이요 지금의 여인은 (그후 그가 만난 모든 여자들 역시) 그 분신과 같다. 그에게는 기억과 현실의 뒤섞임 혹은 기억의 변조가 예사로 일어나는데, 가령 지금의 여인과 북역에서 헤어졌음에도 불구하고 함께 기차를 타는 상상을 하고 그 상상을 기억하기도 한다("매번 기억의 최종에 이르러서는, 그는 여인의 손을 잡고 함께 기차에 올라타곤 했다", 88면). 사실 그의 자아는 의식 안팎에 대한 통제력을 놓아버린 면이 있는데, "무심히 지나쳐온 풍경들인 모든 사소한 세계의 조각들이 (…) 의식 속으로 한꺼번에 침범해들어"(78면)오는 것에 제동을 걸기보다 그런 흐름에 자신을 맡기는 쪽이다. 하지만 북역에서 여인에게 작별의 키스를 하는 순간처럼 "제발, 이대로 멈추어!"(79면)라고 마음속으로 절규하는 '절대적 순간'이 있다.

소설의 사건은 그의 기억들 틈새에서 간헐적으로 진행된다. 북역에서 헤어진 여인이 얼마 후 그와의 재회를 간청하는 편지를 보내지만 그는 답장을 쓰는 대신 에이즈와 쓰나미 고아들에게 영어를 가르치러 치앙마이 인근의 고아원 —School for Life —을 찾아간다. 그런데 여기서 제기되는 물음은 그녀의 편지를 받자마자 "미칠 듯한 수줍은 두근거림"(96면)을 느꼈던 그가 왜 "편지를 다 읽기도 전에"(98면) 그녀를 만나지 않기로 선택하는가이다. 여기서도 인물의 됨됨이가 하나의 실마리가 된다. 그는 양처럼 오랫동안 미적 감각을 단련하여 "나뭇잎들의 몸짓과 말을 알아"(80면)들을 정도로 공감력이 뛰어나며 더없이 감미로운 몽환의 상태로 빠져드는 경향이 있다. 하지만 그의 의식의 흐름에는 양의 경우와는 다른 리듬, 이를테면 죽음을 암시하는 리듬이 섞여 있다. 가령 자살한 독일 유대인 투홀스키의 문장에 집착하며 자신이 그 자살자처럼 "돌이킬 수 없는 어떤 병적 상태"(81면)에 이르렀는지 반추한다. 게다가 "세상의 모든 기차가 하나의 주소로만 향하는 그 북역"(96면)에는 죽음의 기운이 서려 있지 않은가. 그 때문인지 북역은 마치 피안으로 떠나는 출발지 같다.

다행히 그에게는 죽음의 리듬만이 아니라 성찰의 순간도 희망의 계기도 있다. 그는 과거에 "여인들 자체가 아니라 그런 내밀한 관계만이 불러일으킬 수 있는 독특한 감정의 인식"(106면)을 더욱 즐겼던 자신의 행태와 그로 말미암은 딸 안과의 불행한 인연에 대해 반성한다. 그리고 평생 동안 '단 한번의 노래'를 찾아 헤맸지만 "사실 가장 중요하고도 아름다운 것은 (…) 어쩌면, 우리가 이미 모두 다 알고 있는 그 사실 중에 그냥 있는 건지도"(107면) 모른다는 것을 깨닫는다. 이런 성찰의 순간에 초점을 맞추면 오지의 '생명의 학교'를 찾아가는 것은 새로운 주체로 거듭나는 여정이라 할 만하다. 이 여정에는 상징적인 죽음도 포함된다. 그는 학교 입구에서 누런 진흙강을 따라 절망적으로 떠내려가는 "거미의 생각으로 화(化)"하여 "사지를 허우적거리면서 필사적으로, 그러나 헛되게 죽음에 저항"(109면)한다. 하지만 죽음을 통해 비로소 "거미의 절망, 거미의 세계"(같은 곳)를 깨닫는 순간 북역에서 출발한 그가 드디어 종착지인 피안에 당도한 듯한 느낌이다.

「양의 첫눈」과 「북역」은 주요인물들의 내밀한 의식을 따라가는 '의식의 흐름'이 서사의 주된 흐름을 형성하고 있다. 이 섬세한 흐름은 기억의 생성과 변형을 기록하고 은폐된 욕망이 드러나는 순간을 포착한다. 그런데 이 섬세함이 냉정한 인식이나 자각을 뜻하는 것은 아니기 때문에 주체가 언어를 통해 전달하는 내용보다 언어 자체가 암시하는 것에 초점을 맞출 필요가 있다. 가령 에드문트의 홍조가 눈동자에까지 번지는 모습을 양은 "마치 해가 지고 있는 하늘을 파란 유리구슬 안에 담아 눈앞에서 바라보는 듯한 느낌"(26면)이라고 표현하는데, 여기서 드러나는 것은 에드문트의 수줍은 모습뿐 아니라 양 자신의 미학화된 의식과 에드문트에 대한 욕망이다. 양이 심미적 '엑스터씨'를 느끼는 순간이나 기억을 변조하여 환각을 만들어내는 장면 혹은 「북역」의 '그'가 때때로 휩싸이는 '절대적 순간'은 모더니즘 문학에서 흔히 구사되는 '현현'(顯現, epiphany)을 연상케 한다. 하지만 여기서는 이것이 삶의 진실이 불현듯 현시되는 순간이라기보다 오히려 주체의 은밀한 욕망이 충족되는 순간이거나 원형적이고 절대적인 미에 대한 집착이 표출되는 순간에 가깝다. 이 의식의 흐름은 주인공의 '내적 독백'의 기능을 수행하지만 일인칭이 아닌 삼인칭 화법을 구사함으로써 인물의 관점에 대한 비판적 거리를 확보하고 있다.

꿈과 죽음, 글쓰기와 새로운 관계

이번 소설집에서 꿈, 기억, 환상 등 몽환의 요소가 강화됨에 따라 '현실'이라 불리는 객관세계가 안정적인 기반을 잃고 상대화되는 경향이 두드러진다. 꿈과 현실의 경계가 모호하고 기억은 자아의 무의식적 욕망에 의해 수시로 생성·변조된다. 게다가 인과론을 거스르는 시공간대의 설정이 '현실'의 자명성과 실체성에 근본적인 의문을 제기한다. 선형적 시간관이 파괴되는 예는 지난 소설집의 「회색 時」에서 이미 선보였지만, 이 소설집의 「어느 하루가 다르다면, 그것은 왜일까」에서는 현실의 시공간에 가상의 시공간까지 중첩된다. 가령 주인공 '김씨의 부인'은 "동시에 세 개의 방에서 살고" 있는데, "한 개는 서울에, 두번째는 신혼여행을 갔던 상하이, 그리고 나머지 한 개는 그녀 자신이 가서 살고자 원했으나 결국 한번도 갈 수 없었던 먼 도시에" 있다. "아침마다 그녀는 상상 속에서 세 개의 방의 창을 활짝 열고 세 개의 저마다 다른 도시의 햇빛과 소음을 받아들"인다.(232~35면) 비록 상상이지만 세 개의 공간에서 동시에 사는 방식이다. 뿐만 아니라 기억이 주체를 옮겨다니는 이상한 전이도 일어난다. 가령 김씨의 부인은 "누군가 다른 사람의 ─ 언젠가 열쇠를 잃어버린 ─ 기억 속으로 잠시 들어와 있다는 생각"을 하는가 하면 "다른 사람의 기억이나 상상이 주인을 잃고 허공을 떠돌다가 어느새 그녀의" 기억의 방으로 들어와 있다는 생각을 하기도 한다.(242~43면)

이처럼 선형적 인과론과 실체론적 세계관이 깨어진 곳에서는 단일한 플롯의 선명한 이야기가 불가능해진다. 이야기의 파편화는 불가피한데 그 파편들을 이어붙인다고 해서 완결된 이야기로 복구되지 않는다. 그런데 이 이야기 파편들 혹은 일화들이 무의식에서 발원하는 우화적인 이야기와 때론 병치되고 때론 결합하면서 상징적인 의미를 낳는다. 「양의 첫눈」과 「북역」의 경우 이런 무의식의 이야기는 기억과 환상 속에 은밀히 기입되지만 「올빼미」「올빼미의 없음」「무종」에서는 주로 꿈을 통해 나타난다. 주목할 것은 이들 소설의 인물들이 모두 글쓰는 사람들이라는 점이다. 다만 양과 「북역」의 '그'가 문학애호가에 머문다면 후자 소설들의 화자 '나'는 이미 작가인데 빼어난 작가가 되려고 분투한다는 차이가 있다. 사실 후자 소설들은 '글쓰기에 대한 이야기'의 일종이며, 그 이야기의 한가운데 꿈과 죽음이 놓여 있다.

「올빼미」의 서사는 작가인 '나'와 비평가인 '너'가 꿈과 글쓰기에 대해 논하는 한편 '나'가 한때 '연애감정'에 빠졌던 두 유명작가 중 '첫번째 작가'를 찾아가는 여정이 주된 흐름을 이룬다. 꿈은 "근본적으로 처음부터 아무것도 아닌" 경우가 많다는 '나'의 주장에 대해 '너'는 "꿈은 분명히 어떤 것"이며 "어떤 심리적인 의미"를 갖고 있다고 반박한다.(45~46면) '너'가 부쳐준 '두번째 작가'의 인터뷰 기사에도 꿈에 대한 언급이 있다. 글을 쓸 때 어디에서 영감을 얻느냐는 질문에 그는 과거에는 아름다운 여인들에게서 얻었지만 "이제 나에게 영감을 주는 존재는 (…) 결코 예상하지 못한 방식으로 나를 엄습하는 것들입니다. 나는 그것을 미리 대비하거나 계산할 수 없어요. 마치 꿈처럼……"(48면)이라고 답한다. '너'가 밑줄을 그어 강조한 "마치 꿈처럼"은 합리적인 사유로는 파악되지 않는 존재의 어떤 경지를 가리키는 듯하다.

꿈에 대한 사변과 토론 사이사이에서 회상하는 장면들도 사뭇 인상적이다. 가령 화자가 '첫번째 작가'를 찾아가서 사심없는 환대를 받는 대목이 그렇다. "매년 이맘때 이 도시를 방문해서 이 집의 문앞에 적힌 내 이름을 읽어줘요. 내 이름이 있으면, 나는 여기 살고 있는 거니깐. 그러면 망설일 필요 없이 문을 열고 들어와 가방을 내려놓고 여기서 한두 주일 지내요."(67면) 이 만남과 환대가 중요한 것은 화자가 가족, 고향, 국가, 민족 등 기존의 공동체적 유대가 아니라 오로지 글쓰는 사람끼리의 우애로 새로운 관계를 시작하기 때문이다. '너'가 창밖 나무에 앉은 올빼미 한 마리가 '너'의 방을 지켜보는 모습을 사진 찍어 '나'에게 부치는 행위도 그런 의미를 갖고 있다. 그것은 "꿈속에서인 듯 갑작스레 특별하여 고래처럼 육중하고 느리게 존재 자체를 깊이 숨쉬고 싶은 순간"(71면)을 포착한 '너'가 오로지 그 순간을 '나'에게 전하려는 순정한 마음에서 나온 것이기 때문이다.

하지만 이런 일화들은 소설의 무의식 층위에서 발원하는 우화적 이야기와 겹쳐볼 필요가 있다. 특히 서두의 꿈속에서 나를 따라다니던 "축축하고 커다란 파충류 한 마리"(39면)가 곧 사라지고 대신 말미에서 올빼미 한 마리가 의식의 세계에 또렷이 나타나는 구도가 의미심장하다. 초반에 "나는 다시 꿈속으로, 서점 안으로 들어갔다"(41면)는 구절이 암시하듯 꿈의 이야기는 '서점' 즉 글쓰기/읽기에 관한 것이다. 리비도를 표상하는 축축한 파충류가 서점으로 들어가서 "육체의 정적"(71면)을 배운 듯한 지혜의 올빼미 ─ 글쓰기의 빼어난 경지 ─ 로 바뀌어서 나오는 것이다. 파충류에서 올빼미로 화하는 중간단계에서는 두 꿈이 암시적이다. 하나는 "언젠가 내 손안에 쥐어진 작고 노란 아름다운 새"의 꿈이다. "깜짝 놀랄 만큼 힘차게 느껴지던 날갯짓과 피부 아래서 파르르 긴장하며 떨리던 근육의 감촉, 그 조그맣고도 폭발적인 꿈틀거림"(42면)을 가진 새는 화자의 여린 듯 맹렬한 창조적 생명력을 연상시킨다. 또 하나는 "끔찍하게 흉한 배설물"에 관한 꿈이다. 화자는 "독하고 씁쓸한 맛"의 "큰 배설물 덩어리"를 토해놓고 남들이 볼까봐 전전긍긍하다가 "입을 새의 부리 모양으로 만들고" 그것을 도로 집어먹으려 한다.(57~59면) 마치 글쓰기 수련 도중에 뛰쳐나갔다가 욕망의 속내만 드러낸 것을 부끄러워하는 듯이. 올빼미는 화자의 이런 시련 후에야 찾아온다. 그렇다면 말미의 올빼미 엽서는 글쓰기 스승이 제자에게 보낸 인정의 징표와도 같다.

「올빼미」의 후속편인 「올빼미의 없음」에서도 꿈에 대한 '나'와 '너'의 토론은 계속되지만 '너'(외르그)의 죽음이 소설의 중심에 놓인다. 다양한 이야기 파편들 가운데 화자가 외르그의 장례에 참석하고 친구인 베르너와 함께 죽음에 대한 문답식 토론을 이어가는 애가(哀歌)조의 사설이 주된 흐름이다. 애도의 가락에 꿈과 글쓰기에 관한 사색적인 흐름이 따라붙는데, 이는 '너'가 보낸 편지와 '나'의 답장, '나'의 일기장, '너'와 '나'의 대화 등에서 회고의 형태로 이어진다. 이 둘은 외르그의 죽음의 전후맥락을 따라가며 그 사건의 의미를 새겨보는 의식적인 흐름들이다. 마지막으로 이 흐름들 사이로 죽음의 암시가 언뜻언뜻 출몰하여 때론 섬뜩하고 때론 영묘한 무의식의 흐름을 형성하는데, 이것이 사실상 소설의 분위기를 지배한다.

애도의 서사는 이렇다. 가령 베르너가 "외르그는 흙이 될 것이다. 그렇게 하여 그는 우리의 이 무한한 전체, 거대한 순환의 일부로 되돌아가는 것"이라고 하면 화자는 "단 한번이라도 (…) 그를 현실로 감각하고 싶다"고 애절하게 호소하는가 하면 "외르그는 이제 앞으로 영원히 없게 되는데, 이 없음이란 무엇인가, 없음이란 어디서 오는 것인가"라고 힐문하듯 항변한다.(140~45면) 베르너가 슬프되 차분하게 죽음이 대자연의 일부임을 강조한다면 화자는 한 생명의 '없음'을 이해하지도 용납하지도 못하며 그런만큼 발본적인 물음을 던진다. 화자가 죽음에 이처럼 거세게 반발하는 까닭은 그에게 외르그의 죽음이 그만큼 특별하기 때문이다. '외르그

없음'의 상태란 베르너의 표현처럼 "이 세상에 존재하는 모든 슬픔 중 단 한 가지인 유일한 종류의 슬픔, 그 무엇과도 비교불가한 상실"(120면)이다. 외르그는 화자에게 글쓰기(문학)의 스승이자 친구인데, 글쓰기를 수행의 일종으로 본다면 외르그와 화자 사이는 범상한 관계가 아니다. 사실 둘의 관계는 문학적 부모자식의 관계("너의 문학적 아이라고 할 수 있는 베르너와 나", 122면)로, '살과 피'의 관계로 언급되며, 탁월한 스승에 대한 '영향의 불안'(anxiety of influence) 같은 것이 화자에게서 느껴지기도 한다. 게다가 베르너와 달리 화자와 외르그의 관계에는 남녀간의 좀더 내밀한 흐름까지 감지된다. 요컨대, 이 애가는 화자에게 외르그가 규정할 수 없는 어떤 소중한 존재임을 인지하는 과정이기도 하다.

토론과 사색의 서사는 카프카의 『꿈』이라는 책과 꿈의 문학적 가능성을 중심으로 간헐적으로 형성된다. 화자는 외르그가 보내준 카프카의 『꿈』을 받고 "내가 언젠가는 쓰고 싶다고 생각하던 형식과 매우 흡사한 책"(115면)이라고 평하며 카프카의 꿈의 세계에 대한 "마치 쌍둥이와 같은 동질의 마음"(118면)을 토로한다. 흥미로운 것은 꿈에 대한 '나'와 '너'의 생각이 「올빼미」 때와는 바뀌어 있다는 점이다. 가령 "나는 꿈이 상상과 문학이라고 굳게 믿은 반면, 너에게 꿈은 자신의 누설이자 철저한 분석의 대상"(119면)이다. 이제 '나'가 꿈의 문학적 가능성에 대해 적극적이라면 '너'는 지극히 회의적이다.

무의식의 이야기는 외르그가 자기 집 옆의 전나무가 베어져서 그 위에 앉아 있곤 하던 올빼미가 다시는 오지 않을 것이라는 소식을 전하는 작품 서두부터 시작되는지 모른다. '올빼미의 없음'이라는 현실을 지적한 것뿐이지만 누구보다 외르그 자신이 글쓰기 경지에 대한 비유로서의 '올빼미'를 닮아 있기 때문에 이는 '외르그 없음'의 전조로 느껴진다. 어쩌면 이런 암시는 이미 「올빼미」에서부터 시작된 것이다. 유람선에서 화자가 화장실에 가려고 갑판 아래로 내려가려고 하자 외르그는 "자기를 홀로 내버려두고 떠난다면 결코 용서하지 않겠다"(70면)고 터무니없이 격한 반응을 보인다. 한편 「올빼미의 없음」에 산재하는 죽음의 암시들 중에 빠뜨릴 수 없는 것은 둘이다. 하나는 카린의 집에서 외르그가 떠날 때 화자가 그를 붙잡을까 말까 망설이다가 그만두고 그가 타고 갈 지하철 승객들의 "부연 차창 너머로 마주 보이는, 얼어붙은 치즈처럼 창백한 유령의 얼굴들"을 상상하는 대목이다. 하계의 섬뜩한 모습과 "영원히 늦을 일이 없는 세계"의 유현(幽玄)한 분위기를 적실하게 포착한 장면이다.(125~26면)

또 하나의 암시 장면은 베를린의 슈프레 강변에서 일어난다. 외르그는 강 건너 숲가의 산책로를 바라보며 화자에게 "저 길을 한번 잘 살펴보라. 혹시 내 어머니가 유모차를 밀고 오는 모습이 보일지도 모르니 (…) 1938년 당시, 어머니가 유모차에 나를 싣고 종종 산책에 나섰던 그 숲이니까"라고 장난기 어린 충동적 발언을 한다. 이내 화답하는 화자의 즉흥적인 반응이 너무 천연덕스러워 섬뜩하다. "그렇다면 우리 여기서 기다려요. (…) 당신의 어머니가 당신을 데리고 산책을 나올 때까지 말이에요. 난 오래전 당신 어머니도 그리고 어린 아기인 당신의 모습도 너무나 보고 싶어요." 그러자 외르그는 놀란 표정으로 '무슨 엉뚱한 상상'이냐고 나무라며 자리를 뜬다.(150~51면) 독일의 전래 믿음에 따르면 어린시절의 자신의 모습과 마주치면 그것은 그가 곧 죽게 된다는 의미라는 베르너의 설명이 없더라도 이 장면은 왠지 섬뜩하다. 마치 영험한 무당의 비범한 주문(呪文)을 대할 때처럼. 외르그는 여기서 "보이지 않는 화살이나 번갯불에 맞은 듯"(152면) 치명적인 타격을 받는다. 이 대목에는 화자의 문학적 아버지인 외르그에 대한 부친살해의 상징적 제의가 암시되어 있다. '나'는 문학적 아버지인 '너'의 부재를 욕망하고 그 욕망이 실현된 지점에서 "걸어라, 울어라, 그리고 써라"(151면)라고 되뇌며 홀로 새 길을 가는 것이다.

새처럼 꿈처럼

「무종」은 이를테면 스승을 여읜 이후의 '나'가 시도한 새로운 글쓰기인 셈이다. 물론 전작처럼 여기서도 꿈과 기억 같은 접경지대의 요소들이 압도적이며 비선형적 시공간에 대한 관심도 집요하다. 그러나 전작들과 구분되는 것은 이 작품에서는 꿈과 죽음과 글쓰기에 대한 사변적인 논의가 없는 대신 그런 주제들을 각각의 특성에 맞게 구현하는 솜씨가 탁월하다는 점이다. 무의식과 접경지대를 파고드는 배수아의 끈질긴 실험이 여기서 어떤 경지에 이르렀음을 실감할 수 있다. 작품은 크게 세 부분으로 나뉜다. 처음은 화자가 모형비행기 수집가와 함께 무종의 탑을 찾아가는 현실 같은 꿈 이야기이고, 중간은 화자가 유럽을 여행하면서 셋방을 구하러 다닌 경험을 회고하는 이야기이며, 마지막은 다시 꿈 이야기로서 처음의 이야기와 연결된다.

작품의 절반 이상을 차지하는 꿈 이야기는 처음에는 현실인지 꿈인지 모호하다가 점점 꿈속으로 빠져들 때의 야릇한 감흥을 생생하게 보여준다. 무엇보다 끝 모르듯 이어지는 긴 복문이야말로 카프카 소설에서처럼 낯선 공간에서 계속 길을 헤매는 듯한 기분을 자아내는 데 주효하다. 낯설고 기이한 느낌의 꿈속 풍경을 포착하는 감각적인 이미지와 비유도 큰 몫을 한다. 가령 "소매가 없는 얇은 코트를 걸친 사람들"이 "마치 새들이 얼어붙은 땅에서 먹이를 찾을 때 그러듯이 (…) 탁탁 가볍게 뛰는 스텝을 밟으며"(163~64면) 종종걸음 치는 광경이라든지 "불 꺼진 집들이 활 모양으로 휘어진 보행자도로를 따라 배부른 거인들처럼 죽 늘어"(162면)선 낯선 도시의 풍경이 그렇다. 모음이 풍부한 음악적 언어를 사용하는 외국인 운전사와 그를 계속 타박하며 신경질을 부리는 모형비행기 수집가가 생생하게 다가오는 것도 낯설지만 적실한 감각적 언어들 덕분이다. 이처럼 꿈의 호흡과 어법을 닮은 긴 복문을 한순간도 미적 긴장을 늦추지 않은 채 한 페이지 이상씩 끌고 나갈 수 있다는 것이 놀랍다. 한편의 긴 산문시와도 같은 이 부분은 한국문학에서 희유한데, 오래전부터 모국어의 친근함과 편안함에 안주하기를 거부하며 자기만의 새로운 언어를 찾으려 애써온 배수아의 끈질긴 노력이 맺은 값진 결실로 보인다.

　가까스로 무종의 탑에 도착한 화자와 모형비행기 수집가는 옆 건물의 이딸리아 식당에 들어가 식사를 하지만 거기서 일어나는 일은 "아직은 그 어느 사건도 시작되기 이전"(167면)이다. 이 기이한 비현실의 시공간(꿈속의 미래완료시제) 속에서 모형비행기 수집가는 "사실은 식당의 의자가 아니라 파일럿의 좌석에 앉아 있는 것"이며 "그의 비행기는 추락하는 중"(168면)이다. 그는 추락하는 비행기의 조종사였던 혼령이며, 사실 화자 자신도 여기서는 새처럼 종종걸음 치는 유령 같은 존재이다. 말미에서 화자의 그런 발걸음을 지켜본 모형비행기 수집가가 코트 속에 고개를 깊숙이 파묻은 채 "그의 꿈의 세계에서 내 꿈의 내부를 향해 울리는" 것처럼 "마치 새처럼"(188면)이라는 말을 소리없이 전하는 대목은 이심전심의 순간처럼 느껴진다. 만약 모형비행기 수집가가 외르그의 다른 모습이라면 화자는 꿈속에서 스승인 외르그의 혼령을 다시 만나 격려와 축복의 말을 들은 것이다. 마치 단떼가 저승에서 그의 스승 베르길리우스를 다시 만나서 그러했듯이.

　임시 셋방을 구하러 다니던 시절의 회상 부분은 여러 일화들이 섬세한 필치로 실감나게 그려져 있어 배수아의 수준높은 사실주의 묘사력이 돋보이는 대목이다. "마치 꿈속에서 또다시 꿈을 꾸듯이, 여행지에서 다시 여행을 떠나온"(175면) 듯한 감흥을 불러일으키는 보덴 호숫가 별장 방문도 퍽 인상적이지만, 독일의 한 문학단체가 제공하는 빌라에 찾아갔을 때의 몽환적 경험을 빼놓을 수 없다. 화자는 장시간의 여정 끝에 한밤중에 문제의 빌라에 도착하는데, 홀로 비를 맞으면서 한동안 선 채로 "이것이 내 집인가, 이것이 내 꿈인가" 하는 몽환의 상태에 빠져든다. "마치 오래

전에 꾸었던 꿈속으로 잘못 미끄러져들어온" 것처럼 화자가 서 있는 현재가 현실감을 잃고 나는 "길을 잃을 나와 그 나를 지켜보고 있을 나"로 분리되면서 방으로 올라가기도 전에 이미 그 방을 본 듯한 야릇한 경험을 한다.(176~77면) 이처럼 상상과 꿈(백일몽)과 기억과 착시 등이 뒤섞인 혼돈의 상태는 「어느 하루가 다르다면, 그것은 왜일까」에서도 맞닥뜨렸지만, 여기서는 그 특이한 상황이 실감나게 제시되어 있어 혼돈의 느낌보다 마치 꿈과 현실, 의식과 무의식의 영역이 서로 스며드는 듯한 기이한 느낌을 준다.

또 하나 주목할 것은 화자가 프랑크푸르트 홀바인 거리의 집에서 머무는 동안 주인 부부의 초대로 그들의 주말정원에 갔을 때 주인여자가 들려주는 이야기이다. 그녀는 집 정리를 하다가 객지에서 고생하던 1960년대의 학창시절에 오빠가 자기에게 보낸 편지들을 발견하여 다시 읽는데, "과거에 미처 몰랐던 미세한 감정들"이 "시간을 관통하여"(182면) 자기 앞에 하나하나 되살아나는 경험을 한다. 편지의 내용은 그리 대단한 것은 아니지만 크게 감동한 그녀는 그런 마법 같은 경험을 가능하게 한 요소들을 나름으로 추측한다.

> 지금 다시 살아돌아오는 그러한 일상적 말과 장면들은 오랜 시간을 거친 다음에야 비로소 발휘되는 어떤 성분들로 충만하고, 그것은 이제 오빠와 내가 일흔을 전후한 나이이며, 우리가 곧 서로에게 보이지 않게 되리라는 것, 어쩌면 그 순간이 머지않았을지도 모른다는 차분한 예감과 닿아 있는 것도 사실일 텐데……(183면)

생생한 감동과 "격렬하면서도 고요한"(184면) 행복감을 불러일으킨 이 '사건'에는 결국 과거, 현재, 미래의 일들이 모두 개입되어 있다. 당시에 오빠는 의식하지 못했겠지만 '오랜 시간을 거친 다음에야 비로소 발휘되는 어떤 성분들로 충만'한 말을 편지에 썼고 그 말의 성분들이 오랜 시간에 걸쳐 충분히 발효된 상태로 현재의 여동생에게 찾아온 것인데, 오빠와 자신이 머지않아 죽을 것이라는 여동생의 예감이 그 발효성과 연결되어 있다. 그녀는 오빠의 일흔세번째 생일날 그중 하나의 편지를 낭독함으로써 오빠에게 그 감동과 행복감을 오롯이 전달한다. 이 이야기는 나이 든 한 여인이 죽음을 앞둔 오빠에 대해 느끼는 애틋한 감정이 진솔하게 묻어나는 일화이지만, 한편으로는 문학(시)이 무엇인지를 묻는 질문처럼 느껴지기도 한다. 말하자면 글쓰기/읽기의 본질을 묻는 이야기인데 여기에 낭독에 대한 관심도 겹쳐 있다. 그녀는 "무엇보다도 그토록 오랜 시간의 저편에서 다시 등장했음에도 불구하고 변함없는 현재성을 유지하고 있는 인간의 마음이란 것"(같은 곳)에 대해서도 경의를 표한다. 글쓰기/읽기의 마법과 같은 감동을 말과 시간과 기억, 그리고 인간의 마음이 합쳐서 만들어낸 조화 같은 것으로 추측하는 주인여자의 생각은 주목할 만하다.

이 이야기를 할 때 주인여자의 의식이 맑았을뿐더러 그때의 주변 환경도 지극히 청정했으니, "공기의 싸늘함과 태양빛의 따뜻함이 각자의 성격을 분명하게 유지한 채로 혼재하는 독일 전나무의 기후 아래서, 정원의 통나무 식탁에 앉아 뜨겁게 끓인 커피를 마시며"(181면) 주인여자는 이야기를 시작한 것이다. 이 일화는 맑고 또렷한 의식 속에서 마법처럼 꿈처럼 시가 찾아오는 순간을 명징한 언어로 포착함으로써 앞의 몽환의 경험과 대조를 이룬다. 여기서는 기억이 「양의 첫눈」이나 「북역」에서처럼 무의식의 욕망과 연결되어 환의 세계를 만드는 데 동원되는 것이 아니라 '오랜 시간을 거친 다음에야 비로소 발휘되는 어떤 성분들'을 발효시켜 인간의 마음이 '변함없는 현재성을 유지'하도록 하는 데 일조한다. 깨어 있는 의식의 세계에서 '꿈처럼' 도래하는 시적인 순간을 이렇게 방불하게 포착한 일화는 흔치 않을 것이다.

이번 배수아 소설들은 무의식의 접경지대를 탐색하며 의식 중심의 실체론적 사유와 인과론적 시간관을 혁파하는 실험을 더 깊고 치밀하게 수행한다. 하지만 이것이 깨어 있는 의식의 핵심적인 중요성을 무시하는 것은 결코 아니다. 주인여자의 일화가 암시하듯, 오히려 이 실험은 순간순간 깨어 있는 의식으로 글쓰기/읽기(문학)의 본질을 묻는 것을 핵심으로 삼고 있다. 이번 배수아 소설집에서 무엇보다 주목할 것은 존재와 사물의 심층에 대한 탐구가 글쓰기에 대한 발본적인 물음과 결합됨으로써 또다른 차원의 소설적 활력이 생겨나고 기존의 의식과 언어의 경계를 넘어서는 비범한 언어와 표현 들이 가능해진다는 것이다. 한국문학은 배수아로 말미암아 긴 호흡의 복문의 가능성에 눈뜨고 낯선 감각의 독특한 표현을 중요한 언어적 자산으로 인식하는 계기를 얻었다. 그가 앞으로도 삶과 죽음, 의식과 무의식을 가로지르며 새처럼 꿈처럼 존재의 숲을 가기를 기대한다.

—『올빼미의 없음』(창비 2010) 해설

요산 문학의 종요로운 유산

1. 요산 문학의 페미니즘과 생태주의

탄생 100주년을 맞은 요산 김정한(金廷漢)의 소설과 산문을 다시 읽으면서 장르적 양식이나 서술기법뿐 아니라 문학하는 태도나 정신에 있어서도 요산 문학과는 상이한 작품들이 주류를 이루는 작금의 한국문단을 떠올리지 않을 수 없다. 90년대 이래 리얼리즘 문학의 헤게모니가 사라지면서 다양한 성향과 어법의 '새로운' 문학들이 출현하여 각축하는 것이 오늘 우리 문학의 현실이다. 이런 정황에서 리얼리즘 문학은 '낡아서' 시효가 다 된 것으로 치부되기 일쑤인데, 요산의 소설은 우리로 하여금 리얼리즘 문학의 가능성을 새롭게 탐구할 것을, 나아가 '새로움/낡음'의 구분 자체를 재고할 것을 요구하는 듯하다.

리얼리즘 문학의 새로운 가능성을 탐구할 때 유념할 것은 '리얼리즘'이라는 이름으로 통용되는 문학도 천차만별이라는 사실이다. 그러므로 무조건 리얼리즘을 옹호할 것이 아니라 '어떤' 리얼리즘이 이 시대 이 땅에 사는 사람들에게 뜻깊은 것인지 치열하게 탐구할 일이다. 이 새로운 탐구의 길에서 리얼리즘의 정수는 이러저러한 것이라는 어떤 전제나 정형화된 상(像)에서도 벗어나야 한다. 이런 맥락에서 "요산의 소설에서 주목되어야 하는 것은 그의 작품이 리얼리즘을 어떻게 구현했는가의 문제가 아니라 서술자의 위치와 서술방식"[1]이라는 구모룡(具謨龍)의 주장에 기본적으로 공감하게 된다. 그런데 "요산은 거의 대부분의 소설을 민중의 위치에서 서술한다. 또한 구체적인 경험적 사실에 입각하여 서사를 전개하고 있다"(같은 곳)는 그의 지적은 맞는 말이긴 하지만 좀 허전하다. 대략 '민중의 위치에서 구체적인 경험적 사실에 입각하여 서술한 이야기'가 요산 소설의 주목할 만한 점이라면, 작가 자신을 비롯하여 여러 평자들이 '민중적 리얼리즘'이라는 용어로 칭한 것 혹은 "리얼리즘 문학의 전범(典範)"이라든지 "리얼리즘의 정도(正道)"라는 종전의 평가[2]와 크게 다르지 않다.

요산 소설에서 더욱 주목할 것은 '민중서술자'의 위치에 노인과 더불어 여성이 자주 등장한다는 사실, 특히 여성이 서사의 주역인 경우가 많다는 사실이 아닐까.[3] 가령 「옥심이」(1936)에서 「제3병동」(1966), 「수라도」(1969), 「오끼나와에서 온 편지」(1977)에 이르기까지 상당수 소설에서 여성서술자 혹은 여성인물의 역할이 도드라지며 그 중요성도 남성인물에 비해 결코 덜하지 않다. 사실, 민족의 수난과 민중의 투쟁을 주요하게 다루는 남성작가의 문학에서 「수라도」의 '가야부인'과 같은 당찬 여성주체의 출현은 예사롭지 않은 일로서, 요산 문학의 빼어남을 증거하는 중요로운 문학적 덕목이라 하겠다. 더욱 눈여겨볼 것은 그가 여성 문제를 다루는 방식이다. 요산은 여성 문제를 당대 사회의 중요한 억압기제와 분리해서 다루지 않

---

1 구모룡 「21세기에 던지는 김정한 문학의 의미」, 『창작과비평』 2008년 가을호 364면. 앞으로 이 글의 인용은 본문에 면수만 밝힘.
2 김종철 「저항과 인간해방의 리얼리즘」, 강진호 편 『김정한—대쪽 같은 삶과 문학』, 새미 2002, 96면 및 김경원 「리얼리즘 문학의 공간성과 역사성」, 같은 책 86면.
3 요산 문학에서 노인이 떠맡는 남다른 역할과 특성에 대한 논의는 김경원의 앞의 글 가운데 4절 '역사적 체험과 노인의 형상' 참조.

는다. 가령 「수라도」에서 가야부인이 여성주체로 서는 과정은 일제 식민지배와 남존여비의 봉건적 가부장제와 갈등하고 분투하는 가운데서 이뤄진다. 말하자면 여성 문제는 민족과 계급(신분) 요소와의 긴밀한 관계 속에서 다뤄지며, 작품의 자연적 흐름에 따라 이런 여러 요소들이 서로 충돌하고 화합하는 복합적인 서사방식이 작품의 예술적 긴장미를 높이는 데 기여하는 것이다.[4]

「수라도」에서 가야부인이라는 비범한 인물의 창출과 더불어 일종의 '자매애'를 부각한 것도 요산의 페미니즘적 인식이 만만찮음을 보여주는 징표이다. 미륵당 건립을 놓고 며느리 가야부인과 시아버지 오봉선생이 대립하는 사건에서 "무당과 중을 멀리하는 것이 선비 집안의 체통"[5]이라며 꾸짖는 시아버지에게 가야부인은 머리를 깎고 중이 될 결심까지 하면서 자신의 뜻을 접지 않는다. 결국 가야부인의 뜻이 관철되는 까닭은 그녀가 기울어가는 시집을 위해 헌신적으로 일하고 웃어른을 공경하는 전통적인 부덕(婦德)으로써 시아버지한테 충분한 신뢰를 얻었을 뿐 아니라 가부장제에서 고통받는 시어머니를 비롯한 집안 여인네들에 대한 따뜻한 배려로 그들과 끈끈한 유대를 일궈냈기 때문이다. (임진왜란 때 승병의 활약을 언급하면서 시아버지와 자신이 공유하는 민족의식에 호소한 것이라든지, 미륵당 건립을 사위의 이름으로 추진한 것도 가야부인의 뜻을 이루는 데 한몫했다.) 미륵당이 일제 식민통치와 가부장제에 고통받는 여성들이 신분에 관계없이 모여서 서로 위로하는 공동체적 쉼터 역할을 한다는 것도 의미심장하다. 가야부인은 이런 과정을 통해 허씨 가문의 가모

---

4 민족문학으로서 이 작품의 빼어난 점에 대해서는 백낙청 「문화연구의 자세와 민족문학」, 『민족문학과 세계문학』, 창작과비평사 1978; 합본개정판 『민족문학과 세계문학 1/인간해방의 논리를 찾아서』, 창비 2011, 여성주체의 형성에 대해서는 이상경 「한국문학에서 제국주의와 여성―김정한을 중심으로」, 강진호 편, 앞의 책 참조.
5 김정한 『김정한소설선집』 증보판, 창작과비평사 1983, 222면. 앞으로 김정한 작품의 인용은 이 책을 따르며 본문에 면수만 밝힌다.

(家母)로 인정받을 뿐 아니라 마을의 '자매애'적 공동체의 지도자로 성장하는 것이다. 가야부인의 사위인 박서방과 그녀의 몸종인 옥이가 결혼하게 되는 사건은 가야부인이나 옥이 쪽에서 주도한 일은 아니지만, 요산이 기층여성에 대한 성적 억압과 신분차별이라는 이중의 족쇄에도 둔감하지 않음을 보여준다.

요산의 페미니즘에서 또 하나 눈여겨봐야 할 것은 여성과 모성의 관계이다. 「옥심이」에서 소작인 여성 옥심이는 신작로 공사판에 나가면서 바람이 들어 문둥이 남편과 연로한 시부모, 어린 아들 수복이마저 팽개치고 동향의 안십장과 도망간다. 요산은 옥심이가 문둥병이 나을 기미가 없는 남편을 버리고 자신을 따뜻하게 대하는 안십장을 따라 집을 나가는 행위가 단순한 바람기의 발동이 아니라 여성으로서의 새로운 삶을 찾아 나서는 자기구제의 측면이 있음을 분명히한다. 소설의 갈등은 옥심이의 가출이 무엇보다 수복이 어머니로서의 삶보다 여성으로서의 새로운 삶을 택한 결단이란 데 있다. 그런데 결국 옥심이는 "수복이를 못 잊겠어"(64면)서 다시 돌아온다. 최원식(崔元植)은 이런 귀결을 두고 "가부장적 봉건주의와 타협하는 것"으로 보고 "타협이 아니면, 멋모르고 출분한 이 농촌부녀자에게 무슨 다른 선택이 가능할 수 있을까"[6]라고 날카롭게 반문한다. 그런데 최원식의 지적대로 옥심이가 안십장과 새로 시작한 삶에 대한 언급이 과감히 생략된 것은 사실이지만, 돌아온 옥심이의 행색이 "훨씬 얼굴이 푼더분하고 옷 꼴도 꽤 말쑥"(61면)한 것으로 봐서 물질적인 궁핍이나 안십장의 핍박에 내몰려 돌아온 것은 아닌 듯하다. 그렇기에 "수복이를 못 잊겠어"서 돌아왔다는 옥심이의 말을 특별히 의심할 이유가 없다. 어쨌거나 옥심이의 남편 천수는 "내가 죽었으면 죽었지 그년은 기어이 내쫓고 말 거예요!"(64면)라고 하면서 옥심이를 집밖으로 끌어내려 하지만 시

---

6 최원식 「90년대에 다시 읽는 요산」, 강진호 편, 앞의 책 36면.

아버지 허서방은 "너가 나가거라! 이 더러운 놈아!"(같은 곳)라고 하며 오히려 아들을 내쫓는다.

요산이 여기서 여성/모성 간의 갈등을 부각하되 결국 모성의 손을 들어주는 형국이지만 이것이 봉건적 가부장제와의 타협인지 아닌지는 쉽게 판단하기 어렵다. 옥심이가 시댁의 구박과 동네 사람의 눈총을 각오하고 어린 아들한테로 돌아오는 것, 그리고 시아버지가 난치병에 걸린 아들을 내치고 가사와 육아를 감당할 수 있는 며느리를 받아들이는 것은 가부장적 봉건주의의 구도에 딱 들어맞는 행동은 아니며, 오히려 양자 모두 고통스럽지만 용감하게 '살길'을 택하는 결단이라고 볼 수 있다. 다만 소록도로 떠나는 아들을 보고 눈물을 흘리는 시아버지에 대해 옥심이가 "그러한 시아버지를 떠나간 남편보다 더욱 가엾게 생각하고 영원히 모시고 섬기리라고 굳게 마음속에 맹세하였다"(65면)는 말미는 흠이 아닐 수 없는데, 이 때문에 작품의 결말이 '개과천선'으로 읽힐 소지가 생긴 것이다.[7]

요산의 페미니즘의 성격을 규명하고자 할 때 그것이 생태주의와 만난다는 사실에 주목할 필요가 있다. 요산에게 페미니즘과 생태주의는 무슨 이념(ism)의 형태라기보다 민중적 삶의 필수불가결한 요건으로서 존재한다. 민중이 사람답게 살려면 여성이 삶과 역사/이야기의 주체로 서야 하고 민중의 삶의 터전인 생태환경이 온전해야 하기 때문이다. 달리 말하면 페미니즘과 생태주의는 민중의 삶을 통해 비로소 만나고 의미를 갖게 되는 것이다. 이런 특성으로 말미암아 요산의 페미니즘과 생태주의는 여성이나 자연을 민중의 구체적인 삶과 분리하여 그 자체로 찬미하거나 이상화하지 않는다.

요산의 생태주의는 편의상 두 차원으로 나눠 생각해볼 수 있다. 하나는 협의의 생태 문제, 즉 환경 문제에 대한 주의를 환기하는 것으로, 부당한

---

7 김종철, 앞의 글 113면 참조.

권력에 의해 생태환경이 위험에 처해 있음을 고발하는 것이다. 가령 구모룡이 주장하듯 "매립과 매축(埋築)이 가져다주는 환경재앙을 고발하는 「모래톱 이야기」와 「지옥변」, 공업화로 인한 해양오염을 말하고 있는 「교수와 모래무지」(1976)는 한국 생태환경문학의 시발"(375면)로 평가할 만하다. 도시 변두리 무허가 판자촌의 식수 문제를 다루는 「산거족」(1971)도 여기에 포함할 수 있을 것이다. 하지만 요산의 생태주의는 '문학' 앞에 붙는 '생태환경'이라는 표지에서 연상될 수 있는 소재주의나 고발문학과 차원을 달리한다. 가령 공해 문제를 쟁점화하려는 의도가 가장 뚜렷한 「교수와 모래무지」조차 환경 문제뿐 아니라 성장제일주의적인 근대화에서 일어나기 마련인 정경유착과 관료주의를 날카롭게 비판하고 있다. 「모래톱 이야기」(1966)를 비롯한 요산의 걸작들은 민중적 삶의 터전으로서의 생태환경을 국가권력과 소유의 문제 혹은 산업화·근대화의 문제와 연관해서 폭넓게 다루는데, 이런 복합적인 차원의 생태주의야말로 요산 문학의 진면목이며 따로 '생태환경'이라는 표지를 덧붙일 필요조차 없다는 생각이다.

요산의 이런 생태주의가 그의 소설에 미치는 예술적 효과에도 주목할 필요가 있다. 요산 소설에서 논이나 강이나 주거지 같은 생태환경은 단순한 배경막이 아니고 항상 민중적 삶의 터전이자 노동의 현장으로서 서사의 본질적인 일부로 다뤄진다. 그렇기 때문에 그의 자연 묘사는 장식적이거나 감상적이지 않고 대단히 실제적이고 사실적이다. 그럼에도 불구하고 군더더기 없는 언어로 적확하게 묘사된 자연환경은 그 속의 소박한 민중과 그들의 투박한 사투리와 어우러져 질박한 서정을 자아낸다. 요산 문학에서 생태주의의 의미는 인물들의 토착언어가 자아내는 언어적 효과와 떼놓을 수 없는 것이다.

2. 남성작가의 최근 소설에서의 여성인물 형상화 문제

요산의 작품활동 막바지인 70년대부터 한국사회는 급속한 산업화의 물결에 휩쓸려 '압축적인' 근대화와 도시화를 겪었고 장기간의 반독재민주화투쟁이 87년 6월항쟁의 승리로 결실을 맺음에 따라 시민들이 주체가 되는 민주주의 사회의 가능성이 열렸다. 민주화 조치가 시행됨에 따라 민중에 대한 강압적이고 권위적인 관행이 철폐되었으나 다른 한편 시장개방과 자유화 조치로 말미암아 시장의 지배력은 강화되었다. 민중에 대한 정치적 탄압은 현저히 줄었으나 민중이 자신의 삶을 지키기 위해 무엇을 상대로 어떻게 싸울지가 민주화 이전보다 훨씬 애매해진 것이다. 이제 민중이 직면한 것은 독재적인 정치권력이라기보다 이른바 '신자유주의적 세계화'와 이에 따른 양극화라 하겠는데, 한국사회는 97년 IMF 금융위기를 계기로 신자유주의적 세계질서 속으로 편입되기 시작하여 이명박정권의 출범과 더불어 그 한가운데로 진입하였다. 한편 한국민의 장래를 결정하는 또 하나의 변수인 남북관계는 97년 IMF 금융위기를 극복하는 과정에서 2000년의 남북정상회담과 6·15공동선언이라는 획기적인 역사를 일궈내면서 새로운 국면으로 나아갔으나, 이명박정권의 등장으로 정체되면서 더이상 돌파구를 마련하지 못하고 있다.

이처럼 달라진 현실에 요산 문학이 얼마나 유효한지 냉정하게 점검할 필요가 있다. 무엇보다 한국사회 전체가 신자유주의적 세계화의 물결에 휩쓸려 최첨단의 자본주의 체제로 변모해감에 따라 도시적·국제적 감수성을 지닌 세련된 예술이 필요한지 따져볼 일이다. 그런가 하면 촛불항쟁에서 보듯 여성이 시민적·민중적 삶과 투쟁의 주체로 나서는 것이 '대세'인 우리 시대에 일찍이 주체적인 여성인물을 탁월하게 그려낸 요산 문학은 선구적인 귀감이 된다. 그러므로 여성 문제와 여성인물의 창출에서 80년대 이후의 작가들이 요산 문학이 이룩한 이 종요로운 유산을 계승하여 새롭게 발전시키는 것이 중요한 예술적 과제가 된다. 그리고 요산 자신이 모범을 보였듯이, 남성작가라고 해서 이 중요한 과제에서 면제될 수 없는 것이다.

「객지」와 「한씨연대기」 같은 걸작으로 이미 70년대부터 요산과 더불어 한국 리얼리즘을 개척한 황석영(黃晳暎)이 최근에 여성을 주인공-화자로 삼은 『심청』(문학동네 2003)과 『바리데기』(창비 2007)를 써낸 것은 주목할 일이다. 동아시아를 무대로 펼쳐지는 '매춘의 오디세이아'인 『심청』과 한 탈북소녀의 파란만장한 이야기인 『바리데기』에서 황석영은 리얼리즘 예술을 새로운 시대의 요구에 부응하는 방향으로 변모시키려는 과감한 시도를 한다. 무엇보다 사실주의에 한국적 무속·설화·신화 등의 초자연주의 요소들을 끌어들임으로써 리얼리즘의 서사적 영역을 넓히는 한편 소설적 공간과 시야를 한국을 넘어 한반도와 동아시아로, 그리고 전세계로 확대한다. 이는 리얼리즘 서사의 확장과 관점의 국제화를 지향하는 것으로, 이런 특징은 이미 『손님』(창비 2001)에서도 뚜렷하다. 둘째는 전쟁과 폭력, 침략과 약탈로 점철된 서구 중심·남성 중심의 근대를 반성하고 근대의 상처받고 소외된 민중을 여성적·모성적 감수성으로 껴안고자 한다. 이야기의 중심에 희생과 수난, 자비와 구원을 뜻하는 한국의 대표적인 설화적 여성인물을 세운 데는 이런 '탈'근대적이고 '탈'남성주의적인 예술적 기획이 담겨 있다.

두 소설은 대중적으로 성공했을뿐더러 예술적으로도 적잖은 성과를 거두었다고 여겨진다. 수난받는 약자의 편에 서는 리얼리즘 예술 본래의 덕성은 유지하되 종전보다 훨씬 유연한 기법과 폭넓은 시야로 민중의 삶의 궤적을 세계사 속에서 반추하게 하는 효과를 발휘한다. 이 두 소설로써 황석영의 문학은 소설적 공간과 지평을 넓히면서 좀더 '보편주의'적 성격을 띠게 된 것이다. 하지만 이런 '보편주의' 경향이 민중의 삶을 구체적으로 꼽진하게 형상화하는 리얼리즘 특유의 미덕을 갉아먹는 측면이 있다.

가령 두 소설을 자신의 「객지」와 「한씨연대기」와 비교하면 몇몇 인상적인 장면을 제하고는 핍진함이랄까 현장성이 상당히 약화되었음을 실감하게 된다. 문제는 사실성이 약화되면 될수록 여주인공에 부여되는 상징적 의미는 커지고, 구체적인 개인으로서의 여성의 실감은 줄어들면서 추상적인 여성성·모성성의 찬미로 기운다는 점이다.

2000년대 소설에서 '도시적·국제적 감수성을 지닌 세련된 예술'을 선보인 작가로 김연수(金衍洙)를 빼놓을 수 없다. 그의 두 장편 『네가 누구든 얼마나 외롭든』(문학동네 2007)과 『밤은 노래한다』(문학과지성사 2008)는 공식적인 역사와 개인적 체험이 어긋나는 지점들을 섬세하게 파고들면서 역사적 진실이 무엇인지, 나아가 역사적 진실이 있는지 없는지를 여러 각도와 층위에서 추적하는 복합적인 서사를 보여주고 있다. 그런데 이 복잡하기 그지없는 소설서사 속의 여성인물들이 타자와 맺는 관계는 때론 모호하고 애매하며, 때론 감상적이고 유치하여 역사적 진실을 탐구하는 진지한 주제와는 격이 맞지 않는다. 복잡하고 미묘한 서사를 구사하는 솜씨는 놀라운데 그 서사 속 남녀 주체들은 세련되었을지언정 지적 상투성의 공간 속을 헤매는 듯하다. 게다가 남녀 주인공들의 연애는 사랑에 대한 전통적이고 통념적인 이미지를 해체하는 효과를 보여주지만 그 해체방식이 어딘지 익숙한 느낌을 준다. 작가의 불가지론적 입장이 드러날수록 역사적 진실을 추궁하는 힘이 약해지면서 서사는 점점 복잡해지는데, 여성인물의 형상화와 남녀관계의 묘사가 확실한 감각을 보여주지 못하는 탓에 서사의 복잡성은 미묘함을 상실하는 듯하다.

정도상(鄭道相)의 연작소설 『찔레꽃』(창비 2008)은 탈북여성의 천신만고의 여정을 추적한다는 점에서는 황석영의 『바리데기』와 통하지만 그 서사방식이나 예술적 효과는 판이하다. 정도상이 이 연작소설을 쓰게 된 계기는 「모래톱 이야기」의 첫머리에 나오는 요산의 문단복귀의 변을 연상시킨다.[8] 탈북여성 '충심'의 수난의 여정을 쓰는 방식도 '구체적인 경험적 사실에 입각하여' 이야기를 전개하고자 한다.[9] 그 결과 이 단편연작들에 사실적으로 빼어난 대목들이 적지 않다. 가령 충심이 인신매매꾼들에게 속아 두만강을 건너는 장면이라든지 중국 공안의 검색과 조선족 동포의 배신으로 고생하는 안마사 생활, 그리고 브로커 같은 선교사의 '기획입국' 프로그램에 따라 여럿이 광활한 초원을 걸어 몽골 국경을 건너가는 여정은 아마 정도상만큼 사실적으로 그려낼 작가가 없을 것이다. 그런데 이 가운데 몽골로 가는 여정이 가장 실감나는 것은 작가의 '구체적인 경험적 사실'이 유독 생생해서라기보다 어린아이 영수의 관점을 차용하여 서술하는 방식에서 비롯되는 효과가 크기 때문이다. 한편 지루하게 느껴지는 대목도 적지 않은데, 이는 "있는 그대로의 현실을 재현하려"는 노력이 부족하다기보다 무엇을 어떻게 얼마나 재현할지의 방법론과 취사선택이 만족스럽지 못한 것이다. 요컨대 '구체적인 경험적 사실'에 매몰되는 듯한 대목들이 등장하면서 서사의 호흡과 질적 수준이 고르지 않다.

충심의 인물 형상화에도 아쉬움이 남는다. 그녀는 순정하면서도 당찬 여인으로 그려져 있지만 주체적인 면을 별로 보여주지 못한다. 물론 탈북 여성의 처지가 수동성을 강제하는 측면이 있다. 하지만 탈북과 사랑 같은

---

8 "선양에서 두만강을 건너온 처녀를 우연히 만난 후, 스스로 금기로 여겼던 유랑의 이야기를 쓰지 않을 수 없었다. 남북 민간교류의 실무를 담당하고 있는 상황 때문에 쓸 수 없었던 이야기였다. 하지만 다른 작가들은 이 문제에 관심이 많지 않았고, 더이상 미룰 수가 없다고 판단하기에 이르렀다."(「작가의 말」, 『찔레꽃』, 창비 2008, 241~42면) 앞으로 이 책의 인용은 본문에 면수만 밝힘. 「모래톱 이야기」의 첫머리는 이렇다. "이십년이 넘도록 내처 붓을 꺾어오던 내가 새삼 이런 글을 끼적거리게 된 건 별안간 무슨 기발한 생각이 떠올라서가 아니다. 오랫동안 교원 노릇을 해오던 탓으로 우연히 알게 된 한 소년과, 그의 젊은 홀어머니, 할아버지, 그리고 그들이 살아오던 낙동강 하류의 어떤 외진 모래톱—이들에 관한 그 기막힌 사연들조차, 마치 지나가는 남의 땅 이야기나, 아득한 옛날이야기처럼 세상에서 버려져 있는 데 대해서까지는 차마 묵묵할 도리가 없었기 때문이다."(143면)

9 "있는 그대로의 현실을 재현하려고 많은 밤을 속절없이 끙끙거리며 보냈지만(…)"(243면) 참조.

가장 중요한 계기들에서 자율적인 결정권을 행사하지 않음으로써 수난받는 여성의 이미지와 수동성이 부각된다. 인신매매꾼에게 속아 얼떨결에 두만강을 넘게 되고 그 바람에 첫사랑인 '재춘오빠'가 허망하게 죽는 사건은 그렇다 해도 남한에서 자신에게 사랑을 고백한 최를 받아들이지 않는 것은 납득하기 힘들다. 최에게 호감을 가지고 있음에도 탈북여성인데다 '노래방 도우미로 살아가는' 자신의 처지 때문에 "뻔뻔해질 수가 없어서 최만 만나면 쌀쌀맞게 굴었다"(204면)는 것이다. 그러다가 북에 있는 엄마와 이모한테 목돈을 보내주고 싶어 최가 아닌 다른 남자와 '이차'를 나가 매매춘을 하기로 결심한다. 그런데 작가는 이렇게 사랑의 기회를 포기하고 몸을 파는 무책임한 행동을 그저 연민의 마음으로 바라보는 듯하다. 게다가 사랑을 고백한 최에게는 끝내 몸을 허락하지 않는 것이 충심 나름으로의 순정이라면 순정인데, 이것이 충심의 순정인지 작가의 순정인지 헷갈리는 것이다. 요컨대 정도상은 충심의 형상화에서 결정적인 순간에 여성의 자율성보다는 여성적 순정성에 기우는 느낌이다. 이런 불만스러운 부분이 있음에도 정도상이 우리 시대의 한국인 가운데 가장 소외되고 권리가 박탈된 탈북여성의 한 전형을 형상화하기 위해 분투한 것은 높이 평가할 만하다.

황석영이나 김연수, 정도상 외의 남성소설가들도 여성 문제나 주체적 여성의 형상화 문제에 대해 나름으로 고심하겠지만 필자가 과문해서인지 눈에 띄는 성과를 찾기 힘들다. 생태 문제에서도 남성소설가들이 여성소설가들에 비해 주목할 만한 성취를 보이지 못하고 있다고 판단한다. 다만 김중혁(金重赫)의 『펭귄뉴스』(문학과지성사 2006)의 몇몇 '탈'근대적 소설에는 근대문명에 대한 뼈있는 논평과 생태론적 전환의 발상이 담겨 있다. 「무용지물 박물관」과 「에스키모, 여기가 끝이야」 같은 작품에서의 환경, 문명, 미디어, 인간존재에 대한 그의 문화론적 사색과 통찰은 시각 중심·인간 중심의 근대에서 우리가 무엇을 상실하고 무엇을 착각하고 있는지를 유연하게 집어낸다. 그의 소설의 밑바탕에 흐르는 생태주의 문제의식과 '탈'근대적 상상력은 성장제일주의로 일관해온 한국사회에 대한 비판적 함의를 지니고 있음이 분명하다. 생태사상의 면에서 보자면 그의 문화론적 발상 전환의 방식은 생태환경을 민중적 삶의 터전으로 수호하려는 요산의 유물론적 방식과 대조적이다. 김중혁의 생태주의의 문제는 작가가 자신의 '탈근대적' 생태주의가 '후기자본주의의 문화논리로서의 포스트모더니즘'에 얼마든지 포섭될 수 있다는 자각이 부족하다는 것이다.[10]

3. 여성작가의 최근 소설에서의 페미니즘과 생태주의

우리는 요산의 시대와 달리 여성이 가정과 사회에서 당당한 삶의 주체이자 역사/이야기의 주체로 나서는 시대에 살고 있다. 대다수의 여성소설가들이 여성의 문제나 여성주체의 형상화 문제를 자신의 소설세계의 중심에 놓고 고민하는 것은 당연하다. 여성작가들의 최근 소설에 나타나는 주목할 만한 흐름을 선별적으로 살펴보기로 한다. 영미권의 소설과 TV드라마, 영화 등에서 도입된 '칙릿'(chicklit)이라는 장르는 '명품'과 대도시 소비문화에 익숙한 20,30대 중산층 여성의 자기실현에 초점을 맞춰 그들의 일과 사랑과 성(性)의 문제를 가볍게 다루는 특징을 지닌다. 서유미의 『쿨하게 한걸음』(창비 2007), 백영옥의 『스타일』(예담 2008), 그리고 정이현의 『달콤한 나의 도시』(문학과지성사 2008)가 대표적인 예인데, 이 작품들에 등장하는 여성들의 쿨하고 세련된 삶이 얼마나 '구체적 경험적 사실'에 근거하는지 의심스럽다. 하지만 이 소설들에서 주목할 것은 여성인물들의 삶이 현실의 세태를 얼마나 정확히 반영하고 있는가보다 작품 자체

---

10 졸고 「한국문학의 새로운 현실 읽기」, 『창작과비평』 2006년 여름호; 본서 제1부 5장 참조.

가 중산층 여성의 소비문화적 삶이 지닌 한계를 얼마나 자각하고 있는가이다. 이 장르의 최상은 중산층 여성의 자아실현 문제를 가볍고 재미있게 다루면서도 '문화교양'적 가치도 갖추는 작품이고, 최악은 돈은 많으나 문화적으로 천박한 '강부자'의 삶을 은근히 동경하고 선전하는 작품이다.

　'칙릿' 못지않게 대중적이되 오늘날 중산층 여성의 삶과 가족 형태의 의미심장한 변화를 포착한 것은 공지영(孔枝泳)의 『즐거운 나의 집』(푸른숲 2007)이다. 고등학교 2학년생인 '위녕'의 관점에서 성씨가 다른 세 자녀를 키우는 '씽글 맘'의 이야기를 풀어놓는 이 소설은 한편으로 '위녕'의 성장기이자 다른 한편으로는 가부장적 가족의 해체와 '모계적' 재구성에 대한 이야기이다. 달리 말하면 아버지의 부재가 치명적인 결함이 되던 기존 가족 형태에서 전혀 결함이나 결핍으로 여겨지지 않는 형태로의 '진화'를 보여주는 이야기이다. 상처보다는 치유, 갈등보다는 화해가 두드러지는 훈훈한 분위기인데, 그런 분위기에 중산층의 경제적 여유가 기여한 몫이 어느 정도일까를 냉정하게 물을 필요가 있다.

　공선옥(孔善玉)의 『수수밭으로 오세요』(여성신문사 2001) 역시 가족의 해체와 '모계적' 재구성을 다루지만 이를 민중생활의 파탄과 이로 말미암은 '유랑가족'의 경향과 관련짓는다. 게다가, 남녀 주인공 간의 계급적 갈등뿐 아니라 여주인공 내면에서의 여성/모성의 갈등, 그리고 중산층 생태주의에 대한 성찰 등을 결합한 이야기로 끌어나감으로써 페미니즘과 생태주의에 대한 요산의 복합적인 서사방식에 가까워진다. 이 소설에서 아쉬운 점은 두 남녀 간의 "사랑 이야기는 껍데기처럼 느껴지고 '어미' 강필순을 중심으로 하는 모계적 가족구성의 이야기가 알맹이처럼 느껴진다는 점"[11]이다. 이 두 서사 간의 팽팽한 대립이 어느새 모성이 거짓된 사랑을 물리치는 훈훈한 감동으로 대치되는데, 이는 예술적으로는 약점이다.

11 이 작품에 대한 좀더 자세한 논의는 본서 「우리 시대의 사랑·성·환경 이야기」 233
　　~38면 참조.

이에 반해 「술 먹고 담배 피우는 엄마」와 「홀로 어멈」은 여성으로서의 욕구와 '어미'로서의 책임의식 간의 갈등이 팽팽하고 잠시나마의 일탈이 생생하다. '어미'로서의 책무로 돌아오긴 하지만 일탈의 강렬함과 재발 가능성은 여성성의 욕구가 여성의 자기실현에 필수불가결함을 반증하는 것이다. 이런 구도와 패턴은 요산의 「옥심이」에서 나타나는 여성/모성 간의 갈등과 모성적 책무로의 복귀라는 진행과 유사한데, 여성성이나 모성성에 대한 일체의 관념과 신비화를 단호하게 거부하면서 '살길'을 택한다는 점에서도 서로 통한다.

남편/아버지가 부재하거나 부재하기를 바라는 욕망은 90년대 이래 여성문학에서 가장 강력하고 빈번한 주제였다. 신예작가의 작품에서 이런 경향의 새로운 변주를 발견할 수 있는데, 가령 김애란(金愛爛)의 「달려라, 아비」(2005)의 화자는 부재하는 아버지를 원망하거나 그리워하지 않고 아버지가 '반짝이는 야광바지'를 입고 달리는 모습을 상상하고, 김사과의 「영이」(2006)는 엄마한테 삽으로 맞아서 '개새끼'로 변하는 아버지를 보여주며, 황정은(黃貞殷)의 「모자」(2006)의 화자는 '모자'로 변하는 아버지를 측은한 마음으로 돌봐준다. 하지만 아버지의 부재를 전제하거나 염원하는 서사적 기획은 이제 오래된 유행처럼 식상하여 구체적인 핍진성과 곡진함이 동반되지 않는 한 진정한 울림을 갖기 힘들다.

공선옥의 연작소설집 『유랑가족』(실천문학사 2005)은 이런 상투화되어가는 패턴에서 벗어나 있다. 오히려 여자('어미')가 집을 나가서 부재하는 경우가 더 많거니와, 「꽃 진 자리」(2006)에서는 이혼한 여자가 아이와 집안일을 내팽개치는 반면 아내 없는 남자가 아이를 혼자서 알뜰살뜰 키우기도 한다. 그밖에 공선옥은 『유랑가족』과 『명랑한 밤길』(창비 2006)의 여러 단편들에서 이른바 '민중'이라 불리는 사람들이 실제로는 다양한 모습이며, '민중' 속의 여성 역시 어떤 특징으로 쉽게 상투화할 수 없음을 보여준다. 가령 두 소설집에 이주노동자들이 심심찮게 등장할 뿐 아니라 망해버린 농민, 노름꾼, 뇌성마비 장애인, 미혼모, 유방암 수술 후 우울증에 걸린 여성 등 온갖 고통받는 주체들이 등장한다. 요산의 '민중'이 그렇듯이 종래의 도식적인 노동자·농민 범주로 간단히 정리될 수 없는, 온갖 사연의 밑바닥 사람들과 그 어려운 삶을 전면에서 감당하는 주역인 여성들에 대한 작가의 관심과 애정이 두드러지는 것이다.[12]

공선옥의 페미니즘이 생태주의와 맞닿아 있다는 것도 그녀의 소설이 요산의 소설과 갖는 또 하나의 공통점이다. 이 작가는 생태 문제를 여러 차원에서 형상화한다. 가령 소설집 『멋진 한세상』(창비 2002)에 수록된 「정처 없는 이 발길」처럼 민중적 삶의 터전으로서의 생태환경의 파괴에 초점을 맞추기도 하고 「한데서 울다」처럼 생태주의의 담론과 실천을 소설의 주요 모티프로 삼기도 하는데, 생태환경의 문제는 계급에 따라 주거지(농촌/도시)에 따라 입장이 다르게 나타난다. 그러나 요산의 경우처럼 공선옥의 소설에서도 자연생태는 소설의 단순한 배경막이 아니라 소설서사의 필수요소로 통합되어 있다. 다만 요산 시절과 달라진 것이 있다면 농촌이 대도시의 식민지 같은 처지로 전락한 점이다. 농촌의 거주민들은 병든 노인과 부모한테 버림받은 아이들처럼 오갈 데 없는 2등, 3등 국민들이 다수를 차지한다. 가령 「명랑한 밤길」은 도시에 대한 농촌의 종속성(식민지성)을 후경에 깔고 순진한 시골 읍내의 간호보조사인 화자가 대도시 출신의 속물적인 남자한테 농락당하는 사건에 초점을 맞춘다. 농촌에는 이주노동자들이 일하는 농공단지가 들어서 있고 텃밭과 '무공해채소'가 존재한다. 이 작품의 빼어남은 농촌의 식민화에도 불구하고 생태환경이 지닌 자연적 생명력과 이주노동자의 건강함이 화자가 실연의 상처를 극복하는 계기가 되는 지점을 절묘하게 포착한 데 있다.

---

12 "요산의 민중은 특정 계급으로 환원되지 않는 유연한 범주"(373면)라는 구모룡의 주장에 공감한다. 하지만 그 대안으로 제시한 '하위주체'(subaltern)라는 용어의 차용에 대해서는 충분한 논의가 필요하다고 본다.

신경숙(申京淑)의 소설은 요산이나 공선옥의 소설과 무척 다른 질감으로 느껴지지만 여성과 생태 문제와 관련하여 매우 중요한 예술적 공헌을 했다고 본다. 신경숙은『외딴 방』(문학동네 1995)에서 보듯 정읍에서 유년기를 보냈지만 갑작스럽게 서울로 이주하여 노동자가 되었다. 신경숙의 작품세계에서 이 이주의 경험이 핵심적인 것은 압축적인 산업화·근대화를 노동현장에서 겪었으되 산업화 이전의 농촌공동체를 온몸으로 기억하는 마지막 세대이기 때문이 아닐까 싶다. 최근에 연재를 마친 장편『엄마를 부탁해』(창비 2008)에 이르기까지 이 작가의 소설에서는 농촌과 도시, 과거와 현재의 대비가 되풀이되고 농촌의 생태주의적 삶이 도시의 인공적 삶의 온전함을 재는 척도로 작동한다. 신경숙의 서사는 농촌의 공동체적 정취를 그려내는 데 여성적·생태주의적 감수성뿐 아니라 서울 생활에서 습득한 도시적 감수성까지 투여하는데, 사라져가는 것에 대한 깊은 연민과 같은 애절함과 곡진함이 도드라진다.

신경숙이 자신의 주된 주체인 가족을 다루는 방식도 다른 작가들과 대비된다. 과거 농촌의 삶에서 현재 도시의 삶으로, 대가족제에서 핵가족제로 변해가는 모든 변화의 중심에 '엄마'의 존재가 버티고 있다. 아버지가 엄연히 존재하며 가부장의 위용을 부리지만 결국 가족을 현재로 이끈 것은 엄마이며, 엄마는 그런 점에서 가야부인처럼 공인되지는 못했지만 가모(家母)라고 할 수 있다. 그런데 신경숙의 소설에서 특이한 것은『바이올렛』(문학동네 2001)에서 보듯 관능적 욕구와 생태적 감성 간의 갈등과 분리, 그리고 도시적 공간에서 생태에 대한 관능의 폭력적 지배가 두드러진다는 것이다. 역으로 말하면 도시적 감수성의 내적 분열을 극복하기 위해서 우리의 삶을 좀더 녹색화하는 것만으로는 부족하고 양자를 재통합하는 새로운 길을 모색할 필요가 있는 것이다. 김형경(金炯璟)의『꽃피는 고래』(창비 2008)는 생태주의적 발상이 밑바탕에 깔린 주목할 만한 성장소설이다. 이 소설은 정제된 언어와 생명력 넘치는 '고래'에 대한 적절한 상징과 비유가 부모를 잃은 어린 화자의 상처받은 내면을 따뜻하게 보듬어안는 듯하다. 그런데 이 작품은 애초부터 '애도와 치유'의 서사를 목적으로 하고 있어 민중의 당면한 삶의 문제와 직접 맞닥뜨리는 요산 문학과는 성격이 다르다는 생각이다.

여성과 생태환경에 대한 깊은 인식과 형상화는 요산 문학의 중요로운 유산이다. 살펴본 대로 이 소중한 유산을 계승하는 데는 남성작가들보다 여성작가들이 열성적이고, 특히 공선옥과 신경숙은 요산의 유산을 새롭게 발전시키기도 한 것으로 판단한다. 물론 후배작가들이 요산의 단호한 저항정신과 절도있되 유연한 리얼리즘 예술에서 후퇴한 점도 없지 않다. 그리고 시대의 변화를 감안할 때 요산 문학의 근간인 지역성에 대해서도 새롭게 성찰할 필요가 있다. 공선옥 소설에서 보듯 지금은 떨거지 민중이 한곳에 뿌리를 내리기도 어려워진 시대인 것이다. 지역성을 근간으로 하되 유목/유랑의 삶을 사는 떠돌이들과 다른 지역들에도 관심을 가져야 하며, 황석영 소설이 보여주듯 세계화의 과제에도 일정하게 응전할 필요가 있다. 하지만 이렇게 지평을 넓힐수록 지역성은 리얼리즘 예술에서 더더욱 포기할 수 없는 가치를 지닌다고 하겠다.

—『제11회 요산문학제 자료집』, 2008.10

최경계에 선 글쓰기

배수아 소설집 『훌』

1. 형식과 사유의 최경계

배수아(裵琇亞)는 소설의 문법과 관행을 깨뜨렸다는 평을 여러차례 들었다. 초기에는 이미지와 회화성을 부각하는 감각적인 글쓰기로, 근래에는 사변적인 언술을 끌어들이는 에쎄이적인 글쓰기로 기존 소설의 서사적 관행을 깨뜨렸다거나 심지어 소설 자체의 경계를 뛰어넘었다는 평을 들어온 것이다. 소설 장르 특유의 잡식성과 포용성을 감안하면 이런 평가가 얼마나 적실한가는 작품별로 꼼꼼히 따져볼 문제이지만, 적어도 그가 소설의 어떤 정형화된 틀을 줄곧 거부해온 것은 사실이다. 『에세이스트의 책상』(문학동네 2003) 말미의 「작가의 말」에서 "어느 순간에는 글 속에 담긴 스토리 자체를, 혹은 그런 선명한 스토리에 의존해서 진행되는 글을 내게서 가능한 한 멀리 두고 그 사이를 뱀과 화염의 강물로 차단하고자 했다"(198면)고 작가 자신이 이런 의도를 밝혔거니와, 『당나귀들』(이룸 2005) 화자의 "적어도 나는 가능한 한 최경계에서 작업하고 싶어. 이미 완성된 문법과 처녀지 사이에서"(34면)라는 발언도 이와 다르지 않은 듯하다.

2000년 이후의 중단편을 모은 그의 다섯번째 소설집 『홀』(문학동네 2006)을 읽으면서 '이미 완성된 문법'에 안주하지 않고 '최경계'에서 작업하려는 배수아의 의지를 실감한다. 그런데 이때의 '최경계'가 글쓰기의 스타일이나 소설형식의 문제만이 아니라 사유의 문제이기도 하다는 것을 덧붙일 필요가 있다. 주체와 타자, 의식과 무의식, 삶과 죽음, 예술과 군중, 채식/육식주의, 빈곤의 문제 등 근대인의 삶과 예술에 관한 근본적인 물음에 직면하여 배수아는 '이미 완성된' 답변들에 기대지 않고 사유의 '최경계'로 나아가 새로운 모험을 감행하는데, 이것이 소설형식의 파격과 밀접한 관계가 있는 것이다. 이 점이야말로 사유의 혁신 없이 새로운 스타일이나 테크닉의 개발에만 몰두하는 작가들과 배수아를 뚜렷이 구분해주는 지점이다.

그렇지만 소설에 사변적 언설을 과감하게 끌어들이는 배수아의 최근 작업에 상당한 위험이 따른다는 것도 분명하다. 아무리 비범한 사유라 할지라도 그것이 서사문학으로서의 소설의 바탕을 이루는—선명하든 불투명하든 연속적이든 불연속적이든—'이야기'와 유기적으로 결합되지 않을 경우 예술언어로 전화하기 어렵기 때문이다. 특히 이질적인 요소를 능히 소화하는 장편과는 달리 단편에서는 사변적 요소를 작품 내로 통합하는 데 한계가 있기 마련이다. 반면에 어떤 예술적 실험을 제한된 범위에서 정밀하게 수행하고자 할 경우에는 단편 쪽이 유리한 것도 사실이다. 이런 장르상의 특질을 감안하면서 배수아의 최근 시도가 『홀』에서 어떤 예술적 효과를 낳는지 살펴보기로 한다.

2. 회색빛 타자와 생중사(生中死)

『홀』에 실린 일곱 편의 단편 가운데서 "선명한 스토리에 의존해서 진행되는” 작품은 잘빠진 사실주의 소설처럼 보이는 「우이동」 한 편뿐이다. 나머지 여섯 편에서는 ‘선명한 스토리’가 있는 경우라도 심각하게 파편화되어 있거나 어딘지 부조리한 구석이 있어 그 자체로는 작품 전체를 이끌어가는 중추의 역할을 하지 못한다. 화자와 시점의 운용 역시 변칙적인 경우가 더 많고 때론 모호하다. 게다가 사변적인 요소들이 큰 비중을 차지하고 있거나 작품 곳곳에 스며들어 있다. 요컨대, 전통적인 소설형식의 기준에서 보면 곳곳에서 파격이 일어나는 것이다.

첫 작품 「회색 時」의 파격은 여러 겹이다. 가장 눈에 띄는 파격은 앞부분에서 시간과 죄의식 그리고 글쓰기에 관한 사변적 사설이 길게(작품 전체의 삼분의 일 이상) 등장하는 점인데, 그 내용도 통상적인 인식과는 판이하다. 가령 이런 대목이 그렇다.

시간이 흐를수록 과거의 장면들이 낯설고 그 진위가 의심스러워지는 것에 반해서 앞으로의 일들이 점점 더 은밀하게 친숙하고 다정해지며 낯설지 않은 깊은 이야기를 갖게 되었다. 그리고 미래의 일에 대해서 마치 그것이 이미 완료되어 지나가버린 것인 양 과거시제를 사용해서 말하는 것이 어색하지 않았고, 분명히 아직 겪은 것은 아님에도 불구하고 그것들을 전부 다 잘 알고 있는 것처럼 자연스럽게 생각되기도 했다. 간혹 나는 미리 그것들을 용서했으며, 아직 만나지도 못한 것들과 이별하기도 했고 사랑하기도 전에 싫증을 내기도 했다. 말 그대로 나는 때때로 미래의 일을 ‘기억’하곤 했다.(10면)

늙어가는 화자(‘나’)가 시간에 대한 자신의 생각을 늘어놓는 대목인데 묘한 구석이 있다. 과거의 장면들은 “낯설고 그 진위가 의심스러워지는” 데 반해 미래의 일들은 “점점 더 은밀하게 친숙하고 다정해지”는 화자의 실감은 유별나기는 해도 이상할 것까지는 없다. 연대기적 시간(시계의 시간)과는 별개로 존재가 주관적으로 실감하는 시간에서는 그럴 수 있기 때문이다. 묘한 것은 미래의 일이 "이미 완료되어 지나가버린 것인 양 과거 시제를 사용해서 말하는 것이 어색하지 않"게 여겨지고 심지어 미래가 마치 과거처럼 기억의 대상이 될("미래의 일을 '기억'하곤 했다") 때이다. 이런 '과거화된 미래'는 도대체 어떤 시간대에 속하는지 아리송하다. 분명한 것은 화자가 통상적인 시간관, 즉 과거-현재-미래로 어김없이 이어지는 '직선적인 시간관'을 달가워하지 않는다는 점이다. 그 이유는 다음 대목에서 찾아볼 수 있다.

> 만일 시간이 직선으로만 흐른다면, 그런 과거의 시간에 대해서 글로 쓰는 것은 내키지 않은 일이 될 것이다. 그 이유는 (…) 인간이 항상 경험하고 사고하고 실행하고 예언하고 미래를 여행하고 글을 쓰는 모든 행위가 결국 언제나 이미 과거 안에서만 일어날 수 있는 일이기 때문이다. (…) 지금 현재의 순간에 내가 내 행위를 결정하며 이 찰나적인 순간이 내 심상 안에서 형태를 부여받기를 원하면서 머물고 있다고 생각하는 것은 슬프게도 착각이며 아무것도, 이미 거대한 과거 안에 잠식당한 미래처럼, 나의 완전한 수중에서 나를 기다리는 것은 아무것도 없는 것이다. 그것에 대해서 쓰는 것은 회색 바탕 그림 속의 회색 옷을 입은 회색빛 남자를 회색으로 덧칠하는 것과 같은 행위가 된다.(11면)

이 대목 역시 알쏭달쏭하다. 하지만 현재의 찰나적인 순간에 인간 주체가 어떤 의미있는 행위를 결정한다고, 즉 인간의 자유의지가 발현된다고 생각하는 것이 '착각'이라면 인간의 모든 행위는 "결국 언제나 이미 과거 안에서만 일어날 수 있"다는 주장이 성립된다. 왜 그것이 '착각'인지에 대한 설명은 없는데, 화자의 비관적인 세계관이 반영된 것이 아닐까 추측해볼 수 있다. 하여튼 현재의 시간이 이렇게 무력해지면 직선으로만 흐르는 시간 속에서 미래 역시 "이미 거대한 과거 안에 잠식당한" 형국이 된다. 모든 시간이 과거에 복속되는 것이다.

그런데 이런 "시간 혹은 과거"(12면)에 대해서 글을 쓰는 것은 "회색 바탕 그림 속의 회색 옷을 입은 회색빛 남자를 회색으로 덧칠하는 것과 같은 행위가 된다"는 것은 무슨 말일까. 화자의 발상은 이런 것 같다. 직선적인 시간 속에서는 인간 주체의 모든 행위가 이미 과거 안에 잠식당한 상태이므로 주체와 객관적 세계는 존재하기는 하되 모두 과거의 회색빛으로 채색된다. 그런 회색빛의 세계에서는 주체와 객관적 세계는 서로 분별되지 않거니와 주체의 행위도 고유한 색을 획득하지 못한다. 그러므로 이런 회색빛의 시간에 대해 글을 쓰는 것은 이미 회색빛으로 가득한 화폭에 "회색으로 덧칠하는 것과 같은 행위"이다. 그렇다면 이런 글쓰기는 얼마나 허망한 일인가. 화자의 이런 암울한 관점에 작가가 얼마나 동의하는지는 알 수 없다. 화자도 이런 회색빛 세계에 그냥 주저앉아 있지는 않는데, 곧 자기와 수미와의 예사롭지 않은 관계를 섬세한 색깔의 언어로 들려주기 때문이다.

화자인 '나'와 수미의 이야기는 시간상 크게 둘로 나뉘어 있다. 첫번째 이야기는 이십몇년 전 화자가 고등학교 시절에 에스페란토어 학원에서 수미라는 여대생을 만나 그녀의 아름다움에 반했으되 의미있는 관계를 맺지 못하는 사건이다. 수미에게 미국인 남자친구 얼이 있음에도 화자는 그녀의 일거수일투족을 지켜보고 "수미는 내가 몰입할 수 있었던 최초의 사람"(19면)이라고 고백할 만큼 각별한 감정을 갖고 있었으나, "수미와 직접적으로는 단 한마디도 대화를 나누어보지 못"(같은 곳)한다. 둘 사이에 결국은 아무 일도 일어나지 않은 것인가?

수미와의 관계에서 아무 일도 일어나지 않은 이유는 일단 화자의 소심증 때문이라고 생각할 수 있다. 그러나 대학에 들어가 놀랄 만큼 매혹적인 여자들과 마주치는 경험을 하지만 수미와의 경우와 마찬가지로 매번 아무 일도 일어나지 않은 것은 소심증 때문만은 아니다. 이는 화자의 아름다움에 대한 태도와 관련이 있는데, 이 점은 가령 "나에게 아름다움이란 친밀과 교제의 대상이 아니라 단지 관조의 대상이며 또한 오직 그렇게 남아 있을 때만이 불변의 가치를 발휘한다"(23면)는 대목에서 드러난다. 삶과 예술에서 이런 관조적인 태도의 문제는 무엇보다 그것이 타자와의 진정한 관계맺음을 가로막는다는 데 있다. 수미가 소련에 의한 비행기 격추사고로 죽었다는 소식을 듣고도 화자가 짐짓 대수롭지 않은 태도를 보이는 것도 이와 무관하지 않을 것이다. 그런데 화자에게 수미는 이렇듯 하찮은 존재인가? 꼭 그렇지만은 않다는 데 이 작품의 묘미가 있다.

두번째 이야기는 죽은 줄 알았던 수미를 "이십년도 더 지나서"(25면) 다시 만나게 되면서 빚어지는 일화이다. 예의 관조적인 태도가 크게 변한 것은 아니나 이번에는 화자가 수미에게 먼저 말을 걸고 자신의 "죄의식에 대해서 가벼운 고백"(27면)까지 한다. 물론 화자는 그럴 이유도 그럴 마음도 전혀 없었다느니 그녀를 마음속 깊이 경멸하고 있었다느니 "굳이 경멸할 만큼이나 의미있는 존재라고도 생각하지 않았"(같은 곳)다느니 하면서 표리부동한 이야기를 주워댄다. 어쨌거나 첫번째 만남과는 달리 그들은 헤어지지 않고 "어디에서나 함께"(32면)한다. 화자는 "내가 남몰래 빠져들어갔던 아름다움을 가진 여자들과 나는 단 한번도 이렇게 가까이서 지내본 경험이 없었던 것이다"(같은 곳)라고 토로하면서 아름다움에 대한 예의 관조적인 태도를 극복한 것처럼 보이기도 한다.

하지만 이렇게 두번째 이야기가 끝나갈 무렵 지금까지 화자로 보이던 '나'가 사실은 이 글의 '필자'이기도 함이 드러나면서 수미와의 두번째 만남은 아직 일어나지 않았다는 충격적인 발언이 등장한다.

이 글을 쓰고 있는 순간 나는 아직 수미를 다시 만나지 못했으나 이 모든 일들을 비행기 격추사고 소식을 들었던 1983년 가을날의 아침처럼

잘 기억했다. 나는 앞으로 몇년 뒤 수미를 만나게 되었고 그것에 대해서 쓰게 되었을 터였다.(33면)

그러니까 이 대목에 이르기 전에 독자가 읽었을 수미와의 재회를 다루는 두번째 이야기는 아직 일어나지 않은 미래의 일을 화자이자 이제는 필자이기도 한 '나'가 마치 "이미 완료되어 지나가버린" 과거처럼 기록한 것이 된다. 예기치 못한 전복으로 보이지만, 작가는 치밀하게 복선을 깔아두었다. 가령 앞의 사변적 서사에서 생뚱맞게 들렸던 "미래의 일을 '기억'하곤 했다"는 화자의 발언이 이런 전복을 예비하는 복선이기도 한 것이다. 이 점을 염두에 두면 시간과 죄의식, 글쓰기에 관한 앞의 사변적 언설과 수미와의 첫 만남과 재회를 다룬 이야기가 긴밀하게 얽혀 있음을 확인하게 된다. 작가는 이런 전복을 통해 어떤 효과를 노리는 것일까?

우선 수미와의 가상적인 재회 이야기는 수미라는 타인이 화자에게 대수롭지 않은 존재이기는커녕 냉담을 가장해야 자신의 속내를 숨길 수 있을 만큼 소중한 존재임을 입증한다. 그렇잖다면 이십여년 전에 만난 수미와 재회하는 미래의 사건을 상상 속에 불러내어 기록할 이유가 있겠는가? 첫번째 만남의 이야기에서 암시나 뉘앙스로만 어렴풋이 전달되던 수미와 관계맺고자 하는 욕구가 두번째 만남의 이야기를 통해 소망성취의 형태로 구현된 것이다. 다른 한편 둘 다 과거형 시제로 씌어져 있지만 두 이야기의 차원이 다르다는 것은 화자의 어떤 내면적 분열을 암시하기도 한다.

이렇게 두 이야기의 성격이 다름으로 해서 타자로서의 수미가 갖는 존재적 성격이 달라지는 것도 주목할 점이다. 화자의 사변적 어법에 따르면, 한쪽은 과거라는 회색빛으로 채색된 수미이고, 다른 쪽의 수미는 화자가 상상으로 만들어낸 가상적 존재이다. 작품의 말미에서 화자 '나'와 수미와 채식주의자 친구가 노인이 되어 한 식탁에 유령처럼 덩그렇게 앉아 있는 모습은 어느 쪽도 살아 있는 타자가 못됨을 암시한다. 그렇기에 화

166

자는 "타인은 과연 실재적인 것의 이름인가"(34면)라고 묻는 것이다. 또한 '타인이 우리에게 무엇이었나' 자문한 다음 "그들은 아파도 울지 않고 총알이 뚫고 지나가도 피가 흐르지 않으며 공중에서 폭탄을 맞아도 진정으로 죽음을 경험하지 않고 공기처럼 흘러다니며 밤에도 잠들지 않는다"(같은 곳)라고 아이러니하게 진술한다. 우리가 타자와 참된 관계를 맺지 못하는 한 타자는 점점 회색빛으로 변하여 회색빛 세상과 구분하기 힘들어진다. 이처럼 타자들이 저마다의 독특한 존재적 색깔을 잃어버려 세상이 온통 '회색빛'을 띠게 된 우리 시대가 바로 '회색 時' 아닌가.

이 작품은 이런 부정적인 물음을 통해서 우리 시대에는 타자와의 참된 만남이 그만큼 어려워졌음을 일러주는 동시에 그런 만남을 이뤄내는 것이야말로 결정적으로 중요함을 암시한다. 현재의 시간의 무위성이라든지 이로 말미암은 비관주의적 정조에도 불구하고 작품 자체가 절망으로 끝나지 않는 것도 특기할 만한 일이다. 세 명의 노인이 음식을 기다리면서 앉아 있는 마지막 장면은 컬트영화의 한 장면처럼 기이하지만, 절망적인 상황과는 엄연히 다르다. 미완의 시간에 타자와 진정한 만남이 이루어지기를 기다리는 듯한 것이다. "아직도 주문한 저녁식사가 날라져올 것을 기다리고 앉아 있"(35면)는 허깨비 같은 세 명의 노인은 '타인'이 가져다주는 음식을 먹고 마침내 존재의 '회색빛'을 면할 수 있을지 모른다.

보르헤스 이후의 라틴아메리카 문학에서는 현실과 환상의 경계를 뛰어넘는 다양한 실험들이 활발하게 시도되었는데, 「회색 時」의 형식실험은 이런 예들의 모방이라기보다 창의적인 활용에 가깝다. 이 작품이 이런 실험을 통해 '타자성'의 문제를 깊이 파고든 점은 대단한 성취이다. 시간과 관련된 글쓰기의 문제에서도 시사하는 바가 큰데, 사실주의든 환상주의든 현재성으로 살아 있지 못하면 '회색빛'을 면하지 못한다는 것이 요체가 아닐까 싶다. 시간과 글쓰기에 관한 사유를 수미와의 만남과 환상적 재회 이야기와 결합한 것이 성공적인 데 비해 가난과 육식습관으로 말미암은 '근원적 죄의식'에 관한 사변적 언설(12~18면)은 수미 이야기와 충분히 통합된 것 같지 않다. 단편 분량에 너무 많은 사유의 끈들이 잔가지처럼 뻗어 있어 예술적 효과를 분산시키는 것도 아쉬운 점이다.

형식적 파격의 맛은 덜하지만 특이한 감수성의 화자가 등장하고 타자성의 문제를 중점적으로 다룬다는 점에서 「회색 時」와 가장 가까운 작품은 「시취(屍臭)」이다. 소설의 화자는 어느 순간부턴가 "이미 죽어버린 사람들에게 더욱 친근한 마음을 갖게 되었다. 꿈속에서 그들이 나타나면 실제로 그리운 사람을 만난 듯이 얼굴에 홍조가 피었다. 그에 반해서 세상의 살아 있는 사람들이 점점 멀어져갔다"(238~39면)라고 토로한다. 「회색時」의 화자 '나'가 과거보다 미래에 더욱 친숙함을 느낀다면 「시취」의 화자 '그'는 삶보다 죽음에 더욱 친근함을 느끼는 것이다. 작품은 이런 특이한 화자의 P라는 여성과의 관계에 대한 회상 이야기가 주를 이루되, P가 열차사고를 당했을지 모를 정황에 대한 화자의 현재적 반응을 사이사이 끼워놓고, 이 두 가닥의 이야기 곳곳에서 삶과 죽음에 대한 화자의 생각들을 펼치고 있다. 소설의 근간을 이루는 회상 부분을 화자와 P의 관계를 중심으로 살펴보자.

예순살에 가까운 화자는 어느날 열차사고 방송을 듣고 휴가를 마치고 돌아오던 P가 사고 기차에 탔다가 죽었을지 모른다는 생각에 사로잡힌다. 이를 계기로 화자는 자신과 P의 관계를 회상하는데, 그의 기억 속에는 P와의 두 차례의 만남이 선명한 장면으로 떠오른다. 첫 만남은 학생복 차림의 P를 열일곱살의 화자가 기차역에서 배웅하는 장면이다. 회상 장면 속의 화자는 젊은 청년답게 P가 돌아오면 P에게 멋지게 스케이팅하는 모습을 보여주기를 기대한다. "P는 아직 소녀"(243면)이지만 P의 '성숙한 몸매'와 '눈을 내리깐 P의 옆모습'은 화자의 기억 속에 뚜렷이 남아 있다. 이상하고 궁금한 것은 화자가 P를 배웅한 "그날 이후 그들은 삼십팔년 동안 만나지 못했다"(245면)는 점이다.

화자는 그들이 왜 갑자기 헤어졌으며, 그리고 왜 삼십팔년 후에 다시 만났는지를 일러주지 않지만 그 이유를 추측할 만한 실마리가 아주 없지는 않다. 화자에게는 정신주의적 성향과 심각한 결벽증이 있어 이 때문에 P와의 관계가 원만하게 이뤄지지 않았을 가능성이 큰 것이다. 또한 이런 병증 때문에 화자는 삶보다 죽음을 더 친근하게 느끼게 된 듯하다. 주목할 것은 이런 병증이 화자의 관점을 물들이면서 화자로서는 상당히 정직한 이야기를 하는데도 그의 이야기는 미묘한 아이러니와 애매성을 띠게 되며, 이 작품의 묘미도 상당부분 거기서 비롯된다는 점이다. 이렇게 신뢰할 수 없는 화자의 이야기를 들려줌으로써 무엇이 진실인지 애매하게 만드는 것은 소설 장르의 고전적인 수법인데, 이 작품은 배수아가 이런 고전적인 요소를 다루는 솜씨도 빼어남을 보여준다.

화자의 정신주의는 특히 여성관에서 선명하게 드러난다. 가령 앞의 회상 장면에서 "P는 단연코 여성이며, 여성이란 (…) P와 같이 엄선된 온갖 고귀한 정수를 갖춘 존재를 말하는 것이지, 세속적으로 여자 남자를 말하는 그런 보편성으로의 여성이란 P에게는 어림없는 말"(244~45면)이라고 불쑥 주장하는 대목이 그렇다. 한편 화자의 결벽증은 "공동의 공간에서 친밀한 관계에 놓이게 된 두 사람이 방과 화장실을 같이 쓰고 일거수일투족을 세세히 주시당하는 결혼생활"(241면)조차 숨막혀할 정도로 심각하다. 이런 결벽증의 원인이 "불결감이라기보다 타 존재에 대한 거친 이물감"(242면)에서 비롯된 것이기에 아무리 정갈한 몸과 정신을 지닌 사람('타 존재')의 접근도 거부하는 것이다. 화자가 두 번의 결혼에서 실패하고 형제들과도 절교하고 사십대에 직장에서 은퇴하여 일찌감치 죽음을 기다리는 칩거생활에 들어간 이유도 이 때문이다. 이런 극심한 결벽증과 그로 인한 대인기피증에도 불구하고 화자는 P와 재회하고 또다시 헤어지는데, 그 이유를 일러주는 실마리는 P와의 재회를 다루는 회상 장면에 숨어 있다. 화자는 P와 점심식사를 하고 헤어질 때 P의 목덜미에서 은은한 향수 냄새를 맡는다.

사향과 여인들의 분냄새를 섞어놓은 듯한 육감적이고 관능적이고 달콤
한 향기였다. 그러나 그 향기는 너무 진했다. 그가 언제나 생각하던 여
성의 진수 P에게 어울리는 향기가 아니었다. P는 악취에 대한 두려움
때문에 지나치게 많은 향수를 뿌렸던 것이다. 단지 씻고 닦는 것만으로
육체의 부패를 숨길 수 없으므로 그도 천박한 향수에의 유혹을 느끼곤
했기 때문에 그는 슬픈 마음으로 P를 용서했다.(250~51면)

P의 목덜미에서 나는 향수 냄새가 "여성의 진수 P"에게 어울리지 않을 만
큼 너무 진했다는 화자의 판단에는 그의 정신주의가 영향을 끼쳤을 것이
므로 실제 P가 향수를 얼마나 뿌렸는지는 알 수 없다. 어쨌든 화자는 P가
향수를 지나치게 많이 뿌린 이유를 육체의 부패—'악취'—에 대한 두
려움 때문이라고 생각한다. P의 향수 냄새가 육체의 부패로 인한 '악취'
('시취')라는 것은 아니지만 그것과 관련있다는 것이다.
　잠시 후의 또다른 회상 장면에서 P의 향수에 대한 화자의 반응은 더욱
부정적으로 나타난다.

나이들었지만 P는 여전히 우아했고 조심성을 잃지 않았고 자신이 죽음
의 껍데기에 불과하다는 것을 마치 잊고 있는 것처럼 행동했다. 어떻게
그럴 수가 있을까. 그는 감탄했다. 그러나 마지막 인사의 향수 냄새가
그의 비위를 상하게 한 것이다. 그는 마치 시궁창에서 상한 두부 냄새
를 맡았을 때처럼 뒤로 황급히 한 발짝 물러섰다. P는 그러지 말았어야
했다. (…) P를 다시는 만나지 않겠다고 그는 생각했다. 삼십팔년 만에
이렇게 만난 것은 실수였다.(252면)

앞에서는 너무 진하긴 해도 "육감적이고 관능적이고 달콤한 향기"로 느껴지던 P의 향수 냄새가 이제는 "마치 시궁창에서 상한 두부 냄새"처럼 그의 비위를 상하게 한다. 앞에서는 P가 '악취'에 대한 두려움 때문에 향수를 지나치게 많이 뿌렸다고 판단했다면 이제는 바로 그 '악취'('시취')를 맡은 것처럼 반응하는 것이다. 주목할 것은 화자가 처음에는 은연중에 P의 여전히 우아한 모습과 육감적이고 관능적인 면을 받아들이다가 예의 정신주의와 결벽증이 작동하면서 P의 향수 냄새가 향기에서 '악취'('시취')로 바뀐다는 점이다.

음화(陰畵)처럼 기록된 이야기를 뒤집어 읽으면, 화자가 실제의 타자 P를 '여성의 진수'라는 자신의 관념상에 맞추려고 할수록, 그리하여 타 존재에 대한 이물감을 지우려고 할수록 악취 혹은 시취를 맡을 공산이 큰 것이다. 왜냐하면 화자의 결벽증의 원인이 "불결감이라기보다 타 존재에 대한 거친 이물감"에서 비롯된다면 이런 '이물감'을 없애는 가장 효과적인 방법은 타 존재를 관념화하는 길이기 때문이다. 요컨대, 화자가 P에게서 맡은 '시취'는 화자의 강력한 관념화의 작용에도 없어지지 않는 살아 있는 타자의 냄새에 다름아닌 것이다. 결국 화자는 타자의 냄새(향기)가 그리워 P를 만났다가 타자의 냄새(시취)가 역겨워 또다시 헤어진 것이다.

하지만 아직도 둘의 인연이 완전히 끊어진 것은 아니다. P가 간혹 편지를 보내는 것이다. 화자가 P의 마지막 편지에서 "개의 눈빛이 이상하게 고독해 보인다"(235면)는 구절을 사용한 데 과민하게 반응한다든지 자신이 은연중에 사용한 '쓸쓸하다'는 표현을 단죄하는 것도 P의 향수 냄새에 대한 반응과 크게 다르지 않다. 삶에 대한 욕망과 집착을 강하게 부정하지만 그 거센 어조에는 현실의 삶과 타자에 반응하는 일면이 아직 남아 있는 것이다.

회상 장면들 사이사이에 끼어드는 화자의 현재 이야기 역시 정교하고 실감난다. 화자는 해균의 편지를 통해 P의 무사함을 확인하고는 처음에는

"P가 그 열차를 타지 않아서 정말 다행이다"(242면) 혹은 "아아 다행이다. 정말 고마워"(247면)라고 반응한다. 하지만 건망증 탓에 이 사실을 잊고 있다가 얼마 후 재확인하고는 "P가 죽었다는 것과 살아 있다는 것이 자신에게 과연 무엇이냐"(251면)라고 반문하며 전혀 반가워하지 않는다. 심지어 나중에는 병원으로부터 신원미상의 한 사망자가 P의 신상정보와 일치한다는 소식을 접하고는 "P가 죽었다. (…) '아아, 고마워. 다행이다, 다행이다.'"(254면)라고 중얼거리기까지 한다. 마지막에는 "P가 죽은 것이 그에게 더 다행으로 여겨지는지, 아니면 그 열차를 타지 않은 P가 무사한 것이 다행인지 그 구분조차도 이제 무의미해"(256면)지면서 P라는 한때 소중했던 타자의 생사 여부는 "단지 기호로 표현될 뿐인 삶과 죽음의 표피적인 결과"(257면)에 불과한 것이 된다. 마침내 화자 속에서 P라는 존재는 완전히 죽은 것이다. 현재 이야기는 앞의 회상 장면과 겹쳐지면서 어떤 주체에게 타자의 죽음이란 그 주체 내면에서 타자와의 살아 있는 끈을 끊어버리고 그의 삶과 죽음을 기호화하는 일로 완성된다는 것을 보여준다.

3. 정체성의 분열과 신경불안, 그리고 이름의 효과

「시취」의 화자는 죽음을 끌어들이고 삶을 추방하는 극단적인 방법으로 자신의 내면적 분열을 해결하지만, 대다수 근대인들은 분열된 내면을 통합하지 못하고 그냥 끌어안고 살아간다. 그런데 이른바 근대의 '분열된 주체'는 '나는 나인가?'라는 물음에 자신있게 답하지 못하는 정체성의 불안을 지니고 있기 때문에 공인된 정체성의 기호인 이름에 민감할 수밖에 없다. 정체성의 불안이 심해질수록 이름에 더욱 민감해지는데, 만약 자신과 같은 이름을 가진 사람이 있을 경우에는 어떤 일이 일어날까? 세계문학에서 이 문제를 다룬 고전적인 예는 포우(Edgar Allan Poe)의 「윌리엄

윌슨」(William Wilson, 1839)인데, 배수아는 「홀」과 「마짠 방향으로」에서 그와는 전혀 다른 방식으로 이 문제를 파고든다.

「마짠 방향으로」는 시점과 이야기가 심하게 파편화되어 있어 얼핏 보면 무슨 이야기인지 종잡을 수 없다. 이야기의 조각들을 하나로 꿰어내고 통합성을 부여하는 장치가 있다면 그것은 마짠 137번지 고층아파트의 어떤 집과 부근의 황량한 풍경 자체라고 할 수 있다. 왜냐하면 이야기 조각들은 한때 여기에 거주하여 흔적을 남긴 사람들의 일화이고, 그들의 내면적 풍경은 이곳의 실제 풍경——빈 건물이 더 많을 정도로 공동화되고 있는 "깊은 우울만을 불러일으키는 황폐한 콘크리트 아파트먼트들"(133면)——만큼이나 황량하고 공허하기 짝이 없기 때문이다. 파편적인 이야기들 가운데 가장 인상적인 것은 동성애자 커플인 보조간호사와 쇼핑쎈터 모자 코너 여종업원의 일화이다.

잡지의 사교란에 실린 광고를 통해서 서로 만나 함께 살게 된 그들은 "만일 보조간호사가 11월 어느 오후에 창을 열고 그 자리에서 어떤 망설임도 없이 그대로 뛰어내리는 사고가 일어나지 않았다면, 그랬다면 그들은 희망대로 나중에 아이를 입양하여 가정을 이루고 살게 되었을지도 모른다."(140면) 보조간호사의 돌연한 추락사가 그들의 행복한 꿈을 산산조각낸 것이다. 그녀가 왜 이렇게 급작스럽게 자살해버렸는지는 그들이 나누는 긴 대화(152~58면)에서 암시된다. 보조간호사는 자신의 이름이 너무 흔해서 같은 이름을 가진 사람들을 너무 쉽게 만날 수 있는 것이 불만인데, 이 때문에 겪은 기이한 경험을 친구에게 이야기한다. 마짠 부근의 풍경과 비슷하게 "빵틀에 찍어낸 것처럼 똑같은 모양을 한 연립주택들이 끝도 없이 늘어서"(153면) 있는 어느 노동자 거주지를 걷다가 새벽 세시에 자기 이름이 불리는 것을 들었는데 날이 밝을 때까지 찾아다녀도 누가 불렀는지를 알지 못했다는 것이다. 그녀가 이런 이야기를 하고 있는 순간 섬뜩하게도 창밖에서 누군가가 그녀의 이름을 부르는 소리가 들린다. 그후 두 사람의 대화는 이런 식으로 이어진다.

"왜 저렇게 커다란 소리로 불러대고 있는 거지?"

"뭘?"

"이름 말이야. 내 것은 아니지만 내 것과 같은 이름을."

"너는 들리지 않는다고 했잖아."

"들리지 않아. 아니, 들리거나 들리지 않는 것은 아무런 상관이 없어. 그것은 어차피 내 이름이 아니기 때문이야. 그러므로 난 결심했어. 지금부터는 조금도 신경쓰지 않을 거야. 그런데 너는 왜 그렇게 신경쓰고 있는 거지? 어차피 진짜 나를 부르는 것도 아닌데."

"나는 신경쓰고 있지 않아. 신경쓰고 있는 것은 바로 너야. 나는 단지 누가 너를 부르지 않을까, 물어보았을 뿐이야."(156면)

작가의 빼어난 대화 구사 솜씨를 보여주는 이 대목은 엘리엇(T. S. Eliot)의 『황지』(The Waste Land, 1922)의 신경쇠약증적 여자가 등장하는 장면을 연상케 한다. 보조간호사의 내면은 심하게 분열되어 있고 극도로 불안하여 정체성을 위협하는 조그만 충격에도 견디지 못할 만큼 신경이 곤두서 있다. 보조간호사의 황량한 내면과 "깊은 우울만을 불러일으키는" 창밖의 풍경이 조응하면서 그녀의 이름이 그녀의 존재적 정체성을 뒤흔드는 효과가 증폭된다. 게다가 보조간호사의 이런 신경쇠약증으로 말미암아 두 동성애자 연인들의 의사소통이 묘하게 뒤틀리면서 두 사람 간의 관계마저 일그러질 조짐이 보인다. 이 점을 고려하면 작품 초반과 끝에 등장하는 동성애자 노래는 밝은 전망을 암시하기보다 오히려 마짠의 황량한 공간처럼 공허한 울림을 갖는다.

「홀」에서 같은 이름을 활용하여 정체성 문제를 탐구하는 방식은 「마짠 방향으로」의 동성애자 일화의 경우와는 달리 매우 은밀하다. 「홀」에서는 실제로 동명의 인물들이 등장함에도 불구하고 신경쇠약증적인 징후가 두드러지게 나타나지 않으며, 인물들의 삶이나 삶의 공간은 황량하기보다 지극히 일상적이다. 그들은 직장에서 일하고 잡담하며 퇴근 후에는 연속극을 보거나 빈둥거리거나 인형극 연출에 관심을 갖는다. 그러나 이런 일상적 현실의 틈새에서 뭔가 부조리한 일들이 일어나 기이한 느낌을 불러일으키는 것도 사실이다. 이런 기이한 느낌이 은밀히 쌓이면서 정체성의 불안감이 서서히 「홀」의 일상적 세계 깊숙이 배어드는 것이다.

명시적으로 드러나는 기이함은 화자가 자신이 좋아하는 연속극을 보려고 정해진 시간에 맞춰 텔레비전을 틀었으나 엉뚱한 오페라 공연이 계속 방송되는 사건에서 비롯된다. 부조리한 사건인 만큼 이상하다는 생각이 안 들 수 없지만, 이런 부조리한 일이 지극히 일상적인 현실과 병치되어 나타날 때의 기이함을 더욱 눈여겨봐야 한다. 처음에는 기막혀하던 화자마저 곧 사건의 '부조리성'을 텔레비전 고장으로 치부하고 새 중고 텔레비전을 구하는 데만 관심을 가질 뿐이다. 텔레비전 값을 놓고 여러 사람들과 벌이는 우여곡절의 흥정과정은 지나칠 정도로 세세하게 묘사되는 만큼이나 마치 카프카 소설에서처럼 영원히 목표에 도달할 것 같지 않은 지연의 효과를 거둔다.

하지만 이 작품에서 기이한 효과를 자아내는 원천은 두 명의 주요 등장인물과 화자 자신도 모두 '홀'이라는 이름을 갖고 있는, 있을 법하지 않은 상황 자체이다. 배수아 소설에서 이름에 예사롭지 않은 의미가 부여되어 왔음을 염두에 두면 이런 장치에는 작가의 특별한 의도가 담겨 있는 듯하다. 우선 '홀'이라는 이름의 인물들이 등장하는 범상한 듯한 방식에 눈을 돌릴 필요가 있다. 부주의하게 읽으면 '동료 홀'과 '친구 홀'을 동일인으로 헷갈릴 만큼 화자는 양자가 동명이인이라는 이례적인 사실을 전혀 환기시키지 않는 것이다. 그리고 독자가 '동료 홀'과 '친구 홀'의 차이를 분명히 인식할 즈음에 화자의 이름 역시 '홀'임을 슬쩍 밝히고 지나갈 뿐이다.(66~67, 88면 참조) 그렇기 때문에 말미에서 '동료 홀'이 집으로 가려는 화자에게 "이봐, 홀, 뭐 하는 거야? 이제 밤경기가 시작된다구"(97면)라고 말할 때 그간 화자의 이름 역시 '홀'임을 눈여겨보지 않은 독자는 상당한 충격을 받는다. 눈여겨본 독자라도 이런 이례적인 일이 사실로 확인될 때의 놀라움을 느끼기 십상이다.

이 사실을 확인한 연후에 소설의 정황을 되새기면, 기이한 느낌을 주는 장면들이 한두 군데가 아니다. 가령 '동료 홀'이 '화자 홀'에게 "네가 그 친구 홀인가 뭔가 하는 삼류 배우와 붙어다녀도 거기에 대해서 입도 벙긋한 적이 없다는 것은 네가 잘 알잖아"(91면)라고 말할 때 '홀'이 '홀'에게 '홀'에 대해 말하고 있는 셈이다. 텔레비전 사건에서처럼 이때의 기이성은 상황 자체의 '이례성'보다는 그 이례성을 모든 인물들이 당연한 일상적 현실처럼 아무렇지 않게 받아들임으로써 발생한다. 요컨대 텔레비전 사건과 아울러 '홀'이라는 세 명의 등장인물의 이름에서 비롯되는 기이함이 이 소설의 세계를 마치 부조리극의 상황처럼 기이하게 채색하는 것이다.

정체성 문제와 관련하여 이 소설의 의미를 가늠해볼 때 세 명의 '홀'의 상호관계를 어떻게 볼 것이냐가 초미의 관심사가 된다. 우선은 세 명의 '홀'이 각각 독립된 개체라고 보는 관점이 기본이다. 이 경우 화자에게는 자기와 같은 이름을 가졌으되 성격은 대조적인 두 명의 친구가 있는 셈이다. 하나는 직장생활이든 외국어공부든 인형극이든 매사에 부지런하고 실용주의적인 '동료 홀'과, 반대로 자기 신념을 지녔으며 금욕적이고 게으르고 외출을 싫어하는 비사교적인 '친구 홀'이 그들이다. 화자는 '친구 홀'과 동성애 사이일지 모르는 내밀한 관계인 한편, '동료 홀'과의 관계를 중심으로 사회적 활동을 영위한다. 화자는 이들과의 관계에서 종종 갈등하지만 곧 화해한다. 이런 관점의 해석은 일상적 현실이 탄탄하게 묘사되어 있는 만큼 대체로 타당성을 갖고 있지만 앞서 거론한 기이한 면을 무시하면서 작품세계를 사실의 지평으로 환원시킬 우려가 크다.

반대로 '동료 홀'과 '친구 홀'은 화자 내면의 대조적인 양면이 독립적인 개체로 분화된 분신이나 도플갱어라든지 아니면 화자는 '동료 홀'과 '친구 홀' 사이의 경계를 배회하는 유령 같은 존재라고 해석하는 관점을 상정해볼 수 있다. 이 경우 작품의 기이한 면모를 적극적으로 사주고 「홀」의 세계가 현실의 어느 곳에 해당하는지 모호한 점도 주목할 수 있겠다. 또한 화자의 일인칭 주격 '나'가 생략되어 있는 것이나 '친구 홀'의 몽유병에 특별한 의미를 부여할 수 있다. 그러나 이런 해석상의 이점에도 불구하고 이런 관점은 세 명의 '홀'을 독립적인 개체로 대하는 다른 인물들의 반응과 그들이 독립된 개체임을 전제로 진행되는 일상적 현실에 배치된다.

세 명의 '홀'의 관계가 두 해석적 지평의 어느 쪽에도 안착되지 않기 때문에 「홀」의 최종적인 의미는 근본적으로 모호하며 불확정적이다. '홀은 홀인가?'라는 근본적인 물음에 '홀'의 정체는 근본적으로 불확정적이라고 답하는 듯한 것이다. 이것이 '홀'에 대한 어떤 관념의 상을 뒤흔들고 그 고정적인 정체성의 경계를 해체하는 효과는 적지 않다. 이것이 이 작품의 매력이라면 매력이다. 그러나 이로써 작품의 의미가 어떤 근본적인 불확정성에 '안착'되는 것은 아닌지, 그리고 그 때문에 파생되는 너무 많은 수수께끼들이 근본적인 물음에 대한 탐사를 방해하지는 않는지 생각해볼 일이다.

「양곤에서 온 편지」에 대해서는 간단히 언급한다. 이 작품은 상징적인 언어와 다양한 기법으로 정체성의 문제뿐 아니라 삶과 예술, 예술과 군중의 관계를 깊숙이 탐사하지만 「홀」의 경우처럼 수수께끼들이 너무 많다. 「홀」의 주요인물 세 명이 모두 '홀'이라는 이름으로 불린다면 이 작품의 두 주인공 화자는 모두 '그'로 지칭된다. '그'들은 '홀'들처럼 독립적이되 서로 정체성의 경계가 겹치기도 한다. 미얀마의 오지에서 열병으로 죽어가는 '그'가 어느 대도시 인근의 "출구가 없는 깊은 동굴 같은"(111면) 셋집에 사는 간질병 환자 '그'에게 편지를 쓰면서 자기 오른손을 칼로 찌른 '좀도둑 겸 양아치'를 기억하고, '동굴 같은' 셋집의 '그'는 과거 자신이 돈을 훔친 '이 남자'의 손을 칼로 찌른 기억을 떠올리며 오지의 '그'가 보낸 편지를 읽는다. 멀리 떨어져 있는 '그'들이 현재의 편지와 과거의 칼(휘두름/찔림)의 기억으로 연결되면서 정체성의 '중첩'(doubling) 효과가 일어나는데, 이것이 얼마나 성공적인지는 의문이다.

4. 지하로 가는 길

「집돼지 사냥」은 흥미진진하게 읽히지만 이런 재미있는 이야기를 통해서 작가가 무엇을 탐구하고 무엇을 말하려는지 감을 잡기는 힘든 소설이다. '에필로그'를 포함한 여덟 개 쎅션으로 구성된 이 소설의 시점과 화자는 통일되어 있지 않고, 쎅션들의 시공간적 배경도 다르다. 또한 쎅션들이 어떻게 이어지는지, 특히 나머지 쎅션들과 동떨어진 이야기로 보이는 첫번째 쎅션 '하늘의 길'을 어떻게 이해할지 쉽지 않은 것이다. 게다가 주된 이야기랄 수 있는 집돼지 사냥이 현실의 이야기인지 환상의 이야기인지, 그리고 그 핵심이 무엇인지 종잡기 어렵다. 하지만 다소 단순화해서 말하자면 이 소설은 개체들 사이의 모든 전통적 유대──가족적·종교적·국민적 유대──가 거의 끊어진 우리 시대의 삶에 어떤 가능성이 있는지, 개체들이 새로운 인간적 유대를 이뤄내는 데는 어떤 문제가 있는지를 탐구하는 매우 진지한 이야기로 다가온다.

작품 전체를 하나의 통합적인 이야기로 파악하기 위해서는 우선 이 소설의 공간적 짜임새를 주목할 필요가 있다. 소설의 공간은 크게 세 곳으로, 즉 요란이 머물렀던 로사 호텔과 M의 집, 집돼지 사냥의 현장인 요란의 집, 그리고 올가가 살고 있는 '하늘의 길 농장'이라는 공동체로 구성되어 있다. 이런 삼분의 구성은 '지하실/벽장/이층'으로 나뉘는 요란의 집 구조와 아울러 이 소설을 이해하는 관건이다. 시점이나 화자의 복잡한 운용도 사실은 이런 공간 구성과 관련이 있다. 특히 희태를 첫번째('하늘의 길')와 여섯번째('로사 호텔에 모인 소설가 M과 그의 친구들') 쎅션의 일인칭 화자('나')로 내세운 데는 중도적인 화자를 통해 우리 시대의 대표적인 두 가지 삶의 양식, 즉 정신주의적 공동체주의와 자유주의적 개인주의의 가능성과 문제점을 타진하려는 의도가 깔려 있다.

첫번째 쎅션은 '하늘의 길'이라는 제목이 시사하듯 한 금욕적 공동체의 삶을 보여준다. 희태는 전처 올가와 그녀의 딸 이밀을 만나러 기차를 타고 '하늘의 길 농장'을 찾아간다. 올가는 "화장기 하나 없는 얼굴에 아무런 장식도 없는 거친 섬유의 옷을 입고 흙을 파헤치거나 찬물에 손을 담그는 농장 일"(168면)을 하고 "소금을 넣은 콩죽과 두부와 호밀빵"(167면)을 먹고 틈틈이 비트겐슈타인의 책을 읽으며 살아가고 있다. 여기서 강조되는 것은 도시적 자유분방함과 관능적인 삶을 거부하고 노동과 수행과 금욕을 통해 정신을 고양하는 삶의 방식이다. 희태는 한때 '내 모든 것'이었던 올가를 여전히 소중하게 생각하지만 그녀가 택한 정신주의적 삶의 방식과는 거리를 둔다. 희태가 돌아오는 길에 전화를 걸어 농장 사람과 힘들게 통화하는 장면은 희태와 올가의 거리를 상징적으로 보여준다. "나는 수화기를 귀에 바싹 가져다댔다. 하지만 하늘의 길에서 들리는 목소리는 점점 더 멀어지기만 했다."(170면)

그런데 이런 금욕주의적·정신주의적 공동체는 구체적으로 어디에 있는 것일까. 요란의 집이 한국전쟁 이전에 지어져서 오래되었다고 하니(187면) 이 작품의 공간은 한국임이 분명한데, 소설에 등장하는 이국적인 이름들(올가, 이밀, 요란, 미타, 마리, 항……)로 보면 국적을 가늠하기 어렵다. 이런 이름들은 인물들의 국적이나 구체적 시대상 등을 따질 수 없게 만드는 소설적 장치이기도 한 것이다. 그렇기에 '하늘의 길 농장'은 사실적인 지평을 어느정도 유지하면서 그 이름처럼 강력한 상징적인 의미를 획득한다. '하늘의 길 농장'은 우리 시대의 어떤 정신주의적 공동체를 지향하는 삶의 방식을 뜻하고, 이에 대한 희태의 반응은 그런 방식이 여전히 소중하지만 그것이 실답게 구현될 가능성은 점점 희박해진다는 진단을 암시한다. 사실 이 농장의 모습은 열정적인 신념을 지닌 사람들의 살아 있는 공동체라기보다 금욕주의자 수도원이나 신경증환자 요양소 같은 분위기가 짙다.

정신주의적 공동체를 지향하는 삶의 방식과 대비되는 자유주의적 삶의 방식은 로사 호텔에 모이는 M의 친구들의 모습에서 잘 나타난다. 희태의 회상 형식으로 서술된 다음 구절은 그들의 삶의 방식에 내포된 가능성과 문제점을 예리하게 포착한다.

그들 중에는 부유한 사람들도 있었고 가난한 사람도 있었고 콧구멍으로 회색 연기를 뿜어대면서 남자를 찾기 위해 눈을 번득이는 마리와 같은 노처녀가 있었는가 하면 남자와의 관계가 주는 지나친 결합력과 감정의 조임 때문에 지쳐 있는 미타도 있었고 낙천적인 M과 가식적인 오강주와 눈치나 감정이 좀 둔한 듯한 요란의 대화가 있었다. 그들은 퍽 오랜 시간 동안 친구로 지내왔지만 당장 내일부터 영원히 만날 수 없게 된다 해도 오늘밤의 작별인사에 뭔가 다른 덧붙임의 말이 있을 것 같지 않은, 그런 친구들이었다. 그들은 서로 사랑하거나 증오하거나 하는 감정이 그다지 중요하지 않아 보이는 그런 종류의 관계를 유지하고 있었다. 그렇다고 해서 사무적이라거나 이해관계로 얽혀 있다거나 하지는 않았다. 언제나 만나면 따뜻한 차를 권하고 어려운 일이 생기면 돕고 싶어하고 친절하려고 노력했다. 명분이나 원칙이나 가톨릭 교회와 같은 단어를 싫어하고 예술이나 스타일이나 무국적 등의 단어를 좋

아했다.(215면)

얼핏 이 대목은 진정으로 자유로워진 개인들의 모습을 보여주는 듯하다. 그러나 오랜 친구들과 영영 이별해도 개의치 않는 자유로움 이면에는 마리나 미타의 경우에서 보듯 원만한 인간(남녀)관계를 성취하지 못해 고통스럽거나 '천박해진' 삶이 있다. 사실, 어떠한 종교적·정치적 신조나 고정된 정체성에서도 해방된 듯한 이들의 모습은 개체들 사이에 어떤 유대도 남아 있지 않은 상태에 다름아니다. 이들의 거의 완전한 자유는 개체들 간의 유대를 해체하는 단자화 과정이 거의 완료되었음을 뜻한다. 배수아 초기소설에 자주 등장하는 가부장적 가족의 강압/해체로 인한 불행과 그에 수반되는 짙은 우울과 슬픔의 분위기가 이 소설에서 ──「우이동」을 제외한 『홀』의 모든 소설들도 그렇지만──사라지거나 전혀 부각되지 않는다는 점을 주목할 필요가 있다. 요컨대,「집돼지 사냥」은 가족의 해체과정이 완료되어 개인들의 존재가 진정으로 개별화(단자화)된 지점에서 새로운 삶이 어떻게 가능한지를 묻는 작품인 것이다.

새로운 삶이 인습적인 관계로 회귀하지도 않으면서 개체의 단자화를 극복할 수 있는 삶이라면, 모든 유대가 끊어진 현시점에서는 새로운 인간관계(남녀관계)를 싹틔우는 일에서 출발할 수밖에 없다. 요란과 희태의 '쎅스리스' 관계와 이것과 맞물려 있는 '집돼지 사냥 이야기'가 작품의 중심에 놓이고 소설 공간의 초점이 로사 호텔에서 요란의 집으로 이동하는 것은 바로 이 지점이다. 요란은 성관계를 맺고자 접근하는 남자들에게 "갈망과 함께 증오"(183면)를 느낀다. 남자들에 대한 그녀의 '갈망'이 어느 순간 '증오'로 전화되는 것이다. 엉뚱한 것은 남자들이 정사를 벌이기 전에 벽장이나 지하실의 구조에 대해서 이야기할 때부터 요란은 그 남자를 맹렬하게 증오하게 된다는 점이다. 그런데 희태에 대한 요란의 반응은 판이하다.

그 순간에 요란에게 필요한 것은 바로 위안이었다. 요란에게서 조금 떨어져 영원히 다가오지 않을 것처럼, 마치 서서히 사라지기로 작정한 것처럼 서 있는 어두운 희태의 몸은 요란에게 성욕과 증오감을 동시에 앗아갔다. 그토록 치열하고 가증스러운 것들 말이다. 그리고 그것을 대신하는 감정의 에너지가 저 아래로부터 차오르는 것을 느꼈다. (…) 요란은 알 수 없는 힘에 의해서 흥분했지만 육체적인 것은 전혀 아니었다.(185~86면)

요란이 희태와의 관계에서 마음의 안정과 위안을 얻은 것은 결국 희태의 몸이 자신으로부터 멀리 떨어져 있어 '성욕'을 불러일으키지도 '증오감'을 유발하지도 않기 때문이다. 상징적 어법으로 말하면 요란과 희태의 '쎅스리스' 관계는 희태의 몸이 다른 남자들과 달리 요란이라는 '존재의 집'의 벽장이나 지하실을 침범하지 않고 이층에만 머물러 있기 때문에 가능한 것이다.

이렇게 보면 '집돼지 사냥 이야기'의 요체는 성과 관련하여 의식과 무의식 그리고 그 양자의 경계에서 벌어지는 존재론적인 차원의 드라마로 읽힌다. 그리고 엉뚱하긴 해도 이 이야기의 심오한 의미는 요란의 집의 벽장이나 지하실 구조가 요란이란 존재의 어떤 미지의 영역을 상징한다는 데서 비롯된다. '집돼지 사냥 이야기'를 구성하는 쎅션들('쎅스리스 커플' '벽장 문' '집돼지 사냥' '육식')이 모두 사실적 서사와 상징적·설화적 서사가 결합된 복합적 양식으로 이루어진 것은 바로 이 때문이다.

이렇게 집의 특성이나 구조를 인물의 존재론적 차원의 의미로 확대하는 수법은 포우의 「어셔 가의 몰락」(The Fall of the House of Usher, 1839)을 연상시키지만, 이 작품에서는 그런 의미화작업이 한층 정교하고 치밀하게 이뤄진다. 가령 네번째 쎅션 '벽장 문'은 벽장 문을 금속재로 새로

달게 되는 일화를 다루면서 벽장이 일이층 계단 사이에 있지만 지하실과도 통해 있음을 보여준다. 즉 지하실이 요란의 무의식에, 이층이 의식에 조응한다면 벽장은 둘 사이의 어떤 경계 혹은 통로에 해당함이 강하게 암시된다. 그렇다면 지하실에 살고 있는 집돼지는 무엇이며 왜 소동을 일으켜 난방장치를 고장나게 하고 희태와 요란이 잠든 이층의 복도에까지 출몰하는 걸까? 요란 자신도 돼지를 자세히 본 적이 없다는 말을 되풀이하는 것으로 판단컨대 집돼지는 실체적 존재라기보다는 요란의 무의식에 거주하는 어떤 야성적인 힘을 상징하는 것이 아닐까 싶다. 그리고 의식으로 통제할 수 없는 이런 힘이 문제를 일으켜 집 전체를 차갑게 만들고 심지어 이층에까지 올라와 '요란'을 떤다는 설정은 요란이 무의식의 차원에서 희태와의 — '쎅스리스'로 표현되는 — 관계에 반발하는 것으로 해석될 수 있다.

소설가 M이 자발적으로 나서서 요란의 지하실에 출몰하는 집돼지를 사냥하고 박제로 만들려다 되레 자기가 잡아먹히고 만다는 이야기의 결말은 앞서 희태가 간파한 M의 대중예술가적 특성과 "거대한 돼지 같다는 느낌"(219면)과 연결되어 예사롭지 않은 상징적 울림을 갖는다. M이 대중적인 소설가로 성공하기 전에 "도축장과 정육도매상점 운영"(172면)으로 돈을 벌었다는 사실, 그가 구상중인 소설에 요란과 희태의 사생활을 소재로 쓰려 한다는 사실 등은 이런 울림을 더욱 의미심장하게 한다. 이 사건은 그의 통속적인 예술의 포악하고 게걸스러운 측면에 대한 비판의 의미도 내포하고 있는 것이다.

정작 M이 돼지 사냥을 시작하자 요란은 돼지의 죽음을 자신이 진정으로 바라지는 않음을, 즉 "돼지가 나오는 집에는 살 수 있어도 돼지가 죽은 집에서는 살 수 없"(225면)음을 깨닫는 점도 시사하는 바가 크다. 이를테면 M과 돼지의 마지막 대결에서 요란은 내심 돼지 쪽을 편들지 않았을까? M이 (지하실과 통해 있으되 의식의 영역에 속하는) 벽장에서 죽는다는 사실, 요란이 M을 벽장으로 유도한 장본인이라는 사실을 감안하면 요란이 돼지보다는 차라리 M의 죽음을 어느정도는 의식적으로 바랐다는 이야기가 된다. 벽장 뒤에 숨어 석궁을 겨눈 채 기다리는 M을 돼지가 어떻게 알고 공격했을까 하는 의문을 요란이 풀이하는 대목, "분노한 돼지는 이층으로 기세 좋게 올라왔을 것이고 벽장 문에 비친 자신의 모습을 보고 다른 돼지라고 생각했을 것이다. 그래서 앞뒤 생각 없이 공격했을 것"(227면)이라는 구절은 M과 돼지를 '중첩'시키면서 M의 아이러니한 죽음을 암시하는 빼어난 대목이다. 이 쎅션에 '육식'이라는 제목을 붙여놓은 것도 탁월한 발상이다. 사냥과 육식과 박제는 인간들이 짐승을 살육하여 먹고 즐기는 행위이지만 여기서는 마치 이런 행위들에 보복이라도 하듯 요란 내면의 어떤 야성적인 힘이 M의 그런 야만성을 응징하는 것이다.

요란의 무의식 속에 존재하며 성욕과도 밀접하게 관련된 이 힘은 그것이 아무리 지저분하고 탐욕스럽게 보이더라도 M처럼 죽으려 든다든지 아니면 희태처럼 외면해서 될 일이 아님을 이 이야기는 일러준다. 그리고 요란이 지닌 이 미지의 야성은 요란의 내면(의식/무의식)이 온전히 통합되어 있지 않음을 드러내는 한편, M과 희태의 부정적인 면들을 거부한다는 점에서 건강성을 지녔음을 눈여겨보아야 한다. 물론 요란이 희태가 주는 정신적인 위안을 쉽게 거부한 것은 아니다. 이 사건으로부터 십육개월 후 도시의 군중 속을 함께 걷다가 "요란이 희태의 손을 망설이면서 살짝 놓"(229면)음으로써 그들의 관계는 결국 끝난다. 「집돼지 사냥」의 비범함은 상징적 서사를 빼어나게 구사하여 무의식과 성의 관계를 깊숙이 탐사했을 뿐 아니라 우리 시대의 개인들이 당면한 핵심과제 ─ 어떤 강압적 유대로도 회귀하지 않고 어떤 정신주의적인 위안에도 안주하지 않으면서 단자화와 내면적 분열을 극복하는 길 ─ 를 진지하게 다루었다는 데 있다.

『홀』에 수록된 소설들은 형식과 발상에서 2000년대 이후에 등단한 신예들 작품 못지않게 기발하면서도 이런저런 세계문학의 고전을 연상시킬 정도의 깊이도 지니고 있다. 이 양면은 사유와 언어의 최경계에 서서 온 몸으로 밀고 나감으로써 성취된 결실일 것이다. 이 소설들은 손쉽게 이해 되기를 거부한다. 편하게 '소비'되고 잊혀지기를 거절하는 것이다. 그러 나 그 낯선 언어의 기이한 소리, 엉뚱한 듯한 발상을 알아듣기 시작하는 순간 그 언어와 사유가 펼치는 모험은 깊은 울림을 불러일으킨다. 배수아 의 『홀』이 지닌 매력은 바로 이 지평에서 비롯된다.

—『문학동네』 2006년 봄호

형식실험의 역설

김연수의 특이한 서사적 행로

1

각각의 세대는 자신의 고유한 문학사를 새로 써야 한다는 말이 있다. 오늘날 한국문학의 젊은 작가들 가운데 김연수(金衍洙)만큼 이런 요구를 민감하게 의식하고 있는 작가는 드문 듯하다. 그가 흔히 90년대 '신세대 문학'의 기수로 꼽히는 것도 이런 세대적 자의식과 무관하지 않을 것이다. 1970년생인 김연수가 창작활동을 시작한 1994년에는 80년대의 격렬한 반독재민주화투쟁——최루탄과 화염병이 난무하는 가두시위나 분신과 고문 같은 엄혹한 상황——은 삶의 중심에서 물러나 하나의 풍문이나 전설로 바뀌고 있었다. 게다가 바로 그 직전에 일어난 동구권과 소련의 몰락은 그에게 좋든 싫든 엄연했던 객관적 세계 혹은 현실이 삽시간에 사라지는 듯한 충격적인 경험을 안겨주었다.

90년대 초반 민주화투쟁의 퇴조와 맞물려 갑작스레 찾아온 디지털 소비자본주의의 일상 그리고 현실사회주의권의 돌연사는 많은 작가들에게 그러했듯 그에게 지대한 영향을 미쳤다. 그가 앞선 세대 작가들, 특히 80

년대 리얼리즘 작가들의 세계관을 분명히 거부한 것은 90년대에 등단한 다른 신세대 작가들과 크게 다르지 않다. 가령 "객관적 현실은 어디에도 존재하지 않으므로 주관적인 내 몸뚱어리의 경험을 무한히 세계의 지평까지 확장시키려는 욕망"을 자기 문학의 기원이라고 밝힐 때,[1] 혹은 장편 데뷔작 『가면을 가리키며 걷기』(세계사 1994)의 「작가의 말」에서 "나는 비로소 세계라고 하는 객관적인 구조체가 두렵기 시작하였다. 세계는 없다. 세계는 없는 것이다"(354면)라고 토로할 때, 그는 80년대 리얼리즘 문학의 대전제였던 객관적 세계 혹은 현실에 대해, 그것이 하나의 (언어적) 구성물에 불과하다는 포스트모더니즘적인 인식론을 내세우고 있는 것이다.

김연수의 특이한 점은 김영하(金英夏)나 하성란(河成蘭) 같은 신세대 작가들이 80년대를 시효가 만료된 과거로 받아들이고 90년대의 문화적 현실에 몰두할 수 있었다면, 그는 그럴 수 없었다는 점이다. "90년대를 살아가는 자들은 이미 죽은 자들이고 90년대가 오기 전에 죽은 자들이야말로 살아 있는 자들이다"(『스무 살』, 문학동네 2000, 227면)라는 작중화자의 발언처럼, 90년대의 사람들이란 80년대와 그 이전의 진짜배기 삶이 사라진 후에 겉돌고 있는 유령들이라는 생각이 그의 의식 한쪽에 자리하고 있었다. 이런 특이한 시대인식 덕분에 김연수의 초기작품에는 어떤 화해하기 힘든 모순이 존재한다. 김연수의 발상을 빌려서 말하자면, 80년대적인 영혼이 90년대적인 예술의 가면을 쓰고 있었다고나 할까.

그의 서사적 행로에 하나의 역설이 존재하는 것도 따져보면 이런 특이한 모순 때문인 듯하다. 데뷔작 『가면을 가리키며 걷기』와 최근 소설집 『내가 아직 아이였을 때』(문학동네 2002) 사이의 현격한 변화에서 확인할 수 있듯이, 그는 포스트모더니즘적인 인식론에서 출발했으되 다양한 스펙트럼의 지적 편력과 서사적 실험을 거치는 동안 출발점과는 반대방향의 어

---

1 김연수 「소수의 문학성이지 감각이 아니다」, 『작가세계』 1999년 봄호 302면.

느 지점에 도달한 듯하다. 문학 텍스트에서 '세계'를 추방하고 순전한 허구의 언어적 구성물을 보여주겠다며 출발한 그가 ('객관적'이라는 형용사는 붙일 수 없을지 몰라도) 하나의 '세계'를 끌어들이고자 하는 방향으로 선회한 것이다. 어쩌면 이 작가의 선명한 입장 표명에도 불구하고 그의 '작품'에는 처음부터 포스트모더니즘적인 인식론과는 다른 무엇이 작동하고 있었는지 모른다. 종종 그의 서사에 균열이 일어나면서 내용과 형식이 어긋나는 현상은 텍스트 바깥의 현실에 대한 작가의 강렬한 애착 때문이 아닐까 싶다. 이런 은밀한 일면을 고려하지 않으면,『가면을 가리키며 걷기』와『내가 아직 아이였을 때』는 동일한 작가가 썼다고 상상하기 힘들 정도이다.

그의 지적 편력, 특히 소설관의 경우에도, 작가의 입장 표명과 작품의 구체적 면면 사이에는 어떤 괴리가 존재한다. 그는『가면을 가리키며 걷기』의 서두에서 한때 매혹됐던 무라까미 하루끼(村上春樹)에서 벗어나 한국문학사를 만나면서 "그제야 나는 맥락이 없는 세계가 참으로 나약한 세계라는 것을 깨달았다"(10면)고 밝힌다. 하지만 이런 선언적 각성에도 불구하고 그는 한동안 한국문학보다는 서구 포스트모더니즘 문학의 맥락에서 사유하는 듯했고, 절망적인 상황에서 '쿨'(cool)한 포즈를 취하는 무라까미 하루끼류의 병폐에서도 시원하게 벗어나지 못했다. 그런 그가 포스트모더니즘 예술보다는 오히려 리얼리즘 예술에 더 가까운『내가 아직 아이였을 때』의 단편연작을 씀으로써 한국문학사의 맥락에 확실히 접속한 것 또한 역설이라면 역설이다. 외국문학을 거쳐 한국문학으로 들어오는 우회적 경로, 이것이 김연수의 또 하나 남다른 점이다. 이 글은 김연수 소설들에 대한 전반적인 평가보다는 형식적 측면에 치중하여 데뷔작에서 최근작에 이르기까지의 그의 특이한 서사적 행로를 추적하고자 한다.

2

김연수의 첫 장편 『가면을 가리키며 걷기』는 전통적 소설서사의 관행에 어긋나는 새로운 발상과 기법으로 가득하다. 마치 70,80년대 소설이 강조하던 형식적 규칙들을 모조리 깨뜨려보는 실험을 하는 듯하다. 작가는 이 소설이 하나의 허구임을 거듭 강조하면서 소설에 대한 논의를 작품의 핵심적인 일부로 끌어들인다. 작중에 작가로 등장하는 '나'(김연수)가 쓴 소설을 (80년대 맑스주의 세계관과 예술론을 지닌) 그의 친구이자 문학적 스승인 서원기가 논평하는 장이 간간이 삽입되며, 말미에는 이 둘과 등장인물 세 명이 이 작품의 공과를 논하는 좌담회까지 열린다. 소설쓰기에 대한 고민을 소설의 소재로 삼는 이른바 메타픽션적인 면이 두드러지는 것이다.

소설의 주된 내용 역시 파격적인데, 냉전 이후 한국의 주도권을 놓고 유신 재건세력과 모종의 탈근대적 신민족주의 세력이 대결한다는 황당한 가상역사를 기둥 줄거리로 설정하고, 이에 연루된 최민식과 송찬명이라는 두 청년의 좌충우돌을 보여준다. 장면들은 이렇다 할 이유도 없이 느닷없이 바뀌고 등장인물들의 말장난과 대화는 썰렁하기만 하다. 이 소설에 현실이 있다면 그것은 서원기의 말대로 "만화의 현실일 뿐"(45면)이다. 이런 실험적 형식들이 겨냥하는 주된 표적은 물론 반영론적 리얼리즘이다. 특히 신민족주의 세력이 국민개조 프로그램으로 구축한 '허구를 반영하는 현실이론'이란 것은 반영론적 리얼리즘의 허구성을 패러디하는 기제로 활용된다.

묘한 것은 권위적인 어떤 경계를 무너뜨릴 때는 무릇 신이 나기 마련인데 김연수의 이 작품에서는 그런 해체의 신명이 느껴지지 않는다는 점이다. 반영론적 리얼리즘을 통째로 뒤집고 조롱하는 발상들이 통쾌하기는커녕 어쩐지 개운찮은 여운을 남기는 것이다. 가령, 서원기가 작중의 작가 김연수가 쓴 소설을 비판하는 대목은 맑스주의적 반영론에 대한 하나의 패러디로 의도된 것이겠지만, 다른 한편 자신의 과도한 포스트모더니즘 예술에 대한 작가 김연수의 자의식적 반론으로도 해석될 여지가 있다. 서원기는 패러디 대상임이 틀림없지만, 작가 김연수의 도플갱어일 가능성도 배제할 수 없는 것이다. 김연수의 이런 양면적 세대의식으로 말미암아 이 소설은 파격적인 형식실험에도 불구하고 통렬한 맛이 없고 어정쩡한 느낌을 주고 만다.[2] 게다가, 국내외 정세라든지 문학에 대한 작가의 예사롭지 않은 생각들이 그것을 표현하는 언어와 구성이 정교하지 못해 별다른 예술적 효과를 거두지 못한다. 한마디로 기발한 아이디어는 많은데 어느 것 하나도 제대로 구현되지 못한 느낌이다.

두번째 장편 『7번국도』(문학동네 1997)는 데뷔작에 비해 분량도 적은 데다가 언어도 꽤 정제되어 있어 한결 쌈박한 느낌을 준다. 이 소설에서도 형식실험은 계속되지만, 그 상당부분은 리처드 브로티건(Richard Brautigan)의 『미국의 송어낚시』(*Trout Fishing in America*, 1967)에서 그대로 차용된 듯하다. 우선 책의 제목인 '7번국도'는 '미국의 송어낚시'의 경우처럼 한 가지 고정된 뜻으로 사용되지 않고 그 의미가 다양하게 변전된다. 7번국도는 부산에서 시작하여 포항을 거쳐 속초에 이르는 동해안을 따라가는 도로이지만, 화자는 이것을 화분에 기르다 죽여버린 나무(*뒈져버린 7번국도*), 동해지방에 나도는 수인성 전염병(*7번국도 균*), UFO에 납치되었다는 주인이 운영하는 까페(*카페 7번국도*), 아내와 갓 태어난 아들을 잃고 월급날마다 창고형 백화점에서 아기용품을 사는 사람(*7번국도 씨*), 보내는 사람도 받는 사람도 없는 편지를 배달하는 할아버지(*우리가*

---

2 이 소설의 문제점을 "우화적 구도라면 더 철저하게 만화를 향해 나아가든지, 아니면 정치적 알레고리가 요구하는 논리적 정합성과 개연성을 확보해야만 했다"고 지적한 서영채의 논평은 정곡을 찔렀다고 본다(서영채 「유토피아 없이 사는 법」, 『문학동네』 2002년 봄호 321면).

마지막으로 본 7번국도) 등등에 붙여서 사용한다.

이 수법이 언어와 지시대상, 나아가 씨니피앙(기표)과 씨니피에(기의)의 관계가 근본적으로 자의적이라는 쏘쒸르(Ferdinand de Saussure)적 언어관의 소산임을 알아차리기란 그다지 어렵지 않다. '7번국도'라는 씨니피앙을 그 씨니피에로부터 떼어내어 어떤 다른 씨니피에와 결합시킨 것이다. 문제는 이런 작위적인 어법이 어떤 예술적 효과를 거두느냐이다. 쏘쒸르의 언어관을 물려받은 야콥슨(Roman Jakobson)에 따르면 김연수는 환유(metonymy)적 양식이 지배적인 산문의 맥락에서 시의 지배적인 양식인 은유(metaphor)를 사용하는 셈이다. 하지만 은유가 시적 효과를 자아내기 위해서는 두 결합항 사이에 어떤 유사성이나 등가성이 있어야 한다. 앞서 거론한 '7번국도'의 은유적 사용에는──세상의 주류에서 소외되고 상실되고 인정받지 못하는 삶에 대한 작가의 연민이 희미하게 스며들어 있지만──두 결합항 사이의 유사성이 너무나 미약하고 자의적이라서 어떤 유의미한 효과를 거두지 못한다.

두 결합항 사이의 은유적 유사성보다는 무수한 의미들 사이의 상호텍스트성을 더 주목할 필요가 있다. 가령, 7번국도가 길이라는 데 착안하여, "길은 세상의 어떤 의미에로든 다가갈 수 있게 하는 거대한 도서관과 같다. 서로 참조하며 서로 연결되며 끝없이 넓은 세계 속으로 우리를 인도한다"(34면)는 보르헤스(Jorge Louis Borges)적인 발상이 좀더 그럴듯한 것이다. 그러나 이런 발상이 작품에 얼마나 구현되었는가는 별개의 문제이다. 작품의 구체적 맥락에서 7번국도의 의미 변전은 어떤 예술적 효과를 자아내기보다는 괜스레 혼란을 준다는 느낌이다. 이에 비해 '미국의 송어낚시'의 경우에는 그 의미의 변전이 문맥에서 자연스럽게 이해되는 면이 있기에 '7번국도'의 경우처럼 뜬금없다는 느낌은 들지 않는다. 또한 '미국의 송어낚시'가 환기하는 문화적 폭은 '7번국도'보다 훨씬 광범위하기 때문에, 그만큼 깊은 상징적인 울림을 준다.

이밖에도 파편화된 짤막한 장들이 순서 없이 배치된 점이라든지 이야기를 꺼내고 끝내는 방식에서도 『7번국도』는 『미국의 송어낚시』를 빼닮았다. 심심찮게 시를 끌어들여 산문과 운문의 경계를 자유롭게 넘나드는 것도 공통점이다. 하지만 소설의 내용과 인물의 면면을 짚어보면 양자는 판이하다. 주요 등장인물인 화자, 재현, 서연, 세희는 이런저런 과거의 상처——'아버지'라는 호칭으로 대변되는 모든 가부장적 권위로 인한 상처——로부터 자유롭지 못하다. 왼손이 마비되어 기타를 치지 못하던 재현이 7번국도 여행으로 왼손 마비가 풀리고, 아이를 낳지 않겠다는 세희가 일본인 아버지와 화해하면서 엄마가 되기로 마음먹는 밝은 결말에도 불구하고 이 소설의 분위기는 왠지 우중충하다. 그리고 어디에서도 희망을 찾기가 불가능한 듯이 보이던 젊은 남녀들이 나중에 가서 희망을 갖게 되는 결말 역시 석연치 않다. 또 하나의 문제점은 남녀간의 관계 묘사, 특히 정사 장면의 처리에서 무라까미 하루끼의 영향이 지대하다는 점이다. 가령 서연이 재현을 사랑함에도 '정상적'인 정사를 거부하고 손이나 입으로 사정을 시켜준다는 대목을 접하면 하루끼의 『노르웨이의 숲(ノルウェイの森)』(1987)의 설정을 떠올리지 않을 수 없다. 비틀즈를 비롯한 대중음악에 각별한 의미를 부여하는 것도 공통적이다. 한국의 90년대 젊은 남녀들이 사랑을 나누는 방식이 일본의 70년대 초의 방식과 이렇게 닮은 것인지 의문이 들지 않을 수 없다.

김연수의 『7번국도』의 성격을 분명히하기 위해서는 이 작품에 결정적인 영향을 끼친 브로티건의 『미국의 송어낚시』와 하루끼의 『노르웨이의 숲』과 문화사적 맥락에서 비교할 필요가 있다. 이 두 작품은 1960년대 후반 미국과 일본의 사회변혁운동(이른바 68혁명)과 각각 관련이 있다. 『미국의 송어낚시』는 미국판 68혁명을 뒷받침한 '반체제문화'(counterculture)의 토양에서 태어났다. 그렇기에 이 작품의 한편에는 미국의 순진성과 자연을 잃어버렸다는 상실감이 짙게 배어 있지만 상승하는 저항문화 특유의 유연한 유머와 기지가 번득인다. 이 작품이 파편화된 형식을 취하면서도 생태주의를 통한 문명비판이라는 주제로 수렴할 수 있었던 것은 바로 이런 저항문화적 활력 덕분이다. 이에 비해『노르웨이의 숲』은 일본판 68혁명인 '전공투(全共鬪)' 운동이 한창이던 1960년대 후반에서 70년대 초반을 시대배경으로 삼고 있으나, 20년 후의 시점에서 기억을 통해 재구성되는 과정에서 사회운동이나 혁명의 영향이 철저히 거세된다. 간간이 언급되는 사회적·정치적 사건은 주인공 화자와 나오꼬, 미도리 사이의 감미로운 사랑과 상실의 멜로드라마를 좀더 실감나게 하는 배경으로만 활용될 뿐이다. 일본에서 이 소설이 기록적인 베스트쎌러가 된 데는 사회변혁에의 꿈을 접어버린 소시민들의 향수를 달래면서 그들의 죄책감을 덜어준 것도 한몫했을 것이다.

형식과 내용 양면에서 두 소설로부터 지대한 영향을 받은『7번국도』는 한국의 사회변혁운동과 관련해서 어떤 지점에 서 있을까.『미국의 송어낚시』의 여러 형식을 차용했으되 사회변혁이나 저항문화적 활력이 없기에 그만큼 유연하고 참신한 느낌을 주지 못한다. 그렇다고『노르웨이의 숲』처럼 감미로운 위안을 주는 것도 아닌데, 그 까닭은 남녀관계를 다루는 하루끼의 솜씨가 김연수보다 훨씬 낫기 때문만은 아니다. 근본적인 이유는 김연수가 80년대의 민주화투쟁 시절 이후 사회변혁의 희망이 사라졌다고 생각하면서도 90년대의 소비문화적 현실에 체념적으로 탐닉할 수는 없었기 때문이다.『7번국도』는 내용과 형식이 어긋나는 실패작이지만, 하루끼의『노르웨이의 숲』보다는 정직하고 건강한 작품인 것이다.

『스무 살』에 실린 여덟 편의 단편은 1994년 등단 이후부터 1997년 IMF 직전까지 발표한 것들이기 때문에『7번국도』보다 전에 씌어졌거나 동시에 씌어진 것들이다. 그런데도 이 단편들이 초기의 두 장편보다 훨씬 세련되어 보인다. 비교적 제한된 범위에서 인물과 사건을 다루는 것이니만큼 단편에서는 좀더 정교한 구성을 취할 수 있거니와,「작가 후기」에서 작가가 "1997년부터 지금(2000년 초—인용자)까지 나는 이 소설들을 고치느라 세월을 보냈다"(292면)고 밝힌 데서 짐작할 수 있듯이 발표 후 개선된점도 상당할 것이다. 여덟 편의 단편이 다채로운 성향을 보여주는데, 다만 '죽지 않는 인간'이라는 표제로 묶인 세 편의 연작단편—「중세의 가을」「카르타필루스」「기억의 어두운 방」—은『7번국도』의 연장선에 있고 그와 비슷한 문제점을 지니고 있다. 「카르타필루스」에서도 "아이를 낳는다는 것은 생각만 해도 끔찍해요"(165면)라고 말하는 서연과의 만남과 헤어짐이 하나의 운명처럼 각인되어 있고, 90년대를 마치 연옥의 터널처럼 표현하는 대목이 빈번하게 등장한다. 하지만 이 연작단편들에는 주목할 만한 새로운 면이 있는데, 그것은 「기억의 어두운 방」에서 화자가 고씨동굴에서 겪은 경험을 계기로 작가로서의 정체성을 발견하는 대목이다.

> 이미 죽었으되, 살아가는 것들은 이제 다시는 죽지 않는다. 아버지도 죽고 J형도 죽지만, 동굴을 지나온 나는 죽지 못하는 운명이다. 이미 죽었기 때문에! 착한 사람들은 모두 예수의 존재를 믿었고 예수 당대에 죽었지만, 몇몇은 죽지 못하고 영원히 떠도는 것이다. 마치 껍질을 벗어버린 오징어처럼, 동포를 배반하고 살아남은 변절자처럼. 한번 죽어 다시 죽지 못하는 중음신의 넋처럼!(203면)

이런 발상을 어떻게 이해할 수 있을까? 80년대 민주화투쟁에서 살아남은 90년대 사람들을, 이미 죽었기 때문에 다시 죽을 수 없는 유령처럼 인식하는 대목은 『7번국도』를 포함한 여러 작품에서 나온다. 여기서 주목을 요하는 것은 "동굴을 지나온 나는 죽지 못하는 운명"이라는 구절에서의 '동굴'의 의미이다. 김연수는 엘리아데(M. Eliade)의 '입문'의 의미—새로이 부활하기 위해서는 고통을 겪고 죽어야 한다는 것—를 통해 "동굴을 지나온 사람은 이제 다시는 그 동굴에 들어가기 전의 자신으로 돌아갈 수 없다. 그는 '입문'했으며 그는 '죽었고' 이제는 그는 '영원히 죽지 않는 인간'이 되었다"(같은 곳)고 선언한다. 이 구절은 작가가 비겁하게 살아남은 자의 부채의식을 새로운 존재로 부활하는 계기로 전화한 대목으로 읽을 수 있다. 그리고 그 부활이란 다름아닌 작가로서의 부활이다.

　이제 영원히 죽지 않는 운명이 되어, 마치 납골당에 걸린 사진 속의 운명이 되어 소설 속에서 영원히 스스로 지나왔던 동굴 저편 멀리에서 장관을 이루며 서로 얽히고설켜들어가는 현실의 모습을 동경하면서 '나'는 중음신의 몸으로 소설이라는 공간 속을 떠돌게 된 것이다.(205면)

「중세의 가을」에서 화자가 미로 같은 복도를 통과한 후에 도달한 어느 건물 지하층의 납골당 같은 방에는 최남선, 이광수, 김소월, 염상섭 등의 사진이 걸려 있다. 거기서 '복도'의 의미는 이 대목의 '동굴'과 다르지 않다. 화자는 "이 복도만 지나고 나면 나에게 의미있던 모든 것들을 잃어버릴 것이다. 복도 저편에는 다른 세계가 날 기다리고 있을 것이다"(156면)라고 생각한다. 이 연작에서 '복도'와 '동굴'은 보르헤스의 소설에서 흔히 그렇듯이 어떤 결정적인 경계를 나타내며, 저쪽에는 수많은 사람들이 "장관을 이루며 서로 얽히고설켜들어가는 현실"이, 이쪽에는 "소설이라는 공간"이 있는 셈이다. 화자는 이제 다시는 현실로 돌아갈 수 없는 소설이라는 텍스트의 공간 속으로 들어가 앞서 간 한국문학의 대가들 대열에 합류한다. 현실의 세계를 포기하는 대신 이광수나 염상섭 같은 대작가가 되겠다는 의지의 표명이기도 한 것이다. 한마디로 '죽지 않는 인간' 연작은 김연수의 '젊은 예술가의 초상'이다.
　'죽지 않는 인간' 연작은 김연수가 어떻게 본격적인 작가의 길을 운명처럼 가기로 했는지를 일러주는 흥미로운 소설이지만, 작품으로서 설득력은 약한 편이다. '터널' '복도' '동굴' 같은 기다란 구멍들이 운명적인 경계가 된다는 보르헤스적인 발상에 공감하지 않으면 이 작품의 구성은 유지되기 힘들다. 현실의 세계와 문학 텍스트의 세계를 양자택일의 관계로 설정해야 하는 이유도 충분히 납득되지 않는다. 하지만 텍스트 바깥에 장관을 이루는 현실의 세계가 존재하고 있음을 인정한다는 점에서 포스트모더니즘적인 인식론과는 차이가 있다.

『스무 살』에는 앞의 연작들보다 형식적으로 뛰어난 단편들이 여럿 있다. 「공야장 도서관 음모 사건」은 보르헤스 식의 추리적 상상력이 제대로 효과를 발휘하는 작품이다. 추리적 상상력에 걸맞게 작품 자체가 충분히 추상화되면서 언어와 구성이 정교해진 것 외에도 김연수의 양면적인 세대적 자의식이 배제되어 있어 어떤 뜬금없는 균열이 일어나지 않기 때문이다. 이 소설은 선풍기를 폐기하는 인물과 희귀본을 유폐하는 공야장 노인, 그리고 끊임없이 새로운 글쓰기를 추구하는 소설가 화자가 삼각구도를 이루며, 앞의 두 사람이 자신이 애써서 만든 기발한 선풍기, 또는 훔쳐서까지 수집한 희귀본을 스스로 유폐하려는 행위가 결국 소설가의 글쓰기가 안고 있는 딜레마와 다르지 않음을 보여준다. 즉 뭔가 진귀한 원본에의 집착이 사물이 본래 지닌 기능과 가능성을 죽여버린다는 깨달음이 그것이다. 세상사람들의 희귀한 것에의 집착은 상술에 의해 물욕으로 변화하기도 한다. 주사위 두 개가 같은 수가 나오면 맥주 500cc와 최고의 요리를 무료로 제공하는 '고양이 요람'이라는 이색적인 술집의 에피쏘드가 작품 속에 통합되는 것은 이 지점이다. 화자와 그의 친구의 추리에서 보듯 서른여섯 번이나 와야지 최고의 요리를 공짜로 먹을 수 있는데, '나머지 서른다섯 명 중에 다섯 명'은 최고의 요리가 뭔지 궁금해서 돈을 주고 시켜먹을 수도 있는 것이다. 도서관 사서가 공야장 노인의 희귀본을 빼돌리려다가 그를 살해하게 되는 것도 진본에 대한 세상사람들의 애착과 물욕이 합쳐진 결과이다. 막상 '고양이 요람'의 최고의 요리가 아무 맛도 없는 것으로 드러나듯 희귀본에 무슨 진리가 기록되어 있는 것은 아니다.

이 소설은 기억력이 무궁무진한 공야장 노인이나 선풍기를 폐기하는 사람 같은 별종의 인물에다 정교한 추리적 구성과 뜻밖의 결말 등 보르헤스적인 장기를 고루 보여주는 인상적인 작품이다. 하지만 보르헤스적 예술을 선보였다는 사실을 제한다면 한국문학의 맥락에서 이 작품이 어떤 의미를 지닐 수 있을까? 소설의 등장인물부터 상황설정에 이르기까지 특별히 한국적인 면이 있는가? 보르헤스류의 환상문학에 무슨 국적 타령이냐고 반문할지 모르겠으나, 환상이나 상상에도 국적과 번지수가 있는 것이 문학이다. 이 점에서 환상성이 김연수 특유의 세대적 자의식과 결합된 「마지막 롤러코스터」나 「뒈져버린 도플갱어」가 형식적 완성도는 떨어지지만 좀더 매력적이다.

하지만 이 소설집에서 가장 빼어난 작품은 「르네 마그리트, 〈빛의 제국〉, 1954년」이 아닐까 싶다. 이 소설은 얼핏 집안 문제를 다루는 것으로 보이는데, 그 대강의 줄거리를 요약하면 이렇다. 화자에게는 재식이라는 이복동생이 있는데 적서(嫡庶)의 차별 때문에 재식은 집을 나가고 이로 인해 화자의 집안은 정적이 감돌면서 부모와 화자 모두 죄책감에 시달린다. 화자는 어머니의 종용으로 재식을 찾아갔다가 초현실주의 화가 르네 마그리트(René Margritte)의 「빛의 제국」을 연상시키는 광경을 발견하고 재식과 자신의 관계를 전면적으로 재인식하면서 동생과 화해한다. 그러나 이 작품에는 이런 집안 이야기 못지않게 중요한 이야기가 있다. 전근대적인 가부장적 위계질서와 적서차별의 문제를 안고 있는 집안의 이야기가 하나의 축이라면 독일과 한국, 서양과 동양의 서열에 얽힌 이야기가 다른 하나의 축인 것이다. 미술 공부를 하러 독일에 유학갔다가 잠깐 귀국한 화자는 독일에서 자신이 생각한 미의 기준과 한국 사람들의 미의 기준이 판이함을 발견한다.

독일에 있을 때, 나는 매끈하게 생긴 서양인의 모습을 보고 동양인은 얼굴이나 신체구조에서 보편적인 미에 미달한다고 생각한 적이 있었다. 하지만 한국에 와서 동창과 술을 마시면서 이런 얘기를 했다가 나는 곤욕을 치렀다. 그 친구는 내게 완전히 양물이 들었다며 의식은 물론 신체구조에 이르기까지 세계의 보편성이 곧 서양의 보편성이 되는 이유를 밝혀보라고 떼를 썼다. (…) 그 친구의 주장이란, 그렇다면 우리 식대로 살자라는 방식이 아닌가? 그렇다고 하더라도 보편적인 미를 부정할 수는 없지 않은가? 문득 이제 와 이들의 대화를 엿들으니 그 우리 식이라는 게 얼마나 어리석은지 알 수 있었다. 보편성은 지리적인 위치와는 무관하기 때문이다. 그런데도 그들은 독점(獨占)의 자리에 서서 편재(遍在)를 양물이라고 말하는 것이다.(119~20면)

화자는 서구적 보편주의를 믿고 있으며, 이런 눈으로 '우리 식대로 살자'는 (북한 사람들을 포함한) 한국인들의 편협한 지역주의를 폄훼하고 있다. 하지만 화자가 생각하는 보편주의란 서구중심주의의 위계질서가 만들어낸 허상이기에 진실을 거꾸로 보는 쪽은 오히려 화자가 될 수 있다. 물론 그렇다고 한국인들의 '우리 식대로 살자'라는 주장이 정당화되는 것은 아니다. 작가는 화자 집안의 가부장적 위계질서(적서차별)와 보편주의의 가면을 쓴 서구중심주의적 위계질서(인종차별)를 겹쳐놓은 것인데, 절묘한 것은 화자가 두 위계질서에 대해 허위의식을 지니고 있기 때문에 작품 전반에 구조적인 아이러니가 생겨난다는 점이다. 가령, 앞의 인용문에서 "보편성은 지리적인 위치와는 무관하기 때문이다. 그런데도 그들은 독점의 자리에 서서 편재를 양물이라고 말하는 것이다"라는 대목은 '우리 식대로 살자'는 한국인들 쪽에서 화자를 공격하는 말로도 사용될 수 있다.

두 위계질서 사이의 복잡미묘한 관계를 파헤치는 솜씨도 눈여겨볼 만하다. 재식은 독일어를 공부해서 국비로 유학가려는 계획을 세운다. "재식에게 독일이란 자신을 당당하게 만드는 먼 곳"(112면)이며, 이는 곧 적서차별이 없는 곳이라는 의미이다. 근대 서구의 중심국가가 주변부의 주민에게 전근대적인 위계질서를 벗어나는 대안이 되기도 하는 것이다. 하지만 막상 독일로 유학가는 쪽은 화자이며, 재식은 서울의 변두리로 물러나 '자기 식대로' 살아간다. 문제는 이런 위계질서들과 르네 마그리뜨의 「빛의 제국」이 무슨 상관이 있는가이다. 그 실마리는 화자가 한때 재식과 함께 독일어 공부용으로 읽었던 잡지에 끼워놓은 「빛의 제국」 그림에 관한 기사를 우연히 발견하면서 주어진다. 재식이 밑줄을 쳐놓은 구절은 마그리뜨가 미셸 푸꼬(Michel Foucault)에게 보낸 편지 가운데 한 대목이다.

닮음과 비슷함이라는 단어들을 통하여 당신은 세계와 우리 자신들이 전혀 새롭게 존재하는 광경을 떠올릴 수밖에 없을 것입니다.(115면)

이 대목의 좀더 정확한 번역은 "**닮음**과 **비슷함**이라는 단어들을 통하여 당신은 세계와 우리 자신들의 전혀 낯선 존재형태를 강력하게 시사할 수 있었습니다"이다. 또한 이 대목 바로 앞에서 마그리뜨가 "당신의 책 『말과 사물』(*Les Mots et les Choses*, 1966)의 독해와 관련된 이런 몇몇 생각들"이라고 밝히고 있음도 감안해야 한다.[3] 푸꼬의 주저에서 '닮음'(Resemblance)과 '비슷함'(Similitude)의 분별은 결정적인 의미를 지니고 있다. 간단히 요약하면 양자가 모두 결과적으로 비슷하다는 뜻을 갖고 있으나, 전자는 원본과 반영물 사이의 위계적 질서를, 후자는 원본이라는 개념이 존재하지 않는 사물간의 평등한 관계를 전제한다. 사물과 말의 관계에서 기존의 언어관은 대상이라는 원본이 있기에 그 원본을 말로써 재현하는 과정에서 위계질서가 생겨나는 반면, 말을 대상과의 관계에서 떼어내어 씨니피

---

3 Michel Foucault, *This Is Not A Pipe*, tr. and ed. James Harkness, Berkeley: University of California Press 1983, 57면 참조.

앙과 씨니피에의 관계로 환원한 쏘쒸르의 언어관에서는 비재현적 차이에 의해 의미화가 이뤄진다. 요컨대, 푸꼬와 마그리뜨는 '닮음'이 재현적 위계질서이고 '비슷함'이 비재현적 평등관계라는 데 서로 동의하는 것이다. 그렇기에 "하늘은 분명 낮임에도 나무를 경계로 한 지상은 어둠속에 있" (127면)는 「빛의 제국」에서 밝은 하늘과 어두운 지상은 서로 다르되 어떤 위계를 이루지는 않는 비재현적 평등관계로 해석된다.

> 그림을 보면서 재식과 나는 완전히 같지도 않지만, 전혀 다른 사람도 아니라는 사실을 발견했다. 재식의 세계는 뒤집어진 나의 세계이며, 나의 세계 역시 뒤집어진 재식의 세계였다. (…) 재식을 살리기 위해서 내가 죽을 필요는 없다. 마찬가지로 나를 살리기 위해서 재식이가 죽을 필요도 없다. 이제야 우리는 겨우 만난 것이다.(131~32면)

작가는 결국 한국 가족의 전근대적 위계질서와 서구중심적인 근대적 위계질서 양자가 재현주의적 이데올로기와 다르지 않음을 암시하며, 그런 질곡에서 벗어나는 발상을 쏘쒸르와 푸꼬와 마그리뜨가 제시하는 비재현적 평등관계에서 찾는 듯하다. 그렇기에 보편적인 미의 기준을 거론한 인용문의 의도된 뜻은 서구중심의 보편주의도 '우리 식대로 살자'는 편협한 지역주의도 모두 거부하는 것이다. 게다가, 화자가 뉴스를 통해 여러차례 듣게 되는 김일성의 사망 소식은 '우리 식대로 살자'는 노선이 더이상 설 자리가 없음을 암시하는 듯하다. 이 작품은 형식적으로 볼 때 아귀가 딱 맞아떨어지는 정교한 작품이다. 그 내용도 모든 위계질서의 틀에서 벗어나자는 이야기이니만큼 얼핏 나무랄 데가 없어 보인다. 하지만 작가는 쏘쒸르에서 푸꼬에 이르는 (후기)구조주의가 현실을 언어와 관념에 맞추고 나아가 후자로써 전자를 대체하는 환원주의적 성격을 지녔음을 간과하는 듯하다. '재식의 세계는 뒤집어진 나의 세계이되, 나의 세계는 뒤집어진 재식의 세계가 아닌' 현실을 직시해야 하지 않을까. 그렇지 않으면, 이런 '다르되 평등하다'(different but equal)는 관념은 '평등하되 따로'(equal but separate)라는 사실상의 차별주의에 활용될 소지가 있으며, '선진 서구식으로 살자'는 꼴이 되어버리기 십상이다.

3

김연수의 세번째 장편 『굳빠이, 이상』(문학동네 2001)은 「공야장 도서관 음모 사건」이나 「르네 마그리트, 〈빛의 제국〉, 1954년」처럼 작가의 의도를 일단 사줄 경우 형식적 완성도가 대단히 높은 작품이다. 또한 가상적 현실을 다루면서도 「공야장 도서관 음모 사건」과는 달리 한국문학의 맥락에 확실히 접속하려는 시도라고 볼 수 있겠다. 한국문학 최고의 수수께끼 작가 이상(李箱)을 붙잡고 씨름하는 것이야말로 한국문학사에 족적을 남기고자 하는 김연수의 야심을 보여주는 대목이다.

그의 기본 발상은 이상의 생애와 작품에 어떤 불확실한 지점을 찾아내어 그것을 진짜(원본)와 가짜(위본)의 문제와 연관시키는 것이다. 그가 실증적인 연구 끝에 찾아낸 것은 두 가지이다. 이상의 임종 당시 병상을 지킨 사람 가운데 누군가가 떴다는 이상의 데스마스크(death mask)와 유실된 것으로 추정되는 이상의 시 「오감도 16호 실화」이다. 이상의 이런 수수께끼를 세 인물이 각각의 시점에서 조명하는 구성도 주목할 만하다. 첫번째 이야기 '데드마스크'의 화자로 등장하는 잡지사 기자 김연화는 서혁수라는 사기꾼 같은 인물이 자기의 형인 서혁민한테서 물려받았다는 이상의 데스마스크와 형의 수기 『이상을 찾아서』를 공개하는 자리에 참석하게 되어 이상의 진짜 데스마스크를 찾았다는 오보를 한다. 두번째 이야기 '잃어버린 꽃'의 화자 서혁민은 이상의 문학과 삶을 모방하는 데 평생을 바친 기이한 인물이다. 그는 하루야마 유키오 연구에 평생을 바치는 와타나베로부터 하루야마가 갖고 있었다는 이상의 원고를 받지 못하자 자신이 직접 「오감도 16호 실화」를 작성하고 토오꾜오(東京)의 병원에서 자살한다. 세번째 이야기 '새'는 '정체성'의 위기를 겪고 있는 재미교포 연구자인 피터 주가 이상의 유실된 원고 「오감도 16호 실화」의 진위 문제를 놓고 동료 연구자인 권진희, 김태익과 우여곡절의 사건을 벌이는 이야기이다.

이런 복잡한 변수들 사이에서 아슬아슬한 줄타기를 계속해나가는 김연수의 저력은 놀라운 바 있다. 하지만 소설의 극적 효과를 높이기 위해서는 원고의 진위 여부를 진실과 거짓, 원본과 위본, 현실과 허구의 경계가 알쏭달쏭해지는 지점까지 몰아갈 필요가 있는데, 그럴수록 인물과 사건의 개연성과 설득력이 떨어지는 문제가 발생한다. 이를테면 서혁민은 「공야장 도서관 음모 사건」과 같은 보르헤스적 작품에 어울리는 인물이지 실증적인 외관을 갖추려는 이 소설에서는 있을 법하지 않다. 또한 김연화와 정희의 사랑 문제라든지 이중삼중으로 꼬여 있는 피터 주의 정체성 문제도 극의 미묘함과 복잡성을 높이기 위한 작위적인 설정으로 느껴진다. 요컨대, 이런 작위적인 요소를 덜어내 인물과 사건의 개연성을 높이든지 아니면 아예 보르헤스처럼 한층 더 추상화해 진위 여부를 확실하게 지적 유희의 게임으로 만들어야 한다.

좀더 심각한 문제는 사실(진실)과 진리의 서로 다른 차원이 제대로 사유되지 않음으로써 이 작품의 핵심주제랄 수 있는 문학작품에서의 진리 문제가 혼란스럽게 처리된다는 것이다. 가령, 김연화가 자신이 본 데스마스크가 진짜인지 가짜인지 확신할 수 없는 심경을 이상 문학의 진위 문제에 빗대어 이야기하는 다음 대목을 보라.

"문제는 진짜냐 가짜냐가 아니라는 것이죠. 보는 바에 따라서 그것은 진짜일 수도 있고 가짜일 수도 있습니다. 이상 문학을 두고 최재서와 김문집이 각각 다르게 말한 것처럼 말입니다. 이상과 관련해서는 열정이나 논리를 뛰어넘어 믿느냐 안 믿느냐의 문제란 말입니다. 진짜라서 믿는 게 아니라 믿기 때문에 진짜인 것이고 믿기 때문에 가짜인 것이죠."(83면)

별개의 두 문제가 있다. 하나는 서혁수가 김연화에게 보여준 이상의 데스마스크가 진짜인가 가짜인가 하는 것인데, 이것은 진실의 문제이다. 또 하나는 최재서와 김문집이 이상 문학에 대해 내린 평가인데, 이것은 문학작품에서의 진리 문제와 닿아 있다. 이 구절이 야기하는 혼란은 첫째, 어떤 물건의 진품 여부를 확인할 길이 없다고 해서 그것이 문학작품의 평가 문제처럼 되는 것은 아니라는 점이다. 그것이 진짜 아니면 가짜라는 것을 부인하는 순간 주관적 경험론의 오류를 범하게 된다. 둘째, 최재서와 김문집이 각각 다르게 평한 이상 문학의 가치는 평가자의 "열정이나 논리를 뛰어넘"는 차원의 문제일 수 있지만, 그렇다고 평가자의 주관적 믿음 여부로 환원될 수는 없다. "진짜라서 믿는 게 아니라 믿기 때문에 진짜인 것"이라는 논리는 해묵은 상대주의 진리관의 변종일 따름이며, 다만 이것이 신역사주의와 포스트모더니즘의 인식론에 편승하여 그럴듯하게 보일 뿐이다. 물론 반드시 김연화를 작가 김연수와 동일시해야 한다는 것은 아니다. 그러나 작품 내에서 이 대목과 뚜렷이 구분되는 다른 진리관이 피력되지 않은 것은 문제가 아닐 수 없다.

김연수의 두번째 소설집 『내가 아직 아이였을 때』에 실린 연작들은 전작들과 너무 달라서, 소설집 해설을 쓴 비평가는 "전혀 김연수답지 않다고 생각할 수도 있을 것"[4]이라고 귀띔하기도 했다. 하지만 파격적인 형식

---

4 정선태 「빵집 불빛에 기대 연필로 그린 기억의 풍경화」, 『내가 아직 아이였을 때』 283면.

과 문체로 소설쓰기를 계속해온 작가가 다음의 본격적인 작품을 쓰기 전에 잠시 숨고르기를 하는 소품 정도로 평가하는 데는 동의하기 힘들다. 이 연작이 기존의 김연수 작품들과 판이하다는 것보다 더 놀라운 것은 김연수가 이 소설집을 내기 직전에 『꾿빠이, 이상』을 썼다는 사실이다. 양자가 어떠한 공통점도 갖고 있지 않다는 뜻은 아니나, 문체와 방법론에서 극히 대조적인 성향의 작품들이다. 연작단편들이 그의 앞세대 한국작가들에 젖줄을 대고 있다면, 후자는 보르헤스, 움베르또 에꼬(Umberto Eco), 토머스 핀천(Thomas Pynchon), 줄리언 반즈(Julian Barnes) 같은 서구의 주요 포스트모더니즘 작가들의 발상과 기법에 깊은 영향을 받았다. 특히 반즈의 『플로베르의 앵무새』(*Flaubert's Parrot*, 1984)가 이 장편에 끼친 영향은 결정적이며, 따로 검토할 필요가 있다.

『내가 아직 아이였을 때』에 수록된 아홉 편의 단편은 수준이 고른 편인데, 언어구사가 정치하고 짜임새가 빈틈이 없으며, 인물에 대한 작가의 따뜻한 공감과 무정하고 불가항력적인 사건이 균형을 이룬다. 이 가운데 「호모 사피엔스 사피엔스」를 제한다면 범박하게 말해서 모든 작품들이 리얼리즘적인 예술이라 해도 크게 무리는 없을 것이다. 「그 상처가 칼날의 생김새를 닮듯」은 전라도 출신의 한 가족을 할퀴고 지나간 광주항쟁의 깊은 상처의 결을 세밀하게 그려낸다. 광주항쟁이 터지던 여름에 어머니가 마흔의 나이에 임신한 사건을 계기로 화자의 가족은 아버지가 대척지라고 말한 경상도의 한 소도시로 이사가서 조그만 가게를 운영하며 살아간다. 그들 가족은 표준어 사용을 철저히 지키는 등 힘겨운 노력을 통해 그곳 토박이들의 전라도 사람에 대한 편견과 적대감을 서서히 극복한다. 작가는 이 가족이 설움과 상처를 추스르면서 그곳에 뿌리내리는 과정을 경상도 사투리가 두 자매에게 살갑게 들리는 변화로 표현한다. 경상도 토박이들한테 깽깽이라고 불릴 때의 "그 상처가 칼날의 생김새를 닮듯 우리는 제법 경상도 가시나로 자라고 있었다"(53면)라는 대목이 그렇다. 하지만 평민당이 발족하고 김대중이 국회의원으로 출마하면서 사정은 급변한다. 화자의 아버지가 김대중한테 후원금을 냈다는 소문이 파다해지면서 이들 가족은 다시 한번 지역감정이라는 무서운 칼날에 깊은 상처를 입는다. 어린 화자가 지역감정에 사로잡힌 윤리선생의 발작적인 폭력에 휘둘리는 장면은 광주를 진압한 군인들의 무지막지한 폭력을 연상시킬 정도이다. 작품의 말미는 화자가 어릴 때의 기억을 통해 이 두번째 상처를 치유하는 광경을 보여준다. 화자는 아버지와 시립도서관에 갔을 때의 기억을 통해 아버지가 신문만 뒤적이는 것처럼 보였지만 사실은 광주항쟁에 관한 스크랩을 하면서 자신에게 상처를 준 사람들을 용서하고 있었다는 사실을 떠올리면서 윤리선생이 자신에게 가한 폭력을 용서한다.

김연수가 이 작품에서 광주항쟁과 지역감정이라는 무거운 정치적 주제를 이렇게 잔잔하면서도 균형있게 다룰 수 있는 것은 이미 「르네 마그리트, 〈빛의 제국〉, 1954년」에서 연마한 정치적 감각이 한몫했을 것이다. 현실을 보는 관점의 면에서 「그 상처가 칼날의 생김새를 닮듯」이 더 성숙하고 온당하다. 하지만 그 대신 「르네 마그리트, 〈빛의 제국〉, 1954년」이 보여준 지적 유희와 애매함의 매력은 상당부분 사라졌다. 이 연작단편들 가운데 또 하나의 명편으로 꼽을 수 있는 「리기다소나무 숲에 갔다가」 역시 이 점에서는 마찬가지다. 『미국의 송어낚시』의 생태주의적 주제를 한국적 맥락에서 제대로 소화하고 솜씨있게 처리한 실감나는 작품이라 칭찬할 수 있지만, 다른 한편 제한된 범위 바깥으로 모험을 감행하지는 않는 듯한 느낌이다. 달리 말하면, 전작들의 두드러진 약점 가운데 하나가 텍스트 내의 균열이라면, 이 연작들의 문제는 어떤 균열도 없이 마무리된 거의 완벽한 텍스트라는 데 있다. 이는 작가가 현실에 대한 새로운 사유의 모험을 펼치기보다 기억에 의존하여 1980년대 김천이라는 소도시의 삶을 실감나게 되살리는 일에 몰두하기 때문일 것이다. 그렇기에 이 책에서 느껴지는 실감과 훈훈함은 값진 성취임이 틀림없지만 혹시 이것이 우리 삶의 현재와 미래에 대한 실험적인 도전과 모험을 저당잡히고 획득한 산물이 아닐까 하는 일말의 의구심이 생긴다.

　김연수의 최근작인 장편 『사랑이라니, 선영아』(작가정신 2003)가 2000년대 젊은이들의 사랑 방식을 우리 시대 대중문화의 어법을 빌려 발랄한 해학과 가벼운 냉소로 다룸으로써 하루끼의 영향에서 확실하게 벗어난 것은 주목에 값한다. 현재 김연수에게 가장 중요한 예술미학적인 문제는 『스무 살』과 『내가 아직 아이였을 때』의 단편들 사이에 존재하는 양자택일적 괴리를 어떻게 극복하는가이다. 『스무 살』의 「작가 후기」에서 "내게는 현실로서 1980년대가 있었고 그림자로서 1990년대가 있었던 셈이었다"(292면)라고 말하는 김연수에게 2000년대는 과연 무엇이 될지 궁금하다. 그가 최근에 1930년대를 다루는 장편연재를 시작하는 것을 지켜보면서, 그의 종횡무진한 예술적 투혼에 기대를 걸어본다.

—『창작과 비평』 2004년 여름호

우리 시대의 사랑·성·환경 이야기
신경숙과 공선옥의 작품들

1

80년대까지만 해도 소수였던 여성작가들이 90년대 문단의 주류를 형성하면서 우리의 문학풍토가 상당히 달라졌다. 이는 여성작가들의 수적인 증가만이 아니라 그들의 문학적 성향이 지대한 영향을 미쳤다는 뜻이기도 하다. 이런 현상을 낳는 데 그간의 서구 페미니즘 이론의 수용과 여성운동의 진전이 적잖이 기여했음을 짐작하기란 어렵지 않다. 문제는 서사적 차원에서의 변화일 것이다. 흔히 '90년대 문학'의 특징으로 꼽는 현상, 즉 '역사'에서 '일상'으로, '거대서사'에서 '미시서사'로의 전환이 여성작가들의 득세와 밀접한 관련이 있는 것으로 제시된다. 가령 90년대 여성문학의 성격을 거론하면서 일상적 미시서사와 역사적 거대서사를 이항대립시키는 경향이 그렇다.[1]

---

1 황종연·진정석·김동식·이광호 좌담 「90년대 문학을 어떻게 볼 것인가」, 『90년대 문학 어떻게 볼 것인가』(민음사 1999)에서 신경숙 문학의 혁신성에 관한 황종연의 주된 논지가 그러하다. "90년대 문학의 새로운 조건을 이해하자면 역사철학 혹은 거대서사의

이런 경향의 문제점은 이 이분법적인 틀에 잘 들어맞지 않는 남녀 작가들이 적지 않다는 사실에만 있는 것이 아니다. 심각한 것은 이런 도식적인 사유틀이 일상적인 작은 이야기에서 역사적인 계기들을 추방할 수 있다는 헛된 믿음을 유포하고 있다는 데 있다. 이 지점에서 무엇이 거대서사이고 무엇이 미시서사인지에 대해서도 좀더 발본적인 물음을 던질 필요가 있다. 예컨대, 여성작가들이 흔히 다루는 사랑과 성에 관한 이야기는 항상 작은 이야기인가? 사랑과 성은 한 개인의 가장 내밀한 사적 영역이지만 역사적 계기로부터 따로 떨어진 것이 아니라 오히려 그런 계기와 맞물려서 형성되고 해체된다. 그렇기에 사랑과 성에 관한 이야기에는 그 시대의 주요한 모순과 갈등이 담기게 되고 그런만큼 큰 이야기와 섞이게 마련이다.

이 글은 이런 발상에서 90년대 이래 대표적인 여성작가로 꼽히는 신경숙(申京淑)과 공선옥(孔善玉)의 몇몇 작품들을 살펴보고자 한다. 우리 시대의 사랑과 성의 이야기에는 남녀관계와 가족관계, (이성·동성) 성애/성차의 문제뿐 아니라, 계급과 환경의 문제가 깊이 스며 있다. 이런 문제들은 사실상 우리(특히 여성)의 삶이 어떻게 찢겨져왔는가를 보여주는 중요한 지표들이다. 두 작가의 작품을 이런 삶의 찢겨짐의 결을 따라 읽고 그 상처입은 삶에 대처하는 각각의 생존/서사 방식을 짚어보고자 한다.

몰락에 주목하지 않을 수 없다고 생각합니다"(21면), "일상성의 영역에 대한 관심은 신경숙 소설에 뚜렷한 것이기도 하고 나아가서는 90년대 소설 전체에 두드러진 것이기도 하지요. 신경숙 이후 많은 여성작가들이 활약하기 시작하면서 일상의 미학, 도덕, 정치는 소설의 주류 테마가 되었으니까요."(40면) 그런데 신경숙 자신의 최고 걸작이자 90년대의 대표작으로 꼽히는『외딴 방』(1995)이 과연 거대서사의 차원이 결여된 일상적 미시서사로 그치는 것인지 묻고 싶다.

2

신경숙과 공선옥을 비교하고 싶은 충동을 처음 느낀 것은 「어떤 여자」를 읽었을 때이다. 실명을 거론하진 않지만 여러 정황으로 보건대 신경숙이 그려내는 '어떤 여자'는 공선옥을 모델로 삼고 있는 듯하기 때문이다. 두 여성소설가의 전화통화를 그대로 옮겨놓은 듯한 이 소설은 일상적인 '사실'을 어느새 비범한 '픽션'으로 둔갑시키는 신경숙의 빼어난 솜씨를 보여줄 뿐 아니라 두 작가의 작품세계를 이해하는 데 요긴한 단초를 제공한다. 소설에 생기를 불어넣는 것은 무엇보다 수화기 저편에서 터져나오는 거침없는 남도 사투리와 흙냄새 사람냄새 풀풀 나는 걸쭉한 시골 이야기인데, 그것이 영판 공선옥의 목소리요 화법이라서 마치 그녀의 소설에서 한 토막을 끊어낸 듯하다. 한편 신경숙 자신의 모습은 생생하게 그려지지 않는다. 전화통화에서는 주로 듣는 쪽인데다 공선옥과의 만남을 회고하는 작품의 서두에서도 자신보다는 상대방의 모습을 부각하는 데 몰두한다.

하지만 신경숙은 여기서도 자신의 삶에 관해서 중요한 이야기를 하고 있다. 또렷한 인상을 남기는 공선옥의 활기찬 목소리에 기대어 나지막한 목소리로 읊조리기 때문에 독자는 그 '희미한' 이야기를 지나치기 쉬울 따름이다. 가령 공선옥과의 빈번해진 전화통화에 대한 소감을 밝히면서 "나는 내 태생지를 떠나온 뒤 여행자처럼 살고 있는 중이다. 어디에도 정착하지 못한 채 늘 떠돌고 있는 기분으로. (…) 아직 부모님이 거기 살고 계시기에 가끔 그곳으로 가보지만 이제 그곳이 여기보다 더 낯설다. 그러나 누구에게나 유년시절은 그리운 법. 그녀에게선 내 유년을 둘러싸고 있던 사람들의 말투와 음식의 냄새가 흘러나왔다"(『딸기밭』, 문학과지성사 2000, 211면)라고 술회한다. 그러니까 공선옥이 생생한 목소리로 들려주는 시골 이야기는 신경숙에게는 유년에는 누렸으되 지금은 상실한 어떤 온전한 삶이다. 공선옥과의 긴 통화를 끝낸 후 "수화기 이편과 저편처럼 그녀와 나는 **생판 다른 삶**을 살고 있다"(220면, 강조는 인용자)고 하면서 그 의미를 곱씹는 대목에서 이런 대조는 더욱 두드러진다.

나는 이 도시에서 혼자, 그녀는 남도의 시골마을에서 아이 셋과 함께. 내가 이 도시에서 빌딩에 걸린 희뿌연 달을 볼 때, 그녀는 마당에 내려서서 나뭇가지 끝에 걸린 맑은 달을 볼 것이다. 내가 주말에 영화관에 가서 심야 프로로 「식스 센스」를 보고 있을 때면 그녀는 아마도 이제 24개월 된 아이의 가슴에 이불을 당겨주며 뺨에다가 입을 맞추고 있겠지.(221면)

이 대목에서 나타나는 도시와 시골마을, 홀로 된 삶과 가족과 함께하는 삶, 빌딩과 마당, 희뿌연 달과 맑은 달 등의 두드러진 대조는 신경숙 문학의 주된 모티프를 이룬다고 해도 과언이 아닐 것이다. 많은 평자들이 지적했듯이 신경숙 문학에서 원형적 경험은 어린 나이에 시골에서 도시로 이주한 데서, 즉 유년의 따뜻한 삶을 상실하고 졸지에 삭막한 도시적 환경에 던져지는 가혹한 체험에서 비롯된다. 이런 이주의 경험은 이 작가에게 가장 고통스런 '찢겨짐'으로 체험되면서 내면에 깊은 상처를 아로새겨놓는다. 달리 말하면 이 '찢겨짐' 이전과 이후의 삶이 '생판 다른' 것으로 나타나며, '생판 다른 삶'을 이어붙여 찢겨진 삶을 재통합하려는 시도가 그의 가장 특징적인 서사가 된다. 여기서 극적인 계기는 찢겨짐의 경험 전후 어딘가에 깊숙이 박혀 있는 깊은 상처를 어떻게 대면하고 다스리는가의 문제이다.

어떤 개인이 외상(外傷)에 가까운 깊은 상처를 치유하자면 그 상처의 진면목을 직시하는 용기가 필요한데, 문제의 개인이 작가라면 자신의 상처와 대면할 뿐 아니라 이를 공개적으로 드러내야 하는 이중의 어려움에 봉착한다. 게다가, 이 고통스러운 경험을 제대로 이야기하지 않으면 이미 상처받은 자신과 타자에게 또다른 상처를 줄 수 있다는 것도 어려움을 가 중시키는 요인이다. 글쓰기란 상처를 치유할 수도 덧나게 할 수도 있는 '양날의 칼'이기 때문이다. 『외딴 방』(전2권, 문학동네 1995)은 이런 이중 삼 중의 어려움을 글쓰기에 대한 진지한 성찰로 돌파함으로써 산업화가 한 창인 시기에 도시로 이주한 한 여성노동자의 고통스러운 경험을 생생하 게 그려낼 수 있었다.[2] 상처의 한가운데는 '희재' 언니의 비극적인 삶이 놓여 있지만 여기에 도달하기 위해서는 큰오빠를 비롯한 외딴 방의 식구 들, 공장과 산업체 부설학교의 인물들, 고향의 부모와 연인 '창'의 삶 역시 나름의 진실이 드러나도록 이야기되어야 하기 때문에 작품은 어느새 "가 까운 한 시대를 총체적으로 형상화한 증언록"[3]이 되었다. 요컨대 '생판 다 른 삶'을 잇는 신경숙 소설에서 글쓰기에 대한 물음과 성찰은 중요한 서 사전략이 된다. 『외딴 방』의 성취와는 성격이 다르지만 「모여 있는 불빛」 (『오래전 집을 떠날 때』, 창작과비평사 1996)과 같은 작품도 이 서사전략을 절묘 하게 활용한 수작이다.

  그러나 모든 소설에서 글쓰기에 대한 성찰의 전략을 도입하는 것은 힘 든 노릇일뿐더러 결코 바람직하지 않을 것이다. 신경숙의 소설에서 글쓰 기에 대한 성찰에 버금가는 서사전략은 시골 유년기에 경험한 자연친화 적·공동체적 활력을 끌어들여 삭막한 도시생활의 허무와 메마름, 뒤틀림 등에 맞서는 것이라 할 수 있다. 일종의 '생태적인 기획'이라 부름직한 것 이다. 이것이 가능한 것은 「어떤 여자」에서 보듯이 시골 유년의 세계가 도

---

2 『외딴 방』의 성취를 글쓰기에 대한 성찰과 결부하여 논한 글로는 백낙청 「『외딴 방』이 묻는 것과 이룬 것」, 『창작과비평』 1997년 가을호; 『통일시대 한국문학의 보람』, 창비 2006 참조.
3 남진우 「우물의 어둠에서 백로의 숲까지―신경숙의 『외딴 방』에 대한 몇개의 단상」, 『외딴 방』 2권 292면.

시적 삶의 양식을 진단하는 가치척도의 역할을 하기 때문이다. 이런 경향은 신경숙의 초기부터 내재되어 있었지만, 『외딴 방』이후부터는 더욱 두드러진다. 따라서 신경숙의 소설은 상실된 유년의 세계를 '기억'을 통해 재구성하는 반복적 양상을 드러내는데, 이것은 복고적이거나 낭만적인 취향만이 아니라 "늘 떠돌고 있는 기분으로" 살아가는 도시생활 속에서도 삶의 온전함이 무엇인가를 놓치지 않으려는 노력의 일환이기도 하다.

더욱 주목할 것은 이런 생태적 기획을 가능케 하는 신경숙의 자질, 즉 자연과 생명에 섬세하게 반응하는 감수성이다. 이런 감수성은 산업화 이전의 농촌에서 자연과 맞닿은 삶을 살아본 사람만이 지닐 수 있는 자질이며, 그런만큼 도시에서 태어난 젊은 작가에게는 기대하기 어려운 것이다. 신경숙한테 이런 자질이 유독 강한 것은 그의 유년기가 산업화로 인해 생태적 환경이 급격하게 훼손되는 시기와 맞물려 있다는 것과 무관하지 않다. 상실의 위기에 처한 자연친화적이고 혈연공동체적인 삶이 이를 더욱 민감하게 만들었을 가능성이 있는 것이다. 이것이 신경숙의 소설에 등장하는 갖가지 꽃과 나무, 동물 들을 실감나게 하는 원천임은 물론이다. 그리고 종종 '소녀적 감상성'이라는 비판의 빌미가 되는, 언제 소멸할지 모르는 생명체에 대한 유별난 애착과 연민도 바로 이런 생태적 감수성의 분출에서 연유한다.[4] 아프고 여린 생명에 대한 연민이 깊이 스며든 「깊은 숨을 쉴 때마다」「감자 먹는 사람들」(『오래전 집을 떠날 때』) 「부석사」(『종소리』, 문학동네 2003) 등은 이런 감수성이 빚어낸 수작들이다.

생태적 감수성이 이 작가의 중요한 자산임은 분명하지만, 이를 이용한 서사전략에 내포된 맹점도 기억할 필요가 있다. 주어진 삶의 온전함을 재

---

4 이런 자질은 신경숙의 산문에서 두드러지게 나타난다. 가령, "꽃이나 식물이나 동물이나 사람이나 그들과 관계맺고 있는 한순간에 찬란한 향기를 풍기다가도 또 한순간 그들은 죽음이나 그리움이나 부재나 상실로 돌아갔다"(「말해질 수 없는 것들」,『아름다운 그늘』, 문학동네 1995, 47면)라는 구절을 보라.

는 기준이 생명 있는 모든 것들에 대한 관심과 배려, 그리고 연민의 행위에 맞춰져 있기 때문에 사회적 모순을 추궁하는 힘이 떨어지면서 현실적 갈등에서 비롯되는 소설 장르 특유의 박진감을 상실하는 경우가 종종 있는 것이다. 이런 징후가 두드러지게 드러나는 예는 『기차는 7시에 떠나네』(문학과지성사 1999)인데, 앞서 거론한 세 작품 역시 그 탁월한 묘사력과 서정적인 아름다움에도 불구하고 뭔가 나른한 느낌을 준다. 생명체에 대한 연민이 과도하게 분출된 나머지 찢겨진 현실에 대한 사유는 물러나고 불교적 연기(緣起)의 세계관에 입각한 위로와 진혼의 제의(祭儀)가 소설의 전면에 등장하는 예도 있다. 이를테면 「오래전 집을 떠날 때」나 「마당에 관한 짧은 얘기」(『오래전 집을 떠날 때』)는 영혼의 집을 잃고 헤매는 귀신들을 위로하여 제자리를 찾게 하는 것을 주된 모티프로 삼고 있는데, 그 도덕적 의도는 사주고 싶지만 예술적으로는 그다지 효과적이지 않은 것 같다. 이런 모티프를 사용하더라도 「지금 우리 곁에 누가 있는 걸까요」(『딸기밭』)처럼 '귀신' 요소를 살짝 가미할 때 가엾은 생명체에 대한 연민과 더불어 극적 긴박감과 종결의 훈훈함이 살아난다.

흥미로운 것은 신경숙 소설에서 사랑과 성애의 문제가, 유년의 기억으로써 도시의 피폐한 삶을 회복하려는 생태적인 기획과 종종 어긋난 관계로 설정된다는 점이다. 『깊은 슬픔』(전2권, 문학동네 1994)에서 '이슬어지'는 은서와 완과 세의 마음의 고향이지만 이들은 이곳에서 보낸 유년의 기억 때문에 오히려 서로의 관계를 제대로 정립하지 못하고 모두 사랑에 실패한다. 유년의 기억이 가족간의 정과 유대를 다지는 데 밑거름이 되는 것과 대조적으로 남녀간의 사랑에는 파괴적인 동인으로 작용하는 것이다. 이는 자연친화적이고 혈연공동체적인 유년의 세계가 사실은 결핍과 금기와 '기습'의 공간이기도 함을 반증한다. 가령, 장편 『바이올렛』(문학동네 2001)[5]

5 신경숙은 단편 「배드민턴 치는 여자」(『풍금이 있던 자리』, 문학과지성사 1993)를 저본으로 삼아 『바이올렛』을 썼는데, 이 두 작품의 차이를 엄밀히 규명하면서 장단점을 비

에서 고향마을의 미나리군락지는 오산에게 도시생활의 허망함을 견디게 해주는 생태적 상상력의 원천이지만 유년기의 동성애 욕망이 거부되면서 원초적인 '고독'과 결핍이 시작된 지점이기도 하다. 오산의 이런 상처받은 내면이 그녀와 사진기자와의 관계를 편집증적인 짝사랑으로 몰아가면서 그녀의 사랑을 비극으로 치닫게 하는 요인이 된다.

『바이올렛』에서 눈여겨볼 것은 오산의 사진기자에 대한 사랑이 착각('오산')이라는 점만이 아니라, 이 눈먼 사랑에서 촉발된 관능적 욕구가 생태적인 요구와 묘한 갈등관계에 놓인다는 점이다. 서울 도심의 한 화원에 취직한 오산은 사진기자와 만나기 전에 "식물이 주는 위로"(93면)와 화원에서 같이 일하는 수애와의 우정으로 도시의 무료하고 황량한 일상을 힘들게 견뎌나간다. 그러다가 어느날 바이올렛 꽃을 찍으러 화원에 찾아온 『꽃세상』의 사진기자와 만난다. 하지만 오산에게는 그와의 '재회'가 결정적이니, "어제 그 남자와 재회하기 이전의 시간과 어제 그 남자와 재회한 이후의 시간에 대해 분명히 금을 긋는다."(169면) 대체 그 남자와의 재회에서 무슨 일이 일어났을까.

두번째 만남은 오산과 수애와 수애 친구가 찾아간 까페에서 사진기자 일행이 우연히 합석한 데서 시작되지만 문제의 사건은 그들 일행이 까페에서 나와 흩어진 후 사진기자가 그녀의 드러난 팔을 만질 때 일어난다. 그때 "그녀의 팔 위에 소름이 오소소 돋"고 이 소름을 남자가 쓸어내리는 "그 짧은 순간 그녀는 울 뻔한다."(159면) 남자의 한 번의 터치에 그녀는 간

교하려면 또 하나의 글이 필요하다. 필자는 『바이올렛』이 「배드민턴 치는 여자」의 여러 계기들을 발전시키고 개선함으로써 사랑과 성애의 문제를 확연하게 드러낸 점을 높이 사지만, 동명의 단편을 장편화한 『외딴 방』의 경우와는 달리 그 핵심적인 대목에서는 큰 변화가 없고 또 그만큼 성공적이지는 않다고 본다. 여기서는 『바이올렛』의 텍스트를 기본으로 삼되 두 작품의 공통된 면을 먼저 논한 다음 양자의 차이와 그 예술적 효과에 관해서는 간단히 덧붙이기로 한다.

단히 사로잡히고 만 것이다.[6] 작가는 이런 사로잡힘이 온몸을 장악하는 현상—그의 환영이 "그녀 속으로 쏙 들어와버렸"(165면)던 것이다—일 뿐 아니라, 그 속에 두 가지 요소가 병존하고 있음을 분명히한다. 가령, 속으로 '쏙 들어온' 남자의 환영이 그녀에게 관능을 일으키고 있을 때와 아닐 때 그녀의 모습이 천양지차로 달라지는 대목을 보라.

수영장에서 나와 그녀가 다시 빗속으로 나서려고 할 때, 비 맞지 마, 그 남자가 나직이 속삭인다. 찬비야, 감기들 거야. 그녀는 처마 밑에 우두커니 서 있다. 내내 그녀 속에서 일렁이는 관능은 이제 차가워져 있다. 그녀 속의 그 남자가 그녀의 뺨을 만지려고 하거나, 그녀의 이마에 쏟아져내려와 있는 앞 머리카락을 쓸어올리려고 하지는 않는다. 그 남자는 다만 물끄러미 그녀가 바라보는 곳을 함께 바라보며 비를 맞아서는 안 된다고, 샤워를 끝낸 뒤라 찬비를 맞으면 감기들 거라고 걱정해주고 있다. (⋯) 새벽에 거리로 뛰어나올 때의 여자와 지금 차분히 비닐우산을 받쳐들고 걸어가고 있는 이 여자가, 분명히 한 여자인가? 두 얼굴은 너무나 다르다.(171~72면, 강조는 인용자)

그녀의 몸속에는 "일렁이는 관능"과 그녀가 감기에 들까봐 "걱정해주는"

---

6 단편에서는 이 만짐으로 끝나지만 『바이올렛』에서는 남자가 "당신, 사랑해도 되겠소?"(161면)라는 도발적인 발언과 함께 그녀의 뺨에 입맞추는 장면이 더 있다. 또한 단편에서 사진기자에게 예쁜 아내가 있다는 암시가 『바이올렛』에서는 예쁜 애인들이 있는 것으로 바뀌어 있다. 뿐만 아니라 단편에서는 나중에 오산이 사진기자가 까페의 창밖에서 자기 쪽을 두 번씩이나 쳐다보고도 자신을 알아보지 못한 데 좌절하지만, 『바이올렛』에서는 그런 실망을 겪은 후에도 오산이 전화로 그를 불러내어 마침내 두 사람이 대면하고 그 자리에서 그가 오산의 (머리를 자르고 눈썹을 밀어) 달라진 모습을 알아보지 못할 때 사랑의 최종적인 파탄이 일어나는 것으로 조정된다. 이런 디테일상의 변동은 불가피한 면이 있고 또 사실적 개연성을 높이기도 하지만 단편에서 돋보였던 시적인 함축의 묘미를 반감시키기도 한다.

배려의 마음이 병존하되 한쪽이 나타나면 다른 쪽은 사라지는 형국이다.

이 가운데 관능적 요소가 적극적이기 때문에 오산이 '식물의 위로'와 수애와의 친밀한 자매애에도 불구하고 화원을 떠나 사진기자를 만나러 가는 것은 필연적이다. 배려와 돌봄의 '생태적'인 요소가 필요조건이지만 충분조건은 못되는 것이다. 그리고 사진기자가 자신을 알아보지 못하자 그 남자를 향해 부풀어만 가던 욕망이 한순간에 모래성처럼 무너지고 만다. 오산에게 실연은 무엇보다 관능욕구의 좌절을 뜻하기에, 실연의 '깊은 슬픔' 후 자포자기 상태에서 오산이 호색한인 '최'를 전화로 불러내는 것은 우연만은 아니다. 그리고 최가 저녁을 함께 보내자고 제의하자 오산의 입에서 저도 모르게 튀어나오는 "배드민턴 치러 가야 돼요!"(266면)라는 엉뚱한 발언이나, '최'가 오산을 강간하면서 "니 얼굴에 씌어 있어. 난 죄 없어. 네가 말 못하는 걸 내가 알아서 해주는 것뿐이야"(269면)라는 잔인한 발언이 터무니없게 들리지는 않는다.

말미에서 오산이 포클레인에 몸을 부딪쳐 스스로 목숨을 끊는 장면은 작품의 사실적인 개연성을 반감시키지만 그럼에도 강렬한 인상을 남긴다. 포클레인에는 어머니와 같은 자연을 무참히 짓밟고 훼손하는 남성적 폭력의 이미지가 뚜렷하지만, 관능과 생태의 갈등이라는 작품의 흐름 속에서는 마치 관능이 하나의 도구적 형태로 굳어져 생태를 짓밟는 듯한 여운도 주기 때문이다. '최'에게 능욕을 당한 후 관능은 생태와 적대적인 관계로 나타나는 것이다. 포클레인의 강철 몸체에 부딪쳐 만신창이가 된 몸을 그 아가리 속의 흙으로 덮으면서 오산이 "뭔가 안심이 된다는 표정"(273면)을 짓는 것은 결국 관능을 버리고 대지의 자연에 의탁하는 뜻이리라. 그러나 오산은 오로지 죽음 앞에서만 관능의 욕구를 포기할 수 있을 뿐이다. "입 벌린 공룡처럼 우뚝 버티고 서 있"(176면)는 포클레인과 붉은 모자를 쓴 인부들 앞에서 "날씬한 다리"(177면)를 내놓고 배드민턴을 치는 여자들의 이미지는 관능이 도시에서 어떤 방식으로 존재하는지를 잘 보여준다. 그것은 사랑을 떠받치는 또 하나의 축인 생태적인 돌봄과 배려의 속성과 분리되어 노출증/관음증적 형태로 존재하는 것이다.

이쯤 해서 단편 「배드민턴 치는 여자」를 『바이올렛』으로 다시 쓰면서 생겨난 몇몇 두드러진 차이와 그 예술적 효과를 짚어볼 필요가 있다. 양자의 차이는 주로 작가가 기존의 모티프들을 심화·발전시키고 새로운 모티프를 새로 덧붙이면서 발생하는데, 무엇보다 주목할 것은 수애의 벙어리 삼촌이 서울 외곽에서 경영하는 농원의 존재이다. 작품의 공간적 구도에서 보면 서울 근교의 농원은 오산의 고향마을 미나리군락지와 서울 도심의 화원을 이어주는 녹색 삼각형의 꼭짓점에 해당하며, 여기에 각별한 의미, 이를테면 '대안적 세계'의 의미가 주어지는 듯하다. 오산의 생태적 상상력의 원천인 '미나리지'는 실제로는 갈아엎어져 농지로 변한 지 오래고 화원은 도심의 소음과 피폐함에 찌든 사람들의 숨통을 잠깐 틔워주는 "거리의 비상구"에 불과한 데 반해서, 육천 그루의 가지마루가 푸르게 넘실거리는 농원은 "관용과 사랑, 자발적 복종과 연민, 그리고 본능의 자연스러움이 '상처'의 흔적을 지우는 재생의 공간"[7]으로 그려져 있기 때문이다.

이런 녹색공동체의 대안적 공간이 부각됨으로써 『바이올렛』은 단편에 비해 '생태적 기획'의 비중이 훨씬 커진다. 농원은 녹색의 공간이자 삼촌에 대한 수애의 근친애를 관용하고 (인도네시아 출신의) 이주노동자들까지 따뜻하게 품어주는 배려와 돌봄의 공간으로 묘사되는 것이다. 이런 현상은 작가가 제목을 '배드민턴 치는 여자'에서 '바이올렛'으로 바꾸면서 '관능/생태'의 갈등보다 '생태/폭력'의 대립을 강조하려는 것과도 맞아떨어진다. 장편에서 바이올렛과 관련된 설화가 소개되고, 바이올렛이 포클레인에 짓밟히는 이야기라든지 도시에 내재한 폭력의 이야기(주인집 남자의 여자에 대한 폭력, 오산을 능욕하려는 오토바이를 탄 교통순경

---

7 신수정 「다시, 씌어지는 이야기」, 『바이올렛』 295면.

등)가 덧붙여지는 것도 이와 관련있을 것이다. 그러나 이런 의도에도 불구하고 작품의 핵심이 별로 바뀐 것 같지는 않다. 오히려 폭력적인 도시공간에서 생태적인 것의 중요성을 강조할수록 '관능/생태'의 분열과 대립에서 비롯되는 오산의 비극은 통렬해지는 바가 있기 때문이다. 그런가 하면, 대안적인 녹색공간에 스며든 유토피아적인 색채로 말미암아 이런 비극의 생생함이 희석되는 효과도 있다.

오산의 아버지의 부재와 어머니와의 애증병존적 관계도 주목할 만하다. 이것이 덧붙여짐으로써 어린 오산의 남애에 대한 동성애적 사랑이 한결 설득력을 획득하게 되고 죽음 앞에서 오산이 어머니와 화해를 이룬다는 암시─도시적 아버지에 대한 열망을 접고 대지적 모성으로 회귀한다는 암시─도 나름의 의미를 띠게 된다. 그러나 단편과 장편 모두에 등장하는 글쓰기의 모티프는 작품의 주제들과 긴밀하게 결합하지 못해 썩 성공적이진 못한 것 같다. 특히 장편의 경우 미나리군락지의 경험이 회고와 글쓰기를 통해 두 번 제시됨으로써 불필요한 반복이라는 느낌을 준다. 게다가 『외딴 방』에서 보여준 개인과 사회의 관계에 대한 복합적 사유와 대화적 상상력이 결여되어 있는 것은 작품의 성취를 제약하는 큰 요인이 아닐 수 없다.

그러나 이런 한계에도 불구하고 『바이올렛』을 주목할 이유는 충분하다. 이 작품이 우리 시대의 사랑과 성과 환경에 대한 중요한 통찰을 보여주기 때문인데, 통찰의 주된 메씨지는 우리 삶의 터와 우리 자신의 감수성을 좀더 생태적으로 바꾸는 것만으로는 충분치 않고 내면의 관능성과 생태적 공감력을 통합할 때만이 충만한 삶과 인간관계를 이룰 수 있다는 것이다. 이런 통찰을 낳은 『바이올렛』은 성과 환경에 관한 작은 이야기 모음만은 아니다. 왜냐하면 여기에는 지난 수십년간의 도시화과정에서 생태적인 공간이 파괴됨으로써 우리 내면의 감수성이 분열해온 은밀한 '역사'에 대한 작가 나름의 해석과, 분열된 감수성을 다시 온전하게 만들려는 열망이 담겨 있기 때문이다.

우리 시대의 사랑과 성에 관한 이야기로『바이올렛』못지않게 주목해야 할 작품은「딸기밭」(『딸기밭』)이다. "신경숙의 것으로는 놀랍게도 에로틱"[8]한 성애 묘사도 눈길을 끌지만, 정작 놀라운 것은 이런 생생하고 '에로틱'한 묘사를 통해 관능의 미묘한 작동방식과 발현양태에 대한 탐구를 용감하게 밀고 나간 점이다. 이 소설은 매우 복잡한 구조와 형식을 갖고 있다. 기억력을 상실해가는 사십대 중반의 화자 '나'의 현재적 삶과 화자의 기억을 통해 제시되는 자신('처녀')의 23세 대학시절의 성애 경험이 주된 서사이지만, 여기에 '유'의 어머니 편지와 정태춘·박은옥의 노래와 사설이 불쑥불쑥 끼어든다.

'처녀'의 성경험은 '범죄형'의 외모를 지닌 '그 남자'의 관계와 화사하고 자유분방한 대학친구 유와의 관계로 양분되어 있지만 양자는 아귀가 꼭 맞물려 있다. 처녀의 가족상황은『바이올렛』의 오산의 경우와 유사하다. 처녀는 어린시절부터 아버지의 부재로 인해 "끝간데 없는 결핍"(43면)에 시달리며 어머니와의 사이에는 "어떤 단절이 개입되어"(57면) 있다. 처녀는 이런 가족의 결손과 생활고로 인해 발육부진인데다, 가혹한 시대의 "사소한 일상에까지 스며 있던 억압"(51면)으로 인해 심히 위축되어 있다. 처녀의 욕망의 경험은 이런 '결핍'과 '억압'과 '위축'의 상황에서 일어난다. 이런 상황을 염두에 두고 처녀의 두 관계가 서로 맞물리는 과정을 추적해보자.

처녀가 그 남자와 사귀게 되는 연유는 "접근을 금하는 그 남자의 외모"가 처녀에게 "묘한 안도감"을 주기 때문인데,(57면) 이는 아버지라는 존재가 주는 느낌과 다르지 않다. 말하자면 그 남자는 처녀에게 부재한 아버지의 대리자인 셈이고, 아버지의 부재로 인한 처녀의 '끝간데 없는 결핍'

---

8 김병익「존재의 괴리, 그 슬픈 아름다움」,『딸기밭』296면.

으로 말미암아 두 사람은 가까워지면서 친밀한 '근친애'적 사랑을 나눈다. 그러나 이들이 육체관계에 돌입하는 것은 이런 근친애적 사랑이 발전한 결과가 아니라, 유에 대한 처녀의 관능적 욕구에 의해 촉발된 결과라는 점을 주목해야 한다.

처녀가 유('너')에게 매혹되는 것은 유가 최루탄 가스가 자욱한 그 시절에 "화사한 치마를 아랑곳없이 입고 다닐 수 있었던 사람"(51면)이기 때문이다. 유의 화사함과 자유로움은 금기로 옥죄인 처녀의 몸을 풀어주어 "서로의 등을 때리고 발등을 건드리고 엉덩이를 발로 걷어"차는 "억압이 없는 장난기"(54면)를 나눌 수 있게 해준다. 동성간에 이처럼 거리낌없이 서로의 몸을 건드리는 행동은 언뜻 동성애를 연상시키지만 이것은 동성애가 아니라 자매애의 욕구이다.(54면 참조) 하지만 이런 자매애의 욕구는 처녀가 마당이 있는 이층집에서 들려오는 피아노 소리를 부러워하다가 그 집이 유의 집인 것을 알았을 때의 '경이'로 소멸되고 만다("그 경이는 너를 향해 생성되고 있던 내 안의 자매애가 소멸되는 순간이기도 했다", 55면). 이때의 '경이'는 놀라움뿐 아니라 계층 차이에서 오는 위화감과 배신감을 뜻하기에 자매처럼 함께 나누고 돌보는 행위가 불가능해진다. 처녀에게 유가 관능적 욕망의 대상이 되는 것은 바로 이 지점이다.『바이올렛』에서 그랬듯이 여기서도 관능에의 욕구는 돌봄과 공감의 능력과 적대 관계로 설정되는 것이다.

처녀가 그 남자와 육체관계를 맺기로 작정하는 것은 집 앞의 공중전화 부스에서 남자와 통화를 하다가 우연히 "향기가 날 것 같은 목덜미를 쓰다듬으며"(66면) 걸어가고 있는 유의 모습과 이층집 창문에서 "옷을 벗은 유의 실루엣"(67면)을 본 다음이다. 그 순간 처녀는 온몸이 달아오르면서 황급히 택시를 타고 남자에게로 간다. 유에 대한 처녀의 관능적 욕구가 남자에게로 전이된 것이다. 처녀와 남자의 첫번째 정사장면은 이 점을 분명히 보여준다.

그 남자의 얼굴선이 지나치게 접근 금지의 표시를 내포하고 있기 때문에 그 반작용이 이루어지고 있는 것과 같은 어린아이 같은 속살. 열일곱이란 나이로부터 성장이 멈춰버린 듯한 야윈 몸이 생존본능처럼 지닌 부드러움. 처녀는 그만 울어버린다. 그 남자가 가엾다. **마치 자신의 내부의 욕망이 그 남자를 겁탈하려는 것 같다.** 그제서야 그 남자는 처녀를 끌어안는다. (…) 서로의 몸에 가시가 돋은 것처럼 차츰 몸이 따뜻해질수록 아프기까지 하다. 그 아픔이 서로를 더욱 끌어안게 한다. 아파하며 그들은 쾌락에 젖어든다. 몸에 돋은 가시는 서로의 몸속으로 깊이 들어가 박힌다. 처녀는 자신이 하혈을 하고 있는 것도 모른 채 **제 몸의 가시를 남자의 피부 깊숙이 박고 있다.**(69면, 강조는 인용자)

이 대목은 뒤의 딸기밭에서의 처녀와 유의 동성애 장면과 더불어 신경숙 소설의, 어쩌면 우리 시대의 가장 주목할 만한 성애묘사 장면인지 모른다. 두 남녀가 서로의 몸에 가시를 박듯 끌어안는 고통스러운 정사에는 상대방의 결핍과 상처에 대한 뼈저린 연민이 깊이 스며 있는 한편, 처녀에게 남자의 몸이 유에 의해 촉발된 관능욕구의 해소 대상으로 쓰이는 섬뜩한 측면도 담겨 있다. 처녀가 "마치 자신의 내부의 욕망이 그 남자를 겁탈하려는 것 같"은 느낌을 갖는 것은 바로 이 때문이다. 처녀는 한동안 남자와의 정사에 사로잡히지만 이런 관계가 오래갈 수는 없다. 어딘가에 균열이 가면서 처녀는 남자와의 약속장소에 나가지 않고 대신 유를 찾아가 유의 가족 소유의 딸기밭에서 문제의 동성애를 나눈다.

유의할 것은 딸기밭에서 처녀가 처음에 유의 몸을 만지게 된 동기가 "유가 지니고 있는 관능이 아니라 그녀에 대한 살의였다는 것"(81면)이다. 처녀는 유의 흰 목덜미를 두 손아귀로 감싸고 점점 세게 졸랐지만 유는 "아름답고 맑고 순한 눈"으로 자신의 눈을 들여다볼 뿐 '비애'나 '고통'이나 '결핍'의 기미를 내비치지 않는다. 이런 불가해한 평온함 앞에서 처녀는 살의를 풀고 유의 몸을 애무하기 시작한다. 그러다가 극적인 일이 일어난다.

처녀가 유의 약간 벌어진 입속에 혀를 밀어넣을 때까지도 유는 저항하지 않는다. 나직하다. 평화롭다. 적의가 없다. 처녀가 유의 목구멍 깊숙이 혀를 집어넣었을 때. 돌연 유가 처녀를 밀어젖힌다. "누워!" 돌연 유가 명령한다. 단호하다. 지금까지의 무저항은 "누워!" 그 명령어를 수행시키기 위한 것이었다는 듯. "나를 죽이려 했지!" 유가 돌연 거칠어진다. 처녀를 덮치고 웃옷을 젖히고 처녀의 젖가슴에 딸기를 쏟아붓는다. 유의 손길은 부드럽고 능란하다. 감미롭고 완벽하다. (…) 아무것도 남지 않는다. 어떠한 찌꺼기도. (…) **그 남자와의 행위 뒤에 남겨지던 고독까지도**.(82면, 강조는 인용자)

이 대목을 보면 유가 처녀의 '살의'를 충분히 감지하고 있었음에도 '무저항'으로 일관했음이 드러난다. 게다가 처녀의 동성애적 욕망의 수동적인 대상이 되기보다 자기가 한술 더 떠 "처녀를 덮치"면서 능란하게 상황을 이끌어간다. 유의 이런 숨겨진 면모가 놀라울 따름이다. 하여간 처녀가 "그 남자와의 행위 뒤에 남겨지던 고독까지도" 남지 않을 정도로 온전한 성애를 누리는 것은 분명하다.

정사 후의 두 여자가 서로의 몸을 씻겨주고 "자매들처럼 껴안고 긴 낮잠에 빠져"(83면)드는 것도 주목할 대목이다. 이는 유에 대한 처녀의 소멸했던 자매애가 회복되었음을 일러줄 뿐 아니라, 드디어 관능적 욕구와 생태적 감성 간의 갈등과 분리가 해소되었다는 표시로 읽히기 때문이다. 그리고 이런 나눔의 행위가 동반되기 때문에 으깨진 딸기의 농염한 이미지에 깃들었던 살의가 걷힌다. 신경숙은 「딸기밭」에서 드디어 관능과 생태의 분리를 극복하는 순간을 보여준 것이다. 문제는 유가 과연 현실에서 있을 법한 인물인가 하는 점이다. 이 '애매한' 인물을 어떻게 평가하느냐에 따라 작품의 의미는 크게 달라진다. 신경숙이 현실에서 불가능한 '소원'을 소설을 통해 '성취'한 것인지 아니면 동성애에서 온전한 사랑과 성의 가능성을 포착한 것인지 엇갈리는 것이다.

3

「어떤 여자」에서 수화기 저편에서 들려오는 이야기처럼 공선옥의 서사는 생동감으로 가득 차 있다. 이 생동감은 어디서 오는 것일까. 신경숙은 이 생동감을 시골집 마당의 나뭇가지에 걸린 맑은 달을 보면서 아이의 뺨에 입맞춤하는 어머니의 건강한 삶과 연관짓는다. 자연과 인간(여성) 본성에 따르는 순정한 삶의 이미지가 떠오른 것이다. 하지만 공선옥의 소설을 보면 시골에서의 이런 삶이란 것이 온갖 종류의 억압과 결핍에 맞서는 분투의 현장임을 절감하게 된다. 신경숙이 느낀 생동감은 그러니까 자연친화의 공간에서 누리는 어떤 온전한 삶뿐 아니라 그런 삶의 '분투'에서 생겨난 것인지 모른다.

공선옥 서사의 생동감이 '분투'에서 나온다는 것은 기법은 조야하지만 치열한 삶의 내용 때문에 이런 생동감이 주어진다는 뜻은 아니다. 오히려 이런 생동감을 구현해내려면 기법을 단련시키는 정련의 과정이 뒤따르기 마련이다. 이 점에서, '공선옥을 위한 변명'이라는 항목 아래 "공선옥의 문학은 세련되고 장식된 문학이 아니다. 그의 문학은 세련과 장식 같은 기교 이전에 존재한다. 세련과 장식과 기교 등으로 현란하게 무장한 문학 속에서 공선옥의 문학은 재야의 활기와 활력을 보여준다"[9]라는 양진오의 말은 완전히 틀린 말은 아니지만 오해를 사기 쉽다. 이 주장에는 소재와 기법(기교)을 혼동하는 면이 있기 때문이다. 공선옥 문학의 소재는 '세련되고 장식된' 것은 아니지만 그 기법은 '장식'적이지는 않아도 '세련'된 바가 있기 때문이며, 그렇기에 '재야의 활기와 활력' 혹은 '날 것 그대로'의 생생함을 보여줄 수 있는 것이 아닐까.

공선옥 소설에서 성(sex/gender)은 성애의 문제보다 성별의 문제에 주로 초점이 맞춰져 있다. 공선옥이 등단 이후 써온 '5월 광주'에 관한 이야기들에서도 이를 확인할 수 있다. 이 작가에게 '광주'는 찢겨진 삶의 원형을 이루는 것이다. 그런데, 십년 이상 지난 '광주'를 소재로 작품을 쓴다는 것은 진부한 후일담 소설에서처럼 자칫 자기연민이나 신파에 빠질 우려가 다분한데, 공선옥의 광주 이야기는 지금도 생생함을 잃지 않는다. 그것은 광주항쟁에 참여하여 치명적인 내상을 입은 남자들과 그들과 인연을 맺은 여자들의 '현재적' 삶이 리얼하게 그려져 있기 때문이지만, 등장인물의 목소리에 성별에 따른 '차이'가 있어 이것이 작품에 특별한 생기를 불어넣기 때문이기도 하다. 말하자면 공선옥은 '여성의 주체적인 목소리로 기층민중의 삶을 말하기'[10] 시작한 것이다.

그렇지만 공선옥이 처음부터 '여성의 주체적인 목소리'로 말한 것은 아니다. 공선옥의 데뷔작 「씨앗불」(『피어라 수선화』, 창작과비평사 1994)은 광주의 상처를 안고 사는 밑바닥 계층 남자들의 곤고한 삶을 '남자의 목소리'로 이야기한다. 이 작품에서 여자의 목소리는 미약하여 거의 들리지 않거니와 그다지 긍정적으로 그려지지도 않는다. 가령 "지 남편 몸 팔아 마음 팔아 받은 돈"(280면)을 챙겨서 달아나버리는 기정의 아내, 위준한테 죄를 덮

---

9 양진오 「억척 어미의 여성성, 가난과 마주하는 문학」, 『멋진 한세상』, 창작과비평사 2002, 297면.
10 김영희는 공선옥의 의의에 대해 "우리 문학으로서도 드물게 기층민중의 주체적 목소리로 여성의 삶을 말하기 시작했다는 점"(「근대체험과 여성」, 『창작과비평』 1995년 가을호 87면)을 지적했는데, 필자는 이야기의 내용보다 '주체'가 여성이라는 점을 강조하는 뜻에서 표현을 바꾸었다.

어쎄우려는 창녀들, 그리고 위준의 아내 진예는 모두 조연급에도 못 미치는데다 '선한 인물'도 아니다. 그렇지만 가령 진예가 술 퍼먹는 남편에게 내뱉는 특징적인 소리, 가령 "오일팔 구신에 단단히 물려가지구서네 으이구"(274면)[11]를 새겨보면 밑바닥 남자들과는 또다른 밑바닥 여성의 딱한 처지가 배어 있는 듯하다. '으이구' 뒤에 사뭇 다른 질감의 고초와 분투가 상상되는 것이다.

「씨앗불」 이후의 작품에서 공선옥은 단편화되어 있던 '진예'의 목소리를 온전하게 들려준다. 이제 '여성의 주체적인 목소리로 기층민중의 삶을 말하기' 시작한 것이다. 호프집 여주인 혜자의 한 많고 설움 많은 인생사를 담은 「목숨」(『피어라 수선화』)에도 광주 귀신에 단단히 씌어 있는 남자 재호가 등장하지만 재호와 혜자의 관계는 「씨앗불」의 위준과 진예의 관계와 현격한 차이가 있다. 혜자에게 재호는 "생명줄"(151면)의 의미를 지니지만 이야기의 주체는 혜자이다. 혜자는 현재 자신의 뱃속에 있는 아이의 아버지 재호를 만나기까지의 역경을 회고조로 이야기하는데, 이 과정에서 공장노동자, 버스 차장, 술집 작부를 전전한 자신의 신산한 인생사뿐 아니라 자기 집안과 재호네 집안의 찢겨진 삶의 내력이 한데 엮이면서, 작품은 어느덧 기층여성의 입장에서 구술된 민중서사를 방불케 한다.

이 소설은 이렇듯 이야기하는 사람이 여성일 뿐 아니라 여성의 '주체적'인 목소리도 담고 있다. 이 점은 '광주'에 대한 재호와 혜자의 상이한 태도에서 잘 나타난다. 재호는 5월이 오면 열병을 앓을 만큼 광주를 숙명처럼 대하고, 혜자는 재호로부터 광주의 비극을 전해듣고서 그것의 의미를 깨닫지만, 그렇다고 그 비극적 사건 앞에서 주눅드는 기색은 전혀 없다. 단지 담담하게 재호를 감싸안을 뿐이다. 혜자가 이렇게 대범하고 넉넉한 태도를 취할 수 있는 것은 자신이 직접 광주를 겪지 않은 까닭도 있지

---

11 진예의 이 소리에 대한 자세한 논평은 한수영 「여성, 역사의 타자(他者)」, 『문학동네』 1999년 겨울호 참조.

만 그녀의 인생편력 자체가 광주의 비극적 경험 못지않게 험난했기 때문이다. 이 소설에서 또 하나 눈여겨보아야 할 것은 혜자가 낙태하려던 뱃속의 아이를 재호의 아이 '홍이'를 만나고 돌아온 후 낳아 기르기로 결심하는 대목이다. 공선옥 문학에서 주요한 논쟁거리가 되는 여성/모성의 갈등이 중요한 모티프의 하나로 등장한 것이다. 이 대목을 놓고도 본질론적인 모성성의 발현이냐 아니냐로 견해가 엇갈린다. 필자는 이 장면이 생명에 대한 본질적인 모성성의 발현이라기보다, 뱃속의 아이가 재호와 자신을 잇는 '생명줄'임을 깨닫는 과정에서 어미로서 아이의 생명을 지키려는 욕구를 수용키로 결정하는 "일종의 도덕적 결단"[12]이라고 본다.

「목마른 계절」(『피어라 수선화』)의 빼어남에 대해서는 여러 평자가 지적한 바 있다. 주목하고자 하는 것은 여기서도 광주 이야기는 등장하지만, 이제 그 이야기는 화자인 주인공 여자와 그녀의 이웃집 여자 현순씨의 '자매애'적 삶의 맥락 속에서 그 삶의 일부로서 나타난다는 것이다. 현순씨의 술집에서 일하는 미스 조가 광주항쟁에 참여한 자기 애인이 병으로 죽자 자신도 따라 죽는 참담한 사건 앞에서 두 여인은 서로 다른 반응을 보인다. 현순씨는 광주의 '현재진행형'을 강조하면서 "역사는 귀신이여. 귀신은 상관있는 놈도 물고 늘어지지만 상관있는 놈하고 끈이 맺어진 상관없는 놈들도 끌고 가거든. 그것이 역사귀신이거든. 상관없는 년이 어쩌다 상관있는 놈을 만나 덜커덕 물린 게라고"(32면) 운운하자 주인공 여자는 참을 대로 참다가 냅다 큰 소리로 "아니야, 그게 아니라 미스 조는 김대중이 대통령 안되었다고 죽은 거야. 단순한 걸 왜 그리 복잡하게 얘기

---

12 김영희, 앞의 글 90면 참조. 한수영은 앞의 글에서 '잉태'와 '출산'의 모티프를 정신분석적인 틀로만 해석하는 바람에 혜자가 "그 생명의 경외로움에 굴복하고 유산을 포기"(155면)한 것으로 읽는다. 공선옥이 이 대목에서 "서둘러 비역사적이고 무시간적인 '모성성'의 피안으로 내달려가고 있다"(152면)는 것인데, 여기서는 설득력이 없다.

해"(32면)라고 맞받아친다. 주인공 여자가 현순씨의 해석을 거세게 거부하는 것은 그것이 잘못된 것임을 확신해서가 아니다. 중요한 것은 두 여자 사이의 이런 언쟁이 죽은 미스 조에 대한 일종의 조의 표시이자 자기들의 삶의 의지를 확인하는 과정이라는 점이다. 그렇기에 앞서의 입장과는 상관없이 현순씨가 "옘병. 죽을 각오로 살자 그거여. 누구 좋으라고 죽냐 죽기를"(33면) 하고 내뱉는 것으로 언쟁은 끝난다.

공선옥의 광주에 관한 소설들이 여전히 생동감을 유지하는 것은 기법적 쇄신의 힘이지만,[13] 그 생동감의 일부는 광주에 대한 어떠한 신비화나 관념화도 거부하는 기층여성의 삶에의 투지가 작품에 깊이 스며 있는 데서 나온다. 이를테면 기층여성의 현재적 삶의 입장에서 '5월도 알맹이만 남고/껍데기는 가라'라고 소리치는 '분투'의 목소리가 깃들어 있다고 할까. 흔히 공선옥 문학을 '당당하다'고 할 때 이런 '분투'의 목소리를 듣는 것이다. 하지만 이런 '분투'의 목소리만을 강조함으로써 이 작가의 감수성이 거칠고 투박하다는 암시를 준다면, 그것은 공선옥 문학의 전모를 왜곡하는 일일 것이다. 도시를 배경으로 하는 광주 이야기에서는(「목마른 계절」의 주인공 여자가 소음에 무척 예민하게 반응하는 서두 장면을 제한다면) 잘 드러나진 않지만, 이 작가는 자연과 생명, 그리고 주거환경에 대한 대단히 섬세한 감각을 지니고 있다. 사실 공선옥은 신경숙과 더불어 90년대에 활약한 젊은 여성작가들 가운데 가장 빼어난 생태적 감수성을 보여주는데, 이것이 광주 이야기 이후의 공선옥 문학에서 두드러지게 나타난다. 그녀의 산문집 『자운영 꽃밭에서 나는 울었네』(창작과비평사 2000)의 한 대목을 보라.

한밤중에 깨어나서 텃밭 쪽으로 귀를 모으고 가만히 있으면 별빛과 달

---

13 「목마른 계절」의 예사롭지 않은 기법에 주목하여 작품을 분석한 글로는 백낙청 「지구시대의 민족문학」, 『창작과비평』 1993년 가을호 115면; 『통일시대 한국문학의 보람』.

빛과 밤이슬과 어두움이 자두나무 주변에 엉겨서 내는 소리들이 이루 말할 수 없이 시끄러웠다. 너무나 고요해서 그것들은 마냥 시끄러울 수가 있었던 것이다. 내가 문을 열고 툇마루에 우두커니 앉아 있으면 어느 순간 그것들은 일제히 모든 소리를 뚝 그치고 말았다. 나는 그것들이 나의 존재를 잊어버리고 자기들끼리 부산해지기를 기다렸다.(55면)

공선옥의 청각이 「목마른 계절」의 주인공 여자처럼 무척이나 예민함을 실감케 하는 대목이다. 그런데 시골 밤의 투명하게 맑은 분위기를 그 웅얼거리는 생명의 소리와 함께 절묘하게 포착한 이 장면에서, 공선옥의 예민한 청각은 자기 소설의 주인공의 경우와는 달리 자연과 교감을 나누는 매체가 되고 있음을 주목해야 한다. 자연과 사람이 모두 살아 있어서 서로의 존재를 의식하는 듯한 감흥을 불러일으키는 밑바탕에는 자연의 '살아 있음'에 예민하게 반응하는 작가의 감수성이 작동하는 것이다. 이 생태적인 감수성은 이를테면 공선옥의 문장을 생동하게 하는 '바탕'인 셈이다. 공선옥의 이런 감수성은 살아 있는 사람, 특히 아이들에게 민감하게 반응한다. 『자운영 꽃밭에서 나는 울었네』에서 「푸른 것들에의 꿈」 「바람 찬 생애에도 유년의 추억만은」은 이 작가가 신경숙의 경우와 마찬가지로 아프고 불쌍하고 여린 생명에 대한 깊은 애정과 연민, 돌봄과 배려의 생태적 감수성을 지니고 있음을 잘 보여준다.

그러나 두 작가의 문장에서 느껴지는 질감이랄까 분위기는 사뭇 다르다. 신경숙의 생태적 감수성이 대체로 생명체의 상처와 상실과 죽음에 대한 애절한 '연민'을 특징으로 한다면 공선옥의 감수성은 가난하고 불쌍한 생명체를 살리기 위한 '돌봄'이 주된 정조를 이룬다. 이런 차이는 공선옥의 생태적 감수성이 가난에 맞서 아이를 키우는 분투의 과정에서 단련된다는 측면과도 무관하지 않다. 가령 공선옥은 아프거나 애처로운 아이에게 처연할 정도의 깊은 연민을 표하다가도 (생활고를 해결해야 하기 때문

228

에) 어느 순간 연민의 감정을 냉정하게 접어버리는 면이 있다. 이런 감정의 절제와 객관화에서 생겨나는 대범함의 경지가 공선옥의 문장과 목소리에 스며 있는 것이다. 아마도 신경숙이 「어떤 여자」에서 포착한 것은 이런 목소리에 가까울 것이다.

「한데서 울다」(『멋진 한세상』)는 생태주의 자체를 소설의 주요 모티프로 삼고 있어 눈길을 끈다. 화자인 정희는 노동자 남편과 함께 어렵사리 마련한 20평짜리 서민아파트로 이사하는데, "온통 소음의 도가니"(238면)이자 "콘크리트 닭장집"(243면) 같은 분위기가 끔찍하기만 하다. 정희는 남편과 이웃들에게 소음 문제의 심각성을 지적해보지만 "도로 가까워서 얼마나 편한지 모르겠단 소리"(239면)나 듣는다. 오로지 '경제'가 삶의 기준인 서민들에게는 정희의 하소연이 사치로 들리는 것이다. 텍스트는 이 대목에서 "부자는 아니지만 곤궁하지도 않은 '따뜻한 농가' 출신"(242면)인 정희의 유별난 반응이 환경 문제에 대한 계급간의 상이한 입장에서 비롯되었을 가능성을 암시한다. 그러나 정희의 예민한 청각이 개인적 특성일 수 있기에 이런 암시의 의미는 제한적일 수밖에 없다.

게다가 정희의 '생태주의'는 상당히 실천적이다. 가령, 정희가 "나와 내 가족이 사는 곳을 더이상 돈에 의해서가 아니라 마음에 의해서 선택하고 싶다"(241면)는 일념으로 '재산으로서의 집'이 아닌 '집다운 집'을 찾아나서는 장면이 그렇다. 마침내 정희는 제 마음에 꼭 드는 시골집을 발견하고 남편을 졸라 이사를 간다. 아이러니한 것은 정희가 막상 이사가서 살아보니 시골 역시 소음에서 면제된 공간이 아니라서 다시 도시를 헤매며 집 구하러 다니는 신세가 된다는 사실이다. 정희에게는 새벽부터 나타나 확성기를 틀어놓고는 "번개탄 있어요, 미원 있어요, 왜간장 있어요"(253면) 하고 끝도 없이 외치는 트럭 운전사의 청승맞은 소리가 도시 소음 못지않게 괴로운 것이다. 그럼에도 도시로 집 구하러 다니는 정희에게는 교통체증과 대기오염의 도시공간 자체가 역겨울 따름이다. 정희는 트럭 운전사의 인간적인 면모를 접하면서 마음속 갈등이 해소되어 결국 농촌에 살기로 결심한다. 요컨대 공선옥의 생태주의는 무조건 농촌과 자연을 찬미하는 관념적인 태도와는 거리가 멀며 항상 구체적인 삶의 문제로서 제기된다.

공선옥이 모성을 다루는 방식도 이와 유사한 면이 있다. 공선옥의 소설에서 생태주의적 사유와 발맞추어 모성에 관한 이야기가 부쩍 눈에 띄면서 마침내 '억척어멈' 씨리즈가 등장하는데, 양자가 모두 돌봄과 배려의 생태적 감수성에 바탕을 두고 있는 만큼 우연이 아니다. 공선옥 소설의 여성인물 다수가 '억척어멈'이랄 수 있지만, 이 씨리즈의 특징적인 양상은 작가가 광주 이야기를 서서히 접은 후에 두드러진다. 광주 이야기에서는 여성/남성 간의 관계에 초점이 맞추어졌다면 억척어멈 씨리즈에 오면 여성/모성의 미묘한 관계 쪽으로 초점이 이동한다. 이때 유념할 것은 모성이 여성의 핵심적인 일부임은 틀림없으나 여성의 타고난 본능이나 본질은 아니라는 점이다. 그런데 공선옥의 서사가 '광주'라는 강력한 역사적 자장 바깥으로 나오면서 모성에 관한 이야기가 본성론의 경계 위에 서서 이쪽저쪽으로 발걸음을 하는 듯한 '아슬아슬함'을 보여준다. 광주 이야기에서는 "공선옥은 모성을 여성의 타고난 본성으로 그리지 않는다"[14]는 판단이 타당하다고 여겨졌는데, 이제 그녀의 서사에서 '생리' '잉태' '출산' '양육'이 주요한 모티프로 자리잡으면서 그런 판단을 확신할 수 없는 발언과 흐름이 심심찮게 등장하는 것이다. 가령 「아무도 기다리지 않았다」(『멋진 한세상』)의 다음 구절은 소설의 문맥에서 떼어놓고 읽으면 모성을 여성의 타고난 본성으로 보는 전형적인 담론이다.

어미들이 그 아비들보다 자식으로 해서 더 큰 행복감을 맛본다고 한다

---

14 김영희, 앞의 글 89면.

면 그건 아마 출산의 고통을 겪어낸 때문이 아닐까. 남자는 쾌락 때문에 자의와는 다르게 아이를 만들지만 여자는 속 깊은 곳에서 좀더 근본적인 욕구, 어미이고 싶은 욕구에 의해 아이를 낳고 기르는지도 모른다는 생각이 든다. 여성성이란 무언가를 속에 품지 않으면, 키워내지 않으면 안되는 속성을 가진 것이 아닐까.(195면)

이 대목을 공선옥의 메씨지로 받아들이거나 작품의 진의로 파악하는 것은 작품의 구체적인 면면을 무시하는 꼴이다. 왜냐하면 이 대목은 소설의 화자인 경희가 자기 아이들과 조카들이 신나게 노는 모습을 지켜보다가 얼핏 든 생각이며, 이 구절에 연이어 "자신이나 언니네나 그 아이들의 아비들이 부재하기 때문에 든 생각이리라"(195면)고 단서를 단다. 사실 이 소설에서 여성성의 정체에 관한 물음은 계속 아버지의 부재와 관련되어 설명된다. 가령, 자신과 딸의 생리 경험도 그렇다. 경희가 아버지를 싫어하게 된 계기는 아버지가 "불경스럽다는 듯, 무슨 망측한 일이냐는 듯, 딸의 생리거즈를 바로 보지 못하고 고개를 외로 돌렸던"(205면) 때부터이다. 경희는 "그날로부터 아버지는 정말로 완전 남이 되었다. (…) 네 사람의 여자로 이루어진 집에 아버지는 꼭 불순분자 같았다"(같은 곳)고 회고한다. 경희의 생리 경험에 얽힌 이야기에는 생물학적 여성주의의 기미가 배어 있지만, 경희가 딸의 유사한 경험을 지켜보다가 그것이 사실은 아버지의 부재에서 기인함을 깨닫는 장면이 제시된다. 즉 그들이 "아버지 앞에서 부끄러웠던 건, 아버지가 그네의 성장과정을 지켜보지 않았기 때문"(206면)인 것이다.

이렇듯 여성성에 관한 물음이 남성의 부재와 깊은 연관이 있는 것으로 줄곧 해명되기 때문에 이 소설의 말미에 드러나는 아이러니는 묘한 여운을 준다. 경희는 남편의 존재를 그다지 반기지 않지만 그가 가족의 중요한 일원인데도 식구 가운데 아무도 그를 기다리지 않는 분위기에 대해서는 강한 자의식을 갖고 있다. 아이러니는 경희가 이런 자의식 탓에 남편이 잠깐 화장실에 간 것을 또다시 집을 나간 줄로 착각한 데서 발생한다. 남편을 찾아나설 때의 다급한 마음과 막상 남편을 찾았을 때의 "맥이 풀리"는 반응은 모성성에 관한 경희의 본질론적인 사유에 제동을 거는 효과가 있는 반면, 경희에게 남편이 그리 필수불가결한 존재가 아님을 재확인시켜주는 측면도 있다. 아버지나 남편이 이렇게 가족들한테 '왕따'당하는 모습이라든가 남성의 두드러진 부재현상이 우리 시대의 일면을 보여주는 것임은 분명하나, 이를 빌미로 본질론적인 여성주의와 '모계제'를 정당화하는 면이 없지 않다.

이에 반해 「술 먹고 담배 피우는 엄마」(『내 생의 알리바이』, 창작과비평사 1998)와 「홀로 어멈」(『멋진 한세상』)은 본질론적인 여성론에 경사되지 않고 여성으로서의 정당한 욕구와 어미로서의 책임의식 사이에서 주인공 여자의 짧은 일탈에 담긴 의미를 생생하게 포착한다. 「술 먹고 담배 피우는 엄마」의 주인공은 아동일시보호소에 맡겨진 아이들을 만나러 광주로 가는 기찻간에서 떠돌이 노동자 신세의 털북숭이 사내와 함께 술을 먹고 '질펀한' 수작을 나눈다. 털북숭이 남자가 "두꺼비 같은 손아귀"로 여자의 몸을 만지며 "좋잖아, 따숩고"라고 얼러대자 여자는 이렇게 생각한다.

나는 실제로 따숩다. 그건 가짜가 아니다. 털북숭이의 불 같은 손길에 내 마음속의 얼음이 봄눈처럼 녹아내린다. 그러나 이 모든 것이 얼마나 허망한 짓거린 줄을 나는 안다. 나는 애기엄마인 것이다. (186면)

여자는 털북숭이와의 수작에서 따뜻함을 느끼지만 '애기엄마'의 책무로 돌아갈 수밖에 없는 것이다. 이 작품의 감동은 일반적인 기준으로 볼 때 털북숭이의 '더러운 짓거리'조차도 대범하게 받아들일 만큼 그녀의 절박한 처지가 반증되는 데서 온다. 공선옥이 광주 이야기에서 그랬듯이 가장 밑바닥에 위치한 억척어멈의 눈(몸)으로 일체의 관념이나 신비화를 간단히 통과해버리는 무심의 경지가 감동스러운 것이다. 특히 여자의 목소리를 '막가는 언행'의 털북숭이와 '서늘한 눈매'의 짐짓 진보적인 청년의 두 목소리 사이에 배치하여 다성적(多聲的) 효과를 자아내는 장면은 탁월하다. 털북숭이 사내의 따뜻함이 그가 노동하는 사람이라는 것과 무관하진 않고 그런만큼 그 따뜻함 속에는 밑바닥 인생끼리의 어떤 친밀함이 깃들어 있겠지만, 그렇다고 이 둘 사이의 "'연대' 관계에 대한 모색" 운운하는 것은 과도한 의미부여이다.[15]

공선옥의 세번째 장편 『수수밭으로 오세요』(여성신문사 2001)는 광주 이야기에서 거둔 성취를 바탕으로 생태주의적 사유와 실천, 계급간의 입장 차이, 남성/여성·여성/모성의 미묘한 차이와 갈등 등의 요소들이 복합적으로 결합된 역작으로 보인다. 다양한 문학적 요소들과 극적 계기들이 편재해 있지만, 소설로서의 극적 골간은 뭐니뭐니해도 사랑 이야기에 놓인다. 이 소설은 심이섭과 강필순의 사랑 이야기인 것이다. 그런데 묘한 것은 소설을 곰곰이 생각할수록 사랑 이야기는 껍데기처럼 느껴지고 '어미' 강필순을 중심으로 하는 모계적 가족구성의 이야기가 알맹이처럼 느껴진다는 점이다. 소설적 재미는 이 두 서사 간의 팽팽한 대립과 갈등에서 나오는데, 이것이 어느 지점을 통과하면 모성이 거짓된 사랑을 물리치는 훈훈한 감동으로 대체되는 듯하다.

사랑 이야기에 처음 개입하는 것은 계급의 문제이다. 구로공단의 단칸방에서 봉제일을 하는 강필순과 의사 심이섭의 첫 만남이 이뤄지는 곳은 강필순의 절친한 친구 오은자가 경영하는 '소정까페'이다. 필순과 은자는 「목마른 계절」의 두 여자처럼 함께 역경을 헤쳐온 동지이자 자매처럼

---

15 신승엽 「벗어날 수 없는 일탈, 머무를 수 없는 정주」, 『창작과비평』 1999년 여름호 69면. 나아가 이 둘의 '연대' 관계를 「목마른 계절」의 '나'와 현순씨의 '공감' 관계보다 더 의미깊은 것으로 평가하는 것은 두 관계의 중요성과 성격을 거꾸로 읽는 꼴이다.

가까운 벗이다. 이섭이 이런 끈끈한 자매애를 비집고 필순과 연애를 하게 된 것은 이섭에게 선량한 마음씨가 있었기 때문이다. 소정까페에 찾아온 필순의 허약하고 순박한 모습에 눈길을 던진 이섭과 자신의 건강을 걱정 해주는 그의 배려에 감화를 받은 필순은 이 만남을 계기로 급속히 가까워 진다. 필순은 이를 "이섭은 선물처럼 왔다. 올 때마다 그가 들고 오던 것만 선물이 아니라 그날은 그 사람 자체가 필순한테는 선물이었다"(68면)고 표현한다. 하지만 '선물'은 좋은 것이지만 사람이 '선물'일 경우는 마냥 좋기만 한 것이 아님을 나중에 필순은 뼈저리게 깨닫는다. 따져보면 선의 의 동정심에 이끌려 결혼한 심이섭의 내면에는 처음부터 시혜의식이 깔 려 있었던 것이다.

그렇지만 이 둘의 관계가 결혼으로까지 발전하게 된 것은 시혜와 동정 이든 배려와 돌봄이든 그저 따뜻한 마음씨에 이끌렸기 때문만은 아니다. 필순에게는 아이 밥그릇을 짓밟아버리는 전남편 조영식(한수 아비)의 '짐승만도 못한' 행패를 당한 아픈 경험이 있고 또 관능적인 욕구도 없진 않았다.

> 그 입술에 자신의 입술을 한번 포개보고 싶은 욕망이 일었다. 후끈 몸 이 달아오르는 느낌이 들었지만 상상의 수위가 점점 올라가도 하나도 부끄러운 기분이 들지 않았다. 아니, 오히려 나른하고 감미롭고 상쾌한 느낌이었다.(63면)

이 소설에서 성애의 욕구가 이 정도만큼이라도 표현되는 부분이 거의 없 다는 것은 심히 유감이다. 이섭이 필순에 대해 '진지한' 육체적인 욕망을 표현한 대목은 전혀 없다. 관능의 지평이 거의 결여되어 있다는 점은 사 랑 이야기가 껍데기처럼 보이는 중요한 이유 가운데 하나일 것이다. 여기 서도 '나른하고 감미롭고 상쾌한 느낌'이라는 것이 필순에 대한 공장장의 역겨운 추근거림과 대비됨으로써 관능욕구의 진정성이 의심되는 면이 없지 않다.

계급간의 사랑 이야기에서 중산층의 허위의식을 까발리는 것은 문학의 해묵은 주제이기에 신선함을 보여주기 힘들고 자칫 도식적인 틀에 빠질 수도 있다. 그러나 「술 먹고 담배 피우는 엄마」에서 『노동해방문학』을 읽던 서늘한 눈매의 청년을 털북숭이와 대조시키면서 그의 현학성과 아울러 냉랭한 일면을 꼬집어내던 공선옥의 솜씨는 여기서도 빛을 발한다. 까발림의 주된 표적은 심이섭과 김영후·전병순 부부가 참여하는 중산층 생태주의 단체 '가난을 선택한 사람들의 모임'이지만, 필순이 읽기로 하였다가 중도에 포기하는 『창작과비평』도 예외가 되지 못한다(가령 "글은 읽을 수 있는데 그 글이 무슨 뜻인지 이해가 안 갔다", 46면). 주목할 것은 '가난을 선택한 사람들의 모임' 회원 중에 「한데서 울다」의 정희만큼 진지한 생태주의적 사유와 실천력을 지닌 사람이 없다는 점이다. 그렇기에 그들이 내세우는 명분과 실천의 괴리 그리고 위선을 비판하는 일은 극적 차원에서는 통쾌하지만 생태주의에 대한 소설적 탐구의 차원에서는 별로 소득이 없다. 만약 중산층 가운데 필순과 겨룰 만한 생태주의적 미덕이나 매력을 지닌 인물이 있었다면 좀더 흥미진진하지 않았을까. 그럼에도 중산층 인물에 대한 작가의 감각이 돋보이는 것은 전병순의 '쎈스' 있는 언행과 이섭 어머니의 끔찍할 만큼 양식화된 태도, 그리고 무엇보다 이섭의 숨겨진 허위의식을 특유의 빼어난 대사로 포착해내는 솜씨 때문이다. 가령 이섭이 속으로 필순을 버리기로 결심하고 술김에 내심을 토로하는 장면을 보라.

"강필순, 너, 너 불쌍해서 나 어떡하냐?"
"무, 무슨 소리야?"
가슴이 덜컥 내려앉는다.

"내가 나쁜 놈이다, 내가."

"내가 왜 불쌍해? 그리고 왜 당신이 나빠? 나 하나도 안 불쌍하고 당신 하나도 안 나빠아."

"아니야, 그렇지 않아. 강필순, 넌 불쌍하고 난 나빠. 아니다. 그래, 넌 안 불쌍해…… 하지만 난 나빠."(196~97면)

필순에게 처음으로 자신의 마음을 열어 보인 이 장면에서 이섭의 필순에 대한 측은지심과 자신을 질책하는 마음이 짧은 구어체로 제시되면서 어떤 처연함마저 자아낸다. 그러나 이섭이 자신이 나쁘다고 주장할수록 이것이 자책이자 동시에 자신의 양심을 달래는 행위일 수도 있음이 느껴진다. 이런 미묘함까지 포착해내는 공선옥의 솜씨는 광주 이야기와 「술 먹고 담배 피우는 엄마」 같은 작품을 통해 단련된 그녀의 기법이 이 소설에서도 요긴하게 활용되고 있음을 보여준다. 이런 빼어난 기법 덕택에 아이들에 대한 생생한 묘사는 그 자체로 하나의 성취일뿐더러 이 소설의 전체적 구도에서 각별한 의미를 띤다.

이 부부의 관계가 균열이 가기 시작한 것은 산이의 돌잔치에 시어머니가 찾아왔을 때 필순이 술에 취해 깽판을 치면서이다. 어쩌면 필순에게 이섭이 '선물'처럼 다가왔을 때 이미 두 사람의 관계는 파탄을 예고했는지 모른다. 말하자면 필순의 술주정이 상황을 근본적으로 바꿔놓은 것은 아닐 것이다. 그런가 하면 그것이 무의식의 차원에서 시집 식구의 행태에 대한 거부감의 표출일 공산이 크기에 단순한 실수는 아니다. 강필순은 결혼 파탄의 주된 원인으로 이섭이 사랑에서 출발한 것이 아니기 때문이라고 주장하는데("사랑해서 불쌍한 게 아니고 불쌍해서 사랑하려고 했는데 그게 잘 안된 거야", 249면) 이 항변에는 정곡을 찌르는 바가 있다.

필순 측에는 무슨 문제가 없을까. 가령 필순의 모성이 강하게 작용하면서 이섭과의 관계를 깨뜨리는 데 주효한 역할을 하지 않았는지 물을 수 있다. 여기서도 모성을 여성의 본성인 양 분출시키는 장면("어미는 그런 것이다. 어미는 자고로 모질어야 하는 것이다. 모질지 않으면 그나마 자기 자식에게 내어줄 따스운 품 한뼘 남아나지 않을 것이기에. 그런 어미 마음을 조금이라도 가진 아비가 있다면 그를 지아비 삼아 살아갈 수 있으련만", 210면)이 나온다. 그러나 이런 충동이 불끈 치솟는 데는 자기와 자식들을 버리고 가버린 이섭에 대한 원망이 서려 있기 때문에 본질주의로 딱 규정하기 망설여진다. 그렇기에 이런 본성론적 충동의 표현 자체보다 그런 표현이 사용된 맥락에 주목할 필요가 있다.

필순이 친구 은자의 식구들을 불러들이고 동생 필례의 자식으로 추정되는 '봄이'까지 받아들이면서 집안에 아이들이 빽빽하게 들어차고 게다가 필순과 은자의 끈끈한 자매애적 관계가 부부관계를 일부 대신하면서 심이섭의 설 자리가 점점 쪼그라드는 듯한 상황이 파경의 한 원인이 아닌지는 숙고할 문제다. 물론 식구가 불어날 때마다 필순으로서는 외면할 수 없는 상황이 주어진다. 그리고 필순 나름으로 아이들 돌보느라 서방을 잃지 않을까 하는 불안감도 있고, 아이 돌보기의 부담으로부터 훌훌 벗어나 자유롭고 싶다는 열망도 엿보인다. 가령, 봄이를 여관방에 버리고 가자는 필례의 제안에 잠시 유혹당하고 이섭과의 사이에서 태어난 산이를 시댁에 보내려는 노력이 그렇다. 그러나 「술 먹고 담배 피우는 엄마」의 경우처럼 여기서도 필순이 잠시의 일탈 후에 '어미'로서의 자리에 복귀할 것이 내다보이기 때문에 작품의 훈훈한 감동은 더할지라도 여성/모성의 갈등이 아슬아슬한 느낌을 주지는 않는다. 오히려 「아무도 기다리지 않았다」의 경우처럼 필순도 아이들도 이섭이 돌아오기를 기다리지 않는다. 이섭이 떠나는 장면에서 그토록 그를 원망했던 필순도 집에 돌아와서는 그 떠남이 "슬픈 건지 기쁜 건지 분간도 안된다."(222면) 이섭이 떠난 후 필순이 아들과 나누는 대화를 보라.

"내가 언제 웃겼다고 그래. 엄마가 괜히 혼자 웃으면서. 울고 싶으면 차라리 울어, 웃지 말고."

　"뭐라구?"

　"아녜요, 아무것도."

　"야, 조한수, 너 정말 말 잘한다? 너 언제 그렇게 컸냐?"

　"……놀리지 말아요, 강필순 아줌마."

　"뭐라구? 이녀석이 점점, 후후후…… 아이구 배야."(222면)

이 대목에 이섭으로부터 버림받았다는 슬픔이 배어 있음은 물론이다. 그러나 '강필순 아줌마'는 이 슬픔을 넘어 희비극이 교차하는 달관의 경지에까지 가 있다. 한수의 어투에는 무거운 부담감을 걷어냈을 때의 여유로움까지 보인다. 필순이 자기 아이 둘, 친구 오은자의 딸 둘, 굴러들어온 봄이까지 혈연에 관계없이 나이순으로 자기한테 세배를 시키는 장면은 이제 이곳이 이섭의 압박에서 벗어난 일종의 '해방구'임을 보여준다. 공선옥에게 '5월의 알맹이'는 '시골집에서 불쌍한 새끼들 다 불러놓고 밥 먹이고 절 받는 것'이 아닐까.

　4

　신경숙과 공선옥의 사랑과 성 이야기들에는 어떤 시대적인 징후가 담겨 있다. 신경숙의 『바이올렛』은 우리의 감수성 가운데 관능적인 것과 생태적인 것의 분열과 대립, 그리고 전자의 후자에 대한 폭력적인 지배형태를 보여준다. 「딸기밭」은 이 양자의 분열이 한순간이나마 통합될 수 있는 가능성을 제시하는데, 이것이 여성 동성애 속에서 이뤄진다는 것이 인상적이다. 『바이올렛』에서 서울 외곽의 농원은 도시 농촌 할 것 없이 난개발로 갈아엎어지는 현실에서 대안적 공간을 일궈내려는 작가의 열망을 담고 있다. 하지만 이런 열망이 내면의 감수성 분열로 빚어지는 오산의 비극을 막지는 못한다.

공선옥은 신경숙과는 전혀 다른 이야기를 하는 듯하지만 통하는 바가 없지 않다. 공선옥에게 '생태적인 기획'이 있다면 그것은 도시에 농촌의 생태적 활력을 끌어들이는 것이 아니라 농촌의 아직 살아 있는 자연환경과 여성의 모성적 바탕이라 할 생태적 요소를 결합하고 활성화하는 쪽이다. 『수수밭으로 오세요』의 말미에 엿보이는 필순의 모계적 가족구성은 오늘날 기층여성이 처한 긴박한 요구에 부응한 결과인 측면이 있다. 집 없이 유랑하는 밑바닥 아이들이나 어미 잃은 새끼들에게 자연친화적인 보살핌의 공동체를 마련해주려는 모성적·생태적 열망을 구현하고 있는 것이다. 공선옥이 이런 찢겨진 삶들을 보듬어안기 위해서 무엇보다 '어미 마음'(모성)의 세상을 건설해야 한다고 확신할 때, 이 강렬한 열망과 확신이 그녀의 서사의 원동력이 되지만 그것을 관념화할 우려도 없지 않다.

신경숙과 공선옥 소설의 중요로운 성취를 바탕으로 앞으로도 사랑과 성과 환경의 상호관련성에 주목하는 빼어난 소설들이 많이 나오기를 기대한다.

—『창작과비평』 2003년 봄호

대중문화 속의 소설과 영화
김영하·하성란·홍상수의 작품들

1. 머리말

최근 우리의 문학이 침체되어 있는 데 반해 영화는 60년대 이후 바야흐로 제2의 전성기를 맞이했다는 이야기를 자주 듣는다. 영화와 뮤직비디오, 인터넷과 휴대폰 등의 대중소비문화에 열광하는 소위 '신세대'들이 문학을 외면한 지 오래기 때문에 앞으로 문학의 전망은 더욱 어두워질 것이라는 강성 비관론도 심심찮게 등장한다.[1] 필자는 이런 문학비관론을 믿지 않지만, 한국의 최근 영화계가 최고의 전성기를 구가하고 있음은 인정하지 않을 수 없다. 김수영(金洙暎)이 60년대에 영화평을 의뢰받고 영화관에 갔다가 배우들의 엉터리 연기와 말도 안되는 장면들을 못 견뎌 십분도 채 안되어 나왔던 시절과는 사정이 판이한 것이다.[2]

최근에 나온 소설과 영화를 비교하면 독자(관객) 수나 화제 생산력에서 영화 쪽이 단연 우세하다. 이 점에서는 요 몇년 사이 영화가 소설을 추

1 김영하 「워크아웃 직전의 문학」, 『현대문학』 2001년 1월호 참조.
2 김수영 「'문예영화' 붐에 대하여」, 『김수영 전집』 2권, 민음사 1981 참조.

월한 것이 확실하다. 게다가, 이제 대다수 우리 영화들이 '말이 되게끔' 만들어지며 개중에는 예술적으로도 주목할 만한 작품들이 적지 않다.「공동경비구역 JSA」나「박하사탕」「오! 수정」「섬」같은 진지한 영화들은 물론이거니와「주유소 습격사건」같은 오락영화도 웬만한 할리우드 영화보다 흥미롭다. 그렇다면 하나의 예술로서 최근의 영화와 소설을 비교하면 어느 쪽이 더 나을까? 상당히 궁금한 질문이지만, 필자는 이 거창한 물음에 답할 능력이 없다. 다만 한국의 영화가 비약적으로 성장하여 이제 소설과 비교해볼 만한 정도는 되지 않았는가 하는 막연한 느낌만 있을 뿐이다.

이 글에서 김영하, 하성란의 소설과 홍상수의 영화를 연결지어 논하려는 엉뚱하다면 엉뚱한 생각을 한 것은 이 막연한 느낌의 일단이나마 구체화해보려는 욕심에서 비롯된다. 우선은 김영하, 하성란의 소설이 영화의 영향을 많이 받은 데 반해 홍상수의 영화는 반대로 소설적인 요소를 적극적으로 활용하고 있어, 장르를 가로질러 비교해볼 만하다고 느꼈다. 하지만 이것이 이들을 논의대상으로 선정한 유일한 또는 가장 중요한 이유는 아니다. 신예작가인 김영하와 하성란은 아직 한국문단을 대표한다고는 할 수 없지만 독자적으로 매우 주목할 만한 예술적 작업을 해온 만큼 개별적으로도 평가할 만하다. 이들의 소설은 대중문화에 침윤된 메트로폴리스의 자폐적인 일상을 독특한 방식으로 다룸으로써 우리 시대 도시적 삶에 적극적으로 대응하는 예술을 선보였다고 하겠다. 두 작가의 소설이 홍상수의 영화와 만나는 것은 바로 이 지점이다.

2. 김영하

김영하(金英夏) 소설의 특징은 데뷔작인「거울에 대한 명상」(『호출』, 문학동네 1997)에서 이미 뚜렷이 나타난다. 어느날 밤 강변 둔치에서 한 유부남과 그의 정부(가희)가 정사를 벌이기에 적절한 장소를 찾다가 폐기된 자동차의 트렁크 속에 장난삼아 숨어드는데, 여자는 고의인지 실수인지 트렁크 덮개를 쾅 닫아버린다. 두 남녀는 졸지에 좁은 공간에 갇혀 죽음을 기다리는 신세가 된 것이다. 김영하는 이 상황을 "우리 둘은 희극적이면서 비극적이었으며, 가장 가까워졌고 가장 멀어졌으며, 구멍을 채웠으되 구멍 밖으로 나갈 수 없게 되었다"라고 설명한다. 이런 상황은 김영하 소설의 기본적인 쎄팅이기도 하다. 트렁크의 좁은 공간은 여기서 메트로폴리스라는 거대하지만 폐쇄된 공간의 축도이다. 이런 상황설정을 발판으로 김영하의 말재간과 발빠른 변전이 돋보이는 화려한 허구의 세계가 펼쳐진다.

갇혀 죽음을 기다리면서도 여자는 남자에게 쎅스를 시도한다. "짙은 어둠속에서 반복되는 성희는 그로테스크한 분위기"를 자아내고 여자에 대한 남자의 "두려움은 서서히 가학으로 변질"되는 가운데, 여자의 말은 어느덧 남자의 은밀한 심리를 들추어내어 난자하는 흉기로 변해간다. 여자는 정사중에 불쑥 "나 오늘 위험해. 배란기거든"이라고 말한다. 남자가 여자에게 "아직도 농담할 여력이 남아 있나보지?"라고 타박하자 여자는 여전히 장난기 섞인 어조로 되받는다. "재밌잖아. 죽기 직전에 임신하다. 기발하잖아. 정말로 그랬음 좋겠어. 형을 한번에 둘이나 죽이게 되는 거잖아. 형하고 형 자식." 신세대 어법을 실감나게 구사하는 김영하의 냉소적인 언어는 희비극적인 상황에서 최대의 효과를 발휘한다. 극한상황에서 이런 말이나 행동이 정말 가능할까 따위는 신경쓰지 마라, 이 기발한 상황과 언행의 자극적인 묘미를 한껏 느껴봐라, 하고 주문하는 듯하다.

김영하 소설에서 기발함을 빼면 그 매력은 상당부분 사라진다. 그러나 김영하의 소설이 오로지 기발함에만 의지하는 것은 아니다. 그에게는 심각한 메씨지가 있다. 어쩌면 기발함은 이 메씨지를 효과적으로 전달하려는 미끼인지도 모른다. 그렇지만 이 메씨지에 도달하기까지는 인간의 표층심리를 가로질러 심층으로 내려가는 꽤 복잡한 미로를 헤쳐가야 하는데, 전자게임을 하듯 그 복잡한 수순을 신속·정확하게 밟아가는 솜씨를 지켜보는 것 또한 김영하 소설을 읽는 재미이다. 이 소설에서 남자는 두 여자, 즉 정숙한 아내 성현과 혼외의 쎅스 파트너인 가희와 관계를 맺고 있다. 남자는 이 두 여자와의 관계를 "아내가 상수도라면 그녀[가희]는 하수도였다"고 간명하게 정리하고는 "아내는 하수도의 존재에 대해 알지 못한"다고 믿는다. 그러나 이같은 남자의 표층심리가 완전한 허구라는 것을 가희의 언어는 무자비하게 까발리기 시작한다.

가희는 백설공주 이야기를 재해석하면서 3인의 관계를 다시 보여준다. 남자는 마법의 거울을 들여다보는 마녀이고, 그의 아내 성현은 말하는 거울이며, 그녀 자신은 백설공주라는 것이다. 페미니즘 담론을 연상케 하는 이 '이야기 속의 이야기'는 3인의 관계를 새롭게 규정하면서 마녀역인 남자의 파멸을 암시한다. 그러나 이것 역시 끝은 아니다. 남자가 가희에 대한 증오심이 타올라 그녀를 목 졸라 죽이려는 순간 가희는 "그래 죽여라. 그렇지만 마지막으로 한 가지 얘기해둘 게 있어. 네 거울은 깨졌어"라고 내뱉으면서 성현과 자신이 고등학교 1학년 때 괴한들에게 함께 강간당한 후 동성애 관계가 되었다는 이야기를 한다.

남자는 그때서야 깨달음에 이른다. 아내인 성현은 "정갈하고 상처입지 않은 백색의 대지" 같은 여인이 아니라 가희와 동성애를 나누면서 자신을 교묘히 속인 요부인 것이다. 남자의 마지막 독백이자 이 소설의 결말은 이렇다. "모든 거울은 거짓이다. 굴절이다. 왜곡이다. 아니 투명하다. 아무 것도 반사하지 않는다. 그렇다. 거울은 없다." 이것이 아마 김영하의 최종적인 메씨지인 듯하다. 거울의 왜곡 혹은 부재는 이 소설에서 남자의 나르씨시즘적인 삶의 원리가 무너짐을 뜻한다. 이는 근대소설사에서 그다지 새로운 통찰은 아니다. 근대적 삶의 특징은 거울에 비친 자신의 상이 자기라고 확신할 수 없다는 데서 비롯되며, 그렇기에 자기 상에 대한 유혹과 반발은 근대소설의 빈번한 주제였다. 그럼에도 김영하 소설을 이해하는 데 이 대목이 중요한 것은 그의 예술관의 핵심에 나르씨시즘의 신화가 놓여 있기 때문이요, 또 이 신화가 그에게는 미학상의 문제만이 아니라 문학사적인 의의를 지니기 때문이다. 그는 한 인터뷰에서 다음과 같은 발언을 한다.

역사와 민족 등이 90년대의 인간에게서 전혀 힘을 발휘하지 못하는 상태에서 역사와 민족 등의 범주를 동시대 인간의 삶을 규정하는 틀로 규정한다는 것은 시대착오적이다. 오히려 중요한 것은 80년대를 풍미하던 역사와 민족 등이 빠져나간 상태를 살아가는 인간들의 모습이라고 생각했으며, 때문에 후일담 문학이나 리얼리즘 소설을 부정하는 자리를 나의 출발점으로 삼았다. 90년대는 80년대를 풍미했던 준거집단이 해체된 상태이며, 그 결과 어느 누구도 나를 비추는 객관적인 거울을 지니고 있지 못하다. 지금 이곳의 사람들은 객관적인 거울 없이 각 개인은 자신의 얼굴을 대면하고 있으며, 많은 경우 물질적인 것 혹은 물화된 가치관에 자신을 투사한다. 자동차나 컴퓨터의 끊임없는 버전업 욕망이나 삐삐 증후군 등은 이전의 어느 개념틀보다도 현대인의 삶을 효과적으로 파악할 수 있는 매개체이다.[3]

필자는 80년대/90년대를 이런 식으로 뚜렷이 갈라세우는 김영하의 시대구분에 공감하지 않는다. 역사나 민족에 대한 그의 이해방식에도 문제가 있다고 생각한다. 어쨌거나, 김영하의 판단에 따르면 80년대 리얼리즘 문학이 구가한 "객관적인 거울"이 90년대에 와서는 깨졌거나 부재하다는 것이다. 그러니까 거울의 거짓 혹은 부재를 최종적인 메씨지로 내세운 김

---

3 류보선 「죽음, 그 아름답고도 불길한 유혹」, 김영하 『나는 나를 파괴할 권리가 있다』, 문학동네 1996, 170~71면.

영하의 데뷔작은 역사와 민족 등을 준거틀로 삼는 리얼리즘 소설이나 거대서사를 거부하겠다는 선언인 셈이다. 여기서 이 거울의 빈자리에 무엇이 대신 들어서느냐를 눈여겨볼 필요가 있다. 객관적인 거울을 깨뜨린 주체에게는 이제 "물질적인 것 혹은 물화된 가치관에" 투사된 조각난 이미지들, 즉 눈과 카메라 렌즈(작은 거울)에 포착되는 이미지들이 세계를 가득 채운 듯이 보인다. 이미지들과 그것들이 자동적으로 환기하는 사물화된 관계들이 압도하는 세계가 된 것이다. 이제 "눈은 마음의 창이라기보다는 스크린"(「손」)이 되고 "세상 모든 것이 이미지로 둘러싸여 있고, 우리가 취하는 하나하나의 행동이 우리가 어디선가 보았던 어떤 이미지나 실체의 복제물에 불과한"(「거울에 대한 명상」) 시대가 된 것이다. 씨뮬라크르의 세계에 진입하는 이 지점에서 김영하의 소설은 영상매체와 특별한 친화성을 갖는다.

이런 각도에서 보면 「거울에 대한 명상」을 포함하여 김영하의 첫 소설집 『호출』에 실린 많은 작품들은 기발한 이야기이자 작가 나름의 '진지한' 예술론이다. 왜 자신이 거울과 같은 재현을 버리고 영상적인 이미지의 세계로, 순전한 허구의 예술로 이행하는가를 밝히는 진술서인 셈이다. 사실 그의 작품들 다수가 80년대 리얼리즘 소설이나 90년대 초반의 후일담 소설들에 대한 일종의 패러디로도 읽힌다. 하지만 김영하의 포스트모던한 시대인식이 얼마나 타당한지는 입증되어 있지 않다. 그리고 그의 작품에 대한 최종평가는 자신의 말대로 '지금 이곳의 사람들'의 삶을 얼마만큼 보여주고 그들이 맞닥뜨리는 곤혹스러운 문제를 얼마나 깊이 파고드느냐에 달려 있을 것이다.

필자는 김영하의 소설들이 90년대 이후 하나의 문화적 집단을 형성한 대도시 젊은 세대들의 삶을 직시하려고 분투한다는 점을 일단 사주고 싶다. 그리고 그의 소설에 노인과 아이가 등장하지 않는다는 것, 자연과 인간의 관계가 다루어지지 않는다는 것, 어떠한 공동체에 대한 애착도 나타나지 않는다는 것을 결함이라기보다 그의 예술의 성격을 드러내는 징표로 읽고 싶다. 이런 부재들이란 그의 예술이 젊은 세대의 대중문화적 병리학에 초점을 맞춘 데서 비롯되는 불가피한 결핍이라고 옹호하고 싶은 것이다. 기발한 착상, 포스트모던한 기법(특히 메타픽션과 상호텍스트성과 패러디의 활용), 비교적 탄탄한 구성, 발빠른 템포, 가볍고 도발적인 언어는 확실히 영상세대의 즉각적인 지각과 변화무쌍한 생활양식을 따라잡는 데 성공하는 듯하다. 게다가 「나는 아름답다」와 장편 『나는 나를 파괴할 권리가 있다』가 현란하게 보여주는 '죽음과 쎅스에 대한 명상'이나 「손」과 「배를 가르다」에서 제시된 '몸에 대한 명상' 역시 재미있을 뿐 아니라 생각거리를 던져준다. 한편 「도마뱀」이나 「나는 아름답다」 등에 나타나는 그의 분방한 정신분석학적 상상력은 기존 소설들이 다루기 꺼리던 성애의 영역을 거침없이 파고든다. 특히 시선(카메라 렌즈)과 성애의 관계에 대한 집요한 탐색은 주목할 만하다.

하지만 그의 작품들은 이렇듯 젊은 세대의 문화적 병리를 다양한 기법과 심각한 주제로 변주하고 심지어 그들의 현란하지만 허망한 삶의 양식을 화끈하게 까발리고 있음에도 그에 합당한 깊이와 현실감을 지니지는 못한다. 이것이 김영하 문학의 딜레마이다. 리얼리즘의 제약에서 벗어나는 순간 그에게는 현실과 허구의 경계를 마음대로 가로지르며 온갖 포스트모던한 기법을 활용할 수 있는 자유가 주어지는 반면 그의 언어가 구축하는 세계는 삶의 실제적인 공간을 건드릴 권능을 박탈당하는 듯하다. 가령, 자동차 트렁크에 갇힌 남녀가 죽음을 눈앞에 두고 쎅스를 하면서 대화를 나누는 상황은 자못 심각한 대화내용에도 불구하고 어딘지 오락용 영화나 만화의 한 장면 같다. 일정한 효과와 재미를 내기 위해 현실과 환상을 조합하고 인물과 언어를 디자인한 느낌이 강하다. 작품의 공간은 현실의 공간도 환상의 공간도 아니며, 기발한 착상과 재치있는 말과 화려한 정신분석학을 펼쳐놓기 위해 조작된 제3의 가상공간인 것이다.

김영하가 환상적인 요소를 사용하는 것이 못마땅하다는 것은 아니다. 단지 그가 현실과 환상의 경계를 너무 쉽게 무시하는 것을 안타깝게 여길 뿐이다. 이 점에서 '현실과 환상의 경계에 관한 명상'이라고 부름직한 「호출」은 주목할 만하다. 왜냐하면 이 작품은 이 경계를 교묘히 활용하여 '이야기 속의 이야기'를 연속적으로 구사하는 김영하의 빼어난 연출솜씨와 아울러 그 재능의 지나침에서 비롯되는 한계를 고스란히 보여주기 때문이다. 김영하가 그 경계를 조금만 더 신중하게 다뤘더라면 이 작품은 대중문화시대의 공허한 인간관계를 묘파한 걸작이 되었을 것이다.

「호출」은 한 청년이 권태로운 일상을 메우기 위해 벌이는 자그마한 상상적 모험에 관한 이야기로, 세 절로 구성되어 있다. 1절 '호출하는 자'의 초두에서 화자로 등장하는 이 청년은 한 여인을 삐삐로 호출할까 말까 망설인다. 화자는 석 달 전에 애인한테 버림받고 무료한 나날을 보내다가 어제 지하철역에서 우연히 만난 한 여인에게 첫눈에 반해, 지하철에서 삐삐를 덥석 안겨주고 내린 것이다. 그런데 화자는 여자와 만나기 직전 이런 말을 한다. "내가 가장 즐기는 경계는 현실과 상상 사이의 경계이다. 나는 가끔 현실을 상상이라 생각하기도 하고 상상을 현실이라 믿고 살기도 한다. 그렇다 해도 그 혼동이 심각한 문제를 야기한 적은 없었다. 마치 영화를 보듯, 나는 내가 구성한 그 상상의 세계를 제한된 시간 동안 탐험한다." 이 작품은 화자의 말 그대로 "상상의 세계를 제한된 시간 동안 탐험한" 것이다.

2절 '호출되는 자'는 대역배우 생활을 하는 한 여인의 피폐한 일상을 보여준다. 그녀는 어두운 11평짜리 아파트에 살며 생리의 조짐에 "자궁을 적출해버릴까" 하는 험한 생각까지 한다. 그녀의 일상은 호출하는 남자의 일상만큼이나 황량하고 고립되어 있다. 게다가 주연 여배우의 정사씬을 대역하면서 당하는 고초가 씁쓸하기 그지없다. 2절은 영상산업의 화려한 외양에 가려진 한 대역배우의 그늘진 인생살이를 생생하게 보여주는 한

편의 독립된 드라마이다. 그리고 이 드라마는 1절에서 제시된 독신남자의 인생과 삐삐로 연결되어 있다. 그녀의 신경은 온통 지하철역에서 한 남자가 던져준 삐삐에 쏠려 있는 것이다. 그녀는 자신이 삐삐를 가지고 다니는 한 그가 어디서든 그녀를 불러낼 수 있다는 일방성 때문에 마치 창녀가 된 기분을 느끼면서도 삐삐를 버리지 못한다. "이 삐삐를 버리면 세상의 모든 사람과의 연이 끊어질 것 같은 예감"을 느끼기 때문이다.

3절 '호출은 없다'에서 다시 남자의 삶이 비춰진다. 드디어 남자는 여자를 호출하기로 결정하고 번호를 누른다. 그때 근처에서 요란한 수신음이 들려와 남자는 순간적으로 당황하지만 곧 자기 점퍼의 속주머니에 삐삐가 들어 있음을 발견한다. "언제나 그랬듯이 이번에도 마지막 순간에 돌아선" 것이다. 이 작품은 여기서 1차로 마무리된다. 남자는 여자에게 삐삐를 주었다고 생각하지만 실제로는 주지 못한 것이다. 남자는 허탈해하며 "삐삐를 통해 호출하는 것은 다른 누구도 아닌 결국 나 자신일 뿐이다"라고 결론짓는다. 그리고 이 이야기를 소재로 "생리가 시작될 조짐이었다"로 시작되는 단편을 쓰기로 한다. 정확히 이 문장으로 시작되는 2절은 그러니까 화자가 앞으로 쓸 소설인 셈이다. 그러나 「호출」은 여기서 끝나지 않는다. 이 작품의 결말은 화자가 지하철역에서 한 여자를 만났다는 사실조차 허구일 가능성을 강하게 암시하는 것으로 끝난다. "의자에서 일어나 9월달 치 달력을 뜯으며 바닷가 바위 위에 누워 있는 반라의 여자를 유심히 살펴본다. 그래 저 여자, 어딘가 낯이 익다. 어디서 봤더라……"

이 소설의 현실과 환상의 관계를 정리하면 이렇다. 작가 김영하는 「호출」이라는 단편을 쓴다. 소설이 허구의 양식인 만큼 1단계의 허구세계가 마련된다. 그러나 이 허구 속에도 현실과 환상의 경계는 엄연히 존재한다. 그 속의 현실에서 한 남자—이 인물도 작가이다—가 한 여자를 만나서 삐삐를 전해주고 여자는 여자대로 삐삐를 건네준 남자의 신호를 기다린다. 여기까지가 「호출」의 1막이다. 2막은 남자가 삐삐를 여자에게 실제로 전해주었다고 생각하지만 그것은 상상일 따름이라는 것. 한 번의 전복이다. 2절의 여자 드라마는 작가인 남자가 이 현실의 일화를 소재로 소설을 쓰고 나중에 덧붙인 것으로 조정된다. 이제 여자는 1단계 허구의 현실에 속하지만 그녀의 삶을 그린 2절 전체는 소설 속의 소설(허구)이다. 3막은 남자가 실제로 만났다고 생각한 여자 역시 달력의 여자를 보고 상상한 것임을 암시한다. 이로써 여자는 2절처럼 허구 속의 허구로 밀려난다. 또 한 번의 전복이다. 그런데 상이한 단계를 가로지르는 이 전복은 기법적으로는 아주 매혹적이지만 1단계 허구 속에 생생하게 그려진 현실에는 치명적인 손상을 가한다. 이제 1단계 허구(소설) 속에는 허구와 허구의 허구만 있고 현실은 오로지 잔상으로만 남는다.

「호출」에서 현실과 환상의 경계를 다루는 방식은 보르헤스(J. L. Borges)적 메타픽션 기법과 코언(Coen) 형제의 「바턴 핑크」(Barton Fink) 같은 컬트영화의 환상적 수법을 연상시킨다. 하지만 「호출」 속의 현실은 '지금 이곳의 사람들'의 구체적인 삶에 근거하고 있어, 재현양식의 뒤집기에 초점이 맞춰진 전위적 실험작들과는 거리가 있다. 김영하가 2막 어디선가에서 소설이 허구의 양식임을 보여주려는—이제는 그다지 전위적이지도 않은—집착에서 벗어났더라면, 현실과 환상 양자간의 팽팽한 긴장에서 비롯되는 생동감이 결정적으로 훼손되는 결과를 피할 수도 있었을 것이다.

김영하의 두번째 소설집 『엘리베이터에 낀 그 남자는 어떻게 되었나』(문학과지성사 1999)에서도 「호출」에서 드러나는 문제점이 해결되지 않는다. 가령 「고압선」은 구조조정기의 실업위기에 봉착한 은행원의 현실적 삶과 사랑할수록 '투명인간'으로 변한다는 환상적 요소가 병치되어 있어 기묘한 분위기를 자아내지만, 현실과 환상의 공간이 길항하여 어느 쪽도 생동감을 획득하지 못한다. 그렇지만 이 소설집에서는 전반적으로 관념의 현란함이나 착상의 기발함이 절제되어 있고, 우리 시대의 현실적 삶과

'지금 이곳의 사람들'에 대한 배려가 희미하게나마 느껴진다. 「호출」에서는 끝내 만나지 못하던 남녀가 「당신의 나무」에서는 서로가 서로를 파괴하되 지탱해주기도 하는 관계로 재조명되는 것이다. 그런가 하면 첫번째 소설집에서 선보인 김영하다운 매력과 패기는 줄어든 감이 있다. 가령 「비상구」는 한 부랑자의 막다른 삶을 사실적인 필치로 실감나게 그려내지만, 누아르 영화를 복제한 듯한 혐의에서 자유롭지 않다. 여기서 현실과 환상의 경계에 대한 물음이 전혀 제기되지 않은 것도 미덥지 않은 징후로 읽힌다. 김영하의 근작소설들이 다소 어정쩡한 영역에 걸려 있어 그의 예술이 어떤 전환기를 맞이했다는 생각도 든다. 어쩌면 그의 소설은 이제까지 '객관적 거울'의 전도된 상에 사로잡혀 소설이 재현의 양식이 아님을 증명하는 데 매진하다가 이제 막다른 지점에 봉착했는지 모른다. 만약 그렇다면 이번에는 김영하가 진짜로 그 '뒤집힌 거울'마저 깨버리고 반리얼리즘의 굴레에서도 벗어나기를 바랄 뿐이다.

3. 하성란

하성란(河成蘭)이 「풀」(『루빈의 술잔』, 문학동네 1997)로 문단에 데뷔하자 비평가들은 이 신인의 특이한 묘사방식에 주목했다. 마치 정교한 카메라로 촬영을 하듯 메트로폴리스의 생활공간을 세밀하게 기록하는 '마이크로스런' 문체가 이목을 끈 것이다.[4] 소설의 서두는 이렇다.

여자는 저 아래 펼쳐지는 텅 빈 놀이터의 흰 모래밭을 보며 서 있다. 미끄럼틀의 미끄럼대와 그 그림자는 시계의 시침과 분침처럼 90도 각도

---

4 김윤식 「'가족소설'에 이르기와 넘어서기」, 하성란 『식사의 즐거움』, 현대문학 1998 참조.

로 벌어져 있다. 해가 서서히 건물 측면을 지나 옥상 한가운데로 올라오면서 미끄럼대와 그림자는 막 아홉시 십분을 지난다. 여자는 아까부터 창가 에어컨 환기구에 반쯤 엉덩이를 기댄 채 건물과 건물이 놀이터 위에 만들어내는 그림자를 본다. 건물과 옆건물의 그림자가 교차하듯 떨어지는 그 틈새에 케이크 조각 같은 양지가 있다. 미끄럼틀은 그 양지 속에 서 있다. 미끄럼대의 양철판이 눈부시다. 놀이터와 골목 하나를 사이에 두고 키 낮은 양옥들이 줄지어 서 있다. 건물들 쪽으로 뚫린 창마다 커튼이 쳐 있다.

「풀」의 화자인 여자가 한 건물의 9층에서 내려다보는 광경이다. 화자의 주관적인 개입을 배제한 채 오로지 사물의 세계에 초점을 맞추어 세밀하게 기록하는 이런 묘사는 1950, 60년대 프랑스의 '누보로망'(nouveau roman)[5]에서 비근한 예를 찾을 수 있지만 이전의 한국소설에서는 보기 드물었다. 객관세계의 재현을 중시하는 80년대의 리얼리즘 소설도 인간 화자를 중심에 놓고 작품의 주제와 극적 전개에 필요한 만큼의 절제된 객관묘사를 미덕으로 여겼고, 90년대 초반을 풍미한 감성적인 소설 속의 내면적 화자는 사물의 세계를 이렇게 냉랭한 눈으로 보지 않았다. 마치 대도시의 전형적인 건물과 풍경을 '조안각(鳥眼角)'으로 찍은 흑백영화의 한 장면 같은 이 대목은 하성란 초기소설의 시각적 특성을 잘 보여준다. 김영하가 메트로폴리스 대중문화의 물상들 가운데 가장 인상적인 장면만을 고감도 카메라로 맵시있게 포착한다면, 하성란은 메트로폴리스 생활공간의 가장 평범한 풍경을 무작위로 택하여 마치 다큐멘터리 필름을 찍듯 꼼꼼히 촬영한다. 그 결과는 정반대로 나타난다. 김영하의 감각적인 사

---

5 로브그리예(A. Robbe-Grillet)는 『누보로망을 위하여』(1963)에서 "인물의 행동에 대한 심리적이고 이데올로기적인 논평을 일절 삼가면서 사물·제스처·상황 사이에 존재하는 연계들"에 각별히 주목하겠다고 선언한 바 있다.

진이 오히려 익숙하게 보이고, 하성란의 밋밋하지만 정밀한 다큐멘터리는 어딘지 낯설게 보이는 것이다.

하성란의 소설들을 특징짓는 이런 '마이크로스런' 묘사에서는 인간이 사물보다 어떤 특별한 대접을 받지 못하는 듯하다. 메트로폴리스의 거대한 물질세계와 대비된 인간의 모습은 왜소하기 짝이 없으며, 그나마 서로 단절·고립되어 있다. 게다가 개체적인 특성을 인정받지 못해 주요인물들은 '여자'나 '남자'로, 조연급 인물들은 '사내' 혹은 '그 여자'로 불리며, 심지어 외모의 특징이 이름을 대신하기 일쑤이다. 이렇다 할 사건도 좀처럼 일어나지 않는 만큼 극적 요소도 아주 미약하다. 메트로폴리스 속에 갇혀 사는 한 익명의 인간의 권태롭고 그저 그런 일상을 극화하지 않고 그대로 보여주는 듯한 것이다.

예컨대 「풀」은 한 잡지사의 사진부 여직원의 대수롭지 않은 일상을 아무 논평도 없이 찬찬히 보여주기 때문에 독자로서는 어디가 중요한 대목인지 쉽게 찾을 수 없다. 사후적으로 주요사항들만 발췌하여 연결하면 이렇다. 여자는 애인으로부터 받은 장미꽃다발을 잃어버린 것과 광고문안 대지작업에 필요한 '탐'자를 잃어버린 것이 하루 종일 마음에 걸리고, 이런 자신의 심각한 건망증에 위축된다. 하지만 여자는 놀이터의 미끄럼판 아래서 풀 한 포기를 발견하고 약간의 위안을 받는다. 그날 밤 남자와 함께 투숙한 여관에서 옷을 벗다가 여자는 치마에 묻어 있는 '탐'자를 발견하고 점심 때 본 풀을 떠올리며 남자에게 "당신은 믿을 수 있어요?"라고 묻는다. 남자가 "무슨?" 하고 되묻자 여자는 "풀"이라고 중얼거린다. 소설은 여기서 끝난다. 물론 카메라가 가끔 화자의 의식 속을 비춰 몇몇 추억들, 특히 무능한 아버지와의 추억을 애틋하게 회고하기도 한다. 하지만 화자의 의식 속의 세계도 그다지 극적인 것은 아닌데다 단편적이기 때문에 그녀의 현실에 대한 의미있는 논평이 되지 못한다. 이 소설이 최소한의 극화를 이뤄내려면 뭔가 단서가 주어져야 하는데, 사물의 세계와 인간

252

의 세계를 잇는 연결고리, 즉 '거멀못'의 설정이 그것이다.[6] 이 소설의 거멀못은 잃어버린 '탐'자와 '풀'의 연관이다.

하성란은 이 거멀못을 여자가 사무실에서 들여다보는 착시를 이용한 '숨은 그림 찾기' 책(『환상의 매직 아이』)처럼 소설 속 어딘가에 몰래 숨겨놓는다. 독자가 이 숨은 그림을 찾지 못하는 이상, 이 소설은『환상의 매직 아이』를 들여다보는 여자한테처럼 "모래알 같은 작은 점들"로 보일 뿐이다. 그러므로 "그렇게 눈에 힘을 주지 말고 힘을 빼. 멀리 봐. 가깝게 있지만 아주 먼 곳을 보듯이"라는 동료의 충고는 여자뿐 아니라 소설의 독자를 겨냥한 것이다. 충고대로 눈에 힘을 빼고 멀리 보면 이 소설의 거대한 사물의 세계 속에는 작은 '풀' 한 포기가, 그리고 왜소해진 인간의 세계 속에는 '탐'자가 각각 반짝거린다. 이 양자가 여자의 의식 속에서 서로 연결되면서 어렵사리 하나의 작은 드라마가 탄생한다. 이 작은 반짝거림은 너무도 미약하고 가냘프지만 여자가 의지할 수 있는 유일한 희망이다. 그렇기에 여자는 뚱딴지처럼 남자에게 '풀'을 "당신은 믿을 수 있어요?"라고 묻는 것이다.

하성란의 첫 소설집『루빈의 술잔』에 수록된 작품들의 소설적 효과는 거의 '마이크로스런' 묘사와 거멀못 장치에 의존한다. 전자가 메트로폴리스의 거대한 사물의 세계를 부각한다면, 후자는 그 속의 인간세계의 가냘픈 희망을 표현한다. 전자에서 하성란은 자신의 주관을 극도로 배제하는 대신 후자에는 강렬한 주관적 의지를 투여한다. 다시 말하면 그녀의 초기 소설들은 희망할 수 없는 세상에서 희망을 어떻게든 일궈내야 하는 모순을 거멀못이라는 장치를 통해 해결한다. 「풀」에서 「루빈의 술잔」, 그리고 장편『식사의 즐거움』에 이르는 과정에서 하성란의 이 희망은 조금씩 커지고 거멀못 장치 역시 다양하게 변주되지만 희망의 기본적인 성격은 달

---

6 김윤식, 앞의 글 193~94면 참조.

라지지 않는다. 이 희망은 타자에 대한 작가의 애처로운 연민을 어떻게든 담아내려는 의지의 표현이지만, 기본적으로 거멀못 장치를 통해 '조작'된 것이기 때문에 항상 작가의 주관적인 감상에 빠져들 위험을 안고 있는 것이다.

하성란 초기소설의 미덕과 한계를 좀더 분명히 짚기 위해서는 이 시기의 소설들 가운데 가장 특징적인 작품이라 할「지구와 가까운 소행성과의 랑데부」(이하「랑데부」)를 잠깐 살펴볼 필요가 있다. 이 소설은 지하 4층 지상 52층의 거대한 디근자 빌딩의 39층에서 일하는 여자와 남자의 일상을 교차하면서 꼼꼼히 보여준다. 남자는 척추교정기를 파는 회사의 직원이며 여자는 이 빌딩의 청소와 경비를 담당하는 '충실용역'의 사무원이다. 그들은 같은 층에 근무하지만 디근자의 양 날개에 제각각 사무실이 있는 탓으로 거의 마주치지 않는다. 남자는 어느날 나뭇잎 하나를 주워드는데, 거기에는 "누가 내 발 좀 걸어주세요. 흙바닥에 힘껏 나동그라지게요. 나 좀. 102"라는 글귀가 씌어 있다. 남자는 그 글귀의 의미를 추측하다가 이파리를 호주머니에 넣고 한동안 그것의 존재를 잊어버린다. 이 이파리는 광대한 빌딩에서 매일 똑같이 되풀이되는 일상에 지친 여자가 '102'번째로 창밖의 누군가에게 날려보낸 구원요청이다. 그녀의 유일한 낙은 사무실의 화분에 심은 나무를 늘려나가는 것인데, 여기서 나무와 나뭇잎은 「풀」에서의 '풀'의 의미와 다르지 않다.

이 소설이「풀」과 다른 점이 있다면 타인과의 만남에 초점을 맞추고 있다는 것이다. 이 점에서「랑데부」는, 여자가 희망의 싹을 발견하였으되 그것을 남자와 공유할 수 있을지는 미정으로 남겨둔「풀」의 후속편인 셈이다. 진정한 만남이란 한쪽의 일방적인 발견이 아닌 양쪽 모두의 노력을 전제하는 '랑데부'를 통해서만 성취될 수 있기 때문에 희망의 '풀'을 발견하는 것보다 훨씬 어려운 일이다. 만남을 성취하는 데 쌍방향의 노력이 요구된다는 사실은 남녀 각각이 독립된 화자로 등장하여 각각의 삶을 묘사하는 서사구조의 대칭성과 디귿자 빌딩의 양쪽 날개에 위치한 남녀의 생활공간상의 대칭성에 의해 한층 더 강조된다. 하지만 결론은 「풀」과 크게 다르지 않다. 남자는 '건망증'에 걸렸지만 우여곡절 끝에 이파리에 씌어진 의미를 판독함으로써 맞은편 창에서 손을 흔드는 여자를 알아보고 여자 역시 그런 남자를 알아보면서, 서로 맞은편 창의 상대방에게 손을 모아 소리친다. 천신만고 끝에 두 남녀는 교신에 성공하여 기막힌 랑데부를 기대할 수 있게 된 것이다. 이제야 상대방의 존재뿐 아니라 이 빌딩의 실체 역시 제대로 보인다("여자에게 비로소 이 빌딩은 디귿자 모양이 된다"). 여기서 소설은 끝난다.

눈에 힘을 빼고 멀리 보면 이 소설이 성취한 점들이 쉽게 눈에 띈다. 메트로폴리스의 삭막한 환경과 그에 대비되는 왜소한 인간의 무미건조한 모습을 원근을 조절해가며 보여주는 '마이크로스런' 묘사의 미덕이 돋보이는 것이다. 가령, 남자가 39층의 사무실에서 출근시간에 디귿자 건물 중앙의 광장을 가로질러 건물로 들어오는 사람들의 모습을 '조안각'으로 내려다본 광경("다지류의 벌레처럼 광장 사방에서 사람들이 설설 기어와 세 줄로 늘어서 차례로 없어진다")이라든지 전모를 알 수 없는 대형빌딩 속에서 일상적 권태의 마비효과를 뿌리치려는 듯 사무실 안팎을 연신 들락거리며 끊임없이 꼼지락대는 여자의 작은 몸부림을 촘촘히 묘사한 대목은 「풀」의 다소 밋밋하고 비경제적인 묘사보다 한 단계 나아간 것으로, 하성란 특유의 미덕이라 할 만하다.

이런 미덕들이 돋보인다고 해서 이 소설의 근본적인 취약점에 눈감을 수는 없다. 눈에 힘을 주지도 빼지도 말고 자연스럽게 뜨고 적당한 거리에서 보면 이 소설에서 제시된 남자와 여자의 만남은 무척이나 작위적이다. 그래서 이 만남에 '지구와 가까운 소행성과의 랑데부'라는 이름을 달았겠지만, 이런 정도의 무리를 감내하고 천행의 도움을 빌리느니 차라리 김영하의 「호출」에서처럼 남자와 여자는 서로 만나지 않는 편이 낫다. 여기서 희망은 '기계에서 내려온 신'(deux ex machina)이 주는 선물이나 마찬가지이다. 이 선물을 받기 위해 여자는 나뭇잎에 자신의 애절한 사연을 써서 씨리즈로 내보내는 유치한 행동을 해야 하고 남자는 고등학교 졸업식날 책상 아래 몰래 새겨놓은 '자유'라는 글귀를 만져보려고 자신의 모교를 찾아가는 수고를 해야 한다. 남녀의 삶 군데군데 박혀 있던 상실과 소외와 아픔의 결절점들——온몸이 시침에 찔리는 피팅 모델 시절에 대한 여자의 아픈 기억이나 남자의 어머니와 고향에 대한 애증병존적인 갈등 따위——이 애상의 차원으로 떨어지는 것이다. 이런 경향은 「풀」에서도 조짐은 있었지만 작품이 길어질수록 더 두드러지게 보여, '루빈의 술잔'——"같은 도형(그림)이면서 보고 있는 중에 원근 또는 그밖의 조건으로 다르게 뒤바뀌어, 다른 그림으로 보이는 도형"——이라는 좀더 그럴듯한 거멀못 장치로도 감당하지 못한다.

하성란이 두번째 소설집 『옆집 여자』(창작과비평사 1999)에서 선보인 예술은 초기소설의 그것과 분위기가 상당히 다르다. 가장 주목할 만한 변화는 거멀못 혹은 숨은 그림 찾기 장치를 점진적으로 폐기하는 대신 '애매성'을 극화의 핵심장치로 채택한 점이다. 사물세계와 인간세계를 거멀못이라는 인위적인 장치를 통해 억지로 얽어매기보다 메트로폴리스의 익명적 공동체에 내재하는 불확실한 측면을 적극 활용하여 애매한 결말을 통한 극적 반전의 효과를 거두는 방향으로 나아간 것이다. 이런 애매성을 결정적인 요소로 사용한 예로는 이 소설집의 「옆집 여자」와 「악몽」, 그리고 「기쁘다 구주 오셨네」(『푸른수염의 첫번째 아내』, 창작과비평사 2002)를 꼽을 수 있지만, 이를 부분적으로 활용한 작품은 상당수에 이른다. 애매성은 이제 이 작가의 주된 장기요 예술적 자산이라고 평할 수 있다. 어느날 갑자기 이런 변화가 일어난 것은 아니다. 예전의 거멀못 장치가 '루빈의 술잔'을 거치면서 점점 세련되어 드디어 하나의 유력한 예술적 장치로 자리잡은 것이리라.

가령 「옆집 여자」에서 이 장치는 옆집 여자의 불확실한 속내(정체)와 화자의 '건망증'을 교묘히 연결하여 조금씩 불길한 조짐을 쌓아가다가 결말의 결정적인 애매성을 통해 섬뜩한 반전의 효과를 거둔다. 독자는 일인칭 화자의 이야기로만 상황을 판단해야 하는데 여자가 지독한 건망증인 데다 나중에는 강박신경증 증상도 보이기 때문에 여자의 말을 어디까지 믿어야 할지 알 수 없는 곤경에 처한다. 만약 여자의 말이 전부 사실이라면 여자는 옆집 여자와 남편의 공모에 의해 억울하게 도둑에다 정신병자로 몰리는 셈이고, 그렇지 않다면 지독한 건망증과 강박신경증으로 말미암아 무고한 옆집 여자와 남편을 오해하고 실제로 미쳐가는 형국이 된다. 그런데 건망증과 강박신경증 모두가 메트로폴리스의 익명적인 공간에서 타자와의 진정한 교감을 이뤄내지 못하는 사람들이 걸리기 쉬운 병증이고 보면, 이 곤혹스러운 상황은 더욱 통렬한 바가 있다. 이 작품이 절묘한 것은 진실이 어느 쪽이라 해도 이 세계에 내재된 불길함과 상실감은 줄어들지 않는다는 데 있다.

하성란의 최근 소설을 흥미롭게 만드는 데는 애매성의 장치 못지않게 문체상의 변화도 톡톡히 기여한다.

이번 소설집에서 다른 점이 있다면 이야기를 끌어나가는 방식이나 인물의 묘사가 한층 극적인 속도감을 확보했다는 것이다. 특히 이전의 소설들에서 지루하고 밋밋하다 싶을 정도로 일정한 톤으로 서술되던 사물 묘사가 서사의 긴장감과 어우러지는 적절한 장치로 활용되고 있는 점은 발전적인 면모이다. 이야기의 진행과정에 따르는 적절한 긴장과 이완이 사물 존재가 갖는 상징성을 높여주고 있다.[7]

---

7 백지연 「잿빛 도시에 내려앉은 촛농 날개의 꿈」, 하성란 『옆집 여자』, 창작과비평사 1999, 274면.

이런 변화가 하성란의 초기소설을 특징짓는 '마이크로스런' 묘사의 포기를 뜻하는 것은 아니다. 하지만 이 작가의 문장은 이제 '극적인 속도감'을 확보하면서 작품의 극적 전개에 따라 '적절한 긴장과 이완'을 유연하게 구사한다. 이처럼 이야기 템포가 빨라지고 리듬이 들어감에 따라 그녀의 문체는 예전의 '지루하고 밋밋하다 싶을 정도로 일정한 톤'에서 벗어나 생동하기 시작한다. 하지만 이것으로 이 작가의 문체상의 변화를 다 설명할 수 없다. 이야기 템포의 유연한 조절 못지않게 중요한 변화는 화려하고 극적인 영상화이다. 가령 다음 구절을 보라.

회칼이 공중으로 튀어올라 포물선을 그리면서 남자의 뺨을 훑고 그대로 욕실화를 뚫고 들어가 발등 위에 내리꽂힌다. 칼몸이 부르르 떨며 이상한 소리를 낸다. 언젠가 텔레비전에서 보았던 톱날 연주 소리와 비슷하다. 여자가 외마디 비명을 지르며 얼굴을 가리고 의자 위로 무너지듯 주저앉는다. 남자는 두 손으로 칼의 손잡이를 붙들고 힘겹게 칼을 빼어낸다. 관자놀이가 뛸 때마다 남자의 뺨에서 매화 꽃봉오리 같은 핏방울이 봉곳 솟구친다.(「양파」)

「양파」의 여자가 의자에서 넘어지면서 도마 위의 회칼 손잡이를 치는 바람에 회칼이 남자의 뺨을 가르고 발등에 꽂히는 장면이다. 예전에도 하성란의 '마이크로스런' 묘사들 가운데 아주 인상적인 대목들이 없진 않았다. 하지만 꼼꼼하지만 밋밋한 묘사에 속도감을 불어넣고 고감도의 영상 이미지를 입혀놓은 듯한 질감은 『옆집 여자』부터이다. 하성란의 예술은 무채색의 다큐멘터리 세계에서 벗어나 메트로폴리스의 '사각지대'에서 일어나는 인상적인 장면들을 발빠르게 잡아내는 화려한 컬러영상의 세계로 이행한 것이다. 바로 이 지점에서 하성란의 소설은 대중적인 극영화와 만나며 김영하의 기발한 착상과 도발적인 영상감각의 세계와 가까워

258

진다. 이제 「양파」를 '칼에 대한 명상'으로 「곰팡이꽃」을 '쓰레기에 대한 명상'으로 불러도 어불성설은 아니게 된다. 그리고 이런 각도에서 보자면 「즐거운 소풍」이나 심지어 「옆집 여자」의 낯선 풍경마저도 잔혹 컬트무비와 스릴러로 익숙하게 다가온다. 요컨대 하성란의 근작소설들은 문체, 주제, 구성, 기법, 시각적 특성이 모두 정교해지고 화려해지면서 대중영화에 동화되는 경향을 보이는 것이다.

마지막으로, 하성란의 세계관적 전망에 대해 한마디할까 한다. 거대서사를 부정한다는 점에서 하성란도 김영하와 다르지 않다. 하지만 작가가 거부한다고 해서 작품에서 역사나 세계관과 같은 거대서사가 완전히 추방되는 것은 아니다. 다른 형태로 표현되거나 적어도 흔적은 남는 것이다. 하성란의 초기소설의 두드러진 특징은 마이크로스런 묘사와 거멀못이고, 여기에 각각 삭막한 메트로폴리스의 공간과 그 속의 인간주체의 애상적인 희망이 대응하는 형국이다. 그런데 희망을 현실의 삶에서 발견하지 못하고 인위적으로 만들어내야 하는 까닭은 바로 그 현실을 보는 미세한 눈 때문이라고 할 수 있다. 애초에 하성란의 마이크로스런 묘사와 세계인식은 희망이 들어설 가능성을 남겨놓지 않은 것이다. 사물세계의 꼼꼼한 기록은 도시공간의 위압적인 외양과 왜소한 주체화자의 일상적 삶을 충실하게 보여주기는 하겠지만 주관의 개입을 극도로 배제한 결과 양자에 대한 깊이있는 성찰에 도달할 가능성은 처음부터 없었던 셈이다. 가령 「랑데부」의 남녀 화자들은 거대한 디귿자 빌딩에 갇혀 있는데도 빌딩에 대해 어떤 유의미한 논평이나 사유를 보여주지 않는다. 그 결과 거대한 빌딩은 그 속에 투여된 인간의 노동이나 그것과 관련된 사회관계의 맥락은 결락되고, 사물화된 모습으로 나타난다.

초기소설에서 '삭막한 환경' 속에서 희망을 일궈내려고 발버둥치던 주체는 최근 소설에서는 이제 섣부른 희망 따위는 전혀 기대하지 않는 듯하다. 「깃발」 「촛농 날개」 「곰팡이꽃」 등에서 희미하게 느껴지는 따스함은 희망의 조짐이라기보다 고립과 좌절로 불구가 된 삶에 대한 작은 위로에 불과하다. 최근 소설의 기본 정조는 오히려 '그로테스크한 현실 대 비정한 주체'로 나타나는 듯하다. 특히 「옆집 여자」「즐거운 소풍」「기쁘다 구주 오셨네」 등을 보면 이런 비정함이 느껴진다. 하지만 이 비정함이 현실에 대한 냉정한 직시를 통해 획득된 것이라기보다 예술적인 효과를 겨냥해서 배합되는 측면이 강하다는 것이 문제이다. 거멀못 장치로 희망의 단초를 일궈낼 때와 거의 동일한 양상이다. 가령 「기쁘다 구주 오셨네」의 결말("네 아버지는 파우스트란다. 파우스트는 악마의 유혹에 넘어가지만 결국은 구원을 받게 되지. 내 아가, 난 널 사랑한다.")은 작가의 의도를 너무 노출시킴으로써 '애매성'의 묘미도 반감되고 그 냉소마저 작위적으로 만든다. 하성란 예술의 과제는 이 작위성을 돌파하여 대지의 자연스러움에 뿌리를 내리는 일이다.

4. 홍상수

소설을 논하는 자리에서 영화를 거론하는 것은 상당한 모험이다. 영화는 영화로 보아야 제대로 논의할 수 있는 맥락이 있기 때문이다. 하지만 홍상수(洪尙秀)의 영화는 문학 텍스트로 읽어도 매우 흥미롭다. 독특한 서사구조나 인물들의 실감나는 대사, 현실과 상상의 관계를 다루는 교묘한 기법, 남녀 '관계'에 대한 집요한 탐구는 문학평론가의 관심을 끌기에 충분한 것이다. 나아가 홍상수 영화가 우리 시대의 주목할 만한 '예술'을 선보인 것이라면, 그 '예술'을 논하는 자리에서 소설과 영화라는 장르의 구분에 크게 얽매일 필요는 없을 것이다. 이런 지평에서 보면, 홍상수 영화의 진면목은 무엇보다 그 '형식'의 새로움에 있다고 여겨진다.

홍상수의 데뷔작 「돼지가 우물에 빠진 날」(1996, 이하 「우물」)이 관객들에게 충격을 준 것은 영화의 여러 장면들이 우리의 일상을 징그러울 정도로 '리얼하게' 보여주고 있음에도 어딘지 낯설어 보였기 때문이다. 이는 여러 평론가들이 지적하듯이 홍상수의 영화가 기존의 영화문법을 뒤집은 데서, "영화형식의 전통을 우물에 빠뜨린" 데서 나온 결과임이 틀림없다.[8] 적어도 한국영화사에서 그의 영화는 분명 획기적이다. 이 새로움 혹은 낯섦은 도대체 어디서 연유하는 것일까?

우선 홍상수 영화에서 하나의 상황묘사가 갑갑할 정도로 느리게 진행된다는 것에 주목할 필요가 있다. 이는 극적 전개가 더디게 일어난다거나 지연된다는 것과는 또다른 차원의 이야기이다. 가령 「우물」에서 주인공 효경이 생면부지의 여자에게 돈을 빌리는 장면을 보면 느려졌다는 생각이 절로 든다. 기존의 영화에서라면 "만원만 빌려주시겠어요?"라는 요청에 만원을 꺼내어주든지 거절의 표시를 하든지 신속한 반응을 보일 것이다. 그러나 홍상수는 여자로 하여금 꾸역꾸역 양쪽 호주머니를 다 뒤져 천원짜리 지폐 다섯 장을 엉거주춤 내밀며 "오천원밖에 없는데…… 이거라도 쓰실래요?"라고 느릿느릿 말하게 한다. 실제로 우리가 그런 상황에 처한다면 그렇게 뜸을 들이지 않을까? 하지만 그런 장면이 느리게 느껴지는 것은 기존의 영화나 영상매체들이 주요한 메씨지를 전달하거나 극적 효과를 거두는 데 집중하고 나머지 요소들을 생략하기 때문이다. 달리 말하면, 홍상수 영화에서 한 숏(shot) 내의 동작이 실시간(real time)에 가까운데도 느리게 느껴지는 것은 기존 영화의 속도감에 길들여진 우리의 '시간적' 착시 때문이다. 요컨대 홍상수 영화는 영화 속의 현실을 실제의 현실보다 더 '현실'적인 것으로 느낄 만큼 영상매체에 익숙해진 관객의 의표를 찌른다.

이렇게 인물의 동작에 일상적 현실의 속도와 '삭제된' 동작을 되찾아줌

---

8 허문영 「삶이란, 귀여운 위선과의 입맞춤」, 『씨네21』 256호 참조.

으로써 기존의 영화문법을 뒤집는 방식은 홍상수의 영상적 요소에도 그대로 적용된다. 흔히 접하는 현실 속의 장면들을 날것으로 보여주는 듯하기에 오히려 낯섦의 효과를 거두는 것이다. 여기에서 원사(遠寫, long shot), 특히 '조안각'의 원사가 한몫 톡톡히 한다. 집, 사무실, 여관, 아파트의 상층이나 케이블카에서 내려다보는 광경은 도시공간 속의 왜소한 인간의 모습을 멀찍이 보여줌으로써 나르씨시즘적인 도시인들에게 자신의 실제 크기를 상기시킨다. 홍상수의 영상이 문득문득 낯설게 느껴지는 것은 기존 영상들의 분식되고 양식화된 이미지들이 사라지고 우리에게 낯익은 탈색되고 초라한 현실이 들어서는 기분이 들기 때문이다. 홍상수의 영상이 때로는 잔혹하고 섬뜩함에도 불구하고 하성란의 근작보다는 초기소설의 분위기에 더 가깝게 느껴지는 것도 이 때문이다.

홍상수 영화의 서사(이야기)적인 요소 역시 영화의 문법에 어긋나기는 마찬가지다. 기존의 문법으로는 기승전결의 극적 구조가 탄탄하게 짜여 있을수록 좋은 영화였다면, 그의 영화는 이런 규칙에 반발하거나 전혀 신경을 쓰지 않는 듯하다. 가령 「우물」에 플롯이 있다면 그것은 여러개다. 유부녀인 효경과 팔리지 않는 책을 쓰는 작가 효섭 간의 불륜의 사랑, 효경과 남편의 일그러진 부부관계, 효섭을 따라다니는 삼류극장 매표원(민재)의 짝사랑, 그리고 민재에 대한 극장 경비원의 짝사랑 등이다. '단일한 플롯에 단일한 효과'를 추구하는 극의 원칙과 상반되는 것이다. 효경과 효섭 간의 관계가 중심이라고 하겠지만 다른 관계들이 이 중심을 끊임없이 분산시킨다. 이런 원심성 구성에다가, 자다가 봉창 두드리는 식의 엉뚱한 장면들이 여기저기서 불거져들어와 얼마 되지 않는 극적 계기들을 흩뜨려놓는다.

이런 산포적 서사방식이 갖는 딜레마는 하성란의 초기소설에 나타나는 그것과 크게 다르지 않다. 홍상수의 영상이 일상 속의 낯섦을 보여주기 위해서는 서사의 극적 짜임새를 훼손할 수밖에 없는데, 하나의 '극'영화를 만들자면 산개한 삶의 요소들을 약간이라도 추슬러 극화해야 하는 역설에 봉착하는 것이다. 하성란이 이 딜레마를 거멀못으로 무리하게 해결하려 했다면, 홍상수는 「우물」에서 그런 수고조차 하지 않는다. 고작 이것이 '하나의 극'임을 암시할 뿐이다. 가령, 영화의 초두에 민재가 효섭의 원고를 읽고 "너무 감동적이었어요. 특히 그 여자가 마지막 부분에서 죽는 거요. 우선 그 여자가 죽지 않았으면 좋겠어요"라고 소감을 말하자 효섭은 "그건 좀 작위적이지 않니?"라고 되묻는 장면은 바로 이 영화의 결말에 대한 토론이기도 하다. 결말 직전에 주요 등장인물들이 자기의 죽음을 조문하는 효경의 기이한 꿈도 극적 통일성을 부여하려는 노력의 일환으로 읽힌다. 하지만 영화의 관객이 서사를 '실시간'으로 꼼꼼히 음미할 수도 없거니와 이런 암시에 홍상수가 하성란처럼 각별한 의미부여를 하는 것 같지도 않다. 결과적으로 관계들의 맞물림과 연속적인 어긋남, 그로 인한 살인과 죽음이 극의 통일성을 대신한다. 하성란이 무리를 감수하면서 독자에게 '희망'의 싹을 보여주려 했다면 홍상수는 자기 예술의 딜레마를 방치하다시피 함으로써 관객들에게는 절망적 상황을 안겨주고 자신은 비정한 예술가가 된다.

「강원도의 힘」(1998)에서도 극적 구성의 분열양상은 해소되지 않는다. 유부남 대학강사 상권과 여대생 지숙의 불륜의 사랑을 축으로, 한쪽에는 교수가 되려는 상권의 삶이, 다른 한쪽에는 상권과의 관계를 청산하려는 지숙의 삶이 각각 설정되어 있다. 「랑데부」와 같은 대칭적 구조인 것이다. 상권과 지숙은 각각 다른 사람들과 함께 같은 시간대에 강원도로 여행을 가지만 서로 만나지 못한다. 이 어긋나는 행로를 연결하는 것은 우연히 마주치는 한 여인인데, 나중에 이 여인의 주검이 발견됨으로써 상권과 지숙의 관계에 어두운 그림자를 비춘다. 이 여인은 일종의 '거멀못' 역할을 하지만, 여기서는 희망보다는 좌절을 암시한다. 영화 초두에 나오는 붕어 두 마리 가운데 한 마리만 남는 것도 작품의 취약한 구성을 보강하는 상징적 장치로 보이지만, 어긋나는 두 세계를 단단히 얽어매기에는 역부족이다. 게다가 작가는 이 두 장치에 전작보다 좀더 의지를 투여함으로써 「강원도의 힘」은 구성면에서 그만큼 더 작위적이 된다.

그럼에도 「강원도의 힘」이 중요한 것은 여성의 곤경에 대한 홍상수의 인식이 전작보다 훨씬 성숙되어 나타나기 때문이다. 인물이 큰 역할을 하지 못하는 '전망 없는' 세계 속에서도 선연히 드러나는 지숙의 상처와 삶에의 투지는 쉽사리 잊혀지지 않는다. 가령 지숙이 다른 남자와의 새로운 관계를 시도하다가 포기하고 서울로 돌아오는 버스 안에서 목놓아 우는 장면이 그렇다. 드디어 교수가 된 상권에게 불려나가지만 침대에서 상권의 손길을 뿌리치며 "나, 수술했어…… 걱정하지 마. 네 아기 아니니까"라고 내뱉는 어투에는 짙은 냉소가 묻어 있다. 그렇지만 이 지독한 냉소조차도 "나도 살아야겠어"라는 밑바닥에서 차오르는 절규에 비하면 오히려 가볍게 느껴진다.

「오! 수정」은 홍상수 영화치고도 여러 면에서 특기할 만한 작품이다. 삼십년 만에 처음으로 흑백영화를 시도한 것이라든지 씨퀀스마다 소제목을 붙인 것이 그렇다. 인물들의 대사가 차지하는 비중이 높아지면서 홍상수 특유의 언어감각이 돋보이는 것도 눈여겨볼 만하다. 그러나 이 영화가 홍상수의 전작들에 비해 나아진 점은 무엇보다 과감하고 치밀한 형식실험을 통해 서사구조의 취약성을 극복한 데서 찾을 수 있다. 이 영화의 '일차적인' 서사는 부잣집 남자 재훈과 구성작가인 수정 그리고 유부남 PD 영수의 삼각관계를 축으로 하되, 이를 재훈과 수정의 기억을 통해 재구성하는 독특한 형식으로 제시된다. 세분화하면, 1부는 재훈의 기억을, 2부는 수정의 기억을, 그리고 3부는 두 남녀가 드디어 쎅스를 하는 장면을 보여준다. 1, 2부는 각각 3부의 쎅스 장면 직전에서 시작되었다가 플래시백을 통해 두 남녀의 첫 만남으로 돌아가 3부 직전에서 끝난다. 말하자면 대칭적인 구조인 것이다. '기억을 통한 경험의 재구성'에 착안한 이 특이한 양식에는 상당히 흥미로운 문제들이 내포되어 있다.

첫째, 1, 2부(재훈과 수정의 기억)를 서로 대조해보면 어긋나는 것들이 많다. 이런 차이들 대다수는 특별한 의미를 지니지 않지만, 계층적 지위나 성별에 따라 기억의 내용이 뚜렷이 달라진다는 사실은 주목할 만하다. 가령, 재훈과 수정이 처음으로 함께 등장하는 장면에서, 재훈의 기억에서는 부재하던 재훈의 운전기사가 수정의 기억에는 등장한다. 이는 수정이 재훈의 부나 사회적 지위에 민감함을 드러내는 하나의 암시이다. 또한 영수와 박기사의 싸움이 재훈의 기억으로는 영수의 말대로 화해로 끝나지만 수정의 기억에서는 영수가 박기사한테 뺨을 맞고 험한 욕("그 씨발년은 어디 갔냐? 좆같은 년. 너네 박았지? ⋯⋯너네 편집실에서 이상한 짓 하다 걸리면⋯⋯")을 듣는 현장을 자신이 엿본 것으로 나온다. 이는 수정이 자신의 삶의 곤경을 강하게 의식하고 있음을 드러내는 한 증거로 읽힌다. 종합하면, 같이 나눈 경험이라도 개인에 따라, 특히 성별과 사회적 지위에 따라 다르게 재구성되며, 그것이 한 개인의 '과거'가 되고 이 '과거'가 그 개인의 정체성의 일부를 '구성'한다는 것이다.

둘째, 1, 2부의 기억 속에는 재훈과 수정 각각의 독자적인 삶이 끼어드는데, 이 독립적인 기억소(記憶素)와 두 남녀의 기억 가운데 어긋나는 지점을 연결하면 각각의 개인적 삶의 서사가 새롭게 구성된다는 점이다(이를 '2차 서사'라고 하자). 2차 서사에서 재훈의 경우는 대학시절 여자친구(정아)와의 수상쩍은 관계가 암시되는 정도이기 때문에 두 서사 간에 큰 차이가 없다. 하지만 수정의 경우는 다르다. 수정의 기억에는 영수와 재훈이 알지 못하는 오빠와의 근친상간적 관계[9]가 존재하기 때문에, 두 서사

---

9 수정이 오빠에게 손으로 수음해주는 장면은 특별한 주목을 요한다. (카메라를 거꾸로 잡은 것만 제외하면) 이 충격적인 행위가 아무렇지도 않은 것처럼 슬쩍 제시되는 방식이 특이한 것이다. 홍상수의 이런 수법이 이 '금기'의 행위가 일상화되어 있음을 보여줌으로써 수정이 표층의식에서는 그 관계에 내재된 '금기성'에 이미 익숙해졌음을 분

는 엄연히 다르다. 2차 서사에서는 1차 서사의 삼각관계가 진실의 전부가 아닌 것이다. 이를 감안하면, 그녀가 1차 서사에서 하는 속물적인 행동의 이면에는 오빠와의 관계가 작용할 가능성을 무시할 수 없게 된다. 요컨대, 홍상수는 2차 서사를 끼워넣음으로써 수정의 삶을 좀더 섬세하게 다룰 수 있게 된 것이다.

셋째, 3부의 쎅스 장면은 지금의 현실이라고 쉽게 단정할 수는 없지만, 서사구조상 현재적 공간으로 설정되어 있다. 다시 말하면 논리적으로는 3부가 수정과 재훈, 혹은 감독인 홍상수의 또다른 기억이나 환상일 수 있지만 극적 구조상 그런 메타픽션의 계기가 강하게 주어지지 않는다는 것이다. 이 점에서 이 작품은 김영하의 「호출」과 대비된다. 「오! 수정」의 기억을 통한 경험의 재구성과 「호출」의 메타픽션을 통한 현실과 환상의 경계 탐구는 우리가 '현실적인 삶'이라고 부르는 것이 사실은 기억이나 상상에 의해 구성되는 측면이 있음을 보여준다. 하지만 전자는 기억의 구성성으로는 결코 만들어낼 수 없는 삶의 요소들을 전제하는 데 반해, 후자는 그것마저 상상일 수 있음을 비친다. 수정은 재훈이 다른 여자와 몰래 키스하는 장면을 상상하고 심지어 그 상상을 기억할 수도 있지만 오빠와의 근친상간 관계는 그런 식으로 조작해낼 수 없다는 것이다. 「오! 수정」의 특이한 예술형식은 현실과 기억 혹은 상상의 경계가 뚜렷하지 않음을 보여줌과 동시에 현실의 핵심적인 부분이 상상에 의해 조작될 수는 없다는 점 역시 분명히해둔다.[10]

명히하는 동시에 이것이 그녀의 의식 밑바닥에 깊은 상처를 남겼을 가능성을 열어놓는다.

10 김영하가 홍상수의 예술을 가리켜 "홍신소적 모더니즘"이라고 평한 반면 홍상수 자신은 "내가 생각하는 리얼리즘, 내가 본 것을 다 아우르는 표현으로서의 리얼리즘"을 구현하고자 한다고 밝혀, 서로 다른 입장을 보이고 있음은 우연이 아니다. 김영하 『굴비낚시』, 마음산책 2000, 20면; 홍상수 인터뷰 「조금은 굵은 언어로 말하고 싶다」, 『씨네21』 256호 참조.

홍상수는 이런 독특한 형식을 통하여 드디어 서사구조의 분산성을 극복하고 하나의 통합된 이야기를 들려줄 수 있게 된다. 이야기는 여전히 수많은 곁가지를 갖고 있지만 그 골자는 김영하의 말대로 "한번 달라는 남자들과 쉽게는 줄 수 없다고 버티는 여자의 이야기"[11]라 하겠다. 수정과 남자들의 로맨스의 밑바탕에는 수정의 '처녀성'을 놓고 이런 갈등과 흥정이 벌어지는 것이다. '처녀성' 혹은 '정절'을 매개로 하는 이야기 자체는 영국소설 초창기의 『패밀러』(Pamela) 혹은 우리의 『춘향전』에서부터 작금의 연애소설·영화에 이르기까지 근대서사의 낯익은 주제이다. 그럼에도 「오! 수정」의 서사가 놀라운 것은 '처녀성의 신화'를 활용하여 성과 권력을 둘러싼 '몸'에 대한 통찰을 보여주고 있기 때문이다.

달리 말하면, 이 영화에서 수정의 몸은 남성들이 정복하려는 일종의 '영토'가 된다. 수정의 오빠는 수음하는 데 수정의 손을 빌리고, 영수는 수정의 입술을 점령한 데 고무되어 그 영토의 수도(?)까지 진격하려 하나 실패하고 만다. 영수는 유부남이라는 불리한 위치 때문에 강제로 밀어붙이지 못하고 "너 빤스까지 벗긴 거다. 할 수 있는데 안한 거다"라고 자위한다. 한편, 수정이 재훈의 쎅스 요구를 거절하면서 "가슴은 가졌잖아요"라고 말하는 것은 자신의 몸이 남자들에게 하나의 점령 대상임을 의식하고 있음을 보여준다.

수정의 몸을 둘러싼 각축전을 지켜보는 것도 이 영화의 대단한 흥밋거리임이 분명하지만, 이 각축전을 통해 형성되는 관계들에 대한 통찰은 놀라운 데가 있다. 수정이 영수와 멀어지는 계기는 영수가 박기사한테 뺨을 맞고 욕을 듣는 장면을 목격한 사건이다. 영수가 수정을 강제로 범하려는 시도가 무산되는 이유는 영수 쪽에서 자신의 처지(유부남)에 대한 자의식이 작용한 것 외에도 수정은 수정대로 영수를 좋아하면서도("감독님,

---

11 김영하 『굴비낚시』 19면.

저 감독님 좋아한 것 알아요?") 박기사로부터의 수모를 생생히 기억하고 있기 때문일 것으로 추측할 수 있다. 오빠와의 관계까지 감안하면 영수와의 관계에서 비롯되는 수모를 수정이 받아들이기는 힘든 것이다. 여기서 수정의 영수에 대한 애정이 얼마나 진실인지는 알 수 없다는 것이 이 영화의 묘미이고 이런 '애매성'은 재훈과의 관계에서도 나타난다.

수정이 재훈의 부와 지위를 의식하고 있음은 분명하지만 그렇다고 반드시 그것 때문에 그를 짝으로 택했다고 말할 수는 없다. 둘의 관계가 결정적으로 깨어질 뻔한 것은 재훈이 애무를 하면서 수정을 딴 이름("정아씨")으로 부르는 사건이다. 재훈의 말대로 "사람 이름 한번 잘못 부른 게 무슨 죽을죄라고 날 이렇게 미치게 만드느냐"고 항변할 수 있을지 모르지만 수정의 입장에서 이것은 상당한 위협이고 어쩌면 '죽을죄'에 해당한다. 이는 재훈이 다른 여자와 놀아났다는 암묵적인 증거이기 때문에도 그렇지만, 수정의 정체성을 근본적으로 위협하기 때문에 더욱 그런 것이다. 이 위협의 강도는 제 이름을 걸고 관계를 맺지 못했던 수정의 삶(오빠, 영수와의 관계)을 고려할 때만이 충분히 느낄 수 있다. 3부의 쎅스 장면의 절정에서 재훈이 "수정씨 맞지요?"를 되풀이하는 대목은 수정을 '정아씨'로 잘못 부른 장면을 상기시키면서 실소를 자아내게 한다. 하지만 수정이 첫경험의 아픔으로 연신 비명을 질러대는 와중에도 "네, 난 수정이에요"라고 꼬박꼬박 대답하는 지점에 이르러서는 수정의 오빠와의 관계가 강하게 환기되면서 절절한 자기확인의 욕구가 드러난다.

제주도에서 근사하게 사랑을 나누자고 한 약속을 일방적으로 깨고 우이동의 한 호텔에서 그간 미루어왔던 쎅스를 해치워버리려는 재훈의 굴욕적인 제안("수정씨, 꼭 제주도에 가야만 하겠어요?")에 수정이 상처를 입으면서도("제가 무슨 제주도에 미친 사람인 줄 아세요") 그 제안을 받아들이는 것도 주목할 부분이다. 이런 수모를 감내하는 것을 돈 많은 남자와 결혼하기 위해 굴욕을 참는다는 식으로만 이해할 수 없다는 것이다. 따져보면 재훈이 서로의 로맨스 약속을 일방적으로 파기하고 새 제안을 내어놓은 것 자체가 남녀관계에서 남성의 폭력을 잘 보여주는 대목이다. 그런데 절묘한 것은 수정이 여성으로서의 불리한 입장 때문만이 아니라 자신의 상처(근친상간) 때문에 이 굴욕적인 제안과 이에 깔린 권력관계를 받아들이는 면이 있다는 점이다. 요컨대 수정의 속내의 어두움을 이해하지 않고서는 우이동 호텔에서의 '실무적'인 정사에 깔려 있는 착잡한 의미를 충분히 감지할 수 없다는 것이다.

서로의 처절한 자기확인 과정과 여자의 "악악"거리는 비명, "정말 안 아프게 할게요"라는 남자의 거짓 약속으로 점철된 이 장면은 다른 영화의 정사 장면과 비교할 때 참 '기이'하게 보인다. 하지만 첫경험의 핏자국을 발견하고 화장실에서 그 피를 씻는 장면도 이에 못지않게 기이하다. 수정이 핏자국을 보고 자신의 순결을 입증한 데서 안도감을 느끼고 재훈은 그것이 무슨 훈장인 양 의기양양해하지만, 호텔의 침대시트에 묻은 피를 씻어놓고 가야 하는 일상의 상황이 개입하면서 이 '성스러운' 피는 씻어내야 할 '더러운' 피로 바뀐다. 이 장면은 '처녀성의 신화'를 재연하는 듯하지만 실제로는 그것을 일상성의 한가운데로 내동댕이친다. 그렇기에 정사 후의 다정한 분위기는 진정한 로맨스의 성취인지 어렵사리 성사시킨 계약(결혼약속) 후의 안도감인지 잘 구분되지 않는다. 이런 '애매성'은 작품의 세부에서 제시되는 미묘함과 맞물려 있기에 하나의 조작적인 장치로 떨어지지 않고 현실의 복잡성을 일러주는 지표가 된다.

홍상수 영화 역시 큰 이야기를 하는 것은 아니지만 영화 장르에서는 우리 시대 최고의 경지에 도달한 느낌이다. 「오! 수정」을 큰 이야기를 다룬 「박하사탕」이나 「공동경비구역 JSA」와 비교하려면 또다른 분석이 필요하지만, 예술의 질에서는 전자가 후자의 두 영화보다 낫다고 평하는 데 주저할 이유가 없다. 우리 시대 도시인의 남녀관계에 대한 그의 집요한 관심, 관계의 미세한 틈새를 파고드는 섬세한 감수성과 날카로운 분석력이 부단한 형식실험을 통해 빛나는 결실을 거둔 것이라 하겠다. 최근작에서 예전의 냉소가 걷히고 따뜻함이 느껴진다는 세간의 평가에는 선뜻 동의하기가 어렵지만, 적어도 남녀관계의 복잡성과 여성의 곤경에 대한 깊은 인식은 높이 평가하고 싶다. 「오! 수정」 개봉 후 "좀더 소통범위가 넓은 언어로 말하는 과정 자체가 역설적으로 내게 자유를 주는 것 같다"는 홍상수의 소감[12]을 읽고 그의 예술이 개인의 내밀한 삶의 이야기만이 아니라 공동체의 꿈과 현실에 관한 이야기에도 눈길을 돌리기를 기대한다.

5. 맺음말

우리 시대의 도시적 일상을 예리하게 포착하려는 김영하, 하성란, 홍상수의 예술을 검토하면서, 필자는 특히 이들의 부단한 형식실험에 주목하였다. 묘사·서사·영상 기법들은 소설과 영화의 형식이면서, 작가들이 현실을 대하는 태도나 세계를 보는 관점과 맞물려 있기 때문이다. 이들이 모두 역사와 민족과 같은 거대서사를 외면하고 도시인의 일상에 얽힌 작은 이야기에 초점을 맞추고 있지만, 거기에조차도 세계관적인 전망이 담길 수밖에 없는 것이다. 그리고 역사가 반드시 거창한 것만은 아니다. 홍상수의 「오! 수정」에서 기억을 통한 경험의 재구성이 바로 개인의 '역사'를 형성하는 과정이고, 이 과정에서 아주 복잡미묘한 관계들이 끼어들어 크고 작은 변화들이 일어나는 한편, 깊은 토대는 좀처럼 변하지 않고 거기에 새겨진 상처는 쉽게 치유되지 않는 것이다.

예술에서는 개인의 삶을 어떻게 다루는가에 따라 작품의 질이 결정되는 지점이 있기에 거대서사를 다룬다고 반드시 더 높은 경지에 있는 것은

---

12 홍상수, 앞의 인터뷰 참조.

물론 아니다. 하지만 우리 시대의 젊은 예술가들이 우리의 이웃들이 형성하는 조금은 큰 이야기와 역사를 기피하는 경향은 우려되는 바가 없지 않다. 김영하와 하성란의 소설을 야박하게 평한 대목이 있다면 거기에는 이런 우려가 작용한 것인지도 모른다. 하지만 이들의 소설에 나타나는 조작성 혹은 작위성은 이들의 활발한 실험정신을 증거하는 한편 대지(공동체)의 삶에 대한 불신을 드러내는 지점이기도 하다. 이들은 메트로폴리스의 대중문화와 가상현실에 대한 빼어난 감각을 갖고 있지만, 공동체에 대한 믿음을 가진 자만이 낼 수 있는 자연스러운 목소리를 결하고 있는 것이다. 이 점에서 이들의 예술은 냉혹한 현실과 깊은 상처에도 불구하고 자신의 육성을 잃지 않은 선배작가들의 소설에 귀기울일 필요가 있다.

끝으로, 「오! 수정」의 성공이 홍상수 특유의 영상미학과 아울러 그의 빼어난 '언어예술'에 바탕하고 있음을 지적하고자 한다. 대중문화시대에는 영화의 비중이 더 커질 것이 분명하지만, 영화가 대중적인 소비문화의 하나로 떨어지지 않고 참다운 대중예술로 꽃피기 위해서는 소설이나 연극의 예술적 자원을 최대한으로 활용할 필요가 있다. 소설은 소설대로 영화적 특성을 자신의 예술적 자산으로 삼을 줄 아는 적극적인 태도가 요청되지만, 그렇다고 이런 시대적 요청에 경도된 나머지 소설다운 특성을 잃어버리면 영화각본의 소설판에 불과한 처지로 전락할 가능성도 배제할수 없다. 대중문화시대의 소설과 영화의 과제는 양자가 서로 경쟁하면서 함께 주류 대중문화의 소비주의와 상업주의를 돌파하는 대안적 예술영역을 확보하고 발전시키는 일이 될 것이다.

—『창작과비평』 2001년 봄호

인터넷 글쓰기의 가능성
'창비무명인'의 미당론을 중심으로

1

인터넷이 지식인들과 문인들 사이에서 두루 활용되면서, 디지털 글쓰기와 출판 방식이 주요한 사회적 쟁점이나 문학적 논의를 활성화하는 촉매 역할을 하고 있다. 이른바 '인터넷혁명'으로 대중화되기 시작한 홈페이지와 인터넷신문, 전자책이나 웹진과 같은 신종 매체들은 인터넷 특유의 쌍방향성과 신속한 전파력으로 말미암아 문단이나 지식인 사회의 풍속도를 상당히 바꿔놓고 있다. 특히, 싸이버 자유게시판에서 이뤄지는 새로운 글쓰기 방식과 의사소통 형태는 디지털 문화가 지닌 가능성과 폐해를 동시에 보여주는 듯하다.

나는 몇년 전부터 몇몇 인터넷 홈페이지의 자유게시판을 기웃거리면서 인터넷상의 논의와 글쓰기 방식을 눈여겨보았고 또 간간이 실전에 참여하기도 했는데, 한동안은 이 새로운 문화현상을 반겨야 할지 개탄해야 할지 갈피를 잡을 수 없었다. 네티즌 대다수에게 인터넷 글쓰기와 논쟁은 상당한 성취감과 아울러 적잖은 상처와 모멸감을 안겨주지 않았을까? 가령, 자유게시판에 처음 글을 올렸을 때, 그리고 그 글에 곧장 누군가가 댓글을 달아 반응을 보였을 때의 가슴 설레던 기억은 좀처럼 잊혀지지 않는다. 만약 그 댓글이 자신의 진의를 알아준다면 그때의 감격이란 이루 말할 수 없다. 어디에 있는 누구인지 전혀 알지 못하는 사람이 자기 글의 미덕을 알아보고 공감을 표시하다니 마치 염화시중의 미소를 만나는 기분인 것이다. 그러나 자기 글이 야유나 조소를 받거나 심지어 쌍욕을 들을 때 그 분노와 모멸감이란! 밤을 하얗게 새며 치밀한 반론을 준비하거나 아니면 제 성질을 못 참아 즉각 보복과 응징을 가하기 마련이다. 그러다 보면 십중팔구 자유게시판에서의 토론은 막말과 욕설이 오가는 기세싸움으로 끝나버린다.

자유게시판은 익명·실명의 온갖 성향의 사람들이 모여드는 공간인지라 별의별 사건들이 일어난다. 예측불허의 진행이 흥미를 강하게 유발하지만 다른 한편 생산적인 논의를 가로막는 장애물이 한둘이 아니다. 이념적 성향, 관점, 인식의 차이에서 비롯되는 오해와 불신, 근거 없는 비방이나 야유, 무의미한 장난질이나 몰상식한 도배질 등등 곳곳에 암초가 널려 있어 어렵사리 시작된 논의라도 중도에서 난파하는 일이 허다하다. 하지만 이런 장애들 틈새에서 가끔씩 뜻깊은 논의와 훈훈한 대화의 꽃이 피어난다. 이럴 때면 게시판이 돌연 숙연한 빛을 띠며 네티즌들은 귀를 쫑긋거린다. 이 사람 저 사람 끼어들면서 치열한 비판과 날카로운 논평이 다방면·쌍방향으로 순식간에 오가는 흥미진진한 다자간 논쟁 역시 활자지면에서는 맛볼 수 없는 독특한 매력을 발한다.

2

인터넷 글쓰기의 가능성에 반신반의하던 내가 점차 그 가능성을 믿게 된 것은 창작과비평사 홈페이지(www.changbi.com)의 자유게시판을 통해서이다. 지난 2000~2001년 사이 이 싸이버 공간에서 의약분업 분쟁, 김윤식 사건, 박남철 사건, 신경숙 표절시비, 안티조선과 문화권력 논쟁 등 우리 사회의 민감하고 중요한 쟁점들에 관한 뜻깊은 논의들을 만날 수 있었기 때문이다. 게다가 신경숙의 「부석사」에 대한 '포에지'의 평론이나 'satgatlim'의 영화평, 나정욱의 진솔한 글 등, 뛰어난 평문들이 적지 않았다. 창비 쪽에서는 백낙청 편집인이 2000년 7월에서 2001년 4월 사이 열 차례 '편집인의 글'을 올림으로써 자유게시판 논의를 활성화하는 데 앞장섰다.[1]

그러나 내게 인터넷 글쓰기의 가능성을 확인케 해준 결정적인 계기는 2001년 6월 24일~7월 3일 열 차례 분재된 '창비무명인'의 「국화꽃의 비밀」('독자마당'의 '이전 자유게시판' 참조)이다.[2] 200자 원고지 300매를 넘는 방대한 분량에다 철저한 자료조사, 치열한 문제의식, 일관된 논리전개, 파격적인 주장, 힘찬 글발이 네티즌들의 관심을 온통 사로잡은 것이다. 흔히 인터넷 글쓰기 하면 즉흥적이고 경쾌·경박한 스타일을 연상하게 되지만, 이런 통념과 전혀 다른 진지하고 치열한 글이 장장 한 달여간 게시판의 분위기를 압도하면서 다양한 이념적 성향의 네티즌들로부터 따뜻한 격려와 예리한 논평을 불러일으켰다는 사실이 놀라웠다. 중요한 쟁점에 대해 사려깊게 씌어진 논의가 게시판에서 그 진가를 인정받는다는 사실, 그리고 이런 요인들이 결합되어 토론의 활력이 생겨난다는 사실이 인터넷 글쓰기에 대한 내 의구심을 상당히 걷어낸 것이다.

---

1 창비 홈페이지를 개편하는 과정에서 이 글들을 찾아볼 수 없게 된 것이 유감이다. 2001년 5월 20일자 이후의 글들만이 디지털창비 '독자마당'의 '이전 자유게시판'에 보관되어 있다.

2 이 글은 그후 『국화꽃의 비밀』(새움 2001)이라는 단행본으로 묶여 출간되었는데, 저자인 김환희는 '감사의 말씀'에서 창비 자유게시판에 발표하게 된 연유와 이 글에 대한 네티즌들의 열띤 반응에 대해 기술하고 있다.

창비무명인의 글이 비상한 관심을 끌게 된 까닭은 그것이 우리 문학사의 첨예한 쟁점을 정면으로 건드린 탓도 있다. 『창작과비평』 지난호(2001년 여름호)에 고은의 「미당 담론」이 발표되면서 초미의 관심사가 된 미당 시에 대한 평가 문제는 사실 우리 문학사를 새롭게 정립하기 위해서는 피해갈 수 없는 핵심사안이라 할 수 있다. 고은의 미당론 이후 이 문제를 둘러싸고 문인과 지식인, 매스컴은 찬반 양쪽으로 나뉘어 첨예하게 대치하는 형국이었다. 주요 일간지들이 고은을 비판하고 미당의 시를 떠받드는 칼럼을 연달아 내보냈지만 창비 자유게시판의 분위기는 그와는 정반대였다('독자마당'의 '이전 자유게시판'에 남아 있는 불이, 검정고무신, 물결의 글 참조) 이런 상황에서 창비무명인의 글은 미당의 「국화 옆에서」에 대한 기존 논의들의 맹점을 통렬하게 비판하면서 국화꽃은 일본 천황과 천조대신(天照大神, 아마떼라스 오오미까미)의 상징일 가능성이 크다는 파격적인 논지를 힘차게 밀어붙였으니, 충격이 아닐 수 없었다.

이런 정황을 감안하여 창비무명인의 글을 살펴보면, 무엇보다 기존의 안이한 미당론에 대한 치열한 비판정신이 돋보인다. 그의 지적에 따르면, 「국화 옆에서」에 대한 기존 연구와 평론의 병폐는 다음과 같다. 첫째, 이 시에 등장하는 국화와 거울은 일본제국의 대표적인 상징물인데, 기존 평론가들은 이 점을 도외시하고 오로지 "'황국(黃菊)=친근한 누님', '거울=관조의 경지'로 등식화시켜서 해석"했다는 것이다. 둘째, 이 시에 대한 "비평적 관심의 부재"인데, 이 시를 "가장 세밀하게 텍스트 중심으로 분석한 평자는 아이러니하게도 창작자인 미당 자신"이라는 것이다. 셋째, 이 시를 구성하는 "이미지들의 배합이 보이는 비상식성과 반전통성"이다. 소쩍새, 천둥, 먹구름, 무서리 등 "'누님'의 이미지들을 보조하고 보강하는 다른 이미지들이 지나치게 강렬하고 비극적이고 음울"하다는 것이다. 또한 국화꽃의 이미지는 한국시의 전통에서는 절개있는 선비라는 남성적 이미지였는데, 여기서는 여성적 이미지로 성적 패러다임이 바뀌었다는 것이다. 넷째, "신화적 해석의 부재"이다. 동서양의 여러 신화와 전설에서 즐겨 소재를 택하는데다가 "일장기를 아랫목에 세워두고 합장까지 할 정도"인 미당이 일본의 신화와 전설, 문화에 깊은 영향을 받았음은 명약관화한데, "일본신화 내지 문화와 연계지어 미당을 해석하는 것은 기존의 학문적 논의에서는 배제되어"왔다는 것이다.(이상 「국화꽃의 비밀」 1~3 참조) 미당시에 대한 창비무명인의 이같은 문제제기는 기존 평론들의 정곡을 찌른 느낌이다. 특히 "일본신화 내지 문화와 연계지어 미당을 해석"할 필요성은 이 시뿐 아니라 미당 시 전체에 걸쳐 절실히 요구되는 사안이며, 이것이 "기존의 학문적 논의에서 배제"되었다는 것은 우리 문학과 역사의 파행성과 왜곡을 드러내는 대목이라 하겠다.

　창비무명인은 본론에서 「국화 옆에서」에 대한 '신화적 해석'을 시도하는데, 이것 역시 주목할 만하다. 미당의 「시 창작을 위한 노-트」를 통해 이 시를 쓸 당시의 시인의 심상을 추적하는가 하면, 『고사기』와 『일본서기』를 면밀히 분석하여 「국화 옆에서」의 핵심적인 시어들의 일본신화적 연원과 상징성을 밝히는 데 주력한다. 그 결과 "「국화 옆에서」의 1연에 등장하는 소쩍새의 울음은 사별한 아내가 그리워 황천국으로 찾아간 이자나기의 고통에 상응하고, 2연에 등장하는 천둥의 울음은 자신의 부패한 몸을 보고 놀라서 달아난 남편을 쫓기 위해 천둥신을 보낸 이자나미의 고통과 놀라울 정도로 일치합니다. (…) 아마테라스의 탄생과 국화꽃의 탄생에 똑같이 천둥이 등장하고, 사거한 애인의 시상이 그려지는 것은 우연의 일치로 간주하긴 힘든 것 같습니다"라고 주장한다.(「국화꽃의 비밀」 7)

　3연과 4연에 대해서도 마찬가지의 추적과 분석을 통해, "아마테라스 동굴칩거신화에 등장하는 여러 화소(話素)들 ── 동굴칩거, 누이의 귀환, 거울 앞에 선 여인 ──이 「국화 옆에서」의 3연과 4연의 시상과 맞물리는 점이 많"다고 지적한다. 여기에다 시 창작 당시 "태양신의 후손인 일왕의 인간선언이라는 역사적 사건이 복합적으로 영향을 미쳐 형상화되었을 개연성"을 결합한다. 즉, 미당에게 "젊은 시절 광영의 길을 걷던 '국화꽃-일왕'이 패망 이후 평범한 인간으로 돌아와 상징적 군주로 묵묵히 살아가는 모습이 가슴속에 한(恨)을 지닌 채 '젊음의 뒤안길'에서 돌아와 '소복하고 거울 앞에 우두커니 홀로 앉아 있는 40대의 여인'의 모습으로 느껴졌을 것"이라고 추측한다. 이리하여 이 시의 '노오란' 국화꽃은 천황과 천조대신의 상징일 것이라는 결론에 다다른다.(「국화꽃의 비밀」 8) 이렇게 국화꽃의 '비밀'을 밝힌 다음 창비무명인은 마지막 연재분에서 유종호가 미당에게 "단군 이래 최대의 시인" 혹은 "이 나라 시인부락의 명실상부한 족장"과 같은 극찬을 헌사함으로써 '미당문학상'의 제정에 공헌한 점을 맹렬하게 질타한다. 실제의 삶에서나 작품에서나 종천순일파(從天順日派)적인 자세로 일관한 미당은 "'부족방언의 요술사' 내지 마술사는 될 수 있을지언정, '시인부락의 족장'이 될 수는 없는 인물, 되어서는 안되는 인물"이라는 것이 미당에 대한 창비무명인의 최종평가인 듯하다.(「국화꽃의 비밀」 9)

창비무명인의 글에 대한 네티즌들의 반응에는 냉소와 야유가 아주 없진 않았으나 탄성과 갈채가 압도적이었다. 감탄과 격려의 지지발언이 연재 도중에 종종 터져나왔고, 연재를 마친 이후 게시판에는 여러 네티즌들과 필자 사이의 뜨거운 인사가 오갔다. '유형종' '쑈쑈쑈' '지나가면서' '허르즈만' '박수부대' '나정욱' 'satgatlim' '박민규' '닭살돋네' '조영' '적빛넝마' '칼날' '송명호' 'flinching' 'peach', 그리고 '월촌' 등의 감격스러운 반응에 필자는 감사의 뜻을 표했다. 이처럼 다수의 네티즌들이 글쓴이의 노고에 감사하며 저마다 소감을 밝히는 장면은 특별한 감동을 자아냈으며, '박민규'(박윤규)는 인터넷한겨레(www.hani.co.kr)의 '하니리포터'에 이 글의 혁신적인 주장을 부각하는 기사(「'국화 옆에서'가 친일시라구?」, 2001. 7. 5)를 쓰기도 했다.

이 글에 대한 논평도 여럿 나왔는데, 그 가운데 주목할 만한 것 몇개만 소개한다. 처음부터 이 글의 기본 발상에 딴지를 건 김홍년은 나중에 장문의 글(「미당의 '국화 옆에서'에 대한 신화비평적 이미지 분석」 1~3, 2001. 7. 28)을 통해 입장을 밝힌다. 그의 글은 창비무명인의 글에 대한 자상한 반응이라할 순 없지만, 미당 시를 좋아하는 다수 독자들의 독법을 대변하는 또 하나의 신화비평을 제시함으로써 창비무명인의 미당론에 대한 무시하기 힘든 반론이 된다. 그는 "상징의 다의성이 그런 의혹의 제기에 발동을 걸어주기는 하겠지만, '국화'에 친일의 혐의를 씌우기는 쉽지 않다"고 전제한후 국화와 누님과 같은 핵심 시어들이 우리 시의 전통 속에서도 충분히자리잡았다고 주장하고, 「국화향기」「향수」와 같은 미당 시에서 국화가고향의 상징으로 사용된 용례를 찾아낸다. 또한 "국화는 미당이 「국화 옆에서」를 쓸 당시만 해도 이미 군자의 꽃만은 아니었다"고 하면서 그 근거로 「열녀춘향수절가」 등의 예를 거론한다.

　김홍년의 글은 한편의 미당 시 읽기로서는 흥미롭지만, 대상 글의 약점만을 겨냥한 탓에 균형잡힌 논평이라 하긴 힘들다. 공감을 전제하되 엄정함을 잃지 않는 논평다운 논평은 백낙청과 '포에지'로부터 나왔다. 원로 비평가로서는 드물게 자유게시판의 논의에 참가해온 백낙청은 창비무명인의 논문에 비상한 관심을 보이면서, 이 글의 전반적인 의의와 미덕에 찬사를 보낸다. 그는 「창비무명인님의 '국화꽃의 비밀'을 읽고」(2001. 7. 17)에서 이 글이 "오늘날 우리에게 절실히 필요한 본격적 미당론의 전개에 중요한 이바지였"음을 흔쾌히 인정한다. 또한 "미당이 '부족방언의 마술사'라고 해서 '시인부락의 족장'이라는 월계관을 씌우는 것은 잘못된 일입니다"라는 창비무명인의 최종평가에 "충심으로 동의한다." 그런가 하면 "서정주는 한국시의 탁월한 마술사 가운데 하나임이 분명"하지만, "마술사로서는 어떤 등급의 마술사인지도 작품을 위주로 가려내는 일의 중요성"을 강조한다. 창비무명인의 신화적 해석에 대해서도 백낙청은 "이 해석은 제가 아는 한 확실히 새로운 해석이며, 작품에 대해 적어도 저 자신은 미처 생각하지 못했던 여러가지를 생각게 해준 값진 비평"이라고 상찬하는 한편, "'국화꽃＝천황＋천조대신'이라는 논지를 입증하는 데 성공하신 것 같지는 않아요"라고 논평한다. 창비무명인의 전반적인 문제의식이 매우 중요함을 인정하면서도 그 구체적인 논지 자체는 무리라는 판단인 것이다. 이런 입장은 "황국이 곧 천황이요 '국화 옆에서'가 곧바로 천황 또는 천조대신을 노래한 시라고 주장하는 대신, 일본의 신화나 전설의 깊은 영향이 시인의 상상력과 감수성 속에 (십중팔구 무반성적으로) 작용하고 있다는 쪽으로 논지를 완화한다면 훨씬 그럴법하지 않을까요?"라는 발언 속에 잘 드러난다. 백낙청의 논평은 항상 작품의 구체적인 예술적 성과를 문제삼는데, 여기서도 이 시의 핵심이라 할 제3연이 "작품상의 결함에 해당한다"고 하면서 "그 나름의 아름다움을 지녔지만 '사춘기적 정서가 다분히 남은' 대목"이라 평한다. 요컨대, 이 시의 "각 연이 모두 그 나름의 요술을 행사하고 있지만 3연에 끼어드는 독특한 정서──그것이 사춘기적인 것이든 일본문화 친연적인 것이든──가 첫 행부터 마지막 행까지 빈틈없이 연결되는 요술에는 미달한다는 것"이다.

이 글에 대해 창비무명인은 백낙청의 지적을 상당부분 받아들이는 한편 자신의 논지를 해명하는 답글(2001. 7. 18)을 올린다. 이에 답하는 백낙청의 두번째 글 「〔단상〕 미당 담론과 미당 시」(2001. 7. 22)는 백낙청 나름의 '미당 소론'이랄 수 있겠다. 백낙청은 글의 서두에서 창비무명인에게 "우리의 견해가 한결 접근했다는 느낌"을 전하고, 동아일보 기자의 오독과 왜곡으로 빚어진 오해를 포함하여 몇몇 사소한 해석상의 오해를 해명한다. 그리고 비평적 판단의 훈련이 "무명인님이 지향하시는 '해석학적 글쓰기'가 최선의 효과를 거두는 데도 필수적"임을 지적한다. 이어서 고은의 「미당 담론」의 중요한 의의를 되새기는 한편, 미당의 시에 관한 자신의 단상(斷想)식의, 그러나 '파격적'인 평가들을 피력한다. 가령 "해방 직후에 나온 『귀촉도』(1946)가 『화사집』(1941)에 비해서도 빈약하다는 사실"이라든지 "『신라초』(1960)와 『동천』(1968)에 이르러서야 예의 '사춘기적 정서'가 대체로 정리되고 시상이 한층 자유분방해지며 얼마간의 철학적 깊이가 더해지기도 한다"는 평가가 그렇다. 또한 「곡(曲)」이라는 시와 함께 『떠돌이의 시』(1976)에 수록된 "난초를 다룬 시들은 70년대 미당시의 성과"라는 평도 특이하다면 특이하다. 이런 파격적인 발언들은 언뜻 그야말로 툭 내던져진 '단상'에 불과한 것처럼 보일 수 있지만, 하나하나 찬찬히 뜯어보고 종합해보면 미당 시를 바라보는 백낙청의 독특한 눈길을 느낄 수 있다. 가령 중기의 『신라초』와 『동천』을 초기의 『화사집』과 『귀촉도』보다 높이 평가하는 것은 통상적인 견해와 상치되는 것인데, 이런 판단의 근저에는 시를 언어적인 기교나 가락으로만 평가하지 않는 비평안이 작동하는 것 같다. 그렇다고 시인의 언어적인 기교를 경시하는 것은 결코 아니다. 가령, "이런 한정된 의미로도 과연 서정주가 고은보다 뛰어난 마술사인지는 한번 작심하고 따져볼 문제지요"라는 첫번째 글에서의 발언은 언어적 기교 역시 '한정된 의미'에서는 중요하다는 것을 전제한 발상이다. 그의 이번 단상은 기존의 한국 근현대시 논의에 대한 근본적인 문제제기이자 미당 시를 새롭게 읽기 위한 '화두'라 할 수 있다.

포에지의 글 「시인과 작품: 창비무명인님의 '국화꽃의 비밀'을 읽고」(2001. 7. 23)는 문제의 시에 대한 높은 수준의 비평이자 창비무명인의 글에 대한 적실한 논평이라 하겠다. 포에지는 우선 「국화 옆에서」라는 텍스트 자체만으로 작품 해석을 시도한다. 이 시에 두드러진 "목적론적인 시각"과 '-나보다'라는 주관적 서술의 반복을 단초로 삼아 분석한 결과, "시적 자아가 대상을 오직 미적인 시선으로 관조하고 있"으며, "현실에 대한 도덕적, 지적, 정치적 접근 등은 배제되고 현실 사물들은 오직 그 감각적 현상성의 측면에서 미적 기준에 따라 평가되고 판단되는" 현실 배제적인 유미주의를 표현하고 있다는 결론에 이른다. 전통적인 철학·미학을 연상케 하는 이런 읽기를 바탕으로 포에지는 창비무명인에게 "작품 자체에만 근거한 저의 해석으로도 작품 전체를 이해할 수 있고, 따라서 이를 넘어서서 작품 외부의 특정 현실과 연결시켜야만 할 필요가 없습니다"라고 지적한다. 그러나 그는 창비무명인의 작업이 무의미하다고 보지는 않는데, "「국화 옆에서」의 '국화'와 일본 천황과의 '유사성'과 「국화 옆에서」에 친일적 사고가 개입하고 있을 '개연성'"을 주장할 수 있고, "창비무명인님의 글이 '유사성'을 밝히는 데 있어서는 놀라운 치밀함을 보여주었다"고 평가하기 때문이다.

경험적 개인으로서의 시인과 작품 내에 작동하는 시적 화자를 분별할 필요성을 강조하는 포에지의 논평은 미당 시를 평가할 때 특히 유념해야 할 대목임이 분명하다. 하지만 경험적 개인/시적 화자 혹은 텍스트 자체/바깥을 엄격하게 구분하는 것이 쉬운 일이 아닌 이상, 「국화 옆에서」를 포함한 미당의 시편들의 분석·평가에도 신화비평적 방식이 원용될 여지는 충분히 있다. 문제는 신화비평에서 흔히 빚어지는 무리한 해석을 피하면서 이 방식의 이점이랄 수 있는 문화적 통찰을 구체적인 작품 읽기에 활용하는 길일 터이다. 작품에 따라서 신화비평을 활용할 소지가 다른데, 가령 「국화 옆에서」보다는 오히려 「누님의 집」이 신화적 해석을 적용하기에 더 적합한 시라고 생각된다. 이 시의 1,2연에 감도는 설화적 분위기나 2,4연에 등장하는 정체불명의 '도적놈'을 감안하면, 이 경우에야말로 텍스트 바깥의 세계와 연결해서 읽을 수도 있지 않을까. 그 한가지 가능성으로, 창비무명인처럼 '일선동조론'의 연원인 스사노오노미꼬또(須佐之男命) 강림신화를 적용해볼 소지가 있다고 본다. 즉 "일본은 스사노오의 누님인 아마테라스가 군림하는 '누님의 집'이고, 우리나라는, 특히 신라는 '남동생의 집'이라고 볼 수 있"(「국화꽃의 비밀」 6)다면 그 '도적놈'은 2차대전의 승리 후 한국과 일본을 점령한 미국의 상징이 아닌지 검토해볼 만하다. 물론 어떤 경우라도 신화적 해석이 곧장 작품에 대한 최종적인 평가를 대신할 수 없지만, 그 평가의 과정에 중요한 논거가 될 수는 있다.

3

「국화꽃의 비밀」의 새로운 집필·발표 방식도 눈여겨볼 필요가 있다. 창비무명인은 글을 연재하면서 창비 네티즌들에게 "제 글의 연재물을 맨 끝까지 다 읽은 후에 반론을 제기하시기 바랍니다"라고 요청했으나, 이 요청은 인터넷 특유의 쌍방향성과 현장성 탓에 연재 1회부터 받아들여지지 않았다. 글을 연재하는 도중 수많은 사람들이 기대와 찬탄 혹은 불신을 표하는 댓글을 달았고, 김홍년은 4회분 게시 후에 이미 본격적인 반론까지 올렸으니, 필자의 신경이 곤두서지 않을 수 없었을 터이다. 하지만 결과적으로 이런 '때이른' 반응들이 창비무명인에게 나쁜 영향을 미친 것 같진 않다. 오히려 글의 논리와 구성을 보강하는 데 기여했을 가능성이 큰데, 그 때문인지 원래 150매 가량이라고 밝힌 논문 분량이 연재중에 두배 이상 늘어났다. 게다가 몇차례 보론 성격의 글도 올리고 인터넷 링크를 통해 관련 싸이트도 소개하고, 나중에는 네티즌들의 반론에 직접 응답하기도 하면서 논의는 한층 더 풍부해졌다. 이처럼 인터넷 특성을 최대한 활용하는 집필방식이 자유게시판의 활력을 드높였음은 두말할 나위가 없다.

창비무명인이 자신의 글을 창비 자유게시판에 발표한 것도 새롭고 과감한 시도인데, 이런 역작이 문예잡지에 실리지 못한 것을 안타까워하는 네티즌들도 있었다. '쑈쑈쑈'는 이 글을 창비의 간행물에 실을 의향을 묻고 '허르즈만'은 창비의 다음 편집에 넣어 "햇빛을 쬐게 해달라고" 요청한다. 이런 요청에도 일리가 있지만, 다른 한편 자유게시판에서 1000회의 조회수를 육박하는 「국화꽃의 비밀」은 이미 충분히 '햇빛을 쬐게' 된 것이 아닐까 하는 생각도 든다. 창비무명인의 연재를 비롯하여 창비 자유게시판에 차곡차곡 쌓이는 명문들을 열람하면서, 자유게시판이야말로 말뜻 그대로의 '잡지(雜誌)'라는 생각이 스친다.

또 하나, 창비무명인의 미당론과 그 반응을 보도하면서 동아일보의 한 기자가 상식 밖의 오보와 왜곡을 저질렀다는 것은 주목을 요한다. 이는 사심없는 비평에 근거해야 할 미당 시의 평가가 작금의 언론개혁을 둘러 싼 편가르기 구도에 알게 모르게 영향받고 있음을 보여주는 하나의 증거 이다. 창비 자체도 이제는 하나의 문화권력으로 인식되는 만큼 끊임없는 자기성찰을 필요로 한다. 이 점에서 창비 자유게시판은 창비를 비판·감 시·후원하는 네티즌들의 토론공동체가 아닐까. 창비무명인의 맹활약 이 후 자유게시판은 상대적으로 소강상태에 접어들었지만, 진중권을 비롯한 역전의 노장들뿐 아니라 '지요하' '박수부대' '월촌' '공동경비' 등등, '내 공'이 상당한 새 네티즌들까지 저마다 언어의 마술을 부리면서 세상과 문 학과 인간에 관한 온갖 이야기를 풀어놓는다. 간혹 기세싸움으로 게시판 이 도배되기도 하지만 곧 화해하면서 사유와 언어의 '쑈'는 계속된다. 진 보(좌파)이건 보수(우파)이건 열린 광장의 기본예절만 지킨다면 창비의 자유게시판은 유머와 해학, 기지와 풍자가 살아 있고 풀뿌리 인생살이의 냄새가 물씬 나는 시끌벅적한 장터 같은 싸이버광장으로 자리잡을 수 있 을 것이다. 다양한 성향의 네티즌들이 좀더 살맛나는 세상을 이루기 위해 바흐찐이 피력한 다성성(多聲性)의 이야기꽃을 밤새도록 피우는 그런 광 장 말이다.

—『창작과비평』 2001년 가을호

성장서사의 새 가능성

유용주 장편소설 『마린을 찾아서』

유용주(劉容珠) 시인의 첫 소설인 『마린을 찾아서』(한겨레신문사 2001)는 2001년 상반기 한겨레신문에 연재된 『노동일기』를 다듬은 것이다. 신문 연재 당시 『노동일기』를 챙겨읽는 것을 아침나절의 짭짤한 낙으로 삼았던 필자로서는 그것이 새 제목을 달고 단행본으로 묶여나오니 감회가 새롭다. 게다가 연재중에 『노동일기』에 대한 소감을 어느 싸이버 공간의 자유게시판에 피력한 것이 계기가 되어 이렇게 '해설'까지 쓰게 되었으니 남다른 인연이 아닐 수 없다.

필자가 『노동일기』에 매료된 것은 무엇보다 주인공 화자가 겪는 혹독한 경험이 실감나게 와닿았기 때문인데, 그 강렬하고 직접적인 느낌이 대단했다. 마치 살아 있는 물고기를 손으로 잡았을 때의 꿈틀거림과 비슷하다고 할까. 날것의 강렬한 버둥거림이 물씬 느껴졌던 것이다. 이런 느낌이 든 것은 일차적으로 유용주 문학의 독특한 성격에서 비롯되겠지만, 그 이유의 일부는 이 작품에 그려진 한 소년의 성장사가 필자의 속내 깊숙이 박혀 있던 1970년대의 익숙한 물상들과 아픈 기억들을 되살려냈기 때문인지 모른다. 『마린을 찾아서』로 개명된 이 소설은 '한 젊은 노동자의 초상'이라고 부름직한 민중적 성장서사라 하겠는데, 이렇게 부르는 순간 이 작품은 1970년대 이래의 민중문학의 전통과 90년대 이후에 번창한 성장서사들과 만나게 된다. 『마린을 찾아서』의 독특한 성격은 상당부분 이 양자의 교차점에 위치하는 데서 비롯되는 듯하다.

노동과정의 빼어난 묘사

신문연재 당시의 제목에 반영되어 있듯이 이 작품의 골격과 주조를 이루는 요소는 노동이다. 작중화자가 열네살의 어린 나이에 노동(중국집 종업원)을 하러 전라도 조성 땅을 찾아가는 것으로 이야기가 시작되는 것만 보아도 이 작품에서 노동의 경험이 핵심적임을 짐작할 수 있다. 그후 대전에서의 식당일, 자전거 배달, 트럭운전사 조수 노릇, 빵공장일, 서울에서의 보석 광내기 작업 등을 거치면서 열네살 소년은 어느덧 청년으로 성장한다. 이렇듯 이 작품은 어린 화자가 경험하는 잡다한 노동과 이를 중심으로 형성되는 밑바닥 삶의 애환을 도드라지게 그려내기에 전형적인 노동문학 혹은 민중문학이라 부를 수 있겠다. 그렇지만 이 작품은 70, 80년대 노동문학·민중문학의 특성들과는 상당히 다른 울림과 색깔을 지니고 있기도 한데, 필자의 관심을 끈 것은 바로 이 새로운 요소들이다.

민중문학으로서 『마린을 찾아서』가 보여주는 미덕은 무엇보다 노동자의 일상적 삶과 노동과정의 치밀하고 성실한 묘사에서 찾을 수 있다. 이것은 민중문학의 새로운 면모라기보다 기본적으로 견지해야 할 덕목이라 해야 옳지만, 70, 80년대의 노동문학 혹은 민중문학 가운데 상당수가 투쟁적인 이념에 치우쳐 정작 노동하는 사람의 일상이나 노동과정에 대해서는 소홀했던 감이 없지 않다. 어쨌건 노동과정의 치밀한 묘사에서 이 작품은 단연 돋보인다. 가령 짜장면 배달과 물 긷기, 자전거 배달, 빵 만들기,

보석 광내기 작업, 심지어 유리창 닦기나 물걸레질조차도 정성들여 기록하고 저마다 특이한 노동 감흥을 알뜰살뜰하게 묘사하는 것이다. 70년대 시장바닥에서 사먹던 빵과 금은방의 진열장에 놓인 보석이 어떻게 만들어지는가를, 그리고 그것을 만드는 사람들이 어떤 조건에서 살아가고 또 그것을 만들면서 어떤 생각과 느낌을 갖게 되는가를 보여주는 것 — 이것이야말로 노동문학이나 민중문학의 빠뜨릴 수 없는 미덕이 아니겠는가. 가령 보석세공 후 광내기 작업을 묘사한 다음 대목을 보라.

광을 내는 작업은 세공에서 가장 마지막 공정이다. 공장에서 옥상으로 올라가는 계단에다 대못을 박고 거기에 흰 실타래를 묶는다. 대못을 구부려 실이 빠져나오지 못하게 한 다음 약과만한 녹색 광약을 바르고 반지 크기에 따라 실을 알맞게 끼워 문지르면 된다. 왼손으로 실을 잡고 오른손 집게손가락을 반지에 끼워 밀고 잡아당기면서 문지르는데 이건 꼭 대전 빵공장에 있을 때 기술자들 거시기를 꺼내놓고 장난치던 모습이 떠올라 혼자 웃기도 했다. (…) 파랗게 광약 먼지가 피어오르면 머리카락도 콧구멍도 콧구멍을 막은 마스크도 손톱도 모두 쑥가루 빻아놓은 듯 범벅이 되어 깃털이나 몇개 꽂고 춤을 춘다면 아프리카 토인들 저리 가라 했을 것이다.(106~107면)

이렇게 노동의 구체적인 면면을 세심하게 그려내기 위해서는 노동과 노동하는 사람들에 대한 깊은 경애심을 지니고 있어야 한다. 현실의 노동이 가난한 민중에 대한 가진 자들의 착취이자 억압의 일환이며, 일터는 그런 잉여가치를 최대한으로 짜내는 살벌한 현장이라 하더라도 노동 자체에는 사람을 순정하게 만드는 그 무엇이 있다. 이것은 자본주의 체제하의 노동이 지닌 이중성이라 하겠는데, 유용주는 양자를 균형있게 보여주는 흔치 않은 미덕을 지니고 있다. 특히 노동의 대상과 혼연일체가 되면서 노동의 순정성을 드러내는 다음 대목은 놀라운 바가 있다.

금은방 유리창은 투명했다. 투명하고 환했기 때문에 먼지 한 알갱이
라도 붙어 있으면 더 잘 보였다. 우리는 곧 궁합이 맞았는데, 어쩔 때는
유리창이 오랫동안 기다리고 있었다는 듯이, 아무 의심도 없이 완전히
몸을 맡기듯 내게 다가오기도 했다. 뽀뽀하듯 입술을 동그랗게 벌려 호
호 불면서 닦았다. 뽀드득뽀드득 소리가 났다. 이건 다릿골에서 토끼사
냥을 갈 때 숫눈 밟는 소리하고 닮았다. 큰 함지박에다 더운물을 붓고
막내를 씻기던 소리가 아닌가. 그래, 어떤 경전으로도 이를 수 없는 마
음속 때 벗기는 소리가 들린다.(103~104면)

노동의 순정성을 뽀드득뽀드득 하는 소리의 이미지와 연결해 실감나게
표현한 이 대목에서, 작가는 자신과 유리를 함께 묶어 마치 연인인 듯 '우
리'라고 다정하게 칭한다. "유리창이 오랫동안 기다리고 있었다는 듯이,
아무 의심도 없이 완전히 몸을 맡기듯 내게 다가오기도 했다"라는 표현은
유리창 닦기 노동을 터득하지 않은 사람으로서는 쉽게 쓸 수 없다. 그리
고 그것은 유리창 닦기를 고생으로만, 노동력의 착취로만 바라보는 사람
으로서는 구사할 수 없는 비유이다. 노동은 여기서 온몸의 감각을 동원하
여 즐기는 유희에 가깝다. 유리의 투명함과 노동과정의 순결성이 화자의
뇌리에서 눈 밟는 소리, 어린 막내의 때 벗기는 소리와 연상되다가 마침
내는 마음속 때 벗기는 소리로 고양될 때의 청각·시각·촉각을 적절히 동
원하는 공감각적 언어구사도 주목할 만하다.

소년이 겪은 고생과 노동의 가혹함을 감안하면 이처럼 노동을 순수한
즐거움으로 받아들이는 상태가 신기할 정도이다. 열네살 나이에 학업을
포기하고 가족과 헤어져 외진 조성 땅의 중국집에서 물 긷고 배달하고 설
거지할 때의 고통을 생각해보라. 그후에도 어린 화자는 열악한 생활조건

속에서 힘겨운 노동을 하면서도, 사장이나 선배 노동자와의 어긋난 인간관계로 곤욕을 치르면서도, 노동 자체에 대해서는 결코 부정적으로 생각하지 않는다. 가령, 경호제과에서 일할 때 타지에서 내려온 전문 제과기술자와 생과자 싸기 시합을 벌이는 일화가 그렇다. 매일 밤 그 기술자에게 얻어터지면서도 자기의 솜씨가 더 빼어남을 끝내 입증해 보이고 마는 것은 알량한 자존심 때문만은 아니다. 노동에 대한 애정과 자부심 없이는 그런 고집을 부릴 수 없는 것이다.

이처럼 노동을 고통으로만 느끼지 않고 그것을 사랑하기까지 하는 태도를 어떻게 받아들여야 할지 쉽게 정리가 되지 않는다. 우리의 70,80년대의 민중소설에 등장하는 노동이 지나칠 정도로 고통스럽게 묘사된 것은 전태일의 일기에서 잘 나타나듯 당시의 노동이 그만큼 가혹했기 때문일 터이다. 90년대 이후 성장서사의 걸작이라 할 신경숙(申京淑)의 『외딴방』에서 십대 후반의 화자가 공장노동에서 느끼는 고통스러운 나날도 70년대 말의 노동의 가혹함과 살벌하고 침울한 분위기를 잘 보여준다. 그렇기에 이 시기의 한 청년노동자가 노동 자체의 뿌듯함이나 순정성을 크게 느꼈다면 특이한 만큼 마땅히 주목할 필요가 있다. 어쩌면 이것은 유용주의 개인적 특성, 낙천적 기질과 상관있을지 모른다. 하여간 이 작품에서 도드라지게 나타나는 노동에 대한 긍지와 애정은 민중적 삶의 원천인 노동의 근본적인 건강성을 재확인하는 중요한 계기임이 틀림없다.

감각의 개방과 흐드러진 언어

이 작품의 또 하나 두드러지는 특질은 여러 감각을 동원하여 한껏 감흥을 불러일으키는 이야기 방식에 있다. 특히 관능적인 감각을 거리낌없이 표출하는 흐드러진 언어는 감각의 절제와 냉정한 인식을 중시한 70,80년대 노동문학이나 민중문학의 엄숙·경건주의와는 판이하다. 가령 화자가 영만이의 등을 타고 목격한 경호제과의 늙은 사장과 젊은 아내와의 정사 장면이라든지 태평양다방 미스 정과의 쎅스를 간절히 바라는 청년 화자의 심리 묘사에서 드러나는 성적 개방성은 예전의 노동문학에서는 찾아보기 힘들 것이다. 정희 누나에게 성적인 충동을 느끼는 다음 대목 역시 그러하다.

그러나 오늘 저녁은 다르다. 눈이 내려서 그런가, 바람결에 묻어나는 식물성 스킨로션 냄새가 연하게 내 코를 자극하는 것이었다. 관능은 냄새로부터 왔다. 누나도 여자였다. 내 손안에 있는 누나의 손은 보드랍고 따뜻했다. 더 참을 수 없는 것은 걸을 때마다 팔꿈치에 와닿는 누나의 젖가슴, 그 말랑거리는 감촉은 두꺼운 외투를 뚫고 나를 흥분시키고도 남았다. 다행히 밤길이어서 뜨겁게 달아오른 얼굴이 눈에 띄지 않았을 뿐, 내 아랫도리는 걷기가 불편할 정도로 팽팽하게 솟아올랐다.(178면)

평소에 다정한 누나로 생각하던 한 연상의 여인에게 처음으로 연정을 품게 되는 장면이다. "누나도 여자였다"는 간단한 표현 속에 통속적인 사유의 일단이 느껴지지만, 본능적인 성애의 감정을 다른 무엇으로 미화하지 않고 숨김없이 표출하는 정직성이 도저하다. 이와 관련하여 주목할 것은 후각과 촉각을 사용하여 성애적 감정을 표현한 점인데, 사실 이 작품의 중요한 언어적 성취는 그간의 노동문학과 민중문학이 지닌 시각 중심적인 인식과 지각의 틀에서 벗어난 점이다. 이런 점은 앞서 인용한 보석 광내기 작업이나 유리창 닦기 같은 노동과정의 묘사에서도 여실히 드러나지만 자연이나 사물의 묘사에 대해서도 마찬가지이다. 가령 봄기운을 묘사한 다음 대목을 보라.

바람이 있어 봄이었다. 나무는 봄이 오기 전까지 얼마나 많은 울음을 간직하고 기다렸던가. 송아지 혓바닥 같은 봄바람, 그 푸른 돌기에 나무의 전신을 맡기면 천지 가득 연초록 잎을 싸질러대는 것이다. 봄 감기처럼, 어질머리 앓는, 한번 꽃 기침이 터지면 온 가슴이 공명판이 되어 돋아나는 싱싱한 초록의 떨림을 보라. 아리면서도 상쾌한, 간지럽고도 허리 시큰한 나무의 흔들림을 보았는가. 누구 눈치 볼 필요 없이 정당한 방법으로 새끼를 까는 푸른 나무들의 몸 푸는 비린내를 맡아보았는가. 나무는 하여튼 봄이 오기도 전에 많이 울고 싶었던 게다. 저 산맥의 물마루를 넘어 잎잎이 치어가 되어 바다에 이르고 싶었던 게다. 그늘 쪽으로 수컷 바람이 들어가면 나뭇잎들은 흰 배를 뒤집으며 아우성쳤다. 잎맥은 해초처럼 힘줄이 뚜렷해지고 산 그림자는 거대한 해일이 되어 봄 들판을 덮친다.(114~15면)

나무에 물이 오르면서 생명력으로 아우성치는 듯한 봄의 분위기를 한껏 표현하는 이 대목은 산문시로 읽어도 손색이 없어 보인다. 그런데 산문에 이런 시적인 대목들이 군데군데 삽입되는 것도 특이하지만 그 대목들에서 두드러지는 자연과 사물의 의인화와 감정이입은 이 작가의 예술적 특장처럼 느껴진다. 이런 주관화는 "송아지 혓바닥 같은 봄바람"이라든지 "푸른 나무들의 몸 푸는 비린내" "수컷 바람이 들어가면 나뭇잎들은 흰 배를 뒤집으며 아우성쳤다" 같은 관능적 감각의 표현들을 가능케 한다. 이것이 성공적인 경우에는 자연과 인간의 살아 있음을 즉각적으로 환기하는 예술적 효과를 자아낸다. 그러나 작품 전체를 통틀어 평가하면, 이런 주관화가 너무 과도하여 적실성을 상실하는 경우도 적지 않다.

가령 빵, 보석, 바람, 연장의 갖가지 종류를 열거하면서 심리를 묘사하는 대목은 판소리 가락과 같은 걸쭉하고 구성진 말의 잔치를 선사하고 있으나, 대체로 간결한 묘사와 명징한 표현이 더 어울린다는 생각이다. 게다가 작품 후반부에서 노동현장을 떠난 화자가 학원과 독서실을 전전하면서 겪는 생활상과 인간관계를 다룰 때는 언어적 정교함이나 밀도가 떨어진다. 화자가 만나는 다양한 인물들을 일일이 소개하는 것은 자전적 기록의 의미는 있으나 소설적인 관점에서는 선별하여 형상화할 필요가 있는 것이다. 이런저런 아쉬움에도 불구하고 이 작품의 흐드러지게 신명나는 언어는 이전의 노동문학이나 민중문학에서는 보기 드문 감각의 개방을 보여주며, 이것이 노동과 세계에 대한 작가의 열린 자세를 일러주는 지표이기 때문에 더욱 주목할 만한 성취로 여겨진다.

노동·교육·사랑의 변증법

성장소설은 한 개인의 성장과정을 추적하는 기록의 계기들을 내포하지만 동시에 연대기적인 기록 이상의 소설적인 이야기 구조를 지녀야 한다. 이렇게 보면, 이 작품의 전반부를 끌어가는 노동의 경험이 후반부에 접어들면서 후경(後景)으로 물러나고 대신 교육과 사랑의 모티프가 전면에 나서는 것은 거의 필연적이다. 노동의 경험 하나만으로는 소설적 짜임새를 갖추기 힘들기 때문이다. 그럼에도 불구하고 전반부에서 노동의 기록의 계기들이 워낙 압도적이라서 이를 후반부의 교육 및 사랑의 주제와 연결하는 소설화 작업은 그리 만만치가 않다. 그러나 후반부의 마린에 대한 이상주의적인 연정과 그 이상의 환멸을 통해 노동과 교육의 간단치 않은 관계가 진지하게 다뤄지고 있음은 주목할 만하다.

지금도 그렇지만 산업화·도시화가 급속히 진행되던 70년대의 남한에서 소년 화자와 같은 밑바닥 계층이 노동의 굴레와 생존의 강퍅한 요구를 벗어나는 길은 교육을 통한 신분상승밖에 없었다. 온 나라가 자녀교육에 열 올리는 한국 자본주의 특유의 현상이 이 시기에 본격화되었으니, 문학이 이런 현상에 주목하는 것은 당연하다. 그러나 노동과 교육의 관계를 깊이있게 파헤친 작품은 의외로 드물었는데, 이는 70,80년대의 민중문학이 독재체제에 대한 저항이나 현장 중심의 투쟁에 주력한 탓에 노동자의 실제적인 성장과정을 찬찬히 돌아볼 여유가 없었기 때문이라고 풀이할 수 있겠다.

노동과 교육의 관계가 주목을 받은 것은 오히려 민중문학이 퇴조하고 후일담소설과 성장서사가 본격화되는 90년대 이후이다. 가령 이 작품과 전혀 다른 감수성과 언어로 씌어진 『외딴 방』이 이 문제를 천착한 것은 주목을 요한다. 낮에는 공장에서 일하고 밤에는 야간고등학교의 특별학급에 다니는 『외딴 방』의 가녀린 화자는 『마린을 찾아서』의 씩씩한 화자와 여러모로 대조적이지만 힘겨운 노동의 한가운데서도 대학진학의 꿈을 키워나간다는 점에서는 서로 다르지 않다. 그런데 이런 교육에의 열망 속에는 더 나은 삶을 향한 순수한 바람과 신분상승의 욕구가 공존한다. 전자가 자기존재의 가능성을 실현하려는 정당한 내적 요구라면 후자는 노동자가 누릴 수 없는 사회적 지위와 특권을 획득하려는 욕망이라 하겠는데, 양자를 구분하기가 힘들다는 것이 문제인 것이다. 양자의 이런 모호한 경계 속에서 자기 성취와 환상, 환희와 환멸의 드라마가 싹트기 마련이다.

『마린을 찾아서』의 소년 화자가 대전의 빵공장에서 배움의 가능성을 찾아 서울로 야반도주하는 것이라든지 돈암동의 보석상에서 안정된 직장을 보장받았음에도 이를 마다하고 대학입시에 도전하는 것은 화자의 교육에 대한 염원이 얼마나 깊은지를 일러준다. 그런데 이 은밀하고도 뿌리깊은 욕구에 불을 지펴 향학열에 불타게 만든 계기는 화자가 '마린'이라고 부르는 한 여대생에 대한 맹목적인 연정이다. 여기서 노동과 교육의 맞물린 관계가 강하게 환기되고 있음은 특기할 만하다. 첫사랑의 순수한 연정에도 불구하고 상대방이 대학생이라는 것을 확인하는 순간 깊은 절망의 나락으로 떨어지면서 노동을 경멸하는 대목을 보라.

버스가 천천히 내 앞을 지나쳤다. 버스 옆면에는 쑥색 바탕에 '동덕여자대학교'라는 검은 글씨가 학교상징마크와 함께 가시처럼 박혀 있었다. 망치로 한대 얻어맞은 금처럼 납작해졌다. 쇠 톱날 하나가 가슴을 저미고 지나갔다. 핀셋으로 손톱 밑을 찔린 기분이었다. 모루쇠 위에 외망치처럼 혼자 남은 나는 신호등을 뒤로한 채 감자탕 골목을 돌아 시장 안으로 들어왔다. 막막했다. 어느정도 예상한 일이었지만, 실체를 확인하자 다리가 먼저 풀렸다. 절망했다. 그건 거짓인지 모른다. 노력을 안 했으니 절망할 필요가 있겠는가. 도대체 마린을 아내로 맞이하기 위해 무슨 노력을 했던가. 그까짓 설거지 빨래 밥하는 일, 광 잘 내는 일, 자전거 잘 타는 일, 그런 것들은 아무나 할 수 있는 일이다. 조금만 연습하면 누구나 할 수 있다. 빵 만드는 일, 도넛 튀기는 일, 생과자 빚어내는 일 그까짓 거 못하는 사람이 어디 있는가. 자장면 배달이나 운전, 청소하는 일들을 비롯해 그동안 어린 소견으로 우쭐거리며 했던 일들은 누구나 할 수 있는 일이다.(143면)

청년 화자의 속내에 잠재한 교육에의 열망을 이미 성취한 듯한 연인의 등장은 이 청년의 노동에 대한 자부심을 일거에 무화시키고 노동을 아무나 할 수 있는 아주 하찮은 것("그까짓 거")으로 바꾸어버린다. 이와 동시에, 연인과의 결합을 애절하게 갈구하는 가운데 그간 애틋하게 지녀온 교육에의 열망은 비속한 신분상승의 수단으로 단순화되고 만다("방법은, 오직 공부하는 길밖에 없다. 돈이고 기술이고 고향이고 부모고 아무런 도움이 되지 않는다", 144면). 흥미로운 점은 이 노동자 청년이 첫사랑의 연정을 품은 상대가 하필이면 왜 여대생일까 하는 것이다. 우연이라 생각할 수도 있지만, 화자가 마린에게 첫눈에 반한 것은 마린이 노동의 세계와 동떨어져 살아가는 전형적인 대학생의 분위기를 풍기고 있었기 때문이 아닐까?

설거지 한번 안해본 손이었다. 빨래 한번 안해본 손이었다. 한번도 밥을 굶어보지 않은 얼굴이었다. 누구에게 매 한번 맞아보지 않은 종아리였다. 곱게곱게 자라온 티가 났다. 어디 흠 하나 기스 하나 없었다.(135면)

노동자 청년이 '맑고 푸른 바다'와 같은 그 그윽한 눈에 매혹되어 '아쿠아마린'이라 이름 붙인 여자는 노동을 전혀 안해도 되는 중산층의 여대생임이 분명하며, "곱게곱게 자라온 티"가 매혹의 원천 가운데 하나였던 것이다. 첫사랑의 연정에는 이상의 요소가 큰 몫을 차지하기 마련이지만 여기에 중산층의 교육받은 여인에 대한 이상화가 가세함으로써, 청년에게 마린은 자신의 모든 이상이 응축된 하나의 영롱한 보석으로 다가오는 것이다.

이렇게 부풀어오른 이상은 언젠가는 깨어질 수밖에 없는데, 아니나 다를까 고졸검정고시를 치르고 처음으로 술을 마시던 날 마린을 닮은 창녀를 만나 비속한 정사를 치르는 가운데서 그것은 산산조각이 난다. 그러나 이 환멸의 사건 이전에도 이상의 부풀림을 재촉하는 계기와 이를 견제하는 계기 사이에서 청년 화자가 끊임없이 동요하고 있음을 유의해야 한다. 청년 화자가 금은방과의 결별을 생각하면서 그 배은(背恩)의 대열 "맨 앞줄에 시인이 섰고 마린과 대학생이 뒤를 이었으며 세번째 줄에는 신분상승이라는 아줌마가 통허리를 넓게 풀고 기다리고 있었다"(172면)라고 고백하는 대목에서 이상의 세력들의 면면을 헤아릴 수 있다.

한편 화자는 정동 제일교회 배움의 집 학우들과의 풋풋한 우정, 야학 선생님들에 대한 존경심, 그리고 정희 누나에 대한 애틋한 감정을 통해 자신의 이상과는 별개로 현실의 자연스러운 흐름에 몸을 맡긴다. 그 과정에서 머리로는 마린을 생각하면서도 몸은 어느새 정희 누나에 대한 간절한 그리움으로 버둥거린다. 이상에 대한 일차적인 견제와 반성의 계기들이 현실의 공동체적인 연관 속에서 주어진다면, 좀더 발본적인 반성은 "일을 통해 본래의 자리로 돌아가"는 행위 속에서 이루어진다.

내 곁에서 나와 함께 숨쉬며 살던 망치, 평모루, 산소불대, 석유불통, 핀셋, 도가니, 벼림 집게, 지환봉, 선재 뽑는 데 쓰는 원형발판, 바이스, 수동식 압연기, 가위, 핸드드릴, 실톱, 다이스와 돌리게, 여러개의 줄, 갈기, 광쇠에도 먼지와 때가 끼어 있었다. 저 하늘의 해와 달과 별과 멀리 떨어져 있는 게 아니고, 사랑하는 사람과 멀리 떨어져 있는 게 아니고, 일감과 금은방 식구들하고 멀리 떨어져 있었구나. 골치 아픈 수학문제와 씨름하는 동안, 영어 단어를 외면서 사전을 까맣게 색칠하는 동안, 시와 수필과 문법 사이를 오가는 동안, 여자 문제 때문에 식은땀 흘리며 고민하는 동안, 광낼 반지와 조각하고 심부름할 세트는 쌓여갔는지 모른다. 누군가가 내 대신 더 많은 시간을 땀흘렸는지 모른다.(186면)

청년 화자는 교육에 대한 강렬한 열망을 지니고 있지만 그에게 근본적인 교육의 원천은 제도권의 고등교육이 아니라 일상적으로 수행하는 노동인 것이다. 이 노동의 굴레에서 벗어나 신분상승하기 위해 교육에의 열망을 키웠다면 그것은 여기서 깨어져나간다. 그러나 앞서 언급했듯이 교육에의 열망에는 자기존재의 가능성을 좀더 충만하게 실현하려는 정당한 욕구도 포함되기에 이를 포기하는 것이 능사가 아니다. 마린에 대한 연정에 대해서도 비슷한 이야기를 할 수 있다. 그녀에 대한 이상화는 창녀와의 정사 속에서, 아니 정희 누나에 대한 간절한 그리움과 욕망 속에서 깨어졌지만 그 눈 속의 '맑고 푸른 바다'와 같은 곳모는 환상만은 아닌 것이다.

『마린을 찾아서』의 성장서사는 이처럼 노동과 교육과 사랑에 얽힌 주목할 만한 이야기를 담고 있다. 청년 화자가 군입대를 앞두고 작품이 종결됨으로써 좀더 진전된 남녀관계와 세상과의 전면적인 만남이 유보되는 느낌이 없지 않지만, 노동에 대한 전향적인 태도나 독특한 언어구사로써 민중적 성장서사의 새로운 가능성을 보여줬다는 점은 높이 평가할 만하다. '소설가' 유용주의 다음 작품이 기다려진다.

— 유용주 『마린을 찾아서』, 한겨레신문사 2001

정교한 언어, 다양한 양식들
하성란 소설집 『푸른수염의 첫번째 아내』

하성란(河成蘭)이 『루빈의 술잔』(문학동네 1997) 『옆집 여자』(창작과비평사 1999)에 이어 세번째 소설집 『푸른수염의 첫번째 아내』(창작과비평사 2002)를 내놓았다. 이번 소설집에 수록된 열한 편의 단편들에서 이 작가의 언어적 기량이 전반적으로 향상되었을뿐더러 레퍼토리가 다양해지면서 새로운 면모도 눈에 띄어 반가웠다. 물론 하성란 특유의 깐깐한 언어와 탄탄한 이야기 구성은 이제 새삼스러운 일은 아니다. 하지만 이번 작품들에서 작가는 예전의 다소 잡다한 사물세계의 디테일을 줄이고 상징이나 이미지의 비중을 강화함으로써 '말의 경제'를 살렸다. 그래선지 작품들을 연달아 읽으면서 마치 단단한 몸매의 기계체조선수가 불필요한 동작 없이 종목에 따라 다채로운 연기를 정교하게 연출해내는 광경을 지켜보는 기분이었다.

체조선수의 정확한 동작이 연상된 것은 군더더기 없는 언어구사 때문만은 아니다. 하성란은 작중인물들에게 좀처럼 자기 감정을 드러내지 않는다. 작가의 감성이 메말라서가 아니라, 작가가 작중인물에 대한 어떤 감정에 휘말리면 작품을 그르칠 수 있다는 장인의 마음가짐이 있기 때문이리라. 작중인물에 대한 공감이나 연민을 꼭꼭 여민 채 그들의 눈먼 욕망이나 허위의식을 사정없이 파헤치는 하성란의 비정한 일면을 나는 높이 평가한다. 그의 군더더기 없는 언어구사는 우아하거나 아름답다기보다 정확하고, 때론 그 정확함이 섬뜩하다. 그러나 이 섬뜩함 속에 우리 시대의 아픈 진실이 드러난다.

이번 소설집에 수록된 작품들의 면면을 살펴보면 재난과 사고, 죽음과 관련된 작품들이 유난히 많다. 작가가 우리 시대의 불행과 고통의 현장에 한 걸음 더 다가섰다는 징후로 읽고 싶다. 또한 시야가 넓어진 것도 괄목할 만하다. 그의 눈길은 이제 평범한 도시 서민의 일상 속에만 머물러 있지 않고 도시 외곽지대(「저 푸른 초원 위에」)나 시골 부락의 폐쇄적인 공간(「파리」「밤의 밀렵」)까지 확장된다. 기법 면에서도 시점의 운용이 좀더 유연해지고 스릴러 양식과 애매함(ambiguity)의 장치를 다루는 솜씨 또한 능숙해졌다.

그러나 이번 소설집을 무엇보다 뜻깊게 만드는 것은 이 작가의 부단한 실험정신이다. 자신이 잘 요리할 수 있는 한두 양식에 안주하지 않고 끊임없이 새로운 양식을 시도하는 것이다. 특히 몇몇 작품에서 드러나는 미스터리적 요소와 컬트영화적 감각은 주목할 만하다.

「별 모양의 얼룩」은 1999년 6월의 씨랜드 화재참사를 날카로운 사실주의적 필치와 빼어난 테크닉으로 극화한 수작이다. 도입부에서 작가는 화재로 숨진 아이에 대해 발설하지 않는다. 다만 작중화자인 '여자'가 선명하게 나온 아이 사진을 부지런히 찾는 장면을 보여줄 뿐이다. 그렇기에 독자는 "아이의 사진을 끼운 액자의 모서리가 전철 속에서 계속 여자의 허벅지를 찔러댔다"(15면)는 구절의 의미를 간파하기 힘들다. 여자와 그 동행들이 참사의 현장에 도착하고 이들이 일년 전에 화재로 죽은 아이들의 넋을 기리기 위해 모인 부모들임이 드러나면서 비로소 도입부의 의미가 확연해진다. 이렇게 서사의 지연을 통해 작가는 독자의 관심을 단단히 붙들어맨 다음 여자의 플래시백을 통해 아이의 죽음의 의미를 재구성하기 시작한다.

여자는 흰 국화 뒤에서 흐릿하게 웃고 있는 아이의 사진을 들여다보았다. 유난히 시간외 근무가 많은 직장이었다. 퇴근을 하고 부랴부랴 유치원으로 뛰어가면 아이들이 다 돌아간 한구석에 아이가 잠들어 있었다. 잠투정하는 아이를 채근해 집으로 돌아올 때면 고단한 일과 때문에 허리가 끊어지는 것 같았다. 이것저것 구경하느라 뒤처지는 아이의 등을 핸드백으로 사정없이 쳐대면 아이는 재게 걸으면서 소리없이 훌쩍였다.(20면)

아이의 애처로운 모습과 함께 맞벌이 부부의 각박한 현실이 실감나게 드러나는 대목이다. 그와 동시에 속내를 털어놓지 않았지만 아이를 잃은 여자가 이 장면을 회고할 때의 형언할 수 없는 슬픔과 참담함이 절절하게 다가온다. 맞벌이 생활의 고단함 때문에 아이를 정성껏 돌보지 못한 여자는 아이의 돌연한 죽음 앞에서 죄인이 된 심정이며, 아이에게 모질게 대했던 모든 장면들을 그 죄의 증거인 양 불러낸다. 이 생생한 장면은 졸지에 자식을 잃은 여자의 내면심리뿐 아니라 평범한 도시 사람들이 겪는 일상의 비애를 별도의 해명이나 수사 없이 효과적으로 표현한다.

이런 여자에게 아이가 살아 있을 가능성은 그것이 아무리 희박하더라도 떨쳐버릴 수 없는 미련이 된다. 화재현장에서 조금 떨어진 소읍의 한 가게 주인이 무심코 내뱉은 몇마디에서 여자는 실낱같은 희망을 찾아낸다. 불이 나기 직전 "노랑 옷을 입은 꼬마 하나"가 가게 앞을 지나갔으며 그 가슴팍에 "별 모양의 브로치"를 달고 있었다는 말을 듣고 여자는 그 아이가 자기 아이일 가능성에 사로잡힌다. 사고 당일 아이의 가슴팍에 초코

시럽 자국이 번져 '별 모양의 얼룩'이 생긴 것까지 기어코 기억해낸다. 말미에 여자의 집착이 헛된 망상임이 드러나지만, 그럼에도 깊은 슬픔과 죄의식에 '눈먼' 여자의 맹목적인 발버둥이 고스란히 전달된다. 가게 주인이 목격한 아이가 자기 아이인지 아닌지 긴가민가하게 만들면서 여자의 속을 후벼파는 작가의 솜씨가 대단하다. 그럼에도 작품이 차갑게 느껴지지 않는 것은 노련한 테크닉과 절제된 언어 속에 이미 작가의 깊은 연민이 배어 있기 때문일 것이다.

「저 푸른 초원 위에」 역시 소아마비 아이를 잃게 되는 가족의 불행을 다루고 있지만 작가의 눈길은 그리 따뜻하지 않다. 그도 그럴 것이 이 작품에서 불행의 근원은 아이의 소아마비 자체에 있는 것이 아니라 이를 행복의 걸림돌로밖에 보지 못하는 부부의 '눈먼' 욕망에서 비롯되기 때문이다. 작가는 도입부에서 아이에 관해서는 일절 언급하지 않는다. 개를 잃어버린 사건을 한참 이야기한 다음에 그 개와 처음으로 만나는 회고 장면에서 비로소 아이의 존재를 슬쩍 비춰준다.

> 우리가 막연하게 그렸던 것은 잔디가 깔린 마당에서 깔깔대며 자전거를 타거나 공놀이를 하는 아이였다. 하지만 마당에 나와 파라솔 아래 앉아 있는 아이는 돌이나 묘목처럼 정물에 가까웠다. 활기를 줄 동적인 무언가가 필요했다. 남편이 퇴근길에 사온 잡종견 한마리를 마당에 풀어놓았을 때에야 우리가 꿈꾸던 마당으로 완성되었다.(186면)

부부가 꿈꾸던 행복의 마당에서 개는 아이의 역할을 대신한다. 소아마비를 앓은 탓에 정물처럼 앉아 있을 수밖에 없는 아이가 실현할 수 없는 행복을 개가 완성해주는 것이다. 이렇게 보면 도둑맞은 오만원짜리 잡종견을 여자가 그토록 필사적으로 찾는 것은 단순한 오기가 아니다. 그것은 아이가 소아마비에 걸리는 순간 잃어버린 행복을 되찾고야 말겠다는 처절한 노력인 것이다. 작가는 부부가 그려놓은 행복의 구도 속에 개와 아이를 절묘하게 대비함으로써 통렬한 아이러니를 안겨준다. 개를 찾으러 여자가 바깥으로 나다닐수록 아이는 개처럼 집 안에 갇혀 있어야 하는 아이러니 말이다.

이런 아이러니와 함께 이 작품의 구조 깊숙이 스며 있는 또 하나의 요소는 '눈멂'의 모티프이다. 우선 여자의 눈에는 앞서 지적한 아이러니가 보이지 않는다. 자물쇠 단 방에 아이를 가두면서 아이가 자기한테는 "제일 비싼 보석"이니까 금고에 넣어두는 것이라고 태연히 설명한다. 이 '눈멂'의 모티프는 개도둑 차량을 목격한 신문배달 청년이 적록색맹 때문에 빨간색 비닐을 파란색 비닐로 착오했다거나 여자가 뒤따라가던 트럭 번호판을 여러차례 잘못 읽는 데서 재차 강조된다. 하지만 '눈멂'의 모티프가 궁극적으로 겨냥하는 것은 이들 부부가 자신들이 그려놓은 행복의 이상향에 사로잡혀 살아 있는 아이의 존재를 보지 못한다는 데 있다. 색맹인 신문배달 청년의 말만 믿고 아이의 스케치북에 방수용 비닐이 빨간색으로 칠해져 있음을 눈여겨보지 못하는 것이다.

아이의 실종은 어떻게 설명할 수 있을까? 부모가 '있는 그대로'의 자기 모습에 무관심하고 그 진실을 외면하려 들 때 아이가 부모 곁을 떠나려는 것은 당연한 일이다. 하지만 아이를 데려간 인물이 누구인지는 미스터리로 남는다. 아이에게 함박웃음을 선사하는 '누나'의 정체는 작품 내에서 끝내 해명할 수 없을 듯하다. 이 미스터리적 요소만 없다면 이 작품은 형식적으로 완벽한 작품이 되었을 것이다. 그러나 역설적으로 형식미학을 넘어선 이 미스터리가 주는 여운이 이 작품의 묘한 매력이다. 작가의 파격적인 상상력이 독자의 뒤통수를 때리는 경우가 아닌가 싶다.

표제작인 「푸른수염의 첫번째 아내」는 매우 독특한 작품이다. 여자가 혼숫감으로 마련한 열두 자짜리 오동나무 장롱이 자신의 오동나무 관이 될 뻔한 사건을 기록한 것인데, 무엇보다 궁금한 것은 실패한 결혼과 오동나무 장롱과의 연관성이다. 물론 여자가 결혼 상대인 제이슨의 됨됨이보다 오동나무 장롱을 너무 믿은 것이 화근일 수 있다. 제이슨이 뉴질랜드 교포이고 부자이며 매너가 반듯하다는 것만으로 결혼을 서두른 것이라든지 남편과의 불편한 관계를 덜기 위해 챙이 끼어드는 것을 허용한 것도 결혼에 대한 여자의 안이한 자세를 보여준다. 결혼을 그저 권태로운 삶에서 도피하는 하나의 방편으로 삼는다면 그것은 어느새 오동나무 관처럼 단단한 감옥이 될 수도 있는 것이다. 그러나 이런 식의 해석은 작품에 합리적인 의미를 부여하는 것일 수는 있어도 작품의 수수께끼 같은 곳모를 실감하는 방식은 아니다.

이 단편의 수수께끼를 푸는 단서를 제공하는 것은 제목인 듯하다. '푸른 수염'(La Barbe-Bleue)이라는 프랑스 전래동화와 관련지어 읽을 때 「푸른수염의 첫번째 아내」는 새로운 층위의 의미를 획득한다. 품위와 예절과 부를 고루 갖춘 멋진 신사 '푸른 수염'은 제이슨처럼 뭇 여자들에게 좋은 신랑감으로 알려져 여러차례 결혼을 하지만 무슨 일인지 아내들은 연이어 죽는다. 푸른 수염은 여행을 떠나면서 새로 결혼한 아내에게 성안의 모든 방문을 열 수 있는 열쇠를 넘겨주며, 다른 곳은 모두 마음대로 돌아봐도 좋으나 일층 복도 끝의 방만은 절대 열지 말라고 단단히 주의를 준다. 처음에 아내는 남편이 경고한 대로 그 방에 들어가지 않는다. 그러나 날이 갈수록 쌓이는 호기심을 어찌할 수 없어 자물쇠를 따고 그 방에 들어가는데 벽에 푸른 수염의 전 부인들의 시체가 걸려 있는 것이다. 푸른 수염의 엽기적인 행각이 드러날 때의 충격이 이 설화의 요체에 해당되겠지만, 독자의 호기심은 푸른 수염의 '첫번째' 아내는 무엇 때문에 죽었을까라는 질문을 향한다. 첫번째 아내도 푸른 수염의 금언을 어기고 그방에 들어갔다면 거기서 목격한 것은 과연 무엇이었을까.

푸른 수염 설화 자체가 매우 풍부한 해석 가능성을 지닌 이야기인데, 작가는 그 설화의 미완의 대목을 끌어들여 또 한 편의 새로운 이야기를 짜낸다. 즉 푸른 수염이 첫번째 아내에게 숨기려 한 비밀은 원래의 설화에서는 미스터리로 남겨져 있지만 하성란은 그 상상의 공간을 '푸른수염의 첫번째 아내'라는 자기 이야기로 채우는 것이다. 이런 방식으로 작가는 설화에 담긴 초사실적 활력을 작품 내부에 끌어들이는 한편 이 설화에 나름의 재해석을 가한다. 그러므로 이 작품은 이야기란 무엇인가라는 물음을 가지고 또 한 편의 이야기를 만드는 메타픽션적인 면모를 지니고 있다. 소설 장르에서 상대적으로 억눌려왔던 설화적 상상력과 메타픽션의 계기들이 이 작품에서 은밀하게 다시 만나는 양상인 것이다. 서사양식에 대한 작가의 탐구심과 호기심이 반짝반짝 빛난다.

양식실험의 면에서는 「새끼손가락」도 흥미롭다. 어느 직장여성이 한밤중에 탄 택시에서 특이한 태도를 보이는 택시운전사의 의도를 의심하는 것으로 이야기는 시작된다. 운전사가 툭툭 던지는 모호한 말들, 택시 창문 곳곳에 주렁주렁 달려 있는 싸구려 봉제인형, 운전사의 죽어 있는 새끼손가락 등에서 느끼는 여자의 불안한 심리는 차츰 메트로폴리스의 익명성 뒤에 도사린 불길함과 연결된다.

여자의 한정된 시점을 교묘히 활용함으로써 이런 불길함을 스릴러 양식으로 발전시키는 작가의 솜씨가 일품인 데 비해 후반부의 반전은 좀 엉뚱하다. 운전사로 여겼던 남자가 데이비드 카퍼필드 수준의 대단한 마술사임이 밝혀지면서 전반부의 불가해한 상황이 해명되지만, 신선한 충격을 받기보다 어쩐지 허방을 짚은 느낌이 든다. 전반부의 생생한 긴장이 후반에 가서 다소 맥없이 풀려버리기 때문이다. 한 작품 내에서 사실의 세계와 마술의 세계가 병치되면서 기이한 분위기가 형성되는 것은 사실이다. 그러나, "플라스틱으로 만든 의지(義肢)"가 하늘에서 여자의 이마로 뚝 떨어지는 마지막 장면은 소설의 세계를 소극(笑劇) 차원으로 툭 떨어뜨린다.

「기쁘다 구주 오셨네」는 「별 모양의 얼룩」처럼 애매함의 장치를 이용하여 흥미진진한 이야기를 만들어낸 경우이다. 결혼을 앞둔 여자가 약혼자의 하숙집에서 약혼자의 친구들과 술을 마시고 잠이 드는데, 잠결에 나눈 정사로 임신을 한다. 여자는 약혼자가 자신을 임신시켰다고 생각하지만 약혼자도 그의 친구들도 여자를 건드린 적이 없다고 부인한다. 작가는 여자의 뱃속에 있는 아이의 아버지가 약혼자를 포함한 네 명의 남자들 중 하나임을 분명히하면서도 누가 아버지인지는 알 수 없는 애매한 상황을 제시한다. 게다가 네 명의 남자들이 고교시절에 '파우스트'라는 동아리를 만들어 한 여자를 능욕하고 죽게 만든 비행을 병치시킴으로써 여자가 처한 애매한 상황이 남자들의 공모의 결과임을 암시한다. 한 가지 흠을 잡는다면, 여자가 처한 황당하고 애매한 상황이 「별 모양의 얼룩」에서의 생생한 애매함에 비해 작위적이라는 것이다. 그렇기에 말미에서 여자가 자신과 마찬가지로 "뜻밖의 임신으로 당황했을" 성모 마리아의 심정을 헤아려 아이를 키우기로 결심하면서 뱃속의 아이에게 소곤거리는 장면은 있을 법하지 않아 연극적인 수사로 들린다.

「파리」와 「밤의 밀렵」은 시골 부락의 폐쇄적인 공간에서 일어나는 기이한 사건들을 독특한 방식으로 포착한 인상적인 작품들이다. 「파리」는 서울에서 시골 부락으로 전근한 한 순경('사내')이 서서히 미쳐가는 이야기이다. 마을 사람들에게 총을 난사하는 결말만 보면 우리 사회에서 심심찮게 일어나는 총기난사사건(특히 1982년 경남 의령의 우순경 사건)을 떠올리게 하는데, 이야기의 초점은 결말보다 문제의 순경을 광기로 몰아간 시골지방 특유의 분위기와 계기들에 맞춰져 있다. 사내의 광기를 불러내는 가장 뚜렷한 계기는 자기가 원하는 우체국 '처녀' 대신 그녀의 언니이자 동료 임순경의 쎅스 파트너인 '여자'와 강제로 결혼하게 된 상황이다. 여기에는 두 자매의 농간과 마을 사람들의 압력이 작용한다. 그러나 이런 뚜렷한 부조리의 계기보다 더 주목할 것은 마을 전체에 안개처럼 퍼져 스멀대는 폐쇄·부패·광기의 이미지들이다. 가령, 빨랫줄에 걸린 명태 뱃속에 우글거리는 구더기의 모습을 보라.

> 구덕구덕하게 마른 명태에서 노리착지근한 냄새가 났다. 배를 갈라 대
> 나무 꼬챙이로 벌려놓았지만 햇빛이 닿지 않는 부분은 썩고 있었다. 그
> 틈에서 무언가 오글거리고 있었다. 구더기였다. 열두 마리의 명태 뱃속
> 에 모두 구더기가 슬어 있었다. 수축과 이완을 반복하는 단백질 덩어리
> 들이 명태의 살을 파먹어들어가고 있었다. 어떤 것들은 자리를 잃고 터
> 진 틈 사이로 기어나와 껍질에 달라붙어 있기도 했다.(69면)

하성란 특유의 '극사실주의'적 묘사로 부름직한 이 대목에서의 구더기
이미지는 마을 곳곳에 스멀거리는 안개와 난데없이 사내의 면상을 호미
로 내리치는 노파의 광기 어린 모습과 겹쳐지면서 데이비드 린치(David
Lynch)의 컬트영화 장면들을 연상시킨다. 구더기의 이미지는 파리와 연
결되어 나중에 사내의 광기를 암시하는 중요한 단서가 된다. 가령 여자의
어머니와의 몸싸움 끝에 깨진 거울 속에서 사내가 자신의 낯선 모습을 발
견하는 대목이 그렇다("깨진 거울은 여러개의 상이 맺힌 거대한 파리의
눈처럼 보이기도 했다"). 마을 사람들의 배타적 집단주의 성향을 묘사한
대목("개가 따로 필요 없어요. 외부인이 오면 이 마을 전체가 커다란 개가
되니까요") 역시 닫힌 사회 특유의 '기이한 공모' 분위기를 짚은 것이다.
「밤의 밀렵」의 경우에도 이런 공모적 분위기가 작품 전반에 스며 있다.
박기철을 죽인 장본인은 서울 출신의 포악한 기업가 김진성이지만 하나
같이 노루를 닮은 마을 사람들의 암묵적인 공모("노루 박기철이 어떻게
죽었는지 그들은 다 알고 있었던 것이다")가 살인을 은폐하고 심지어 지
속시키는 데 결정적인 역할을 한다. 이 두 작품에서 작가는 시골 부락의
폐쇄적 공간을 새로운 감각으로 형상화함으로써 그 속에 은밀하게 도사
린 폐쇄성, 부패성, 집단적 공모의 분위기를 생생하게 전달하는 데 성공

한다. 「밤의 밀렵」의 경우 서울 출신 김진성의 '인간사냥'을 노루 같은 마을 사람들 대다수가 묵인하고 있음을 드러냄으로써 중심의 포악성이 주변(시골)의 수동성·폐쇄성과 결합하여 야만적인 사건들을 낳게 되는 '구조'를 보여주는 듯하다. 이런 통찰도 새겨봐야 하지만, 작품에 독특한 분위기를 불어넣으면서 읽는 재미를 드높이는 컬트적 감각에 우선 주목하고 싶다.

나머지 작품들에 대해서는 지면 관계상 길게 말하지 못한다. 죽은 자의 의식으로만 이야기를 끌어가는 「개망초」, 두 아버지와의 관계를 통해 정체성의 의미를 묻는 자전적 서사 「오, 아버지」, 아파트 소음 문제를 계기로 이웃과의 단절된 관계 속에서 생겨날 수 있는 적의의 깊이를 헤아려본 「고요한 밤」, 실직한 남자와 생계를 떠맡은 여자 간의 단절과 뒤늦은 화해를 '연'과 '와이셔츠'의 이미지로 그려낸 「와이셔츠」도 작가의 부단한 양식실험의 노력이 깃들어 있는 작품들이다. 양식실험의 결과가 하나같이 만족스러울 수는 없고 오히려 작위적인 발상을 노출하기 쉽다. 그러나 문학과 현실의 관계를 새롭게 사유하고 구성하기 위해서는 양식실험을 감행할 수밖에 없는데, 이런 힘든 작업에 수고를 아끼지 않는 데에 하성란의 미덕이 있다.

— 하성란 『푸른수염의 첫번째 아내』, 창작과비평사 2002

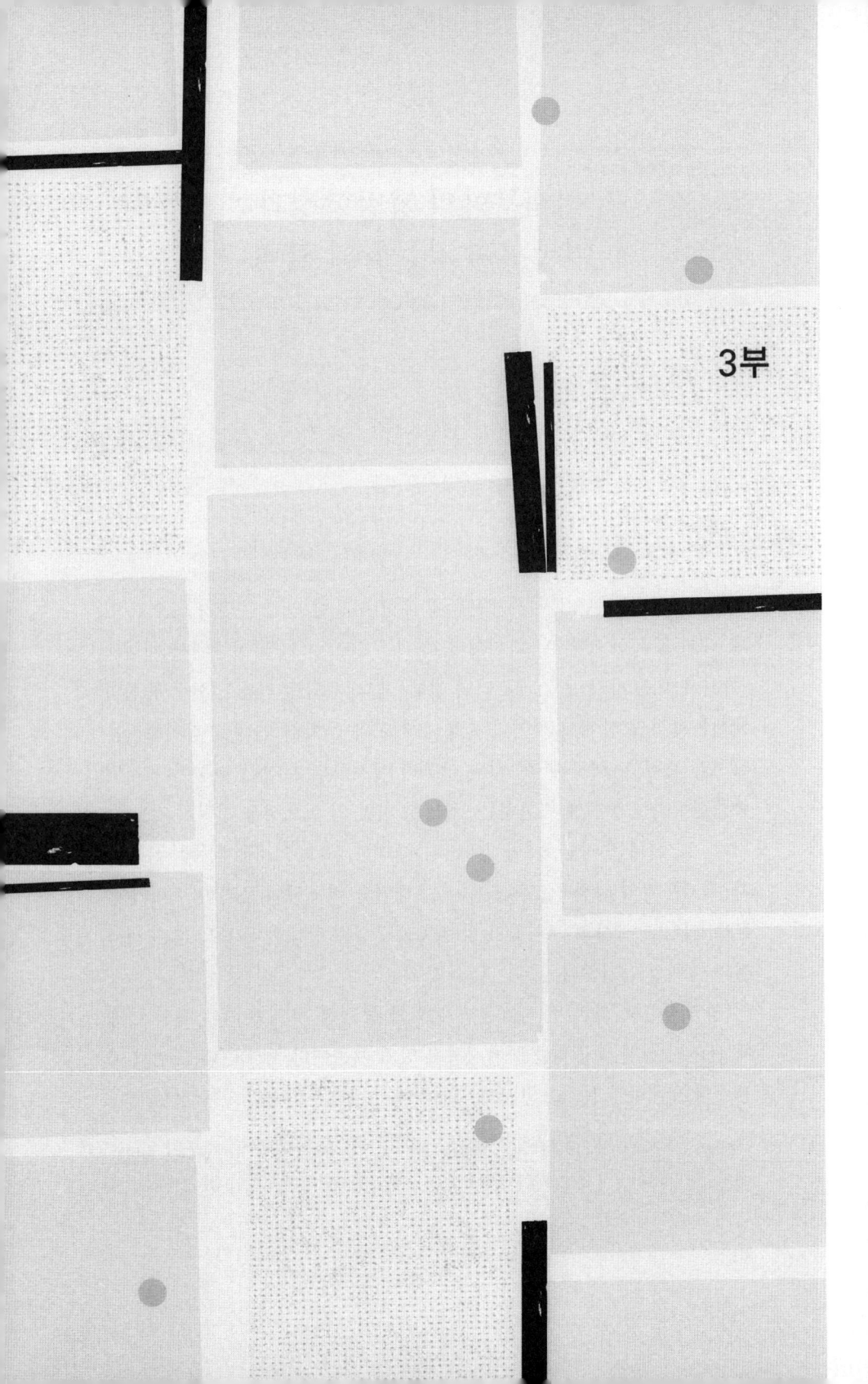

3부

세계문학의 쌍방향성과
미국 소수자문학의 활력

근년에 우리 문단에서 세계문학에 대한 주목할 만한 논의가 나오고 있다. 내가 주목한 것은 두 가지이다. 하나는 2007년 11월 전주에서 개최된 '아시아·아프리카 문학 페스티벌'인데, 제3세계의 문인들이 서구 중심의 세계문학적 발상에서 벗어나 소통의 가교와 문학적 연대를 건설하려는 취지가 뜻깊다. 서구패권주의와 아울러 아시아의 토착적 전통이나 자민족중심주의를 동시에 비판하는 '쌍방향 비판'의 필요성을 지적한 것도 값지다.[1] 또 하나는 지난호 『창작과비평』(2007년 겨울호)의 '세계문학' 특집이다. 세계문학의 쟁점을 조목조목 짚는 대담을 비롯하여 묵직한 주제의 평론들, 다양한 발상의 해외작가 발언으로 구성된 방대한 특집은 많은 시사점과 숙제를 안겨준다.

『창작과비평』의 이번 세계문학 논의가 중요한 것은 우리 문학의 미래에 관련된 실천적 문제들을 제시하고 있기 때문이다. 1990년대 초부터 자본주의 세계화가 본격화되면서 국내외에서 세계문학 논의가 등장했고 나

---

1 김재용·마카란드 파란자페·파크리 쌀레 대담 「유럽중심주의를 버려야 한다는 것만으로는 부족하다」, 『아시아』 2007년 겨울호 23~34면 중 파란자페의 발언 참조.

도 글 한 편을 썼는데,[2] 그때에는 학구적인 관심사에 머물렀던 사안이 지금은 실천적인 과제로 다루어지는 면이 있다. 가령 한·중·일 세 나라 국민문학을 하나로 묶어서 세계문학적 지평에서 그 장단점을 비교하는 논의가 그렇다. 십년 안짝의 짧은 시기에 중국의 부상과 동북아 지역경제권 형성, 남북관계의 획기적 진전이라는 역사를 거치면서 이 논의는 우리 문학이 당면한 중요한 쟁점이 되었다.

또 하나 눈여겨볼 것은 국민문학(민족문학)과 세계문학의 관계를 어떻게 설정할지 혹은 세계문학을 추구하는 과정에서 국가나 민족이라는 범주를 어떻게 다룰지의 문제이다. 이 문제에서 특집 참여자들의 견해는 사뭇 다르며 심지어 대립적이기까지 하다. 이와 연동되어 우리 문학의 현재적 성격과 향후 발전형태(근대/탈근대 문학)에 대한 예측도, 어떤 방향으로 나아가는 것이 바람직하냐는 가치판단도 달라지는 듯하다. 이밖에도 역사소설이나 '마술적 리얼리즘', 판타지 같은 장르나 양식의 활용 문제, 번역의 의의, 한·중·일 작가와 작품의 평가 등등 논의할 거리는 무궁무진하다. 그러나 여기서는 지난호 『창작과비평』 특집글을 선별적으로 논한 후 미국문학의 현황을 간략하게나마 소개하고자 한다. 미국 소수문학의 활력이 우리의 세계문학 논의에 요긴한 참조점이 되리라고 생각하기 때문이다.

---

2 졸고 「지구화시대의 세계문학: 20세기 후반 아메리카대륙의 소설문학을 중심으로」, 『창작과비평』 1999년 가을호; 본서 제3부 2장. 이 글의 주된 주장은 '쌍방향의 세계문학'이다. 세계문학이 구미 중심부의 '선진' 문학에서 주변부 제3세계의 '낙후된' 문학으로 나아가는 일방통행이 아니라, 거꾸로 주변부 민중의 밝은 눈으로 중심부 담론·서사의 서구중심주의나 식민주의를 비판하기도 하는 "쌍방향의 교호작용"이 되어야 한다는 주장이다.(52면) 세계문학의 쌍방향성은 비판이자 배움을 뜻한다. 주변부가 중심부의 성취에서 배우지 못한다면 제3세계의 토착적 전통이나 민족주의에 매몰될 우려가 크기 때문이다.

한·중·일 문학의 단계론

『창작과비평』 특집에서 가장 중요한 쟁점은 한·중·일 문학을 비교하는 대목에서 나온다. 가령 대담에서 윤지관(尹志寬)은 "'베트남이나 중국 소설이 우리 60,70년대식의 리얼리즘이다, 그런데 일본문학은 그런 단계를 진작 지나서 포스트모던한 대중소설로 간다, 그리고 한국은 그 중간 어디쯤이다' 이런 식으로 단순화한다면 좀 지나치겠지만, 일면의 진실은 있다"[3]고 정리하면서 역사의식을 상실한 가볍고 표피적인 일본문학을 비판한다. 그런데 이런 단계론적 도식에 입각한 일본문학 비판이 얼마나 설득력이 있을지의 문제는 제쳐두더라도, 이 도식이 자승자박이 될 위험이 있다는 점은 유의해야 한다. 자본주의가 발전하면 좋든 싫든 우리 문학 역시 일본문학과 비슷한 형태로 진화할 수밖에 없지 않느냐는 결정론에 빠질 우려가 있는 것이다.

이런 결정론적 도식이나 일본문학 비판에 대해 우리 젊은 작가들은 어떻게 반응할까? 최근의 한 좌담[4]을 참조하면, 그들이 현재의 일본문학을 그렇게 부정적으로 보지도 않거니와 그런 방향으로 나아가는 것을 크게 꺼리는 것 같지도 않다. 오히려 박민규(朴玟奎)는 일본문학이 우리 문학보다 앞서 있음을 인정할 필요가 있다고 강조하기도 한다.[5] 그런데 이런 태

---

3 윤지관·임홍배 대담 「세계문학의 이념은 살아 있다」, 『창작과비평』 2007년 겨울호 35면.
4 이기호·정이현·박민규·김애란·신형철 좌담 「한국문학은 더 진화해야 한다」, 『문학동네』 2007년 여름호.
5 그는 한국 독자들이 일본소설을 더 좋아하는 이유에 대해서 이렇게 말한다. "한국이라는 나라 자체가 해방된 후 지금까지 지구의 어떤 나라가 아닌, 일본을 샘플로 발전하고 쫓아온 나라예요. (…) 그러니까 일본사회는 한국사회와 가장 닮아 있는 사회죠. 그러면서 진도가 우리보다 앞서 있는 거예요. (…) 게다가 글을 쓴 역사가, 또 문화가 우리보다 훨씬 풍부해요. 좋아할 수밖에 없어요."(같은 글 109면)

도 이면에는 "지난 수십년간 그나마 우리가 일군 것은 리얼리즘 하나밖에 없어요. (…) 그리고 아무것도 없어요. SF가 있나요, 추리소설이 있나요, 공포소설이 있나요, 판타지가 있나요"[6]라는 발언에서 드러나듯, 도덕적·예술적 우월성을 내세워온 한국문학이 실제의 문학적 자원은 지극히 빈곤하다는 불만 혹은 자기비판이 깔려 있는 듯하다. 사실 일본문학 비판이 젊은 세대에게 설득력을 지니려면 우리보다 풍부한 일본문학의 대중예술적 자원을 일정하게 평가해줄 필요가 있고, 무라까미 하루끼(村上春樹) 이후의 일본문학에서 주목할 만한 작가들을 찾아내도록 애쓸 필요가 있다. 『창작과비평』 대담에서 (그간 누차 지적된) 하루끼의 역사의식 부재에 비판의 초점을 맞추기보다 그의 소설적 자원과 호소력이 어디서 나오는지 자상하게 짚었으면, 그리고 젊은 일본 작가 한둘을 하루끼와 함께 거론했더라면 하는 아쉬움이 남는 것은 이 때문이다.

일본문학에 대한 좀더 자상한 비평작업도 중요하지만, 앞의 결정론에서 벗어나기 위해서 빠뜨리지 말아야 할 것은 근대적 시민의식이나 예술문화의 형성 면에서 일본은 소위 '선진' 자본주의국가 중에서 모범이라기보다 별종에 가깝다는 것을 지적하는 일이다. 천황제에 발목잡혀 시민의식은 발육이 부진한데 도리어 탈아입구(脫亞入歐)를 열망하는 일본사회는, 이를테면 마땅히 밟아야 할 '진도'를 건너뛰고 원숙해진 기형(畸形)인 측면이 있다. 일본문학 역시 모범과는 거리가 먼 것은 현재 지구상에서 진지함을 아예 포기한 듯한 포스트모던한 대중소설이 일본만큼 판치는 지역을 찾기 힘들기 때문이다. 이 점을 우리 작가나 비평가가 외면하는 한, 앞의 단계론적 결정론에서 벗어나기는 어려울 듯하다. 이현우(李玄雨)가 정치하고 분별력있는 글솜씨로 백낙청(白樂晴)의 세계문학론까지 정리한 후에 카라따니 코오진(柄谷行人)의 '세계종교'론을 원용하여 국민

---

6 같은 글 104면.

문학의 경계가 제거된 '사막의 문학'을 또 하나의 대안으로 제시한 것도[7] 이런 일본적 '특수' 현상에 휘둘린 결과가 아닐까 싶다. 따지고 보면 카라따니의 '근대문학 종언론' 자체가 일본문학의 특수성을 보편적인 것으로 확대해석한 데서 나온 물건이 아니던가.

미국문학의 현황

앞서의 단계론적 도식을 연장하면, 세계에서 자본주의가 가장 발전한 나라이자 최고의 패권국인 미국의 문학은 일본문학보다 포스트모던한 대중소설 쪽으로 더 나아갔을 법하다. 그러나 1960년대 이후 미국 소설문학의 판세를 살펴보면 그렇지 않다. 범박하게 말해서 미국사회의 문화적 헤게모니를 부여잡고 문학적 진지함을 견지하려는 포스트모던한 문학이 미국문학의 중심을 차지하고 있다면, 그 주변에는 '소수자문학'[8]을 비롯한 다양한 본격문학들이 포진하고 있으며, 이 양자의 외곽과 사이사이에 상업주의 대중소설이나 SF, 추리, 공포, 판타지 같은 소위 '장르문학'이 포스트모던한 문화시장의 저변을 이루는 형국이다. 물론 이 셋의 경계는 명확하지 않고 상당히 유동적이다.

최근의 주목할 만한 현상은 주변의 소수자문학이 점점 활기를 띠면서 중심부 포스트모던 문학의 위상을 위협할 정도에 이른 점이다. 요 몇년 사이 벨로우(Saul Bellow), 밀러(Arthur Miller), 보너것(Kurt Vonnegut, Jr.), 메일러(Norman Mailer) 같은 전후 미국문학의 대가들이 잇달아 작

---

7 이현우 「세계문학의 수용에 관한 몇가지 단상」, 『창작과비평』 2007년 겨울호 93~96면 참조.
8 'minority literature'는 주로 '소수민족문학'을 지칭하지만 동성애문학을 포함하는 개념으로도 쓰이기 때문에 '소수자문학'으로 옮긴다.

고하는 등 중심부 문학의 위세가 줄어든 반면 소수자문학 작가들의 기량과 다양성은 부쩍 늘어났다. 소수자문학의 활력은 전지구적 세계화로 말미암은 이산과 이주가 늘어날수록 그 내부에 다문화적 소통과 쌍방향 교호작용의 계기가 다양하게 주어지는 것과 관련이 있다. 하지만 중심부 문학에 1960, 70년대부터 활약해온 쟁쟁한 작가들이 다수 남아 있고 이들이 여전히 문화적 헤게모니를 쥐고 있어, 이런 중심-주변의 판세 자체가 쉽게 무너질 것 같지는 않다. 『뉴욕타임즈』(*The New York Times*) 선정 '주목할 만한 책 100선'의 픽션 부문에 최근 5년간 핀천(Thomas Pynchon), 캐럴 오츠(Joyce Carol Oates), 로스(Philip Roth), 닥터로우(E. L. Doctorow), 드릴로(Don DeLillo), 뱅크스(Russell Banks), 매카시(Cormac McCarthy) 등 중심부의 간판급 작가들이 한두 번씩 선정된 것도 이들의 건재함을 입증한다. 이들은 최근 작품들에서 역사, SF, 공포, 로맨스 같은 대중적 장르문학의 양식을 차용하여 독자대중에게 좀더 가깝게 다가가고자 애쓰는 듯하다. 몇몇 작품만 살펴보기로 한다.

대단한 인기를 누렸던 필립 로스의 『반미 음모』(*The Plot Against America*, 2004)는 1940년 미국 대통령선거에서 프랭클린 로우즈벨트가 최초의 대서양 횡단비행으로 국민적 영웅이 된 린드버그(C. Lindbergh)에게 패한다는 가상에서 출발한다.[9] 린드버그는 대통령이 되자 히틀러와 협약을 맺고 유대계 미국인의 탄압을 노골화한다. 소설의 화자는 작가와 동명의 유대인 아이로, 전체주의적으로 변모하는 미국의 풍경과 공포 분위기를 실감나게 들려준다. 무척 흥미진진한 소설이지만 읽다보면 마음이 착잡해진다. 만약 작가가 미국이 아니라 유럽에서 성장기를 보냈다면 바로 이런 고초를 겪었으리라는 점에서 설정 자체가 터무니없지는 않다. 2차대전 당시 일본인을 수용소에 가두었던 미국이 유대계 미국인은 탄압

---

9 이렇게 실제 역사와 명백히 다른 행로를 가정하는 소설을 '대안역사'(alternate history) 소설이라고 부르고 '포스트모던 역사소설'과 '공상과학소설'의 하위장르로 취급한다.

하지 않았으리라는 보장도 없다. 그러나 이 책이 출간된 당시 미국 내에서 고초를 겪은 쪽은 유대계가 아니라 아랍계와 이슬람교도였음을 떠올리면 적반하장이라는 느낌이다. 9·11 이후 전체주의화하는 미국을 비꼬는 데서 재미를 한껏 끌어내기는 했지만, 미국이 줄곧 이스라엘 편이었던 역사에 대해서는 침묵하고 있기 때문이다.

어차피 가짜 역사인데 뭘 그러느냐고 반문할 수 있다. 그러나 '포스트모던 역사소설'이라는 장르 자체가 고도로 정치적임을 감안해야 한다. 가령 '북한군의 큐우슈우 침공'이라는 가까운 미래의 가상사건을 다룬 무라까미 류우(村上龍)의 『반도에서 나가라』(2005)는 잡다한 하위문화적 관심사를 담아내고 있지만, 북한군의 침공에 지리멸렬하는 일본 시민사회를 한껏 조롱함으로써 일본의 재무장을 부추기는 데 초점이 맞춰져 있다. 이런 소설들에 비하면 김영하(金英夏)의 『빛의 제국』(2006)은 한결 낫다고 생각된다. 오랜 남북분단으로 말미암은 역사적 아이러니를 활용하여 천박한 자본주의에 젖어 있는 남한사회의 비루한 삶을 탐사하려는 작가의 태도는 진지한 데가 있다. 그러나 대담에서 지적되었듯이, 분단 문제를 건드리되 그에 대한 소설적 탐구를 끝까지 밀어붙이지 않고 적당히 덮어버리는 것이 문제이다.

9·11 당시 세계무역쎈터에서 살아남은 한 미국인의 삶에 어떤 변화가 일어나는가를 추적하는 돈 드릴로의 『추락하는 사람』(*Falling Man*, 2007)은 '역사소설'의 장르적 문법에 의지하지 않는 '본격'소설인데, 그 결과가 성공적인지는 의문이다. 물론 테러와 전체주의, 정치적 음모를 다루는 드릴로의 빼어난 언어와 이미지 구사력이 빛을 발하는 대목이 더러 있다. 하지만 주인공 키스(Keith)가 별거중인 아내와 재결합하는 듯하다가 가출하여 전문 포커꾼으로 변신하는 과정이 석연치 않다. 키스야 정신적 외상을 입었으니 삶의 좌표를 잃고 표류할 법하지만, 작가도 함께 헤매는 듯 서사적 긴장이 풀려 흐느적대는 느낌마저 준다. 그럼에도 평단으로부

터 호평을 받은 것은 9·11사태에 엄청난 충격을 받고 어떻게 반응할지 몰라 곤혹스러워하는 주인공/작가의 목소리에 미국 자유주의 지식인 다수가 공감했기 때문이 아닐까 싶다.

『노인을 위한 나라는 없다』(*No Country for Old Man*, 2005; 한국어판 2008)[10]에서 스릴러 장르를 멋지게 요리한 코맥 매카시가 『로드』(*The Road*, 2006; 한국어판 2008)에서는 SF 양식을 차용하여 지구 대재앙 이후의 디스토피아를 처연하게 그려낸다. 아버지와 십대 초반의 아들이 언제 약탈자에게 공격당하거나 잡아먹힐지 모르는 상태에서 고속도로를 따라 미대륙을 남하하는 여행을 한다. 아이의 어머니는 조만간 닥칠 죽음이 두려워 앞당겨 자살해버리고 아버지는 총탄 두 발을 항시 휴대하여 만일의 경우에 아들과 동반자살할 준비를 갖춘다. 이런 극한상황의 설정은 지구상의 거의 모든 동식물이 고사한 죽음의 대지와 조응하여 처절한 감흥을 불러일으킨다. 늘 검은 재가 비처럼 내리는 것으로 봐서 핵전쟁 이후의 상황이라고 추정할 수 있지만, 작가는 이 대재앙이 어떻게 일어났는지 명확히 밝히지 않는다. 그런데 이런 모호함 때문에 오히려 핵전쟁이나 환경대재앙의 우려 같은 것이 효과적으로 환기되는 면이 있다. 매카시가 그려낸 죽음의 대지에 감명받은 영국의 환경운동가 몬비오(George Monbiot)는 이 소설을 "이제껏 씌어진 것 중에 환경론의 관점에서 가장 중요한 책"이라고 믿으며, 생물권(生物圈)이 없는 세상을 상상하는 '사유의 실험'이라고 상찬한다.[11]

미국문학 독자라면 이 소설에서 멜빌(H. Melville)을 연상시키는 묵시록적 비전과 헤밍웨이(E. Hemingway) 못지않게 압축적인 문체가 눈에

---

10 동명의 소설과 영화가 '노인을 위한 나라는 없다'라는 표제로 번역되어 널리 알려졌으나 표제의 원뜻은 '늙은이들 살 곳이 못된다'이다. 이에 대해서는 졸고「'늙은이들 살 곳이 못된다'에 새겨진 미국사 이야기」,『창비주간논평』2008. 3. 18 참조.

11 http://www.monbiot.com/2007/10/30/the-road-well-travelled/ 참조.

떨 것이다. 또한 소설에 등장하는 아버지와 아들의 모습에서 『모비 딕』(*Moby-Dick*)의 이쉬미얼(Ishmael)과 퀴퀙(Queequeg), 『허클베리 핀의 모험』(*The Adventures of Huckleberry Finn*)의 헉 핀(Huck Finn)과 짐(Jim) 등 미국문학에서 새 삶을 찾아나서는 세상에서 둘도 없는 단짝을 떠올리기 쉽다. 물론 미국문학의 전통적인 단짝은 이민족간이지 부자간이 아니다. 또한 이제까지의 단짝 여행이 자유와 평등 같은 미국의 꿈을 품은 것이라면, 이번은 미국의 꿈이 박살난 후에 떠나는 생존을 위한 여행이다. 그런데 이런 차이로 말미암아 더욱더 이 여행은 미국문명의 마지막 행로를 암시하는 듯하다. 이런 문명론적인 발상이 그럴듯한 것은 대재앙 이후의 미대륙과 바다의 풍경이 처연하게 묘사되어 있고, 간결한 구어체로 이루어진 부자간의 대화가 비감을 자아내기 때문이다. 아버지가 결핵으로 죽은 뒤 아들은 누구에게 자기 운명을 맡길지를 선택해야 한다. 다행히 선량하게 보이는 한 가족이 그를 따뜻하게 맞이하는 결말은 희망의 창을 열어놓는 듯하지만 그 창이 언제 사라질지는 알 수 없다. 이 소설은 이런 극한상황으로 나아가면서 어느새 우리를 미국의 패권주의나 인종주의의 경계 너머로 데려간다.

세계체제의 중심부에 위치한 미국문학이 미국중심주의나 서구패권주의를 체제 안으로부터 반성하는 작업을 할 수 있다면, 그것은 다른 어떤 국민문학이나 지역문학도 대신할 수 없는 중요한 과업을 수행하는 것이 된다. 문제는 백인남성 중심의 미국 주류문학이 미국의 본모습을 얼마나 깊이 응시할 수 있는가이다. 최근 소설들에서 필립 로스와 돈 드릴로는 미국 중심의 이데올로기들에 대한 자각이 무뎌지면서 미국 문제의 핵심을 외면하는 듯한 느낌을 준다. 이에 반해 매카시는 미국문명을 마지막까지 직시하는 듯한데, 그것은 그가 일찍이 미국-멕시코 간 국경지역을 무대로 주요 작품들을 쓰면서 양국의 가치관이나 문화전통을 쌍방향의 관점에서 비판하고 체득하는 연마의 과정을 거친 덕분이 아닐까 싶다.

미국 소수자문학의 활력

『창작과비평』특집에서 정여울은 "어쩌면 우리가 진정 넘어서야 할 경계는 '한국문학'이라는 견고한 레떼르 그 자체인지도 모른다. 이창래는 자신의 작품이 한국문학도 교포문학도 미국문학도 아닌 그저 '이창래의 문학'으로 읽히기를 바란다고 말했다. 한국문학의 표지를 떼고도 작가의 개별성만으로 소통할 수 있는 분위기를 지향할 때, '한국문학의 세계화'가 이루어질 수 있지 않을까"라고 주장한다.[12] 오늘날의 작가를 국민문학의 테두리에 가둬놓아서는 곤란하다는 논지는 공감할 수 있다. 그런데 국민문학과 세계문학을 대립적인 범주로 보지 않는 입장에서는 이창래의 작품은 일차적으로는 미국문학(세분하면 아시아계 미국문학, 한국계 미국문학)이다. 그의 작품에서 '미국'이 핵심이기 때문이다. 그런데 이 때문에 세계문학이 못된다는 이야기는 아니다. 가령 멜빌의 『모비 딕』에서도 미국은 핵심인데, 이때의 미국은 통념의 미국이 아니라 발본적인 반성을 포함하는 미국이기 때문에 하나의 국민문학 범주에 갇히지 않고 참다운 세계문학이 될 수 있다. 모리슨(Toni Morrison)의 『빌러비드』(Beloved)도 마찬가지이다. 그러므로 이창래의 문학에 레떼르를 붙이고 안 붙이고가 문제가 아니라, 그의 작품이 미국에 대한 발본적인 반성의 경지에 이르렀는지 아닌지가 문제인 것이다.

정여울과 이현우는 국민이나 민족이라는 범주가 세계문학으로 나아가는 데 큰 장애가 되고 그렇기에 그런 범주는 초월하든지 해체해야 한다는 듯한 논리를 편다. 그런데 미국 소수자문학의 걸작들을 살펴보면 국민이나 민족 범주의 해체가 그렇게 바람직한지는 의문이다. 기존의 삶이 통째

---

12 정여울 「해석을 넘어 창조와 횡단을 꿈꾸다」, 『창작과비평』 2007년 겨울호 109면.

로 찢겨나갔으되 새 삶을 찾지는 못하는 소수민족 이민자의 고통스러운 삶에서, 출생지의 언어와 문화는 미국적 가치와 생활양식에 적응하는 데 걸림돌이 되기도 하지만 뿌리뽑힌 삶을 견디는 버팀목이 되기도 한다. 그러므로 미국으로의 이주와 적응의 과정은 소수민족과 문화제국 사이에서 쌍방향의 비판과 교호작용이 일어나는 과정이며, 이런 과정을 통해 민족이나 국민의 범주가 절대화되거나 해체되는 것이 아니라 **상대화되는** 것이다. 요컨대, 최근 소수자문학의 활력은 민족이나 국민의 범주가 상대화되면서 쌍방향의 교호작용이 활발하게 일어나는 데서 비롯되는 것이다.

60년대 사회운동의 자극을 받아 활성화된 미국 소수자문학도 방대해졌으니 선별적인 논의가 필요하다. 라틴계, 아시아계, 아메리카원주민 문학 모두 활발한데, 라틴계 소설문학을 중심으로 주목할 만한 몇몇 젊은 작가를 살펴보기로 한다. 라틴계 미국문학이 점차 힘을 얻는 것은 라틴계 인구가 늘어나는 미국 현실에서 익히 예상된 현상이다. 아나야(Rudolfo Anaya), 까스띠요(Ana Castillo), 씨스네로스(Sandra Cisneros), 로드리게스(Luis J. Rodriguez) 등 쟁쟁한 중진작가들이 주도하는 멕시코계 문학은 그 자체로 방대하다. 최근 라틴계 문학에서 주목할 만한 현상은 멕시코계뿐 아니라 카리브 연안지역 출신의 젊은 작가들이 두각을 나타내고 있는 점이다. 이 가운데 『뉴욕타임즈』의 '주목할 만한 책 100선'의 최근 명단에 올라온 꾸바 출신의 끄리스띠나 가르시아(Cristina García)와 도미니까공화국 출신의 주노 디아스(Junot Díaz)의 소설이 특히 주목할 만하다. 이들 젊은 라틴계 작가들은 미국(서구)의 풍부한 지적·문화적 자산을 자양분으로 삼되 출생국의 문화적·문학적 전통을 일방적으로 포기하지 않는다. 사실 이 작가들의 빼어남은 양자의 최상의 요소를 결합해내는 데서 나온다.

꾸바계 문학의 저력을 보여준 가르시아의 장편 데뷔작 『꾸바 말로 꿈꾸기』(*Dreaming in Cuban*, 1992)는 꾸바와 미국을 무대로 전개되는 삐노

(Pino) 가문의 3대에 걸친 분열과 이산(이주)의 이야기이다. 꾸바혁명을 놓고 아버지 호르헤와 두 딸은 반대하고 어머니 쎌리아와 아들은 지지하면서 집안이 양분된다. 호르헤는 미국 회사의 외판원으로 일한 친미파이고 쎌리아는 꾸바혁명과 까스뜨로의 열렬한 지지자이다. 큰딸 루르데스는 혁명군에게 강간당한 뒤 미국 뉴욕으로 이주하고, 둘째딸 펠리시아는 어릴 때부터 싼떼리아(가톨릭적 요소가 섞인 아프리카 기원의 꾸바 종교)에 빠진다. 혁명을 지지하는 아들 하비에르는 아버지와 불화하고 체코슬로바키아로 이주한다. 그런데 이렇게 복잡한 사연과 인물들의 유별난 행동이 섬세한 부조를 새긴 듯 선연하게 느껴지는 것은 작가가 오랫동안 자신의 고통스러운 이산가족 경험에서 이야기를 우려냈기 때문일 것이다.

범상치 않은 점은 심각한 이념적 분열과 갈등을 생생하게 드러내면서도 꾸바혁명을 희화화하거나 미국과 꾸바의 관계를 왜곡하지 않는다는 것이다. 가령 펠리시아는 자기 어머니가 까스뜨로 사진을 침대 곁에 두는 것을 비웃으며 텁수룩한 수염의 까스뜨로를 쳐다보며 자위를 하는데, 이런 '불온한' 장면이 역사와 이념에 대한 조롱으로 여겨지지 않는다. 까스뜨로를 신뢰하고 사회주의적 과업에 헌신하는 쎌리아가 누구보다 기품있게 그려져 있기 때문이다. 어릴 때 잠깐 할머니와 지낸 루르데스의 딸 삘라는 뉴욕에서 펑크 예술가로 자라나면서 자기 어머니의 광적인 반공주의를 비웃고 오히려 사회주의자인 할머니 쎌리아를 그리워한다. 그렇다고 삘라가 미국보다 꾸바가 낫다거나 꾸바를 돌아가야 할 고국이라고 생각하는 것은 아니다. 어머니와 함께 꾸바를 방문한 삘라는 자신이 꾸바의 자연과 할머니를 사랑한다는 것을 절감하지만 "조만간 나는 뉴욕으로 돌아가야겠지. 이제 나는 그곳이 내가 속한 곳이라는 것을 알아. 여기 대신에 거기에 속해 있는 게 아니라 여기보다 거기에 더 속해 있는 거야"[13]라고

---

13 Cristina García, *Dreaming in Cuban*, New York: Ballantine Books 1992, 236면. 강조는 원문.

말한다. 뻴라에게는 어디까지나 뉴욕이 삶의 본거지이다. 다만 꾸바는 뻴라의 마음속에서 사라지는 것이 아니라 작지만 소중한 자리로 남는다.

양식적 측면에서 볼 때 이 소설의 간결하면서 서정적이며 때로는 관능적인 사실주의가 등장인물은 물론 뉴욕과 꾸바의 이질적인 물상의 형상화에 생기를 불어넣는다. 환상적 요소도 활용하는데, 가령 호르헤의 혼령이 큰딸에게 여러번 나타나고 마지막에는 쎌리아를 찾아가라는 조언까지 한다. 둘째딸이 귀의하는 싼떼리아는 아프리카와 꾸바의 설화적 요소로 가득하다. 그러나 작가는 싼떼리아가 둘째딸의 비극적인 인생을 개선하기보다 더욱 질곡에 빠뜨리는 측면을 부각함으로써 그것에 일정한 비판을 가한다. 이를테면 꾸바의 설화적 요소나 라틴아메리카 문학의 '마술'을 활용하는 한편 그것을 독특하되 합리적인 리얼리즘으로 제어하는 셈이다. 마술적 리얼리즘이되, 윤지관의 표현을 빌리면 "'마술'보다 '리얼리즘'에 집중하는"[14] 것이다. 그런데 미국과 꾸바의 역사에 대한 안목과 균형잡힌 시각도 그렇지만 이런 리얼리즘을 구사할 수 있는 것도 가르시아가 대학에서 국제정치학을 전공한 후 오랫동안 저널리스트로 활약하면서 미국과 서구의 합리적인 지적 전통 속에서 단련된 덕택일 것이다. 그렇기에 '마술'도 마술이지만 '리얼리즘'이 어떤 성격이냐는 것도 살펴봐야 한다.

사실 미국 소수자문학 논의에서 주어진 현실을 충실히 재현하는 '사실주의'와 그런 사실주의 양식을 유연하게 구사하여 현실의 핵심적 면모를 탐구하는 '리얼리즘'의 차이를 분별하는 것이 요긴하다. 가령 아프간의 참화 속에서 한 남자의 두 아내 간의 우애를 그려낸 호쎄이니(Khaled Hosseini)의 『천개의 찬란한 태양』(*A Thousand Splendid Suns*, 2007; 한국어판 2007)은 감성적인 '사실주의'로 씌어 있다. 아프간 여성들의 아픈 상처

---

14 윤지관·임홍배 대담 23면.

를 섬세하게 어루만지는 이런 감성적 사실주의가 독자의 심금을 울렸고 그것이 이 소설을 2007년 최고의 베스트셀러로 만드는 데 결정적으로 기여한 것이 분명하다. 그런데 이런 감성주의는 아프간의 비극과 미국 패권주의의 관계 같은 불편한 문제를 파고들지 않는 것과 맞물려 있다. 요컨대 이런 감성적 사실주의는 서구의 합리적인 잣대로 아프간의 지독한 여성억압과 가부장제를 비판하지만 서구중심주의나 미국 패권주의는 건드리지 않는데, 그렇기에 호쎄이니의 소설은 리얼리즘 예술에 미달인 것이다.

이에 비해 인도(벵갈)계 작가 라히리(Jhumpa Lahiri)의 차분한 묘사와 서사방식은 범상한 듯하지만 정곡을 찌른다. 사물에 대한 오랜 응시와 긴 호흡으로 벼린 언어가 투명하고 서정적이다. 이런 비범한 언어는 장편 『이름 뒤에 숨은 사랑』(*The Namesake*, 2003; 한국어판 2004)보다 데뷔 단편집 『축복받은 집』(*Interpreter of Maladies*, 1999; 한국어판 2001)에서 더 돋보이는데, 특히 주체와 타자의 관점을 정교하게 상호교차시키는 데서 빛을 발한다. 표제작인 「질병의 통역사」에서 이런 상호교차의 시선은 여러겹이다. 화자인 택시운전사 카파시(Kapasi)는 인도를 방문한 인도계 미국인 다스(Das) 가족을 관광지로 데려간다. 처음에는 인도계 미국인과 인도인의 시각 차이, 다스 부부의 소통부재가 부각된다. 그러다가 카파시가 자신의 또다른 직업, 즉 구자라티(Gujarati)족 환자들의 질병을 의사에게 통역하는 일을 소개하자 다스 부인은 그 일이 의사의 일 못잖게 중요하다고 칭찬한다. 이런 평가에 고무된 카파시와 다스 부인 사이에 교감이 생겨나고, 다스 부인 쪽에서 둘째아이는 남편의 아이가 아니라는 내밀한 고백을 하면서 교감은 한층 더 고조되지만, 둘째아이가 원숭이에게 공격당하는 사고가 일어나 교감은 끝나버린다. 질병(아픔)의 통역 일을 높이 평가하면서 시작된 교감이 그 교감에 취해 있는 사이에 아이가 다치면서 끝나버린다는 전말은 의미심장한데, 여러겹의 경계를 다루는 솜씨나 상징적인 여운을 끌어내는 수법이 치밀하다. 라히리의 리얼리즘은 단아하고 정교한데, 그것이 주로 중산층 지식인 사회에 한정되어 있어 아쉽다.

도미니까공화국의 쌘또도밍고에서 미국 뉴저지로 이주한 주노 디아스의 '거리의 리얼리즘'이 의미심장해지는 것은 이 지점에서이다. 디아스의 단편집 『드라운』(*Drown*, 1996; 한국어판 2010)과 장편 『오스카 와오의 짧고 놀라운 삶』(*The Brief Wondrous Life of Oscar Wao*, 2007; 한국어판 2009)의 예술적 활력의 절반은 온갖 피부색의 이민자, 뜨내기 노동자, 마약상, 범죄자, 동성애자로 가득한 거리의 삶을 생생하게 '들려주는' 데서 나온다. 그는 대도시 빈민가의 온갖 비루하고 너절한 삶을 저널리스트처럼 냉정하게 포착하고 분노의 래퍼처럼 노래한다. 랩처럼 박동하는 사실주의에 현장성을 부여하는 또 하나의 요인은 비어와 속어, 스팽글리시(스페인식 영어) 같은 거리의 언어와 공상과학, 판타지, 포르노 같은 하위문화의 상상력과 어법 들이다. 장편소설 첫머리에서 콜럼버스가 아메리카를 발견하는 순간 도미니까공화국은 '푸꾸'(fukú)라는 저주의 귀신한테 씌었다고 주장하면서, 1930년부터 1961년까지 도미니까공화국을 쥐락펴락하다가 CIA가 지원한 암살단에 저격당한 독재자 뜨루히요(Rafael Trujillo)를 묘사하는 한 대목을 보라.

뜨루히요가 푸꾸의 하인인지 주인인지 대리자인지 본인인지 아무도 몰랐지만, 그와 푸꾸는 통했고 둘 사이가 **졸라** 가까운 건 분명했어. 교육받은 집단에서도 누구든 뜨루히요에 반하는 음모를 꾸미는 사람은 칠대 이상 내려가는 엄청 강력한 푸꾸의 저주를 받을 거라고 믿었어. 만약 네가 뜨루히요에게 조금이라도 나쁜 생각을 품으면, **씨팔**, 허리케인이 네 가족을 휩쓸어 바다에 처넣고, **씨팔**, 마른하늘에서 바위가 떨어져 널 묵사발내고, **씨팔**, 넌 오늘 먹은 새우 때문에 내일 발작하고 뒈지는 거야.[15]

322

이런 랩퐁의 리듬에다 "그는 우리의 싸우론(Sauron)"이었고 "공상과학작가조차 생각해낼 수 없을 정도로 너무 괴짜이고 너무 삐뚤어지고 너무 끔찍한 인물이었어"[16]라는 구절에서처럼 공상과학과 판타지의 문법을 자유자재로 끌어다 쓴다. 디아스의 이런 박동하는 문체와 공상과학·판타지의 인유는 박민규나 이기호(李起昊)를 떠올리게 하는데, 다만 디아스는 이들보다는 현실과 판타지의 경계가 훨씬 뚜렷하다.

작가는 서두에서 도미니까공화국 출신이라면 누구나 가지고 있는 '푸꾸 이야기'를 하겠다고 주장한다. 디아스의 푸꾸 이야기는 크게 두 가지다. 하나는 뉴저지를 무대로 펼쳐지는 오스카 와오의 가족 이야기이다. 여자애들한테 퇴짜를 맞고 비만으로 자라나면서 공상과학과 판타지와 컴퓨터게임에 빠져 톨킨(J. R. R. Tolkien)처럼 판타지의 명작을 쓰려는 와오, 남편한테 버림받아 홀로 가족의 생계를 책임져야 하는 산전수전 다 겪은 어머니 벨리, 그 거친 엄마한테 맞짱뜨고 펑크 아이로 변신하는 쎅시하면서 당찬 누이동생 롤라가 그들이다. 이 셋이 부대끼며 꾸려가는 삶은 비참하고 황당하고 우스꽝스럽고 아름답다. 그야말로 '콩가루 집안'이라는 생각이 들기도 하고, 짙은 가족애로 가슴이 뭉클하기도 하다.

이것이 작은 이야기라면 또 하나는 뜨루히요 치하의 도미니까공화국에서 벨리가 겪은 살벌한 과거가 드러나면서 서서히 윤곽을 잡아가는 큰 이야기이다. 벨리의 아버지가 뜨루히요에 반대하다가 집안이 풍비박산하고—아버지가 잡혀가서 고문당하는 동안 어머니는 트럭에 치여 죽고 언니들은 수상쩍은 사고로 죽는다—벨리 자신도 뜨루히요의 심복에게 강간과 폭행을 당해 죽을 고비를 넘기고서 도망치다시피 미국으로 이주한

---

15 Junot Díaz, *The Brief Wondrous Life of Oscar Wao*, New York: Riverhead Books 2007, 3면. 강조는 원문.
16 같은 책 2면.

다. 아이러니한 것은 벨리가 피신한 곳이 바로 뜨루히요 독재정권을 지원한 미국이라는 사실이다. 작가는 이런 미국과 도미니까공화국 사이의 지배와 예속의 관계를 예리하게 파고든다. 그런데 우리 60,70년대식 리얼리스트라면 두 이야기 가운데 큰 이야기에 과도한 의미부여를 했을 공산이 크고, 호쎄이니 같은 감성적 사실주의자라면 작은 이야기에 집중했을 테지만, 디아스는 양자를 팽팽하게 결합한다. 전자에게는 더없이 심각하고 엄숙한 이야기로, 후자에게는 지극히 슬프고 아름다운 이야기로 나왔을 법한 것이 디아스의 손에서는 심각하고 아름다울 뿐 아니라 우스꽝스럽고 재미있기도 한 이야기가 되어버린다. 국민국가의 역사와 개인사 두 차원의 이야기를 자유자재로 구사하는 이런 비범한 이야기 솜씨는 타고난 것이기도 하겠지만 쌍방향의 비판과 배움을 통해 단련된 것이기도 하다.

정도는 덜하지만 디아스의 이런 예술적 특징은 최근 아메리카인디언 문학의 신예작가 앨럭시(Sherman Alexie)에게서도 발견된다. 모머데이(N. S. Momaday)나 씰코(L. Silko) 같은 선배작가들이 아메리카인디언의 구비문학적 전통과 설화에서 예술적 자양분을 발견했다면, 이 젊은 작가는 그런 전통을 일부 활용하면서도 인디언 거주지 안팎에서 살아가는 아메리카인디언의 실생활의 애환을 들려주는 데 주력한다. 가령 『짝퉁 인디언의 생짜 일기』(*The Absolutely True Diary of a Part-Time Indian*, 2007; 한국어판 2008)는 선배작가들의 숭고한 신화적 분위기나 심오한 영적 체험보다 슬프고도 우스운, 재기발랄한 현실 이야기에 초점이 놓인다.

맺음말

소수자문학의 활력에 주목하여 미국문학의 현황을 간략히 살펴보았다. 포스트모던한 주류 미국문학은 역사소설이나 SF 같은 장르문학의 양식을 활용하는 가운데『로드』같은 걸작도 배출했으나, 대체로 미국의 진실을 응시하는 힘이 모자란다. 이에 반해 소수자문학에서는 출신국과 미국 사이의 쌍방향의 비판과 교호작용이 활발하게 작동하는데, 이것이 새로운 경향의 사실주의와 결합하면서 예술적 활력의 원천이 되고 있다. 분명 미국문학의 활력은 주류 포스트모던 문학에서 소수자문학 쪽으로 예전보다 더욱 옮겨갔고 변화의 조짐을 보이는데, 이는 미국의 힘이 기울어가는 현 세계사의 흐름과 관련이 있을 것이다. 미국의 주류 지배층에게는 부시 정권을 거치며 가속화되는 미국의 몰락이 달가울 턱이 없지만, 전보다 정치적·군사적으로는 약하지만 문화적으로는 좀더 나은 미국을 만들 가능성은 오히려 커졌다고 본다. 그럴 때 미국의 활달한 소수자문학들이 새로운 미국 형성에 핵심적인 기여를 할 것이라고 믿는다.

끄리스띠나 가르시아나 주노 디아스의 소설이 일러주는 것은 예술적으로 가장 주목할 만한 작품은 대중적 포스트모던 문학도 통상적인 사실주의 문학도 아니라는 점이다. 우리 젊은 작가 중에서도 70, 80년대 리얼리즘 문학의 성취를 계승하되 엄숙주의와 이념주의에서 벗어나 새로운 리얼리즘을 고민하고, 포스트모던의 장르적 양식을 실험하되 아주 대중소설로 빠지지는 않는 작가들이 적지 않다고 본다. 이런 작가들의 앞으로의 향방에 우리 문학의 많은 것이 달려 있다는 생각이다. 이현우(카라따니)의 분류법을 빌려서 말하면 근대문학인지 탈근대문학인지 판단하기 어려운 문학, 그걸 밝히려면 세계와 민족과 문학에 대해 정말 깊이 생각해봐야 하는 그런 작품, 읽으면 킬킬 웃음이 나오면서도 마음이 시린 그런 감명깊고 흥미진진한 작품이 많이 나오기를 기대한다.

—『창작과비평』 2008년 봄호

지구화시대의 세계문학
20세기 후반 아메리카대륙의 소설문학을 중심으로

1. '쌍방향'의 세계문학을 위하여

오늘날 세계의 문학들을 일정한 구도 속에서 고찰하려면 이전 세기들보다 훨씬 폭넓은 시야가 요청된다. 유럽의 여러 나라들은 일찍이 국민문학의 기틀을 형성하였지만 오늘날 '제3세계'라 불리는 아시아·아프리카·아메리카는 19세기에 이르러서야 비로소 근대적인 국민문학 혹은 민족문학을 생산하기 시작했으니, 그전에는 전지구적인 관점이 꼭 필요했달 수는 없다. 그러나 세계경제가 단일한 자본주의 세계시장으로 통합된 20세기 말의 상황, 즉 제3세계의 문학들이 놀라운 성장을 거듭하여 서구문학 못잖은 창조적 활력을 지니고 있는 상황에 이르면 사정은 달라진다. 이제 '세계문학'(world literature)과 같은 전지구적인 전망이 필수불가결한 것이다. 나아가 오늘날의 모든 국민문학·민족문학이 전지구적 범위로 확장된 근대세계 속의 개별 문학으로서 존재하는 측면이 있다면, 그런 한에서는 근대세계의 '중심'과 '주변'의 문학들을 하나로 아우르는 세계문학적 전망 속에서 비로소 객관적인 상호비교와 평가가 가능하다는 주장도 성립한다.

그렇지만 '세계문학'을 단지 여러 나라와 민족의 문학들을 하나의 전체적 구도 속에서 조망할 수 있게 해주는 유력한 입지점 정도로 이해한다면 그 의의는 반감될 것이다. '세계문학'은, 괴테의 세계문학론에서 보듯이, 여러 나라의 문인들이 교류하고 연대하는 국제주의적인 문학운동이기도 한 것이다. 세계의 모든 문학들이 자본주의 '세계체제'(world-system)[1]의 막강한 문화적 공세에 위협받고 있는 오늘날, 이에 적극 대응하고 궁극적으로는 이 체제를 극복하고자 하는 창조적 협력과 연대의 세계문학운동이 어느 때보다 절실하다. 그런데 이 세계체제가 중심-주변의 지배·종속 관계를 근간으로 삼고 있음을 고려하면, 세계문학운동은 구미의 '선진' 문학에서 주변부 세계의 '낙후된' 문학으로 나아가는 일방통행이 아니라 거꾸로 근대의 '주변'을 형성해온 억압받는 주체들의 '밝은' 눈으로 '중심'부 담론·서사의 유럽중심주의나 식민주의적 성향을 냉철하게 비판하기도 하는 **쌍방향의 교호작용**이 되어야 마땅하다. 이때 '쌍방향의 교호작용'은 근대 중심부의 성취를 외면하고 문명의 대안을 오로지 제3세계적 가치의 복원에서 찾으려는 '제3세계주의'에 대해서도 비판적 거리를 둘 것을 요구한다.

이 글은 이같은 쌍방향의 세계문학을 염두에 두고 20세기 후반 아메리카대륙의 소설문학을 살펴보고자 한다. 편의상 논의의 순서를 밝히면, 2절에서는 세계문학과 관련된 기존의 문학론들을 검토하며 오늘날 세계문학의 환경을 이루는 포스트모더니즘 문화예술의 성격을 간략히 짚어본다. 3절에서는 라틴아메리카, 미국, 캐나다 및 카리브 연안의 순서로 20세기 후반 아메리카대륙 소설문학의 성과를 논하고자 한다. 작품으로는 마르께스(Gabriel García Márquez)의 『백년의 고독』(*One Hundred Years of*

---

1 이 개념에 대해서는 I. Wallerstein, *Geopolitics and geoculture: Essays on the changing world-system*, Cambridge University Press 1991, 특히 215~30면 참조.

Solitude, 1967)과 돈 드릴로(Don DeLillo)의 『화이트 노이즈』(*White Noise*, 1985)만 상론하며, 캐나다 및 카리브 연안 문학에 대해서는 짤막한 논평만 덧붙이기로 한다.

2. 세계문학과 포스트모더니즘

세계문학이 국내문학과 대별되는 '세계의 문학들'을 통칭하는 일상적인 의미와 차원을 달리하여 문학사적으로 뜻깊은 개념으로 등장한 것은 괴테의 의미심장한 발언에서 비롯되며, 그후 맑스의 짤막한 언급도 중요한 단서가 된다. 괴테가 독일의 문인들에게 여러 나라 지성인들과의 교류와 유대 속에서 세계문학을 일궈내기를 권장한 것이 세계문학론의 발단이 되었음은 잘 알려진 사실이며, 최근 이에 관한 중요한 논의들이 국내에서 나왔기에 그 의의를 새삼 강조할 필요는 없겠다.[2] 다만 괴테의 텍스트에 세계문학과 민족문학(혹은 국민문학)의 관계가 다소 애매하게 표현되어 있음은 주목을 요한다. "이제 민족문학은 별로 의미가 없는 용어다. 세계문학의 시대가 임박했고, 모든 이가 그것을 앞당기도록 힘써야 한다"라는 구절은 마치 민족문학의 시대에서 세계문학의 시대로의 필연적 이행을 지적하는 것처럼 읽히지만, "그러나 우리가 외국의 것을 소중히하면서도, 절대로 특정한 것에 얽매여 그것을 모델로 생각해서는 안된다"라는 연이은 구절은 독일 민족(국민)문학의 실재와 중요성을 명백히 전제한 다음 '외국'문학·문화의 바람직한 수용태도를 논하는 어법인 것이다.[3] 이

---

2 백낙청 「지구화시대의 민족과 문학」, 『내일을 여는 작가』 1997년 1·2월호; 『통일시대 한국문학의 보람』, 창비 2006 및 최원식 「문학의 귀환」, 『창작과비평』 1999년 여름호; 『문학의 귀환』, 창작과비평사 2001 참조. 앞으로 이 두 글의 인용은 본문에 필자와 면수만 밝힘.

런 애매성은 괴테 자신이 젊은 시절에 참여한 독일 민족문학운동에 대한 애정과 "낭만주의자들이 이끈 훗날의 편협한 민족주의적 문학운동에 대한 환멸"(백낙청 12면) 사이의 갈등이 표출된 것이 아닐까 싶다. 이를 되새기면 괴테의 세계문학 구상에서 극복의 대상은 민족문학 자체라기보다는 당시 독일의 편협한 민족문학이라고 보아야 옳다.

이 변별이 매우 중요한 것은, 특정한 민족(국민)문학으로써는 지구화가 진전되는 근대세계의 요구를 온전히 충족시킬 수 없기 때문에 세계문학의 필요성이 생겨난 것이지만 세계문학 자체는 특정한 민족(국민)문학들로 형성될 수밖에 없으며 나아가 이들의 고유한 기여 없이는 건강하게 발전할 수도 없기 때문이다. 물론 이때 세계문학의 구성원은 편협한 민족주의적 민족(국민)문학들이 아니라 다른 문학들과의 '쌍방향적 교호작용'에 열려 있는 민족(국민)문학이어야 한다. 맑스의 발언에서는 이 양자의 관계가 한결 명료하게 표현된다. 자본주의 세계시장의 확장과 더불어 "일국적 편향성과 편협성이 점점 더 불가능해지며, 수많은 국민문학·지역문학들로부터 하나의 세계문학이 형성된다"[4]라고 말할 때 세계문학 형성의 토대가 "수많은 국민문학·지역문학들"임이 분명한 것이다.

괴테와 맑스의 세계문학 개념이 중요한 것은 그것이 최초의 구상이라는 점 외에도 "세계시장의 지구화와 그에 상응하는 지적 생산의 변모"(백낙청 14면)를 간파하고 이에 대처하는 발상이었다는 데에 있다. 이들은 세계문학이 성립할 수 있는 역사적인 조건에 기반하여 그것의 가능성을 모색함으로써 어떤 주의주의(主意主義)적인 의지에 매이지 않고 새로운 세계에 자신을 열어놓을 줄 아는 대범한 국제주의의 면모를 지니고 있다. 그러나 이들이 세계문학을 언급할 때 상정하는 '세계'는 과연 어떤 세계

---

3 Goethe, *Essays on Art and Literature*, ed. John Gearey, Princeton University Press 1994, 224~28면 참조.

4 Karl Marx and Friedrich Engels, *The Communist Manifesto*, Penguin Books 1967, 84면.

이며 그것이 유럽 중심의 세계관에서 얼마나 벗어나 있는지도 짚어볼 필요가 있다. "괴테의 세계문학 구상이 중국소설에 대한 독후감에서 비롯되었다"(최원식 26면)는 일화나 『파우스트』(Faust)에서 드러나는 근대화에 대한 양면적인 사유들로 미루어보아, 당시의 전형적인 유럽중심주의적 지식인들과 괴테를 동렬에 놓을 수는 없다. 그러나 괴테가 당대의 지배적인 계몽주의와 그 속에 깊이 배어든 유럽중심주의에서 벗어났다고 보는 것은 무리이며, 인도의 경제에 관해 지대한 관심을 기울인 맑스에게도 '주변부 경제론'은 있을지 모르나 '주변부 문학론'은 없다고 보아야 한다. 요컨대 이들의 세계문학 구상은 근대세계 중심-주변 문학 간의 상호관계라든지 이 양자간의 '쌍방향 교호'의 필요성을 인식하는 데까지 나아간 것은 아니다.

괴테와 맑스의 세계문학 구상을 의식적으로 실현하려는 움직임이 있었다면 그것은 20세기 전반 국제공산주의 운동의 일환으로 러시아와 동유럽 사회주의 국가들 사이에서 활발하게 펼쳐진 사회주의 리얼리즘 운동일 것이다. 이 운동은 이를테면 노동자계급의 관점에서 세계문학을 구축하려는 시도였으며, 성과도 없지는 않았다. 루카치(G. Lukács)가 괴테의 문학론과 맑스의 사상에 기대어 부르주아 리얼리즘 문학을 비판적으로 수용하는 한편 노동자계급의 당파성에 입각한 사회주의 문예이론을 창출함으로써 이 운동을 이론적으로 뒷받침하였음은 널리 알려진 바다. 그러나 사회주의 리얼리즘은 스딸린 집권 후에 급격히 경직되면서 세계사의 흐름에 '열려 있는' 괴테와 맑스의 세계문학 구상과는 점점 멀어져갔고, 냉전기에는 공산권의 관변문학론으로 전락하였다가 냉전의 해체와 공산권의 몰락과 더불어 파산상태에 이르렀다. 사회주의 리얼리즘이 이렇게 몰락의 길을 걷게 된 것은 그것이 갈수록 경직되어 노동자와 민중의 실제 삶과 유리되었다는 점 외에 유럽과 러시아 사회를 모델로 삼은 다분히 유럽중심주의적인 문학론이었다는 데도 원인이 있다. 괴테와 맑스가 안고 있던 유럽중심주의의 한계를 극복하기는커녕 사회주의혁명에의 의지와 결합된 탓에 더 고약한 유럽중심주의로 빠져든 면도 있다. 그리하여 서구 바깥의 나라들에 대해서 그들의 고유한 문학전통을 무시한 채 유럽 중심의 혁명문학론을 **일방적**으로 지도하는 우를 범하기도 했다. 요컨대 사회주의 리얼리즘에는 쌍방향 교호의 개념이 전혀 없는 것이다. 미소 냉전기에 이르면서 이런 현상은 더욱 두드러졌으니, 구미의 자유주의 문학론과 소련의 사회주의 문학론을 동시에 비판하는 '제3세계문학론'이 등장한 것은 당연하다.

제3세계문학론은 50,60년대에 독립을 쟁취한 제3세계 민중들이 미국과 소련 어느 쪽에도 의존하지 않고 스스로의 삶과 운명을 개척해야 한다는 자각에서 비롯된 만큼 반(反)유럽적, 반미적 정서가 강했다. 대체로 1,2세계의 식민통치를 경험한 제3세계 민중들끼리의 연대를 중심으로 하되 1,2세계 내부의 민중들과도 유대를 넓히고자 한 이 문학운동은 서구 중심의 문학론에서 탈피하여 세계의 민중들을 처음으로 세계사의 실제적인 주체로 삼은 데에 큰 의의가 있다. 이를테면 제3세계문학론은 전세계 민중들의 경험에 기초한 연대를 바탕으로 일종의 세계문학을 구축하려는 시도였고 그만큼 성과도 풍성했다. 아시아·아프리카·아메리카 민중의 실상을 생생하게 그려내고 고유한 문화전통을 되살리는 민족문학들을 꽃피웠고 1,2세계의 계속되는 (신)식민지배에 항거하는 저항문학들이 이에 가세했다. 그러나 제3세계문학론은 1,2세계 '고급문학'의 문학적 성과를 수용하는 데 인색했다는 것이 약점이랄 수 있는데, 이런 약점은 제3세계적 세계관이 유지되는 한 떨쳐버릴 수 없다는 데에 문제의 심각성이 있다. 요컨대, 제3세계문학론도 쌍방향 교호의 노력이 부족한 것이 문제인 것이다. 이 때문에 제3세계문학론은 제3세계를 포함한 전지구적인 자본주의 시장체제가 완성단계에 이르면서 위기에 처하게 된다. 자본주의 세계체제 바깥에서 제3세계의 독자적인 삶의 방식을 꾸리기가 불가능해진

마땅에, 제3세계문학론은 한편으로 구미의 세련된 각종 '포스트' 문학이론에 흡수될 위험과 다른 한편으로 근대문명의 대안을 오로지 제3세계적 가치의 복원에서 찾으려는 옹색한 '제3세계주의'로 나아갈 소지를 동시에 안고 있다.

지구화시대 민중의 요구에 부응하는 세계문학이 되기 위해서는 괴테와 맑스의 세계문학 구상의 참뜻을 이어받고, 사회주의 리얼리즘론 및 제3세계문학론의 성과를 수렴하면서 그 편향성이나 편협성을 극복하는 방향으로 나아가야 한다. 그러려면 세계문학의 개념을 근대 세계체제의 역사적 조망 속에서 재점검하면서 그 거시적인 목표 역시 '근대적응과 근대극복'이라는 이중적 과제에 맞출 필요가 있다. 자본주의 세계체제 내부에서 근대적인 삶을 충실하게 살되 이 체제가 부가하는 질곡을 벗어나는 길을 찾는 데 세계문학과 개별 문학들의 힘과 지혜를 모아야 한다. 여기서 두쎌(E. Dussel)의 주장은 주목할 만하다. 그에 따르면 유럽이 자신의 타자인 아메리카의 정복에 나서면서 비로소 근대의 '중심'이 되었는데, 이 과정에서 타자의 존재를 지워버리는 신화를 만들어냄으로써 '주변'의 정복·지배를 재생산하는 근대적 억압체제를 구축할 수 있었다. 요컨대 근대란 유럽에서 독자적으로 생겨나 나머지 지역들로 전파된 것이 아니라 처음부터 '중심-주변체제'였다는 것이다. 따라서 '근대극복'의 전망은 유럽중심주의를 넘어서고 '근대성의 신화'로 말미암아 사라진 '주변'의 존재를 세계사에서 복원하여 중심-주변 '체제'를 내부에서 혁파함으로써 열릴 수 있다는 것이다.[5]

이같은 두쎌의 '근대초극'(transmodernity)론은 유럽중심주의에 대한 강력한 비판과 아울러 '근대극복'의 의지를 천명하는 미덕이 있지만, '근대적응'의 절박성이라든지 중심과 주변의 교호작용의 결정적인 중요성에

---

5 E. Dussel, *The Invention of the Americas: Eclipse of "the Other" and the Myth of Modernity*, tr. Michael D. Barber, Continnum 1995, 1~6장 참조.

대해서는 상대적으로 소홀하다는 것이 흠이다. 이 점에 대해서는 백낙청 (白樂晴)의 지적이 날카롭다. 즉 두쎌의 '근대초극'론에 따라 근대를 극복하기 위해서도 근대에 대한 적응과 감당의 작업이 필요하거니와 그런 대처에는 필시 "'세계체제의 **중심**의 문화'의 수많은 값진 경험과 성취를 적극적으로 본받는 일"[6]이 포함되기 마련일 것이다. 말하자면 '근대극복'을 실제로 이루기 위해서는 '근대적응'의 과제도 중요하며 '중심의 문화'에 대한 섬세한 비판과 아울러 적극적인 수용의 자세, 즉 '쌍방향의 교호작용'이 긴요하다. 근대의 '중심'에서 이룩된 빼어난 문학적·문화적 성취를 '주변'의 자산으로 삼지 않고서는 근대 오백년간 다져진 유럽중심주의의 굴레에서 벗어날 길이 없을 것이다.

그런데 오늘날 세계문학의 활동공간은 '포스트모던 문화'라고 불리는 전지구적인 전자매체와 대중소비문화가 막강한 영향력을 행사하는 곳이다. 물론 포스트모던 문화가 전지구적이라 해도 세계의 중심부와 주변부에 동일한 영향력을 지닌다고는 할 수 없으며, 주변부는 물론 중심부에서도 이 문화에 통합되지 않은 토착적인 (민족)문화들이 엄존한다. 그렇지만 자본주의 시장체제가 확산됨에 따라 주변부에서도 이 전지구적인 문화의 속성들이 뚜렷해지고 이로 말미암은 '지적 생산의 변모'도 점점 확연해지는 만큼 좋든 싫든 포스트모던 문화의 존재를 전제하면서 세계문학을 논해야 한다. 또한 쌍방향의 세계문학의 관점에서 이 문화의 성격을 가늠하고 이 문화의 일부로 간주되는 포스트모더니즘 문학 혹은 포스트모던 문학을 살펴볼 필요가 있다.

포스트모더니즘의 개념에 대해 의견이 분분한데, 이것이 '후기자본주의(혹은 다국적자본주의)의 문화적 논리'라는 제임슨(F. Jameson)의 규정이 가장 일반적인 이해방식이 아닐까 싶다. 물론 이에 대해서도 이론

---

6 백낙청 「한반도에서의 식민성 문제와 근대 한국의 이중과제」, 『창작과비평』 1999년 가을호 19면; 이남주 엮음 『이중과제론』, 창비 2009. 강조는 원저자.

(異論)이 많으나, 하나의 개념적 모델로서는 이보다 유용한 것을 찾기 힘들다. 제임슨은 포스트모던 문화의 가장 두드러진 특징으로 "공간적·시각적 형태들에 의한 현실의 전면적인 식민화"[7] 혹은 "사회적 공간이 이제 이미지의 문화로 흠뻑 젖어 있는"(111면) 상태를 꼽는다. 이는 현실이 대중 전자매체에서 발산되는 온갖 '문화적 이미지'로 차 있어 투명한 현실인식이 불가능한 상태로서, 보드리야르(J. Baudrillard)의 '씨뮬라크르'의 세계나 이른바 '가상현실'과도 유사하다. 여기서 현실의 이같은 '가상성'의 정도를 헤아려야겠지만, 꼭 따져봐야 하는 것은 가상현실에 대한 태도이다. 가령 보드리야르처럼 가상현실을 벗어날 수도 그럴 필요도 없다는 입장도 있겠고 제임슨처럼 그것이 현실의 강력한 일부가 되었으나 현실의 총체를 재구축함으로써 그 가상성에서 벗어나야 한다는 입장도 있다. 이 구분이 중요한 것은 이데올로기로서의 포스트모더니즘은 가상현실과 다른 차원에서 구현되는 어떠한 총체성이나 '실재'(the Real)에 대해서도 적대적이기 때문이다.

이런 문화현실 속에서는 어떤 문학과 예술이 가능할까? 제임슨은 70년대 이후 건축과 영화에서 두드러지게 나타나는 '대중주의적' 성향의 저속한 문화생산품들을 가장 특징적인 포스트모더니즘 예술로 꼽는다. 물론 제임슨은 이런 것들을 참된 예술로 보지 않는다. 왜냐하면 "오늘날은 이미지가 바로 상품이므로 이미지에서 상품생산 논리의 부정을 기대하는 것은 허망한 일이며, 따라서 결국 오늘날의 모든 아름다움은 저속하"(135면)기 때문이다. 그러나 포스트모던 사회에서는 이런 예술밖에 존재할 수 없는지, 현실의 총체성을 구현하려는 예술이 불가능한지 물을 필요가 있다. 이를테면 제임슨 자신의 총체성 재현전략이라고 할 '인식적 지도그리기'(cognitive mapping)와 같은 작업을 문학작품으로 해낼 수는 없는가?

---

7 F. Jameson, *The Cultural Turn*, Verso 1998, 87면. 앞으로 이 책의 인용은 본문에 면수만 밝힘.

제임슨 자신은 그럴 가능성이 희박하다고 판단하지만 몇가지 가능성은 고려할 만하다. 우선, 중심부에서도 포스트모더니즘 논리에 통합되지 않은 주변적 집단들의 문학·예술의 역량이 만만찮고, 또한 포스트모던 계열의 작품들 중에서도 포스트모더니즘 논리에 빠져 있는 예술과 그것에 대한 진지한 성찰과 비판을 수행해내는 예술을 일단 가려볼 필요가 있다. 후자의 경우, 주어진 현실이 어떻게 생겨먹었는지 끈질기게 추궁하는 과정에서 현실의 핵심적인 면모를 드러낼 가능성이 커진다고 보아야 한다. 나아가 포스트모더니즘 논리와는 완전히 다른 입지에서 포스트모던 현실에 대응하는 새로운 예술의 가능성에 비평적 촉각을 곤두세울 필요가 있다.[8] 그렇지만 이런 새로운 가능성이 중심부 내부에서 **자생적으로** 열릴 공산은 아무래도 희박하기 때문에[9] 주변부에서는 어떤 가능성이 있는지 따져볼 일이다.

---

8 제임슨은 '이미지 문화'의 '편재성'을 과장함으로써 포스트모더니즘과는 다른 예술양식의 가능성을 낮춰보는 듯하다. 특히 '이미지의 문화'를 전형적으로 보여주는 건축과 영화에 깊이 몰두하는 반면 그것에 가장 통합되기 어려운 '서사예술'로서의 문학이 지닌 가능성을 너무 쉽게 접어버린다. 그는 미국에서도 주변부 집단('1세계 속의 3세계')의 예술형식이 존재한다는 것과 그것의 유리한 '입지점'도 알고 있지만, 그것에 기대를 걸기보다는 닥터로우(E. L. Doctorow)와 같은 포스트모더니즘에 침윤된 문학에 관심을 보인다. 여기에는 포스트모더니즘은 포스트모더니즘으로만 극복될 수 있다는 '동종요법'적인 발상이 깔려 있는데, 이는 설득력이 없을뿐더러 포스트모더니즘에 말려먹힐 소지도 있다. F. Jameson, *Postmodernism, or, the Cultural Logic of Late Capitalism*, Duke University Press 1991, 21~25, 65~66, 159면 참조.

9 이와 관련하여 쌀디바르의 '포스트모던 리얼리즘'(postmodern realism) 개념은 흥미롭다. 그는 이 개념을 포스트모던한 "현실의 깔쭉깔쭉한 날"을 조명하는 작품들을 지칭하는 데 사용한다. 또한 포스트모던 리얼리즘의 작가들 가운데 미국의 공식역사와 주류문화를 비판하고 대안적인 역사와 문화를 재구축하는 소수자문학 작가들—모리슨(T. Morrison), 이슬라스(A. Islas), 킹스턴(M. H. Kingston)—을 라틴아메리카 문학의 '마술적 리얼리즘'의 전통을 이어받은 것으로 평가한다. 쌀디바르의 이 개념은 라틴아메리카 문학의 성취를 미국 소수자문학의 자산으로 파악하는 '쌍방향'적 발상의 산물이라는 점에서 주목할 만하다. J. D. Saldívar, "Postmodern Realism," E. Elliot, ed., *The Columbia History of the American Novel*, Columbia University Press 1991, 521~41면.

근대화 이래 자본주의의 불균등 발전으로 말미암아 주변부에는 중심부 문화로부터 유입된 사실주의·모더니즘·포스트모더니즘과 같은 서구적 양식들이 토착의 문화양식들과 함께 하나의 문화공간에서 뒤섞이거나 경쟁하는 복잡한 현상이 일어난다. 그런데 이런 현상은 근대화 이후 주변부가 처한 문화적 위기와 가능성을 동시에 보여준다. 우선, 서구문화의 유입은 주변부 고유의 민족문화와 민족문학의 존립을 갈수록 위협한다. 최근의 포스트모더니즘은 주변부의 문화예술을 해체·변질시킬뿐더러 이를 다양한 문화상품으로 개발하여 주변부에 되팔기까지 한다. 그러나 이런 위협에 맞서는 과정에서 주변부 문학·예술에서 새로운 가능성이 열리기도 하는데, 중심부의 사실주의·모더니즘·포스트모더니즘의 도식에 맞지 않는 독특한 예술양식들이 등장하는 것이다. 주목할 것은 '민족적 알레고리'나 때늦은 '주변부 모더니즘'이 아니라, 반영적 사실주의와 변별되는 리얼리즘이다.[10] 이 리얼리즘은 한두 마디로 규정하기는 어려우나, 사실주의가 주변부 특유의 다차원적 현실과 씨름하는 가운데 전설과 설화, 꿈과 환상 같은 반(反)사실주의적인 요소까지 포용하면서 현실의 핵심적인 면모를 궁구하는 새로운 예술로 거듭난 것이 아닐까. 그렇기에 오늘날 주변부에서는 포스트모던 문화에 적극 대응하면서 포스트모더니즘의 세계관을 극복할 수 있는 새로운 예술의 가능성, 이를테면 모더니즘·포스트모더니즘의 양식적·서사적 특징을 활용하면서도 이 양자와 달리 현실의

---

10 70년대 이래 우리 문단에서 중시하는 '리얼리즘' 개념은 서구의 문학논의에서는 찾아보기 힘들다. 그런데 이런 리얼리즘의 탄생 자체가 쌍방향 교호작용의 결과물인 측면이 있다. 즉 주변부가 중심부의 문화적 자산을 전유하여 중심부의 위협에 대항하려 할 때나, 역으로 중심부 문화의 한계를 통감한 작가가 주변부 문화의 요소를 끌어들일 때 이러한 예술양식이 창출되는 것이다. 제3세계문학의 '민족적 알레고리'에 대해서는 제임슨이, '주변부 모더니즘'에 대해서는 페리 앤더슨이 각각 언급한 바 있다. F. Jameson, "Third-World Literature in the Era of Multinational Capitalism," *Social Text* 1986년 가을호 88면; Perry Anderson, *The Origins of Postmodernity*, Verso 1998, 121면 참조.

총체성 추구를 포기하지 않는, '포스트모던'한 리얼리즘 예술이 실현될 가능성이 있다.

3. 20세기 후반 아메리카대륙의 소설문학

세계문학을 논하면서 분석대상을 '20세기 후반 아메리카대륙의 소설문학'으로 잡은 것은 필자가 조금이나마 헤아릴 수 있는 쪽에 집중한 결과이지만, 나름의 속셈은 있다. 우선, 아메리카대륙의 문화적 통합성은 이 대륙의 문학을 하나의 단위로 볼 근거가 된다. 그런데 이 통합은 '쌍방향'의 관점에서 볼 때 매우 흥미로운 이중성을 띠고 있다. 가령 'American Literature'는 '미국의 문학'을 뜻할 수도, 라틴아메리카에서 캐나다까지의 문학들을 모두 포괄하는 '아메리카대륙의 문학'을 의미할 수도 있는데, 여기에는 공동의 정체성과 아울러 지배·종속의 관계가 담겨 있다. 아메리카대륙은 유럽의 '타자'로서 상호공유하는 측면과 미국의 경제적·문화적 영향력에 의한 일방적 통합의 측면을 함께 지닌 것이다.[11] 여기에다 서구 이주민과 아메리카 원주민 간의 지배·종속 관계를 더하면 또 한 겹의 이중성 혹은 복잡성을 띠게 된다. 이 글에서는 이런 다층적 복잡성을 고려하되, 미국과 나머지 아메리카 지역들 간의 '중심-주변' 관계에 주목하며 '근대적응과 근대극복'이라는 이중적 과제와 리얼리즘을 비롯한 다양한 문학적 가능성에 초점을 맞추기로 한다.

---

11 이런 통합된 문화현실에 근거한 쌀디바르의 '범아메리카'적 문학론에 대해서는 J. D. Saldívar, *The Dialectics of Our America: Genealogy, Cultural Critique, and Literary History*, Duke University Press 1991, 3~22면 참조.

라틴아메리카 소설문학

독자적인 국민문학보다는 초국적 차원의 지역문학을 발전시키는 카리브 연안의 문학에 비하면 정도가 덜하지만, 라틴아메리카의 문학들 역시 민족문학이나 국민문학의 성격 못지않게 지역문학의 성격이 강하다. 이는 무엇보다도 (브라질을 제외하면) 공동의 언어와 유사한 식민지배 및 저항의 경험을 갖고 있기 때문일 것이다. 라틴아메리카는 매우 풍부하고 다양한 언어적·문화적 유산들을 지녔다. 에스빠냐 정복자들의 연대기, 아스떼끄·잉까·마야 문명의 유산, 아메리카인디언(인디오)과 흑인들의 설화와 구비문학, 에스빠냐와 뽀르뚜갈에서 물려받은 유럽적 전통의 문학, 백인과 인디오(메스띠소), 백인과 흑인(물라또), 인디오와 흑인(삼보)의 혼합에서 생겨나는 다양한 '잡종'의 문화·문학 형태들, 라틴아메리카 독립·저항·혁명의 기록과 전설·설화 등이 쌓여 공동체의 '기록창고'(archive)를 이루고 있다. 1950년대 이후 라틴아메리카 소설문학이 '붐'을 일으켜 서구문학에서 기력이 다한 것으로 취급받던 서사의 놀라운 힘을 보여줄 수 있었던 것도 이런 풍부하고 다양한 문화적 자산 덕분일 것이다. '서사의 귀환'이라고도 불리는 '붐' 소설의 만개 현상과 20세기 후반 세계문단에 돌풍을 일으킨 마르께스 문학을 해명하기 위해서는 '마술적 리얼리즘'으로 알려진 그의 독특한 서사적 혁신도 살펴봐야 한다. 하지만 그전에 보르헤스(J. Borges)라는 작가를 잠깐 언급할 필요가 있다.

구미는 물론 한국에서도 라틴아메리카 소설문학의 대가로 흔히 보르헤스와 마르께스를 꼽는다. 마치 현대 라틴아메리카 문학을 떠받치는 거대한 두 기둥인 것처럼 말이다. 그런데 이들은 매우 이질적인 작품성향을 보인다. 거칠게 말해서, 형이상학적 추상문학의 한 극한을 보여주는 보르헤스는 유럽 아방가르드-모더니즘 운동의 끝머리를 이어받아 이를 한 단계 더 밀고 나간 작가이며, 소설에서 서사를 거세하여 일종의 자생적인 포스트모더니즘을 발명한 작가이다. 그의 단편선집 『픽션들』(*Ficciones*)

을 보면 마르께스에서 짙게 느껴지는 민중적·민속적 삶의 두께와 관능적이고 역사적인 감각이 증발된, 공상과 환상과 순수한 관념의 '두뇌게임'으로서의 문학을 목격할 수 있다. 보르헤스 문학의 전매특허로 여겨지는 책과 거울과 미로의 이미지, 기발한 착상들, 메타픽션적 구성, 풍부한 상호텍스트성과 의미의 불확정성 등은 구미의 첨단 문예이론가들의 시선을 요술처럼 사로잡았으니, 그들로부터 포스트모더니즘 문학의 시조로 대접받는 것도 우연은 아니다. 보르헤스 문학의 혁신성과 실험정신은 그 나름으로 인정해야겠지만, 학계나 비평계 일각에서 주장하듯 그의 문학이 20세기 최상의 문학이요 가장 선진적인 문학인지는 의문이다.

마르께스는 자기 문학의 주된 동력을 라틴아메리카의 풍부한 설화전통과 현실적 삶에서 끌어내며, 그런만큼 그는 보르헤스의 반대쪽 끝에 있다.[12] 마르께스 문학에 언어적 실험이나 서사적 혁신이 없다는 것은 결코 아니다. 다만 이런 양식상의 혁신도 라틴아메리카의 역사와 현실과 결합되어 있기 때문에, 보르헤스를 연상시키는 메타픽션적인 구성이나 환상적 요소를 심심찮게 구사해도 전혀 다른 울림을 지니는 것이다. 그의 걸작 『백년의 고독』은 역사적 현장을 실감나게 보도하듯 재현하는 매우 사실적인 대목에서부터 초자연적·설화적 요소들, 멜로드라마와 '컬트'적인 요소에 이르기까지 온갖 종류의 서사양식들로 가득하다. 라틴아메리카의 한 변방에 마꼰도 마을을 창립한 부엔디아 가의 6대, 백년에 걸친 흥망성쇠의 이야기를 통해 이런 양식상의 혁신들이 지닌 의미를 살펴보기로 한다.

---

12 보르헤스 문학에 대한 마르께스의 반응은 이렇다. "난 보르헤스의 작품들을 회피의 문학(a literature of evasion)이라 생각해요. 나와 보르헤스 사이에는 뭔가 묘한 일이 벌어지죠. 그는 예나 지금이나 내가 가장 많이 읽는 작가지만 어쩌면 가장 싫어하는 작가이기도 해요. 난 언어적 가공품을 만들어내는 보르헤스의 비범한 능력 때문에 그를 읽지요. 말하자면 그는 이야기를 하려면 악기를 어떻게 조율해야 하는지 가르쳐준다는 거죠." Saldívar, 앞의 책 163면에서 재인용.

간단히 말해 이 작품은 근대의 처절한 이야기이다. 이것이 작가의 조국 꼴롬비아의 근대 이야기인지 라틴아메리카 전체의 근대 이야기인지는 쉽게 확정지을 수 없다. 어쩌면 이 두 차원이 겹쳐 있다고 보는 것이 타당할 것이다. 분명한 것은 이것이 근대세계의 중심이 아니라 주변에서 서술된 근대 이야기라는 것이다.[13] 유럽 '중심'의 근대는 르네쌍스에서 시작되어 계몽주의와 프랑스혁명을 거치면서 시민사회의 문화를 꽃피우는 찬란한 이야기이지만 서구 근대의 최초의 '주변'인 라틴아메리카의 마꼰도에서는 악몽 같은 이야기가 된다. 1세대에는 우여곡절 끝에 설립된 마꼰도 마을에 신기한 물품을 가진 집시가 찾아오고 국가와 종교의 간섭이 시작된다. 2세대가 되면 마꼰도는 국가 차원의 보수당과 자유당의 권력다툼과 연이은 내전의 소용돌이에 휘말린다. 3세대를 전후해서 철도, 전화, 전축, 사진이 들어오고 미국의 바나나회사가 들어서면서 근대화가 시작된다면, 4세대에는 바나나회사에서 산업분규가 일어나 파업노동자 3천명이 몰살당하는 사건이 벌어진다. 이 비극을 계기로 마꼰도는 폐허로 변하고 오년간의 비와 십년간의 가뭄이라는 초자연적인 자연재해 속에 5세대와 6세대 간의 근친상간이 벌어지면서 폭풍에 휩쓸려 '연기처럼 사라진다'. 근대 이야기치고 더없이 암울한데, 그렇다면 마꼰도는 결국 '근대극복'은 고사하고 '근대적응'에도 실패한 비극적 이야기란 말인가.

이 물음에 답하려면 이것이 '미완'의 근대 이야기라는 암시에 주목해야 한다. 꼴롬비아를 비롯한 다수 라틴아메리카 국가의 독립이 이루어진 것은 1820년대인데 마르께스는 그로부터 약 백년 후인 1928년에 태어난다.

---

13 모레띠는 이 작품이 한 고립된 공동체의 근대 세계체제로의 '통합' 이야기를 들려주는 '세계적 텍스트'이되 『파우스트』의 경우와 반대로 주변부에서 바라보는 관점을 취하고 있다고 지적한다. 두쎌의 구도에서 보면, 이 작품은 서구가 지워버린 '근대의 이면'(underside of modernity)을 복원하는 것이 된다. F. Moretti, *Modern Epic: The World System from Goethe to García Márquez*, Verso 1996, 243면; Dussel, 앞의 책 1~6장 참조.

이 백년간의 역사는 이미 공식역사에 기록되어 있다. 그러나 작가는 이것과 유사하되 다른 이야기를, 공식역사가 은폐한 것을 폭로하는 한편 이 실패한 역사가 되풀이되지 않기 위해서는 어떻게 했어야 하는가를 상상할 수 있게끔 이야기를 들려주고자 한다. 이런 기획은 이 소설의 특이한 시제와 관련이 있다. 가령 유명한 첫 구절——"여러 해가 지난 후에 아우렐리아노 부엔디아 대령이 총살집행조 앞에 서게 되었을 때, 그는 아버지가 자신을 데리고 얼음을 찾으러 나섰던 그 아득한 옛날의 오후를 기억하게 되어 있었다"[14]——을 보면 전지적 화자가 등장인물의 관점을 빌려 '과거 속의 미래'에서 '과거 속의 과거'를 회상하듯 이야기한다. 이런 에둘러 말하는 방식에 대해서 역사와의 대면을 회피하고 신화의 공간을 만들려는 수작이 아니냐는 의문이 제기되어왔다.

하지만 이런 삐딱한 서사방식은 역사 자체의 불가역성에 승복하면서 동시에 공식역사에 대한 전복적 상상력을 전개하는 기제가 된다. 역사는 엄정함을 유지하되 작가의 예술적 요구에 따라 창조적으로 변용·압축되는 것이다. 이렇게 보면 1세대부터 5세대에 이르기까지 세대가 다른 식구들 서넛이 한꺼번에 등장함으로써 비동시성이 동시에 공존하는 야릇한 상황 역시 역사의 왜곡이라기보다 주변부 개발도상국 특유의 압축적인 근대화의 특징을 보여주는 효과를 노린 것이다. 1세대에는 신화적·설화적인 분위기가 감돌다가 세대를 거듭하여 내려오면서 점점 사실적인 세계로 접어드는 이행의 구도와 각 세대간의 감수성 차이를 구분해주는 작가의 섬세한 역사감각도 작품의 공간이 순전히 초시간적인 신화의 세계가 아님을 입증한다. 요컨대 전지적 화자가 자신이 이미 다 알고 있는 이야기를 회상하듯 이야기하는 방식은 역사의 회피나 무슨 운명론이 아니라, 반대로 이 역사를 운명지은 것이 무엇인지를 되돌아보게 하는 무언의

---

14 García Márquez, *One Hundred Years of Solitude*, HarperPerennial 1991, 1면. 앞으로 이 책의 인용은 본문에 면수만 밝힘.

압박이며, 새로운 근대의 역사를, 즉 유럽 중심의 근대관에서 벗어난 새 역사를 요청하는 하나의 방식이 된다.

이런 새 역사에 대한 요청은 소설의 곳곳에서 암시되어 독자를 압박하다가 백년간의 이야기가 흔적도 없이 사라지는 끝부분에서 또렷이 표출된다. 부엔디아 집안의 6대에 걸친 이야기는 집시 멜끼아데스가 양피지에 이중의 언어와 암호로 이미 은밀히 기록해두었다. 풀리지 않던 이 기록을 마지막 후예인 아우렐리아노 바빌로니아가 해독하는데, 바로 그 순간 죽음을 맞이함으로써 부엔디아 가는 끝나고 멜끼아데스의 기록도 바람에 흩어지며 소설도 거기서 끝난다. 그는 자신이 그 문서를 해독하는 순간을 기록한 대목을 읽기도 하는데, 이 대목이야말로 보르헤스적인 환상적 텍스트의 마술의 순간을 연상시킨다. 멜끼아데스의 기록이 곧 소설이며, 여러 대에 걸쳐 멜끼아데스의 기록을 해독하려고 끙끙거렸던 소설 속의 인물들은 바로 독자가 되기 때문이다. 그런데 이런 메타픽션적인 순환구조는 기발한 착상에 그치지 않고 결정적인 각성의 계기가 된다.

> 그러나 마지막 줄까지 읽기도 전에 그는 이미 자신이 그 방을 결코 떠나지 못할 것임을 이해했다. 왜냐하면 아우렐리아노 바빌로니아가 양피지 해독을 끝내게 되는 바로 그 순간 거울(혹은 신기루)의 도시는 바람에 휩쓸려 사람들의 기억 속에서 추방되리라는 것이, 그리고 양피지에 씌어진 모든 것이 태곳적부터 영원히 반복될 수 없다는 것이 예견되었으니, 그것은 백년의 고독에 처형당한 종족들은 지구상에서 제2의 기회를 갖지 못하기 때문이었다.(422면)

"백년의 고독에 처형당한 종족들은 지구상에서 제2의 기회를 갖지 못하기 때문"에 사람들의 기억 속에서 사라질 수밖에 없다는 각성은 오로지 '고독'에서 벗어나는 새 역사를 열 때만이 이 비극을 극복할 수 있음을 암시한다. 이 소설의 핵심적인 모티프인 '고독'과 '지워짐'도 이런 문맥에서야 온전히 이해될 수 있다. 이 소설은 고독한 영혼들로 가득할뿐더러 마지막 구절조차 고독의 의미를 강조하면서 끝난다. 그리고 짙은 고독의 그늘 아래서 부엔디아 가 사람들은 근친상간의 강렬한 충동에 사로잡히는데, 그들에게는 이 충동을 물리치는 것이 또 하나의 시련이 된다. 이 소설에서 근친상간의 모티프는 고독의 모티프와 마찬가지로 원초적인 욕망혹은 원죄의 유혹 같은 인간의 원형적 심리로 해석될 소지가 없지 않다. 그러나 고독과 연관해서 생각해보면 근친상간은 타인과의 관계를 제대로맺지 못함으로써 오로지 혈연과 같은 동질성에 사로잡히는 것을 뜻하지 않을까. 부엔디아 가의 몰락의 한 요인은 '어셔 가의 몰락'처럼 타인과의 살아 있는 관계를 상실한 가족이 서로 흡착하여 파괴적인 자기애로 치닫는 데서 비롯된다.

그러나 고독과 근친상간의 의미를 이런 차원에 한정할 수는 없다. 작가가 마꼰도의 고독이 '연대의 결핍'에서 비롯된다고 말할 때, 이 연대는 타인과의 연대에서부터 다른 계급·인종·민족과의 연대로, 심지어 전세계의 모든 민중들 간의 연대로 확장될 수 있다. 부엔디아 가와 마꼰도가 몰락하는 결정적인 계기는 노동자파업의 실패이다. 노동자들이 비밀노조에 의존하여 나머지 민중과의 연대를 일궈내지 못함으로써 바나나회사의 고립화전술을 막아내지 못한 것이다. 파업노동자 3천명의 대량학살 참극이 마꼰도 주민의 기억에서 '연기처럼 사라지'게 된 것도 그렇다. 공식역사는 "노동자들은 역을 떠나 짝을 지어 평화롭게 가정으로 돌아갔다"(315면)고 기록하고 계엄군 사령부는 학살 소식을 듣고 찾아온 희생자 가족한테조차 "당신이 꿈을 꾸고 있었겠지. 마꼰도에는 아무 일도 일어나지 않았고 (…) 앞으로도 아무 일도 일어나지 않을 거요. 이곳은 행복한 도시요"(316면)라고 잡아떼는데도 항의다운 항의를 하지 못하는 것은 죽은 자와산 자를 이어주는 연대가 없기 때문이다. 이 사건의 형상화를 두고 다국

적기업과 제3세계 저개발국 정부의 공모에 의한 언론조작과 역사날조를
절묘하게 보여준다는 주장과 오히려 역사의 허구성 혹은 현실의 구성성
에 대한 빼어난 통찰을 보여준다는 해석이 맞서 있지만, 이 대목의 빼어
남은 이 양자를 결합하여 라틴아메리카 역사에 대한 좀더 근본적인 탐구
로 나아간 데 있지 않을까.

이 대목은 도저히 일어날 법하지 않은 극단적인 상황을 매우 사실주의
적으로 형상화함으로써 사실적인 차원을 상징적인 차원에 접목하고 이
를 통해 소설의 핵심 모티프인 '고독'과 '사라짐' 혹은 '지워짐'의 관계를
탐구한다. 작가는 복합적인 서사방식을 통해 국지적으로는 노동자탄압
과 역사날조 그리고 라틴아메리카에서 빈번히 일어나는 실종사건을 극화
하는 동시에 멜끼아데스의 사라지는 기록과 결합하여 라틴아메리카('주
변')와 서구세계('중심')의 관계를 추궁하기까지 한다. 미국의 바나나회
사와 미국에 예속된 정부('바나나공화국')가 마꼰도의 노동자들을 학살
하고 이 비극을 주민들의 기억에서 '연기처럼 사라지'게 만든 것은 서구
세계가 라틴아메리카를 오백년간이나 지배하면서도 그 사실조차 지워버
리는 것과 일맥상통하지 않느냐는 것이다. 노벨상 수락연설 「라틴아메리
카의 고독」(1982)에서 작가가 라틴아메리카의 고독이란 유럽과 미국이 라
틴아메리카의 처절한 역사를 기억에서 지워버린 데서 비롯된다고 주장한
것도 같은 맥락이다. 근대인의 고독이 '연대의 결핍'으로 말미암아 자기
내면에 갇히는 실존적 상황과 같은 것이라면, 라틴아메리카 주민들의 '백
년(혹은 오백년)의 고독'은 여기에 더하여 자신의 존재가 타자화되고 주
변화되면서 세계인들의 뇌리에서 '지워짐'을 당하는 형벌이라는 것이다.
그리고 이런 세계사적인 고독 속에서 오로지 자기 인종이나 민족에만 애
정을 쏟는 '근친상간'의 유혹을 느끼게 되는 것도, 이 유혹에 빠져 인종주
의나 국수주의로 치달아 끝내 파멸하는 것도 이 형벌의 일부인 것이다.

마르께스가 이런 다층적인 의미를 구사할 수 있는 것은 그의 소설들이

공식역사와 설화적 상상력을 결합하고 있기 때문이다. 그런데 이런 방식은 호손(N. Hawthorne) 작품에서 발견되는 역사와 픽션 간의 미묘한 관계와 유사하다. 마르께스 소설 하면 떠올리는 '마술적 리얼리즘'— '경이로운 현실'(lo real maravilloso)이 더 정확한 표현이지만—이라는 양식의 경우에도 호손이 '로맨스'라는 이름하에 발명한 양식, 즉 사실주의와 설화적·환상적 상상력을 결합하는 복합적 서사양식과 유사한 점이 발견된다. 브르똥(A. Breton)의 초현실주의 운동을 지켜보다가 별것 아닌 것 가지고 요란을 떤다는 생각을 한 까르뻰띠에르(A. Carpentier)가 『이승의 왕국』(The Kingdom of This World, 1949)의 「서문」에서 유럽에서는 '경이로운 것'을 불러일으키기 위해 별의별 짓을 다 해야 하지만 아메리카에서는 "'경이로운 현실'이라고 부름직한 것을 일상적으로 만나게 되었다"라고 말했을 때, 이 '경이로운 현실'은 사실주의로는 진짜 현실을 다 표현하지 못한다는 전제를 함축할뿐더러 어떻게 아메리카 현실의 핵심적인 면모를 그려낼 수 있을까 하는 모색의 시작이기도 하다.[15]

마르께스가 근대사 전체를 라틴아메리카 민중의 입장에서 재조명하는 놀라운 소설을 쓸 수 있었던 것은 작가의 고향인 꼴롬비아 카리브 연안 지역 특유의 활달한 상상력, 안데스산맥 고원지대의 민중들(주로 메스띠소)의 설화적 전통, 서구에서 교육받은 지식인 '상층문화' 담론 등을 대중적이되 지적인 양식으로 결합하는 데 성공했기 때문이다. 그의 문학은 유

---

15 '마술적 리얼리즘'의 핵심 쟁점은 브르똥을 비롯한 유럽의 초현실주의 문학과 환상문학도 이 양식에 포함하느냐 아니면 까르뻰띠에르의 주장처럼 이것을 라틴아메리카 문학 고유의 양식으로 보느냐이다. 그런데 '마술적 리얼리즘'의 핵심이 특정한 현실 너머의 환상적 세계로 비상하는 것이 아니라 오히려 이 현실에 대한 좀더 심오한 천착에 있다고 보는 한에서는 이 양식을 보르헤스류의 환상문학이나 유럽의 초현실주의 문학과 구분해야 한다. 까르뻰띠에르의 글을 포함한 '마술적 리얼리즘'에 관해서는 L. Zamora and W. Faris, eds., *Magical Realism: Theory, History, Community*, Duke University Press 1995 참조.

럽중심주의에 대한 날카로운 비판과 더불어 포크너(W. Faulkner)의 서사 기법을 포함한 구미 모더니즘 문학의 테크닉들을 두루 활용함으로써 이미 '쌍방향성'을 성취한 면모가 뚜렷하다.

다만 이 놀라운 성취가 '마술'과 '리얼리즘' 사이의 아슬아슬한 균형 속에서 이루어졌으며, '마술' 쪽으로 기운 대목들도 없지 않음을 지적해야 한다. 가령 작품 곳곳에 피처럼 흥건히 배어 있는 짙은 관능성과 섬뜩한 '컬트'적 요소들은 라틴아메리카 특유의 감수성을 보여주는 한편 '잡종'의 메스띠소 문화에 대한 작가의 과도한 자부심 내지 탐닉과도 관련이 있다.[16] 이 소설의 메타픽션적인 구성에서도 실천적인 함의와 아울러 일말의 환상성에로의 일탈 욕구가 감지된다. 요컨대 '마술'은 해방적 상상력이자 동시에 몽매의 진흙구렁도 될 수 있다는 것이다. 사실 '붐' 소설들이 '마술'이나 '설화'의 남용으로 신화와 가상의 세계를 구축하면서 인디오와의 통합이나 산업화를 비롯한 민중현실의 절박한 문제들을 얼버무리는 경향이 있는데, 이는 라틴아메리카 문학이 아직 '근대적응'의 과제를 정면으로 맞닥뜨리지 못하고 있음을 드러낸다. 그러므로 '붐 이후'의 소설들이 '마술'을 줄이며 문화현실로 돌아서고, 비평계 일각에서 이제는 '붐' 소설을 재평가할 때가 되었다는 목소리가 들리는 것은 당연하다.[17]

---

16 이 작품에서 인디오가 조연으로밖에 등장하지 않는 것은 꼴롬비아 민중의 다수가 메스띠소(50%)로 구성되어 있고 소수의 인디오(1%)는 안데스산맥 속에서 고립된 삶을 사는 사정과 관련이 있다. 이 점에서 『백년의 고독』은 과떼말라 마야족 인디언 문제를 다룬 아스뚜리아스(M. Asturias)의 『옥수수 인간』(*Men of Maize*, 1949)과 나란히 읽을 필요가 있다.

17 '붐 이후'(post-boom) 소설의 향방을 가늠하기는 쉽지 않다. 마르께스를 비롯하여 푸엔떼스(Carlos Fuentes), 요사(Mario Vargas Llosa), 도노쏘(José Donoso) 등 '붐' 소설의 대가들이 아직 왕성한 창작활동을 하고 있는데다가 최근에는 '붐' 소설과 다른 경향을 선보임으로써 '붐 이후' 문학의 일익을 담당하기도 하기 때문이다. 1970년대로 접어들면서 등장한 '붐 이후' 소설 가운데서는 뿌이그(Manuel Puig), 싸르두이(Severo Sarduy), 사빠따(Luis Zapata)와 '붐'과 '붐 이후'의 성향을 모두 지닌 도르프만(Ariel Dorfman) 등이 주목할 만하다. 이들은 설화와 현실이 복잡하게 뒤엉킨 '붐' 소설의 전

미국 소설문학

우리 시대의 미국문학을 논할 때는 이런 질문들이 요긴하다. 세계체제의 '중심'인 미국의 문학은 과연 지구화시대의 세계문학을 이끌 만한 역량과 수준을 지녔는가? 흔히 비평가들은 호손(N. Hawthorne), 멜빌(H. Melville), 포우(E. A. Poe), 에머슨(R. W. Emerson), 소로우(H. D. Thoreau), 휘트먼(W. Whitman) 등이 미국의 국민문학을 꽃피웠던 19세기 중반을 '미국의 르네쌍스'로, 헤밍웨이(E. Hemingway), 포크너(W. Faulkner), 피쯔제럴드(F. S. Fitzgerald) 등 '길 잃은 세대'의 작가들이 모더니즘 문학의 불을 지핀 1920~30년대를 '제2의 개화기'라고 부른다. 그리고 여기에 더해 바스(J. Barth), 핀천(T. Pynchon), 쿠버(R. Coover), 바털미(D. Barthelme), 보너것(K. Vonnegut) 등이 '포스트모더니즘 소설'이라는 새로운 경향의 문학을 선보이기 시작한 60년대 이후를 미국문학의 '제3의 전성기'인 것처럼 간주하는 평자도 있다.[18] 그런데 이 세 번의 '르네쌍스' 가운데 어느 것이 가장 높은 수준의 문학을 보여주는지 가리는 것은 물론, 특히 포스트모더니즘 소설들이 구가한 '제3의 전성기'는 세계의 문학들 가운데 최고의 경지를 보여주는지 냉정하게 물어볼 필요가 있다.

버먼(M. Berman)이나 모레띠(F. Moretti)가 20세기의 미국문학을 그들의 세계문학 논의에서 제외한 것은 미국문학에 대한 편견 때문만은 아니라고 본다.[19] 버먼의 견해를 적용하면 미국문학의 창조적 활력은 19세기 중엽의 '미국 르네쌍스'에서 절정에 달했다가 이후 마크 트웨인(M.

형에서 벗어나 영화·만화·텔레비전·대중음악 등 대중문화에 삼투된 문화적 현실 혹은 가상현실의 문제를 천착하며, 성(性)과 정치의 연관성에 주목한다. 뿌이그의 『거미 여인의 키스』(*Kiss of the Spider Woman*, 1976)가 이런 경향을 선명하게 보여준다.

18 T. Tanner, *City of Words: American Fiction, 1950-1970*, Harper & Row 1971 참조.
19 M. Berman, *All That Is Solid Melts Into Air: The Experience of Modernity*, Penguin Books 1988, 15~37면 및 Moretti, 앞의 책 참조.

Twain)과 헨리 제임스(H. James)를 거치면서부터 줄곧 하강곡선을 그리는 셈인데, 이런 견해에 반박하기가 쉽지 않은 것이다. 물론 한 가지 강력한 반론이 제기될 수는 있다. 세 번의 '르네쌍스'는 하나같이 백인남성 중심의 문학으로서, 소수민족의 문학——아프리카계·라틴계·아시아계 문학——과 여성문학 등의 다양한 성향과 갈래를 자랑하는 미국문학의 형세를 대변하기 어렵다는 반론이 그것이다. 사실 19세기 중엽의 미국문학을 평가하려면 '르네쌍스' 작가들의 작품과 아울러 흑인문학의 포문을 연 더글러스(F. Douglass)의 자서전을 함께 읽어야 하고, 20세기 초반의 문학을 논하면서 모더니즘 문학뿐 아니라 '할렘 르네쌍스'라 불리는 흑인문학 및 공황기의 좌파문학을 생략할 수 없다. 60년대 이후의 미국문학은 포스트모더니즘 문학의 중심성을 인정하더라도 워커(A. Walker)와 모리슨 등의 흑인여성문학, 벨로우(S. Bellow)와 로스(P. Roth)의 유대문학, 모머데이(N. S. Momaday)와 씰코(L. Silko)의 아메리카원주민 문학, 이슬라스, 씨스네로스(S. Cisneros), 킹스턴 등의 소수자문학을 제하고는 실답게 논할 수 없다. 우리 시대로 가까워지면서 미국문학은 점차 다양해져 작금에 이르러서는 백인남성 중심의 포스트모더니즘 문학만으로 미국문학을 대변하기가 곤란해졌다. 그러나 이런 풍성함과 다양함이 버먼의 평가를 뒤집을 수 있는지는 더 따져봐야 한다.

60년대 이후 미국 소설문학의 판세를 문화적 지형 속에서 그려보면, 포스트모더니즘 소설을 '중심'으로 소수자문학 및 다양한 경향의 본격문학들이 '주변'에 포진하고 있는 형국이다. 그리고 이 외곽에, 혹은 이 양자의 사이사이에 책이 팔리는 길이라면 어떤 양식이든 가리지 않는 상업주의 대중문학이 포스트모던 문화시장의 저변을 이루고 있다. 이 삼자의 관계는 대단히 복잡한데, 우선 지적할 것은 포스트모더니즘 문학과 상업주의 대중문학 간의 관계가 대단히 모호하다는 것이다. 이렇게 경계가 흐려지게 된 원인 가운데 하나는 포스트모더니즘이 소위 고급문학의 문학성을 부정하면서 저급한 문학장르로 여겨졌던 공상과학·추리·환상·공포소설 등의 장르를 자신의 이론적 반경 내로 끌어들인 데 있다. 물론 포스트모더니즘 소설의 고전으로 통하는 핀천의『중력의 무지개』(*Gravity's Rainbow*)를『쥐라기공원』(*Jurassic Park*)과 동급으로 놓는 비평가는 드물 것이다. 그러나 잘 팔리고 잘 읽히고 즉각 영화화되는 후자와 같은 소설들이 고급문학의 문학성을 거부하거나 기존의 장르적 규칙을 전복하는 데에서는 한술 더 뜨는 면이 있기 때문에 포스트모던 소설이 아니라고 주장할 근거는 없다.

냉정하게 말하면, '진지한' 포스트모더니즘 소설이나 상업주의 소설이나 모두 포스트모던 문화의 상품화 메커니즘의 일부가 되었고, 포스트모더니즘이 자신의 문학론과 세계관을 바꾸지 않는 한 이 메커니즘에서 벗어나기 힘들다. 이 점에서 예전에 포스트모더니즘에 열심이던 비평가들이 탈식민주의(postcolonialism)로 대거 이동하면서 '새로운 리얼리즘'의 필요성을 거론하는 현상은 자못 흥미롭다.[20] 이런 '전향'과 이동이 과연 포스트모던 문화현실에 대한 '새로운 리얼리즘'적 비판으로 나아갈지 아니면 포스트모던 문화시장의 저변을 넓히는 데 활용될지는 좀더 두고 볼 일이다. 그러나 미국의 소수자문학이 포스트모던한 논리에 호락호락 말려들지는 않을 것 같다. 사실 이들 소수자문학이야말로 작금의 미국문학에서 가장 활력있고 건강한 부문이다. 그러나 모리슨을 포함하여 미국의 소수자문학이 마르께스의 문학처럼 세계문학 최고의 경지를 성취했느냐 하는 것은 또다른 문제다.

---

20 이에 반해 제임슨은 포스트모더니즘 연구에 더욱 박차를 가하여 사뭇 대조를 이룬다. 파농(F. Fanon)에서 발원하여 싸이드(E. Said)의 이론화작업으로 체계를 갖춘 탈식민주의는 스피박(G. C. Spivak)과 바바(H. Bhabha)의 후기구조주의적 '권력'과 '주체' 담론을 거치는 과정에서 '탈식민'의 개념이 부풀려져 실천적 의미를 거의 상실하는데, 이 지점에서 이런 이동이 일어난다. 제임슨의 포스트모더니즘론과 탈식민주의의 관계에 대해서는 Anderson, 앞의 책 118~20면 참조.

정도는 다르지만 '주변'을 형성하는 소수자문학이든 '중심'의 포스트모더니즘 문학이든 미국문학이 세계문학 최고의 경지로 나아가기 위해서는 특별한 짐을 짊어져야 한다. 양자는 미국문학 내부에서는 '중심'과 '주변'의 대립구도를 띠지만 전지구적 지평에서 보면 내부에 '중심-주변' 체제를 안고 있는 '중심'부 문학이다. 말하자면 미국의 소수자문학과 포스트모더니즘 문학이 쌍방향적 교호작용을 통하여 미국 내의 '중심-주변' 체제를 넘어서는 것만으로는 충분치 않고 이 과정에서 미국중심주의 역시 극복해야 한다는 것이다. 백인 중산층은 물론이고 백인 하층민이나 소수민족들 역시 '미국의 꿈'이라는 야누스적 유혹과 환상에서 쉽게 벗어나지 못하는 현실을 직시하면 이것이 얼마나 어려운지 금방 실감할 수 있다.

필자가 여기서 소수자문학보다 비평가들에 의해 포스트모던 계열로 분류되었으되 포스트모던 문화현실에 대해 비판적 거리를 유지하는 돈 드릴로나 러쎌 뱅크스(Russell Banks) 등을 우선적으로 주목하려는 이유는 이들의 문학이 반드시 전자보다 높은 경지에 와 있어서가 아니라 미국문학의 새로운 돌파구가 마련되기 위해서는 그래도 중심부(사실은 '중심의 중심')의 문학에서부터 창조적 활력과 자기성찰이 불붙어야 한다는 판단 때문이다. 이들에 대한 이해를 돕기 위해 이른바 '포스트모던 역사소설'을 먼저 간략히 살펴보겠다. 이 장르의 가장 대표적인 작품은 '로젠버그 사건'을 다룬 닥터로우의 『다니엘서』(*Book of Daniel*, 1971)와 쿠버의 『공개화형』(*The Public Burning*, 1977)이다.

원자폭탄 제조기밀을 소련에 넘긴 혐의로 뚜렷한 증거 없이 로젠버그 부부를 체포·처형한 이 야만적인 사건(1950~53)은 냉전시대의 개막을 알리는 상징성을 지닌다. 닥터로우와 쿠버는 냉전질서에 기초한 공식역사의 가면을 벗겨 그 뒤에 숨겨진 추악한 권력의 모습을 보여주는 한편 이와 전혀 다른 '대안적'인 역사 쓰기를 시도한다. 그런데 언뜻 보면 마르께스와 유사한 방식의 '역사 다시 쓰기'를 시도하는 듯하지만, 이들 작업의 초점은 역사의 새 길을 모색하는 데 있는 것이 아니라 역사와 픽션 간의 상호관계—신역사주의 용어로는 '상호텍스트성'—를 추적하는 데 있다. 이들은 공산주의와 자유주의의 대립이라는 냉전적 거대서사를 주인공들의 촘촘한 '사서사(私敍事)'로 대체하면서 역사 자체의 근본적인 허구성을 재발견하는 것이다. 가령 닥터로우의 관심사는 이 사건의 진실이 무엇인가보다는 수많은 입장의 이야기들이 어떻게 역사로 전화하는가에 있다. 쿠버의 경우는 한술 더 떠서 역사의 허구성을 '희극적 정신'으로 감싸안기까지 한다. 마르께스의 방식과는 대조적으로, 이들은 수많은 실증적인 자료를 원용하고 있음에도 역사적 진실에 대한 어떤 모색도 불가능하게 만든다. 어떤 공동체의 기억이 보존된 민중문화적 유산에 의거하여 역사를 재구축하려는 것이 아니라 이 사건과 관련된 매스컴과 FBI의 산더미 같은 자료들에 둘러싸여 "우리 자신의 팝 이미지들과 역사의 환영들"[21]에 사로잡힐 뿐이다.

핀천의 경우는 역사를 다루는 태도가 이들보다는 훨씬 진지하다. 양식면에서 상당히 혁신적이면서도 현실역사에 대한 진지한 시선을 잃지 않는 그의 예술은, 문학형식의 무한한 해체와 재생 가능성에 사로잡혀 역사 자체를 신나는 판타지의 자료로 삼는 바스의 '무책임한' 로맨스들과는 근본적으로 다르다. 싸이버펑크적 언어와 지식의 고고학적 탐사보고서를 방불케 하는 다양한 문체, 수학, 항공우주과학, 역사, 신화, 생태학 등에 대한 폭넓은 관심, 그리고 이런 다양한 분야들이 뒤섞임으로써 생겨나는 온갖 잡종적 발상들은 첨단기술공학·대중소비문화 시대가 빚어낸 잡다한 상상력의 보고라 할 만하다. 이런 잡식성 상상력이 서구근대 전체를 문제삼는 그의 역사적 시각에 수렴되는 순간 빛을 발하고, 생생한 '현장의 언어들'이 포스트모던 문화의 핵심을 포착하는 듯한 순간들도 불쑥불쑥 등

---

21 Jameson, *Postmodernism*, 25면.

장한다. 하지만 그의 작품은 웬만한 열의로는 범접하기 힘들 만큼 난해하고 애매하다. 심하게 말하면, 그의 대작들은 무슨 어려운 퍼즐을 끼워맞추듯 읽어야 하고, 그의 문학의 재미 역시 방대하고 복잡정교한 문서를 해독하여 그 심오한 뜻을 발견할 때의 즐거움에 가깝다. 한마디로 핀천의 문학은 독자보다는 마니아를 요구하는 것이다.

이 점에서 오늘날 미국문단에서 핀천과 가장 대조적인 작가는 러쎌 뱅크스가 아닐까 싶다. 그는 포스트모던한 문화를 항상 삐딱한 관점으로 바라보기 때문에 핀천 문학을 짙게 채색하는 애매모호함이 없다. 그렇다고 이 작가에게 섬세함이나 미묘함이 결여된 것은 아니다. 사실 그를 비정한 예술가로 만드는 것은 포스트모던 문화의 미세한 결을 아주 예리하게 파헤치는 세밀한 문화적·정치적 감각이다. 그는 미국사회의 풍요로운 '중심'에서 제외되어 '주변'화된 백인노동자와 도시빈민, 흑인과 이민의 삶을 주로 다룬다. 그의 걸작 『대륙 이동』(Continental Drift, 1985)은 북부의 한 백인노동자와 아이띠의 한 흑인여인이 각각 새 삶을 찾아서 아메리카 대륙과 카리브 연안을 떠돌다가 비극적으로 만나는 과정을 대위법적으로 보여준다. 미국의 '주변'화된 사람들과 세계의 '주변'부 민중들의 삶의 여정을 동시에 그리는 셈인데, 작가는 이 두 부류의 주변적인 삶이 세계사적인 구도에서 보면 근본적으로 다르지 않음을 보여주는 한편 백인노동자가 결국은 아이띠의 흑인여인에게 치명적인 가해자가 되는 비극을 비정하게 그려낸다. '중심부의 주변'과 '주변부의 주변'의 미묘한 차이가 여실히 드러나는 것이다. 이런 '탈'미국적인 시야와 확고한 민중적 관점을 주목하면 그는 우리 시대의 '리얼리스트'라고 할 만한데, 문체상으로 보면 사실주의 작가들과는 딴판이다. 로맨스 양식, 울분에 찬 자연주의, 그리고 멜로드라마와 스릴러 같은 포스트모던 문화의 대중양식들을 거침없이 활용하는 그의 문체에 주목하면, 그의 문학을 '사실주의·모더니즘·포스트모더니즘'의 삼분법으로는 제대로 규명할 수 없다는 생각이 든다.

뱅크스는 비범한 작가임이 틀림없으나 포스트모던 문화현실을 '주변'인의 관점에서 주로 접근하기 때문에 이 현실의 안쪽을 보여주는 데는 한계가 있다. 이 점에서 포스트모던 문화의 주류계층의 삶을 안에서부터 파헤치는 드릴로의 소설들을 주목할 필요가 있다. 드릴로는 20세기 후반의 여러 사회적 문제들을 뛰어난 메타포와 발빠른 구어체 언어로 다룰 뿐 아니라 무엇보다도 서구문명의 향방에 남다른 민감성과 책임감을 보인다.

그의 대표작 『화이트 노이즈』는 문화비평적 특성을 유감없이 보여줌으로써,[22] 그를 오늘날 미국문단에서는 보기 드문 사회소설가로 자리잡게 했다. 미국 어느 중소도시의 대학교수인 잭 글래드니는 '히틀러 연구' 프로그램을 신설함으로써 대학사회에서 기반을 잡았고, 여러차례 이혼 후 새로 결혼한 아내 배비트와 각자 데려온 네 자녀들과 함께 중소도시 전문직계층의 전형적인 '문화'생활을 꾸려간다. 작가는 글래드니 가의 일상사와 이를 둘러싼 도시환경을 속살 들여다보듯 섬세하게 조명하면서 평온한 듯한 이 백인 중산층 가족을 파고드는 불길한 틈새들을 점점 확대해서 보여준다.

포스트모던 문화의 어두운 속성이 드러나는 첫번째 계기는 산업환경재해이다. 유독가스를 실은 탱크열차가 탈선하여 파열됨으로써 이 도시 위에 유독가스로 가득한 불길한 먹구름을 드리운 것인데, 시민들의 생명을 위협하는 이 환경재해의 먹구름은 차츰 포스트모던 문화의 악몽 같은 현실을 상징하는 메타포로 변해간다. 전 주민이 한밤중에 교외로 대피하던 중 노상에서 먹구름이 "마치 북유럽 신화에 등장하는 죽음의 배처럼 움직이는"[23] 광경도 불길하지만, 이를 지켜보는 주민들의 공포에 "종교적인

---

22 Frank Lentricchia, ed., *New Essays on White Noise*, Cambridge University Press 1991, "Introduction" 참조. 렌트리키아는 대다수 비평가들과는 달리 드릴로를 우리 시대의 뛰어난 모더니스트로 본다.

23 DeLillo, *White Noise*, Penguin Books 1986, 127면; 국역본 강미숙 역 『화이트 노이즈』,

것에 근접하는 경외감"(223면)이 느껴졌다는 구절은 특히 주목을 요한다. 포스트모던 문화현실에 대한 드릴로의 일차적인 반응은 공포와 경외감으로 압축될 수 있기 때문이다. 이 소설이 발표된 직후 인도의 보팔(Bhopal) 가스누출 사고가 일어났다는 사실은 이 먹구름 사건의 현실감을 높이는 일례임이 분명하나, 드릴로의 탐색은 산업환경재해의 폐해를 고발하는 데 그치지 않는다. 이 소설의 먹구름 사건은 딱히 포착할 수는 없으나 불길하기 짝이 없는 우리 시대 문화의 '하얀 소음'이 드러나는 하나의 통로에 불과하다. 재해 현장에 출동한 '가상철수반'이 컴퓨터로 가상 대피훈련을 실시하는 것도 꺼림칙하지만, 아이들이 가상훈련에 열광적으로 참여하는 장면은 포스트모던 문화의 어두움을 섬뜩하게 드리우는 대목이다.

  텔레비전을 비롯한 전자매체에서 발산하는 '하얀 소음' 역시 이 소설의 핵심적 모티프이다. 유독가스 누출사고를 처음에는 대수롭지 않은 것으로 보도하던 텔레비전은 몇몇 사람이 죽자 태도를 싹 바꿔 마치 계속 사상자가 나오기를 바라듯 열심히 보도한다. 잭이 아들과 함께 살인사건의 발굴현장을 중계하는 텔레비전을 보다가 수십구가 묻혀 있을 것으로 추정되는 곳에서 시신을 하나도 발견하지 못할 때 아들의 얼굴에서 묘한 실망감을 읽는 장면은 우리 시대의 대중매체가 죽음마저 상품화하고 있음을 보여준다.

  죽음의 공포는 병원의 의료 씨스템과도 깊은 연관을 지닌다. 소설의 후반부는 죽음의 공포를 모티프로 삼아 "인간의 얼굴을 한 테크놀로지"(367면)와 대중소비사회 전반의 연관성을 집중적으로 고찰한다. 먹구름 먼지에 잠시 노출된 잭은 그후 줄곧 죽음의 공포를 안고 산다. 아내 역시 혹독한 죽음의 공포에 시달려왔으며, 죽음의 공포를 잊게 해주는 신약개발 프로그램에 참여하여 개발 담당자한테 몸까지 허락한 것이다. 신약개발 담

창비 2005, 222면. 앞으로 이 책의 인용은 본문에 국역본의 면수만 밝힘.

당자를 찾아가 아내와 정을 통한 데 대한 복수를 하고 약을 빼앗으려는 과정에서 빚어지는 결말 부분의 촌극은 현실감이 떨어지지만 그 속에 밴 부조리한 공포감은 끝내 잊혀지지 않는다.

드릴로는 죽음의 공포로 말미암아 빚어지는 '블랙' 드라마를 진행시키면서 그것이 기술시대의 문화와 깊은 연관이 있음을 암시한다. 잭의 대학 동료의 발언, 즉 테크놀로지는 "한편으로는 불멸에 대한 욕망을 창출하고, 다른 한편으로는 인류 전체의 생존을 위협하지요. **테크놀로지는 자연에서 유리된 욕망인 겁니다**"(496면, 강조는 인용자)라는 구절은 매우 심각한 울림을 띤다. 왜냐하면 모든 것이 상품화되고 테크놀로지로 매개되는 듯한 포스트모던 문화현실은 모든 것이 인공적인 가공물인 것처럼 여겨지는 공간, 즉 일종의 '가상현실'로 비치기 때문이다. "자연으로부터 유리된 욕망"인 테크놀로지에 몸을 맡기는 한, 보드리야르의 '씨뮬라크르'의 세계에서 벗어나 자연을 직접 만날 수 없는 것이다. 그리고 테크놀로지에 대한 맹신과 죽음을 정복하려는 의지가 '자연스러운' 죽음의 공포를 지우려 한다면, 억압된 이 공포는 기이한 모습으로 변형·증폭되어 돌아오기 마련이다. 드릴로는 과학과 테크놀로지에 대한 맹신을 심어놓는 주된 원인이 미국식 사유와 생활방식에 스며 있음을 수시로 보여준다. 가령 배비트의 세계관이 드러나는 다음 대목이 그렇다.

난 모든 것이 교정될 수 있다고 생각해요. 올바른 태도와 적절한 노력만 주어진다면, 유해한 상황을 가장 단순한 부분들로 환원함으로써 그것을 바꿀 수 있어요. 목록을 작성하고 범주를 창출하고 차트와 그래프를 고안할 수 있어요. (…) 난 그다지 영리한 사람은 아니지만 사물을 분석하는 법, 분리하고 분류하는 법은 알아요. 우리는 자세를 분석할 수 있고, 먹기, 마시기, 심지어 숨쉬기조차 분석할 수 있어요. 이 방식이 아니고서는 도저히 세계를 이해할 수 없다는 것이 내가 세상을 보는 방식

이에요.(331면)

　이렇게 '과학적'인 사고방식을 가진 사람이 그토록 혹독한 죽음의 공포
에 짓눌려 산다는 것이 이 소설의 핵심적인 아이러니이다. 이런 사고방식
을 가졌으니 뇌세포 가운데 죽음의 공포를 인지하는 부분만을 마비시킬
수 있다고 믿고 신약개발에 헌신적으로 응했고, 그럼으로써 더욱 증폭된
죽음의 공포에 짓눌리는 악순환을 겪게 된 것이다. 그런데 따져보면 이런
사유는 베이컨(Francis Bacon)과 같은 근대 초기의 과학적 사유와 크게
다를 바 없다. 다만 배비트의 어조에 배어 있는 확신성과 이런 믿음을 그
대로 실천하려는 의지에서 미국적 특성을 읽을 수 있다. 드릴로는 여기서
'탈(脫)'근대를 내세우는 "포스트모더니즘이 17세기에 시작된 경험주의
과학전통과의 단절이 아니라 오히려 그것의 절정임을 주목한다."[24] 말하
자면 우리 시대의 '하얀 소음'은 근대체제의 필연적인 부산물이며, 텔레
비전이 보여주는 '가상현실'이란 근대가 시작되면서부터, 이를테면 유럽
인이 멀리서(텔레) 미국을 머릿속에다 투사해볼(비전) 때부터 생겨난 것
이다.

　근대적인 과학과 테크놀로지에 대한 맹신에 기반한 가상현실의 세계는
드릴로에게는 일종의 전체주의 사회이며, 여기서 비롯되는 환상이나 공
포는 포우 작품 속의 밀폐된 공간에서 죽음을 직시할 때의 그것과 흡사하
다. 그리고 '하얀 소음'은 사회적 공간뿐 아니라 자연과 무의식마저 점령
한 포스트모던 문화의 '이미지들'과 다르지 않다. 드릴로의 치열한 탐색
은 지금 근대문명의 첨단이 막다른 골목에 이르렀음을 생생하게 보여줌
으로써 포스트모던한 문화의 심화를 통해서는 '근대극복'의 길을 찾을 수
없음을 명백히한다. 이런 작업이란 오로지 근대문명 첨단의 문화현실에

---

24 M. V. Moses, "Lust Removed from Nature," Lentricchia, ed., 앞의 책 76면.

정통한 '중심의 중심'의 문학만이 해낼 수 있는 것이기 때문에 쌍방향의 세계문학 구도에서도 결정적으로 중요한 작업이 된다. 드릴로와 뱅크스 같은 작가들이 늘어나고 미국 내의 소수자문학이나 주변부 문학과의 쌍방향의 교호작용이 이루어진다면 미국문학은 전망이 어둡지 않으며 21세기에는 세계문학의 당당한 주역으로 등장할 가능성이 있다고 본다.

캐나다 및 카리브 연안 문학에 대하여

아메리카대륙의 문화적·문학적 지형에서 흥미로운 현상은, 라틴아메리카나 카리브 연안은 서구열강의 식민지배를 당하면서도 고유한 전통과 서사를 발전시켜온 데 반해 캐나다의 경우는 영국과 미국의 영향력 사이에 끼어 고유한 문화적 정체성과 서사를 일궈내지 못했다는 점이다. 그리고 20세기 후반에 와서는 오히려 이런 '서사의 불가능성' 자체가 주요한 문학적 주제가 되어버린다. 흔히 마비된 예술가가 화자로 등장하고 국민적 정체성을 의문시하고 서사 쓰기를 거부하는 것을 서사의 내용으로 삼으며 뒤틀린 유머와 아이러니, 패러디가 매우 발달한 캐나다 문학은 언뜻 미국문학보다 훨씬 더 포스트모던한 것처럼 보인다. 그러나 이런 포스트모던한 서사적 특징들 가운데 일부는 후기자본주의의 문화논리보다는 캐나다인의 국민적 정체성의 곤경을 드러내는 징후로서 나타난다.

60년대 이후 캐나다 문학의 붐을 먼로(A. Munro), 애트우드(M. Atwood) 등의 여성작가들이 주도하고 있는 현상에서 잘 나타나듯이, 또 하나 캐나다 문학에서 두드러지는 점은 여성작가가 많을뿐더러 여성의 경험이나 글쓰기가 우세한 모델로 자리잡고 있어 '젊은 여성으로서의 예술가의 초상'이라 부름직한 것이 캐나다 문학의 한 전형을 이룬다는 점이다. 이는 대표적인 포스트모더니즘 작가들이 남성 일색일뿐더러 남성의 성장경험 이야기가 전형을 이루어온 미국문학의 전통과 대비된다. 사실 캐나다 문학은 미국문학에 비해 남녀평등적이고 아메리카인디언이나 흑인을 대하는 태도에 있어서도 더 포용적이며, 따라서 훨씬 코스모폴리탄 적이다. 그러나 이면을 들여다보면 캐나다(문학) 자체가 마치 여자인 양 미국(문학)을 남자로 의식하는 듯한 인상을 주며, 캐나다(문학)의 여성 성이 미국(문학)의 남성성에 대한 자의식과 대응 속에서 성장한 면이 있 는 것이다. 요컨대 국민문학으로서의 정체성과 독자성 문제를 지혜롭게 해결하는 것이야말로 캐나다 문학의 일차적인 과제이며, 이것이 쌍방향 의 교호작용에 바탕한 코스모폴리탄적인 문화와 새로운 서사를 꽃피우는 관건이다.

카리브 연안 문학은 발랄한 상상력과 냉철한 현실주의의 묘한 결합, 국 민문학들 간의 활발한 교류와 연대에 기반한 지역통합문화 건설의 노력, 그리고 쌍방향 교호작용의 선구적 사례 등을 보여주고 있어 이 열도의 문 학이 아메리카대륙 문학에서 차지하는 비중은 결코 캐나다 문학보다 적 지 않다. 가령 프랑스어권 문학과 영어권 문학 간의 대립양상을 보이는 캐나다의 경우와는 달리 양쪽 문학이 활발하게 상호소통하면서 캐나다보 다 건강한 코스모폴리탄적 풍토를 창출했다는 점은 카리브 연안 문학의 개방성과 활달함을 웅변한다. 이 지역에서 세계적인 작가와 사상가가 다 수 나왔다는 것은 결코 우연이 아닌 것이다. 영어권에서는 그야말로 '국 제주의적'이고 독자적인 사회주의론을 펼친 제임스(C. L. R. James), 미국 으로 이주하여 '할렘 르네쌍스'의 주역이 된 매케이(C. Mckay), 카리브 연안 시문학의 저력을 보여준 월컷(D. Walcott), 카리브 연안 문화의 전근 대성을 비판하면서도 이 지역 특유의 민속적 유머를 보여주는 나이폴(V. S. Naipaul)에다 '흑인성'(negritude)의 문학을 꽃피운 쎄제르(A. Césaire) 와 식민주의의 내적 역학을 탁월하게 분석한 파농(F. Fanon) 같은 프랑스 어권 작가를 보태면 카리브 연안 문학의 국제주의적인 기풍, 창의성, 반식 민·민족자립에의 투지를 단박 느낄 수 있다.

이 가운데서도 제임스는 카리브 연안 문학의 최상의 요소를 고루 갖추고 있다. 범아프리카 민족주의운동을 창립하는 한편 스딸린의 교조적 사회주의에 정면으로 반기를 드는 자립적이고 실천적인 자세, 미국문명을 혹독하게 비판하면서도 멜빌을 비롯한 서구 근대문학의 성취를 거리낌없이 사주는 '쌍방향'적 태도, '막사마당 소설'(barrack-yard novel)로 알려진 식민지 민중의 구체적 현실을 중시하는 이 지역 고유의 '사회주의 리얼리즘' 문학론의 창안 등을 종합하면, 그가 아메리카대륙의 최상급 작가임은 의문의 여지가 없다. 그러나 카리브 연안 문학의 남다른 창조적 활력은 이 지역의 처참한 현실에서 벗어나려는 몸부림 속에서, 특히 지식인의 망명과 이주와 고립의 삶 속에서 성취된 불행한 일면이 있음도 인정해야 한다. 그런 까닭에 근대화를 포함한 '근대적응'의 절박한 과제들을 소홀히하는 중대한 약점을 드러내며, 나이폴처럼 제국주의의 식민지배와 이 지역 민중의 몽매함 사이에서 방황하는 위험도 항존한다.

4. 맺음말

'쌍방향'의 세계문학적 발상에서 보면 20세기 후반 아메리카대륙의 소설문학에서 '근대적응과 근대극복'의 과제가 핵심임을 확인하게 된다. 물론 주변부인 라틴아메리카와 중심부인 미국은 근대적 삶의 경험이 다른만큼 근대세계를 대하는 작가들의 반응도 다르게 나타난다. 『백년의 고독』이 근대의 주변부 민중들이 겪는 형벌 같은 '고독'의 체험과 유럽 중심의 근대세계에 의해 왜곡되고 잊혀지는 삶을 장엄하게 노래한다면, 『화이트 노이즈』는 '중심의 중심'의 첨단문화 속에서 예민한 지식인이 느끼는 암울한 전망과 공포를 섬뜩하게 그려낸다. 전자가 훨씬 많은 고통과 고난을 그리고 있음에도 후자보다는 밝게 느껴지는 것은 마르께스의 낙관적인 역사관 때문만은 아니고, 그의 인물들이 고난에도 불구하고 자기 땅에서 유리되지 않은 '질펀한' 삶을 살고 있기 때문이기도 하다.

이렇게 보면 『화이트 노이즈』에서 느껴지는 공포의 일부는 백인들이 아메리카대륙에서 느끼는 공포와 떼어놓고 생각할 수 없는 면이 있다. 이를테면 포우부터 드릴로에 이르는 이 짙은 공포는 미국을 이끄는 백인들이 아메리카 땅에 푸근하게 자리잡고 살지 못함을 일러주는 한 징후라고 하겠다. 이렇게 자기 땅에서 유리되어 있는 이상 아무리 근대의 첨단을 달려도 '근대극복'의 전망은 어두울 수밖에 없고 '근대적응' 역시 온전하달 수 없다. 그러나 미국인들이 테크놀로지에 대한 맹신에서 벗어나 아메리카대륙과의 괴리를 극복하는 동시에 미국식 합리주의나 과학기술의 발전에 담긴 근대의 핵심적인 성과들은 그것대로 살리는 방향으로 나아간다면, 원만한 '근대극복'의 길이 열리고 이 공포 역시 사라질 듯하다.

아메리카대륙 문학의 '아메리카성'이라는 것이 있다면 이 공포를 극복한 차원에서 열리는 어떤 경지가 아닐까 생각하며, 이런 경지에서 비로소 아메리카의 '터의 정신'에 충실한 고유한 문화가 꽃필 것이라고 짐작된다. 이와 관련하여 라틴아메리카 작가들이 발견한 '아메리카의 경이로운 현실'이 아메리카대륙의 고유한 '아메리카성'을 포착한 것인지 아니면 오히려 그것에 대한 이질감에서 비롯되는 '기이한'(uncanny) 감흥을 표현한 것인지 판단하기 어려운데, 이 문제는 앞으로의 과제로 남겨둔다.

다만, 이 미묘한 문제는 유럽의 백인들이 남북아메리카 인디언과 맺은 관계와도 밀접한 연관을 지니는 한편 남북아메리카 문학에서 이루어진 양식실험의 성격과도 무관하지 않은 듯하다. 20세기 후반 아메리카 문학은 남과 북에서 모두 사실주의의 한계를 극복하려는 실험들을 활발하게 펼쳤지만, 그것들이 똑같은 의미를 지니는 것은 아니다. 포스트모더니즘이 현실의 '깔쭉깔쭉한 날'을 피해 환상 혹은 '씨뮬라크르'의 세계에 매료되면서 사실주의적 재현과 기존의 역사관을 전복하고 패러디하는 데서 예술적인 효과를 찾는 사조라면, 라틴아메리카의 '마술적 리얼리즘'은 사실주의의 불충분성을 강하게 의식하되 이를 폐기처분하는 것이 아니라 설화적 상상력과 결합함으로써 아메리카의 '경이로운 현실'을 형상화하는 데 활용한 것이라 하겠다. 지구화시대의 세계문학적 구도에서는 새롭게 등장하는 각종 '포스트모던 리얼리즘'들 역시 주목할 필요가 있는데, 이런 새로운 리얼리즘들이 과연 포스트모더니즘 시대의 예술적 과제를 어떻게 감당할 수 있는지는 좀더 구체적이고 치밀한 검토를 요한다.

—『창작과비평』 1999년 가을호

망명지에서 꽃피운 '상상력의 연대'
아리엘 도르프만 소설집 『우리 집에 불났어』

1. 머리말

아리엘 도르프만(Ariel Dorfman)은 우리나라 독자들에게는 그다지 낯익은 이름이 아니다. 국내에서는 『죽음과 소녀』(*Death and the Maiden*, 1991)라는 희곡이 공연되어 1993년에 동아연극제에서 입상한 바 있고 이를 각색한 영화(「시고니 위버의 진실」이라는 제명으로 1995년에 개봉)가 적잖은 관중들의 눈길을 끌었지만, 이것 말고는 시 몇편과 단편 하나가 번역되었을 뿐이다. 이 몇편으로도 칠레의 군부독재에 저항한 이 작가의 성향이 드러나지만, 도르프만 문학의 중요성과 의의를 전체적으로 가늠하기 위해서는 그의 작품들이 본격적으로 소개될 필요가 있다.

우리나라에서의 사정과는 달리 문학·문화의 세계시장에서 현재 그가 누리는 인기와 명성은 대단하다. 반체제적 작가라는 결코 유리하지 않은 꼬리표에도 불구하고 그의 시, 소설, 희곡, 비평 등은 이미 30여개 언어로 번역되어 지구촌의 수많은 독자들한테 애독되고 있다. 비평가들로부터도 그는 빠블로 네루다(Pablo Neruda)와 가브리엘 가르시아 마르께스

(Gabriel García Márquez)를 잇는 새세대의 라틴아메리카 작가로, 나아가 지구화시대의 '세계문학'의 가능성을 시험하는 다재다능한 작가로 평가받는다. 사실 도르프만처럼 전지구적인 문화시장에서 대중적인 인기를 누리면서도 주류문화와 다른 대안적인 문학의 가능성을 끊임없이 모색하는 작가는 흔치 않다. 게다가 현실의 구체적 삶을 명징하게 그려내되, 통상적인 사실주의자와 달리 현실을 언제나 상상적 허구와의 관계 속에서 탐구하는 '(포스트)모던한' 면모를 보여주는 것도 도르프만의 남다른 특징이다. 국지성과 지구성, 주류문학과 대안적 문학, 사실주의와 (포스트)모더니즘 등의 상충적인 요소들 간의 긴장과 갈등, 그리고 이 양자의 결합에서 생겨난 다성적인 울림이야말로 도르프만 예술의 특성이라 할 만하다. 그리고 이는 작가 자신의 파란만장한 인생역정과 밀접한 연관이 있다.

2. 도르프만의 생애와 작품

도르프만은 1942년 아르헨띠나에서 태어났다. 그렇지만 두살 때 미국 뉴욕으로 이주하여 유년시절을 보냈으니, 어린 도르프만이 전형적인 미국 소년이 되려고 애썼던 것은 당연한 일이었다. 최근의 한 대담에서 도르프만은 미국사회에 적응해야만 했던 어릴적의 경험에 관해 이야기하면서 그것이 자신에게는 깊은 정신적인 상처로 남아 있다고 고백했다. 이 첫번째 이향(離鄕)은 앞으로 도르프만의 삶을 극적으로 반전시키는 또다른 이주와 망명의 서곡이었다. 부초처럼 삶의 근거를 뿌리뽑힌 채 이 나라 저 나라를 옮겨다녀야 했던 도르프만의 '유배당한' 삶과 작품에 이산자 특유의 단절감과 상실감이 짙게 배어 있는 것은 우연한 일이 아니다.

유년기가 채 끝나기 전에 도르프만은 또 한번 단절의 고통을 감내해야만 했다. '미국 아이'로 정체성을 키워가던 열두살에 부모를 따라 이번에는 다시 칠레로 돌아와야 했으니, 미국에서 겪었던 정체성의 혼란을 뒤집어서 되풀이하는 격이었다. 소년 도르프만이 진짜 '미국 아이'는 못되었다 해도 이미 영어를 모국어로 습득한데다 미국에 적응하려는 몸부림이 모질었던 만큼, 자신을 칠레인으로 생각하기란 정말 어렵고 고통스러웠을 것이다. 그는 칠레로 이주한 후에도 한동안 자신의 '미국적 정체성'에서 벗어나지 못했다고 한다. 칠레에 대한 애정은 훗날 아내가 된, 라틴아메리카 토박이인 마리아 앙헬리까(María Angélica)에 대한 사랑과 함께 서서히 뿌리내렸다는 것이다. 그리고 이와 더불어 미국에 대한 애증의 덫에서 차츰 놓여나 미국을 좀더 객관적으로 바라볼 수 있는 눈이 생겨난 것이다. 그는 수도 쌴띠아고의 칠레 대학을 우등으로 졸업하고 이 대학의 스페인문학과 조교를 거쳐 스물셋의 젊은 나이에 교수로 임용되는 한편 문학비평과 창작에 본격적으로 투신한다.

도르프만은 이십대 후반에 이미 과떼말라의 아스뚜리아스(Miguel Angel Asturias), 아르헨띠나의 보르헤스(Jorge Luis Borges) 등에 관한 뛰어난 논문을 발표하면서 20세기 라틴아메리카 문학을 나름대로 재평가하는 한편, 1971년에는 아르망 마뗄라르(Armand Mattelart)와 함께 미국 대중문화에 관한 탁월한 문화비평서 『도널드 덕을 어떻게 읽어야 하나』(*How to Read Donald Duck*, 영어본 1975)를 발표하여 커다란 반향을 불러 일으켰다. 이 책은 몇가지 점에서 주목할 만한데, 우선 그가 어린시절의 정체성 혼란에서 벗어나 라틴아메리카의 일원인 칠레인으로서 미국의 주류문화를 비판하고 있다는 것이다. 이 책에서 도르프만은 칠레의 반제국주의적인 진보적 지식인이라는 자신의 목소리를 선명하게 드러낸다. 이같은 뚜렷한 정체성의 획득과 더불어 미국의 대중문화에 삼투된 제국주의적 이데올로기를 정확하게 포착하는 예민하고 생생한 감각이 단연 돋보이는데, 이런 감각은 유년기의 혹독한 경험을 통해 미국사회를 그 내부로부터 통찰함으로써 일궈낼 수 있었다. 또 하나 주목할 것은 도르프만이 창작활동과 대중적인 문화비평을 거의 동시에 시작했다는 사실이다. 말하자면 그는 처음부터 문학과 문화가 공유하는 지평을 염두에 두고 작품을 썼으며, 갈수록 미국의 주류문화가 판치는 세계의 문화시장에서 자신의 작품이 어떻게 살아남을 수 있는지, 그리고 어떻게 살아남아야 의미가 있는지를 탐구했던 것이다. 세계시장의 문화적 판세에 대한 주도면밀한 관심은 자연히 만화와 영화 같은 대중문화 장르에 대한 진지한 모색의 계기가 되었으니, 이 책의 후속편격인 『제국의 낡은 옷』(*The Empire's Old Clothes*, 1983)은 대중문화, 특히 아동용 만화에 대한 도르프만의 관심이 얼마나 지속적인가를 잘 보여준다.

도르프만의 창작 초기에 나온 이 책은 발간 당시 칠레의 정치적 상황에서도 각별한 의미를 지닌다. 당시 칠레에는 역사상 처음으로 사회주의 연합정부가, 그것도 선거를 통한 무혈혁명으로 출범했으니 칠레 민중들의 감격과 기대는 형언하기 힘들 정도였다. 칠레는 1818년 에스빠냐로부터 독립한 후 한편으로는 대토지를 소유한 소수독재집단(oligarchy)의 헤게모니와, 다른 한편으로는 에스빠냐, 영국, 미국 등 제국들의 간섭과 지배에 끊임없이 시달려왔다. 칠레에서는 일찍이 서구식 민주주의가 정착되었고 19세기 후반에서 20세기 전반에 걸쳐 철도와 광산 건설을 주축으로 산업화가 부분적으로 이루어졌으나, 자원과 농지가 빈약한데다 그나마 소수독재집단이 독점하여 노동자를 비롯한 기층민중의 삶은 비참하기 그지없었다. 그러나 민중세력을 대변하는 급진당, 사회당, 공산당 등이 생겨나 20세기 중반에 이르러서는 소수 지배계급의 헤게모니에 도전하게 되었다. 1964년 선거에서 대통령에 당선된 에두아르도 프레이 몬딸바(Eduardo Frei Montalva)는 보수주의자였지만 칠레의 낡은 경제구조와 소수독재집단을 근절하고 농업부문의 과감한 개혁으로 칠레의 만성적 저개발을 극복하려는 점에서는 사회당과 공산당의 입장과 일치했다. 프레이정부는 좌파세력의 도움을 받아 대토지 소유자의 휴농지를 몰수하여 농민에게 돌려주는 농지개혁법을 통과시키고, 구리광산을 소유한 미국의 대기업 주식을 사들이는 등 주요 광산자원의 국유화를 꾀했다. 프레이의 개혁은 한계가 있었지만, 민중들을 정치적 주체로 각성시키고 중도세력인 기독교민주당과 급진당 일부마저 급진화시키는 계기가 되었다. 1969년 좌파와 이들 세력이 인민통일전선(Popular Unity)을 결성하여 이듬해에는 이 전선의 후보인 사회당 출신의 쌀바도르 아옌데(Salvador Allende)를 대통령으로 당선시키는 경이로운 과업을 이룩했다.

칠레문학의 국부로 추앙받던 빠블로 네루다를 비롯한 좌파 성향의 문인과 진보적인 지식인 들은 아옌데정권을 열광적으로 지지했고, 당시 이십대의 교수이자 신예작가인 아리엘 도르프만 역시 예외는 아니었다. 하지만 아옌데정권의 앞날은 그리 밝지 않았다. 정부는 인민통일전선의 정책강령대로 농지개혁을 확대하고 미국에 장악당한 광산과 금융 등 기간산업을 국유화하고 국민소득을 기층민에게 좀더 유리하게 재분배하는 등 사회주의적 개혁정책을 단행하려 했지만, 대토지를 소유한 소수독재집단과 일부 중산층 및 친미 매판자본가들의 거센 반발에 부딪히게 되었다. 아옌데정부가 집권한 1970~73년 기간 동안 좌우파 진영 양쪽은 서로 팽팽히 맞선 채 연일 시위와 파업을 벌이면서 자파의 세력을 과시하는 형국이었다. 여기서 미국의 닉슨정부는 우파의 시위와 파업, 싸보따주를 지원하고 칠레의 경제를 압박함으로써 눈엣가시와 같은 아옌데정권을 무너뜨리기 위해 안간힘을 다했고, 칠레의 진보적인 지식인들은 미국의 이같은 제국주의적 행태를 맹렬하게 비판하면서 아옌데정부를 옹호했다. 그러므로 이 시기에 출간된 도르프만의 문화비평서는 아옌데정부를 파탄시키려는 미국의 실제적인 간섭과 이데올로기적 영향력에 대한 적극적인 대응의 의미를 지닌다.

1972년에 집필하여 1973년에 아르헨띠나에서 출간한 도르프만의 첫 장편소설『경계를 늦추지 말라』(*Moros en la Costa*, 1991년『사나운 비』*Hard Rain*로 영역되면서 약간 수정되었다)는 혁명과 반혁명의 소용돌이가 몰아치던 이 시기의 칠레를 다양한 실험적인 수법으로 그려내고 있다. 처음으로 역사의 주역이 된 민중들의 환희와 희망이 주된 이야기를 이루는 가운데 폭력과 불안이 불쑥불쑥 등장하여 이야기의 흐름을 뒤집어놓는 이 기이하고 매혹적인 소설은 한편으로는 혁명기의 현실에 대한 냉철한 탐구이자 반혁명의 기운을 예감하는 불길한 예언이기도 했다. 도르프만은 이 책이 태어나는 과정에서 또 한번 기구한 운명을 맞는다. 1973년 9월 11일 아우구스또 삐노체뜨(Augusto Pinochet)가 이끄는 군부세력이 미국의 지원을 받아 아옌데정권을 무력으로 무너뜨린 쿠데타가 일어난 것이다. 이 책이 아르헨띠나의 출판사에서 인쇄되는 동안 도르프만은 자신의 전작인『도널드 덕을 어떻게 읽어야 하나』가 불타는 모습을 텔레비전에서 지켜보아야 했고, 이것이 출간될 즈음에는 아르헨띠나 대사관에 피신해 있는 신세가 되었으니, 삐노체뜨의 쿠데타로 말미암아 그의 삶은 다시한번 결딴나고 말았다. 그나마 다행한 것은 이 소설 덕택에 가족과 자신의 생명을 부지할 수 있었던 점이다. 이 작품은 즉시 주목을 받아 유명한 문학상의 수상작으로 뽑혔고, 아르헨띠나 정부는 칠레의 장군들에게 압력을 가하여 아르헨띠나 독자의 흠모의 대상이 된 이 젊은 작가의 망명을 허락하도록 설득하였던 것이다. 이로써 도르프만은 생지옥으로 변한 칠레를 극적으로 탈출할 수 있었으나, 자신의 대부나 마찬가지이던 아옌데 대통령을 비롯한 동지들과 친척들이 군부의 손에 죽고, 고문당하고, 사라지는 광경을 지켜보아야 했다. 이 쿠데타로 인하여 수만명이 살해되고 실종되고 부상당했던 것이다.

　작가에게 망명이란 죽은 자의 땅으로 유배당하는 것과 같다. 낯익은 자연과 어려운 시절에 함께 삶을 산 사람들, 이들과 자신을 이어주던 크고 작은 끈들, 기억, 애착, 믿음, 사랑 등이 의미를 상실한 땅으로 한순간에 내던져지는 것이다. 유년기에 단절의 아픔을 겪은 도르프만에게 이 망명은 특히 고통스러웠을 것이 틀림없다. 하지만 도르프만은 이 쓰라린 패배를 딛고 삐노체뜨 군부독재와 맹렬하게 싸움으로써 또 한번의 고향상실을 극복하려고 몸부림쳤다. 삐노체뜨의 기나긴 독재기(1973~90) 동안 그는 처음에는 유럽과 미국 여러 곳을 떠돌면서, 1985년 이후에는 미국 듀크대학의 교수로 재직하면서 강의와 창작활동을 병행했다. 전세계의 유력한 신문과 잡지에 삐노체뜨 정부의 만행과 인권유린을 고발하는 한편, 창작활동을 통해서도 칠레의 좌절된 삶의 원인을 진단하고 새로운 삶의 희망을 탐색하는 작업을 멈추지 않았다. 실종자를 둘러싼 주민들과 군부의 갈등을 양쪽의 시각에서 세밀하게 파헤친 두번째 소설 『과부들』(*Widows*, 1981; 영어본 1983), 라틴아메리카의 설화적이고 구전적인 양식을 활용하여 칠레의 역사를 탐구한 세번째 소설 『마누엘 쎈데로의 마지막 노래』(*The Last Song of Manuel Sendero*, 1982; 영어본 1986), 시인으로서 명성을 떨치게 한 시선집 『싼띠아고에서의 마지막 왈츠』(*Last Waltz in Santiago*, 1988), 단편선집 『우리 집에 불났어』(*My House Is on Fire*, 1990) 등은 모두 이런 노력의 결실들이다.

도르프만이 저항작가로 알려진 것은 이 시기의 작품들이 독재세력의 행태를 치열하게 비판하는 한편 부당한 권력의 횡포로 찢겨진 칠레 민중들의 척박한 삶을 생생하게 그려낸 덕분일 것이다. 그러나 그는 이런 비참한 현실을 고발하거나 사실적으로 그려내는 데 그치지 않고, 이런 삶을 살고 있는 이들이나 이미 죽은 자들과 상상의 대화를 나눔으로써 그들의 삶을 상상 속에 온전하게 복원하여 새로운 삶을 모색하는 희망의 밑천으로 삼는다. 그가 소설, 시, 희곡, 단편, 영화 등 여러 장르를 넘나들면서 놀라운 양식적 실험을 거듭하는 것도 항상 새로운 눈으로 칠레의 상처받은 삶을 탐구하는 동시에 그 삶을 뛰어넘는 새로운 세계를 상상해보려는 노력의 일환이라 하겠다. 칠레는 현실의 칠레이자 동시에 작가 자신이 새로운 상상력으로 일궈낸 상상의 칠레이기도 한 것이다. 도르프만이 자신을 '상상의 리얼리스트'라고 생각하고 '상상력의 연대'를 강조하는 것도 이런 맥락에서이다.

1990년 삐노체뜨가 대통령직에서 물러나 군부로 복귀함으로써 칠레에도 민주화가 찾아왔고, 도르프만은 이제 자유롭게 칠레를 내왕할 수 있게 되었다. 그는 더이상 망명객이 아니지만 예전의 칠레로 되돌아갈 수는 없었다. 여전히 칠레 국적을 갖고 있지만 더이상 칠레에만 속하는 존재가 아님을 깨달은 것이다. 그의 말대로 그는 남북아메리카의 경계에, 나아가 모든 장소들의 변경에 살며 양쪽을 이어주는 다리와 같은 존재가 되었다. 정체성의 미묘한 변화와 더불어 그의 최근 작품에도 변화의 증후가 엿보인다. 무엇보다도 1990년 이후에는 연극과 영화 쪽에 각별한 노력을 기울이고 있음이 눈에 띄는 변화라 하겠다. 이는 세계의 문화시장에서 대안적인 작품이 숨쉴 수 있는 공간을 일궈내는 과제가 중요하다는 판단에서 비롯되었을 것이다. 군부독재가 끝난 후 민주화시대로 이행하는 과정에서의 어려움을 다룬 희곡 『죽음과 소녀』(1991)는 칠레의 달라진 사회정치적 상황에 대한 발빠른 대응인 동시에, 점점 지구화되고 있는 문화시장에서 시나 소설보다 폭넓은 대중적 호소력을 지닌 연극과 영화로써 '대안적인 문학'의 교두보를 마련하려는 시도이기도 하다. 자신의 소설과 단편을 각색한 「과부들」(1987), 「독자」(Reader, 1995), 「가면」(Mascara, 1996) 등의 희곡과, 자신이 각색하고 로만 폴란스키(Roman Polanski)가 감독한 영화 「죽음과 소녀」(1994), 아들 로드리고 도르프만(Rodrigo Dorfman)과 함께 각색한 BBC방송의 TV드라마 「시간 속에 갇힌 자들」(Prisoners in Time, 1995), 동명의 단편을 각색한 단편영화 「우리 집에 불났어」(1997) 등은 도르프만의 최근 경향을 보여주는 작품들이다.

또 하나의 변화라고 할 만한 것은 문체상으로 반(反)재현적인 경향이 두드러지게 강화되었다는 점이다. 이는 네번째 소설 『가면』(1988)에서 이미 징조가 보였지만, 최근작인 『콘피덴츠』(*Konfidenz*, 1995)에서는 더욱 두드러져 카프카의 소설에서처럼 상상인지 현실인지조차 애매하며 무엇 하나 확실한 것이 없는 세계가 펼쳐진다. 신뢰와 기만, 진정한 자아와 허구적인 자아를 구분하기 어려운 극단적인 상황을 환상적인 수법으로 끌어가는 이 소설은 구체적인 현실과 대안적인 상상의 세계를 항상 선명하게 그려내던 기존의 작품들과는 다른 느낌을 준다. 하지만 이런 반재현적 경향과 비사실적인 기법이 두드러진다고 해서 현실의 구체성에서 멀어진다고 간단히 평가할 수는 없다. 진정한 현실과 가상적 현실의 구분이 점차 어려워지는 오늘날의 상황에 좀더 본격적으로 대응하려는 노력의 일환일 수 있겠기 때문이다.

도르프만은 빼어난 문학비평가이기도 하다. 보르헤스에서 마르께스에 이르는 라틴아메리카의 문학적 자산을 예리하게 분석·평가한 문학평론집 『미래를 향해 쓰는 작가들』(*Some Write to the Future*, 1991)을 출간했다. 또한 2개국어상용(bilingualism)과 다문화주의에 대한 절절한 체험을 포함하여 자신의 극적인 생애를 되돌아보는 회고록 『남을 향하며 북을 바라보다』(*Heading South, Looking North*, 1998)는 한 편의 소설처럼 흥미진진하다.

3. 『우리 집에 불났어』의 명편들

도르프만의 대표작을 꼽으라면 장편소설 『마누엘 쎈데로의 마지막 노래』와 희곡 『죽음과 소녀』를 거론할 수 있겠지만, 그의 풍부한 예술적 자산과 독창성을 가장 뚜렷이 보여주는 것은 『우리 집에 불났어』에 수록된

11편의 단편들이 아닐까 한다. 이 단편들은 하나하나가 탄탄하게 짜여 있을뿐더러 저마다 고유한 목소리로 칠레의 삶을 노래하고 있어 도르프만의 빼어난 이야기 솜씨와 풍성한 레퍼토리를 실감케 한다. 한 작가의 엇비슷한 단편들을 한데 모은 경우는 많지만, 이 단편들처럼 기법과 문체가 다르고 화자와 등장인물도 각양각색인 예는 드물지 않나 싶다. 전형적인 단편 형식의 「식구」나 「독자」, 서간체를 활용한 「외로운 이들의 투고란」, 강연 형식의 「상표의 영역」, 차라리 산문시라 할 「외진 땅」 등 전혀 다른 이야기 양식들을 각각 능숙하게 요리하는 솜씨는 이 작가의 기량이 경지에 달했음을 보여준다.

같은 이야기 양식이라도 칠레의 현실을 어떤 각도에서 포착하는가에 따라 독자의 실감은 전혀 다를 수 있다. 삼촌이 갇힌 감옥소 경비병으로 전출가게 되는 군인 아들과, 칠레의 뒤틀린 상황에서는 적이나 다름없는 '군바리' 자식이 못마땅한 전직 노조위원장 아버지의 갈등과 화해를 다룬 「식구」는 독재정권 아래서 입은 상처를 가족간의 사랑으로 치유하는 풀뿌리 민중의 삶의 현장을 감동적으로 그려낸다. 특히 아버지와 땀흘리며 언덕 오르기 경주를 하던 기억이라든지 가족과 마을사람들이 함께 먹던 닭죽과 같은, 사소하다면 사소한 삶의 요소들이 기층민들의 삶에서 얼마나 중요한지를 보여주는 대목들은 이 작품이 투쟁만 외쳐대는 관념적인 저항문학과는 격이 다름을 절감케 한다.

「식구」가 민중적인 정서와 사실적인 필치가 잘 어우러진 수작이라면, 「독자」는 통상적인 사실주의의 테두리를 뛰어넘는 발상과 테크닉을 화려하게 구사하면서도 현실비판의 견결함을 잃지 않는 독특한 작품이다. 우선 이 작품의 화자가 독재정권에 반대하는 민중작가가 아니라 그의 작품의 '독자'일 수밖에 없는 검열관이라는 설정부터 특이하다면 특이하다. 민중작가랄 수 있는 도르프만으로서는 칠레의 상황을 '적'의 입장에서 읽어보려는 시도인 것이다. 작품은 매우 사실적인 필치로 '교황'이라는 별명을 가진 한 노련한 검열관의 메마른 일상을 실감있게 그려내는 것으로 시작된다. 자연스럽게 흘러가던 이야기의 흐름은 이 검열관이 한 민중작가의 『변모』라는 작품 속에서 자신과 흡사한 인물을 발견하면서부터 급진전한다. 현실의 이야기와 이야기 속의 이야기가 맞부딪치는 가운데 작품은 현실의 삶을 박진감있게 그려낼 뿐 아니라, 어느덧 현실의 변화 가능성까지 모색한다. 이 작품에서 도르프만이 포스트모더니즘 소설의 전유물처럼 여겨지는 메타픽션적인 요소를 현실탐구의 도구로 활용하는 솜씨는 감탄할 만하다. 솜씨도 대단하거니와, 더욱 놀라운 것은 작가가 민중의 적일 수밖에 없는 검열관과 일종의 대화를 하고 있다는 점이다. 말하자면 '적과의 대화'를 통해 변혁의 가능성을 탐구하는 것이다.

이 점은 투고편지 형식으로 씌어진 「외로운 이들의 투고란」에서도 발견할 수 있다. 이 작품은 남편에게 배신당했다고 믿는 아내의 이야기를 통해 칠레의 찢겨진 현실을 뒤집어서 보여준다. 칠레의 참담한 현실에 대한 책임은 아옌데 쪽의 좌파조직원인 남편보다는 군부쿠데타를 지원하는 우파조직의 부녀회원인 아내에게 돌아가야 마땅하지만, 아이러니하게도 아내 쪽에서 아옌데정권의 실정과 부패상을 성토하고 있는 것이다. 이 여인이 칠레의 현실을 이처럼 거꾸로 파악하기 때문에 민중의 해방을 위해 좌파운동을 하는 남편을 오해할 수밖에 없고 이것이 이 작품을 원천적으로 아이러니하게 만든다. 가령 남편의 좌파운동을 '불순한' 사람들의 부추김 탓으로 돌린다든지 남편이 여동지와 접선하는 장면을 바람피우는 것으로 간주하는 아내의 일방적인 해석을 대하면 절로 웃음이 터져나온다. 하지만 이런 아이러니와 우스꽝스러움에도 불구하고 남편에 대한 여인의 애틋한 사랑이 절실하게 느껴지고, 여인이 부지불식간에 내뱉은 하소연이 아옌데의 사회주의 개혁의 한계와 결함을 예리하게 꼬집는 비판이 되어버린다는 데에 이 작품의 묘미가 있다. 가령 "남자들이 아옌데 씨를 지지하는 것은 쉬웠습니다. 그들은 기름 한 병, 설탕 2파운드를 타기 위해 열

시간씩이나 줄을 서 있어야 할 필요가 없었거든요"와 같은 대목은 사회주의 개혁의 어려움을 일러줌과 동시에 이 개혁의 주체들마저도 남성 위주의 사유와 관행에서 벗어나지 못했음을 확연히 보여준다. 이 단편은 '우리' 쪽, 즉 민중해방의 대의를 위해 투쟁하는 남편 쪽에서 바라보았을 경우 놓쳐버리거나 무시되었을 민중현실의 일면을 '적'의 하소연을 통해서 풀어냄으로써 사회주의 개혁이 좌절된 원인을 뼈아프게 반성하고 있는 것이다.

「외로운 이들의 투고란」에서 적대진영으로 갈라진 부부가 서로 대화를 일궈내지 못함으로써 부부간의 믿음마저 상실하는 비극에 이른다면, 「대부」의 시골 아낙네와 호적등록소 직원은 아낙네의 무지와 관료적인 행정법규에도 불구하고 작지만 의미있는 일―아이를 호적에 올리는 일―을 성취한다. 작가는 교육받지 못한 가난한 민중과 특히 여성에게 불리한 사회적 관행을 예리하게 집어내는 한편 한 하급공무원의 인내심과 따뜻한 마음씨가 이들 간의 장벽을 무너뜨리고 대화를 이뤄내는 감동적인 장면을 잔잔하게 그린다. 이렇게 보면 적과의 대화만 중요한 것이 아니라 함께 살아갈 사람들 모두에게 대화란 인간의 공동체적인 삶을 가능하게 만드는 필수조건이다. 심지어 소리내어 대화를 할 수 없다면 눈으로라도 상상으로라도 대화를 해야 하는 경우도 있다.

「횡단비행」에서는 두 비밀조직원 간의 무언의 대화가 이들을 항상 따라다니는 공포에 대한 최고의 방책이며 동지애와 신뢰를 쌓는 밑거름이 된다는 것을 실감할 수 있다. 중년의 뻬드로는 모니까라는 여조직원이 칠레에 입국하는 순간 그냥 거기에 있음으로써 안전함을 알려주는 아주 간단하고 보잘것없는 임무를 수행한다. 하지만 이 사소한 일에도 상상의 대화를 통해 서로의 처지를 이해하는 것이 필수적이다. 뻬드로는 비행기에 타고 있을 여조직원이 자신을 상상하는 장면이나 옆좌석에 앉아 있을 법한 한 아이가 아버지의 이야기에 귀기울이는 장면을 상상함으로써 다른 누구와도 대화를 나눌 수 없는 자신의 불안을 극복한다. 설령 뻬드로의 상상이 허구라 할지라도 그것은 그의 믿음을 지탱해주는 자그마한 진실과도 같은 것이다.

도르프만의 작품에서 대화와 아울러 현실, 허구, 진실의 관계가 핵심적이 되는 것은 바로 이 지점이다. 대화란 것이 원래 양쪽 혹은 여러 쪽의 이야기가 맞부딪치는 과정을 내포하는 것이라면, 여기에는 반드시 현실과 허구의 복잡미묘한 관계가 끼어들기 마련이다. 허구라고 여겨지던 것이 오히려 진짜 현실임이 판명되기도 하기 때문에 어느 쪽에서 보는 현실이 옳은 것인가, 그리고 어디까지가 진실인가는 간단히 정할 수 없는 것이다. 이런 현실과 허구의 문제는 어린아이의 관점을 통해 칠레의 살벌한 상황을 그려낸 「우리 집에 불났어」에서 두드러지게 나타난다. 화자인 오빠의 눈에는 누이동생은 아직 냉혹한 현실을 감당할 수 없는 철부지이며, 그렇기에 엄마 아빠를 흉내내는 게임을 하는 체함으로써 동생을 자기가 해석한 현실의 세계로 끌어들인다. 그가 동생과 함께 의자와 담요로 지은 '우리 집'은 그러니까 어린아이 특유의 감수성으로 만들어낸 허구의 집이자 적과 동지로 나뉜 칠레의 살벌한 현실의 반영물인 셈이다. 오빠가 보기에는 '우리 집'에 불쑥 찾아온 생면부지의 남자가 적이 틀림없는데도 순진한 누이동생은 이를 우리 편 아저씨로 착각하는 것이 안타깝다. 그러나 '우리 집'을 부수는 것은 적이 아니라 우리의 아버지와 우리들의 친구인 레안드로 아저씨이며, 현실을 거꾸로 읽은 쪽은 동생이 아니라 오히려 자신임이 판명된다. '우리 집'이 무너지는 것과 동시에 화자인 오빠의 현실인식도 허구임이 드러나지만, "아빠, 누구나 [친구를] 알 수 있다고요?"라고 속으로 절규하는 어린 화자의 항변은 깊은 여운을 남긴다. 적을 동지로 오인하는 순간 삶이 송두리째 끝장나버리는 칠레의 상황에서는 오빠 쪽의 경계심과 경직된 현실인식이 오히려 정당한 측면이 있기에 더욱 그렇다. 동지임이 입증되기 전에는 모든 사람을 적으로 간주해야 하는 상황에서 동심의 세계인 '우리 집'도, 칠레 국민의 공동체인 '우리 집'도 온전할 리가 없다. 이런 무거운 의미를 함축하고 있음에도 이 작품이 생기와 훈훈함을 잃지 않는 것은 어린이의 심리와 행동양식이 매우 실감나게 그려져 있고, 남매간의 따뜻한 정감과 천진난만한 동심이 물씬 느껴지기 때문일 것이다.

　현실과 허구의 관계가 결코 단순치 않음을 보여준 작품이 「우리 집에 불났어」라면, 「거인」은 이 양자가 얽히고설켜 진실과 거짓을 구분하기 힘든 상황에서도 진실을 찾아나서는 일이 결정적으로 중요함을 일깨워주는 작품이다. 군부의 고문과 학살에 이미 두 형을 잃은 떼오는 형들과 마찬가지로 적들에게 붙잡혀 감옥을 거쳐 병원에서 죽음을 기다리는 신세가 된다. 형들은 바로 이 병원에서 고문을 당하다가 앰뷸런스에 실려가 어디에선가 사살되었지만, 형들을 체포하고 수사한 대령은 이들이 탈출하다가 사살된 것으로 꾸며 유족들에게 형들이 죽은 경위를 해명한 것이다. 이 작품의 묘미는 떼오가 형들의 죽음을 날조한 군부의 각본에 따라 행동하는 것이 적들의 허를 찌르는 묘책이 되어버리는 묘한 상황, 즉 허구가 현실로 실현되는 역설적인 상황에서 비롯된다. 그러나 이보다 더 의미심장한 것은 떼오가 대령이 꾸며낸 각본을 버리고 "마침내 저 대령이 발언하지 않았던 말들의 속으로 타고들어"가야 할 순간을 깨닫는 대목이다. 떼오는 각본과는 달리 앰뷸런스에 타지 않고 새로운 길의 개척에 나서는 것이다. 부당한 권력이 만들어낼 수밖에 없는 허구를 활용할 필요가 있지만, 이것의 효용에 사로잡혀 진실을 궁구하는 마음을 잃어버리는 순간 죽음으로 추락한다는 것을 꿰뚫어본 것이다. 떼오가 찾아가는 새 길은 어떤 각본도 씌어지지 않은 창조의 길이며, 이 길을 용감하게 가는 것이야말로 민중의 해방을 쟁취하는 일에서도 핵심적이다. 이 작품은 역설적인 상황을 마치 한 편의 잘 만들어진 영화처럼 흥미진진하게 전개하면서 다른 한편으로 현실, 허구, 진실의 복잡한 관계를 민중의 입장에서 탁월하게 고찰하고 있다.

그렇다면 민중의 적은 누구이며, 민중에게 잔인한 만행을 저지른 칠레의 군인들은 어떤 사람들인가. 「뿌따마드레」는 이 물음에 대한 완전한 답변은 못되지만 적어도 칠레의 군인들이 어떤 풍토 속에서 성장하는지를 엿볼 수 있게 한다. 「뿌따마드레」에 등장하는 뿌따마드레, 호르헤, 치꼬는 직업군인의 길을 택한 해군 사관생도들이라는 점에서, 징집되어 군인이 된 「식구」의 화자와 일단 구분할 수 있다. 이 세 명의 장교후보생이 휴가를 맞아 이국의 사창가를 찾아갔다가 퇴짜를 맞고 그 분풀이로 칠레의 만행을 규탄하는 한 미국 여대생을 강간하러 간다는 이야기는 상당히 불길한 의미를 담고 있다. 언뜻 보면 여대생을 겁탈하러 가는 것이 분풀이에서 비롯된 우발적인 행위처럼 여겨질 수 있겠으나, 그 여대생의 주소와 신상을 미리 챙겨둔 뿌따마드레의 용의주도함을 보면 계획된 측면이 있는 것이다. 더욱 의미심장한 것은 서로간의 뚜렷한 차이에도 불구하고 호르헤와 치꼬는 칠레 군인의 핵심적인 정서를 대표하는 뿌따마드레에게 결국 이끌리고 말며, 칠레 군대가 사나이다움(machismo)과 반공정신을 핵심으로 삼는 한 그에게 이끌릴 수밖에 없다는 사실이다. 칠레 군인의 내면 깊숙한 곳에서 왜곡된 성, 가부장적인 사나이다움, 친미반공 이데올로기가 합체된 괴물이 자라나고 있는 것이다.

「상담」은 고문을 자행하는 '민중의 적'의 행태와 심리를 고문 피해자의 곤경과 대비하여 세밀하게 그려낸 작품이다. 고문을 당하는 의사의 딜레마는 고문자인 중위에게 그럴싸한 거짓말을 하여 자신이 혁명활동에 가담하지 않았음을 납득시켜야 하지만 그렇다고 고문자들에게 굴복하거나 아부함으로써 인간으로서의 존엄을 잃어서는 안된다는 것이다. 왜냐하면 자신을 한 인간으로서 당당하게 서게 하는 소중한 그 무엇을 잃어버린다면 그땐 정말로 자신의 넋이 망가지기 때문이다. 이같은 한계상황에 처한 의사의 절박함과 곤경을 그려내는 솜씨도 볼 만하지만, 고문의 피해자인 의사 쪽의 절박함과 가해자 쪽인 군인들의 극히 일상적인 태도가 극도로 대비되어 나타날 때의 기이함이야말로 이 작품의 매력이다. 상대방의 인간성을 여지없이 짓밟는 고문에 대해 아무런 죄의식도 느끼지 못할 만큼 마비되어 있는 중위가 자신의 비만을 걱정하거나 아들 낳은 자랑을 늘어놓는 등 인생잡사에는 민감하게 반응하는 모습이 부조리극의 한 장면처럼 터무니없기도 하지만 어찌 보면 너무나 낯익은 모습으로 보이기도 하는 것이다. 피고문자가 정보도 대지 않고 죽어버리는 사태를 방지하기 위하여 의사의 '상담'을 받아 고문의 수위를 조절할 필요가 있다는 대위의 발상도 섬뜩하지만, 자신이 현재 고문하고 있는 의사에게 이런 상담역을 제의하는 것은 그로테스크하기까지 하다.

그로테스크하기로는 「상표의 영역」도 이에 못지않다. 「상담」이 고문을 통해 인간의 온전함을 유린하는 현장을 고발한 것이라면 「상표의 영역」은 상품화의 확장에 따라 인간의 영역의 벼랑 끝에 내몰린 칠레 민중들의 곤경을 매우 사실적이면서도 고도로 상징적인 방식으로 그려낸다. 가진 것이 없는 사람은 자신과 부자의 경계를 더욱 강화하는 초인종을 팔아서라도 삶을 유지해야 하지만, 자신이 파는 초인종이라는 상품이 자신의 설 자리를 더욱 좁혀버리는 부조리를 빚어내는 것이다. 처음에는 사실적이던 이야기가 점점 상징적이고 환상적으로 변하면서 자본주의의 심장을 겨누어 육박하는 듯한 풍자와 아이러니의 칼날이 차츰 확연히 느껴지는 것이야말로 이 작품만의 독특한 재미이다. 게다가 칠레 민중의 구체적인 삶을 생생하게 그려낸 사실적인 세부묘사도 빼놓을 수 없는 미덕이다.

도르프만이 「외진 땅」을 이 단편집의 맨 끝에 배치한 데는 충분한 이유가 있다. 여기서 그는 칠레의 '우리 집'을 남들처럼 버리고 떠나지 않겠다는 비장한 각오를 환상적 분위기 속에서 처연하게 보여주기 때문이다. 앞의 작품들에서 드러난 것처럼 칠레의 삶 자체는 현재 폐허가 되다시피 했지만 적들의 재침공을 경계하면서 타다 남은 희망의 깜부기불로 새로운 삶을 일궈내겠다는 것이다. 이 일은 얼굴과 가슴이 타버린——모국 칠레의 상징이기도 한——형수의 몸을 직시하면서 사랑을 나누는 것만큼 어려운 일이지만 그렇게 해야만 새로운 아이가 태어날 수 있고, 훗날 형이 돌아왔을 때 그 아이를 형의 아이라고 말할 수 있는 것이다. 그리고 이 아이에게는 저기 보이는 형을 삼촌이라고 가르칠 수 있는 것이다. 이 이야기는 망명객이 된 도르프만 자신의 심경을 토로하는 산문시이자, 칠레의 참담한 현실을 딛고 새로운 '그날'이 올 때까지 성(城)을 지키겠다는 다짐이다.

—아리엘 도르프만 『우리 집에 불났어』, 창작과비평사 1998

문학의 새로움은 어디서 오는가

초판 1쇄 발행/2011년 10월 20일

지은이/한기욱
펴낸이/고세현
책임편집/이상술
펴낸곳/(주)창비
등록/1986년 8월 5일 제85호
주소/413-756 경기도 파주시 교하읍 문발리 513-11
전화/031-955-3333
팩시밀리/영업 031-955-3399 편집 031-955-3400
홈페이지/www.changbi.com
전자우편/literat@changbi.com
인쇄/한교원색

ⓒ 한기욱 2011
ISBN 978-89-364-6336-6 03810